L'HÉRITAGE

CHRISTOPHER PAOLINI

L'HÉRITAGE

ou

LA CRYPTE DES ÂMES

L'héritage
IV

Traduit de l'anglais (États-Unis)
par Anne Delcourt et Marie-Hélène Delval

bayard jeunesse

Suivi éditorial : Anne Lauricella

Ouvrage publié originellement par Random House Children Books,
un département de Random House Inc.,
sous le titre *The Inheritance or The Vault of Souls*
Texte © 2011, Christopher Paolini
Illustration de couverture : John Jude Palencar
Illustrations pages 8 et 9 © 2002, Christopher Paolini

Pour la traduction
© Bayard Éditions, 2012
18, rue Barbès, 92128 Montrouge Cedex
ISBN : 978-2-7470-2855-4
Dépôt légal : avril 2012
Première édition

Comme toujours, je dédie ce livre à ma famille.
Et aussi aux rêveurs de rêves :
tous les illustrateurs, conteurs et musiciens
qui ont permis à ce voyage d'exister.

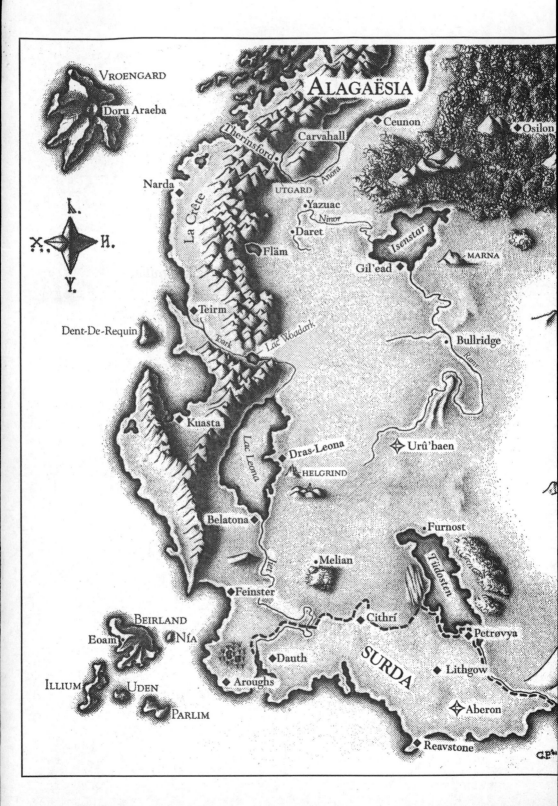

Résumé de Eragon, de L'Aîné et de Brisingr
Livres I, II et III de L'héritage

Au commencement étaient les dragons...

Fiers, féroces et libres, ils étincellent de toutes leurs écailles, et leur terrible splendeur désespère quiconque porte le regard sur eux.

Pendant des âges sans nombre, ils sont les seuls occupants d'Alagaësia. Jusqu'au jour où le dieu Helzvog crée, avec des pierres prises au désert du Hadarac, les nains robustes et trapus.

Et les deux peuples se font la guerre.

C'est alors que les elfes, traversant la mer d'argent, voguent jusqu'aux rives d'Alagaësia. Eux aussi combattent les dragons. Les elfes, plus puissants que les nains, pourraient anéantir les dragons, comme les dragons pourraient anéantir les elfes. Une trêve est donc signée, un pacte scellé. Ainsi est créée la caste des Dragonniers, et pendant des siècles, la paix règne sur le pays.

Puis les humains débarquent à leur tour, et les Urgals cornus, et les Ra'zacs qui chassent dans l'ombre, se nourrissant de chair humaine.

Les humains s'allient au pacte passé avec les dragons. Mais un jeune Dragonnier nommé Galbatorix se dresse contre ceux de sa caste. Il soumet Shruikan, un dragon noir, et persuade treize autres Dragonniers de se joindre à lui. On les appelle les Parjures.

Galbatorix et les Parjures vainquent les Dragonniers. Ils brûlent leur cité sur l'île de Vroengard, massacrent tous les dragons à l'exception des leurs, n'épargnant que trois œufs :

un rouge, un bleu, un vert. Ils arrachent aux dragons leur cœur des cœurs – les Eldunarí –, qui contiennent leur force et leur esprit, et s'en emparent.

Et pendant quatre-vingt-deux ans, Galbatorix règne en maître absolu sur les humains. Les Parjures meurent ; pas lui, car il puise sa force dans celle de tous les Eldunarí, et personne n'est capable de le vaincre.

Lors de la quatre-vingt-troisième année de la tyrannie de Galbatorix, un homme lui dérobe l'œuf bleu. Cet œuf est mis sous la protection du seul peuple qui tient encore tête au roi : les Vardens.

L'elfe Arya se charge de transporter l'œuf, à la recherche de celui – humain ou elfe – pour qui il acceptera d'éclore. Trente-cinq années s'écoulent.

Alors qu'Arya se rend à Osilon, une cité elfique, un groupe d'Urgals fond sur elle et sur son escorte. Il est dirigé par Durza, un Ombre, un sorcier possédé par des esprits maléfiques. Depuis la mort des Parjures, il est le plus craint des serviteurs de Galbatorix. Les Urgals tuent les gardes d'Arya. Avant d'être capturée, l'elfe projette l'œuf par magie vers celui qui – elle l'espère – saura le protéger.

Au même moment, Eragon, un orphelin de quinze ans, chasse dans les montagnes de la Crête. Il découvre l'œuf, le rapporte à la ferme où il vit avec son oncle Garrow et son cousin Roran, près du village de Carvahall. Et l'œuf éclot pour Eragon, qui élève le jeune dragon en secret. C'est une femelle bleue, qu'il appelle Saphira.

Galbatorix envoie les deux Ra'zacs en quête de l'œuf disparu. Les horribles créatures torturent Garrow à mort, brûlent la ferme où Eragon a grandi.

Eragon et Saphira se jurent de traquer les Ra'zacs et de les tuer. Brom, le conteur du village, les accompagne dans leur traque. Le vieil homme a jadis été Dragonnier, et c'est à lui qu'Arya avait l'intention d'envoyer l'œuf bleu.

Au cours de leur périple, Brom enseigne à Eragon le maniement de l'épée et la pratique de la magie. Et il lui donne Zar'roc, qui fut l'épée de Morzan, le premier et le plus puissant des Parjures. Mais les Ra'zacs tuent Brom. Eragon et Saphira ne leur échappent que grâce à l'aide d'un jeune homme, Murtagh, le propre fils de Morzan.

Alors qu'ils poursuivent leur voyage, l'Ombre Durza capture Eragon dans la ville de Gil'ead. Le garçon réussit à s'échapper. En même temps, il délivre Arya de la cellule où Durza la tenait enfermée. Or, l'elfe est inconsciente, sous l'effet d'un poison administré par l'Ombre. Eragon, Saphira et Murtagh l'emmènent chez les Vardens. Les rebelles sont basés à Tronjheim, capitale des nains, dans les Montagnes des Beors.

Là, Arya est soignée. Quant à Eragon, accueilli comme un Dragonnier, on le supplie de bénir un bébé, la petite Elva. Hélas ! le garçon commet une erreur de formulation : au lieu de la protéger du malheur, il fait de l'enfant une protection contre le malheur, la condamnant à ressentir les souffrances des autres.

Peu après, Galbatorix envoie une armée d'Urgals contre les nains et les Vardens. Au cours de la bataille, Eragon tue Durza. Mais, d'un coup d'épée, l'Ombre lui a ouvert le dos de l'épaule à la hanche. En dépit des efforts des guérisseurs, la blessure cause au garçon de terribles souffrances. Dans sa douleur, il entend une voix mystérieuse qui lui dit : « Viens à moi, Eragon, car j'ai des réponses à toutes tes questions. »

Trois jours plus tard, Ajihad, le chef des Vardens, est pris dans une embuscade et tué par des Urgals sous la conduite des Jumeaux, des magiciens qui ont trahi les Vardens et se sont alliés à Galbatorix. Les Jumeaux enlèvent aussi Murtagh pour le remettre entre les mains du roi. Tous le croient mort, et Eragon en éprouve une grande peine.

C'est Nasuada, la fille d'Ajihad, qui prend la tête des Vardens, et Eragon lui prête serment d'allégeance.

Depuis Tronjheim, Eragon, Saphira et Arya se rendent au nord du pays, dans la forêt du Du Weldenvarden, où vivent les elfes. Orik, neveu de Hrothgar, le roi des nains, voyage avec eux.

Au Du Weldenvarden, Eragon et Saphira rencontrent Oromis, le dernier Dragonnier, et Glaedr, son dragon d'or, qui sont restés cachés au cours du siècle passé, attendant de pouvoir former une nouvelle génération de Dragonniers. Le garçon et la dragonne sont également présentés à Islanzadí, reine des elfes et mère d'Arya.

Tandis qu'Oromis et Glaedr instruisent leurs élèves, Galbatorix envoie une troupe de soldats accompagnés des Ra'zacs à Carvahall, le village d'Eragon. Cette fois, ils ont ordre de capturer Roran, le cousin du garçon, espérant apprendre de lui où se trouve l'œuf. Roran se cache. Mais Sloan, le boucher, qui le hait, tue un des villageois postés en sentinelle et laisse les Ra'zacs pénétrer dans Carvahall. Roran ayant réussi à leur échapper, les affreuses créatures enlèvent sa bien-aimée, Katrina, la fille de Sloan. Sûr que les soldats de Galbatorix reviendront détruire le village et massacrer ses habitants, Roran convainc les villageois de partir. Ils traversent les montagnes de la Crête, descendent vers la côte et rejoignent le Surda, au sud de l'Alagaësia, le seul royaume qui ne soit pas soumis à Galbatorix.

Quant à Eragon, sa blessure au dos continue de le torturer. Au cours de l'Agaetí Sänghren, le Serment du Sang, qui célèbre le pacte entre les elfes et les dragons, le garçon est guéri par un dragon spectral invoqué par les elfes. De surcroît, l'apparition fait de lui un hybride, mi-homme mi-elfe, lui conférant les capacités physiques exceptionnelles des elfes.

Eragon et Saphira volent alors jusqu'au Surda, où Nasuada a conduit les Vardens pour y préparer une attaque contre Galbatorix. Là, les Urgals, ayant découvert que le tyran les a manipulés et désireux de se venger, s'allient aux Vardens.

Eragon retrouve la petite Elva. À cause du sort qu'il a lancé sur elle, la fillette a grandi à une vitesse anormale. Elle paraît avoir déjà trois ou quatre ans, et son regard est insoutenable, car elle connaît les souffrances de tous ceux qui l'entourent.

Non loin des frontières du Surda, sur l'espace désolé des Plaines Brûlantes, Eragon, Saphira et les Vardens se heurtent à l'armée de Galbatorix. L'affrontement est sanglant.

Au milieu de la bataille, Roran et les villageois de Carvahall rejoignent les Vardens, ainsi que les nains, venus à marche forcée des Montagnes des Beors.

Mais voilà que surgit de l'est un personnage en armure chevauchant un étincelant dragon rouge. D'un sort, il tue Hrothgar, le roi des nains. En combattant le Dragonnier et son dragon écarlate, Eragon et Saphira découvrent qu'il s'agit de Murtagh, désormais lié à Galbatorix par un serment impossible à rompre. L'œuf rouge qui était encore en possession du tyran a éclos : le dragon s'appelle Thorn.

Eragon et Saphira sont vaincus, car Murtagh est soutenu par la force des Eldunarí que Galbatorix lui a donnés. Cependant, le jeune homme leur laisse la liberté, car il a encore de l'amitié pour Eragon. Et aussi parce que, lui révèle-t-il, ils sont frères, tous deux fils de Morzan et de sa concubine préférée, Selena.

Murtagh reprend à Eragon Zar'roc, l'épée de leur père. Puis Thorn l'emporte loin des Plaines Brûlantes, tandis que l'armée de Galbatorix se retire.

Après la bataille, Saphira emmène Eragon et Roran jusqu'à Helgrind, les Portes de la mort, repaire des Ra'zacs. Ils abattent l'un des deux Ra'zacs ainsi que leurs parents, les Lethrblakas, et délivrent Katrina. Dans un des cachots, Eragon découvre le père de la jeune fille, les yeux crevés, presque agonisant.

Tenté de le tuer pour prix de sa traîtrise, Eragon y renonce. Il plonge Sloan dans un profond sommeil, et déclare à Roran et Katrina qu'il l'a trouvé mort. Il demande ensuite à Saphira de ramener le couple chez les Vardens pendant qu'il débusquera le dernier Ra'zac.

Une fois seul, Eragon tue la créature avant d'entraîner Sloan hors de Helgrind. Après une longue réflexion, le garçon découvre le vrai nom de Sloan en ancien langage, la langue du pouvoir et de la magie. Grâce à ce nom, il oblige le boucher à jurer qu'il ne cherchera jamais à revoir sa fille. Puis il l'envoie vivre parmi les elfes. Ce qu'il ne lui dit pas, c'est que les elfes lui rendront ses yeux s'il se repent de sa trahison.

Partie à sa recherche, Arya rejoint Eragon sur le chemin du retour, et ils regagnent ensemble le campement des Vardens, à pied, à travers les territoires ennemis.

Chez les Vardens, Eragon découvre que la reine Islanzadí lui a envoyé douze de ses jeteurs de sorts, sous la conduite d'un elfe nommé Lupusänghren, afin d'assurer sa protection. Grâce à ses nouvelles connaissances en magie, le garçon libère Elva d'une partie de la malédiction : si elle conserve le don de percevoir les souffrances des autres, elle ne sera plus tenue de les en délivrer.

Roran épouse Katrina, qui est enceinte, et, pour la première fois depuis bien longtemps, Eragon vit des moments heureux.

Quand Murtagh, Thorn et un groupe d'hommes de Galbatorix attaquent de nouveau les Vardens, la bataille est éprouvante, car les soldats de Galbatorix, protégés par des enchantements, ne ressentent pas la douleur. Les Vardens subissent de lourdes pertes. Avec l'aide des elfes, Eragon et Saphira repoussent les assaillants ; mais dans le duel qui oppose Eragon et Murtagh, aucun ne réussit à gagner l'avantage ; ils ne cèdent qu'à l'épuisement.

Après quoi, Nasuada charge Eragon de représenter les Vardens auprès des nains lors du choix de leur nouveau roi. Le garçon n'obéit qu'à contrecœur, car il sera séparé de Saphira, qui doit rester pour protéger le campement.

Pendant son absence, Roran, intégré aux rangs des Vardens, fait hautement la preuve de ses talents de guerrier et de meneur d'hommes dans les batailles livrées contre l'Empire.

Lors de son séjour chez les nains, Eragon est victime d'une tentative d'assassinat commanditée par le clan Az Sweldn rak Anhûin, qui voue une haine féroce aux Dragonniers. Les délibérations se poursuivent néanmoins, et c'est Orik qui est choisi pour succéder à son oncle Hrothgar. Saphira rejoint Eragon pour le couronnement. Au cours de la fête, elle honore sa promesse de réparer l'étoile de saphir, fierté de la cité des nains, qu'elle a brisée lors de la bataille entre Eragon et Durza.

Eragon et Saphira retournent ensuite parfaire leur formation au Du Weldenvarden. Là, Oromis révèle au garçon la vérité sur ses origines : il n'est pas le fils de Morzan, il est celui de Brom, même si lui et Murtagh ont bien la même mère, Séléna. Oromis et Glaedr expliquent aussi le concept des Eldunarí, qu'un dragon peut choisir de dégorger de son vivant. Auquel cas, cela exige une grande prudence, car quiconque possède un Eldunarí peut contrôler le dragon dont il est sorti.

Eragon a besoin d'une épée pour remplacer Zar'roc. Il se souvient alors du conseil que lui a donné Solembum, un chat-garou, rencontré pendant son voyage avec Brom : il se rend auprès de l'arbre Menoa, habité par la conscience d'une elfe. L'arbre consent à lui donner le vif-acier caché sous ses racines en échange de quelque chose dont il ne précise pas la nature.

Rhunön, l'elfe forgeronne, qui a forgé les épées de tous les Dragonniers, travaille avec Eragon à lui façonner une lame faite pour lui. L'épée est bleue ; Eragon l'appelle Brisingr : « feu ». Elle s'enflamme dès qu'on prononce son nom.

Eragon et Saphira repartent chez les Vardens, tandis qu'Oromis et le dragon d'or rejoignent les elfes qui attaquent les régions nord de l'Empire. Craignant de ne pas survivre au combat, Glaedr confie au garçon et à la dragonne son cœur des cœurs. Ainsi, il continuera de les aider par-delà la mort.

Alors qu'ils assiègent avec les Vardens la ville de Feinster, Eragon et Arya affrontent trois magiciens ennemis, dont l'un, Varaug, se transforme en Ombre. Avec l'aide d'Eragon, Arya le tue.

Pendant ce temps, Oromis et Glaedr combattent Murtagh et Thorn. Galbatorix prend possession de l'esprit de Murtagh. Par son bras, il frappe Oromis, tandis que Thorn abat Glaedr.

Malgré la victoire de Feinster, Eragon et Saphira pleurent la perte de leur maître Oromis. Cependant, les Vardens poursuivent leur marche vers le cœur de l'Empire et sa capitale, Urû'baen, où Galbatorix trône avec morgue, mépris et assurance, car sa force est celle de tous ses Eldunarí.

1
DANS LA BRÈCHE

Le rugissement de Saphira provoqua un mouvement de repli parmi les soldats ennemis.

– Avec moi ! lança Eragon en élevant Brisingr au-dessus de sa tête afin que tous la voient.

La lame irisée jeta des éclats bleutés contre les nuées noires qui montaient de l'ouest.

– Pour les Vardens !

Une flèche siffla à ses oreilles. Il n'y prit pas garde.

Les guerriers massés derrière le monticule de décombres sur lequel il avait grimpé lui firent écho, mugissant d'une seule voix :

– Pour les Vardens !

L'arme au poing, ils s'engouffrèrent par la brèche que Saphira avait ouverte dans l'enceinte extérieure, escaladèrent au pas de charge les blocs de pierre effondrés.

Devant eux, deux cents soldats de l'Empire étaient massés dans une vaste cour, au pied d'un donjon noir, percé d'étroites meurtrières et flanqué de quatre tours carrées. Aux étages supérieurs, une lanterne brillait à une fenêtre. Quelque part dans la forteresse se trouvait Lord Bradburn, gouverneur de Belatona, la ville que les Vardens assiégeaient depuis des heures.

Eragon bondit de son perchoir avec un cri de guerre. Il se tordit la cheville en se réceptionnant. Déséquilibré, il tomba sur un genou. Un soldat en profita pour lui projeter sa lance à la gorge. Eragon para le coup d'un revers de poignet ; Brisingr siffla.

Le soldat blêmit quand il comprit son erreur. Il n'avait pas reculé d'un pas que le Dragonnier lui plongeait son épée dans le ventre.

Saphira sauta derrière lui et cracha un jet de flammes. L'impact ébranla toute la cour ; des fragments de la grande mosaïque qui recouvrait le sol jaillirent en tous sens, telles des pièces de monnaie jetées en l'air.

Arya bondit à son tour. Ses longs cheveux noirs voltigeaient follement autour de son visage anguleux. Des éclaboussures sanglantes sillonnaient ses bras et son cou, rougissaient la lame de son épée. Seul un léger frottement de cuir contre la pierre signala son arrivée.

La présence de l'elfe stimula Eragon. Il n'aurait pu souhaiter meilleure compagne de combat. Il lui adressa un bref sourire, auquel elle répondit par une mimique féroce, joyeuse. Au cœur de la bataille, sa réserve habituelle disparaissait, remplacée par une spontanéité qu'elle manifestait rarement en d'autres circonstances.

12   Un rideau de flammes les sépara, et le jeune Dragonnier plongea derrière son bouclier. Les soldats se recroquevillèrent sous le torrent incandescent, sans qu'il leur cause le moindre mal. « Un sortilège les protège du feu », songea Eragon. Les archers postés sur les remparts du donjon décochèrent une volée de flèches. La chaleur que dégageait Saphira était si intense que certaines s'enflammèrent et retombèrent en cendres, tandis que la protection magique dont Eragon l'avait enveloppée détournait les autres.

Soudain, un jet brûlant enveloppa trois des soldats, les carbonisant avant qu'ils aient eu le temps de pousser un cri. Les autres s'accroupirent au centre du brasier ; des éclairs bleutés fusèrent au bout de leurs lances. Cependant, malgré tous ses efforts, Saphira ne réussit pas même à roussir les survivants. Elle referma ses mâchoires avec un claquement découragé. Un grand silence tomba sur la cour.

Un tel sortilège était l'œuvre d'un habile magicien. « Est-ce Murtagh ? se demanda Eragon. Dans ce cas, pourquoi n'est-il pas ici avec Thorn pour défendre Belatona ? Galbatorix ne s'inquiète-t-il donc pas de ses cités ? »

Il s'élança et, d'un seul balancement de Brisingr, décapita une douzaine d'armes de jet aussi aisément qu'il fauchait les épis d'orge au temps où il était un jeune fermier. Une cotte de mailles se fendit sous sa lame, laissant jaillir une fontaine de sang. Eragon éventra l'adversaire suivant, en repoussa un autre de son bouclier et l'envoya percuter trois de ses camarades, qui roulèrent les uns sur les autres.

Les réactions des soldats lui semblaient lentes et maladroites, alors qu'il dansait impunément entre leurs rangs. À sa gauche, Saphira entra dans la mêlée, propulsant de ses énormes pattes les hommes dans les airs, les déchiquetant avec les pointes de sa queue, les tuant d'un coup de tête ou de crocs. À sa droite, Arya n'était qu'un tournoiement insaisissable, et chaque éclair de son épée signait l'arrêt de mort d'un serviteur de l'Empire. En esquivant une lance, Eragon aperçut près de lui Lupusänghren, l'elfe au pelage de loup, ainsi que les onze autres elfes chargés de sa protection et de celle de Saphira.

Derrière eux, les Vardens se déversaient par la brèche ouverte dans le mur d'enceinte. Mais la proximité de la dragonne était trop dangereuse pour qu'ils se joignent au combat. D'ailleurs, ni elle, ni Eragon, ni les elfes n'avaient besoin de leur aide pour régler leur compte aux soldats.

La bataille sépara bientôt Eragon et Saphira, les envoyant aux deux extrémités de la cour. Le Dragonnier ne s'en inquiéta pas. Saphira pouvait tenir tête à trente hommes.

Une lance heurta violemment le bouclier d'Eragon et lui meurtrit l'épaule. Il fit volte-face pour affronter son assaillant, un costaud au visage couturé auquel il manquait les dents de devant. Celui-ci chercha en hâte la dague accrochée à sa ceinture. À la dernière seconde, Eragon pivota et lui enfonça son épaule douloureuse dans le sternum. Le choc projeta l'homme en arrière ; il s'effondra, les mains pressées contre sa poitrine.

Une pluie de flèches empennées de noir s'abattit alors, faisant de nombreuses victimes parmi les soldats ennemis. Bien que confiant dans la magie qui l'enveloppait, Eragon s'abrita derrière son bouclier. Mieux valait se montrer prudent. Un magicien ennemi pouvait à tout instant enflammer un trait enchanté capable de briser le sort de protection.

Un sourire amer lui étira les lèvres. Les archers postés sur les remparts venaient de comprendre que leur seul espoir de l'emporter était de tuer Eragon et les elfes, quel que soit le nombre des leurs qu'il leur faudrait sacrifier.

« Trop tard, songea le Dragonnier avec une sombre satisfaction. Vous auriez dû quitter l'Empire quand il en était encore temps. » Le bruyant déluge de flèches lui offrait un instant de repos bienvenu. L'assaut contre la cité avait été donné à l'aube, et, depuis le début, Saphira et lui étaient en première ligne.

Quand la dangereuse pluie cessa, il fit passer Brisingr dans sa main gauche, ramassa la lance d'un soldat et la projeta vers les archers, quarante pieds plus haut. Il savait combien ce type d'arme est difficile à utiliser sans un sérieux entraînement. Il ne fut donc pas surpris de manquer sa cible. Mais il s'étonna de n'avoir atteint *aucun* des hommes alignés sur les remparts. La lance vola au-dessus de leur tête avant de s'écraser contre le mur du château. Les archers le huèrent avec de gros rires et des gestes obscènes.

Captant du coin de l'œil un mouvement furtif, Eragon eut juste le temps de voir Arya envoyer sa propre lance. Elle empala deux hommes qui se tenaient côte à côte. Puis l'elfe pointa son épée en criant : « Brisingr ! », et la lance s'enflamma.

Les archers s'écartèrent en hâte des corps embrasés et, dans une folle bousculade, s'engouffrèrent par les portes menant aux étages supérieurs du château.

– Ce n'est pas juste, protesta Eragon. Moi, si j'utilise cette formule, mon épée se transforme en feu d'artifice !

Arya lui décocha un regard teinté d'une pointe d'amusement.

Les combats se poursuivirent encore quelques minutes, après quoi les derniers soldats optèrent pour la fuite ou la reddition.

Eragon laissa s'échapper les cinq hommes qui lui faisaient face, sachant qu'ils n'iraient pas loin. Ceux qui gisaient autour de lui étaient morts. Un groupe de Vardens avait déjà ouvert le portail de l'enceinte et transportait un bélier vers le château. D'autres s'assemblaient en désordre devant la porte du donjon, prêts à y pénétrer pour affronter les soldats réfugiés à l'intérieur. Parmi eux, Eragon reconnut son cousin Roran, encourageant le détachement qu'il commandait à grand renfort de moulinets de son inséparable marteau. À l'extrémité de la cour, Saphira, ses écailles bleues rougies de sang, rejeta en arrière sa tête hérissée de pointes et poussa un rugissement féroce, triomphal, qui couvrit les clameurs.

On entendit alors un cliquetis de chaînes, un grincement de poulies, un raclement de poutres. Tous les regards convergèrent vers les portes du donjon.

Avec un grondement sourd, les battants s'ouvrirent, laissant s'échapper un nuage de fumée émis par les torches. Un martèlement de sabots ferrés monta des profondeurs obscures, puis un cheval et son cavalier jaillirent à l'extérieur. De sa main gauche, le cavalier tenait ce qu'Eragon prit d'abord pour une lance ordinaire avant de remarquer l'étrange métal vert dont elle était faite et la forme inhabituelle de sa lame dentelée. À la lueur qu'elle émettait, il sut qu'elle était chargée de magie.

Le cavalier tira sur les rênes pour diriger sa monture vers Saphira, qui se cabra, prête à lancer un coup de patte mortel.

L'angoisse saisit Eragon. Cet homme était trop sûr de lui, sa lance trop étrange. Malgré le sort de protection dont il l'avait entourée, Saphira était en danger.

« Je ne pourrai pas entrer en contact avec elle à temps », comprit-il. Il projeta son esprit vers le cavalier, mais celui-ci, totalement concentré, n'offrait au garçon qu'un accès superficiel à sa conscience. Se retirant en lui-même, Eragon choisit une demi-douzaine de mots en ancien langage pour composer un sort simple capable de stopper net l'élan du cheval. C'était une tentative désespérée, car il ignorait si le cavalier n'était pas lui-même magicien et quelles précautions il avait pu prendre contre une attaque magique. Mais la vie de Saphira était menacée.

Il révisa mentalement la prononciation de plusieurs sons difficiles. Puis il inspira profondément et se prépara à jeter le sort.

Les elfes furent plus rapides que lui. Il n'avait pas émis un mot qu'une incantation monta derrière lui.

– Mäe...

Ce fut tout ce qu'il sut dire, alors que la magie des elfes opérait déjà.

Sous les sabots du cheval, la mosaïque bougea, les tesselles de verre se mirent à couler comme de l'eau. Une longue fissure s'ouvrit dans le sol. Avec un hennissement de détresse, l'animal trébucha dans la crevasse, se brisant les deux jambes de devant.

Tandis que monture et cavalier tombaient, celui-ci leva le bras et projeta la lance étincelante vers Saphira. Elle tenta de la détourner d'un coup de patte. Elle la manqua de quelques pouces, et la lame s'enfonça profondément dans sa poitrine, juste sous la clavicule.

Une vague de rage obscurcit la vision d'Eragon. Il puisa dans ses réserves d'énergie : celles que recélaient son corps, celles du saphir serti dans le pommeau de son épée et celles des douze diamants cachés dans la ceinture de Beloth le Sage ; il puisa dans Aren, l'anneau elfique ornant sa main droite. Et il se prépara à anéantir le cavalier, au mépris du risque encouru.

C'est alors que Lupusänghren bondit. L'elfe se plaqua contre le dos du cavalier telle une panthère sur un daim et déchira sauvagement la gorge de l'homme de ses longues dents blanches.

Au même instant, un cri déchirant, désespéré, tomba d'une fenêtre, au-dessus de la porte du donjon, aussitôt suivi d'une violente déflagration, qui projeta des blocs de pierre parmi les Vardens, écrasant des torses et brisant des membres comme de vulgaires brindilles.

Sans se soucier de la pluie de pierres, Eragon courut vers Saphira, à peine conscient de la présence d'Arya et de ses gardes à ses côtés. D'autres elfes, plus proches, s'étaient déjà assemblés autour de la dragonne et examinaient la lance qui dépassait de sa poitrine.

— Est-ce grave ? Est-elle... ? balbutia le garçon, trop bouleversé pour achever sa phrase.

Il aurait voulu s'adresser à elle mentalement, mais il n'osa explorer sa conscience, au cas où des magiciens ennemis se seraient trouvés à proximité. Pas question qu'ils pénètrent ses pensées ou prennent le contrôle de son corps !

Après une attente qui lui parut interminable, Wyrden, l'un des elfes, déclara :

— Tu peux remercier le destin, Tueur d'Ombre ! La lance a manqué l'artère. Elle n'a touché que le muscle, et le muscle, nous savons le réparer.

— Pouvez-vous la retirer ? Elle n'est pas chargée d'un sort qui empêcherait de...

— Nous allons nous en occuper, Tueur d'Ombre.

Avec une gravité de prêtres autour de l'autel, les elfes appuyèrent leurs paumes contre le poitrail de Saphira et, d'une voix semblable au murmure du vent dans les saules, ils entamèrent un chant. Il parlait de chaleur et de croissance, de muscles et de tendons, du sang battant dans les veines et d'autres thèmes plus obscurs. Au prix d'un immense effort de volonté, Saphira resta immobile tant que dura l'incantation, malgré les spasmes qui parcouraient son corps. Un filet sanglant s'écoulait de la blessure, là où la hampe dépassait de sa chair.

Sentant que Lupusänghren s'approchait de lui, Eragon lui lança un coup d'œil. La fourrure bleu nuit de son menton et de son cou, maculée de sang, avait viré au noir.

— Qu'est-ce que c'est ? s'enquit Eragon en désignant les flammes qui dansaient encore devant une fenêtre dominant la cour.

L'elfe se lécha les lèvres, dévoilant ses crocs de félin, avant de répondre :

— Juste avant qu'il meure, j'ai pénétré l'esprit du cavalier et, à travers lui, l'esprit du magicien qui l'assistait.

— Ce magicien, vous l'avez tué ?

— On peut dire ça. Je l'ai obligé à se tuer. Habituellement, je n'ai pas recours à des procédés aussi mélodramatiques, mais j'étais... énervé.

Eragon s'approchait de Saphira quand un long gémissement de la dragonne le figea sur place. La lance s'était mise à glisser d'elle-même hors de son poitrail. Elle respira à petits coups tandis que les six derniers pouces de métal sortaient de son corps. La lame dentelée, diffusant encore une lueur émeraude, tomba à terre et rebondit sur les pavés avec un bruit de poterie cassée.

Dès que les elfes, cessant leur chant, eurent retiré leurs mains, Eragon se rua vers Saphira et lui caressa le cou. Il voulait la réconforter, lui dire combien il avait eu peur, mêler son esprit au sien. Il se contenta de plonger le regard dans son œil bleu pour demander :

« Ça va ? »

Deux mots bien dérisoires comparés à l'intensité de ses émotions.

Saphira répondit d'un clignement de paupière. Puis elle lui souffla gentiment à la figure son haleine chaude.

Eragon sourit. Il se tourna vers les elfes qui avaient participé à la guérison, parmi lesquels se trouvait Arya, et les remercia en ancien langage :

— Eka elrun ono, älfya, wiol förn thornessa.

Les elfes s'inclinèrent, la main droite repliée contre la poitrine, dans un geste de respect propre à leur peuple. Eragon remarqua combien ils étaient pâles et mal assurés sur leurs jambes.

— Allez vous reposer, leur dit-il. Ne prenez pas le risque de vous faire tuer. Retirez-vous, c'est un ordre !

Avec un salut contraint, les sept elfes répondirent :

— Comme tu veux, Tueur d'Ombre.

Et ils quittèrent la cour en enjambant les débris et les cadavres. Même à la limite de l'épuisement, ils conservaient toute leur noblesse.

Eragon rejoignit alors Arya et Lupusänghren qui examinaient la lance, l'air perplexe. Il s'accroupit à leurs côtés, prenant soin de ne pas même effleurer l'arme enchantée. Il admira le motif délicat gravé à la base de la lame. Ces lignes avaient quelque chose de familier, mais quoi ? Il étudia la hampe verte, taillée dans une curieuse matière, ni bois ni métal ; il observa le halo lumineux qui rappelait les lanternes sans flammes des elfes et des nains.

– C'est l'œuvre de Galbatorix, non ? supposa-t-il. Peut-être a-t-il décidé de nous tuer, Saphira et moi, plutôt que de nous capturer ? Peut-être nous considère-t-il comme une menace ?

Lupusänghren eut un sourire sinistre :

– À ta place, je ne me bercerais pas de telles illusions, Tueur d'Ombre ! Nous ne représentons qu'une contrariété mineure pour Galbatorix. S'il voulait vraiment ta mort ou la nôtre, il lui suffirait de voler sur nous depuis Urû'baen et de prendre part en personne à la bataille. Nous serions balayés comme des feuilles au vent d'hiver. La force des dragons est en lui, et personne n'égale sa puissance. D'ailleurs, si fou soit-il, Galbatorix ne manque ni d'intelligence ni de détermination. S'il décide de t'asservir, il n'aura de cesse qu'il n'ait atteint son but, et rien ne l'en détournera sinon son instinct de conservation.

– De toute façon, intervint Arya, ceci n'est pas l'œuvre de Galbatorix. C'est la nôtre.

Eragon fronça les sourcils :

– La nôtre ? Cet objet n'a pas été fabriqué par les Vardens.

– Pas par les Vardens, par un elfe.

– Mais...

Il s'interrompit, à la recherche d'un argument logique :

– Mais aucun elfe n'accepterait de travailler pour Galbatorix ! Ils aimeraient mieux mourir que...

— Galbatorix n'a rien à voir avec ça, le coupa Arya. Et, si c'était le cas, il ne confierait jamais une arme aussi rare et aussi puissante à un homme aussi peu capable de la conserver. De tous les instruments de guerre disséminés à travers l'Alagaësia, celui-ci est le dernier que Galbatorix voudrait laisser entre nos mains.

— Pourquoi ?

Avec une sorte de ronronnement dans sa voix grave, Lupusänghren répondit :

— Parce que, Eragon Tueur d'Ombre, ceci est une Dauthdaert.

— Et son nom est Niernen, l'Orchidée, ajouta Arya en désignant les lignes gravées dans la lame.

Eragon s'aperçut alors qu'il s'agissait de glyphes stylisés, typiques de l'écriture des elfes, des arabesques entremêlées terminées par de longues pointes en forme d'épines.

— Une Dauthdaert ?

Voyant qu'Arya et Lupusänghren le fixaient avec incrédulité, il haussa les épaules, embarrassé par son inculture. Il enrageait à l'idée que les elfes avaient bénéficié de décennies pour étudier avec les meilleurs professeurs, alors que son oncle Garrow ne lui avait même pas enseigné l'alphabet, jugeant la chose inutile. Eragon n'avait appris à lire que récemment.

— J'ai eu peu de temps pour consulter des ouvrages, se justifia-t-il. Qu'est-ce que c'est ? Cette arme a-t-elle été forgée au temps de la Chute des Dragonniers, pour être utilisée contre Galbatorix et les Parjures ?

Lupusänghren secoua la tête :

— Niernen est beaucoup plus ancienne.

— Les Dauthdaertya, expliqua Arya, sont nées de la peur et de la haine qui ont marqué les dernières années de notre guerre contre les dragons. Nos plus habiles forgerons, nos plus talentueux magiciens les ont fabriquées à partir de matières désormais oubliées. Ils les ont imprégnées d'enchantements disparus de nos mémoires et ont donné à chacune des douze le nom d'une fleur, choisie parmi les plus belles. Affreuse ironie quand on songe qu'elles ont été conçues dans un seul but : tuer les dragons.

Eragon regarda la lance lumineuse avec dégoût :

– Et elles l'ont fait ?

– Ceux qui en ont été témoins disent que le sang des dragons tombait du ciel comme une averse d'été.

Saphira émit un sourd sifflement de colère.

En se tournant vers elle, Eragon remarqua que les Vardens tenaient toujours leur position devant le donjon, attendant que Saphira et lui reprennent le commandement.

– Nous pensions que toutes les Dauthdaertya avaient été détruites ou définitivement perdues, reprit Lupusänghren. D'évidence, nous nous trompions. Niernen a dû passer entre les mains de la famille Waldgrave, et être tenue cachée ici, à Belatona. Je suppose que, lorsque nous avons percé cette brèche dans l'enceinte de la cité, Lord Bradburn a flanché et ordonné qu'on tire Niernen de l'armurerie dans l'espoir de vous arrêter, Saphira et toi. Nul doute que Galbatorix sortirait de ses gonds s'il apprenait que Bradburn a tenté de vous tuer.

Tout en ayant conscience que le temps pressait, Eragon était dévoré de curiosité :

– Dauthdaert ou pas, vous ne m'avez toujours pas dit pourquoi Galbatorix ne voudrait pas la savoir entre nos mains.

Il désigna la lance :

– Qu'est-ce qui rend Niernen plus dangereuse que n'importe quelle arme ou même que Bris...

Il se reprit de justesse :

– Que mon épée ?

Ce fut Arya qui répondit :

– Elle ne peut être ni brisée ni altérée par le feu. Et elle est totalement imperméable à la magie, comme tu as pu le constater. Les Dauthdaertya ont été conçues pour résister à n'importe quel sort lancé par les dragons et pour protéger de la même façon celui qui les manie. Une perspective effrayante, si on considère combien la magie des dragons est complexe et imprévisible. Galbatorix aura beau envelopper Shruikan et lui-même de plus de sorts de protection que quiconque en Alagaësia, il n'est pas exclu que Niernen sache percer ses défenses.

Un sentiment de jubilation envahit Eragon :

– Alors, nous devons...

Un son aigu l'interrompit.

C'était un cri perçant, irritant, un grincement de métal contre la pierre qui lui agaçait les dents. Il grimaça et se couvrit les oreilles des mains, cherchant à localiser l'origine de ce bruit. Saphira secoua la tête, et, malgré le vacarme, il perçut son gémissement d'angoisse.

Eragon balaya la cour des yeux à deux reprises avant de remarquer un léger nuage de poussière s'élevant le long du donjon. Il s'échappait de la fissure apparue sous la fenêtre noircie et partiellement détruite par Lupusänghren quand il avait tué le magicien. Le cri montant en intensité, Eragon décolla une main pour désigner la fente.

– Regarde ! lança-t-il à Arya, qui hocha la tête pour signifier qu'elle avait vu.

Il plaqua de nouveau la main sur son oreille.

Sans raison apparente, le bruit cessa.

Eragon attendit un moment avant d'abaisser lentement les mains, déplorant pour une fois d'avoir l'ouïe aussi sensible.

Au même instant, la fissure s'agrandit de plusieurs pieds et se mit à courir le long du mur de haut en bas, jusqu'à la clé de voûte au-dessus de la porte ; une grêle de pierres martela le sol. Tout le bâtiment gronda et, depuis la fenêtre endommagée jusqu'au linteau brisé, la façade du donjon pencha vers l'avant.

– Courez ! hurla Eragon aux Vardens, qui se dispersaient déjà, anticipant la chute du mur.

Tous ses muscles crispés, il chercha Roran des yeux.

Il le repéra enfin, piégé près de la porte derrière le dernier groupe d'hommes auxquels il hurlait des ordres qui se perdaient dans la panique. Puis le mur trembla, s'écarta de plus en plus du reste du bâtiment. Pour éviter la chute de débris, Roran dut se réfugier sous le surplomb de la porte.

Quand il se redressa, ses yeux rencontrèrent ceux d'Eragon, et celui-ci lut dans le regard de son cousin la peur et l'impuissance, vite suivies d'un éclair de résignation, comme s'il savait que, aussi rapide fût-il, il n'avait aucune chance de se mettre à l'abri à temps.

Un sourire ironique lui étira les lèvres.

Et le mur s'écroula.

2
LE MARTEAU BRISÉ

– **N**on ! hurla Eragon, tandis que la façade s'effondrait dans un fracas assourdissant, ensevelissant Roran et cinq de ses compagnons sous plusieurs mètres de pierres.

Un épais nuage de poussière envahit la cour.

Eragon cria à s'en arracher la gorge, et le goût cuivré du sang lui emplit la bouche. Il se plia en deux, secoué par une quinte de toux.

– Vaetna, hoqueta-t-il en agitant la main.

Avec un froissement soyeux, l'épaisse poussière grise s'écarta. Tout à son inquiétude pour Roran, Eragon prit à peine conscience de la somme d'énergie que son sort lui avait coûté.

– Non, non, non..., marmonnait-il. Il ne peut pas être mort, il ne peut pas, il ne peut pas...

Il reprenait cette petite phrase en boucle comme si sa répétition pouvait la rendre vraie. Mais elle devenait à chaque fois moins un constat ou un espoir qu'une prière adressée aux forces de l'univers.

Devant lui, les Vardens toussaient et se frottaient les yeux, bouche bée de stupéfaction devant les dégâts. Les gravats recouvraient la mosaïque jusqu'au milieu de la cour. Au premier étage du donjon, deux pièces et la moitié d'une troisième étaient éventrées, ainsi qu'une autre au deuxième étage : celle où le magicien avait connu une mort violente. À l'intérieur, une demi-douzaine de soldats armés d'arbalètes reculait en face du vide qui s'ouvrait maintenant devant eux. Ils disparurent dans les profondeurs du donjon en se bousculant.

Eragon tenta d'estimer le poids d'un bloc de pierre dans le tas de débris. Il devait atteindre deux ou trois cents kilos. En s'y mettant tous ensemble, lui, Saphira et les elfes, ils pourraient déplacer les pierres par magie, mais leurs efforts les laisseraient affaiblis et vulnérables. En outre, ils gaspilleraient un temps précieux. Un instant, Eragon pensa à Glaedr. Le dragon d'or aurait été capable de soulever toute la pile en une seule fois. Mais, ici, la rapidité était essentielle, il serait trop long de récupérer l'Eldunarí de Glaedr. Eragon avait peu de chances de convaincre le dragon de parler avec lui, moins encore de participer au sauvetage de Roran et de ses hommes.

Il se remémora Roran tel qu'il lui était apparu juste avant que le déluge de pierres et de poussière ne l'eût enseveli, debout sous l'arche de la porte. Et, à l'instant, il sut ce qu'il devait faire.

– Saphira, aide-les ! cria-t-il en laissant tomber son bouclier. Et il s'élança.

Derrière lui, il entendit Arya prononcer une courte phrase en ancien langage. Puis elle le rattrapa, l'épée à la main.

Parvenu devant le monticule de gravats, Eragon sauta aussi haut qu'il put. Il atterrit en équilibre précaire sur la face inclinée d'une pierre, sauta encore, tel un chamois escaladant le flanc d'un ravin. Il craignait de déstabiliser les blocs, mais ils offraient la voie d'accès la plus rapide.

D'un dernier bond, il atteignit le rebord du premier étage et traversa la pièce au pas de course. Il poussa la porte du fond avec tant de force qu'elle sortit de ses gonds et se fracassa contre le mur opposé.

Eragon fila dans le couloir. Le bruit de ses pas et de son souffle lui parvenait étrangement étouffé, comme si ses oreilles avaient été remplies d'eau.

Il ralentit à l'approche d'une porte ouverte. Dans la pièce, cinq hommes en armes discutaient âprement, penchés sur une carte. Aucun d'eux ne le remarqua.

Il reprit sa course.

Au détour d'un corridor, il fonça dans un garde venant en sens inverse. Son front heurta le bouclier de l'homme, et des taches rouges et jaunes lui brouillèrent la vue. Il s'agrippa au soldat, et tous deux vacillèrent comme des danseurs ivres.

Le soldat se débattit en jurant :

– Qu'est-ce qui te prend, maudit imbécile... ?

Il découvrit alors le visage d'Eragon et ses yeux s'écarquillèrent :

– Toi ?

Le garçon lui projeta son poing gauche sous la cage thoracique. Le coup le souleva de terre et l'envoya percuter le plafond.

– Moi, confirma Eragon, tandis que l'homme retombait sur le sol, sans vie.

Eragon continua de courir dans le couloir. Son pouls déjà rapide battait deux fois plus vite depuis qu'il avait pénétré dans le donjon. Son cœur lui semblait prêt à exploser.

«Où est-ce ?» pensa-t-il en fouillant frénétiquement des yeux une autre pièce. Elle était vide.

Enfin, au bout d'un passage étroit, il aperçut un escalier en colimaçon. Il dévala les marches quatre à quatre sans se soucier de sa propre sécurité, ne ralentissant que le temps d'écarter de son chemin un archer ahuri.

Au bas de l'escalier, il déboucha dans une haute salle voûtée qui lui rappela la cathédrale de Dras-Leona. Il pivota sur lui-même, amassa de rapides impressions : des boucliers, des armes et des oriflammes rouges sur les murs ; d'étroites fenêtres juste sous le plafond ; des torches tenues par des supports en fer forgé ; une cheminée vide ; des tables sur tréteaux empilées des deux côtés de la salle ; au fond, une estrade où un homme barbu vêtu d'une longue robe se tenait debout devant une chaise à haut dossier. À sa droite, entre lui et la porte menant vers l'entrée du donjon, était posté un contingent d'une cinquantaine de soldats. Ils sursautèrent sous l'effet de la surprise, ce qui fit étinceler les broderies d'or de leurs tuniques.

— Tuez-le ! ordonna l'homme en robe, d'un ton plus effrayé que seigneurial. Le tiers de mes richesses à celui qui le tuera ! J'en fais le serment !

Ce nouveau retard exaspéra Eragon. Il tira son épée du fourreau, la brandit au-dessus de sa tête et lança :

— Brisingr !

Avec un sifflement, la lame s'enflamma. Eragon en sentit la chaleur sur sa main et sa joue.

— Filez ! gronda-t-il.

Les soldats n'eurent qu'une brève hésitation avant de tourner les talons.

Eragon chargea, sans s'occuper des traînards paniqués par la vision de son épée flamboyante. L'un d'eux trébucha et s'affala entre ses pieds ; il l'enjamba d'un bond sans même effleurer le plumet de son casque.

Le vent de sa course déformait les flammes qui flottaient autour de sa lame telle la crinière d'un cheval au galop.

Il enfonça une porte d'un coup d'épaule. Il traversa sans ralentir une vaste salle emplie de machines, de poulies et autres mécanismes destinés à lever ou abaisser les portes du donjon, et courut à la herse qui bloquait l'accès à un corridor. Celui-ci menait à l'entrée où Roran se tenait au moment de l'effondrement du mur. Quand Eragon se jeta dessus, la grille de fer plia mais ne se brisa pas.

Il recula en chancelant.

Il canalisa de nouveau l'énergie en réserve dans Brisingr et dans les diamants de sa ceinture, qu'il vida de leur précieuse charge, poussa le feu de son épée à une intensité presque insupportable et l'abattit sur la herse avec un cri inarticulé. Des étincelles orange et jaunes l'environnèrent, criblant de petits trous ses gants et sa tunique, lui piquant la peau. Une goutte de métal fondu grésilla sur le bout de sa botte. Il s'en débarrassa d'une secousse.

Au bout de trois coups, une portion de herse tomba. Les extrémités brisées, chauffées à blanc, luisaient doucement.

Eragon laissa mourir les flammes autour de Brisingr et franchit la brèche.

Il parcourut les méandres du passage destiné à ralentir l'avance des ennemis au cas où ils auraient pénétré dans le donjon, à gauche, à droite, à gauche... Après un dernier tournant, il reconnut enfin sa destination : le vestibule encombré de débris. Même avec sa vision elfique, il n'en distinguait que les contours dans l'obscurité, car la chute des pierres avait éteint les torches. Il perçut de curieux raclements, comme si un gros animal grattait maladroitement les décombres.

— Naina, prononça-t-il.

Une lumière bleutée éclaira l'espace. Et là, devant lui, couvert de sang, de sueur, de cendre et de poussière, Roran apparut. Les lèvres retroussées sur les dents en un effrayant rictus, il luttait corps à corps avec un soldat par-dessus les cadavres de deux autres.

Ébloui, le soldat cligna des yeux. Cette brève distraction lui fut fatale. D'une torsion, Roran le déséquilibra et le mit à genoux. Il s'empara de la dague pendue à la ceinture de son adversaire et la lui enfonça sous la mâchoire.

L'homme lança deux ruades, puis il ne bougea plus.

Roran se redressa, haletant, les doigts pleins de sang ; il jeta à Eragon un regard étrangement absent.

— Tu en as mis, du temps, fit-il.

Ses yeux se révulsèrent, et il s'évanouit.

3
DES OMBRES À L'HORIZON

Eragon n'aimait pas lâcher Brisingr. Il dut le faire, pourtant, pour rattraper Roran avant qu'il ne s'écroule. L'épée rebondit bruyamment sur les pavés tandis que son cousin s'affalait de tout son poids dans ses bras.

— Est-il gravement blessé ? demanda Arya.

Eragon sursauta, surpris de la trouver à ses côtés ainsi que Lupusänghren.

— Je ne pense pas.

Il frictionna les joues de Roran, ce qui étala la poussière sur sa peau. Dans la lumière d'un bleu glacé émise par le sortilège, le jeune homme avait les traits tirés, les yeux cerclés d'ombres mauves, les lèvres violettes comme s'il avait mangé des mûres.

— Allez, réveille-toi !

Au bout de quelques secondes, Roran battit des paupières ; puis il posa sur son cousin un regard effaré. Un intense soulagement envahit Eragon.

— Tu es resté un moment inconscient, expliqua-t-il.

— Ah !

Prenant le risque d'un bref contact, Eragon lança à Saphira : « Il est vivant ! »

« Tant mieux, se réjouit-elle. Je reste ici pour dégager les pierres avec les elfes. En cas de besoin, appelle-moi ! Je me débrouillerai pour te rejoindre. »

Avec l'aide d'Eragon, Roran se remit sur ses pieds dans un cliquetis de cotte de mailles.

– Et les autres ? demanda le Dragonnier en désignant le tas de gravats.

Roran secoua négativement la tête.

– Tu en es sûr ?

– Personne n'a pu survivre, là-dessous. Je m'en suis tiré parce que... parce que j'ai été en partie protégé par le linteau.

– Et toi, ça va ?

Roran semblait ailleurs, comme si la question ne le concernait pas.

– Hein ? Oh, ça va. Un poignet cassé, peut-être. Rien de grave.

Eragon lança un coup d'œil à Lupusänghren. L'elfe s'approcha nonchalamment et dit d'une voix égale :

– Si vous permettez...

Il étendit la main vers le bras blessé.

Tandis que Lupusänghren soignait son cousin, Eragon ramassa Brisingr et alla monter la garde, en compagnie d'Arya, au cas où des soldats se montreraient assez hardis pour attaquer.

– C'est fait, annonça Lupusänghren.

Roran testa son articulation en moulinant du poignet. Satisfait, il remercia l'elfe, puis entreprit de fouiller les décombres jusqu'à ce qu'il eût retrouvé son marteau. Il rajusta son armure et gronda :

– J'en ai soupé de ce Lord Bradburn. Il est grand temps de le relever de ses fonctions. Qu'en penses-tu, Arya ?

– C'est aussi mon avis.

– Alors, trouvons ce vieil imbécile ! Je lui ferai volontiers sentir la caresse de mon marteau, en mémoire de ceux que nous avons perdus aujourd'hui.

Sur ces mots, il se mit en marche.

Eragon éteignit son sort de lumière et s'élança derrière lui, Brisingr à la main. Arya et Lupusänghren le suivaient d'aussi près que les circonvolutions du corridor le permettaient.

La salle des machineries était déserte, de même que la grande salle du château. Seul un casque abandonné, qui oscillait encore sur le plancher, signalait la fuite récente des soldats.

Eragon et Roran contournèrent au pas de course l'estrade de marbre. Le Dragonnier réduisait sa vitesse pour ne pas distancer son cousin. Ils défoncèrent d'un coup de pied une porte située à gauche de l'estrade et s'engouffrèrent dans un escalier.

À chaque étage, ils s'arrêtaient le temps que Lupusänghren fouille mentalement les lieux à la recherche de Lord Bradburn et de sa suite, mais il ne trouvait rien.

Comme ils approchaient du troisième étage, Eragon entendit un martèlement de pieds et vit jaillir hors d'un passage voûté un faisceau de lances. Des pointes acérées entaillèrent la joue et la cuisse de Roran, trempant sa jambière de sang. Avec un mugissement d'ours blessé, il repoussa les lances de son bouclier pour forcer le passage et franchir les dernières marches. Des clameurs furieuses s'élevèrent.

Eragon fit passer Brisingr dans sa main gauche. De la droite, il empoigna une des lances par la hampe, l'arracha à l'homme qui la tenait, la retourna et la projeta au milieu du groupe embusqué. Il y eut un cri, un trou se fit dans la muraille humaine. Eragon répéta la manœuvre, et il eut bientôt réduit le nombre de soldats, assez pour que, marche après marche, Roran les oblige à reculer.

Dès qu'il émergea de l'escalier, les douze survivants se dispersèrent à travers un vaste palier bordé de balustrades, chaque homme cherchant un recul suffisant pour lancer son arme. Avec un nouveau rugissement, Roran bondit sur le premier qui se présentait. Il para une botte du soldat, trompa sa garde et lui abattit son marteau sur la tête. Le casque s'aplatit avec un bruit de marmite défoncée.

Eragon expédia d'un seul coup de Brisingr deux hommes serrés l'un contre l'autre. Il plongea pour éviter une hache tourbillonnant dans sa direction, balança un soldat par-dessus la balustrade avant d'en affronter deux autres qui tentaient de l'étriper avec des piques à crochet.

Arya et Lupusänghren évoluaient parmi les soldats, silencieux et meurtriers. Leur grâce elfique donnait à cette violence sanglante l'apparence d'une élégante chorégraphie.

À eux quatre, dans un chaos de chocs métalliques, d'os brisés et de membres tranchés, ils massacrèrent les derniers soldats. Comme toujours, le combat exaltait Eragon ; tout était clair en lui, comme s'il avait reçu un seau d'eau froide au visage. Rien ne lui procurait autant de lucidité.

Roran se plia en deux, les mains sur les genoux, cherchant son souffle tel un coureur sur la ligne d'arrivée.

Eragon désigna les entailles sur sa joue et sa cuisse :

— Tu permets ?

Roran testa la résistance de sa jambe blessée :

— Ça peut attendre. Trouvons d'abord Bradburn.

Eragon en tête, ils reprirent leur ascension. Au bout de cinq minutes de recherche, ils débusquèrent enfin Lord Bradburn, barricadé dans la plus haute chambre de la tour. À l'aide de quelques sorts, Eragon, Arya et Lupusänghren eurent vite raison de la porte et de la montagne de mobilier entassée derrière. Quand ils pénétrèrent tous les quatre dans les appartements, la suite et les gardes rassemblés autour de leur seigneur blêmirent et reculèrent en tremblant. Au grand soulagement d'Eragon, il n'eut pas à tuer plus de trois gardes avant que les autres déposent leurs armes sur le sol en signe de reddition.

Arya alla alors se camper devant Lord Bradburn, qui n'avait pas ouvert la bouche, et déclara :

— Maintenant, ordonnerez-vous à vos hommes de cesser le combat ? Il vous en reste bien peu, mais vous pouvez encore épargner leur vie.

— Je n'en ferai rien, répliqua Bradburn d'une voix si chargée de haine, de mépris et de sarcasme qu'Eragon eut envie de le frapper. Tu n'obtiendras de moi aucune concession, elfe. Je n'abandonnerai pas mes hommes aux mains de créatures aussi dénaturées que vous. La mort serait plus douce. Et n'espérez pas m'abuser par des propos mielleux. Je sais tout de votre alliance avec les Urgals, et je me fierais plus volontiers à un serpent qu'à des êtres qui partagent le pain avec ces monstres.

Arya hocha la tête et posa les mains sur le visage du gouverneur. Elle ferma les yeux, et tous deux demeurèrent un moment immobiles. Eragon perçut la lutte violente qui opposait leurs deux volontés, tandis qu'Arya brisait une à une les défenses de Bradburn. Il lui fallut une longue minute pour pénétrer dans sa conscience, mais enfin elle l'emporta. Elle entreprit alors d'explorer ses souvenirs jusqu'à découvrir la nature de ses protections.

Alors, en ancien langage, elle jeta un sort complexe pour les contourner et plonger Bradburn dans le sommeil. Quand elle eut terminé, celui-ci s'effondra entre ses bras avec un soupir.

– Elle l'a tué ! piailla un des gardes.

Des cris d'effroi et d'indignation montèrent parmi les courtisans.

Tandis qu'Eragon s'évertuait à les rassurer, il entendit sonner au loin une trompette des Vardens. Une autre lui répondit, plus proche. Puis il perçut des acclamations provenant de la cour.

Il échangea avec Arya un regard perplexe, et ils allèrent se poster chacun à une fenêtre.

Belatona, cité prospère, l'une des plus grandes de l'Empire, s'étendait à l'est et au sud. À proximité du château s'élevaient d'imposantes constructions de pierre, aux toits pentus et aux fenêtres en encorbellement. Plus loin, des bâtiments à colombages, faits de bois et de plâtre, avaient pris feu pendant la bataille. Une fumée brune infestait l'air, piquant les yeux et la gorge.

Au sud-ouest, à un mile de la ville, les Vardens avaient dressé leur camp : de longues rangées de tentes grises entourées de tranchées hérissées de pieux, quelques pavillons de couleurs vives surmontés d'oriflammes, et, allongés à même le sol, des centaines de blessés. Les tentes des guérisseurs étaient déjà saturées.

Au nord, au-delà des quais et des entrepôts, scintillait le lac Leona, vaste étendue d'eau immobile, parcourue parfois d'un friselis d'écume.

Une muraille de nuages noirs approchait de l'ouest, menaçant de noyer la ville sous d'épais rideaux de pluie. Des éclairs blêmes s'allumaient ici et là au cœur de l'orage, et le tonnerre grondait comme une bête en colère.

Mais Eragon ne vit nulle part une explication à la rumeur qui avait attiré leur attention.

Arya et lui coururent à la fenêtre qui surplombait la cour. Saphira et les elfes avaient fini de déblayer les décombres au pied du donjon. Eragon siffla, et Saphira leva la tête. Ses larges mâchoires s'écartèrent dans un sourire qui lui découvrit les dents, et elle souffla dans sa direction un serpentin de fumée.

– Oh! Quelles sont les nouvelles? lança-t-il.

L'un des Vardens grimpés sur le mur du château pointa le doigt:

– Regarde, Tueur d'Ombre! Les chats-garous! Ils arrivent!

Un frisson parcourut l'échine d'Eragon. Il tourna le regard dans la direction indiquée, et aperçut une foule de petites silhouettes sombres émergeant d'un repli de terrain, à quelques miles de là, sur l'autre rive de la rivière Jiet. Certaines marchaient à quatre pattes, d'autres sur deux jambes, mais elles étaient trop loin pour qu'il les identifie à coup sûr.

– Est-ce possible? souffla Arya, incrédule.

– On ne tardera pas à le savoir...

4
LE ROI CHAT

Dans la grande salle du château, Eragon se tenait sur l'estrade, à droite du trône de Lord Bradburn, la main sur le pommeau de Brisingr rangée dans son fourreau. De l'autre côté du trône, Jörmundur, commandant en chef des Vardens, serrait son casque dans le creux de son bras. Ses cheveux bruns, qui grisonnaient aux tempes, tombaient dans son dos en une longue tresse. Son visage étroit arborait une expression de neutralité soigneusement étudiée. Eragon remarqua une ligne rouge courant sur la face interne de son brassard droit, mais l'homme ne laissait paraître aucun signe de douleur.

Entre eux était assise leur chef, Nasuada, resplendissante dans une robe verte et jaune qu'elle venait de revêtir, troquant sa tenue de combat contre un habit plus approprié. Elle aussi avait payé son tribut à la bataille, comme l'attestait le bandage de lin qui pansait sa main gauche.

D'une voix basse, seulement audible par Eragon et Jörmundur, elle déclara :

— Si seulement nous obtenions leur soutien...

— Qu'exigeront-ils en retour ? l'interrogea Jörmundur. Nos coffres sont presque vides, et notre avenir incertain.

Remuant à peine les lèvres, elle dit :

— Ils ne désirent peut-être rien de plus qu'une chance d'éliminer Galbatorix.

Elle marqua une pause avant d'ajouter :

– Sinon, il nous faudra trouver autre chose que de l'or pour les persuader de rejoindre nos rangs.

– On peut toujours leur offrir quelques tonneaux de crème, intervint Eragon, ce qui tira un gloussement à Jörmundur.

Nasuada pouffa.

Une sonnerie de trompettes mit fin à leur aparté. Un page aux cheveux filasse, vêtu de la tunique brodée du blason des Vardens – un dragon blanc tenant une rose sur champ de pourpre –, entra par la porte ouverte au fond de la salle, frappa le sol de son bâton de cérémonie et, d'une voix flûtée, annonça :

– Son Altesse Sérénissime Grimrr Demi-Patte, Roi des Chats-Garous, Seigneur des Lieux Solitaires, Gouverneur des Terres de la Nuit, dit Celui Qui Marche Seul.

« Un curieux titre, Celui Qui Marche Seul », fit observer Eragon à Saphira.

« Bien mérité, j'en suis sûre », répondit-elle, et il sentit son amusement, même s'il ne pouvait la voir, roulée en boule dans un recoin du donjon.

Le page s'écarta, et Grimrr Demi-Patte fit son entrée, sous son apparence humaine, suivi de quatre autres chats-garous qui marchaient sans bruit sur leurs larges pattes fourrées. Ils ressemblaient à Solembum, le seul chat-garou qu'Eragon eût jamais vu dans sa forme animale : larges d'épaules et longs sur pattes, les oreilles dotées de plumets et une queue au bout noir, qu'ils remuaient gracieusement.

Grimrr Demi-Patte, lui, n'avait rien de commun avec aucune créature connue. Bien que de la taille d'un nain, il ne pouvait en aucune façon être confondu avec l'un d'eux, ni même avec un humain. Il avait un petit menton pointu, de larges pommettes et, sous des sourcils broussailleux, des yeux verts en amande bordés de cils évoquant des ailes. Des cheveux noirs hirsutes lui couvraient le front et retombaient sur ses épaules en longues mèches lustrées rappelant le pelage de ses compagnons. Eragon ne sut quel âge lui donner.

Grimrr portait pour tout vêtement une veste en cuir grossier et un pagne en peau de lapin. Des dizaines de crânes d'animaux – oiseaux, souris et autres petits gibiers –, accrochés à sa veste, cliquetaient à chacun de ses mouvements. Une dague était glissée à sa ceinture. De multiples cicatrices sillonnaient ses jambes couleur de noix. Il lui manquait deux doigts à la main gauche, sans doute tranchés d'un coup de dents, d'où son surnom.

Malgré la délicatesse de ses traits, Grimrr était sans conteste un mâle, comme en témoignaient les muscles saillants de ses bras et de son torse, ses hanches étroites et la puissance élastique de sa démarche.

Aucun chat-garou ne parut remarquer les gens qui les regardaient, alignés de part et d'autre de la salle, jusqu'à l'instant où Grimrr parvint à la hauteur d'Angela, l'herboriste. Debout près de Roran, elle tricotait une chaussette rayée à l'aide de six aiguilles.

Les yeux de Grimrr s'étrécirent, ses cheveux se hérissèrent – de même que les poils de ses gardes –, ses lèvres se retroussèrent sur deux crocs blancs recourbés, et il émit un sifflement sonore.

Levant le nez de sa chaussette, Angela lâcha avec une tranquille insolence :

– Cui cui.

Eragon, stupéfait, crut un instant que le chat-garou allait lui sauter dessus. Le visage et le cou de Grimrr virèrent au cramoisi, ses narines palpitèrent, et il renifla de colère. Ses compagnons se ramassèrent sur eux-mêmes, prêts à bondir, les oreilles rabattues en arrière.

Un bruissement de lames glissant hors des fourreaux emplit toute la salle.

Grimrr siffla de nouveau avant de se détourner et de se remettre en marche. Lorsque le dernier chat-garou dépassa Angela, il donna en douce un coup de patte au fil de laine qui pendait de ses aiguilles, comme l'aurait fait un chaton joueur.

Saphira était aussi ébahie qu'Eragon.

«Cui cui ?» répéta-t-elle.

Il haussa les épaules, oubliant qu'elle ne le voyait pas.

«Va savoir ce qu'Angela a en tête ! »

Grimrr arriva enfin devant Nasuada. Il la salua d'une légère inclinaison du buste, tout en conservant l'attitude de suprême confiance en soi, presque d'arrogance, qui est l'apanage des chats, des dragons et de certaines femmes de haut rang.

– Dame Nasuada, fit-il.

Sa voix, étonnamment grave, évoquait plus le feulement rauque d'un félin que le timbre clair du jeune homme dont il avait l'allure.

Nasuada s'inclina à son tour :

– Roi Demi-Patte. Vous et les vôtres êtes les bienvenus parmi les Vardens. Je vous prie d'excuser notre allié, le roi Orrin du Surda, qui ne peut être ici pour vous accueillir, comme il l'aurait souhaité. Il défend actuellement, avec ses cavaliers, notre flanc ouest contre des troupes de Galbatorix.

– Bien sûr, Dame Nasuada, dit Grimrr, et ses crocs lancèrent un éclair blanc. Il ne faut jamais tourner le dos à un ennemi.

– Certes... Et à quoi devons-nous le plaisir de cette visite inattendue, Votre Altesse ? Les chats-garous sont réputés pour leur goût de la solitude. Ils se tiennent à l'écart des conflits, surtout depuis la Chute des Dragonniers. Votre espèce est presque devenue un mythe au cours du siècle dernier. Qu'est-ce qui vous incite, aujourd'hui, à vous montrer au grand jour ?

Grimrr désigna Eragon de son doigt recourbé, terminé par un ongle aussi pointu qu'une griffe :

– Lui, gronda-t-il. Un chasseur n'attaque pas un autre chasseur tant que celui-ci n'a pas montré sa faiblesse, et Galbatorix a montré la sienne : il ne tuera pas Eragon le Tueur d'Ombre ni Saphira Bjartskular. Nous attendions cette occasion depuis longtemps et avons décidé de la saisir. Galbatorix apprendra à nous craindre et à nous haïr. Il comprendra enfin l'étendue de son erreur et saura que nous avons été les artisans de sa chute. Et que cette vengeance nous sera douce, aussi douce que la moelle d'un tendre marcassin ! Le temps est venu, humaine, pour tous les peuples, même celui des chats-garous, de se lever ensemble et de prouver à Galbatorix qu'il n'a pas brisé leur volonté de combattre. Nous rejoindrons votre armée, Dame Nasuada, en tant que libres alliés, et nous vous aiderons à accomplir cette tâche.

Eragon n'aurait su dire ce que pensait Nasuada, mais lui-même et Saphira s'avouaient impressionnés par ce discours.

Après un bref silence, Nasuada déclara :

— Vos paroles sonnent agréablement à mes oreilles, roi Demi-Patte. Toutefois, avant d'accepter votre offre, je dois obtenir de vous certaines réponses, si vous le voulez bien.

Avec un air de souveraine indifférence, Grimrr leva une main :

— Soit !

— Les chats-garous ont toujours été si secrets, si insaisissables que, je l'avoue, je n'avais jamais entendu parler de Votre Altesse avant ce jour. J'ignorais même que votre peuple eût un souverain.

— Il est vrai que les chats-garous préfèrent aller chacun son chemin, reconnut Grimrr. Cependant, quand il est question de guerre, ils se choisissent un chef.

— Je vois. Ainsi, parlez-vous au nom de toute votre espèce ou seulement pour ceux qui vous accompagnent ?

Bombant le torse, Grimrr ronronna d'un air plus satisfait que jamais :

— Au nom de tous, Dame Nasuada. Tous les chats-garous d'Alagaësia, à l'exception des femelles qui allaitent leurs petits, sont ici pour se battre. Nous sommes peu nombreux, mais notre férocité au combat n'a pas d'égale. Et je commande également les n'ont-qu'une-forme, bien que je ne puisse m'exprimer pour eux, car ils sont aussi sots que les autres animaux.

— Les n'ont-qu'une-forme ? répéta Nasuada.

— Ceux que vous appelez les chats. Ceux qui ne changent pas d'apparence, comme nous.

— Et ils se plieront à vos ordres ?

— Oui. Ils nous admirent, ce qui est bien naturel.

« S'il dit vrai, commenta Eragon à l'intention de Saphira, ce sera une aide inestimable. »

Nasuada reprit :

— Et que demandez-vous en échange de votre assistance, roi Demi-Patte ?

Elle échangea un sourire avec Eragon avant d'ajouter :

— Nous pouvons vous offrir autant de crème que vous le désirez ; à part ça, nos ressources sont assez limitées. Si vos guerriers s'attendent à être payés, je crains qu'ils ne soient cruellement déçus.

— La crème est bonne pour les chatons, et l'or ne nous intéresse pas, répondit Grimrr en inspectant ses ongles, les yeux mi-clos. Voici nos conditions : ceux qui ne possèdent pas encore de dague en recevront une. Chacun aura deux armures à sa taille : une pour se tenir sur deux jambes, une pour se déplacer à quatre pattes. Aucun autre équipement ne nous est nécessaire, ni tentes, ni couvertures, ni vaisselle. Vous assurerez quotidiennement à chaque combattant un canard, une oie, un poulet ou une autre volaille, et tous les deux jours une écuelle de foie fraîchement haché. En outre, si vous gagnez cette guerre, celui ou celle qui deviendra votre prochain souverain, ainsi que tous les souverains futurs, veilleront à placer près de leur trône un coussin rembourré, à la place d'honneur, pour que l'un de nous y siège s'il le souhaite.

— Vous marchandez comme un juriste nain, fit remarquer sèchement Nasuada.

Elle se pencha vers Jörmundur, et Eragon l'entendit chuchoter :

— Aurons-nous assez de foie pour les nourrir tous ?

— Je le pense, répondit Jörmundur sur le même ton. Tout dépend de la taille de l'écuelle.

Nasuada se redressa sur son fauteuil :

— Deux armures, c'est une de trop, roi Demi-Patte. Vos guerriers devront choisir sous quelle forme, humaine ou féline, ils désirent combattre et s'en tenir à cette décision. Je ne peux me permettre de les équiper deux fois.

Si Grimrr avait eu une queue, elle aurait battu l'air avec irritation. Le chat-garou se raidit imperceptiblement :

— Très bien, Dame Nasuada.

— Une dernière condition. Galbatorix a des espions et des tueurs cachés un peu partout. C'est pourquoi, avant de vous rallier aux Vardens, vous permettrez à nos magiciens d'examiner vos mémoires, afin de s'assurer que Galbatorix n'a aucune emprise sur vous.

Grimrr renifla :

— Ce serait folie de ne pas le faire. Si quelqu'un est assez courageux pour lire nos pensées, qu'il le fasse. Mais pas elle !

Il pivota pour désigner Angela :

— Surtout pas elle !

Nasuada hésita, et Eragon comprit qu'elle s'apprêtait à demander pourquoi. En fin de compte, elle s'en abstint.

— C'est entendu. J'envoie tout de suite chercher les magiciens, afin que cette affaire soit réglée. En fonction de ce qu'ils découvriront — rien de fâcheux, j'en suis sûre —, je serai heureuse de conclure une alliance entre vous et les Vardens, roi Demi-Patte.

À ces mots, tous les humains, y compris Angela, lancèrent des acclamations. Les elfes eux-mêmes paraissaient satisfaits.

Les chats-garous n'eurent d'autre réaction que de plaquer leurs oreilles en arrière, importunés par le vacarme.

5
CONTRECOUP

Eragon s'adossa contre Saphira avec un grognement. Les mains sur les genoux, il se laissa glisser contre ses écailles bombées, s'assit sur le sol et allongea les jambes :

— J'ai faim !

Ils étaient dans la cour du château, à l'écart des hommes qui achevaient de la déblayer, empilant indifféremment des pierres et des corps dans des chariots.

— Holà ! lança une voix.

Roran venait vers eux à grands pas. Angela courait sur ses talons, son tricot battant l'air.

— Où vas-tu comme ça ? demanda Eragon.

— Assurer la sécurité de la ville et installer les prisonniers.

— Ah...

Le regard du garçon balaya distraitement la cour avant de revenir au visage tuméfié de son cousin :

— Tu t'es bien battu.

— Toi aussi.

Eragon tourna son attention vers Angela, qui avait repris ses aiguilles. Ses doigts remuaient si vite qu'il ne pouvait suivre leur mouvement.

— Cui cui ? fit-il, interrogateur.

Elle secoua sa tignasse bouclée d'un air espiègle :

— Je te raconterai ça une autre fois.

Eragon accepta sa dérobade sans discuter. Il n'attendait pas vraiment une explication ; Angela en fournissait rarement.

– Et toi, demanda Roran, que vas-tu faire ?

« Chercher de quoi manger », dit Saphira en bousculant Eragon d'un coup de museau.

Roran acquiesça :

– Bonne idée. On se verra ce soir au campement, alors.

Au moment de s'en aller, il ajouta :

– Dis à Katrina que je pense à elle.

Angela rangea son tricot dans un sac matelassé accroché à sa taille :

– J'y vais, moi aussi. J'ai une potion sur le feu, et il y a une certaine personne de l'espèce des chats-garous que j'aimerais retrouver.

– Grimrr ?

– Non, non, une vieille amie à moi, la mère de Solembum. Si elle est encore en vie, ce que j'espère.

Elle porta la main à son front, dessina un cercle avec son pouce et son index, et lança d'une voix ostensiblement enjouée :

– À plus tard !

Là-dessus, elle s'éloigna.

« Sur mon dos ! » ordonna Saphira.

Elle se releva, laissant Eragon sans dossier.

Il se mit en selle, et les ailes immenses de Saphira se déployèrent avec un doux bruissement de cuir, tandis qu'un souffle de vent traversait la cour, telles des ondes sur un étang. Autour d'eux, les gens s'immobilisèrent pour la regarder.

Saphira leva ses ailes à la verticale, ce qui dévoila le réseau de veines mauves qui palpitaient au rythme de son cœur puissant. Puis une secousse fit chavirer le monde autour d'Eragon tandis qu'elle bondissait au sommet du rempart, où elle resta un moment en équilibre, effritant sous ses griffes les pierres des créneaux. Il s'agrippa à l'un de ses piquants pour se rétablir.

Tout bascula de nouveau quand la dragonne décolla. Un goût âcre emplit la bouche d'Eragon et ses yeux larmoyèrent :

ils traversaient l'épaisse nuée recouvrant Belatona, sombre chape de souffrance, de colère et de chagrin.

En deux vigoureux coups d'ailes, Saphira se propulsa hors de la fumée, dans la lumière du soleil, loin au-dessus des rues, où des incendies brûlaient encore. Puis elle plana en cercles, portée par l'air ascendant.

Malgré sa fatigue, Eragon savourait la splendeur du spectacle : dans les grondements de l'orage qui menaçait, les contours de la cité s'illuminaient d'une lumière d'argent. Des masses d'un noir d'encre sillonnées d'éclairs avançaient du fond du ciel. En bas, le lac scintillait, des centaines de petites fermes parsemaient le paysage de taches verdoyantes. Mais rien n'était aussi impressionnant que la montagne de nuages.

Eragon ressentait toujours comme un privilège de pouvoir admirer le monde d'aussi haut, conscient que bien peu de gens avaient eu un jour la chance de chevaucher un dragon.

Saphira inclina les ailes pour entamer la descente vers le camp des Vardens et ses rangées de tentes grises.

Une rafale de vent souffla de l'ouest, annonciatrice de la tempête. Eragon courba le dos et s'agrippa plus fort. Dans les champs, les épis ondulèrent sous la bourrasque comme la fourrure d'une grosse bête verte.

Un cheval hennit au passage de Saphira, qui frôlait la cime des tentes en direction de la clairière où elle devait se poser. Quand elle ralentit, s'immobilisant presque au-dessus du sol déjà maintes fois labouré par ses griffes, Eragon se souleva sur sa selle. L'impact de l'atterrissage faillit le désarçonner.

« Désolée, fit-elle. J'ai fait le plus doucement possible. »

« Je sais. »

Il avait à peine mis pied à terre que Katrina courait vers lui, ses longs cheveux auburn volant derrière elle. Le vent plaquait ses vêtements sur son ventre rond.

— Alors ? cria-t-elle, le visage tendu par l'anxiété.

— Tu as entendu parler des chats-garous ?

Elle fit signe que oui.

– À part ça, rien de nouveau. Roran va bien. Il pense à toi.

Une lueur de tendresse s'alluma dans ses yeux, sans effacer totalement son inquiétude :

– Il n'est pas blessé, alors ?

Elle désigna l'anneau à son doigt, l'un des deux qu'Eragon avait enchantés pour le jeune couple, de sorte qu'ils soient avertis si l'un ou l'autre était en danger.

– J'ai cru sentir quelque chose, il y a une heure, et j'ai eu peur que...

Eragon secoua la tête :

– Roran te racontera. Quelques contusions, rien de grave. Il m'a fait peur, à moi aussi.

Katrina se força à sourire :

– L'essentiel, c'est que vous soyez sains et saufs, tous les deux.

Quand elle se fut éloignée, Eragon et Saphira se dirigèrent vers l'endroit où les cuisiniers entretenaient leurs feux. Là, ils purent enfin se restaurer.

6
MÉMOIRE D'UN MORT

« Galbatorix est fou, et par conséquent imprévisible, mais il y a des failles dans son raisonnement. Si tu les découvres, Eragon, peut-être saurez-vous le vaincre, toi et Saphira. »

Brom ôta sa pipe de sa bouche, la mine grave : « Je souhaite qu'il en soit ainsi. Mon plus cher désir, Eragon, est que vous ayez tous deux une vie longue et féconde, libérée de la crainte de Galbatorix et de l'Empire. Je voudrais pouvoir vous protéger des dangers qui vous menacent. Je ne peux que t'offrir mes conseils et t'enseigner ce que je sais, tant que je suis là…, mon fils. Quoi qu'il puisse t'arriver, sache que je t'aime, comme ta mère t'aimait. Que les étoiles veillent sur toi, Eragon fils de Brom. »

Eragon ouvrit les yeux, et la vision s'effaça. Au-dessus de sa tête, le toit de la tente pendouillait, aussi flasque qu'une gourde vide, après les secousses infligées par la tempête. Une goutte d'eau froide lui tomba sur la cuisse et traversa le tissu de sa jambière. Il aurait dû aller retendre les cordages de la tente, mais il n'avait pas le courage de quitter le lit de camp.

« Et Brom ne t'a jamais parlé de Murtagh ? Il ne t'a jamais dit que nous étions demi-frères ? »

Saphira, roulée en boule à l'extérieur, répondit :

« Tu peux me poser la question cent fois, ça ne changera pas ma réponse. »

« Mais pourquoi ? Pourquoi n'en a-t-il rien fait ? Il devait le savoir. Forcément. »

La réplique de Saphira tarda à venir :

« Brom avait ses raisons. Mais, si tu veux mon avis, il trouvait plus important de te dire combien tu comptais pour lui, et de te conseiller de son mieux, plutôt que de perdre son temps à parler de Murtagh. »

« Il aurait au moins pu me mettre en garde ! Quelques mots auraient suffi. »

« J'ignore ce qu'il avait en tête, Eragon. Il y a bien des choses que tu ne sauras jamais sur Brom, il te faut l'accepter. Crois en son amour pour toi, et ne laisse pas de telles pensées te perturber. »

Eragon plaça ses pouces côte à côte pour les comparer. L'articulation du gauche était plus plissée que celle du droit, alors que le droit portait une petite cicatrice irrégulière dont il ne se rappelait pas l'origine. Sans doute datait-elle de l'Agaetí Sänghren, le Serment du Sang.

« Merci, Saphira », dit-il.

Depuis la chute de Feinster, il avait revu et réécouté trois fois à travers elle le message de Brom, et à chaque fois il avait remarqué, dans ses paroles ou son attitude, un détail qui lui avait échappé jusqu'alors. Cela lui procurait un grand réconfort, et un désir qui l'avait tourmenté toute sa vie : connaître le nom de son père et savoir que celui-ci l'avait aimé.

Saphira accueillit son remerciement avec une onde d'affection.

Bien qu'Eragon se fût restauré et qu'il eût pris une heure de repos, sa fatigue n'était pas entièrement dissipée. Cela ne l'étonnait pas. L'expérience lui avait appris qu'il lui faudrait plusieurs semaines pour se remettre des effets d'une longue et dure bataille. À mesure que les Vardens approchaient d'Urû'baen, ils auraient de moins en moins le temps de récupérer avant chaque nouvel affrontement. La guerre les mènerait au bout de leurs forces, les laissant exsangues, rompus, à peine capables de se battre, jusqu'au moment où ils devraient encore affronter Galbatorix, qui, lui, les aurait attendus tout à son aise.

Il s'efforça de ne pas trop y penser.

Une autre goutte d'eau frappa sa cuisse, dure, froide. Agacé, il balança les jambes hors du lit, puis vint s'accroupir près d'un carré de sol nu, dans un coin de la tente.

– Deloi sharjalví, lâcha-t-il.

Suivirent des formules en ancien langage pour désarmer les pièges qu'il avait installés la veille.

La poussière se mit à bouillonner comme de l'eau, et de cette fontaine de terre, de cailloux et d'insectes émergea un coffret cerclé de fer, long d'un pied et demi. Eragon s'en empara et le déposa sur le sol redevenu solide.

– Ládrin, murmura-t-il.

Il effleura le fermoir sans serrure, qui s'ouvrit avec un *clic*.

Une lueur dorée emplit la tente quand il souleva le couvercle.

Soigneusement niché dans l'écrin de velours reposait l'Eldunarí de Glaedr, le cœur des cœurs du dragon. L'énorme joyau luisait sombrement, telle une braise mourante. Eragon le souleva entre ses mains, sentit sur ses paumes la chaleur des facettes irrégulières, et il plongea le regard dans ses profondeurs palpitantes. Une galaxie de minuscules étoiles tourbillonnait au centre de la pierre. Il lui sembla cependant qu'elles étaient moins nombreuses, et que leur course s'était ralentie depuis le jour où il avait tenu la pierre pour la première fois, à Ellesméra, quand Glaedr l'avait expulsée de son corps pour la leur confier, à lui et à Saphira.

Eragon, fasciné, aurait pu contempler indéfiniment leur gravitation ininterrompue.

« Essayons encore une fois », dit Saphira.

Il acquiesça.

Ensemble, ils projetèrent leur esprit vers les astres lointains où la conscience de Glaedr s'était incarnée. Ils naviguèrent dans des océans noirs, glacés, traversèrent des déserts de désespoir et d'indifférence si vastes qu'ils n'avaient plus qu'un désir, s'arrêter là et pleurer.

– Glaedr... Elda ! lançaient-ils encore et encore.

Mais rien ne leur répondait, rien ne brisait la froideur qui les environnait.

Enfin, ils se retirèrent, incapables de supporter plus longtemps le poids déchirant de la détresse de Glaedr.

Quand il revint en lui-même, Eragon prit conscience qu'on frappait contre le poteau de sa tente.

– Eragon ? Je peux entrer ?

C'était Arya.

Il battit des paupières pour chasser ses larmes :

– Bien sûr !

Elle écarta le pan de toile sur la lumière grise tombant du ciel couvert. Eragon eut un choc quand les yeux en amande de l'elfe – verts, indéchiffrables – rencontrèrent les siens, et une douloureuse sensation de manque le parcourut.

– Un changement ? s'enquit-elle en s'agenouillant près de lui.

Elle portait la même tenue de cuir noir, chemise, pantalon et souples bottes, que le jour où il l'avait sauvée à Gil'ead. Ses cheveux fraîchement lavés cascadaient dans son dos en longues mèches humides. Comme souvent, elle sentait les aiguilles de pin, et Eragon se demanda si elle créait cette fragrance par magie ou si c'était son parfum naturel. Il n'osa pas l'interroger. En réponse à sa question, il secoua la tête.

Elle désigna le cœur des cœurs de Glaedr :

– Je peux ?

Il s'écarta :

– Je t'en prie.

Arya posa les deux mains sur l'Eldunarí et ferma les yeux. Il en profita pour l'observer avec une intensité qui l'aurait offensée à un autre moment. Elle représentait pour lui la quintessence de la beauté, même si d'aucuns auraient jugé son nez trop long, ses joues trop anguleuses, ses oreilles trop pointues, ses bras trop musclés.

Avec une brusque inspiration, Arya écarta les mains comme si l'Eldunarí l'avait brûlée. Puis elle courba la tête, et Eragon vit que son menton tremblait.

– C'est l'être le plus malheureux que je connaisse…
Si seulement nous pouvions l'aider ! Comment retrouvera-t-il
jamais son chemin au cœur de sa propre obscurité ?

– Crois-tu qu'il…

Eragon osait à peine exprimer sa crainte :

– Crois-tu qu'il puisse perdre la raison ?

– Si ce n'est pas encore fait, il erre à la frontière de la folie.

Le chagrin submergea le garçon. Ils contemplèrent tous deux
la pierre d'or en silence. Quand il se sentit capable de parler,
il demanda :

– Où est la Dauthdaert ?

– Cachée dans ma tente, de la même manière que tu as caché
l'Eldunarí. Je peux te la confier, si tu préfères, ou la conserver
en sûreté jusqu'à ce que tu en aies besoin.

– Garde-la. Si je la porte sur moi, Galbatorix pourrait découvrir son existence. Et ce serait imprudent d'entreposer deux
objets aussi précieux au même endroit.

Elle approuva d'un signe de tête.

La souffrance, en lui, s'intensifia.

– Arya, commença-t-il, je…

Saphira intervint alors pour lui montrer l'un des fils de
Horst, le forgeron – Albriech, pensa-t-il, bien qu'il lui fût
difficile de le différencier de son frère, Baldor, dans la vision
déformée de la dragonne –, courant vers sa tente. Il accueillit
cette interruption avec soulagement, ne sachant trop ce qu'il
s'apprêtait à dire.

– On vient, annonça-t-il en abaissant le couvercle du
coffret.

Des pas lourds clapotèrent dans la boue, à l'extérieur. Puis
la voix d'Albriech – car c'était bien lui – appela :

– Eragon ! Eragon !

– Qu'y a-t-il ?

– C'est ma mère, les douleurs ont commencé. Père m'envoie
te demander de bien vouloir attendre avec lui. Si les choses
allaient mal, ta magie serait utile. S'il te plaît, est-ce que tu…

Sans même écouter la suite, Eragon s'empressa de verrouiller et de cacher le coffret. Puis il jeta un manteau sur ses épaules et se débattait avec l'agrafe quand Arya lui toucha le bras :

– Je peux t'accompagner ? J'ai quelque expérience en la matière. Si ton peuple me le permet, je rendrai son accouchement plus facile.

Eragon n'hésita même pas. Il écarta l'entrée de la tente :

– Après toi.

7
QU'EST-CE
QU'UN HOMME ?

La boue collait aux bottes de Roran, ralentissait sa marche. Les muscles de ses jambes, déjà douloureux, lui brûlaient à chaque pas. Gluant, glissant, le sol se dérobait sous ses semelles comme pour le déséquilibrer. Il s'enfonçait dans des fondrières. En une nuit, le passage constant d'hommes, de bêtes et de chariots avait transformé la terre en marécage infranchissable. Il ne restait au bord de la piste menant au camp des Vardens que quelques plaques d'herbe piétinée, mais Roran se doutait qu'elles ne résisteraient pas longtemps.

Il n'essaya même pas de s'extirper de cette mélasse, il se moquait de salir ses vêtements. D'ailleurs, il était si épuisé qu'il lui était moins pénible de patauger en ligne droite que de sauter d'un îlot d'herbe à un autre.

Tout en marchant, Roran revint en pensée à Belatona. Depuis l'audience accordée aux chats-garous par Nasuada, il s'efforçait d'établir un poste de commandement dans les quartiers nord-ouest de la ville et d'en prendre le contrôle, assignait des hommes à la construction de barricades, à l'extinction des incendies, à la poursuite des soldats réfugiés dans les maisons et à la confiscation des armes. C'était une lourde tâche, dont il désespérait de venir à bout, et il craignait que des échauffourées ne reprennent bientôt dans les rues.

« J'espère que ces idiots passeront la nuit sans se faire massacrer », songea-t-il.

Une douleur aiguë lui labourait le côté droit, et une grimace lui découvrit les dents :

« Maudit couard ! »

Un archer lui avait tiré dessus depuis un toit. Seule la chance l'avait sauvé : juste à cet instant, un de ses hommes, Mortenson, était passé devant lui. Le trait l'avait traversé de part en part, gardant assez de force pour meurtrir profondément la hanche de Roran. Mortenson était mort sur le coup, et l'archer s'était volatilisé.

Cinq minutes plus tard, une explosion, probablement d'origine magique, avait tué deux autres de ses hommes au moment où, intrigués par un bruit, ils pénétraient dans une étable.

D'après ce que Roran avait pu apprendre, on déplorait ce genre d'attaques dans toute la ville. Sans nul doute, des agents de Galbatorix étaient à l'œuvre, mais les habitants de Belatona n'étaient pas en reste, des hommes et des femmes qui ne supportaient pas d'être inactifs quand une armée prenait le contrôle de leurs foyers. Roran comprenait le désir de ces gens de défendre leur famille. En même temps, il les maudissait d'être aussi têtus, de ne pas reconnaître que les Vardens étaient là pour les aider et non pour leur nuire.

Il attendit qu'un nain tire hors de son chemin un poney lourdement chargé, puis il reprit sa pénible marche.

En approchant de sa tente, il découvrit Katrina, penchée sur un baquet d'eau savonneuse, occupée à frotter sur une planche à laver des bandages ensanglantés. Avec ses manches roulées au-dessus du coude, ses cheveux hâtivement ramassés en chignon, ses joues empourprées par l'effort, elle ne lui avait jamais paru plus belle. Elle était son réconfort, son refuge. À sa seule vue, l'espèce de confusion qui l'oppressait s'apaisa.

Dès qu'elle l'aperçut, elle abandonna son ouvrage et courut à sa rencontre, essuyant ses mains rougies sur le devant de sa robe. Roran l'enlaça et la serra contre sa poitrine. Sa hanche douloureuse protesta et il poussa un grognement.

Katrina s'écarta, les sourcils froncés :

– Je t'ai fait mal ?

– Non, non, ce n'est rien.

Elle ne posa pas de question, mais se pressa contre lui plus doucement et le regarda, les yeux embués de larmes. L'attirant par la taille, il l'embrassa, plein de gratitude pour la joie que lui donnait sa seule présence.

Il laissa Katrina le soutenir jusqu'à la souche qui leur servait de tabouret, près du feu qu'elle avait allumé pour chauffer de l'eau, et sur lequel mijotait à présent une marmite de ragoût.

Katrina en emplit un bol, qu'elle lui tendit. Puis elle alla chercher dans leur tente une chope de bière ainsi qu'une assiette de pain et de fromage.

– As-tu besoin d'autre chose ? demanda-t-elle d'une voix bizarrement enrouée.

Pour toute réponse, Roran lui prit le visage entre ses mains et lui caressa les joues du bout du pouce. Elle se dégagea en souriant, puis retourna à sa lessive, et se mit à frotter le linge avec une ardeur nouvelle.

Roran fixa la nourriture un long moment avant de se décider à y goûter. Il était encore si contracté qu'il craignait la réaction de son estomac. Après quelques bouchées de pain, cependant, l'appétit lui revint, et il dévora le ragoût.

Quand il eut fini, il posa la vaisselle par terre et sirota sa bière.

– On a entendu le fracas, quand les portes de la ville sont tombées, dit Katrina en essorant un bandage. Ils n'ont pas tenu très longtemps.

– Non... Ça aide d'avoir un dragon dans son camp.

Katrina leva les bras pour étendre la pièce de linge sur une corde, ce qui mit son ventre en avant. Chaque fois que Roran pensait à l'enfant qu'elle portait, l'enfant qu'ils avaient conçu ensemble, il ressentait une immense fierté, aussitôt teintée d'anxiété. Au cas où la guerre ne serait pas terminée le jour où le bébé viendrait au monde, Katrina envisageait de se réfugier au Surda, où elle pourrait l'élever dans une relative sécurité.

« Je ne supporterais pas d'être loin d'elle », songea-t-il.

Katrina plongea un nouveau bandage dans le baquet.

– Et dans la ville ? demanda-t-elle en brassant l'eau. Comment ça s'est passé ?

– On s'est battu pied à pied. Eragon lui-même en a vu de rudes.

– Les blessés parlent d'une baliste montée sur roues.

– Oui.

Roran s'humecta le gosier d'une gorgée de bière avant de lui décrire rapidement la progression des Vardens à travers Belatona et les obstacles qu'ils ne cessaient de rencontrer.

– On a perdu trop d'hommes, aujourd'hui, mais ça aurait pu être pire. Bien pire. Jörmundur et le capitaine Martland avaient bien planifié l'attaque.

– Leurs beaux plans n'auraient pas si bien marché sans toi et Eragon. On dit que tu as été le plus brave de tous.

Roran lâcha un rire bref :

– Ah ! Tu sais pourquoi ? Je vais te le dire : il n'y a pas un homme sur dix qui soit prêt à affronter l'ennemi. Eragon ne s'en rend pas compte, il est toujours en première ligne. Moi, je le vois. La plupart traînent à l'arrière. Ils agitent leurs armes en poussant de grands cris pour donner le change mais ne se battent que s'ils sont acculés.

– C'est vrai ? lâcha Katrina, consternée. Ce sont des lâches ?

– Je ne sais pas. Je crois que... qu'ils ne peuvent se résoudre à tuer un homme face à face, alors qu'ils n'hésitent pas à frapper ceux qui leur tournent le dos. Du coup, ils attendent que d'autres fassent le sale boulot. Des types comme moi.

– Et les hommes de Galbatorix ?

Roran haussa les épaules :

– Eux, ils n'ont pas le choix, ils sont tenus de lui obéir. S'ils reçoivent l'ordre de se battre, ils se battent.

– Nasuada pourrait en faire autant. Si elle demandait à ses magiciens de lancer un sort qui obligerait ses hommes à accomplir leur devoir de soldats ?

55

– Quelle différence y aurait-il, alors, entre elle et Galbatorix ? De toute façon, les Vardens ne le toléreraient pas.

Katrina vint l'embrasser sur le front.

– Je suis fière de toi, murmura-t-elle.

Retournant à son baquet, elle se remit à frotter une bande de lin maculée de sang.

– Mon anneau a réagi bizarrement, tout à l'heure. J'ai cru qu'il t'était arrivé quelque chose...

– Rien d'étonnant, j'étais en plein combat.

Elle s'immobilisa, les mains dans l'eau :

– Je n'avais jamais senti ça.

Il vida sa chope de bière, cherchant à retarder l'inévitable. Il avait espéré lui épargner les détails de ce qui lui était arrivé au château, mais il était clair qu'elle n'aurait de cesse qu'elle n'ait connu la vérité. Sinon, elle imaginerait des calamités bien pires. De plus, à quoi bon lui cacher un évènement qui serait bientôt connu de tous les Vardens ?

Alors, il raconta. Il lui fit un bref récit où il s'efforça de décrire l'écroulement du mur comme un incident mineur et non comme un épisode où il aurait pu laisser la vie. Malgré tout, il eut du mal à trouver les mots. Quand il eut fini, il resta silencieux, troublé par ces souvenirs.

– Au moins, tu n'as pas été blessé, dit Katrina.

– Non.

Le bruit d'eau remuée cessa, et il sentit le regard de sa femme peser sur lui.

– Tu as déjà affronté de plus grands dangers.

– Oui... sans doute.

D'une voix douce, elle insista :

– Alors, qu'est-ce qui ne va pas ?

Comme il ne répondait rien, elle reprit :

– Tu peux tout me dire, Roran, tu le sais. Même le plus terrible.

Passant le doigt sur une fêlure de la chope, il avoua :

– Quand le mur est tombé, j'ai cru que j'allais mourir.

– N'importe qui l'aurait cru.

– Oui, mais le plus terrible, c'est que ça m'était égal.

Il leva vers elle des yeux emplis d'angoisse :

– Tu ne comprends donc pas ? J'ai *renoncé*. Quand j'ai compris que je n'en réchapperais pas, j'ai accepté mon sort, comme un mouton qu'on mène à l'abattoir. Et je...

Incapable de poursuivre, il laissa tomber la chope et se cacha le visage dans les mains. Une boule enflait dans sa gorge, l'empêchait de respirer. Il sentit sur son épaule les doigts légers de Katrina.

– J'ai renoncé, gronda-t-il, furieux et dégoûté de lui-même. J'ai cessé de lutter... pour toi... pour notre enfant.

Sa voix s'étrangla.

– Chut, chut..., fit-elle.

– Je n'avais jamais renoncé, avant. Pas une seule fois. Pas même quand les Ra'zacs t'ont enlevée.

– Je sais.

– Ces combats, il faut que ça cesse. Je ne peux pas continuer comme ça... Je ne peux pas... Je...

Il releva la tête et vit qu'elle était au bord des larmes.

D'un bond, il fut debout. Il la pressa contre lui et chuchota :

– Pardon, je te demande pardon... Ça n'arrivera plus, je te le promets.

– Ça ne change rien, souffla-t-elle, la bouche contre son épaule.

Piqué par cette remarque, il répliqua :

– J'ai eu un moment de faiblesse, c'est vrai, mais ma parole devrait encore compter pour toi !

– Ce n'est pas ce que je voulais dire, s'écria-t-elle en s'écartant. Ce que tu peux être bête, parfois !

Il esquissa un sourire :

– Je sais.

Elle noua les mains derrière le cou de Roran :

– Quoi que tu aies pu ressentir, ça ne change rien à ce que je pense de toi. Tout ce qui compte, c'est que tu sois en vie... Pouvais-tu faire quelque chose, quand le mur s'est effondré ?

57

Il fit signe que non.

– Alors, tu n'as pas à avoir honte. Si tu avais eu une chance de t'échapper et que tu ne l'aies pas saisie, là, tu aurais perdu mon estime. Mais accepter son destin sans se répandre en vaines récriminations, c'est de la sagesse, pas de la faiblesse.

– Merci, souffla-t-il en déposant un baiser sur son front.

– Et, si tu veux mon avis, tu es l'homme le plus brave, le plus fort et le plus gentil de toute l'Alagaësia.

Cette fois, il l'embrassa sur la bouche. Elle rit, la tension se relâcha ; ils restèrent ainsi à se balancer, comme s'ils dansaient sur une musique qu'ils étaient seuls à entendre. Puis Katrina le repoussa d'un geste espiègle pour se remettre à sa lessive, et il se rassit sur la souche. Pour la première fois depuis la bataille, il retrouvait sa sérénité, en dépit de ses multiples douleurs et contusions.

Il contempla le va-et-vient des hommes et des chevaux – accompagnés parfois d'un nain ou d'un Urgal – qui passaient près de la tente, la démarche lourde, notant l'état de leurs armes et de leurs armures. Il tenta d'évaluer l'humeur générale des Vardens. Il en vint à la conclusion que tous, hormis les Urgals, avaient besoin d'une bonne nuit de sommeil et d'un repas décent, et que chacun – surtout les Urgals – gagnerait à être plongé dans un baquet d'eau chaude et récuré de la tête aux pieds à l'aide d'une brosse en chiendent.

Puis il observa Katrina et remarqua qu'elle grommelait d'énervement, le visage crispé, agacée d'avoir à frotter et frotter encore des taches qui résistaient. Quand il la vit claquer le linge contre la planche à laver, la bouche pincée, projetant autour d'elle des gerbes d'eau savonneuse, il se leva :

– Laisse-moi faire.

– Ce n'est pas ton travail, marmonna-t-elle.

– N'importe quoi ! Va t'asseoir, je vais terminer. Allez, va !

Elle secoua la tête avec obstination :

– Non. C'est toi qui devrais te reposer, pas moi. Et ce n'est pas un travail d'homme, je te dis.

Il ricana, sarcastique :

– Au nom de quel décret ? Maintenant, assieds-toi ! Tu es debout depuis trop longtemps.

– Roran, je vais bien !

– Ne sois pas stupide !

Il voulut l'écarter doucement du baquet, mais elle résista et désigna les hommes qui passaient sur le sentier boueux :

– Non ! Qu'est-ce que les gens diraient ?

– Ils diront ce qu'ils voudront, je ne suis pas marié avec eux ! Ceux qui jugent indigne d'un homme d'aider sa femme sont des imbéciles.

– Mais...

– Il n'y a pas de « mais ». Ouste, va-t'en !

– Mais...

– Assez discuté ! Si tu ne vas pas t'asseoir, je te transporte de force et t'attache sur cette souche !

– Vraiment ?

– Vraiment ! Va !

Comme elle lui cédait sa place à contrecœur, il marmonna, exaspéré :

– Tête de mule !

– Parle pour toi ! Tu vaux tout un troupeau !

– Moi ? Pas du tout !

Il dégrafa sa ceinture, ôta sa cotte de mailles et l'accrocha à un piquet de tente. Puis il enleva ses gants et roula ses manches de chemise. Il fut surpris par la fraîcheur de l'air, et plus encore par le contact du linge qui avait refroidi sur la planche à laver. Mais l'eau était agréablement chaude, et il se mit à frotter, faisant mousser autour de ses poignets des bulles de savon irisées.

Il se réjouit de voir Katrina se détendre, autant qu'un siège aussi rudimentaire le permettait.

– Aimerais-tu une infusion de camomille ? proposa-t-elle. Gertrude m'a donné une poignée de fleurs fraîches, ce matin.

– Avec plaisir.

Un silence complice s'installa entre eux tandis que Roran se remettait à sa lessive. La tâche le mettait de bonne humeur ; il appréciait de voir ses mains utiles à autre chose qu'à manier le marteau, et la présence de Katrina lui procurait un sentiment de plénitude.

Il essorait la dernière pièce de linge quand on l'appela depuis le chemin encombré. Il lui fallut quelques secondes pour reconnaître Baldor qui courait vers eux, pataugeant dans la boue, zigzaguant entre les hommes et les chevaux. Il portait sa tenue de forgeron, un tablier de cuir, des gants épais encrassés de suie, si usés que les doigts en étaient durs et polis comme une carapace de tortue. Sous la lanière de cuir qui retenait ses cheveux hirsutes, une ligne soucieuse lui creusait le front. Baldor était plus petit que son père, Horst, et que son frère aîné, Albriech. Pour le reste, il était solide et musclé, résultat d'une enfance passée à aider Horst à la forge. Aucun des trois ne s'était battu, ce jour-là : les bons forgerons étaient trop précieux pour être exposés au danger. Roran aurait pourtant souhaité que Nasuada les y autorise, car ils étaient d'excellents combattants, sur qui il pouvait compter aux moments les plus critiques.

Que se passait-il ? Roran posa le bandage et s'essuya les mains ; Katrina se leva et le rejoignit.

Quand Baldor fut devant eux, ils durent attendre quelques secondes qu'il ait repris son souffle. Enfin, il lâcha :

— Venez vite ! C'est maman, le travail a commencé, et...

— Où est-elle ? s'enquit vivement Katrina.

— Dans notre tente.

— On arrive tout de suite.

Avec un hochement de tête reconnaissant, le jeune homme repartit au pas de course.

Pendant que Katrina se glissait sous leur tente pour y prendre son châle, Roran versa le contenu du baquet sur le feu, qui s'éteignit en sifflant. Un nuage de vapeur emplit l'air d'une odeur douceâtre.

La crainte et l'excitation hâtaient les mouvements de Roran. «Pourvu qu'elle ne meure pas en couches», pensa-t-il au souvenir des propos des femmes sur l'âge d'Elain et sa grossesse tardive. Elle avait toujours été bonne pour lui, et il l'aimait beaucoup.

– Tu es prêt ?

Katrina sortait de la tente, enveloppée dans son châle bleu.

Il reboucla sa ceinture :

– Je suis prêt. Allons-y !

8
LE PRIX DU POUVOÍR

— Voilà, ma Dame. Vous n'en aurez plus besoin. Bon débarras !

Farica, la servante de Nasuada, achevait de lui retirer ses pansements, et la bande de lin glissa en bruissant de son avant-bras. Nasuada les portait depuis le jour où elle avait testé sa vaillance avec le seigneur de la guerre Fadawar, pendant l'Épreuve des Longs Couteaux.

Tandis que Farica lui prodiguait ses soins, Nasuada contemplait une longue tapisserie trouée et effilochée. Enfin elle s'arma de courage et baissa les yeux vers ses blessures. Depuis qu'elle avait remporté l'épreuve, elle s'y était refusée. Fraîches, les plaies lui avaient paru si horribles qu'elle n'avait pu supporter l'idée de les regarder avant qu'elles ne soient guéries.

Les cicatrices étaient asymétriques. Six marquaient l'intérieur de son avant-bras gauche, trois le droit. Chacune mesurait trois à quatre pouces de long ; elles étaient presque rectilignes, sauf celle du bas, à droite, deux fois plus longue que les autres. Le sang-froid lui avait manqué, et le couteau avait dévié. La peau, tout autour, était encore rose et boursouflée, et les cicatrices elles-mêmes à peine plus pâles que le reste de son corps, ce qui la réconforta. Elle avait craint qu'elles ne soient plus nettes. Néanmoins, des renflements de chair dure lui sillonnaient les bras, comme si on lui avait glissé sous la peau des tiges de métal.

Nasuada les examina avec des sentiments ambivalents. Dans son enfance, son père lui avait enseigné les coutumes de leur peuple, mais elle avait passé presque toute sa vie parmi les Vardens et les nains. Les seuls rituels des tribus nomades qu'elle avait observés, en de rares occasions, étaient liés à leur religion. Elle n'avait jamais aspiré à maîtriser la Danse du Tambour ni à participer au difficile Appel des Noms, encore moins à vaincre quiconque dans l'Épreuve des Longs Couteaux. Et pourtant, encore jeune et belle, elle se trouvait marquée à vie par neuf longues cicatrices. Certes, elle aurait pu demander à un magicien des Vardens de les lui ôter, mais elle perdrait ainsi les bénéfices de sa victoire, et les tribus nomades ne la reconnaîtraient plus comme leur suzeraine.

Tout en regrettant que ses bras aient perdu la douceur et la rondeur qui attiraient le regard des hommes, elle était fière de ses cicatrices. Elles attestaient son courage et son dévouement envers les Vardens. Quiconque les verrait connaîtrait sa force de caractère, et cela, décida-t-elle, comptait plus que son apparence.

– Qu'en pensez-vous ? demanda-t-elle en tendant ses bras vers le roi Orrin, qui contemplait la ville, debout dans l'embrasure d'une fenêtre.

Il avait troqué son armure contre une robe rouge bordée d'hermine. Il se retourna, et ses yeux se plissèrent sous les sourcils broussailleux :

– Ce n'est pas beau à voir.

Reportant son attention sur la cité, il ajouta :

– Couvrez-vous. Ce ne serait pas convenable en société.

Nasuada observa un moment ses manches qui lui descendaient au coude avant de décréter :

– Non, je n'en ferai rien.

Elle ajusta leur bordure de dentelle, puis renvoya Farica. Elle traversa le tapis élimé pour rejoindre Orrin. En contrebas, dans la cité dévastée par les combats, seuls quelques feux brûlaient encore le long du rempart ouest. Les autres incendies étaient éteints.

Elle tourna son regard vers le roi.

Dans la courte période qui s'était écoulée depuis que Vardens et Surdans avaient lancé leur attaque contre l'Empire, elle avait vu les extravagances d'Orrin céder la place à une sorte d'austérité. Elle avait d'abord apprécié ce changement, qu'elle considérait comme un signe de maturité. Mais, à mesure que la guerre se prolongeait, elle regrettait ses discours philosophiques enflammés et ses autres excentricités. Rétrospectivement, elle se rendait compte qu'il avait éclairé ses journées, même si elle le trouvait parfois bien irritant. De plus, cette transformation faisait de lui un rival dangereux. À présent, elle l'imaginait sans peine tentant de la remplacer à la tête des Vardens.

« Serais-je heureuse avec lui si je l'épousais ? » songea-t-elle. Orrin n'était pas déplaisant. Il avait un nez un peu long, mais une mâchoire carrée, une bouche expressive et bien dessinée. Des années d'entraînement militaire lui avaient donné une belle carrure. Il était intelligent sans aucun doute, et, pour l'essentiel, il avait une personnalité agréable. Néanmoins, s'il n'avait pas été roi du Surda, et n'avait pas représenté une menace pour elle et pour l'indépendance des Vardens, jamais elle n'aurait envisagé une union avec lui. « Ferait-il un bon père ? »

Orrin s'appuya sur le rebord de pierre. Sans la regarder, il déclara :

— Vous devez rompre votre pacte avec les Urgals.

— Et pourquoi ? demanda-t-elle, prise de court.

— Parce que cela nous nuit. Des hommes qui seraient prêts à rejoindre nos rangs nous maudissent de nous être alliés avec de tels monstres et refusent de déposer les armes quand nous arrivons chez eux. La résistance de Galbatorix leur paraît justifiée à cause de notre alliance avec les Urgals. Le commun des mortels ne la comprend pas. Les gens ignorent que Galbatorix a lui-même utilisé les Urgals et qu'il les a manipulés pour qu'ils attaquent Tronjheim sous le commandement d'un Ombre. Ces subtilités ne sont guère accessibles à un fermier effrayé. Tout ce qu'il comprend, c'est que des êtres qu'il a craints et haïs toute sa vie marchent vers son village, conduits par un dragon rugissant et par un Dragonnier plus elfe qu'humain.

– Nous avons besoin des Urgals, rétorqua Nasuada. Nous manquons déjà de guerriers.

– Nous n'avons pas besoin d'eux à ce point. Vous savez que j'ai raison. Sinon, pourquoi auriez-vous empêché les Urgals de prendre part à l'assaut de Belatona ? Pourquoi leur auriez-vous interdit l'entrée dans la cité ? Les tenir éloignés du champ de bataille ne suffit pas, Nasuada. La nouvelle de leur présence se répand dans tout le pays. La seule chose à faire pour améliorer la situation est de mettre un terme à cet arrangement néfaste avant qu'il ne nous nuise davantage.

– Je ne peux pas.

Orrin tourna vers elle un visage déformé par la colère :

– Des hommes meurent parce que vous avez accepté l'aide de Garzhvog. Mes hommes, vos hommes, ceux de l'Empire... morts et enterrés. Cette alliance ne vaut pas un tel sacrifice et, sur ma vie, je ne peux concevoir pourquoi vous continuez à la défendre.

Elle ne put soutenir son regard. Il lui rappelait trop la culpabilité qui l'assaillait si souvent quand elle cherchait le sommeil. Gardant les yeux fixés sur la fumée qui montait d'un toit, elle articula lentement :

– Je la défends dans l'espoir que cette entente avec les Urgals épargnera plus de vies qu'elle n'en coûtera... Si nous parvenons à vaincre Galbatorix...

Orrin lâcha une exclamation incrédule.

– Rien n'est moins certain, je le sais, reprit-elle. Mais nous devons envisager cette possibilité. Si nous avons la victoire, il nous incombera d'aider nos peuples à se relever et à bâtir sur les cendres de l'Empire un pays nouveau, un pays fort. De vivre enfin en paix après un siècle de conflits. Je ne vais pas renverser Galbatorix pour que les Urgals nous tombent dessus au moment où nous serons le plus vulnérables.

— Ils pourraient le faire, de toute façon. Ils l'ont déjà fait.

— Tâchons de les apprivoiser. Plus ils seront liés à notre cause, moins ils risqueront de se retourner contre nous. Qu'envisager d'autre ? lança-t-elle, agacée.

— Je vais vous le dire, gronda-t-il. Bannissez-les ! Rompez votre pacte avec Nar Garzhvog et chassez-le, lui et ses béliers. Si nous gagnons cette guerre, alors il sera temps de négocier un nouveau traité avec eux, et nous serons en position de dicter nos conditions. Ou, mieux, envoyez Eragon et Saphira dans la Crête avec un bataillon d'hommes pour les éradiquer une fois pour toutes, comme les Dragonniers auraient dû le faire il y a des siècles.

Nasuada lui jeta un regard incrédule :

— Si je mettais fin à notre alliance avec les Urgals, ils entreraient dans une telle colère qu'ils nous attaqueraient sur-le-champ, et nous ne pouvons combattre en même temps les Urgals et l'Empire. Attirer pareille menace sur nos têtes serait une pure folie. Si, dans leur sagesse, les elfes, les dragons et les Dragonniers ont tous toléré l'existence des Urgals – alors qu'ils auraient facilement pu les détruire –, nous devons suivre leur exemple. Ils savaient que massacrer les Urgals aurait été une erreur, et vous le savez aussi.

— Leur sagesse... ? Bah ! Pour ce qu'elle leur a rapporté ! Très bien, laissons la vie à quelques Urgals, mais tuons-en assez pour qu'ils se terrent dans leurs tanières pendant quelques centaines d'années !

La souffrance que trahissait sa voix et la tension qui se lisait sur son visage étonnèrent Nasuada. Elle l'observa attentivement, essayant de comprendre la raison d'une telle véhémence. Une explication lui vint à l'esprit, qui, après réflexion, lui parut évidente.

— Qui avez-vous perdu ? demanda-t-elle.

Orrin serra le poing et, lentement, l'abattit sur le rebord de la fenêtre, comme s'il n'osait y mettre toutes ses forces. Il recommença à deux reprises avant de répondre :

— Un ami avec qui j'ai grandi, au château de Borromeo. Je ne pense pas que vous l'ayez connu. Il était lieutenant dans ma cavalerie.

— Comment est-il mort ?

— Nous arrivions devant les écuries de la porte ouest et nous nous préparions à les sécuriser pour notre propre usage quand un des palefreniers est sorti d'une stalle en courant et l'a embroché avec une fourche. Quand on a acculé le valet, il a proféré des propos incohérents à propos des Urgals, et hurlé qu'il ne se rendrait jamais... S'il l'avait fait, ça ne l'aurait pas avancé à grand-chose, le pauvre idiot. Je l'ai tué de ma main.

— Je suis désolée.

Orrin hocha la tête en silence, ce qui fit étinceler les pierres de sa couronne.

— Quel que soit votre chagrin, reprit-elle, ne le laissez pas vous dicter vos décisions. Croyez-moi, je sais combien c'est difficile... Mais vous devez dominer vos émotions, pour le bien de votre peuple.

— Dominer mes émotions..., répéta-t-il avec une ironie amère.

— Oui. Il nous est demandé davantage qu'aux autres. Il nous faut donc devenir meilleurs qu'eux si nous voulons être à la hauteur de nos responsabilités. Les Urgals ont tué mon père, rappelez-vous. Je n'en ai pas moins conclu une alliance avec eux pour le bien des Vardens. Rien ne m'empêchera d'agir au mieux pour eux, pour notre armée tout entière, quoi qu'il m'en coûte.

Elle leva les bras pour qu'il voie ses cicatrices.

— C'est votre dernier mot ? Vous ne romprez pas avec les Urgals ?

— Non.

Il accueillit sa décision avec un calme qui la troubla. Puis, serrant à deux mains le rebord de la fenêtre, il retourna à sa contemplation. Quatre grosses bagues ornaient ses doigts ; l'une d'elles portait le sceau royal du Surda, gravé sur une améthyste :

67

un cerf aux larges bois, des branches de gui entre les pattes, face à une haute tour fortifiée.

— Au moins, reprit Nasuada, nous n'avons affronté aucun soldat insensibilisé à la douleur par magie.

— Vous parlez des morts-qui-rient, marmonna Orrin, utilisant l'expression en cours chez les Vardens.

— Oui. Et aucun signe non plus de Murtagh ni de Thorn. Ça m'inquiète.

Ils gardèrent le silence un moment. Puis elle dit :

— Comment s'est passée votre expérience, hier soir ? A-t-elle réussi ?

— J'étais trop fatigué pour la tenter. Je suis allé me coucher.

— Ah.

Au bout de quelques instants, d'un accord tacite, ils se dirigèrent tous deux vers un bureau poussé contre un mur, encombré de feuillets, de tablettes et de rouleaux de parchemin. Nasuada contempla ce désordre décourageant en soupirant. Une demi-heure plus tôt, le bureau était encore vide, rangé par ses secrétaires.

Elle se concentra sur le rapport qui surplombait le tout, une estimation du nombre de prisonniers faits par les Vardens pendant le siège de Belatona, avec les noms des personnalités notés à l'encre rouge. Elle discutait de ces chiffres avec Orrin quand Farica était entrée pour lui enlever ses bandages.

— Je ne vois pas comment démêler ce sac de nœuds, reconnut-elle.

— Nous pourrions recruter des gardes parmi ces hommes. Ça nous éviterait de laisser trop de nos guerriers derrière nous en partant.

Elle prit le rapport :

— Peut-être, mais les hommes qu'il nous faut seront difficiles à sélectionner, et nos magiciens sont déjà dangereusement surmenés...

— Le Du Vrangr Gata a-t-il découvert un moyen de briser un serment prêté en ancien langage ?

Comme elle répondait par la négative, il reprit :

– Ont-ils au moins fait des avancées ?

– Rien de concret. J'ai même demandé aux elfes ; ils n'ont pas obtenu plus de résultats au cours de leurs longues années de tentatives que nous ces derniers jours.

– Si nous ne trouvons pas une solution, et vite, ça pourrait nous coûter la victoire.

– Je sais, dit-elle en se frictionnant les tempes.

Avant de quitter la protection des nains, à Farthen Dûr et à Tronjheim, elle avait tenté d'anticiper tous les défis auxquels les Vardens risquaient d'être confrontés une fois lancés dans l'offensive. Celui qu'ils rencontraient à présent la prenait au dépourvu.

Le problème s'était d'abord posé au lendemain de la bataille des Plaines Brûlantes, quand il était devenu évident que tous les officiers de l'armée de Galbatorix et la plupart des simples soldats avaient été contraints de prêter serment de fidélité à l'Empire en ancien langage. Orrin et Nasuada avaient rapidement compris qu'ils ne pourraient jamais se fier à ces hommes tant que Galbatorix et l'Empire existeraient, ni peut-être même après. En conséquence, ils ne pouvaient accepter dans leurs rangs ceux qui désiraient rejoindre les Vardens, de peur que leur serment ne les oblige à trahir.

À cette époque, Nasuada ne s'en était pas vraiment préoccupée. Les prisonniers étaient une des composantes de la guerre, et elle avait déjà pris des mesures avec Orrin pour que les captifs soient acheminés vers le Surda, où ils seraient employés à construire des routes, casser des pierres, creuser des canaux et autres gros travaux.

Ce n'est qu'après la prise de Feinster qu'elle avait saisi l'ampleur du problème. Les agents de Galbatorix avaient arraché des serments de loyauté aux soldats, mais aussi aux nobles de la ville, à de nombreux dignitaires et à un nombre aléatoire de gens du peuple, qui, pour la plupart, n'avaient pas été identifiés. Ceux qui avaient été repérés devaient être gardés sous les verrous, pour éviter qu'ils ne corrompent les Vardens. Dans ces conditions, trouver des personnes de confiance désireuses de travailler avec eux s'était avéré fort ardu. À cause du nombre de ceux qu'il fallait enfermer, Nasuada avait dû laisser à Feinster deux fois plus de guerriers qu'elle ne l'avait prévu. Pour éviter que la population ne meure de faim, elle avait dû également détourner des provisions dont les Vardens auraient eu grand besoin. Une telle situation ne pourrait durer très longtemps, et elle ne ferait qu'empirer avec la prise de Belatona.

– Dommage que les nains ne soient pas encore là, déplora Orrin. Leur aide ne serait pas de trop.

Nasuada acquiesça. Il n'y avait plus parmi eux que quelques centaines de nains ; les autres avaient regagné Farthen Dûr pour assister aux funérailles de leur roi Hrothgar, tué sur le champ de bataille, et pour attendre que leurs chefs de clan lui choisissent un successeur. Elle ne cessait de maudire ce contre-temps. Elle avait tenté de les convaincre de nommer un régent pour la durée de la guerre, mais, aussi butés qu'une pierre, ils avaient refusé de renoncer à leurs cérémonies séculaires, même si cela impliquait d'abandonner les Vardens au beau milieu de la campagne. Quoi qu'il en soit, les nains avaient enfin élu leur nouveau roi, Orik, le neveu de Hrothgar, et quitté les lointaines Montagnes des Beors pour rejoindre leurs alliés. En ce moment même, ils traversaient les vastes plaines au nord du Surda, quelque part entre le lac Tüdosten et la rivière Jiet.

Nasuada se demandait s'ils seraient en état de se battre à leur arrivée. En règle générale, les nains étaient plus résistants que les humains. Mais deux mois de marche avaient de quoi user l'endurance des plus solides. « Ils doivent être lassés de contempler indéfiniment le même paysage », songea-t-elle.

– Nous avons déjà tant de prisonniers. Et quand nous aurons pris Dras-Leona...

Elle secoua la tête.

S'animant soudain, Orrin déclara :

– Et si nous contournions purement et simplement Dras-Leona ?

Il fouilla dans le monceau de paperasses pour en extirper une grande carte d'Alagaësia, qu'il déploya par-dessus l'entassement de rapports administratifs. Les piles instables donnaient à la représentation du pays une topologie inhabituelle : des pics à l'ouest du Du Weldenvarden, une large dépression à l'emplacement des Montagnes des Beors, des ravins autour du désert du Hadarac, des ondulations au centre de la Crête...

– Regardez !

Orrin traça du doigt une ligne allant de Belatona à Urû'baen, la capitale de l'Empire :

– En marchant droit sur la ville, on évite Dras-Leona. D'une seule traite, ce sera difficile, mais pas impossible.

Nasuada n'eut pas besoin de réfléchir, elle avait déjà envisagé cette possibilité :

– C'est trop risqué. Galbatorix pourrait lancer sur nous ses soldats stationnés à Dras-Leona, un contingent qui n'a rien de négligeable si on en croit nos informateurs. Avoir à se défendre sur deux fronts en même temps, c'est le meilleur moyen de perdre une bataille, voire la guerre. Non, nous devons prendre Dras-Leona.

Orrin accepta l'objection d'un hochement de tête :

– Dans ce cas, il faut faire revenir les troupes d'Aroughs. Nous aurons besoin de tous nos hommes.

– Je sais. Je compte faire en sorte que le siège soit achevé avant la fin de la semaine.

– Pas en y envoyant Eragon, j'espère !

– Non, j'ai un autre projet.

– Bien. Et d'ici là ? Comment allons-nous régler le problème des prisonniers ?

– Par les moyens habituels : des gardes, des grilles, des verrous. Peut-être aussi des sorts qui restreignent leurs mouvements, pour ne pas avoir à assurer une surveillance constante.

Je ne vois pas d'autre solution, à moins de les exécuter en bloc, et j'aimerais autant...

Jusqu'où accepterait-elle d'aller pour vaincre Galbatorix ?

– J'aimerais autant ne pas en arriver là...

– Je vois.

Orrin se pencha sur la carte, le cou tendu, les épaules rentrées. Il resta dans cette attitude de vautour jusqu'à ce que Nasuada demande :

– Avons-nous autre chose à voir ? Jörmundur attend mes ordres, et le Conseil des anciens a sollicité une audience.

– Je m'inquiète.

– De quoi ?

Orrin balaya la carte de la main :

– Cette opération a été mal conçue dès le départ. Nos forces et celles de nos alliés sont dangereusement éparpillées. Et, si Galbatorix se mettait en tête d'intervenir en personne dans les combats, il nous anéantirait aussi aisément que Saphira un troupeau de chèvres. Toute notre stratégie repose sur l'idée d'un affrontement entre Galbatorix, Eragon, Saphira et autant de magiciens que nous pourrons en réunir. Or, nous n'en comptons actuellement qu'un petit nombre dans nos rangs. Impossible de rassembler les autres avant notre arrivée à Urû'baen et notre rencontre avec la reine Islanzadí ! Jusque-là, nous serons terriblement vulnérables. En pariant que l'arrogance de Galbatorix le retiendra jusqu'à ce que notre piège se referme, nous prenons un grand risque.

Nasuada partageait ces préoccupations. Toutefois, il lui paraissait plus constructif de restaurer la confiance du roi que d'abonder dans son sens. Si sa détermination faiblissait, cela nuirait à l'exercice de ses devoirs et minerait le moral de ses troupes.

– Nous ne sommes pas sans défense, objecta-t-elle. Nous avons la Dauthdaert. Grâce à elle, nous sommes peut-être capables de tuer Galbatorix et Shruikan s'ils surgissaient des profondeurs d'Urû'baen.

– Peut-être.

– À votre place, j'éviterais de trop m'alarmer. On ne peut ni hâter l'arrivée des nains, ni accélérer notre progression vers Urû'baen, ni faire machine arrière. Préparons-nous plutôt à accepter notre destin, quel qu'il soit. Ne nous laissons pas troubler par la crainte. Jamais je n'accorderai à Galbatorix un tel pouvoir sur moi.

9
ENTRÉE BRUTALE
DANS LA LUMIÈRE

Un hurlement s'éleva, aigu, perçant, presque inhumain.

Eragon se raidit comme si on lui avait planté une aiguille dans la chair. Il avait passé la journée à voir des hommes se battre et mourir – et à tuer – et il ne supportait pas les cris de douleur d'Elain. Il se demandait si elle survivrait à l'accouchement.

Près du tonneau qui lui servait de siège, Albriech et Baldor, accroupis, arrachaient des brins d'herbe qu'ils dépiautaient méthodiquement. Leurs fronts luisaient de sueur. De temps en temps, ils échangeaient un coup d'œil chargé de colère et d'angoisse, avant de poser le regard sur la tente où se trouvait leur mère. Le plus souvent, ils fixaient leurs chaussures d'un air absent.

À quelques pas de là, Roran était assis lui aussi sur un tonneau qui oscillait à chacun de ses mouvements. Plusieurs dizaines de villageois de Carvahall s'étaient attroupés en bordure de l'allée boueuse. La plupart étaient des hommes, des amis de Horst ou de ses fils, ou les maris des femmes qui assistaient Gertrude, la guérisseuse, auprès d'Elain. Derrière eux, Saphira, le cou tendu comme un arc, battait le sol de sa queue et goûtait l'air à petits coups de langue, y cherchant des informations sur l'état d'Elain et du bébé.

Eragon frictionna son avant-bras endolori. L'attente durait depuis des heures, le crépuscule approchait. Des ombres noires s'étiraient sur le sol. L'air fraîchissait, envahi de moustiques et de libellules aux ailes de dentelle venus de la rivière Jiet.

Un nouveau hurlement brisa le silence.

Les hommes s'agitèrent, mal à l'aise, et esquissèrent des gestes pour écarter le mauvais sort, échangeant à voix basse des propos qu'Eragon saisissait parfaitement. Il était question de la grossesse difficile d'Elain. Certains affirmaient sur un ton solennel que, si elle n'accouchait pas bientôt, ce serait trop tard pour elle et pour l'enfant. « C'est dur, pour un homme, de perdre sa femme, surtout en de telles circonstances... », soupiraient les uns. « Oui, quelle tristesse... », enchérissaient les autres. Plusieurs blâmaient les Ra'zacs ou les duretés du voyage entrepris pour rejoindre les Vardens. Et plus d'un désapprouvait qu'on eût permis à Arya d'être présente. « C'est une elfe, pas une humaine, marmonna Fisk, le charpentier. Qu'elle reste avec ses semblables, elle n'a pas à se mêler de nos affaires ! Qui peut dire quelles sont vraiment ses intentions, hein ? »

Eragon entendait tous ces commentaires mais n'en laissait rien voir. Si les villageois découvraient combien son ouïe était devenue fine, ils seraient emplis de confusion.

75

Roran se pencha en avant, et le tonneau craqua :

— Est-ce qu'on ne devrait pas...

— Non, le coupa Albriech.

Eragon resserra sa cape autour de lui. Le froid du soir s'infiltrait dans ses os. Malgré tout, il s'interdisait de partir tant que l'épreuve d'Elain ne serait pas terminée.

— Regardez ! s'écria soudain Roran.

Albriech et Baldor relevèrent vivement la tête.

De l'autre côté de l'allée, Katrina sortait de la tente, portant un paquet de linge souillé. Avant que le pan de l'entrée se fût rabattu, Eragon entrevit à l'intérieur Horst et une femme de Carvahall – il n'aurait su dire laquelle – debout au pied du lit où Elain était allongée.

Sans un coup d'œil pour les gens rassemblés là, Katrina s'approcha en hâte du feu où la femme de Fisk, ainsi qu'Isold et Nola, faisaient bouillir des chiffons pour les réutiliser.

Roran s'agita dans un craquement de tonneau. Eragon s'attendait à le voir courir vers Katrina, mais il resta à sa place. Albriech et Baldor en firent autant. Tous suivaient avec attention les déplacements de la jeune femme.

Un nouveau hurlement monta, aussi insoutenable que les précédents. Eragon se crispa. Puis l'entrée de la tente s'ouvrit une deuxième fois, et Arya en surgit, les bras nus, échevelée. Elle courut vers trois des gardes elfes d'Eragon, debout dans une flaque d'ombre, derrière un pavillon. Elle parla un moment sur un ton d'urgence avec une elfe au long visage étroit, nommée Invidia, puis repartit vers la tente aussi vite qu'elle en était sortie.

Eragon l'intercepta au vol :

– Comment ça se passe ?

– Mal.

– Pourquoi est-ce si long ? Tu ne peux pas l'aider à accoucher plus vite ?

L'expression d'Arya, déjà tendue, se durcit encore :

– Je le pourrais. Avec mon chant, j'aurais pu extraire l'enfant de son ventre dès la première demi-heure. Mais Gertrude et les autres femmes ne me laissent pas utiliser le moindre sort.

– C'est absurde ! Pourquoi ?

– Parce que la magie leur fait peur. Et moi aussi, je leur fais peur.

– Emploie l'ancien langage, elles seront obligées de te croire.

– Ça ne ferait qu'empirer les choses. Elles penseraient que je veux les ensorceler et elles me chasseraient.

– Et Katrina ? Si elle...

– C'est grâce à elle que j'ai pu lancer quelques sorts.

Elain cria de nouveau.

– Te laissent-elles au moins apaiser ses souffrances ?

– Pas plus que je ne l'ai déjà fait.

Eragon se tourna vers la tente de Horst, grommelant entre ses dents :

– Puisque c'est comme ça...

Une main ferme le retint. Surpris, il interrogea Arya du regard. Elle secoua la tête :

– Ne fais pas ça. Ce sont des coutumes vieilles comme le monde. Si tu t'en mêles, tu vas fâcher Gertrude et te mettre à dos toutes les femmes du village.

– Ça m'est égal.

– Je sais, mais crois-moi : pour le moment, le plus sage est que tu attendes avec les autres.

Comme pour donner plus de poids à ses arguments, elle lui lâcha le bras.

– Je ne peux pas la laisser souffrir sans rien faire.

– Écoute-moi ! Reste ici, ça vaut mieux. J'aiderai Elain autant que possible, je te le promets. Mais n'entre pas. Tu ne causerais que trouble et irritation là où on n'en a nul besoin. Je t'en prie...

Eragon hésita, puis grogna de dépit en levant les mains, tandis qu'Elain criait de nouveau.

– Soit.

Il se pencha vers l'elfe pour chuchoter :

– Quoi qu'il arrive, ne les laisse pas mourir, ni elle ni l'enfant. Débrouille-toi comme tu voudras, mais ne les laisse pas mourir.

Arya l'observa, la mine grave :

– Je ne permettrai jamais qu'un enfant souffre.

Et elle s'éloigna.

Quand elle eut disparu dans la tente, Eragon rejoignit Roran, Albriech et Baldor, et s'affala de nouveau sur son tonneau.

– Eh bien ? demanda Roran.

Eragon haussa les épaules :

– Elles font ce qu'elles peuvent. Il faut être patient, c'est tout.

– Elle m'a eu l'air d'en dire plus long que ça, fit remarquer Baldor.

– C'est le sens général.

Le soleil descendait vers l'horizon, virant à l'orange et à l'écarlate, enflammant les derniers nuages, vestiges de la tempête de la nuit précédente. Les hirondelles qui virevoltaient au-dessus de leurs têtes faisaient un festin de mouches et d'insectes.

Peu à peu, les hurlements d'Elain se muèrent en longs gémissements entrecoupés qui donnaient la chair de poule à Eragon. Il souhaitait de toute son âme que ses tourments s'achèvent, mais n'osait passer outre aux conseils d'Arya. Alors, il restait là à se ronger les ongles et à échanger de brèves remarques avec Saphira.

Quand le soleil toucha l'horizon, il se répandit tel un jaune d'œuf échappé d'une coquille géante. Les chauves-souris mêlèrent leur vol à celui des hirondelles dans un fantastique battement d'ailes membraneuses. Leurs glapissements suraigus vrillaient les oreilles d'Eragon.

Elain émit alors un cri qui couvrit tous les autres bruits, un cri tel qu'Eragon espéra ne plus jamais en entendre de semblable.

Suivit un profond silence, presque aussitôt brisé par les vagissements sonores d'un nouveau-né, ce chant vieux comme le monde annonçant l'arrivée d'un humain sur la Terre. Les visages d'Albriech et de Baldor s'illuminèrent, tout comme ceux d'Eragon et de Roran. L'assemblée lança des hourras.

Leur joie fut de courte durée. Les exclamations s'étaient à peine éteintes que les femmes à l'intérieur de la tente entonnaient un chant funèbre qui emplit Eragon d'une angoisse mortelle. Il savait ce que ces lamentations signifiaient, ce qu'elles avaient toujours signifié : le malheur avait frappé. Il se leva d'un bond.

— Non, lâcha-t-il, incrédule.

« Elle n'est pas morte. Elle ne peut pas être morte... Arya avait promis... »

Comme en réponse, celle-ci repoussa le pan de la tente et courut vers lui à longues enjambées d'elfe.

— Qu'est-il arrivé ? l'interrogea Baldor quand elle s'arrêta près d'eux.

Sans même le regarder, Arya lança :

– Eragon ! Viens !

– Qu'est-il arrivé ? répéta Baldor avec colère en agrippant l'elfe par l'épaule.

Rapide comme l'éclair, elle lui saisit le poignet et lui tordit le bras derrière le dos. Le jeune homme grimaça de douleur.

– Si tu veux que ta sœur vive, reste assis et laisse-moi faire !

Elle le repoussa dans les bras d'Albriech. Puis elle pivota sur ses talons et repartit vers la tente.

– Qu'est-il arrivé ? la questionna à son tour Eragon en courant derrière elle.

Arya tourna vers lui un regard brûlant :

– La petite est en bonne santé, mais elle est née avec un bec-de-lièvre.

Voilà qui expliquait les lamentations des femmes. Les enfants affligés d'un bec-de-lièvre n'avaient qu'une mince espérance de vie. Ils étaient difficiles à nourrir et, s'ils survivaient, ils traînaient une existence misérable : ridiculisés, traités en parias, ils ne pouvaient espérer se marier. Mieux aurait valu pour eux être mort-nés.

– Tu dois la guérir, Eragon.

– Moi ? Mais je n'ai jamais... Pourquoi pas toi ? Tu pratiques mieux que moi l'art de la guérison.

– Si je corrige l'apparence de cette petite, les gens diront que je l'ai volée et remplacée par une autre. Je connais les histoires que les tiens font courir sur nous. Je ne les connais que trop bien. Je le ferais s'il le fallait, mais la fillette en subirait à jamais les conséquences. Toi seul peux lui éviter un tel sort.

La panique s'empara de lui. Il refusait de tenir entre ses mains le destin d'un autre être. Tant de gens étaient déjà sous sa responsabilité !

– Tu dois la guérir, insista Arya d'un ton impérieux.

Eragon se rappela alors combien les elfes chérissaient leurs enfants, et tous les enfants.

– Tu me prêteras assistance, en cas de besoin ?

– Bien sûr.

« Moi aussi, intervint Saphira. Ça va sans dire. »

— Bien, décida Eragon en serrant le pommeau de Brisingr.
Je le ferai.

Il s'avança, Arya quelques pas derrière lui, et repoussa les
pans de la tente. La fumée des chandelles lui piqua les yeux.
Cinq femmes de Carvahall étaient rassemblées dans un coin.
Leur mélopée le frappa comme une gifle. Dans une sorte de
transe, elles se balançaient en gémissant, s'arrachaient les cheveux, déchiraient leurs vêtements. Horst, debout au pied du
lit, se querellait avec Gertrude. La guérisseuse, rouge et bouffie,
le visage marqué par l'épuisement, serrait contre son sein un
paquet de linge. Aux hurlements qui en sortaient, ajoutant à la
cacophonie générale, Eragon comprit qu'il contenait le bébé.
Les joues rebondies de Gertrude luisaient de transpiration,
ses cheveux lui collaient à la peau, des sérosités poissaient ses
avant-bras nus. Katrina, agenouillée sur un coussin à la tête du
lit, rafraîchissait le front d'Elain avec un linge humide.

Étendue sous un drap taché de sang, celle-ci était méconnaissable. Le visage creusé, des cernes sombres sous les yeux, le
regard vide, elle marmonnait des propos incohérents. Deux
filets de larmes coulaient le long de ses tempes, se perdaient
dans ses boucles en désordre.

Ni Horst ni Gertrude ne remarquèrent la présence d'Eragon
jusqu'à ce qu'il se fût approché. Eragon avait bien grandi depuis
qu'il avait quitté Carvahall, mais Horst le dépassait encore d'une
tête. Une lueur d'espoir illumina le visage du forgeron :

— Eragon !

Il posa sa lourde main sur l'épaule du garçon et s'appuya contre
lui, comme si l'énergie lui manquait pour tenir sur ses jambes :

— Tu sais ?

Ce n'était pas réellement une question, néanmoins, Eragon
acquiesça. Horst lança un bref coup d'œil à Gertrude, puis il
serra convulsivement les mâchoires, ce qui fit trembler sa barbe,
et s'humecta les lèvres :

— Tu pourrais... Tu crois que tu pourrais faire quelque chose ?

– Peut-être. Je vais essayer.

Il tendit les bras. Après un instant d'hésitation, Gertrude y déposa le petit paquet tiède avant de reculer, visiblement troublée.

Eragon découvrit, enfoui dans les replis du tissu, un minuscule visage rouge, fripé, grimaçant, comme si le bébé protestait contre les mauvais traitements qu'il venait de subir, ce qu'Eragon trouva parfaitement légitime. Son trait le plus marquant, toutefois, était la large fente qui s'étendait de sa narine droite au milieu de sa lèvre supérieure, par où pointait une petite langue semblable à une limace rose.

– Je t'en prie, dit Horst, si tu peux faire quoi que ce soit...

La lamentation des femmes atteignit une note aiguë, qui fit tressaillir Eragon.

– Je ne peux pas travailler ici, déclara-t-il.

Alors qu'il s'apprêtait à sortir, la voix de Gertrude s'éleva derrière lui :

– Je viens avec toi. Cette petite a besoin de quelqu'un qui sache s'occuper d'un nouveau-né.

Eragon ne voulait pas de Gertrude dans ses jambes pendant qu'il tenterait de réparer le visage de la fillette. Il s'apprêtait à le lui faire savoir quand il se rappela les paroles d'Arya à propos des substitutions d'enfants. Une personnalité de Carvahall, quelqu'un à qui le village accordait sa confiance, devait assister à la transformation, pour témoigner ensuite auprès de tous qu'il s'agissait bien de la même fillette.

– Comme vous voulez, dit-il, faisant taire ses réticences.

Le bébé s'agita dans ses bras et émit un petit cri plaintif quand il sortit de la tente. De l'autre côté de l'allée, tous se tournèrent vers lui. Albriech et Baldor firent mine de le rejoindre. D'un mouvement de tête, Eragon les en dissuada, et ils le regardèrent s'éloigner, impuissants.

Il se dirigea vers sa tente, escorté d'Arya et de Gertrude. Le sol trembla sous leurs pieds quand Saphira s'ébranla pour les suivre, et les gens s'écartèrent vivement pour les laisser passer.

81

Eragon traversa le camp d'une démarche aussi souple que possible, pour ne pas secouer l'enfant. Il émanait d'elle une odeur puissante, une senteur de sous-bois par une chaude journée d'été.

Ils étaient presque arrivés quand Eragon aperçut Elva, l'enfant-sorcière, debout à la lisière du sentier, qui le fixait gravement de ses grands yeux violets. Elle portait une robe noire et pourpre, et son long voile de dentelle relevé laissait voir sur son front la marque argentée en forme d'étoile, semblable à la gedwëy ignasia du Dragonnier.

Elle ne prononça pas un mot, ne fit pas un geste pour le ralentir ou l'arrêter. Néanmoins, Eragon comprit l'avertissement, car sa seule présence constituait un reproche. La première tentative du jeune Dragonnier pour interférer avec le destin d'un enfant avait été suivie de terribles conséquences. Il n'avait plus droit à l'erreur, non seulement à cause du mal qu'il causerait, mais parce que Elva deviendrait sa pire ennemie. Si puissant fût-il, Eragon craignait Elva. Son don pour lire dans l'âme des gens, deviner la cause de leurs tourments – et prédire tout ce qu'ils auraient à souffrir – faisait d'elle l'un des êtres les plus redoutables d'Alagaësia.

« Quoi qu'il arrive, pensa Eragon en entrant dans sa tente obscure, je ne veux causer aucun tort à cette petite. » Et il se sentit renouvelé dans sa détermination : il lui donnerait une chance de vie normale, ce qu'autrement les circonstances lui auraient refusé.

10
UNE BERCEUSE

Dans les dernières lueurs du soleil couchant qui filtraient à travers la toile, tout paraissait gris, comme taillé dans le granit. Grâce à sa vision elfique, Eragon distinguait aisément chaque objet, mais il savait que Gertrude aurait plus de mal. S'abstenant d'employer le mot « Brisingr » dans son sort pour ne pas voir s'enflammer la lame de son épée, il prononça :

– Naina hvitr un böllr.

Une lumière magique apparut en suspension sous le toit de la tente. La gracieuse orbe blanche ne produisait aucune chaleur mais éclairait autant qu'une lanterne.

Il sentit Gertrude tressaillir derrière lui : il se retourna et vit qu'elle fixait la lumière, les mains crispées sur son sac. Le visage familier de la guérisseuse lui rappela Carvahall et la maison de son enfance ; la nostalgie lui pinça le cœur.

Gertrude abaissa lentement son regard vers lui.

– Comme tu as changé, dit-elle. Le garçon que j'ai veillé autrefois, quand il se remettait d'une mauvaise fièvre, n'existe plus.

– Je suis toujours celui que vous avez connu.

– Non, je ne crois pas.

Cette déclaration le troubla, mais il n'avait pas le temps de la méditer ; il la chassa de son esprit et s'approcha du lit de camp. Il déposa son léger fardeau sur la couverture aussi délicatement que s'il avait été en verre. Le bébé agita un petit poing fermé en émettant un gazouillis.

– Que comptes-tu faire ? demanda Gertrude. Comment vas-tu la soigner ?

– Je ne sais pas encore.

Eragon s'aperçut alors qu'Arya ne les avait pas suivis dans la tente. Il l'appela.

Au bout de quelques instants, la voix de l'elfe lui parvint, étouffée par l'épaisseur de la toile :

– Je suis là. Et c'est là que j'attendrai. Si tu désires mon assistance, projette tes pensées vers moi, je viendrai.

Eragon plissa le front. Il avait compté sur sa présence pour pallier ses lacunes et rectifier ses erreurs. « Tant pis. Je pourrai la consulter au besoin. Au moins, Gertrude n'aura aucune raison de la suspecter. » Qu'Arya prenne autant de précautions le surprenait. Il se demanda si elle n'avait pas déjà été accusée de substitution d'enfants.

Les montants du lit grincèrent quand il s'assit face au bébé, les sourcils froncés. Il sentait le regard de Saphira sur la petite fille, à présent endormie, oublieuse du monde qui l'entourait, sa langue luisant à travers la fissure de sa lèvre.

« Qu'en penses-tu ? »

« Prends ton temps. Si tu vas trop vite, tu risques de t'en mordre les doigts. »

Il acquiesça, puis se permit une plaisanterie :

« Ça t'est déjà arrivé, de te mordre les doigts ? Je veux dire la queue ? »

Elle garda un silence prudent, mais il perçut une série de sensations visuelles – des arbres, de l'herbe, les montagnes de la Crête –, mêlées à un parfum d'orchidées rouges, et suivies d'un pincement douloureux, comme si la dragonne s'était coincé la queue dans une porte.

Il pouffa intérieurement avant de se concentrer sur la composition des sorts dont il aurait besoin pour guérir l'enfant. Cela lui prit presque une demi-heure. Avec Saphira, il révisa plusieurs fois les phrases complexes, soupesa chaque mot, débattit de leur prononciation, jusqu'à être sûr que la formule produise l'effet désiré, rien d'autre.

Gertrude s'était assise sur l'unique tabouret. Au milieu de leur conversation silencieuse, elle s'agita sur son siège et fit remarquer :

– Rien n'a changé. Ça ne marche pas, hein ? Inutile de me cacher la vérité, tu sais ! Je suis capable de la supporter.

Haussant les sourcils, Eragon répliqua d'une voix douce :

– Le travail n'est pas commencé.

La guérisseuse se tut, mouchée. Elle tira de son sac une pelote de laine, un tricot à demi terminé, et ses aiguilles en bois poli se mirent à danser avec dextérité. Leur cliquetis régulier apaisa Eragon ; c'était un bruit familier de son enfance, associé aux soirées d'automne au coin du feu, tandis que les adultes racontaient des histoires en fumant leur pipe ou en savourant une chope de bière brune.

Quand il fut satisfait des formules conçues avec Saphira, et prêt à prononcer sans bafouiller les sons particuliers de l'ancien langage, il puisa dans l'énergie de leurs deux corps et se prépara à lancer le premier enchantement.

Puis il se ravisa.

Lorsque les elfes utilisaient la magie pour convaincre un arbre ou une fleur de pousser sous la forme qu'ils désiraient, pour modifier leur propre apparence ou celle d'une autre créature, ils chantaient. Il lui parut important de faire de même. Mais il ne connaissait que quelques-unes des nombreuses chansons des elfes, et trop imparfaitement pour reproduire avec précision des mélodies aussi belles et aussi complexes.

Il choisit donc un air venu du plus profond de sa mémoire, un refrain que sa tante Marian lui chantait quand il était petit, avant d'être emportée par la maladie : une berceuse. Les femmes de Carvahall la fredonnaient à leurs enfants depuis la nuit des temps en les bordant le soir dans leurs lits. Elle était simple, facile à retenir, et son rythme apaisant calmerait l'enfant.

Il commença à voix basse, laissant les paroles couler avec lenteur. Ses murmures se répandirent dans la tente comme la chaleur d'un feu. Avant d'employer la magie, il dit à la fillette en ancien langage qu'il était son ami, qu'il ne désirait que son bien, et qu'elle pouvait lui faire confiance.

En réponse, elle remua dans son sommeil, et ses traits crispés se détendirent.

Eragon entama alors la première formule : une simple incantation composée de deux courtes phrases qu'il reprenait en litanie. Les bords roses de la lèvre fendue se mirent à luire et à frémir, comme si une créature endormie s'éveillait en dessous.

Ce qu'il allait tenter était tout sauf facile. Les os d'un nouveau-né sont mous et cartilagineux, très différents de ceux qu'Eragon avait déjà eu l'occasion de réparer depuis qu'il combattait avec les Vardens. Il devait veiller à ne pas combler la fissure avec de l'os, de la chair et de la peau d'adulte, sinon, ils ne se développeraient pas de la même façon que le reste du corps. De même, quand il ferma la fente du palais et des gencives, il lui fallut redresser et aligner les racines des futures incisives. Il n'avait jamais rien accompli de semblable. D'autant qu'il n'était pas sûr de la forme à donner aux lèvres. Pour lui, la fillette ressemblait à n'importe quel bébé : ronde, potelée, les traits encore mal définis. Il craignait de la doter d'un visage agréable sur le moment, mais qui évoluerait mal au fil des années.

Prudent, il n'opéra d'abord que des changements minimes, s'arrêtant après chacun pour évaluer le résultat. Il commença avec les couches internes, les os, les cartilages, et progressa lentement vers la surface, sans cesser de chanter.

Du dehors, Saphira l'accompagna bientôt d'un fredonnement grave. Et, selon le volume de sa voix, la lumière magique se mit à monter et diminuer, un phénomène qu'Eragon trouva des plus curieux. Il se promit d'interroger Saphira plus tard à ce sujet.

Mot après mot, sort après sort, heure après heure, la nuit s'écoula. Eragon avait perdu la notion du temps. Quand le bébé pleurait de faim, il le nourrissait d'une goutte d'énergie. Comme Saphira, il évitait de toucher son esprit, ne sachant quel effet ce contact produirait sur cette conscience encore informe. Mais il l'effleurait occasionnellement ; elle lui paraissait alors vague, indistincte, mer agitée d'émotions brutes et sans réelle signification.

Près de lui, les aiguilles de Gertrude continuaient de cliqueter, ne s'interrompant que lorsque la guérisseuse comptait ses points ou rattrapait une maille perdue.

Lentement, très lentement, la fissure du palais et des gencives se combla. Les bords du bec-de-lièvre fusionnèrent, la lèvre supérieure dessina peu à peu un arc rose et sans défaut.

Eragon avait tâtonné, fignolé pendant une éternité, s'était posé mille questions sur la forme à donner à cette lèvre, jusqu'à ce que Saphira décrète :

« C'est parfait. N'y touche plus ! »

Il dut admettre qu'en essayant de faire mieux, il risquait de faire moins bien.

Alors, il laissa s'éteindre la mélodie de la berceuse. Il avait la langue sèche, la gorge à vif. Il quitta le lit, le dos raide.

Outre la lumière magique, une faible lueur envahissait la tente, la même qu'au moment où ils y étaient entrés. Il resta d'abord perplexe – le soleil était sûrement couché ! –, avant de s'apercevoir que cette lumière venait de l'est et non de l'ouest.

« Pas étonnant que je me sente vidé. J'ai passé toute la nuit au travail ! »

« Et moi, alors ! s'écria Saphira. Je suis aussi moulue que toi. »

Cet aveu le surprit. Elle reconnaissait rarement souffrir de quelque chose. Les combats de la veille avaient dû l'affecter plus qu'il n'y paraissait. Quand elle sentit qu'il arrivait à cette conclusion, elle se reprit :

« Moulue ou pas, je suis encore capable d'écraser autant de soldats que Galbatorix nous en enverra. »

« Je sais. »

Gertrude rangea son tricot et boitilla jusqu'au lit.

– Je n'aurais jamais imaginé voir un jour une chose pareille, lâcha-t-elle. Encore moins venant de toi, Eragon, fils de Brom !

Elle le fixa d'un œil inquisiteur :

– Brom était ton père, n'est-ce pas ?

– En effet, croassa le garçon.

– D'une certaine façon, ça paraît logique.

Eragon ne tenait pas à poursuivre sur ce sujet. Il se contenta de grommeler et souffla d'une pensée la lumière magique. L'obscurité retomba, à peine entamée par les premières lueurs de l'aube. Les yeux d'Eragon s'ajustèrent plus vite au changement que ceux de la guérisseuse. Elle battit des paupières et remua la tête, l'air de ne plus savoir où elle était.

Eragon souleva la fillette ; elle pesait, toute chaude, dans ses bras. Il n'aurait su dire si sa fatigue était due à l'usage de la magie ou à la durée de la tâche accomplie.

Il regarda l'enfant et éprouva soudain le besoin de la protéger. Il murmura :

– Sé ono waíse ilia. « Puisses-tu être heureuse. »

Ce n'était pas vraiment un sort. Il espérait simplement que cela l'aiderait à éviter quelques-uns des malheurs qui frappaient tant de gens. À défaut, il espérait au moins la faire sourire.

Et elle sourit. Une expression béate illumina sa frimousse, et elle lâcha avec enthousiasme :

– Gahh !

Souriant à son tour, Eragon sortit de la tente à grands pas.

Lorsque le pan de toile retomba derrière lui, il découvrit un petit groupe réuni en demi-cercle, les uns debout, les autres assis ou accroupis. La plupart étaient des gens de Carvahall, mais Arya et les autres elfes étaient là aussi, bien qu'un peu à l'écart. Il y avait également quelques guerriers vardens dont Eragon ne connaissait pas le nom. Il repéra Elva, tapie derrière une tente voisine, le visage dissimulé derrière son voile de dentelle noire.

Tous devaient attendre depuis des heures, et le garçon n'avait eu aucune conscience de leur présence. Certes, il était resté sous la protection des elfes et de Saphira, mais cela ne l'excusait pas d'avoir manqué à ce point de vigilance.

« Je dois faire mieux que ça », songea-t-il.

Au premier rang se tenaient Horst et ses fils, la mine anxieuse. Le forgeron fixait le petit paquet dans les bras d'Eragon, le front creusé d'une ride profonde. Il ouvrit la bouche pour parler, mais aucun son n'en sortit.

Sans s'encombrer de solennité, Eragon se dirigea vers lui et souleva la fillette pour qu'il puisse voir son visage. Pendant quelques instants, Horst ne bougea pas. Puis son regard s'embua, et il eut une telle expression de joie et de soulagement qu'on aurait pu la prendre pour du chagrin.

Tout en lui remettant l'enfant, Eragon dit :

– J'ai trop de sang sur les mains pour ce genre de travail, mais je suis heureux d'avoir pu l'accomplir.

Horst caressa la lèvre du bébé du bout du doigt en secouant la tête :

– Je n'y crois pas... Je n'y crois pas...

Il leva les yeux vers Eragon :

– Elain et moi serons éternellement tes débiteurs.

– Il n'y a pas de dette, répliqua le garçon avec douceur. N'importe qui en aurait fait autant, pour peu qu'il en ait eu le pouvoir.

– Mais c'est toi qui l'as guérie, et c'est à toi que va ma gratitude.

Après un bref instant d'hésitation, Eragon accepta d'un signe de tête.

– Comment allez-vous l'appeler ?

Le forgeron contempla sa fille, l'air radieux :

– Si cela plaît à Elain, j'aimerais la nommer Espérance.

– Espérance... Un très beau nom.

« N'avons-nous pas grand besoin d'espérance, dans la vie que nous menons ? » songea-t-il, avant d'ajouter :

– Et Elain, comment va-t-elle ?

– Elle est fatiguée, mais elle va bien.

Albriech et Baldor entourèrent alors leur père pour voir leur petite sœur, bientôt imités par Gertrude. Surmontant leur timidité, les autres villageois les rejoignirent. Même le groupe de guerriers s'agglutina autour de Horst, le cou tendu pour apercevoir le bébé.

À leur tour, les elfes déplièrent leurs longs membres et s'approchèrent. Aussitôt, tous s'écartèrent pour leur laisser la place. Le forgeron se raidit et avança la mâchoire tel un bull-dog tandis que, un par un, les elfes examinaient l'enfant, lui murmuraient parfois quelques mots en ancien langage, indifférents aux regards suspicieux des villageois.

Quand il ne resta plus que trois elfes dans la file, Elva surgit de sa cachette et vint prendre son tour. Ce fut bientôt à elle de se tenir devant Horst. Bien qu'à contrecœur, le forgeron plia les genoux, mais il était tellement plus grand que Elva que l'enfant-sorcière dut se mettre sur la pointe des pieds. Eragon retint son souffle, incapable de deviner ses réactions derrière le voile de dentelle.

Au bout de quelques secondes, Elva retomba sur ses talons. Puis elle s'éloigna d'un pas soigneusement mesuré. Soudain, elle s'arrêta, pivota vers Eragon.

Il haussa un sourcil.

Elle lui adressa un bref hochement de tête avant de reprendre son chemin.

Tandis qu'il la suivait des yeux, Arya s'approcha :

— Tu peux être fier de toi. L'enfant est belle et en bonne santé. Même nos plus habiles enchanteurs ne sauraient améliorer ta maîtrise de la gramarie. C'est un don précieux que tu as fait à cette petite : un visage et un avenir. Elle ne l'oubliera pas, j'en suis sûre. Aucun de nous ne l'oubliera.

Eragon vit que tous les elfes le considéraient avec un respect nouveau, mais rien n'avait autant de prix pour lui que l'approbation d'Arya.

— J'ai eu le meilleur des instructeurs, répliqua-t-il à voix basse.

Arya ne rejeta pas cette affirmation. Côte à côte, ils regardèrent les villageois rassemblés autour de Horst et de sa fille, qui discutaient avec animation. Sans les quitter des yeux, Eragon se pencha vers Arya :

– Merci d'avoir aidé Elain.

– Je t'en prie. Ne pas le faire aurait été négligence de ma part.

Horst repartit alors vers sa tente pour que la mère puisse voir sa fillette, mais l'attroupement ne semblait pas vouloir se disperser. Quand Eragon en eut assez de serrer des mains et de répondre aux questions, il salua Arya, se réfugia dans sa tente et attacha les liens qui la fermaient.

« Sauf en cas d'attaque, je ne veux plus voir personne pendant les dix prochaines heures, pas même Nasuada, dit-il à Saphira en se jetant sur son lit de camp. Peux-tu en informer Lupusänghren, s'il te plaît ? »

« Bien sûr. Repose-toi, petit homme. Je vais en faire autant. »

Il soupira et se couvrit le visage de son bras pour se protéger du soleil matinal. Sa respiration ralentit, son esprit se mit à vagabonder, et bientôt les images et les sons étranges de ses rêves éveillés l'enveloppèrent, réels ou imaginaires, nets et pourtant transparents, comme si ses visions étaient faites de verre coloré. L'espace d'un moment, il parvint à oublier ses responsabilités et les évènements qui l'avaient tourmenté la veille. Et, à travers ses rêves, la berceuse, mi-entendue mi-oubliée, l'accompagna tel un murmure de vent dans les souvenirs de sa maison d'enfance.

11
PAS DE REPOS POUR CEUX QUI SONT LAS

Deux nains, deux hommes et deux Urgals, membres de la garde personnelle de Nasuada, les Faucons de la Nuit, étaient postés devant la salle du château où Nasuada avait établi son quartier général. Ils posèrent sur Roran un regard vide. Il leur rendit la pareille. Ce petit jeu leur était coutumier.

En dépit de leur air impassible, Roran savait qu'ils cherchaient le moyen le plus rapide et le plus efficace de le tuer. Il le savait parce qu'il nourrissait les mêmes intentions à leur égard, comme toujours.

« D'abord, reculer rapidement pour les séparer, calcula-t-il. Les hommes attaqueront les premiers, ils sont plus rapides que les nains, et ils gêneront les Urgals. Leur enlever ces hallebardes. Risqué, mais faisable. Au moins une. Lancer mon marteau, peut-être. Les tenir à distance avec la hallebarde. Les nains, ça ira, mais les Urgals, ces brutes... »

La porte bardée de fer s'ouvrit en grinçant. Un page d'une dizaine d'années, vêtu de couleurs vives, annonça d'une voix plus forte qu'il n'était nécessaire :

– Dame Nasuada va vous recevoir.

L'attention des gardes se relâcha un bref instant, et Roran passa entre eux en souriant. Leur distraction, si légère fût-elle, lui aurait permis d'en tuer au moins deux avant qu'ils aient le temps de riposter. « La prochaine fois... », pensa-t-il.

La vaste salle rectangulaire ne payait pas de mine : un tapis trop petit, une tapisserie mangée aux mites, et une unique fenêtre en ogive. Aucune ornementation. Une longue table, poussée dans un coin, croulait sous la paperasse. Ici et là, quelques chaises massives tapissées de cuir que ni Nasuada ni la dizaine de personnes qui l'entouraient ne daignaient utiliser. Jörmundur était absent, mais Roran connaissait plusieurs autres guerriers, certains pour avoir servi sous leurs ordres, d'autres pour les avoir vus au combat ou avoir entendu parler d'eux par les hommes de sa compagnie.

— ... et je me moque de ses problèmes de goitre ! rugit Nasuada en frappant la table du plat de la main. Si nous n'avons pas de fers pour nos chevaux, autant les manger. Au moins, ils nous serviront à quelque chose ! Me suis-je bien fait comprendre ?

Ceux à qui elle s'adressait acquiescèrent. Ils paraissaient intimidés, presque effrayés. Roran trouvait aussi étrange qu'impressionnant que Nasuada, une jeune femme, leur impose un tel respect, sentiment qu'il partageait. Il n'avait jamais rencontré quelqu'un d'aussi intelligent et déterminé, et sa haute naissance n'y était pour rien.

— Allez, maintenant !

Tandis que les huit hommes défilaient devant elle, elle fit signe à Roran d'approcher. Il patienta le temps qu'elle plonge une plume dans un encrier et griffonne quelques lignes sur un parchemin. Elle tendit le rouleau à l'un de ses pages :

— Pour le nain Narheim. Cette fois, reviens avec sa réponse ou je t'envoie cirer les bottes des Urgals.

— Oui, ma Dame, fit le garçon.

Et il fila comme un lapin.

Nasuada se mit à feuilleter une pile de papiers. Sans lever la tête, elle demanda :

— T'es-tu bien reposé, Roran ?

Il s'étonna de cet intérêt.

— Pas vraiment.

— C'est fâcheux. Tu as veillé toute la nuit ?

– Presque. Elain, la femme de notre forgeron, a accouché hier, mais...

– Oui, on m'en a informée. J'espère que tu n'as pas attendu qu'Eragon ait guéri l'enfant ?

– Non, j'étais trop fatigué.

– Au moins, tu as fait preuve de bon sens.

Elle saisit une feuille de papier sur la table et l'examina avant de la reposer sur la pile. Du même ton neutre, elle déclara :

– J'ai une mission à te confier, Puissant Marteau. Nos forces rencontrent une rude résistance à Aroughs, plus rude que prévu. Le capitaine Brigman n'a pas réussi à en venir à bout, et j'ai besoin de ses hommes ici. En conséquence, je t'envoie là-bas pour le remplacer. Un cheval t'attend à la porte sud. Tu trouveras une monture fraîche tous les dix miles d'ici à Feinster. Ensuite, tu te débrouilleras. Je compte sur toi pour être à Aroughs dans quatre jours. Il te restera... trois jours pour mettre fin au siège.

Elle leva les yeux vers lui :

– Dans une semaine, je veux que notre bannière flotte sur la ville. Peu m'importe comment, Puissant Marteau. Que ce soit fait, c'est tout ! Si tu échoues, je n'aurai d'autre choix que d'envoyer Eragon et Saphira là-bas, ce qui nous laisserait pratiquement sans défense au cas où Murtagh ou Galbatorix attaqueraient.

« Et Katrina serait en danger », pensa aussitôt Roran.

Son estomac se contracta. Gagner Aroughs à cheval en quatre jours serait une épreuve, meurtri et épuisé comme il l'était. Quant à prendre la ville en si peu de temps, c'était pure folie. Autant lutter contre un ours les mains liées derrière le dos.

Il se gratta la joue, ce qui fit crisser sa barbe.

– Je n'ai aucune expérience des sièges, objecta-t-il. Du moins, pas de ce type. Il y a sûrement, parmi les Vardens, une personne plus apte que moi. Pourquoi pas Martland Barbe Rouge ?

Nasuada écarta l'idée d'un geste :

— Il ne peut plus galoper longtemps, avec une seule main. Tu te mésestimes, Puissant Marteau. Il y a parmi les Vardens des hommes qui connaissent mieux que toi l'art de la guerre, c'est vrai. Des hommes qui ont fait de longues campagnes, qui ont été formés par les meilleurs guerriers de la génération de leurs pères. Mais, sur un champ de bataille, au moment de tirer l'épée, ce n'est ni l'expérience ni le savoir qui comptent, c'est la capacité de *vaincre*. Un talent que tu sembles maîtriser. De plus, la chance est avec toi.

Elle prit appui sur ses coudes :

— Tu as prouvé que tu savais te battre. Tu as prouvé que tu savais obéir... quand cela te convient, du moins.

Les épaules de Roran se contractèrent au souvenir cuisant du fouet labourant son dos après qu'il eut bravé les ordres du capitaine Edric.

— Tu as prouvé que tu savais mener un raid, continua Nasuada. Voyons si tu peux faire encore mieux, Puissant Marteau !

Il déglutit :

— Oui, ma Dame.

— Bien. Tu es promu capitaine, temporairement. Si tu réussis à Aroughs, tu conserveras ce grade, du moins jusqu'à ce que tu en mérites un autre, plus – ou moins – élevé.

Elle reporta son attention sur la table et fouilla dans la montagne de rouleaux, cherchant visiblement quelque chose.

— Merci.

Nasuada émit un vague grognement.

— Combien d'hommes aurai-je sous mon commandement, à Aroughs ? s'enquit-il.

— J'ai accordé à Brigman mille guerriers pour conquérir la ville. Il lui en reste huit cents encore en état de se battre.

Roran retint un juron. « Si peu. »

Comme si elle avait entendu, Nasuada répliqua d'une voix sèche :

— Nous avions toutes les raisons de croire que les défenses d'Aroughs seraient faciles à briser.

— Je vois. Puis-je emmener deux ou trois hommes de Carvahall ? Vous avez dit un jour que nous pourrions servir ensemble si...

Elle balaya l'air de la main :

— Oui, oui, je sais ce que j'ai dit.

Elle serra les lèvres, pensive.

— Très bien. Prends qui tu voudras, du moment que tu pars dans l'heure. Fais-moi savoir combien d'hommes t'accompagnent, et je veillerai à ce que vous trouviez assez de chevaux aux relais.

— Puis-je emmener Carn ? demanda-t-il, nommant le magicien près de qui il avait combattu plus d'une fois.

Elle contempla le mur un moment, les yeux dans le vague. Puis, au grand soulagement de Roran, elle acquiesça et se replongea dans ses piles de documents :

— Ah, voilà !

Elle brandit un rouleau de parchemin attaché par un lien de cuir :

— Une carte d'Aroughs et de ses environs, ainsi qu'une autre de la province de Fenmark. Étudie-les attentivement.

Elle lui tendit l'objet, qu'il glissa dans sa tunique.

— Ceci, dit-elle en lui remettant un rectangle de parchemin plié et fermé par un sceau de cire rouge, est ton ordre de mission, et...

Elle lui montra un second rectangle, plus épais que le premier :

— ... voici mes instructions. Montre ces documents à Brigman, mais ne les lui laisse pas. Si je ne me trompe, tu n'as jamais appris à lire ?

Il haussa les épaules :

— Pour quoi faire ? Mon père disait qu'apprendre à lire était aussi stupide que de dresser un chien à marcher sur ses pattes de derrière. Amusant, mais inutile.

— J'en conviendrais si tu étais resté fermier. Ce n'est pas le cas.

Elle désigna les parchemins qu'elle lui avait remis :

— Ces documents pourraient aussi bien ordonner ton exécution, qu'en sais-tu ? Dans ces conditions, tu m'es d'une utilité limitée, Puissant Marteau. Je ne peux t'envoyer de messages si tu n'as personne pour te les lire, et, si tu dois me faire un rapport, tu devras compter sur un de tes subordonnés en espérant qu'il notera tes mots avec exactitude. Cela te rend facile à manipuler. Et donc peu fiable. Si tu veux monter en grade chez les Vardens, je te suggère de trouver quelqu'un qui t'apprenne à lire. À présent, laisse-moi. D'autres affaires réclament mon attention.

Elle claqua des doigts, et un page accourut. Posant une main sur l'épaule du garçon, elle se courba pour se mettre à sa hauteur :

– Ramène-moi Jörmundur. Tu le trouveras dans la rue du marché, là où trois maisons...

Elle s'interrompit au milieu de sa phrase en voyant que Roran n'avait pas bougé :

– Autre chose, Puissant Marteau ?

– Oui. Avant de partir, je voudrais voir Eragon.

– Et pourquoi cela ?

– La plupart des protections magiques qu'il a placées autour de moi se sont dissipées depuis la bataille.

Nasuada fronça les sourcils, puis reprit le fil de ses instructions :

– ... là où trois maisons ont brûlé. Tu connais l'endroit ? Bien, alors, va !

Elle tapota le dos du garçon, qui fila en courant, et se redressa :

– Mieux vaudrait que tu t'en abstiennes.

Surpris, Roran attendit une explication. Elle la lui fournit de manière détournée :

– As-tu remarqué combien Eragon paraissait fatigué lors de l'audience avec les chats-garous ?

– Il tenait à peine sur ses jambes.

– Exactement. Il a trop tiré sur la corde, Roran. Il ne peut nous protéger, toi, moi, Saphira, Arya, et je ne sais qui encore, et continuer de faire ce qu'il a à faire. Il doit ménager ses forces pour le jour où il devra affronter Murtagh et Galbatorix. Et plus nous approchons d'Urû'baen, plus il est vital qu'il se tienne prêt, de jour comme de nuit. Ne laissons aucune autre préoccupation l'affaiblir davantage ! C'est un noble geste de sa part d'avoir soigné ce bébé au bec-de-lièvre, mais cela aurait pu nous coûter la guerre ! Tu as combattu sans protection quand les Ra'zacs ont attaqué ton village. Si tu tiens à ton cousin, si tu tiens à vaincre Galbatorix, tu dois réapprendre à t'en passer.

Roran inclina la tête. Elle avait raison.

— Je pars tout de suite.

— Je t'en remercie.

Roran salua et traversa la salle à grands pas. Au moment où il franchissait le seuil, Nasuada lança :

— Oh ! Et aussi, Puissant Marteau... ?

Il se retourna, intrigué.

— Évite de réduire Aroughs en cendres, s'il te plaît ! Il est plus facile de détruire une ville que de la rebâtir.

12
LA DANSE DES ÉPÉES

Eragon battait des talons le rocher sur lequel il était assis ; il s'ennuyait et avait hâte de se mettre en marche.

Saphira, Arya, ainsi que Lupusänghren et les autres elfes se prélassaient sur la berge, le long de la route qui filait vers l'est. En sortant de Belatona, elle traversait des champs verdoyants où la récolte mûrissait. Plus loin, elle enjambait la rivière Jiet sur un pont de pierre, avant de contourner la pointe sud du lac Leona. Là, elle se divisait en deux branches, l'une menant vers les Plaines Brûlantes et le Surda, l'autre bifurquant vers le nord, vers Dras-Leona, et plus loin encore vers Urû'baen.

Des milliers d'hommes, de nains, d'Urgals, grouillaient devant la porte est de Belatona et dans la ville, tandis que les Vardens tentaient de transformer cette foule braillarde et querelleuse en une armée disciplinée. Au milieu de la horde des fantassins caracolait la cavalerie du roi Orrin. Et, derrière les combattants, s'étirait la longue file des véhicules de ravitaillement, charrettes, tombereaux, cages montées sur roues, flanqués du bétail que les Vardens avaient amené du Surda ou réquisitionné au passage dans les fermes. De partout montaient les mugissements des bœufs, les braiments des mules, les caquètements des volailles, les hennissements des chevaux de trait.

C'était plus que les oreilles d'Eragon n'en pouvaient supporter.

« Depuis le temps qu'on se déplace, on devrait être mieux organisés », commenta-t-il à l'intention de Saphira, en sautant de son siège improvisé.

« Ils n'ont qu'à m'en charger. J'aurais vite fait de mettre tout le monde au pas. »

L'idée l'amusa :

« Je vois ça d'ici ! Prends garde à ce que tu dis, Nasuada pourrait te prendre au mot. »

Eragon pensa alors à Roran, qu'il n'avait pas revu depuis la nuit où il avait soigné le bébé d'Elain. L'idée de laisser son cousin loin derrière lui le tourmentait. Roran était parti sans qu'il ait renouvelé ses sorts de protection.

– Une belle idiotie, grommela-t-il.

« C'est un chasseur expérimenté, fit remarquer Saphira. Pas du genre à tomber lui-même dans les griffes de sa proie. »

« Je sais, mais parfois la situation vous échappe... Il a intérêt à être prudent. Je ne voudrais pas le voir revenir estropié ou, pire encore, enveloppé dans un linceul. »

Pour chasser sa morosité, Eragon se mit à sautiller. Il avait besoin de se dépenser avant de passer des heures assis sur le dos de Saphira. Si la perspective de voler avec elle le réjouissait, il détestait devoir parcourir en boucle les mêmes dizaines de miles, à surveiller tel un vautour la lente progression des troupes. Tout seuls, ils auraient atteint Dras-Leona en fin d'après-midi.

Il s'écarta de la route et gagna une étendue d'herbe à peu près plate. Là, ignorant les regards d'Arya et des autres elfes, il tira Brisingr et se mit en garde comme Brom le lui avait enseigné autrefois, campé sur ses jambes fléchies. Il inspira lentement, éprouva la texture du sol sous la semelle de ses bottes.

Avec un cri bref, il fit tourner l'épée au-dessus de sa tête et l'abattit de biais, d'un geste qui aurait coupé en deux n'importe quel homme, elfe ou Urgal, en armure ou pas. Il retint à moins d'un pouce du sol la lame, qui frémit dans sa poigne. Sur le fond d'herbe verte, le bleu du métal émettait une lueur presque irréelle.

Eragon prit une nouvelle inspiration et se fendit, trancha l'air comme s'il s'agissait d'un ennemi mortel. Il exécuta l'un après l'autre les mouvements de base du combat à l'épée, attentif moins à la force et à la vitesse qu'à la précision.

Quand il se sentit agréablement échauffé, il s'adressa à ses gardes, qui se tenaient en demi-cercle à quelques pas de lui :

– L'un de vous accepterait-il de croiser le fer avec moi ?

Les elfes échangèrent des regards indéchiffrables. Puis Wyrden s'avança :

– Je le ferai, Tueur d'Ombre, si tel est ton désir. À condition que tu portes ton casque.

– Soit.

Eragon remit Brisingr au fourreau, courut jusqu'à Saphira et escalada son flanc, s'écorchant le pouce à l'une de ses écailles. Il avait revêtu sa cotte de mailles, ainsi que ses grèves et ses brassards, mais il avait remisé son casque dans un des sacs de selle pour éviter qu'il ne tombe en vol et se perde dans l'herbe.

En le récupérant, il vit le coffret contenant le cœur des cœurs de Glaedr, enveloppé dans un lainage et niché au fond de la sacoche. Il posa la main sur le baluchon pour rendre un hommage silencieux à ce qui restait du majestueux dragon d'or, puis il referma le sac et sauta à terre.

Pendant qu'il regagnait le terrain à grands pas, il ajusta son casque par-dessus le camail. Il lécha la coupure de son pouce avant d'enfiler ses gantelets ; il espéra qu'elle ne saignerait pas trop. Recourant aux variantes d'un même sort, Wyrden et lui placèrent de fines barrières – que révélait seulement une légère distorsion de l'air – sur le tranchant de leurs armes afin de ne pas se blesser l'un l'autre. Ils activèrent leurs sorts de protection. Puis ils se placèrent face à face, se saluèrent et levèrent leurs lames.

L'elfe fixait Eragon sans ciller. Celui-ci tenta un mouvement tournant vers la droite, côté où son adversaire, droitier, aurait plus de mal à se défendre. L'elfe pivota, écrasant l'herbe sous ses talons, pour se maintenir face à lui. Eragon renonça vite à cette tactique : Wyrden était trop expérimenté pour se laisser prendre par le flanc.

« Je ne réussirai pas à le déstabiliser ; à moins, peut-être, de le distraire... »

Il n'eut pas le temps d'y réfléchir : l'elfe feinta et visa le genou, puis, au milieu du mouvement, modifia sa direction d'une torsion du poignet pour lui balafrer le torse.

L'elfe était vif, mais Eragon plus vif encore. À peine avait-il saisi l'intention de son adversaire qu'il recula d'un demi-pas, plia le coude et releva son épée devant lui.

Brisingr arrêta la lame de l'elfe avec un *clang!* sonore.

– Aaah ! lâcha Eragon.

Et il força Wyrden à reculer sous une série de coups furieux.

Pendant plusieurs minutes, ils combattirent sur la plaque d'herbe. Eragon porta la première touche – une tape légère sur la hanche de Wyrden –, puis une deuxième. Mais l'elfe anticipa bientôt ses actions, et leur duel se poursuivit à égalité. Eragon avait rarement l'occasion de se mesurer à un adversaire aussi habile et rapide que Wyrden, et il prenait grand plaisir à cet assaut.

Ce plaisir s'évanouit quand il reçut quatre coups successifs, l'un à l'épaule, deux dans les côtes et un dernier, vicieux, en travers du ventre. La fierté d'Eragon, plus encore que sa peau, en fut piquée au vif. Que l'elfe ait su aussi aisément tromper sa garde l'alarma. Il savait qu'en combat réel, il aurait été capable de le vaincre dès les premiers échanges, mais cette pensée n'était qu'une piètre consolation.

« Tu n'aurais pas dû te laisser frapper comme ça », fit observer Saphira.

« Je sais », grommela-t-il.

« Tu veux que je l'assomme d'un coup de patte ? »

« Non... Une autre fois. »

Morose, Eragon abaissa sa lame et remercia Wyrden. L'elfe s'inclina :

– Je t'en prie, Tueur d'Ombre.

Et il rejoignit ses camarades.

Eragon planta Brisingr dans le sol entre ses bottes – un geste qu'il n'aurait jamais fait avec une épée en métal ordinaire – et s'appuya sur le pommeau, les mains croisées, pour observer le rassemblement d'hommes et de bêtes à la sortie de la ville. Les rangs étaient nettement plus ordonnés ; les trompes des Vardens ne tarderaient pas à donner le signal du départ.

Lui, cependant, ne tenait pas en place.

Apercevant Arya, debout près de Saphira, il retrouva le sourire. Brisingr sur l'épaule, il la rejoignit d'un pas nonchalant :

– Et toi, Arya ? On ne s'est affrontés qu'une seule fois, à Farthen Dûr.

Il fit un moulinet avec Brisingr, et son sourire s'élargit :

– J'ai fait quelques progrès, depuis.

– C'est ce qu'il me semble.

– Alors, qu'en dis-tu ?

Elle jeta un coup d'œil du côté des Vardens pour évaluer le temps qui leur restait puis haussa les épaules :

– Pourquoi pas ?

En revenant vers le carré d'herbe, il fit remarquer :

– Tu ne me domineras pas aussi facilement qu'avant.

– Sans doute pas.

Arya tira son épée, et ils se placèrent face à face, à trente pas d'écart. Sûr de lui, Eragon bondit. Il savait déjà où il allait la frapper : à l'épaule gauche.

Arya se campa sur ses jambes, sans céder un pouce de terrain. Quand il fut presque sur elle, elle lui sourit, et ce sourire radieux rehaussa tant sa beauté qu'Eragon perdit tous ses moyens.

Un éclair d'acier fila vers lui.

Il leva Brisingr pour parer le coup avec une seconde de retard. La pointe de l'épée ricocha sur quelque chose de dur – pommeau, lame ou gantelet, il n'aurait su le dire – et l'onde de choc lui parcourut tout le bras. Il comprit qu'il avait mal mesuré la distance et que son geste le laissait à découvert.

Il réfrénait à peine son élan qu'un autre impact le touchait au poignet. Puis il ressentit une violente douleur à l'abdomen et fut projeté en arrière.

Il tomba sur le dos, le souffle coupé. Il aspira l'air, bouche ouverte, mais son diaphragme contracté refusait de laisser s'emplir ses poumons. Des points rouges dansèrent devant ses yeux, et pendant quelques pénibles instants il craignit de perdre connaissance. Enfin ses muscles se relâchèrent et, avec un hoquet, il reprit sa respiration.

Quand son vertige se fut dissipé, il se releva péniblement en s'appuyant sur Brisingr. Courbé comme un vieillard sur sa canne, il attendit que les élancements s'apaisent dans son ventre.

— Tu as triché, lâcha-t-il entre ses dents.

— J'ai exploité un point faible de mon adversaire, c'est différent.

— Un point faible ?

— Au combat, oui. Tu veux continuer ?

En guise de réponse, il arracha Brisingr à la motte d'herbe, retourna à son point de départ et se mit en garde.

— Bien, dit Arya.

Et elle prit la même position.

Cette fois, Eragon s'avança avec circonspection. Arya, son regard vert fixé sur lui, mima une attaque, et il tressaillit.

S'apercevant qu'il bloquait sa respiration, il s'obligea à se relâcher. Un pas de plus, et il balança Brisingr de toutes ses forces en direction des côtes.

Elle para le coup et riposta en allongeant une botte. La lame de son épée dérapa contre le gantelet d'Eragon. Il la repoussa. À cet instant, la poitrine de l'elfe se trouva exposée, mais ils étaient trop proches l'un de l'autre pour permettre au garçon une frappe efficace. Il plongea donc en avant pour lui enfoncer le pommeau de son arme dans le sternum, sûr de la jeter à terre à son tour.

Elle esquiva, et le pommeau ne rencontra que de l'air. Emporté par son élan, Eragon tituba.

Sans savoir comment, il se retrouva immobilisé, le cou emprisonné dans un bras d'Arya, la mâchoire menacée par le tranchant de son épée.

La voix de l'elfe lui chuchota à l'oreille :

— Il m'aurait été aussi facile de te trancher la tête que de cueillir une pomme.

Elle le relâcha et l'écarta d'une poussée. Il pivota ; mais elle était déjà en garde, la mine farouche.

Furieux, il bondit sur elle.

Ils échangèrent quatre coups, chacun plus violent que le précédent.

Arya frappa la première, lui fouettant les jambes. Il para et abattit obliquement la lame flamboyante de Brisingr. Elle esquiva. Sans lui donner le temps de riposter, il exécuta un moulinet, qu'elle bloqua avec une aisance désespérante. Puis elle se fendit et, d'une touche aussi légère qu'un battement d'aile de colibri, lui piqua son épée au milieu du ventre.

Arya conserva un instant la position, son visage en sueur à un pouce de celui du garçon.

Enfin, avec une lenteur délibérée, elle se désengagea.

Eragon rajusta sa tunique avant de s'accroupir près de l'elfe. Sa rage de se battre, enfin consumée, le laissait sinon apaisé du moins recentré sur lui-même.

— Je ne comprends pas, marmonna-t-il.

— Tu es trop habitué à combattre les soldats de Galbatorix. Ils n'ont aucune chance contre toi, du coup tu prends des risques qui, en d'autres circonstances, se révéleraient mortels. Tes attaques sont trop prévisibles, tu ne t'appuies que sur la force. Et ta défense s'est relâchée.

— Tu veux bien m'aider ? M'entraîner quand tu le pourras ?

Elle acquiesça :

— Bien sûr ! Mais, si je n'en ai pas le temps, demande à Lupusänghren. Il est aussi habile que moi à l'épée. La pratique, voilà ce qu'il te faut. Avec des adversaires à ta mesure.

Eragon s'apprêtait à la remercier quand il sentit la présence d'une conscience qui n'était pas celle de Saphira. Vaste, effrayante, emplie d'une telle mélancolie, d'une tristesse si profonde que la gorge d'Eragon se serra et que le monde autour de lui perdit toute couleur. Et, d'une voix lente et rauque, comme si parler était une lutte presque perdue d'avance, Glaedr, le dragon d'or, articula :

« Il te faut apprendre... à voir ce que tu regardes. »

Puis la présence s'évanouit, laissant derrière elle un vide immense et noir.

Eragon se tourna vers Arya. Elle semblait aussi bouleversée que lui. Comme lui, elle avait entendu les paroles de Glaedr. Derrière eux, Lupusänghren et les autres elfes s'agitaient en murmurant, tandis qu'au bord de la route Saphira se tordait le cou pour apercevoir le sac de selle accroché dans son dos.

Ils avaient tous entendu.

D'un même élan, Eragon et Arya rejoignirent Saphira, qui leur dit :

« Il ne me répondra pas. Il est reparti où il était, et n'écoute plus que sa propre détresse. Voyez ! »

Eragon et Arya joignirent leurs esprits à celui de Saphira, et tous les trois dirigèrent leur pensée vers le cœur des cœurs de Glaedr, caché au fond d'une sacoche. Ce qui restait du dragon leur parut plus consistant qu'auparavant, mais sa conscience, inerte et insensible, était fermée à toute communication. Il en était ainsi depuis que Galbatorix avait tué son Dragonnier, Oromis.

Eragon, Arya et Saphira tentèrent de tirer le dragon de sa torpeur, mais celui-ci les ignora, aussi indifférent à leurs appels qu'un ours endormi à un bourdonnement de mouche.

Néanmoins, Eragon ne pouvait croire que cette indifférence fût aussi absolue qu'elle le paraissait, sinon, pourquoi le dragon serait-il intervenu ?

Finalement, admettant tous les trois leur impuissance, ils retirèrent leurs esprits.

– Si nous pouvions toucher son Eldunarí, peut-être... ? suggéra Arya.

Eragon rengaina Brisingr, puis il sauta sur la patte de Saphira pour se hisser sur ses épaules. Assis sur le siège de cuir, il s'attaqua aux boucles du sac de selle.

Il en avait détaché une et s'apprêtait à ouvrir l'autre quand l'appel d'une trompe monta depuis la tête du convoi : c'était le signal du départ. La longue colonne d'hommes et de bêtes s'ébranla. D'abord hésitante, elle gagna peu à peu en assurance et en fluidité.

De son perchoir, Eragon, indécis, lança un coup d'œil à Arya. Elle résolut son dilemme en lui lançant :

– Ce soir ! On en parlera ce soir. Va ! File comme le vent !

Il boucla rapidement le sac, glissa ses jambes dans les courroies fixées de chaque côté de la selle, et les resserra solidement pour éviter une chute en plein ciel.

Saphira se ramassa sur elle-même et, avec un rugissement de joie, bondit au-dessus de la route. Les hommes rentrèrent le cou dans les épaules et les chevaux ruèrent quand elle déploya ses ailes immenses pour gagner les vastes et libres espaces du ciel.

Eragon renversa la tête en arrière, les yeux fermés, heureux de quitter enfin Belatona. Après une semaine dans la cité sans autre activité que manger et se reposer – sur les instances de Nasuada –, il avait hâte de gagner Urû'baen.

Quand Saphira se fut élevée à des centaines de pieds au-dessus des plus hautes tours de la ville, il demanda :

« Tu crois que Glaedr se remettra ? »

« Il ne sera plus jamais ce qu'il a été. »

« Non, mais j'espère qu'il surmontera enfin sa détresse. J'ai besoin de lui, Saphira. Il y a tant de choses que j'ignore encore. Je n'ai personne d'autre auprès de qui prendre conseil. »

Saphira resta silencieuse. Pendant un moment, il n'entendit que le bruissement de ses ailes. Puis elle reprit :

« Ne le bousculons pas. Il a éprouvé la pire douleur qui soit pour un dragon ou un Dragonnier. Avant d'être capable de nous aider, toi, moi ou n'importe qui d'autre, il doit décider s'il continue à vivre ou non. Tant qu'il n'aura pas choisi, nos paroles ne l'atteindront pas. »

13
NI GLOIRE NI HONNEUR, RIEN QUE DES AMPOULES MAL PLACÉES

Les aboiements redoublaient de férocité. La meute de chiens courants était à leurs trousses.

Roran raccourcit les rênes et s'allongea sur l'encolure de son coursier. Le martèlement des sabots résonnait en lui comme un tonnerre.

Lui et ses compagnons, Carn, Mandel, Baldor, Delwin et Hamund, s'étaient fournis en chevaux frais dans l'écurie d'un manoir. Les valets n'avaient pas apprécié. Des épées dégainées avaient fait taire leurs objections, mais ils avaient dû donner l'alerte aussitôt, car une dizaine d'hommes avaient pris les voleurs en chasse, menés par une meute de chiens.

– Par là ! cria-t-il.

Il désignait une rangée de bouleaux, entre deux collines, qui descendaient probablement vers une rivière encaissée.

Cela les obligeait à quitter la route pour un terrain inégal. Malgré tout, ils pressèrent leurs bêtes au risque de les voir se casser une patte dans un trou ou désarçonner leur cavalier. Mais laisser les chiens les rattraper était encore plus risqué.

Roran éperonna son cheval, arrachant un « yah ! » sonore à sa gorge desséchée par la poussière. Le hongre allongea ses foulées et, peu à peu, rattrapa Carn.

Roran savait qu'il aurait beau lui labourer les flancs à coups d'éperons et le fouetter du bout de ses rênes, l'animal ne soutiendrait plus cette allure très longtemps. Il détestait la cruauté, mais il n'épargnerait pas sa monture si cela entraînait l'échec de sa mission.

Arrivé à la hauteur de Carn, il lui lança :

– Tu pourrais dissimuler nos traces avec un sortilège ?

– Je ne crois pas, répondit Carn, d'une voix à peine audible dans les sifflements du vent et les bruits de galopade. C'est trop compliqué.

Roran jura et regarda derrière lui. Les chiens atteignaient le dernier tournant de la route. Ils ne semblaient plus toucher terre, leurs longs corps sveltes s'étiraient et se ramassaient à un rythme infernal. Même à cette distance, Roran distinguait le rouge de leurs langues et croyait même voir luire la blancheur de leurs crocs.

Quand il atteignit la ligne de bouleaux, il s'enfonça dans le goulet, restant sous le couvert des arbres autant que le permettaient les ramures basses et les branches tombées. Ses compagnons le suivaient, encourageant leurs chevaux de la voix.

À sa droite, Roran apercevait Mandel, sur une jument tachetée, un rictus féroce aux lèvres. Le courage et l'endurance du garçon – le plus jeune de la bande – l'impressionnaient. Depuis que Sloan, le père de Katrina, avait tué son père et trahi les habitants de Carvahall, Mandel n'avait d'autre idée que de prouver qu'il valait n'importe quel homme du village. Et il s'était comporté fort honorablement dans les deux dernières batailles entre les Vardens et l'Empire.

Roran se baissa pour éviter une branche, et des tiges sèches griffèrent le sommet de son casque. Une feuille arrachée se colla à son œil droit ; puis le vent l'emporta.

Le souffle du hongre était de plus en plus laborieux. Jetant un regard en arrière, Roran constata que la meute gagnait du terrain. Dans quelques minutes, elle les aurait rattrapés.

« Maudites bêtes. »

Il scruta le sous-bois dense à sa gauche, la pente herbeuse de la colline à sa droite, en quête d'un moyen – n'importe lequel – de semer leurs poursuivants.

Il était si soûlé de fatigue qu'il faillit passer sans la voir.

Vingt mètres plus loin, une piste de daim traversait le chemin et disparaissait dans les fourrés.

– Hooooo !

Roran tira sur les rênes. Le hongre renâcla et voulut prendre le mors aux dents.

– Oh, toi, ça suffit ! maugréa le cavalier en raccourcissant encore la bride.

Il força sa monture à entrer dans le hallier et lança en direction des autres :

– Par ici, vite !

La fraîcheur du sous-bois était bienvenue, après tous ces efforts qui l'avaient mis en sueur. Il n'eut qu'un bref instant pour savourer cette sensation avant que le hongre s'engage dans le raidillon descendant vers le ruisseau. Les feuilles mortes craquaient sous le fer de ses sabots. Pour ne pas basculer par-dessus la tête de la bête, Roran devait presque se coucher contre son dos, les jambes tendues devant lui.

Quand il eut atteint le fond du ravin, le cheval traversa le gué empierré, éclaboussant son cavalier jusqu'aux genoux. Roran s'arrêta sur l'autre rive pour vérifier si ses compagnons l'avaient suivi. Il les vit progresser à la queue leu leu, le nez de leur cheval dans la croupe du précédent.

Au loin, les chiens aboyaient toujours.

« Il va falloir se battre », comprit-il.

Il jura encore une fois et poussa sa monture sur la rive moussue, toujours sur les traces à peine visibles du daim.

Non loin du ruisseau s'élevait un mur de fougères et, derrière, un creux de terrain. Roran avisa un arbre abattu qui, une fois tiré à la bonne place, ferait une barricade de fortune.

« Pourvu qu'ils n'aient pas d'arcs », songea-t-il.

Il fit signe à ses hommes :

– Par ici !

D'un claquement de ses rênes, il guida le hongre jusqu'à la combe et se laissa glisser à terre. Quand ses pieds touchèrent le sol, ses jambes se dérobèrent, et il dut se cramponner à la selle pour ne pas tomber. Il posa le front contre l'encolure de la bête, attendant que le tremblement de ses muscles s'apaise.

Les autres l'entourèrent, et l'air s'emplit d'une odeur de sueur et de tintements de harnais. Les chevaux haletants écumaient.

Roran désigna l'arbre tombé.

– Aide-moi, dit-il à Baldor.

Ils passèrent les mains sous la base du tronc et le soulevèrent. Roran serra les dents : son dos et ses cuisses hurlaient de douleur. Trois jours entiers à galoper, et à peine trois heures de sommeil pour douze heures en selle, le laissaient dans un état de faiblesse pitoyable.

« Autant aller au combat ivre, malade et à moitié inconscient », se dit-il en mettant le tronc en place. Cette pensée le perturba.

Les six hommes prirent position devant leurs chevaux, face aux fougères piétinées, l'épée au poing.

De l'autre côté du ruisseau, des aboiements surexcités emplissaient le sous-bois d'un vacarme assourdissant.

Alors, mêlé aux jappements des chiens, monta une étrange mélopée cadencée. Des phrases en ancien langage sortaient de la bouche de Carn, chargées d'énergie magique. Roran sentit ses cheveux se hérisser sur sa nuque. Il serra plus fort son marteau.

Quand le magicien eut terminé, il chuchota à ses compagnons, d'une voix tendue :

– Baissez-vous !

Sans poser de question, Roran s'accroupit, maudissant une fois de plus son incapacité d'utiliser la magie. De tous les talents qu'un guerrier pouvait posséder, aucun n'était plus utile. Cette lacune le laissait à la merci de ceux qui changent le monde d'un mot, au gré de leur volonté.

Les fougères bruirent, et un museau rayé de noir apparut, la truffe frémissante. Delwin leva son épée, mais Carn le retint d'un grognement en lui faisant signe d'abaisser son arme.

Le chien parut perplexe. Il huma l'air encore une fois, puis passa sur ses babines une langue violacée avant de disparaître.

Quand le rideau de feuillage se referma derrière l'animal, Roran relâcha lentement son souffle. Il tourna vers Carn un regard interrogateur. Le magicien se contenta de secouer la tête, un doigt sur les lèvres.

Quelques secondes plus tard, deux autres chiens se faufilèrent dans le taillis pour inspecter la combe. Comme le premier, ils se retirèrent rapidement. Bientôt, toute la meute se mit à geindre et à japper, errant entre les arbres à la recherche de ces proies mystérieusement disparues.

Roran, qui s'était assis pour attendre, remarqua que des taches sombres marbraient ses jambières. Il les tâta, et un liquide sanguinolent lui poissa le doigt. La face interne de ses cuisses était couverte d'ampoules éclatées. Il en avait aussi sur les mains, là où les rênes frottaient la peau, entre le pouce et l'index ; il en sentit sur ses talons et d'autres encore plus mal placées.

Il s'essuya le doigt par terre avec dégoût et observa ses hommes, leur façon de se tenir accroupis ou agenouillés ; il vit leurs grimaces à chacun de leurs mouvements, les crispations de leurs mains serrant les épées. Ils n'étaient pas en meilleur état que lui. À leur prochaine étape, il demanderait à Carn de guérir leurs plaies. Si le magicien lui semblait trop fatigué, il s'abstiendrait de faire soigner les siennes. Il aimait mieux souffrir que laisser Carn épuiser son énergie avant d'atteindre Aroughs, car les talents du magicien leur seraient sûrement utiles pour prendre la ville.

À la pensée d'Aroughs et du siège qu'il était censé remporter, d'une manière ou d'une autre, Roran tâta sa poitrine pour vérifier si le paquet contenant son ordre de mission, qu'il ne savait pas lire, et les instructions, qu'il doutait d'exécuter, était toujours à sa place. Il l'était.

113

Après de longues minutes de tension, un chien jappa quelque part, de l'autre côté du ruisseau. Les autres s'élancèrent à sa suite avec des aboiements excités.

Quand la clameur se fut apaisée, Roran se redressa péniblement et balaya le sous-bois du regard.

– La voie est libre, constata-t-il.

Tous se relevèrent. Hamund, un homme de haute taille aux cheveux hirsutes, la bouche cerclée de rides profondes même s'il n'avait qu'un an de plus que Roran, se tourna vers Carn d'un air mauvais :

– Pourquoi n'as-tu pas fait ça plus tôt, au lieu de nous laisser traverser la campagne à bride abattue et dévaler cette ravine au risque de nous briser le cou ?

Carn répliqua sur le même ton :

– Parce que je n'y ai pas pensé, voilà pourquoi. Étant donné que je viens de vous éviter d'avoir le cuir percé à coups de dents, je m'attendais à un minimum de gratitude.

– Ah oui ? Eh bien, tu devrais utiliser tes sorts *avant* qu'on...

De crainte que la dispute ne dégénère, Roran s'interposa :

– Assez !

Puis il s'adressa à Carn :

– Tes sorts nous cacheront-ils aussi à la vue des gardes ?

Le magicien secoua la tête.

– Les hommes sont plus difficiles à berner que les chiens. Du moins pour la plupart, ajouta-t-il en lançant à Hamund un regard méprisant. Même si je nous cache encore, je ne masquerai pas nos traces.

Il désigna les fougères piétinées et les empreintes de pas dans le sol humide :

– Ils sauront qu'on est là. Pour le moment, les chiens les ont éloignés, mais...

– En selle ! ordonna Roran.

Dans un marmonnement de jurons et avec des geignements mal réprimés, les hommes enfourchèrent leurs chevaux. Roran jeta un dernier coup d'œil à la combe pour s'assurer qu'ils n'oubliaient rien, puis il prit la tête du groupe et éperonna sa monture.

Ils quittèrent au galop l'ombre des arbres et sortirent du ravin. L'interminable voyage vers Aroughs reprenait. Ce qu'il ferait une fois arrivé à destination, Roran n'en avait aucune idée.

14
MANGE LUNE

Eragon traversa le camp des Vardens en se frictionnant le cou : il avait un torticolis, conséquence de son entraînement avec Arya et Lupusänghren un peu plus tôt dans l'après-midi.

Au sommet d'une hauteur, îlot perdu dans un océan de tentes grises, il s'arrêta et, les mains sur les hanches, contempla le paysage. Devant lui s'étendait la surface sombre du lac Leona. L'éclat des torches qui éclairaient le camp allumait des lueurs orangées à la crête de ses courtes vagues. La route qu'avaient suivie les Vardens longeait le rivage, large voie pavée construite – au dire de Jeod – bien avant que Galbatorix ait renversé les Dragonniers. Un peu plus loin, au nord, un petit village de pêcheurs semblait accroupi au bord de l'eau. Eragon savait que ses habitants n'appréciaient guère la présence d'une armée à leurs portes.

« Il te faut apprendre... à voir ce que tu regardes. »

Depuis qu'il avait quitté Belatona, Eragon tournait et retournait dans sa tête le conseil de Glaedr. Le dragon ayant refusé d'ajouter un seul mot à cette phrase énigmatique, il avait décidé de la prendre au pied de la lettre. Il s'était efforcé de *voir* vraiment ce qui se présentait à ses yeux, même les petites choses d'apparence anodine, et d'en saisir la signification.

Malgré toute son application, il avait lamentablement échoué. Trop d'impressions l'assaillaient, et il était convaincu qu'un nombre incalculable de détails lui échappaient. Pire, il était rarement capable de donner un sens à ses observations. Par exemple : pourquoi trois des cheminées du village ne crachaient-elles pas de fumée ?

Ses efforts s'étaient tout de même révélés fructueux sur un point : Arya n'avait plus systématiquement le dessus quand ils croisaient le fer. Il l'avait observée avec une attention redoublée, comme il aurait étudié les déplacements d'un cerf à la chasse, ce qui lui avait permis de remporter quelques duels. Mais il était loin de l'égaler. Et il ignorait ce qui manquait encore à sa technique – et qui saurait le lui enseigner – pour devenir aussi habile qu'elle.

« Elle a peut-être raison ; seule l'expérience m'aidera à progresser, conclut-il. Seulement, ça demande du temps, et le temps, j'en ai bien peu devant moi. Nous serons bientôt à Dras-Leona, puis à Urû'baen. Dans quelques mois, tout au plus, nous affronterons Galbatorix et Shruikan. »

Il soupira et se frictionna le visage, essayant de se concentrer sur des sujets moins perturbants. Mais il revenait sans cesse aux mêmes doutes, comme un chien à son os, sans en tirer autre chose qu'un sentiment croissant d'inquiétude.

Perdu dans ses ruminations, il descendit de la butte, erra au hasard entre les tentes. Marcher l'apaisait toujours. Les hommes encore dehors s'écartaient devant lui, se frappaient la poitrine du poing en murmurant un « Tueur d'Ombre », salutation qu'il accueillait d'un signe de tête poli.

Il déambulait ainsi depuis un quart d'heure au rythme de ses pensées quand la voix haut perchée d'une femme narrant quelque chose avec enthousiasme interrompit ses réflexions. Intrigué, il obliqua dans cette direction et découvrit une tente, montée à l'écart près d'un saule noueux, le seul arbre de la rive que l'armée n'avait pas abattu pour faire du feu.

Là, sous le toit de branches, l'attendait un spectacle des plus inattendus.

Douze Urgals, dont leur chef, Nar Garzhvog, étaient assis en demi-cercle autour des flammes mourantes d'un feu. Les ombres qui dansaient sur leurs visages soulignaient leurs arcades sourcilières et leurs pommettes saillantes, leurs mâchoires puissantes et les crénelures de leurs cornes recourbées. À part des lanières de cuir nouées autour de leurs poignets et croisées sur leur poitrine, ils étaient bras et torse nus. Outre Garzhvog, trois autres Kulls étaient présents. Leur carrure de géants donnait à leurs compagnons – dont pas un ne mesurait moins de six pieds – une allure de grands enfants.

Plusieurs dizaines de chats-garous, sous leur forme animale, étaient mêlés aux Urgals. La plupart se tenaient assis bien droits devant le feu, les oreilles dressées, si attentifs qu'ils ne remuaient même pas la queue. D'autres s'étaient allongés sur le sol, d'autres encore lovés sur les genoux ou les épaules des Urgals. Eragon découvrit avec stupéfaction une femelle blanche couchée en rond sur le large crâne d'un Kull, une patte posée sur son sourcil d'un geste possessif. Si les chats-garous paraissaient minuscules à côté des guerriers cornus, il émanait d'eux la même impression de férocité. Dans une bataille, Eragon aurait préféré sans hésitation affronter les seconds. Eux, au moins, il les comprenait, alors que les chats-garous étaient… déconcertants.

De l'autre côté du feu, assise en tailleur sur une couverture, Angela filait un gros tas de laine cardée. L'herboriste agitait son fuseau devant elle comme pour hypnotiser ses auditeurs, qui restaient suspendus à ses lèvres tandis qu'elle racontait :

– … mais Hord était trop lent, et le lapin enragé l'égorgea d'un coup de dents. Puis l'animal aux yeux rouges disparut dans la forêt, et on n'entendit plus jamais parler de lui. Cependant…

Se penchant en avant, la conteuse baissa la voix :

– … si on traverse ces terres, on découvre parfois, même encore de nos jours, un cerf ou un Feldûnost fraîchement tué, qui semble avoir été *grignoté* comme un navet. Tout autour, on remarque les empreintes d'un lapin gigantesque. De temps en temps, un guerrier de Kvôth disparaît, et on le retrouve mort, égorgé. Toujours égorgé.

Elle se redressa avant de continuer :

– Terrin, bouleversé par la mort de son ami, aurait voulu traquer le lapin, mais on avait besoin de lui à la forteresse. Il y retourna donc et, pendant trois jours et trois nuits, il la défendit avec les nains, jusqu'à ce que les vivres viennent à manquer et que tous les combattants soient couverts de plaies. Enfin, au matin du quatrième jour, alors qu'ils avaient perdu espoir, les nuages s'écartèrent, et Terrin aperçut au loin Mimring, volant vers la forteresse à la tête d'un tonnerre de dragons. Pris de terreur, les assaillants jetèrent leurs armes et s'enfuirent en grand désordre.

Angela eut un sourire sarcastique :

– Comme vous pouvez l'imaginer, cette débandade réjouit fort les nains de Kvôth, qui la saluèrent avec des hourras ! Quand Mimring se posa, Terrin constata avec émerveillement que ses écailles avaient pris l'éclat du diamant. C'est ce qui arrive, dit-on, quand un dragon s'approche trop du soleil. Or, pour rassembler à temps l'armée ailée, Mimring avait dû voler très haut au-dessus des Montagnes des Beors, plus haut qu'aucune créature ne l'avait fait avant lui ni ne le fera après lui. À compter de ce jour, Terrin fut connu comme le héros du siège de Kvôth, et son dragon prit le nom de Mimring le Brillant. Après quoi, ils vécurent en paix, même si Terrin conserva jusqu'à la fin de sa vie une peur terrible des lapins. Tel est le récit véridique de ce qui s'est passé à Kvôth.

L'assistance exprima sa satisfaction avec des ronronnements et des grognements approbateurs.

– Tu nous as conté une belle histoire, Uluthrek, déclara Garzhvog, dont la voix résonna comme un éboulement de pierres.

– Merci.

– Mais ce n'est pas la version que je connais, intervint Eragon en s'avançant dans la lumière du feu.

Le visage d'Angela s'illumina :

— Si tu as entendu celle des nains, c'est normal. Comment veux-tu qu'ils admettent avoir été à la merci d'un lapin ? Tu es resté caché dans l'ombre pendant tout le récit ?

— Une minute seulement, avoua-t-il.

— Alors, tu as raté le meilleur, et j'ai la gorge trop sèche pour recommencer.

Le sol vibra quand les Kulls et les Urgals se remirent sur leurs pieds, au grand déplaisir des chats-garous, qui protestèrent avec des miaulements indignés.

Devant cette collection de faces grotesques et de têtes cornues rassemblées autour du feu, Eragon faillit porter la main à l'épée. Même après avoir combattu, voyagé, chassé aux côtés des Urgals, et exploré les pensées de plusieurs d'entre eux, il restait sur la défensive en leur présence. Sa raison lui disait qu'ils étaient des alliés, mais la terreur viscérale qui l'avait saisi quand il avait dû les affronter au combat était encore inscrite dans sa chair.

Garzhvog fouilla dans la bourse de cuir attachée à sa ceinture. Allongeant son énorme bras au-dessus du feu, il tendit quelque chose à Angela. Celle-ci posa son fuseau pour recueillir l'objet au creux de sa paume. C'était une pierre grossièrement taillée, qui scintillait comme la neige au soleil. Elle la glissa dans sa manche avant de se remettre à filer.

— Il faut que tu viennes parfois à notre campement, Uluthrek, entendre des histoires de chez nous, dit Garzhvog. Nous avons un bon conteur. Quand on l'écoute raconter la victoire de Nar Tulkhqa à Stavarosk, notre sang s'échauffe. On a envie de hurler à la lune et de lutter cornes à cornes contre les ennemis les plus redoutables.

— Encore faut-il avoir des cornes, fit remarquer Angela. Mais j'en serais honorée. Demain soir, peut-être.

Le Kull acquiesça. Puis Eragon demanda :

— Où est Stavarosk ? Je n'en ai jamais entendu parler.

Les Urgals se balancèrent d'un pied sur l'autre d'un air contrarié. Garzhvog baissa la tête et souffla comme un taureau :

— Pourquoi cette insulte, Épée de Feu ? Cherches-tu à me provoquer ?

Ses poings se fermaient, menaçants.

Eragon répondit avec prudence :

— Je n'ai pas voulu t'offenser, Nar Garzhvog. Je t'ai posé la question parce que j'entends citer ce lieu pour la première fois.

Une rumeur étonnée monta parmi les Urgals.

— C'est incroyable ! s'exclama Garzhvog. Les humains ne connaissent donc pas Stavarosk ? Ce nom n'est-il pas célébré, des déserts du Nord jusqu'aux Montagnes des Beors, comme notre plus grande victoire ? Les Vardens, au moins, doivent en parler !

Sans lever les yeux de son ouvrage, Angela soupira :

— Tu ferais bien de t'expliquer, Eragon.

Dans un recoin de son esprit, celui-ci sentit que Saphira surveillait cet échange, prête à voler à ses côtés si une bagarre devenait inévitable.

Il choisit ses mots avec soin avant de déclarer :

— Personne ne m'en a fait mention, mais je ne suis avec les Vardens que depuis peu de temps, et...

— Drajl ! jura Garzhvog. Le traître sans cornes n'a même pas eu le courage de reconnaître sa défaite. Il n'est qu'un lâche et un menteur !

— Qui ? Galbatorix ?

À ce nom, les chats-garous crachèrent.

Garzhvog hocha la tête :

— Oui. Quand il a pris le pouvoir, il a envoyé une grande armée dans la Crête pour nous anéantir. Ses soldats ont rasé nos villages, brûlé les habitants, laissant derrière eux une terre âcre et noire. Nous nous sommes battus, d'abord avec joie, puis avec désespoir. C'était tout ce que nous pouvions faire. Nous n'avions nulle part où nous réfugier. Qui aurait protégé les Urgralgra quand les Dragonniers eux-mêmes étaient mis à genoux ? Notre chance fut d'avoir un grand chef de guerre, Nar Tulkhqa. Il avait combattu les humains pendant des années, il avait même été un temps leur captif. Il connaissait leur manière de penser. C'est ce qui lui a permis de réunir sous sa bannière de nombreuses tribus. Il a alors entraîné par ruse l'armée de Galbatorix dans les gorges de Stavarosk, un étroit défilé au cœur des montagnes, et nos béliers lui sont tombés dessus des deux côtés. Ce fut un massacre, Épée de Feu. La terre n'était plus qu'une boue sanglante, et les cadavres s'entassaient plus haut que ma tête. Aujourd'hui encore, si tu passes par là, tu sens les os craquer sous tes pieds et tu peux ramasser sous chaque touffe d'herbe des pièces de monnaie, des épées et des débris d'armures.

– Alors, c'était vous ! s'exclama Eragon. Toute ma vie j'ai entendu raconter que Galbatorix avait un jour perdu dans la Crête la moitié de ses hommes, mais personne n'a jamais su me dire pourquoi ni comment.

– *Plus* de la moitié, Épée de Feu.

Garzhvog roula des épaules avec un grognement guttural :

– Je vois à présent qu'il nous faut répandre ce récit afin que notre victoire soit connue de tous. Nous irons trouver vos conteurs et vos bardes, nous leur enseignerons le grand chant de Nar Tulkhqa, et nous nous assurerons qu'ils le récitent haut et fort !

Il opina du chef pour souligner sa détermination – un geste de poids étant donné le volume de son crâne –, avant de lancer :

= Adieu, Épée de Feu ! Adieu, Uluthrek !

Puis, suivi de ses guerriers, il s'enfonça dans la nuit.

Angela pouffa, ce qui fit sursauter Eragon :

– Quoi ?

Elle sourit :

– J'imagine la tête que fera un de nos pauvres joueurs de luth, dans quelques minutes, quand il découvrira à l'entrée de sa tente douze Urgals, dont quatre Kulls, bien décidés à lui enseigner leur culture. On va entendre ses hurlements d'ici !

Amusé, Eragon s'assit par terre et se mit à tisonner les braises avec une branche. Il sentit un poids tiède contre son ventre.

La femelle blanche s'était enroulée sur ses jambes. Il s'apprêta à la caresser, puis, se ravisant, demanda :

— Je peux ?

Elle agita la queue sans répondre.

Espérant qu'il ne commettait pas un impair, Eragon passa prudemment la main le long du cou de la créature. Un puissant ronronnement emplit bientôt l'air nocturne.

— Elle t'aime bien, constata Angela.

Eragon en conçut un plaisir inattendu.

— Qui est-elle ? Je veux dire... Qui es-tu ? Quel est ton nom ?

Il lui jeta un bref regard, craignant de l'avoir offensée.

Angela rit doucement :

— Elle s'appelle Chasse-les-Ombres. Du moins, c'est ce que son nom signifie dans la langue des chats-garous. Très exactement, elle est...

L'herboriste émit un drôle de son, qui donna la chair de poule à Eragon, avant de préciser :

— Chasse-les-Ombres est la compagne de Grimrr Demi-Patte. On peut donc la considérer comme la reine des chats-garous.

Le ronronnement s'intensifia.

— Je vois... Et Solembum, où est-il ?

— Occupé à courtiser une femelle aux longues moustaches qui pourrait être sa fille. Il n'a pas plus de cervelle qu'un chaton. Enfin, on a tous droit à nos petits moments d'égarement.

Arrêtant le mouvement de son fuseau, elle enroula le fil autour du disque en bois.

— Tu m'as l'air débordant de questions, Tueur d'Ombre.

— Chaque fois que je te rencontre, je me sens plus embrouillé qu'avant.

— Chaque fois ? Tu exagères ! Très bien, je vais tâcher d'être claire. Vas-y, interroge-moi !

Un peu sceptique, Eragon réfléchit à ce qu'il désirait savoir. Finalement, il commença :

— « Un tonnerre de dragons » ? Qu'entends-tu par là ?

– C'est le terme exact pour désigner un vol de dragons. Tu sais quel bruit produit un seul dragon. Alors dix, douze ou plus passant au-dessus de ta tête, tu imagines ! L'air résonne autour de toi comme si tu étais assis sur un tambour géant. Comment appeler ça autrement ? On parle d'un vrombissement d'abeilles, d'un parlement de hiboux, d'un tumulte de corbeaux. On pourrait dire « un flamboiement de dragons ». Ou « une terreur de dragons ». Oui, « une terreur de dragons », ce n'est pas mal... Mais on dit « un tonnerre », c'est comme ça. Tu le saurais, si ton éducation ne s'était pas limitée à la pratique de l'épée et à la conjugaison des verbes en ancien langage.

– Je te crois sur parole, fit Eragon, conciliant.

À travers son lien permanent avec Saphira, il sentit qu'elle approuvait l'expression « tonnerre de dragons ». Lui-même trouvait l'image appropriée.

Après un instant de réflexion, il reprit :

– Et pourquoi Garzhvog t'appelle-t-il Uluthrek ?

– C'est le titre que les Urgals m'ont décerné il y a très longtemps, à l'époque où je voyageais en leur compagnie.

– Qu'est-ce qu'il signifie ?

– Mange Lune.

– Mange Lune ? Pourquoi ce drôle de nom ?

– Parce que j'ai mangé la lune. Vois-tu une autre explication ?

Pendant une minute, Eragon caressa le chat-garou d'un air concentré.

– Pourquoi Garzhvog t'a-t-il donné cette pierre ? demanda-t-il enfin.

– Parce que je lui ai raconté une histoire, c'est évident, non ?

– Et qu'est-ce que c'est ?

– Un morceau de roche, tu n'as pas remarqué ?

Elle claqua de la langue d'un air désapprobateur :

– Tu devrais observer ce qui t'entoure avec un peu plus d'attention. Sinon, quelqu'un pourrait te flanquer un coup de couteau en douce. Et je n'aurais plus personne avec qui échanger ce genre de propos abscons.

Elle rejeta ses cheveux en arrière :

– Continue ! Pose-moi une autre question, ce petit jeu me plaît !

Tout en doutant d'obtenir une réponse, il haussa un sourcil :

– Cui cui ?

L'herboriste hennit de rire, et plusieurs chats-garous eurent un rictus amusé qui découvrit leurs dents. Chasse-les-Ombres, en revanche, parut mécontente, car elle enfonça ses griffes dans la cuisse d'Eragon, ce qui lui arracha une grimace.

– Ma foi, fit Angela, encore secouée d'hilarité, cette histoire en vaut bien une autre. Voyons... Il y a quelques années, alors que je voyageais en bordure du Du Weldenvarden, à des miles de toute terre habitée, je suis tombée sur Grimrr. Il n'était à cette époque que le chef d'une petite tribu de chats-garous, et ses pattes étaient encore intactes. Bref, je l'ai surpris en train de jouer avec un jeune rouge-gorge tombé du nid. S'il s'était contenté de le tuer pour le manger, je ne serais pas intervenue. Mais il tourmentait la pauvre bestiole, lui tirant les ailes, lui grignotant la queue, la laissant s'échapper pour la rattraper d'un coup de patte.

L'herboriste tordit le nez de dégoût :

– Je lui ai enjoint d'arrêter ; il m'a ignorée royalement.

Elle fixa Eragon avec un profond sérieux :

– Je ne supporte pas qu'on m'ignore. Je lui ai retiré sa proie et, d'un claquement de doigts, je lui ai lancé un sort. Après quoi, pendant une semaine, chaque fois qu'il ouvrait la gueule, il pépiait comme un moineau.

– Il pépiait ?!

Angela pouffa de nouveau :

– Je n'ai jamais autant ri ! Aucun chat-garou n'a voulu l'approcher de toute la semaine.

– Pas étonnant qu'il te déteste !

– Et alors ? Ne pas se faire quelques ennemis de temps en temps, c'est de la lâcheté ou de l'hypocrisie. Et ça valait le coup de voir sa réaction. Il était dans une colère !

Chasse-les-Ombres sortit de nouveau ses griffes et lâcha un grondement sourd.

– Si on parlait d'autre chose ? proposa Eragon.

– Mmmm...

Avant qu'il ait eu le temps de lancer un nouveau sujet, un hurlement retentit quelque part dans le camp. Il résonna longuement au-dessus des tentes avant de se dissoudre dans le silence.

Eragon et Angela échangèrent un regard. Puis ils s'esclaffèrent. Un des conteurs vardens avait eu la visite des Urgals...

15
ÉCRITS ET RUMEURS

Eragon regagna le campement en flânant. Quand il passa près de Saphira, elle souleva une paupière lourde de sommeil :

« Il est tard. »

Dans la lueur des torches, ses écailles luisaient telles des braises d'azur.

Il s'accroupit et, le front appuyé contre son museau, pressa entre ses mains la mâchoire hérissée de piques :

« Oui, il est tard. Et tu as besoin de repos après une journée à voler dans le vent. Dors, on se retrouve demain matin. »

Elle acquiesça d'un clignement d'œil.

Entré dans sa tente, Eragon alluma une unique chandelle pour ne pas être gêné par trop de clarté. Puis il retira ses bottes et s'assit en tailleur sur le lit de camp. Ralentissant sa respiration, il laissa son esprit entrer en contact avec tous les êtres vivants à proximité, depuis les vers enfouis dans le sol jusqu'à Saphira, aux guerriers vardens et même aux rares plantes subsistant alentour, dont la pâle énergie était à peine perceptible comparée à celle, éclatante, des animaux, même les plus petits.

Il demeura ainsi un long moment, vide de toute pensée, uniquement concentré sur l'air qui allait et venait dans ses poumons, ouvert à des milliers de sensations, vives ou subtiles.

Il entendait des hommes discuter autour d'un feu éloigné. La brise nocturne apportait leurs paroles jusqu'à son ouïe si fine. Il aurait pu lire dans leurs esprits mais se contenta d'écouter.

Un type à la voix grave disait :

— ... et cette façon de te toiser, comme si tu étais un moins que rien ! Ils daignent à peine te répondre quand tu leur poses une question. Ils te tournent le dos et te plantent là.

— Et leurs femmes, intervint un autre. Aussi belles et encore moins causantes que des statues...

— Elles te trouvent trop moche, Svern, railla un troisième.

— Ce n'est pas ma faute si mon père avait un faible pour les filles de ferme ! Et puis, tu peux parler ! Ta tête donnerait des cauchemars à n'importe quel gamin !

Le guerrier à la voix grave grommela. Quelqu'un toussa et cracha, et Eragon perçut le grésillement d'un liquide qui s'évapore au contact d'une braise.

Un quatrième interlocuteur se joignit à la conversation :

— Je n'aime pas plus les elfes que vous, mais on a besoin d'eux pour gagner cette guerre.

— Et s'ils se retournent contre nous, après ? reprit le premier.

— C'est vrai, ça, enchérit le dénommé Svern. Rappelez-vous ce qui est arrivé à Ceunon et à Gil'ead ! Avec tous ses hommes et tout son pouvoir, Galbatorix n'a pas pu les empêcher d'escalader les murailles !

— Il n'a peut-être pas essayé, suggéra le troisième.

Un silence suivit cette remarque.

Puis l'homme à la voix grave reprit :

— Reste une perspective des plus désagréables. Car, qu'il ait essayé ou non, je ne vois pas comment on contiendrait les elfes s'ils décidaient de réclamer leurs anciens territoires. Ils sont plus rapides et plus forts que nous, et tous font usage de la magie, ce qui n'est pas notre cas.

— Ah, mais nous avons Eragon ! objecta Svern. Il pourrait les renvoyer dans leur forêt à lui tout seul, s'il le voulait.

— Lui ? Bah ! Il ressemble plus à un elfe qu'aux gens de son espèce. Je ne parierais pas plus sur sa loyauté que sur celle des Urgals.

Le quatrième reprit la parole :

– Et vous avez remarqué ? Il est toujours rasé de frais, quelle que soit l'heure où on lève le camp.

– Il doit utiliser la magie en guise de rasoir.

– Moi, je dis que ce n'est pas naturel. Ni ça ni les autres sorts qu'il jette sans arrêt. Ça me donne envie de me planquer dans une grotte et de laisser tous ces magiciens s'entretuer sans qu'on s'en mêle.

– Je ne me souviens pas de t'avoir entendu protester quand les guérisseurs t'ont ôté une flèche de l'épaule à l'aide d'un sort plutôt que d'une paire de pinces !

– Peut-être, mais, sans cette guerre contre Galbatorix, je n'aurais pas reçu de flèche. C'est lui et sa magie qui sont la cause de tout ce bazar.

Quelqu'un ricana :

– C'est juste. Mais je suis prêt à parier mon dernier sou que, Galbatorix ou pas, tu aurais fini par la recevoir, cette flèche. Tu ne sais rien faire d'autre que te battre.

– Je vous ai dit qu'Eragon m'a sauvé la vie, à Feinster ? reprit Svern.

– Oui, et si tu nous bassines encore une fois avec cette histoire, je te colle une semaine au récurage des marmites !

– Tout de même, il l'a fait...

Il y eut un nouveau silence, bientôt brisé par l'homme à la voix grave :

– On n'a aucun moyen de se protéger, c'est ça, le problème. On est à la merci des elfes, des magiciens – les nôtres et les leurs –, et de toutes les créatures bizarres qui errent dans le pays. Tout ça, c'est très bien pour des types comme Eragon, mais on n'a pas sa chance. Ce qu'il nous faut...

– Ce qu'il nous faut, le coupa Svern, ce sont les Dragonniers. Ils remettraient les choses en ordre.

– Pffffff ! Avec quels dragons ? Pas de Dragonnier sans dragon ! De plus, on serait toujours incapables de se défendre, c'est ça qui m'ennuie. Je ne suis pas un môme qui se cache dans les jupes de sa mère, mais, si un Ombre surgissait de la nuit, il nous arracherait la tête d'une pichenette.

— À ce propos, vous avez entendu parler de Lord Barst ? intervint le troisième.

Svern acquiesça d'un grognement :

— Il paraît qu'après, il lui a mangé le cœur.

— Qu'est-ce que c'est que cette histoire ? demanda l'homme à la voix grave.

— Barst...

— Barst ?

— Tu sais bien, le comte qui a un domaine près de Gil'ead.

— Celui qui a lancé ses chevaux dans le Ramr par défi ?

— Celui-là même. Quoi qu'il en soit, il se rend un jour dans un village pour ordonner à tous les hommes de rejoindre l'armée de Galbatorix. La pratique habituelle. Sauf que, ce coup-ci, les villageois refusent ; ils attaquent Barst et ses soldats.

— Courageux, commenta l'homme à la voix grave. Stupide, mais courageux.

— D'autant que Barst est plus malin qu'eux. Il a posté des archers autour du village avant d'y entrer. Ses soldats tuent la moitié des rebelles et laissent les autres agonisants. Jusque-là, rien de surprenant. Mais voilà que Barst attrape le meneur par la peau du cou et lui arrache la tête à mains nues.

— Non ?

— Si ! Comme un poulet. On dit qu'il lui a mangé le cœur. Après ça, il a fait brûler vifs tous les membres de sa famille.

— Il faut être aussi fort qu'un Urgal, pour arracher la tête d'un homme ! s'exclama Svern.

— Ou se servir de la magie, ajouta l'homme à la voix grave.

— D'après ce qu'on raconte, Barst a toujours été fort, fort et malin. Jeune garçon, il aurait achevé un bœuf blessé d'un coup de poing.

— Pour moi, c'est de la magie.

— Parce que tu vois des vilains magiciens partout !

L'homme à la voix grave répliqua d'un grognement. Puis tous trois se dispersèrent pour effectuer leur ronde, et Eragon n'entendit plus rien. À un autre moment, leur conversation l'aurait beaucoup perturbé. Mais, grâce à son état méditatif, il conserva sa sérénité, même s'il s'efforça de mémoriser ces propos, afin d'y réfléchir plus tard à loisir.

Enfin, ses pensées en ordre, il se sentit apaisé et détendu. Il ferma son esprit, ouvrit les yeux, décroisa lentement les jambes et décontracta ses muscles raidis.

Il fixa un instant la chandelle, fasciné par les ondulations de la flamme. Il alla ensuite chercher dans son sac de selle, déposé dans un coin, la plume, le pinceau, la bouteille d'encre et les parchemins qu'il avait soutirés à Jeod quelques jours plus tôt, ainsi que l'exemplaire du *Domia abr Wyrda* offert par le vieil érudit.

Puis il regagna son lit, plaça le gros ouvrage à bonne distance pour éviter de le tacher d'encre. Il posa son bouclier sur ses genoux en guise de table et étala les feuilles de parchemin sur sa surface incurvée. Une forte odeur de tanin, due aux galles du chêne dont l'encre était faite, lui piqua le nez quand il ouvrit la bouteille.

Il y trempa la plume, l'essuya sur le rebord du flacon pour en ôter le surplus avant d'exécuter son premier trait. Accompagné par le léger grincement de son instrument, il traça les runes de sa langue maternelle. Quand il eut terminé, il compara le résultat avec celui de la veille, espérant que son écriture se serait un peu améliorée, et avec les runes du *Domia abr Wyrda* qui lui servaient de modèle.

Il révisa encore trois fois son alphabet, portant une attention spéciale aux caractères qu'il avait le plus de mal à reproduire. Puis il commença à noter ses pensées et ses observations sur les évènements de la journée. Cet exercice lui était fort utile, non seulement pour la pratique de l'écriture, mais aussi pour la compréhension de ce qu'il avait vu et vécu au cours des heures précédentes.

Il aimait ce travail laborieux, les défis qu'il lui imposait. Et cela lui rappelait Brom, la façon dont le vieux conteur lui avait enseigné le sens de chaque rune. Il trouvait là une proximité avec son père qui, autrement, lui échappait.

Après avoir noté tout ce qui lui paraissait important, il essuya sa plume. Puis il prit le pinceau et choisit un morceau de parchemin déjà à demi couvert de glyphes en ancien langage.

L'écriture des elfes, le Liduen Kvaedhí, avec ses arabesques complexes, était beaucoup plus difficile à reproduire que les runes de son peuple. Il persistait cependant pour deux raisons : il tenait à se familiariser avec cette calligraphie ; et, s'il était amené à écrire un jour en ancien langage, il estimait plus sage de le faire sous une forme qui serait incompréhensible à la plupart des gens.

Eragon avait une bonne mémoire. Pourtant, il commençait déjà à oublier certains des sorts que Brom et Oromis lui avaient enseignés. Il avait donc décidé de se constituer un glossaire de l'ancien langage avec les mots qu'il connaissait. L'idée n'était guère originale ; néanmoins, il n'avait mesuré que tout récemment la valeur d'une telle compilation.

Il travailla quelques heures sur son dictionnaire. Après quoi, il rangea son matériel de scribe dans la sacoche et sortit le coffret contenant le cœur des cœurs de Glaedr. Comme il l'avait fait à de nombreuses reprises, il tenta de tirer le dragon d'or de son hébétude. Et, comme à chaque fois, il échoua. Refusant d'abandonner, il s'assit près du coffret ouvert et lut à haute voix un chapitre du *Domia abr Wyrda* sur les innombrables rites et rituels des nains, dont la plupart lui étaient inconnus, jusqu'aux heures les plus noires et les plus froides de la nuit.

Enfin, il posa le livre, souffla la chandelle et s'allongea sur son lit. Il ne s'évada que peu de temps dans les visions fantastiques de ses rêves éveillés ; dès que les premières lueurs montèrent à l'est, il roula sur lui-même et se releva, prêt à entamer une nouvelle journée.

16
AROUGHS

Roran et ses hommes arrivèrent devant le campement en début de matinée. L'épuisement du jeune homme était tel que tout lui paraissait flotter dans une grisaille indistincte. La ville d'Aroughs s'étendait à un mile de là, au sud. Il n'en distinguait que la structure générale : le blanc de glacier des murailles, les bouches sombres des portes bardées de fer, l'épaisseur carrée de nombreuses tours en pierre.

Il se cramponna au pommeau de la selle pour pénétrer au trot dans le camp. Un grand gosse maigre se précipita pour prendre sa jument par la bride. La bête semblait prête à s'abattre.

Roran regarda le gamin, l'esprit confus, avant d'ordonner d'une voix rauque :

– Amène-moi Brigman !

Le garçon fila entre les tentes, soulevant la poussière sous ses pieds nus.

Roran eut l'impression d'attendre pendant des heures. Le souffle désordonné de sa monture accompagnait le bourdonnement de son sang dans ses oreilles. S'il baissait les yeux, il lui semblait que le sol défilait encore sous lui, vers un point infiniment distant. Non loin de là, des éperons tintèrent. Une dizaine de guerriers s'étaient rassemblés, appuyés sur leurs boucliers, exprimant ouvertement leur curiosité.

Du milieu du camp, un homme aux larges épaules, en tunique bleue, une lance brisée en guise de canne, claudiqua vers Roran.

Il arborait une barbe fournie, mais sa lèvre supérieure, rasée, luisait de transpiration.

— C'est vous, Puissant Marteau ?

Roran émit un grognement affirmatif. Il détacha sa main crispée de la selle, fouilla dans sa tunique et tendit à Brigman le morceau de parchemin froissé qui contenait les ordres de Nasuada.

Brigman brisa le cachet de cire d'un coup d'ongle, étudia le document, puis leva vers Roran un regard indéchiffrable :

— On vous attendait. Un de ces magiciens qu'affectionne Nasuada m'a contacté il y a quatre jours pour annoncer que vous étiez en route. Je ne vous espérais pas si tôt.

— Ça n'a pas été facile, admit Roran.

La lèvre glabre de Brigman s'étira :

— Je m'en doute...

Il lui rendit le parchemin avant d'ajouter :

— Mes hommes sont à vos ordres, Puissant Marteau. On s'apprête à lancer une attaque sur la porte ouest, peut-être désirez-vous la diriger ?

La question était lourde de sous-entendus.

Tout se mit à tourner autour de Roran, et il dut s'agripper de nouveau à la selle. Il était trop épuisé pour soutenir une joute verbale avec qui que ce soit.

— Ordonnez-leur de se mettre au repos pour la journée.

— Vous perdez la tête ? Comment croyez-vous prendre la ville ? On a longuement préparé cet assaut, et je n'ai pas l'intention de rester ici à me tourner les pouces pendant que vous récupérez vos heures de sommeil en retard ! Nasuada exige que le siège soit achevé dans les jours qui viennent, et, par Angvar, ce sera fait !

D'une voix si basse que seul Brigman put l'entendre, Roran gronda :

— Dites à vos hommes de se mettre au repos, ou je vous fais pendre par les pieds et fouetter pour refus d'obéissance ! Je n'approuverai aucune sorte d'attaque avant d'avoir pu me reposer et évaluer la situation.

– Vous n'êtes qu'un imbécile. Ce serait...

– Si vous n'êtes pas capable de tenir votre langue et d'accomplir votre devoir, je vous rosse de ma main, ici et maintenant.

Les narines de Brigman frémirent :

– Dans votre état ? Vous n'auriez pas une chance.

– Détrompez-vous.

Et il le pensait. De quelle manière il dominerait Brigman, il n'en savait rien, mais il sentait au plus profond de ses fibres qu'il le ferait.

Brigman parut débattre avec lui-même, puis il cracha :

– Très bien. Ce serait déplorable pour le moral des hommes de nous voir rouler ensemble dans la poussière. Nous ne bougerons pas, si c'est ce que vous souhaitez. Mais qu'on ne me reproche pas cette perte de temps. Vous en porterez la responsabilité.

– Comme il se doit, coassa Roran, la gorge sèche, en mettant pied à terre. De même que vous répondrez du désastre qu'a été le siège jusqu'à ce jour.

Brigman lui lança un regard noir, et le jeune homme comprit que son antipathie initiale avait viré à la haine. Il regretta de ne pas avoir trouvé une réplique plus diplomatique.

– Votre tente est par là.

La matinée n'était pas écoulée quand Roran se réveilla.

La douce lumière qui se diffusait sous la tente lui remonta le moral. Il pensa d'abord n'avoir dormi que quelques heures. Puis il se détrompa : il se sentait beaucoup trop alerte.

Il lâcha un juron, furieux d'avoir laissé un jour entier lui filer entre les doigts.

Il était allongé sous une mince couverture, presque inutile dans le chaud climat du Sud, d'autant qu'il avait dormi tout habillé, sans même ôter ses bottes. Il la repoussa et tenta de s'asseoir. Il crut qu'on l'écartelait.

Un grognement étranglé lui échappa. Il retomba sur le dos et fixa le plafond de toile, haletant. La douleur reflua, laissant derrière elle une multitude d'élancements plus ou moins aigus.

Il lui fallut plusieurs minutes pour rassembler ses forces. Il roula alors sur le côté et balança ses jambes hors du lit de camp. Il resta assis le temps de reprendre son souffle, avant de tenter l'exploit apparemment impossible de se mettre debout.

Une fois sur ses pieds, il sourit avec amertume. La journée promettait.

Ses compagnons, déjà levés, l'attendaient devant la tente. Tous avaient l'air usés, hagards, aussi perclus que lui. Ils échangèrent des salutations. Désignant l'avant-bras bandé de Delwin, entaillé par le couteau de cuisine d'un aubergiste, Roran demanda :

— Tu as moins mal ?

Delwin haussa les épaules :

— Ça va. Je pourrai me battre, s'il le faut.

— Tant mieux.

— Qu'est-ce que tu comptes faire, pour commencer ? s'informa Carn.

Roran mesura du regard la hauteur du soleil, calcula le temps qu'il lui restait avant midi.

— Un petit tour, répondit-il.

Escorté de ses compagnons, il arpenta chaque rangée de tentes afin d'évaluer l'état des troupes et de leur équipement. Il s'arrêtait à l'occasion pour interroger un soldat. La plupart des hommes paraissaient las et découragés ; il nota cependant que leur moral remontait dès qu'ils l'apercevaient.

Roran acheva son inspection à l'extrémité sud du camp. De là, il avait vue sur l'ensemble imposant que représentait Aroughs.

La ville était bâtie sur deux niveaux. Celui du bas, très étendu, rassemblait la plupart des édifices. Le second, plus petit, occupait le sommet d'une hauteur, point culminant à des lieues à la ronde. Une muraille entourait chaque niveau. Le grand rempart extérieur était percé de cinq portes. Deux s'ouvraient sur des routes menant à la cité, l'une venant du nord, l'autre de l'est. Les trois autres portes enjambaient des canaux qui traversaient la ville en direction du sud. De ce côté, Aroughs donnait sur la mer agitée, où les canaux devaient sans doute se déverser.

« Au moins, ils n'ont pas de douves », pensa Roran.

La porte nord portait des éraflures et des balafres laissées par des coups de bélier ; devant, le sol défoncé témoignait de récents combats. Trois catapultes, quatre balistes comme Roran en avait vu pendant son voyage sur *L'Aile de Dragon*, et deux tours d'assaut délabrées étaient dispersées sur le terrain. Accroupis au pied des tours, une poignée d'hommes jouaient aux dés sur un morceau de cuir en fumant la pipe. Les machines de guerre avaient piteuse allure face à la masse monolithique de la cité.

La plaine verdoyante entourant Aroughs descendait en pente douce vers la mer, parsemée de centaines de fermes avec leurs barrières en bois et leurs toits de chaume. On apercevait aussi de somptueux domaines où s'élevaient des manoirs fortifiés. Ils appartenaient sans nul doute aux nobles de la ville, peut-être aussi à de riches négociants. « Et ils ont leurs propres gardes », supposa Roran.

— Qu'est-ce que tu en dis ? demanda-t-il à Carn.

Le magicien haussa les épaules. Sous les paupières tombantes, son regard était encore plus lugubre qu'à l'ordinaire.

— Autant assiéger une montagne, soupira-t-il.

— Je ne vous le fais pas dire, intervint Brigman, qui venait de les rejoindre.

Préférant cacher son propre découragement, Roran garda ses réflexions pour lui. « Si Nasuada s'imagine que je prendrai la ville avec huit cents hommes, elle est tombée sur la tête. Avec huit mille, et avec Eragon et Saphira en prime, j'aurais mes chances. Mais là... »

Il devait pourtant trouver une solution, ne serait-ce que pour le bien de Katrina.

Sans le regarder, il dit à Brigman :

— Parlez-moi d'Aroughs.

Brigman gratta le sol du bout de sa lance avant de répondre :

– Galbatorix avait tout prévu. Il avait veillé à ce que la cité soit largement approvisionnée avant qu'on ne coupe les routes qui la relient au reste de l'Empire. L'eau, comme vous pouvez le constater, ils n'en manquent pas. Même si on détournait les canaux, ils auraient encore des puits et des fontaines à l'intérieur de la ville. Ils pourraient bien tenir jusqu'à l'hiver, et même au-delà, s'ils supportent encore d'avaler des navets ! Galbatorix a également envoyé un fort contingent de soldats, en plus de ceux déjà sur place.

– Comment le savez-vous ?

– Un informateur. Mais, comme il n'avait pas d'expérience stratégique, il nous a fourni une évaluation beaucoup trop optimiste des points faibles de la ville.

– Ah...

– Il s'est même prétendu capable de faire entrer dans Aroughs un petit groupe d'hommes à la faveur de l'obscurité.

– Et ?

– Au soir dit, on l'a attendu ; en vain. Le lendemain matin, sa tête était exposée au bout d'une pique, en haut du rempart. Elle y est toujours, près de la porte est.

– Je vois. Y a-t-il d'autres portes, en plus de ces cinq-là ?

– Oui, trois. Du côté de la mer, il y a une écluse assez large pour laisser s'écouler les trois cours d'eau réunis en même temps, et à côté un passage à sec pour les hommes et les chevaux. Et il y a encore une porte, là-bas.

Il désigna les quartiers ouest.

– L'une d'elles pourrait-elle être défoncée ?

– Ça prendrait du temps. Du côté de la mer, il n'y a pas moyen de manœuvrer ni de se mettre à l'abri des jets de pierres ou de flèches. Restent ces portes-ci et celle de l'ouest. La configuration du terrain est à peu près la même tout autour de la ville, à part sur la côte. C'est pourquoi j'ai concentré nos attaques sur la porte la plus proche.

– De quoi sont-elles faites ?

– De chêne et de fer. Si on ne les abat pas, elles tiendront des siècles.

– Sont-elles protégées par des sorts ?

– Je n'en sais rien, étant donné que Nasuada n'a pas jugé bon de nous envoyer un de ses magiciens. Halstead a...

– Halstead ?

– Lord Halstead, le gouverneur d'Aroughs. Vous avez dû entendre parler de lui.

– Non.

Suivit une brève pause, pendant laquelle Roran sentit grandir le mépris de Brigman envers lui.

Puis celui-ci reprit :

– Halstead a son propre mage, un être malfaisant au teint olivâtre qu'on a vu en haut des murs, marmonner des sortilèges dans sa barbe. Il m'a l'air singulièrement incompétent, car il n'a pas obtenu grand résultat, à part transformer en torches deux des hommes qui maniaient le bélier.

Roran échangea un regard avec Carn, qui semblait plus inquiet que jamais, puis il estima préférable d'en discuter en privé ultérieurement.

– Ça ne serait pas plus facile de forcer les portes en passant par les canaux ? s'enquit-il.

– En se plaçant où ? Regardez, elles sont en retrait par rapport au mur. Il n'y a pas même un rebord où poser le pied. En outre, des meurtrières et des trappes s'ouvrent dans la voûte, par où rochers, huile bouillante et volées de flèches s'abattraient sur quiconque aurait la folle idée de s'aventurer là-dessous.

– Les portes ne peuvent pas être pleines jusqu'en bas, sinon l'eau ne s'écoulerait pas.

– Effectivement. Sous la surface, elles se terminent par un entrecroisement de bois et de métal formant un maillage assez large pour ne pas ralentir le courant.

– Et ces portes, sont-elles baissées en permanence, même quand Aroughs n'est pas en état de siège ?

— La nuit, c'est certain. Mais je crois qu'elles restent ouvertes pendant la journée.

— Mmmm... Et les remparts ?

Brigman changea de jambe d'appui :

— Blocs de granite, parfaitement lisses, si étroitement ajustés qu'on ne glisserait pas une lame de couteau dans les interstices. Du travail de nain, à mon avis, datant d'avant la Chute des Dragonniers. Les murs s'enfoncent à douze pieds de profondeur au moins, probablement davantage, de sorte qu'on ne peut ni creuser de tunnel pour passer en dessous ni les affaiblir en les sapant.

Avançant d'un pas, Brigman désigna les manoirs, au nord et à l'est :

— La plupart des nobles se sont réfugiés à Aroughs, mais ils ont laissé des hommes derrière eux pour garder leurs propriétés. Ils nous ont causé quelques problèmes, attaquant nos éclaireurs, volant nos chevaux, ce genre de choses. On s'est emparés de deux domaines, récemment – il montra des ruines calcinées à quelques miles de distance –, mais les conserver nous causait trop de tracas ; on les a pillés avant d'y mettre le feu. Malheureusement, on n'a pas assez d'hommes pour s'occuper des autres.

C'est alors que Baldor intervint :

— À quoi servent les canaux ? Ils n'ont pas l'air de les utiliser pour irriguer les cultures.

— Ils n'ont pas besoin d'arroser, ici, mon gars, pas plus qu'un homme du Nord n'a besoin de se fournir en neige l'hiver. Leur problème est plutôt de rester au sec.

— Dans ce cas, à quoi bon ces canaux ? insista Roran. Et d'où viennent-ils ? Ne me faites pas croire qu'ils s'alimentent dans la rivière Jiet, elle est beaucoup trop loin !

— Ça, non, railla Brigman. Il y a des lacs, dans les zones marécageuses du Nord. L'eau est saumâtre, polluée, mais les gens du coin y sont habitués. Un unique chenal l'achemine depuis les marais jusqu'à un point situé à environ trois miles d'ici. Là, le chenal se divise pour former ces trois canaux. Ils passent ensuite par une série de chutes qui font tourner les moulins à blé. Les paysans y portent leur grain après la moisson. Après quoi les sacs de farine sont chargés sur des barges qui descendent le courant jusqu'à Aroughs. C'est aussi une voie pratique pour transporter d'autres marchandises, comme le vin ou le bois de construction.

Roran se frictionna la nuque tout en contemplant la ville. Les renseignements fournis par Brigman l'intriguaient, mais il ne voyait pas encore comment les exploiter.

– Quoi d'autre encore ? reprit-il.

– Une carrière d'ardoise au sud, le long de la côte.

Plongé dans ses pensées, Roran grommela :

– Je veux voir ces moulins. Mais d'abord il me faut un compte rendu complet de ce qui s'est passé ici depuis votre arrivée, ainsi qu'un état précis de vos stocks, depuis les flèches jusqu'aux biscuits.

– Si vous voulez me suivre, Puissant Marteau...

Roran passa l'heure suivante en conférence avec Brigman et deux de ses lieutenants. Ils lui firent le récit de tous les assauts lancés contre les murailles, lui détaillèrent l'état de leur approvisionnement.

« Au moins, pensa Roran en faisant le compte des morts, on ne sera pas à court d'armes. » Cependant, indépendamment même de la date limite imposée par Nasuada, hommes et chevaux n'auraient pas assez de nourriture pour camper devant Aroughs une semaine de plus.

La plus grande partie des informations et des chiffres fournis par Brigman et ses adjoints provenaient de notes prises sur des parchemins. Roran s'évertuait à leur cacher que ces rangées de petits signes noirs lui étaient parfaitement incompréhensibles en insistant pour que les trois hommes les lui lisent à haute voix, mais cette dépendance l'irritait. « Nasuada a raison, comprit-il. Il faut que j'apprenne à lire, sinon, comment savoir si on ne me ment pas sur le contenu de tel ou tel document ?

Carn pourra peut-être me servir de professeur, quand on sera de retour chez les Vardens... »

Plus il en découvrait sur Aroughs, plus il plaignait Brigman. La prise de la ville était une entreprise titanesque, pour ne pas dire impossible. Malgré son antipathie pour le personnage, il devait reconnaître que le capitaine avait fait de son mieux. Il avait échoué non par incompétence, mais parce qu'il lui manquait les deux qualités qui avaient valu à Roran une série de victoires : l'audace et l'imagination.

Cet inventaire achevé, Roran partit à cheval avec Brigman et ses cinq compagnons pour inspecter les murs et les portes d'Aroughs de plus près, tout en gardant une distance prudente. Remonter en selle lui était incroyablement pénible, mais il endura l'épreuve sans broncher.

Tandis que leurs montures trottaient sur la route pavée menant à la cité, Roran remarqua que sous leurs sabots le sol produisait un bruit curieux. Il se souvint qu'un son identique l'avait intrigué pendant leur dernière journée de voyage.

Il observa que les pierres plates, à la surface de la route, semblaient jointoyées avec de l'argent terni, dont les veines dessinaient un motif en toile d'araignée.

Interpellant Brigman, il l'interrogea sur cette particularité.

— Le sable, ici, donne un mortier de piètre qualité, lui cria le capitaine en réponse. Alors, pour fixer les pierres, ils utilisent du plomb.

La première réaction de Roran fut l'incrédulité. Mais Brigman paraissait tout à fait sérieux. Qu'on puisse gaspiller du métal pour la construction des routes laissait le jeune homme stupéfait.

Arrivés face à la ville étincelante, ils examinèrent ses défenses avec la plus grande attention. Mais, vues de plus près, elles ne révélèrent rien de nouveau. Roran en fut plutôt conforté dans l'impression que la cité était imprenable.

Il guida son cheval près de celui de Carn. Le magicien fixait la cité d'un regard vide, et ses lèvres remuaient en silence, comme s'il se parlait à lui-même. Roran attendit qu'il eût fini avant de le questionner à voix basse :

— Des sorts, sur les portes ?

— Il me semble, murmura Carn. Mais je ne saurais dire combien ni de quel type. Il me faudra les étudier plus longtemps pour leur soutirer une réponse.

— Pourquoi est-ce si difficile ?

— Ce n'est pas le problème. La plupart des sorts sont faciles à détecter. Même si on s'est efforcé de les dissimuler, la magie laisse des traces révélatrices pour qui sait regarder. Ce que je crains, c'est que certains soient des pièges conçus pour empêcher qu'on intervienne sur les enchantements. Si c'est le cas, et que j'y touche, le piège se déclenchera. Qui sait alors ce qui se passera ? Je pourrais me liquéfier devant tes yeux, un destin que j'aimerais autant éviter, si tu n'y vois pas d'inconvénient.

— Tu veux rester ici pendant qu'on continue ?

Carn secoua la tête :

— Ce ne serait pas très sage de vous laisser sans protection loin du campement. Je reviendrai après le coucher du soleil. D'ailleurs, il faudrait que je sois plus près, et je n'ose pas m'avancer maintenant, sous le nez des sentinelles.

— Entendu.

Quand Roran estima avoir noté tout ce qu'il était possible d'apprendre sur la cité, il pria Brigman de les conduire aux moulins les plus proches.

Ils étaient tels que le capitaine les avait décrits. L'eau du canal passait successivement par trois chutes de vingt pieds de haut pour tomber sur une roue à aubes équipée de seaux. Les trois roues étaient connectées par de gros axes à trois édifices identiques, bâtis l'un au-dessous de l'autre le long de la berge en terrasse. Là travaillaient les énormes meules de pierre qui fournissaient en farine la population d'Aroughs. Si les roues tournaient, elles devaient être dissociées des engrenages complexes abrités dans les moulins, car Roran n'entendait pas le grincement des meules. Brigman lui apprit que, depuis que les Vardens campaient devant Aroughs, les moulins n'étaient plus en activité. En effet, les lieux paraissaient déserts.

Il mit pied à terre près du bâtiment le plus bas, attacha son cheval à un piquet et remonta le sentier, observant les vannes qui contrôlaient le débit de chaque chute. Encastrées dans le remblai de terre qui retenait l'eau, elles étaient entrouvertes, et les trois roues tournaient lentement, baignant dans une mare profonde.

Arrivé à mi-pente, Roran planta ses talons dans le sol humide de la berge et, les bras croisés, le menton contre la poitrine, il tenta d'imaginer un moyen de prendre Aroughs. Il devait y avoir une stratégie, une ruse quelconque qui lui permettrait d'ouvrir la cité telle une cougourde[1] mûre. Mais la solution lui échappait.

Il réfléchit jusqu'à ce que son cerveau fatigué refuse de travailler davantage, puis il se laissa bercer par le craquement des roues et le clapotis de l'eau.

Malgré tout, il ne pouvait chasser une pointe de malaise, car cela lui rappelait le moulin de Dempton, à Therinsford, où il était parti s'embaucher le jour où les Ra'zacs avaient torturé son père à mort et brûlé sa maison. Il avait beau repousser ce souvenir, il revenait, lancinant.

« Si seulement j'avais retardé mon départ de quelques heures, j'aurais pu le sauver. »

Son esprit pratique lui rétorquait :

« Oui, et les Ra'zacs m'auraient tué avant que j'aie levé le petit doigt. »

Baldor le rejoignit d'un pas silencieux :

– Les autres s'impatientent : as-tu décidé d'un plan ?

– J'ai des idées, mais pas de plan. Et toi ?

Croisant les bras à son tour, Baldor proposa :

– On pourrait attendre que Nasuada nous envoie Eragon et Saphira.

---

1. Sorte de courge.

Roran rejeta la proposition d'un haussement d'épaules :

— Bah !

Ils contemplèrent un moment le mouvement de l'eau, en contrebas.

— Et si tu exigeais tout simplement qu'ils se rendent ? À la seule mention de ton nom, ils auraient si peur qu'ils ouvriraient les portes et tomberaient à tes pieds en demandant grâce !

Roran eut un rire bref :

— Je doute que mon nom soit parvenu jusqu'à Aroughs. Mais...

Il fit courir ses doigts dans sa barbe :

— Mais ça vaut peut-être le coup d'essayer, ne serait-ce que pour les déstabiliser.

— En supposant qu'on entre dans la ville, on pourrait s'en emparer avec aussi peu d'hommes ?

— Peut-être, peut-être pas.

Après un moment de silence, Baldor reprit :

— On en a fait, du chemin.

— Oui.

145

De nouveau, on n'entendit plus que les bruits de l'eau et de la roue. Puis Baldor fit remarquer :

— La fonte des neiges, ici, ne doit pas être aussi importante que chez nous. Sinon, au printemps, les roues seraient à moitié immergées.

Roran secoua la tête :

— La quantité de neige ou de pluie n'y change rien. Les vannes permettent de contrôler le débit de l'eau.

— Mais si son niveau atteint le haut des remblais ?

— Alors, il suffit de...

Une suite d'images se mit à défiler devant les yeux de Roran, une bouffée de chaleur l'envahit comme s'il venait d'avaler une pleine chope d'hydromel.

« J'aurais une chance ? Ça peut vraiment marcher, ou bien... ? Peu importe, il faut tenter le coup. Qu'est-ce qu'on peut faire d'autre ? »

Il gagna à grandes enjambées le remblai qui retenait le bassin du milieu et saisit le volant du grand écrou de bois servant à lever ou abaisser la vanne. Il était trop serré et refusait de se débloquer, même quand Roran s'arc-bouta en y mettant toute sa force.

— Viens m'aider ! lança-t-il à Baldor, qui l'observait depuis la berge, perplexe.

Celui-ci le rejoignit prudemment. À eux deux, ils réussirent à abaisser la vanne. Après quoi, refusant de répondre aux questions, Roran insista pour qu'ils fassent de même avec les deux autres, celle du haut et celle du bas.

Lorsqu'elles furent fermées toutes les trois, Roran rejoignit Brigman et leurs compagnons, leur fit signe de mettre pied à terre et de se rassembler autour de lui. Il tapotait la tête de son marteau, soudain saisi d'une impatience fébrile.

— Eh bien ? demanda Brigman.

Roran regarda chacun d'eux dans les yeux, pour s'assurer qu'il avait toute leur attention, puis il dit :

— Alors, voilà ce que nous allons faire…

Et, pendant plus d'une demi-heure, il mit toute sa conviction à leur expliquer ce qui lui était venu à l'esprit en un instant révélateur. À mesure qu'il parlait, un large sourire s'épanouissait sur le visage de Mandel. Et si Baldor, Delwin et Hamund restaient plus sérieux, ils semblaient fort excités par l'audace du plan qu'il leur présentait.

Leur réaction réjouit Roran. Après avoir tant fait pour gagner leur confiance, il était heureux de constater qu'il pouvait compter sur leur soutien. Sa seule crainte était de les décevoir. De tous les malheurs imaginables, seule l'idée de perdre Katrina lui semblait pire.

Carn, cependant, restait dubitatif. Roran s'y attendait, mais les réserves du magicien n'étaient rien comparées à l'incrédulité de Brigman.

— Vous êtes fou ! s'écria-t-il, quand Roran eut terminé. Ça ne marchera jamais.

— Retirez ces paroles ! gronda Mandel, les poings serrés. Roran a remporté plus de batailles que vous n'en avez livré, et avec bien moins de soldats que vous n'en avez sous vos ordres !

Un rictus déforma la bouche du capitaine :

— Sale petit morveux ! Je vais te donner une leçon de respect que tu n'es pas près d'oublier !

Roran repoussa le garçon avant qu'il ait le temps de se jeter sur Brigman.

— Oh ! gronda-t-il. Tiens-toi tranquille !

Il y eut un échange de regards noirs, puis Mandel obtempéra.

— C'est plutôt saugrenu, comme plan, reconnut Delwin. Mais tes plans saugrenus nous ont toujours réussi, par le passé.

Les autres hommes de Carvahall émirent des grognements approbateurs.

Avec un hochement de tête, Carn concéda :

— Que ça puisse marcher ou pas, je ne saurais le dire. En tout cas, l'ennemi sera pris par surprise. Rien de tel n'a jamais été tenté. Je dois l'admettre, je suis curieux de voir ça.

Roran esquissa un sourire avant de s'adresser à Brigman :

— Poursuivre le siège comme avant, voilà ce qui serait folie. Il nous reste deux jours et demi pour prendre Aroughs. Les méthodes ordinaires ne suffiront pas ; tentons l'extraordinaire !

— Peut-être, grommela Brigman. Mais c'est une entreprise absurde qui va coûter la vie à plus d'un brave au seul motif de prouver votre supposée supériorité.

Le sourire de Roran s'élargit ; il s'approcha de l'homme jusqu'à être presque nez à nez avec lui :

— On ne vous demande pas d'être d'accord avec moi, seulement de m'obéir. Suivrez-vous mes ordres, oui ou non ?

Entre eux, la tension monta d'un cran. Brigman grinça des dents et fouailla le sol du bout de sa lance, puis il baissa la tête et recula :

— Le Diable vous emporte, Puissant Marteau ! Soit ! Je vous obéirai comme un chien, mais l'heure des comptes finira par sonner, vous verrez. Et vous aurez à répondre de vos décisions.

147

« Du moment qu'on prend Aroughs, pensa Roran, je m'en moque. »

– En selle ! lança-t-il. On a du pain sur la planche, et peu de temps devant nous ! Allez !

17
DRAS-LEONA

Saphira montait dans le ciel à mesure que le soleil descendait. D'en haut, Eragon aperçut Helgrind à l'horizon. Une violente répulsion l'envahit à la vue du lointain pic rocheux, qui perçait la plaine telle une dent gâtée. Tant de ses pires expériences étaient liées à Helgrind qu'il aurait voulu voir ses flèches grises, démantelées, s'écrouler sur le sol. La sombre tour de pierre n'impressionnait guère Saphira ; néanmoins, il sentait que cette proximité lui déplaisait.

Quand le soir tomba, Helgrind était derrière eux et Dras-Leona devant, au bord du lac Leona, où des dizaines d'embarcations dansaient, à l'ancre. La vaste cité était toujours aussi dense et inhospitalière que dans ses souvenirs, avec ses rues étroites, tortueuses, ses taudis crasseux entassés le long du mur de boue jaune qui entourait le centre de la ville, et, derrière le mur, la masse noire de l'immense cathédrale, aux contours déchiquetés, où les prêtres de Helgrind célébraient leurs sinistres rituels.

Un flot de réfugiés coulait le long de la route, fuyant la ville menacée de siège pour gagner Teirm ou Urû'baen, plus au nord, où ils espéraient trouver un abri temporaire face à l'avancée inexorable des Vardens.

Dras-Leona parut à Eragon tout aussi malsaine que lors de sa première visite, et il sentit monter en lui un désir de destruction tel qu'il n'en avait jamais ressenti, ni à Feinster ni à Belatona. Ici, il aurait voulu porter le fer et le feu, déchaîner les terribles énergies à sa disposition, donner libre cours à ses instincts les plus sauvages et ne laisser derrière lui qu'un tas de cendres fumantes. Pour les pauvres, les mutilés, les asservis, il éprouvait une certaine compassion. Mais la ville était trop corrompue, empoisonnée par la religion de Helgrind ; la seule chose à faire était de la raser avant de la rebâtir, nettoyée de toute cette perversité.

Tout en s'imaginant démolir la cathédrale avec l'aide de Saphira, il se demanda si le culte des prêtres qui pratiquaient l'automutilation avait un nom. L'étude de l'ancien langage lui avait enseigné l'importance des noms – désigner les choses permet de les dominer – et, tant qu'il ne saurait pas nommer cette religion, il n'appréhenderait pas pleinement sa véritable nature.

Dans la lumière déclinante, les Vardens s'installèrent dans des champs cultivés, au sud-est de Dras-Leona. Le terrain s'élevait légèrement pour former un plateau qui leur fournirait une protection naturelle en cas de charge ennemie. La longue marche avait épuisé les hommes. Nasuada les envoya néanmoins fortifier le camp et assembler les puissantes machines de guerre qu'ils avaient acheminées depuis le Surda.

Eragon se mit à l'ouvrage avec ardeur. Il rejoignit d'abord une équipe qui aplanissait les champs de blé et d'orge à l'aide de planches attachées à de longues cordes. Les faucher, par le fer ou la magie, aurait été plus rapide, mais le chaume restant aurait formé un tapis aussi dangereux qu'inconfortable pour circuler et plus encore pour dormir dessus. De cette manière, ils obtenaient une surface douce, élastique, aussi agréable qu'un matelas, et de loin préférable aux sols nus auxquels ils étaient accoutumés.

Eragon travailla près d'une heure avec ces hommes, jusqu'à ce qu'ils aient dégagé un espace suffisant pour y planter les tentes.

Il participa ensuite à l'édification d'une tour de siège. Sa force exceptionnelle lui permettait de transporter des poutres qui auraient normalement demandé la participation de plusieurs guerriers ; la tour fut dressée en un rien de temps. Quelques nains restés avec les Vardens supervisaient les travaux, car les engins étaient de leur conception.

Saphira participait, elle aussi. Avec ses griffes et ses dents, elle creusait de profondes tranchées. Elle se servait de la terre retirée pour élever un haut talus autour du camp et abattait en quelques minutes la tâche d'une centaine d'hommes en une journée. Puis, à longs jets de flammes et à puissants coups de queue, elle renversa arbres, clôtures, murs, cabanes, tout ce qui, autour du camp, aurait offert un abri à l'ennemi. Ainsi déchaînée, elle était une figure de la dévastation, capable d'inspirer la terreur aux âmes les mieux trempées.

La nuit était bien avancée quand les Vardens achevèrent leurs préparatifs, et Nasuada les envoya tous au lit, les humains et les nains comme les Urgals.

Retiré dans sa tente, Eragon entra en méditation, comme il en avait pris l'habitude, pour s'éclaircir l'esprit. Puis, au lieu de reprendre ses exercices d'écriture, il passa les dernières heures nocturnes à réviser les sorts dont il pensait avoir besoin le lendemain, et à en inventer de nouveaux face au défi particulier que représentait Dras-Leona.

Quand il se sentit prêt, il s'abandonna à ses rêves éveillés, plus variés et plus intenses que jamais, car l'approche de l'action lui échauffait le sang et l'empêchait de se détendre. L'attente et l'incertitude lui étaient toujours pénibles ; il aurait voulu être déjà au cœur de la mêlée, où il n'aurait plus le temps de penser à l'avenir.

Saphira se montrait aussi agitée que lui. Il saisissait des bribes de rêves pleins de morsures et de lacérations. Elle avait hâte de plonger dans le plaisir féroce du combat. L'humeur belliqueuse de la dragonne déteignit sur la sienne, pas assez, cependant, pour effacer entièrement ses appréhensions.

Le matin revint bien trop tôt, et les Vardens se rassemblèrent devant les faubourgs de Dras-Leona. Cette armée déployée était un spectacle impressionnant, mais l'admiration d'Eragon fut vite tempérée quand il observa les épées ébréchées, les casques cabossés, les boucliers bosselés, les tuniques grossièrement raccommodées et les cottes de mailles rafistolées. S'ils prenaient la ville, ils pourraient remplacer une partie de leurs équipements, comme ils l'avaient fait à Belatona, et avant à Feinster. Mais ils ne remplaceraient pas les hommes qui les portaient.

« Plus les choses traîneront en longueur, fit-il remarquer à Saphira, moins Galbatorix aura de mal à nous vaincre quand nous atteindrons Urû'baen. »

« Raison de plus pour ne pas perdre de temps. »

Ils attendaient près de Nasuada, en armure, qui montait son fougueux destrier noir, Foudre de Guerre. Les douze gardes elfes d'Eragon et un nombre égal de Faucons de la Nuit – leur effectif habituel ayant été doublé pour la durée de la bataille – se déployaient en éventail autour d'eux. Les elfes étaient à pied, car ils refusaient de chevaucher d'autres bêtes que celles qu'ils avaient eux-mêmes élevées et dressées. Les Faucons de la Nuit, en revanche, étaient tous à cheval, même les Urgals. Vingt pas plus loin, le roi Orrin paradait devant sa garde personnelle, des hommes triés sur le volet, au casque orné d'une plume de couleur vive. Narheim, le chef des nains, et Garzhvog commandaient leurs troupes respectives.

S'étant salués d'un signe de tête, Nasuada et Orrin éperonnèrent leurs montures et partirent au trot en direction des faubourgs. Eragon s'accrocha à une des piques de Saphira, qui leur emboîta le pas.

Nasuada et Orrin firent halte devant les premières masures. À leur signal, deux hérauts, l'un portant l'étendard des Vardens, l'autre celui du Surda, remontèrent au galop la ruelle menant à la porte sud de Dras-Leona à travers le dédale de taudis.

Eragon les observa, le front plissé. Un silence anormal pesait sur la ville. On ne voyait pas âme qui vive, pas même sur le chemin de ronde, en haut de la muraille jaune, où des centaines d'hommes de Galbatorix auraient dû être postés.

« Il y a une drôle d'odeur », fit remarquer Saphira.

Elle lâcha un grondement sourd, qui attira l'attention de Nasuada.

Au pied du rempart, d'une voix qui porta jusqu'aux oreilles d'Eragon et de Saphira, le héraut des Vardens clama :

– Salut à vous ! Au nom de Dame Nasuada, chef des Vardens, de Son Altesse le roi Orrin du Surda et de tous les peuples libres d'Alagaësia, nous demandons l'ouverture des portes afin de délivrer un message important à votre seigneur et maître, Marcus Tabor. De ce message il tirera grand profit, ainsi que tous les hommes, femmes et enfants de Dras-Leona.

Une voix répondit de derrière le mur :

– Ces portes ne s'ouvriront pas. Délivrez votre message de là où vous êtes.

– Parlez-vous au nom de Lord Tabor ?

– Oui.

– En ce cas, veuillez lui rappeler que ses appartements conviendraient mieux aux discussions diplomatiques que la place publique, à portée d'oreille de n'importe qui.

– Je n'ai pas d'ordre à recevoir de toi, laquais ! Délivre ton message, et vite ! Ne me fais pas perdre patience ou je te crible de flèches !

Impassible, le héraut poursuivit :

– Comme vous voulez. Nos suzerains offrent la paix et l'amitié à Lord Tabor et aux habitants de Dras-Leona. Nous ne sommes pas en guerre contre vous mais contre Galbatorix, et n'avons nul désir de vous combattre. Ne partageons-nous pas la même cause ? Beaucoup d'entre nous, qui vivaient autrefois dans l'Empire, l'ont quitté parce que la tyrannie de Galbatorix les a chassés de leurs terres. Nous sommes parents, par le sang et par l'esprit. Joignez vos forces aux nôtres, et nous nous libérerons tous de l'usurpateur qui siège à présent à Urû'baen. Si vous acceptez, nos suzerains promettent la sécurité à Lord Tabor et à sa famille, ainsi qu'à tous ceux qui sont actuellement au service de l'Empire. En revanche, nul ne pourra conserver sa position s'il a prêté au tyran un serment qui ne peut être brisé. Si vos serments ne vous permettent pas de nous aider, du moins ne vous dressez pas en travers de notre chemin. Levez les portes, déposez les armes, et il ne vous sera fait aucun mal. Mais, si vous tentez de résister, vous serez balayés comme balle au vent, car nul ne peut tenir devant la puissance de notre armée ni devant celle d'Eragon le Tueur d'Ombre et du dragon Saphira.

En entendant son nom, Saphira poussa un rugissement terrifiant.

Eragon repéra une silhouette enveloppée d'une cape, penchée entre deux créneaux, le regard fixé sur Saphira. Il eut beau plisser les yeux, il ne put distinguer le visage de l'homme. Quatre autres personnages en longues robes noires le rejoignirent. À leurs corps mutilés, Eragon reconnut des prêtres de Helgrind. Il manquait à l'un son avant-bras, à deux autres une jambe et au dernier un bras et les deux jambes. Il était porté par ses compagnons sur une litière matelassée.

L'individu à la cape renversa la tête et éclata d'un rire tonitruant. Au pied du rempart, les hérauts durent maîtriser leurs montures, qui ruaient et se cabraient.

Un nœud à l'estomac, Eragon posa la main sur Brisingr, prêt à la tirer du fourreau.

– Nul ne peut tenir devant vous, dis-tu ? lança l'homme, et les murs renvoyèrent sa voix en écho. Vous avez une haute opinion de vous-mêmes, à ce qu'il me semble.

Alors, dans un mugissement de tonnerre, Thorn atterrit sur le toit d'une maison, transperçant les bardeaux de ses serres puissantes. Le dragon couleur de rubis déploya ses ailes immenses, terminées par des griffes, il ouvrit sa gueule écarlate, et un rideau de feu crépitant incendia le ciel.

D'une voix chargée de raillerie, Murtagh – Eragon sut aussitôt que c'était lui – ajouta :

– Jetez-vous contre les murailles autant que vous le voudrez, vous ne prendrez jamais Dras-Leona tant que Thorn et moi la défendrons. Envoyez vos plus vaillants guerriers, vos meilleurs magiciens, ils mourront l'un après l'autre, je peux vous l'assurer.

Il n'y a parmi vous aucun homme capable de nous dominer. Pas même toi... mon *frère*. Retournez vous terrer dans vos tanières avant qu'il soit trop tard, et priez pour que Galbatorix ne vienne pas s'occuper de vous en personne. La mort et l'affliction seraient votre seule récompense.

18
JEU D'OSSELETS

— Monsieur, Monsieur ! La porte s'ouvre !

Roran leva les yeux de la carte qu'il étudiait. Une sentinelle hors d'haleine, le visage cramoisi, venait de faire irruption dans sa tente.

— Laquelle ? demanda Roran, soudain envahi par un calme absolu. Sois précis !

Il posa la règle qui lui servait à mesurer les distances.

— La plus proche, Monsieur, celle qui donne sur la route.

Tirant son marteau de sa ceinture, Roran traversa le camp au pas de course jusqu'à l'extrémité sud. À sa grande inquiétude, il vit un flot de cavaliers – plusieurs centaines – se déverser hors de la cité. Leurs oriflammes colorées flottant au vent, ils se placèrent en formation devant la bouche noire de la porte.

« Ils vont nous tailler en pièces... », se désola Roran.

Il n'avait auprès de lui qu'environ cent cinquante hommes, dont beaucoup étaient blessés et incapables de se battre. Les autres s'étaient rendus aux moulins qu'il avait visités la veille, à la carrière d'ardoise, plus bas sur la côte, ou encore le long des rives du canal de l'ouest, à la recherche des barges dont il aurait besoin pour mener son plan à bien. Aucun d'eux ne serait de retour à temps pour repousser les cavaliers.

Il savait, en organisant ces missions, qu'il rendait le camp vulnérable. Il avait néanmoins espéré que les derniers assauts menés contre la cité décourageraient les attaques au moins pour un temps, et que les guerriers qu'il avait gardés avec lui suffiraient à convaincre les observateurs que l'essentiel de ses forces était cantonné dans les tentes.

Sa première supposition se révélait être sans conteste une erreur. Quant à savoir si les défenseurs d'Aroughs avaient éventé sa ruse, c'était probable, étant donné le nombre limité de cavaliers rassemblés devant la porte de la ville. Si leurs officiers avaient prévu d'affronter les forces ennemies dans leur totalité, ils auraient fait sortir une troupe deux fois plus nombreuse. Quoi qu'il en soit, il lui fallait trouver un moyen de repousser l'attaque et de sauver ses hommes du massacre.

Baldor, Carn et Brigman accoururent, les armes à la main. Tandis que le magicien enfilait à la hâte une cotte de mailles, Baldor demanda :

– Qu'est-ce qu'on fait ?

– Il n'y a rien à faire, gronda Brigman. Vous avez condamné toute cette expédition à l'échec par votre inconséquence, Puissant Marteau. On n'a plus qu'à fuir, et vite, avant que ces maudits cavaliers nous tombent dessus.

Roran cracha par terre :

– Battre en retraite ? Non. On ne s'échappera pas à pied. Et, même si c'était faisable, je n'abandonnerais pas nos blessés.

– Vous ne comprenez donc pas ? On est pris au piège. Si on reste, on sera massacrés ou, pire, faits prisonniers.

– Pas question de fuir, Brigman ! Je ne suis pas du genre à filer, la queue entre les jambes.

– Et pourquoi pas ? Vous ne reconnaissez donc jamais vos erreurs ? Vous espérez sauver quelques lambeaux de votre honneur dans une dernière bataille perdue d'avance ? C'est ça ? Vous causerez aux Vardens un tort plus grand encore, vous ne le comprenez donc pas ?

Au pied de la cité, les cavaliers brandirent leurs lances et, avec des clameurs perceptibles malgré la distance, éperonnèrent leurs montures et partirent au galop vers la pente menant au camp des Vardens.

Brigman reprit sa diatribe :

— Je ne vous laisserai pas disposer de nos vies pour satisfaire votre fierté. Restez, si vous y tenez, mais...

— Silence ! gueula Roran. Fermez votre clapet ou je vous le ferme de force ! Baldor, surveille-le ! S'il tente un seul geste déplacé, fais-lui sentir la pointe de ton épée !

Baldor tira son arme et en menaça la poitrine de Brigman, qui déglutit avec colère, mais tint sa langue.

Roran estima qu'il disposait de cinq minutes pour trouver une solution. Cinq minutes pendant lesquelles leur sort se déciderait.

Tuer ou blesser assez de cavaliers pour les obliger à tourner bride ? Impossible ! Et il n'avait aucun espoir d'entraîner le flot des assaillants sur un terrain où ses hommes et lui auraient l'avantage. Le pays était trop plat, trop dégagé, pour une telle manœuvre.

« Si on se bat, on aura le dessous. Alors ? Les effrayer ? Comment ? Le feu ? »

Mais le feu était dangereux pour tous, amis ou ennemis. De plus, l'herbe humide ne ferait que dégager de la fumée.

« Les enfumer ? Non, ça ne marchera pas. »

Il jeta un coup d'œil à Carn :

— Pourrais-tu évoquer une image de Saphira crachant des flammes, et faire entendre son rugissement, comme si elle arrivait ?

Les joues creuses du magicien perdirent toute couleur. Il secoua la tête, une lueur de panique dans le regard :

— Je ne sais pas. Je n'ai jamais tenté ce genre de chose. Il faudrait que je recrée son apparence de mémoire, mais elle n'aurait sans doute rien d'une créature vivante.

Il désigna d'un geste du menton les cavaliers au galop :

— Ils flaireraient la supercherie.

Roran enfonça ses ongles dans sa paume. Quatre minutes.

— Ça vaut peut-être le coup d'essayer..., marmonna-t-il. Les déconcentrer, les déstabiliser...

Il examina le ciel comme pour y trouver une idée. De légers nuages dérivaient lentement, très haut dans les airs.

« Confusion, doute, incertitude... L'inconnu, les situations qu'ils ne comprennent pas, voilà ce que les gens craignent le plus. »

En quelques secondes, une demi-douzaine de plans susceptibles d'ébranler la confiance des ennemis tourbillonnèrent dans la tête de Roran, tous plus farfelus les uns que les autres. Jusqu'à ce qu'une idée lui vienne, si simple, si audacieuse qu'elle lui parut parfaite. De plus, elle satisfaisait son ego, car elle n'exigeait la participation que d'une seule autre personne : Carn.

— Ordonnez aux hommes de se cacher dans leurs tentes, lança-t-il. Et dites-leur de se taire ! Je veux entendre une mouche voler, sauf en cas d'attaque !

Remettant son marteau dans sa ceinture, Roran entra dans une tente vide et attrapa une couverture sur un tas de literie. Près des feux de cuisine, il s'empara d'un des rondins qui servaient de tabourets.

Le rondin sous le bras, la couverture sur l'épaule, il courut vers un monticule, à l'extérieur du camp, à une centaine de pas des tentes.

— Qu'on aille me chercher un jeu d'osselets et une chope d'hydromel ! ordonna-t-il. Et qu'on m'apporte la table sur laquelle j'ai étalé mes cartes ! Tout de suite, bon sang ! Dépêchez-vous !

Il entendit derrière lui les hommes se précipiter sous les tentes dans un martèlement de pieds. Quelques instants plus tard, un silence surnaturel enveloppait le campement.

Arrivé au sommet de la butte, Roran posa le rondin verticalement et le fit pivoter sur sa base pour s'assurer qu'il était bien stable. Puis il s'assit et observa les cavaliers qui chargeaient à travers champs. Dans trois minutes, tout au plus, ils seraient là. À travers la pièce de bois, il sentait le sol vibrer, de plus en plus fort, sous les sabots des chevaux.

Sans quitter la cavalerie des yeux, il cria :

— Mes osselets ? Et ma chope d'hydromel ? Ça vient ?

159

Il se lissa rapidement la barbe et ajusta sa tunique. La peur lui faisait regretter de ne pas avoir sa cotte de mailles, mais la part, en lui, de ruse et de sang-froid le persuadait qu'il serait bien plus déstabilisant pour ses ennemis de le trouver assis là, sans armure, l'air parfaitement décontracté. Il laissa même son marteau glissé à sa ceinture, comme s'il n'en avait nul usage.

– Désolé ! souffla Carn, hors d'haleine.

Accompagné d'un autre homme, il apportait la petite table pliante prise dans la tente de Roran. Ils la placèrent devant lui et jetèrent la couverture par-dessus en guise de nappe. Puis Carn y disposa une chope à demi pleine d'hydromel ainsi qu'un gobelet en cuir contenant les cinq osselets.

– Filez, maintenant, dit Roran. Disparaissez !

Alors que Carn s'apprêtait à partir, il le retint par le bras :

– Pourrais-tu faire ondoyer l'air autour de moi, comme au-dessus d'un feu par une froide journée d'hiver ?

Le front de Carn se plissa :

– Sans doute, mais à quoi...

– Fais-le, c'est tout ! Maintenant, va ! Cache-toi !

Tandis que le magicien efflanqué s'éloignait au pas de course, Roran secoua le gobelet, renversa les osselets sur la table et entama une partie, les ramassant pour les jeter en l'air, d'abord un seul, puis deux à la fois, puis trois et ainsi de suite, avant de les rattraper sur le dos de sa main. Son père, Garrow, jouait souvent ainsi en fumant sa pipe, assis sur une chaise bancale sous le porche de leur maison, pendant les longues soirées d'été dans la vallée de Palancar. Roran jouait parfois avec lui, et perdait régulièrement.

Malgré son cœur battant la chamade et ses paumes moites de sueur, Roran affichait un calme souverain. Pour que son stratagème eût une chance de réussir, cette affectation de parfaite assurance était une condition absolue.

Le regard fixé sur ses osselets, il s'interdit de lever les yeux à l'approche des cavaliers. Le tonnerre de la galopade enfla tant qu'il crut les chevaux sur le point de lui passer sur le corps.

« Quelle étrange façon de mourir », songea-t-il avec un amusement amer. Il pensa à Katrina, à leur enfant à naître, et puisa un peu de réconfort dans l'idée que sa lignée continuerait après lui. C'était une autre sorte d'immortalité que celle promise à Eragon, mais il s'en contenterait.

Au dernier moment, quand la troupe galopante ne fut plus qu'à quelques mètres de la table, une voix lança :

– Halte ! Retenez vos chevaux ! J'ai dit : retenez vos chevaux !

Dans un craquement de harnais, les bêtes ralentirent et s'arrêtèrent en renâclant.

Roran ne leva pas les yeux.

Il avala une gorgée d'hydromel, puis lança ses osselets, en rattrapa deux sur le dos de sa main, et ils restèrent là, oscillant sur ses tendons saillants.

La puissante odeur de la terre retournée l'enveloppa, chaude et rassurante, mêlée à la senteur âcre des montures écumantes.

– Holà, mon bon ami ! reprit le cavalier qui avait ordonné la halte. Qui êtes-vous ? Et que faites-vous assis là, par cette belle matinée, à boire et à jouer comme si vous n'aviez rien de mieux à faire ? Ne mériterions-nous pas d'être courtoisement accueillis les armes à la main... ? Qui êtes-vous, ai-je dit ?

Avec lenteur, faisant mine de remarquer enfin la présence des soldats et de n'y attacher qu'une importance minime, Roran releva la tête et fixa son regard sur un petit homme barbu, coiffé d'un casque richement emplumé, campé sur un énorme destrier à la robe noire, dont les flancs se gonflaient et se vidaient à la manière d'un soufflet de forge.

– Je ne suis le *bon ami* de personne, et sûrement pas le vôtre, répliqua Roran, marquant clairement son irritation face à tant de familiarité. C'est plutôt à moi de vous demander qui vous êtes, pour oser interrompre ainsi mon jeu !

Les longues plumes s'agitèrent sur le casque du soldat, qui examina Roran avec la mine d'un chasseur débusquant un gibier d'une espèce inconnue.

— Je suis Tharos le Vif, capitaine des gardes. En dépit de votre grossièreté, je serais navré de tuer un homme aussi hardi sans connaître son nom.

Comme pour souligner cette déclaration, Tharos pointa sa lance sur Roran.

Trois rangs de cavaliers se pressaient derrière leur capitaine. Parmi eux, Roran repéra un grand type maigre au nez crochu, au visage émacié, les bras dénudés jusqu'aux épaules à la façon des magiciens des Vardens. Roran espéra que Carn avait réussi à faire onduler l'air autour de lui. Cependant, il n'osa pas tourner la tête pour s'en assurer.

— Mon nom est Puissant Marteau.

D'un geste adroit, il rafla les osselets, les lança et en rattrapa trois sur le dos de sa main.

— Roran Puissant Marteau, précisa-t-il. Et Eragon est mon cousin. À défaut de moi, vous avez sans doute entendu parler de lui.

Une rumeur de malaise courut parmi les cavaliers, et Roran crut voir les yeux de Tharos s'arrondir brièvement.

— Belle affirmation que celle-ci ! Mais quelle preuve avons-nous de sa véracité ? N'importe qui peut se faire passer pour ce qu'il n'est pas, quand ça l'arrange.

Roran tira son marteau et l'abattit violemment sur la table. Puis, ignorant les soldats, il reprit son jeu. Il grogna de dépit en ratant deux osselets.

Tharos s'éclaircit la gorge :

— Ah ! Votre réputation est venue jusqu'à nous, Puissant Marteau, même si certains la prétendent quelque peu exagérée. Est-ce vrai, par exemple, que vous avez abattu, à vous seul, trois cents adversaires dans le village de Deldarad, au Surda ?

— Je n'ai jamais su le nom de ce village, mais si c'était Deldarad, alors, oui, j'ai massacré beaucoup de soldats là-bas. Ils n'étaient toutefois que cent quatre-vingt-treize, et mes propres hommes me couvraient pendant que je combattais.

— Que cent quatre-vingt-treize ? répéta Tharos. Vous êtes trop modeste, Puissant Marteau. Un tel exploit vous mérite une place dans les chansons et les histoires !

Avec un haussement d'épaules, Roran porta la chope à ses lèvres, feignant d'avaler une gorgée, car il ne pouvait se permettre d'avoir l'esprit embrumé par le puissant breuvage des nains.

— Je me bats pour gagner, pas pour perdre... Permettez-moi de vous offrir à boire, d'un guerrier à un autre.

Il tendit la chope à Tharos. Le petit homme hésita, ses yeux cherchèrent une seconde le magicien, derrière lui. Puis il s'humecta les lèvres et déclara :

— Pourquoi pas ?

Mettant pied à terre, il tendit sa lance à un de ses soldats, retira ses gants et marcha jusqu'à la table, où il accepta prudemment la chope que lui présentait Roran.

Il huma l'hydromel, puis s'en envoya une bonne rasade. Il grimaça, et les plumes de son casque frémirent.

— Vous n'aimez pas ? demanda Roran, amusé.

— Ce breuvage des montagnes est trop fort à mon goût, je l'avoue, dit Tharos en rendant la chope à son hôte. Je préfère les vins de nos vignobles. Ils sont doux et moelleux, et ne font pas tourner la tête.

— Moi, je le trouve aussi doux que le lait de ma mère, mentit Roran. J'en bois matin, midi et soir.

Tharos renfila ses gants, se remit en selle et reprit sa lance des mains du soldat à qui il l'avait confiée. Il coula de nouveau un œil vers le magicien au nez crochu, dont le visage, nota Roran, avait pris une teinte cadavérique depuis que le capitaine était descendu de cheval.

Tharos dut le remarquer aussi, car il se crispa.

— Merci pour votre hospitalité, Roran Puissant Marteau, dit-il en forçant sa voix, de sorte que toute sa compagnie l'entende. Peut-être aurai-je l'honneur de vous recevoir prochainement dans les murs de notre cité. En ce cas, je m'engage à vous servir les meilleurs crus issus de ma propriété, dans

163

l'espoir de vous détourner de ce breuvage barbare dont vous faites votre ordinaire. Vous trouverez, j'en suis sûr, que notre vin ne manque pas de qualités. Nous le laissons vieillir dans des barriques de chêne pendant des mois, parfois des années. Ce serait grand dommage de voir ce beau travail gâché, les barriques défoncées et leur contenu répandu, rougissant du sang de nos vignes les pavés de la ville.

– Ce serait grand dommage, en effet, rétorqua Roran. Mais il n'est pas rare de renverser un peu de vin quand on débarrasse la table.

Sur ces mots, retournant la chope, il la vida sur l'herbe.

Tharos resta un instant figé sur place ; les plumes de son casque elles-mêmes cessèrent de s'agiter. Puis, avec un rictus hargneux, il fit volter son cheval et cria :

– En formation ! Yah !

À ce signal, les cavaliers exécutèrent un demi-tour. Tharos éperonna sa monture, et tous repartirent au grand galop vers Aroughs.

Roran maintint son attitude d'arrogance et d'indifférence jusqu'à ce que les soldats se soient éloignés. Puis il relâcha lentement son souffle et appuya les coudes sur ses genoux. Ses mains tremblaient.

« Ça a marché », pensa-t-il, éberlué.

Entendant des hommes accourir derrière lui, il se retourna. Baldor et Carn approchaient, accompagnés par la cinquantaine de guerriers qui s'étaient tenus cachés dans les tentes.

– Tu l'as fait ! s'exclama Baldor. Tu l'as fait ! Je n'y crois pas !

Avec un grand rire, il envoya à Roran une tape dans le dos qui le projeta contre la table.

Les autres se pressèrent autour de lui, s'esclaffant, fanfaronnant, l'assurant que sous son commandement ils prendraient Aroughs sans faire la moindre victime, moquant la couardise des défenseurs. Un homme lui glissa dans la main une outre de vin tiède ; il la regarda avec une répulsion qui l'étonna avant de la lui rendre.

— As-tu lancé le sort ? demanda-t-il à Carn.

La phrase se perdit dans l'enthousiasme ambiant.

— Quoi ?

Il répéta sa question, et Carn hocha vigoureusement la tête en souriant :

— Oui. L'air ondulait autour de toi, comme tu l'avais demandé.

— Et qu'as-tu fait à leur magicien ? Il semblait à deux doigts de tomber dans les pommes.

Le sourire de Carn s'élargit :

— Je ne lui ai rien fait, c'est lui ! Il a tenté de percer le rideau miroitant pour voir ce qu'il cachait. Mais il n'y avait rien à percer, rien à voir, si bien qu'il a dépensé toute son énergie en vain.

Roran fut pris d'un fou rire inextinguible, qui le secoua tout entier, monta au-dessus des cris excités et roula au-dessus des champs vers les murailles d'Aroughs.

Pendant quelques minutes encore, il se prêta à l'admiration de ses hommes, jusqu'à ce que l'appel d'une sentinelle attire son attention.

— Écartez-vous ! Laissez-moi voir ! s'écria Roran en sautant sur ses pieds.

Tous obéirent, et il aperçut un cavalier solitaire – sans doute l'un des hommes qu'il avait envoyés examiner les berges des canaux – galoper vers le camp à bride abattue.

— Qu'on l'amène ici, ordonna Roran, et un grand rouquin dégingandé fonça à la rencontre du nouveau venu.

En l'attendant, Roran rangea un à un les osselets, qui tombèrent dans le gobelet en cuir avec un petit claquement satisfaisant.

Dès que l'arrivant fut à portée de voix, Roran lui lança :

— Que s'est-il passé ? Vous avez été attaqués ?

L'homme garda le silence jusqu'à ce qu'il ne soit plus qu'à quelques pas, mettant la patience de Roran à rude épreuve. Là, il sauta de sa monture, se mit au garde-à-vous, aussi raide qu'un piquet, et cria d'une voix aiguë :

— Capitaine ! Monsieur !

165

Roran reconnut alors le gamin maigrichon qui avait pris les rênes de sa jument à son arrivée. Ce qui ne fit qu'attiser sa curiosité.

— Eh bien, parle ! Je n'ai pas toute la journée !

— Monsieur ! Hamund m'envoie vous dire qu'on a trouvé toutes les barges qu'il nous fallait, et qu'on est en train d'assembler des traîneaux pour les transporter jusqu'à l'autre canal, Monsieur.

— Parfait ! A-t-il besoin d'aide pour les acheminer en temps voulu ?

— Non, Monsieur. Il n'en a pas besoin, Monsieur.

— Inutile de me donner du Monsieur à répétition ! C'est tout ?

— Oui, Monsieur. C'est tout, Mons... euh, c'est tout.

Roran réprima un sourire :

— Tu t'es bien acquitté de ta mission. Va te faire servir quelque chose à manger, puis galope jusqu'à la carrière et reviens me dire ce qui s'y passe. J'aimerais savoir où ils en sont.

— Oui, Monsieur. J'y vais tout de suite, Mons... Je veux dire, capitaine.

Deux taches cramoisies sur les joues, le garçon bredouillant salua brièvement de la tête avant d'enfourcher sa monture et de s'éloigner au trot vers le campement.

Cette interruption rendit à Roran toute sa gravité. Ils avaient eu la chance d'échapper aux lances ennemies, mais il leur restait encore beaucoup à faire. Et, si les choses n'étaient pas menées correctement, cela pourrait leur coûter la victoire.

Il lança à la cantonade :

— Retour au camp, tous ! Je veux une double rangée de tranchées autour des tentes avant la nuit ! Ces froussards emplumés pourraient changer d'avis et lancer une attaque ; soyons prêts à les recevoir comme il faut.

La perspective d'avoir à manier la pelle et la pioche tira des grognements à certains, mais la plupart reçurent l'ordre avec bonne humeur.

Carn conseilla à voix basse :

– Tu ne devrais pas trop les fatiguer avant demain.

– Je sais, répondit Roran sur le même ton. Mais le camp manque de protections, et ça les empêchera de ruminer. D'ailleurs, même s'ils sont épuisés, l'excitation de la bataille leur redonnera des forces. C'est toujours comme ça.

Pour Roran, entre les problèmes immédiats à résoudre et les efforts physiques incessants, la journée s'écoulait trop vite, et trop lentement quand il avait le loisir de réfléchir à la situation. Les hommes travaillaient avec vaillance. En les sauvant de l'attaque, il avait gagné leur loyauté et leur dévotion mieux qu'avec n'importe quel discours. Il lui paraissait malheureusement évident qu'ils ne termineraient pas leurs préparatifs dans le peu de temps qui leur était imparti.

À mesure que les heures s'écoulaient, Roran sentait monter en lui un pénible sentiment d'impuissance, et il se maudit lui-même d'avoir envisagé un plan aussi compliqué qu'ambitieux.

« J'aurais dû voir depuis le début que les délais étaient insuffisants », se reprochait-il.

Mais il était trop tard pour envisager autre chose. Il ne lui restait qu'à faire de son mieux, en espérant que, par miracle, il arracherait la victoire en dépit de ses erreurs et de son incompétence.

Au crépuscule, une étincelle d'optimisme éclaira son humeur sombre car, soudain, les choses s'accéléraient de façon inespérée. Quelques heures plus tard, alors que les étoiles brillaient dans le ciel noir, il était près des moulins avec ses hommes : ils avaient achevé tous les préparatifs qui leur permettraient de prendre Aroughs avant le lendemain soir.

Il contempla le résultat de leur rude besogne, et un petit rire de soulagement lui échappa, teinté d'incrédulité.

Il remercia les guerriers rassemblés autour de lui et leur enjoignit d'aller se reposer :

– Reprenez des forces ! On attaque à l'aube.

Et, en dépit de leur épuisement, ils l'acclamèrent.

19

AMI, ENNEMI

Cette nuit-là, Roran dormit d'un sommeil léger et agité. La conscience de l'enjeu et la crainte d'être blessé une fois de plus dans la bataille l'empêchaient de se détendre. Des décharges nerveuses couraient le long de sa colonne vertébrale, le tirant à intervalles réguliers de rêves sombres et grotesques.

Un bruit étouffé, à l'extérieur de sa tente, l'éveilla donc aussitôt.

Il ouvrit les yeux et fixa le toit de toile. Seule la lueur orangée d'une torche passant par la fente de l'entrée éclairait vaguement l'obscurité. L'air était froid, immobile, comme au fond d'une grotte. Quelle heure était-il ? Tard dans la nuit, très tard. Les bêtes nocturnes elles-mêmes avaient dû regagner leurs tanières. Personne ne pouvait être debout dans le camp, en dehors des sentinelles, et aucune d'elles n'était de faction près de sa tente.

Roran tendit l'oreille, retenant son souffle. Il n'entendit que les battements de son propre cœur qui s'accéléraient, tandis que ses nerfs tendus vibraient telle la corde d'un luth.

Une minute s'écoula.

Une autre.

Allons, il s'inquiétait pour rien ! Puis, alors que le martèlement du sang dans ses veines s'apaisait enfin, une ombre s'éleva devant la tente, masquant la lumière des torches.

Son pouls tripla de vitesse et son cœur cogna aussi fort que s'il gravissait une montagne en courant. Celui qui se tenait là ne venait pas l'avertir que l'heure de l'assaut avait sonné ni lui apporter une information urgente, car il n'aurait pas hésité à s'annoncer et à entrer.

Une main gantée de noir, à peine plus sombre que la pénombre environnante, se glissa entre les pans de toile, cherchant à tâtons les liens qui les fermaient.

Roran faillit crier pour donner l'alerte, puis il se ravisa. L'effet de surprise lui offrirait un avantage ; ne pas en profiter aurait été stupide. De plus, l'intrus se sachant découvert risquait de paniquer, ce qui le rendrait encore plus dangereux.

Roran tira doucement son poignard de dessous la cape roulée qui lui servait d'oreiller et le cacha dans un repli de la couverture, à la hauteur de son genou.

Une lueur orangée cerna la silhouette de l'inconnu quand il s'introduisit dans la tente. Roran eut le temps de voir qu'il portait un pourpoint en cuir matelassé, mais ni cuirasse ni cotte de mailles. Le pan de toile retomba, et l'obscurité avec lui.

L'inconnu sans visage approchait à pas comptés.

Roran crut étouffer à force de retenir sa respiration pour laisser croire qu'il dormait.

Quand l'intrus ne fut plus qu'à mi-chemin du lit, Roran lui lança la couverture à la tête et, avec un hurlement sauvage, lui sauta dessus, le poignard pointé, prêt à le lui planter dans le ventre.

– Attendez ! cria l'homme.

Déconcerté, Roran retint son geste, et tous deux roulèrent sur le sol.

– Ami ! Je suis un ami !

Moins d'une seconde plus tard, Roran recevait deux coups violents dans les reins. La douleur faillit le paralyser ; il réussit cependant à s'écarter en se ramassant sur lui-même.

Il sauta sur ses pieds et chargea son adversaire, qui se débattait toujours pour se débarrasser du lourd tissu de laine.

– Attendez ! Je suis un ami ! cria-t-il encore.

Mais Roran n'était pas disposé à se laisser tromper une deuxième fois. Bien lui en prit, car, au moment où il s'apprêtait à le poignarder, l'inconnu lui coinça le bras et tenta de le frapper avec un couteau sorti de son pourpoint. Roran ne sentit qu'un faible choc contre sa poitrine, si léger qu'il n'y prêta pas attention.

Avec un rugissement, il projeta l'homme contre un des murs de toile. La tente vacilla, s'effondra, les emprisonnant tous les deux sous son poids. Roran rampa vers son adversaire à l'aveuglette.

La semelle d'une botte lui écrasa la main gauche, si fort qu'il ne sentait plus ses doigts.

Il saisit l'homme par la cheville. Celui-ci se tortilla comme un lapin pris au piège et réussit à se libérer. Roran lui attrapa de nouveau la cheville, lui prit en tenaille le talon d'Achille et serra de toutes ses forces à travers le cuir fin. L'homme hurla de douleur.

Sans lui laisser le temps de se remettre, Roran rampa sur lui et plaqua au sol la main qui tenait le couteau. Il tenta de lui planter sa dague dans le flanc, mais il ne fut pas assez rapide. L'adversaire lui enserra le poignet dans une étreinte de fer.

— Qui es-tu ? gronda Roran.

— Je suis un ami, répéta l'homme en lui défonçant les côtes à coups de genoux.

Son souffle chaud empestait le vin et le cidre.

Roran lui abattit son front sur le nez, qui se brisa net. L'homme eut beau gémir et se débattre sous lui, il ne lâcha pas prise.

— Tu n'es pas... l'un de mes amis, grommela Roran.

Il dégagea son bras et remonta lentement le poignard vers le flanc de son adversaire.

Au milieu de leur corps à corps, il avait vaguement conscience que des gens criaient à l'extérieur de la tente écroulée.

Enfin, la résistance céda ; avec une soudaine facilité, la lame traversa le cuir du pourpoint et s'enfonça dans de la chair vivante. L'homme se convulsa. Roran le poignarda encore à plusieurs reprises avant de lui plonger sa dague dans la poitrine. À travers le manche, il sentait les pulsations affolées du cœur de sa victime, qui tressauta encore deux fois avant de cesser toute résistance.

Alors que la vie s'écoulait peu à peu de son adversaire, Roran ne le lâcha pas pour autant, continuant de l'étreindre comme il l'aurait fait d'un amant. Il ne savait rien de cet homme sinon qu'il avait tenté de le tuer, et ressentait pourtant envers lui un profond sentiment de proximité. Celui qu'il tenait entre ses bras était un être humain, une créature douée de vie et de raison, et dont l'existence s'achevait à cause de lui.

– Qui es-tu ? chuchota-t-il. Qui t'a envoyé ?

– J'ai… j'ai presque réussi à te tuer, répondit l'inconnu avec une espèce de satisfaction perverse.

Puis, dans un long soupir, son corps se relâcha. Il était mort.

Roran laissa retomber son front sur la poitrine de l'agresseur et reprit son souffle. Encore sous le choc, il tremblait de la tête aux pieds.

Au-dehors, on s'activait pour le libérer de sa molle prison de tissu.

– Débarrassez-moi de ça ! cria-t-il en battant des bras.

Il étouffait, incapable de supporter plus longtemps l'obscurité et le confinement.

Il entendit au-dessus de lui un bruit de déchirure : quelqu'un coupait la toile. La lumière vacillante d'une torche apparut par l'ouverture. Roran sauta sur ses pieds et s'extirpa frénétiquement des replis de la tente écroulée. Il jaillit à l'air libre, titubant, vêtu de ses seules braies, et promena autour de lui un regard ahuri.

Baldor était là, ainsi que Carn, Delwin, Mandel et une dizaine d'hommes, l'épée ou la hache au poing. Aucun d'eux n'était complètement habillé, à part les deux sentinelles de garde.

– Par tous les dieux ! lâcha quelqu'un.

Roran se retourna ; l'un des guerriers avait repoussé les pans de toile, découvrant le cadavre du tueur.

Le mort était de petite taille, avec de longs cheveux hirsutes attachés en queue de cheval et un bandeau de cuir sur l'œil gauche. Son nez était aplati – brisé par le coup de tête de Roran – et un masque sanglant poissait son visage rasé. Sa poitrine, son flanc et la terre au-dessous de lui étaient imprégnés d'un liquide sombre. Il semblait presque impossible qu'un seul corps ait contenu autant de sang.

– Roran, appela Baldor, es-tu blessé ? Roran ?

Celui-ci continuait de fixer l'assassin, comme fasciné.

– Roran, répéta le jeune homme, réponds-moi ! Qu'est-ce qui s'est passé ?

L'inquiétude qui perçait dans sa voix finit par attirer l'attention de Roran :

– Quoi ?

– Es-tu blessé ?

« Qu'est-ce qui lui fait penser ça ? » Interloqué, il s'examina. Les poils de son torse étaient empoissés de sang, des filets d'un rouge sombre coulaient le long de ses bras et tachaient le haut de ses braies.

– Je n'ai rien, articula-t-il avec difficulté. Quelqu'un d'autre a-t-il été attaqué ?

En réponse, Delwin et Hamund s'écartèrent, laissant voir un corps gisant sur le sol. C'était le jeune messager du matin.

– Ah ! lâcha Roran, envahi par la tristesse. Qu'est-ce qu'il faisait dehors ?

Un des hommes s'avança :

– On partageait la même tente, capitaine. Il se levait souvent la nuit pour se soulager, à cause de tout le thé qu'il avalait. Sa mère lui avait dit que c'était bon pour la santé... C'était un brave garçon. Il ne méritait pas d'être lâchement égorgé par derrière.

– Non, il ne méritait pas ça, murmura Roran.

« Voilà l'explication du léger bruit qui m'a alerté..., se souvint-il. Sans ce pauvre gamin, je serais sans doute mort, à présent. »

Il s'approcha du cadavre du tueur :

— A-t-on surpris d'autres rôdeurs dans le camp ?

Les hommes échangèrent des regards incertains.

— Je ne crois pas, dit Baldor.

— Vous avez vérifié ?

— Non.

— Alors, faites-le ! Mais sans réveiller ceux qui dorment ! Ils ont besoin de repos. Et placez des gardes devant les tentes de tous les officiers !

« J'aurais dû y penser plus tôt. »

Roran se sentait minable, stupide. Il resta où il était, écoutant Baldor lancer des ordres brefs ; et tous, à l'exception de Carn, Delwin et Hamund, se dispersèrent. Soulevant le corps sans vie du garçon, quatre hommes l'emportèrent pour l'enterrer ; les autres partirent fouiller le camp.

Hamund repoussa le couteau du tueur de la pointe de sa botte.

— Tu as dû effrayer ces cavaliers plus qu'on ne l'a supposé, ce matin.

— Possible.

Roran avait froid ; ses mains et ses pieds étaient gelés. Carn, le voyant frissonner, lui jeta une couverture sur les épaules.

— Viens, dit-il. Viens t'asseoir près d'un feu. Je vais faire chauffer de l'eau pour que tu puisses te laver. Ça va ?

Roran acquiesça d'un hochement de tête, pas sûr de pouvoir se fier à sa langue.

Carn l'entraîna. Mais il n'avait pas fait trois pas qu'il stoppait net, obligeant Roran à s'arrêter aussi.

— Delwin, Hamund ! ordonna Carn. Apportez un lit de camp, un tabouret, une cruche d'hydromel et des pansements ! Vite !

Surpris, les deux hommes filèrent sans discuter.

— Pour quoi faire ? s'étonna Roran. Qu'y a-t-il ?

La mine sombre, Carn lui posa le doigt sur la poitrine :

— Si ça ce n'est pas une blessure, alors, qu'est-ce que c'est ?

Roran baissa les yeux. À demi masquée par les poils et le sang, une longue et profonde estafilade partait de son muscle

173

pectoral droit, lui traversait le sternum et finissait sous le mamelon gauche. À l'endroit le plus large, elle s'ouvrait sur plus d'un centimètre, telle une bouche sans lèvres étirée en un sourire sinistre. Cependant, la plaie ne saignait pas, et c'était bien le plus troublant. On voyait distinctement, sous la peau, la fine couche de graisse recouvrant le muscle, du même rouge sombre qu'une tranche de viande crue.

Si habitué qu'il fût aux horribles dégâts causés à la chair des hommes par les lances et les épées, Roran se sentit glacé. Il avait reçu de nombreuses blessures en combattant l'Empire, la pire ayant été la morsure infligée par un des Ra'zacs quand ceux-ci avaient enlevé Katrina, mais aucune aussi étrangement inquiétante.

— Ça te fait mal ? demanda Carn.

Sans lever les yeux, Roran secoua la tête :

— Non.

Il déglutit péniblement. Son cœur, encore palpitant des efforts de la lutte, s'accéléra tant qu'il ne distinguait plus ses battements.

« Et si le couteau était empoisonné ? »

— Détends-toi, Roran, dit Carn. Je peux te soigner, mais, si tu t'évanouis, ça va me compliquer la tâche.

Il le prit par l'épaule pour le conduire jusqu'au lit de camp apporté par Hamund, et le blessé s'allongea docilement.

— Comment veux-tu que je me détende ? fit-il avec un petit rire sec.

— Respire profondément et imagine qu'à chaque expiration, tu t'enfonces dans le sol. Tu verras, ça marche.

Roran s'exécuta, mais, à sa troisième expiration, ses muscles contractés se relâchèrent et un jet écarlate jaillit de la blessure, éclaboussant le visage de Carn. Le magicien recula avec un juron. Le sang dégoulina sur le ventre de Roran ; sa peau nue en sentit la tiédeur.

— Maintenant, ça fait mal, grogna-t-il entre ses dents.

— Par ici ! cria Carn.

Il fit signe à Delwin qui accourait, les bras chargés de matériel. Dès que l'homme de Carvahall eut déposé son chargement au pied du lit, Carn saisit un tampon de tissu, qu'il pressa contre la plaie, stoppant provisoirement l'hémorragie.

Hamund approcha un tabouret, et Carn s'assit, sans relâcher la compresse. Tendant l'autre main, il claqua des doigts :

– Débouche le cruchon d'hydromel et passe-le-moi !

Le magicien regarda Roran dans les yeux :

– Je dois nettoyer tout ça avant d'user de magie pour refermer l'entaille. Tu as compris ?

Le jeune homme acquiesça :

– Donne-moi quelque chose à mordre.

Il entendit un cliquetis de boucles qu'on dégrafe, puis quelqu'un – Delwin ou Hamund – lui plaça un ceinturon entre les dents. Il les referma de toutes ses forces sur le cuir épais.

– Vas-y ! articula-t-il, autant que sa bouche obstruée le lui permettait.

D'un geste vif, Carn retira le tampon et presque en même temps versa l'hydromel sur la plaie, lavant le sang, les poils et les saletés accumulés autour. La brûlure de l'alcool arracha à Roran un grognement étranglé. Il arqua le dos, les mains crispées sur les bords du lit.

– C'est fait, dit Carn.

Il posa la cruche.

Roran fixa son regard sur les étoiles pour tenter d'ignorer la douleur, tous ses muscles parcourus de frémissements, tandis que le magicien plaçait ses paumes sur la plaie et murmurait des phrases en ancien langage.

Quelques secondes s'écoulèrent, qui parurent interminables au blessé. Puis une intense démangeaison se répandit dans sa poitrine à mesure que Carn réparait les dommages causés par la lame de l'assassin. Elle courait des profondeurs des chairs vers la surface, et, là où elle passait, la douleur s'évanouissait. Elle était cependant si insupportable que Roran aurait voulu se gratter à s'en arracher la peau.

Quand ce fut terminé, Carn se recroquevilla, le visage dans les mains.

Obligeant ses membres rebelles à lui obéir, Roran bascula sur le côté du lit et s'assit. Il se caressa la poitrine du bout des doigts ; il la sentit parfaitement lisse, sous les poils. Intacte. Telle qu'elle était avant l'intrusion du borgne au couteau.

« Magie... »

Un peu à l'écart, Delwin et Hamund le fixaient, les yeux légèrement écarquillés.

– Retournez vous coucher, leur dit-il. On part dans quatre heures, et j'aurai besoin d'hommes aux idées claires !

– Tu es sûr que ça va ? s'enquit Delwin.

– Oui, oui, mentit Roran. Merci de votre aide. Allez, maintenant. Comment voulez-vous que je me repose, si vous restez à me couver comme des mères poules ?

Quand ils se furent éloignés, Roran resta un moment à regarder ses mains tremblantes, encore poisseuses de sang. Il se sentait éreinté, vidé.

– Auras-tu encore assez d'énergie pour te battre ? demanda-t-il à Carn.

Le magicien haussa les épaules :

– Pas autant qu'il faudrait. Mais c'était le prix à payer. Impossible de lancer cette attaque si tu n'es pas à notre tête.

Roran ne chercha même pas à discuter :

– Tu devrais aller te reposer. L'aube est proche.

– Et toi ?

– Je vais me laver, enfiler une tunique, puis faire le point avec Baldor et voir si on n'a pas découvert d'autres tueurs de Galbatorix.

– Tu ne vas pas t'étendre un peu ?

– Non.

Machinalement, il se gratta la poitrine, s'interrompit quand il prit conscience de son geste.

– Je n'arrivais déjà pas à dormir, alors...

– Je comprends.

Carn se leva péniblement du tabouret :

— Je serai dans ma tente, si tu as besoin de moi.

Roran le regarda s'éloigner d'un pas lourd. Quand le magicien eut disparu dans l'obscurité, le jeune homme ferma les paupières et, dans l'espoir de retrouver son calme, tourna ses pensées vers Katrina. Rassemblant le peu de forces qui lui restaient, il alla fouiller sous sa tente écroulée pour y prendre ses vêtements, ses armes, son armure et sa gourde. Il eut beau éviter de poser les yeux sur le cadavre de l'assassin, il l'apercevait de temps en temps en se déplaçant dans tout ce désordre.

Finalement, il s'agenouilla et, sans regarder, arracha son poignard du corps. En se libérant, la lame crissa contre un os. Roran la secoua d'un coup sec pour en ôter le sang, et perçut le bruit léger des gouttes sur la toile.

Dans le froid silence de la nuit, il se prépara mentalement au combat. Puis il se mit à la recherche de Baldor. Celui-ci lui assura qu'aucun autre intrus n'avait trompé la vigilance des sentinelles. Il fit alors le tour du campement, révisant chaque étape de leur prochain assaut contre Aroughs. Enfin, après avoir trouvé un demi-poulet froid parmi les restes du dîner, il s'assit pour le manger en contemplant les étoiles.

Cependant, l'image du garçon mort lui revenait sans cesse à l'esprit. « Que celui-ci vive et que celui-là meure, qui en décide ? Mon existence n'avait pas plus de valeur que la sienne, et c'est lui qu'on a enseveli tandis que je vais jouir encore de quelques heures, peut-être plus, sur cette terre. Est-ce le hasard, arbitraire et cruel, ou bien tout ceci a-t-il un sens qui nous échappe ? »

20
UNE FARINE DE FEU

— Quel effet ça te fait, d'avoir une petite sœur ? demanda Roran.

Il chevauchait à côté de Baldor en direction des trois moulins les plus proches, dans la lueur grise qui précède l'aube.

— Pour l'instant, je ne me rends pas bien compte. Elle prend encore si peu de place... Elle n'est pas plus grosse qu'un chaton.

Baldor tira sur les rênes pour détourner sa monture d'une touffe d'herbe appétissante, au bord du chemin.

— C'est bizarre de compter un membre de plus dans la famille, frère ou sœur, après si longtemps.

Roran approuva de la tête. Se retournant sur sa selle, il s'assura que la colonne de six cent cinquante guerriers qui les suivait à pied conservait l'allure. Près des moulins, il sauta à terre et attacha son cheval à un piquet, devant le bâtiment le plus en contrebas. Un homme de la troupe s'occuperait de ramener les bêtes au campement.

Roran descendit les marches de bois implantées dans la berge boueuse, qui le conduisirent au ras de l'eau. De là, il sauta sur la dernière des quatre barges, amarrées les unes derrière les autres sur le canal.

Les embarcations ressemblaient plus à des radeaux qu'aux bateaux à fond plat qui avaient emmené les gens de Carvahall de Narda jusqu'à Teirm. C'était une chance, car ils étaient dépourvus de proue, ce qui avait permis de les fixer ensemble sans trop de difficultés à l'aide de planches, de clous et de cordes, pour créer une unique structure rigide d'environ cent pieds de long.

Les plaques d'ardoise qui, conformément à l'ordre de Roran, avaient été acheminées depuis la carrière sur des chariots, étaient empilées à l'avant de la barge de tête, ainsi que sur ses côtés et sur ceux de la suivante. Les hommes avaient entassé par-dessus des sacs de farine, récupérés dans les moulins, de façon à former un muret qui leur arrivait à la ceinture. À l'arrière de la deuxième barge, celui-ci n'était composé que de sacs : cinq de haut sur deux de large.

Le poids de l'ardoise additionné à celui de la farine et à celui des barges elles-mêmes transformait l'ensemble de la structure en un redoutable bélier flottant. Lequel devrait être capable de défoncer la porte, à l'autre bout du canal, aussi facilement que si elle était faite de planches pourries. Même si elle était protégée par des enchantements – d'après Carn, ce n'était pas le cas –, aucun magicien, sauf peut-être Galbatorix, ne serait assez puissant pour stopper le formidable élan des barges quand elles seraient propulsées par le courant. C'était du moins ce que Roran espérait.

De plus, les murs d'ardoise et de farine assureraient une bonne protection contre lances, flèches et autres projectiles.

Roran s'avança prudemment sur les ponts mouvants jusqu'à la barge de tête. Après avoir calé sa lance et son bouclier contre une pile d'ardoises, il se retourna pour regarder les hommes embarquer les uns derrière les autres. À mesure qu'ils montaient à bord, les embarcations déjà lourdement chargées s'enfonçaient un peu plus dans l'eau, qui arriva bientôt à quelques pouces du bastingage.

Carn, Baldor, Hamund et Mandel rejoignirent Roran. D'un accord tacite, ils s'étaient réparti les positions les plus dangereuses sur le bélier flottant. Il faudrait aux Vardens autant de chance que d'habileté pour pénétrer de force dans Aroughs, et aucun d'eux n'aurait laissé sa place à qui que ce fût.

À l'arrière, Roran aperçut Brigman, parmi les hommes qu'il commandait encore deux jours plus tôt. Après son insubordination de la veille, Roran lui avait retiré toute autorité et l'avait confiné dans sa tente. Cependant, Brigman ayant insisté pour participer à l'assaut final, Roran le lui avait accordé. À contrecœur, certes, mais le capitaine était habile à l'épée, et chaque lame compterait dans la bataille à venir.

Roran continuait de se demander s'il avait pris la bonne décision. Il était sûr de la loyauté des hommes envers lui. Mais Brigman avait été leur chef pendant des mois, et de tels liens ne se brisent pas aisément. Même si le capitaine n'essayait pas de causer la zizanie, il était capable d'ignorer les ordres, du moins ceux de Roran.

« S'il donne le moindre signe d'indiscipline, je l'abats sur-le-champ », pensa Roran. Mais cette résolution était vaine. Si Brigman se retournait contre lui, ce serait au milieu d'une telle confusion que Roran ne s'en apercevrait sans doute qu'au dernier moment, autrement dit trop tard.

Quand tous furent à bord, à l'exception de six hommes, Roran mit ses mains en porte-voix :

– Faites-les céder !

Tout en haut de la colline, en amont, deux hommes se tenaient sur la levée de terre régulant le courant en provenance des lacs du Nord. Vingt pieds plus bas, il y avait la première roue à aubes et le bassin attenant. Devant ce bassin, s'élevait la deuxième levée, sur laquelle deux autres hommes étaient postés. Vingt pieds plus bas encore, une deuxième roue à eau baignait dans son bassin. Après quoi venait le troisième et dernier remblai, et les deux derniers hommes, au-dessus de la troisième roue. De là, l'eau s'écoulait tranquillement à travers champs jusqu'à Aroughs.

Insérées dans les levées, il y avait les vannes que Roran avait fermées avec l'aide de Baldor, lors de sa première visite aux moulins. Au cours des trois jours suivants, des équipes armées de pelles et de pioches avaient creusé sous le niveau de l'eau jusqu'à ce que les remblais soient à la limite de l'effondrement. Ils avaient ensuite enfoncé de longues et fortes poutres dans le sol, destinées à le faire céder au moment voulu.

Les hommes postés sur les levées du haut et du milieu tenaient à présent l'extrémité de ces poutres, qui dépassaient de plusieurs pieds. Ils les firent aller d'avant en arrière à un rythme régulier. Suivant le plan établi, les deux hommes stationnés sur l'écluse la plus basse devaient attendre un moment avant de les imiter.

Roran les observait, le poing serré sur un sac de farine. Si le minutage n'était pas respecté, à la lettre, ce serait un désastre.

Pendant de longues secondes, rien ne se passa.

Puis, avec un formidable grondement, le remblai du haut lâcha. Une monstrueuse langue de terre et d'eau se déversa au-dessus de la roue, en contrebas, qui se mit à tourner à une vitesse folle.

Les hommes n'avaient sauté sur la terre ferme que de justesse.

La langue de boue plongea dans la mare d'eau noire, sous la roue. L'impact envoya une vague écumante de plusieurs pieds de haut contre le remblai suivant. Aussitôt, les deux hommes du milieu regagnèrent d'un bond la sécurité de la berge.

Il était temps. Envoyant un jet de débris alentour, le choc brisa l'encadrement de la deuxième vanne, qui vola en éclats comme sous le coup de patte d'un dragon. Le bouillonnement de l'eau emporta ce qui restait de la levée de terre.

Le torrent furieux se fracassa sur la deuxième roue. Les poutres gémirent et craquèrent sous l'assaut, et Roran pensa soudain qu'elle allait se briser. Auquel cas, cela présenterait un sérieux danger, autant pour les hommes que pour les barges, et risquait de mettre fin à l'attaque d'Aroughs avant même qu'elle ait commencé.

– Coupez les amarres ! hurla-t-il.

Des hommes tranchèrent les cordages qui retenaient le train de barges à la rive, tandis que d'autres empoignaient de longues gaffes, qu'ils enfoncèrent dans le canal en poussant dessus de tout leur poids.

Les lourdes embarcations s'ébranlèrent, bien trop lentement au goût de Roran. Malgré l'avalanche d'eau boueuse qui se déversait au-dessus d'eux, les deux hommes perchés sur la troisième écluse continuaient de remuer l'extrémité des poutres enfoncées dans le remblai fragilisé. Une seconde avant que le torrent ne déferle, le mur de terre frémit et ploya. À leur tour, les hommes sautèrent.

L'eau se perça un chemin comme dans de la mie de pain détrempée et frappa la dernière roue. Le bois éclata avec un craquement de glace qui se brise, et la roue s'inclina dangereusement. Toutefois, au grand soulagement de Roran, elle tint bon. Puis, dans un grondement de tonnerre, la colonne d'eau s'écrasa tout en bas dans un jaillissement d'écume.

Une rafale de vent froid gifla le visage de Roran, deux cents mètres plus loin.

— Plus vite ! cria-t-il à ceux qui poussaient sur les gaffes.

Une masse d'eau tumultueuse surgit de la brume d'écume et s'engouffra dans le canal, les rattrapant à une vitesse infernale. Quand elle frappa l'arrière de la quatrième barge, tout le convoi bondit en avant, projetant les passagers les uns sur les autres. Quelques sacs de farine leur roulèrent dans les jambes ou basculèrent dans le canal. Quand le torrent souleva la barge de queue plusieurs pieds au-dessus des autres, le long vaisseau se mit de biais. Ils risquaient de se trouver coincés contre la berge du canal ; la force du courant aurait vite fait, alors, de rompre les attaches des barges et de les séparer.

— Redressez ! mugit Roran en se relevant. Remettez-nous dans l'axe !

Des hommes se précipitèrent pour écarter la lourde embarcation des berges pentues. Grimpé sur la pile d'ardoises, à la proue, Roran cria ses instructions, et ils parvinrent à piloter le convoi flottant au centre du canal.

— On a réussi ! s'exclama Baldor, un sourire idiot sur le visage.

— C'est un peu tôt pour crier victoire, observa Roran. On n'est pas arrivés au bout.

À l'est, le ciel prenait une teinte jaune pâle quand ils passèrent à la hauteur de leur campement, à un mile d'Aroughs. Ils filaient à une telle allure qu'ils atteindraient la ville avant que le soleil ne monte au-dessus de l'horizon. Et les ombres grises qui couvraient la terre les dissimuleraient aux regards des guetteurs en faction sur les remparts.

Bien que la crête de la vague les eût dépassés, les barges gagnaient encore en vitesse car, jusqu'à la cité, rien ne leur faisait plus obstacle.

Les mains en porte-voix, Roran s'adressa aux hommes :

– Écoutez-moi ! Quand on heurtera la porte, le choc risque de nous jeter à l'eau. Préparez-vous à nager ! Tant qu'on n'aura pas regagné la berge, on fera des cibles faciles. Dès qu'on aura repris pied, un seul objectif : atteindre l'enceinte intérieure avant qu'ils ne pensent à en fermer les portes, sinon, on ne prendra jamais Aroughs. Si on franchit cette enceinte, ça ne devrait pas être trop difficile de trouver Lord Halstead et de l'obliger à la reddition. À défaut, on s'empare des fortifications au centre de la ville, puis on progresse rue par rue, jusqu'à ce que tout Aroughs soit sous notre contrôle.

« N'oubliez pas : on va se battre à un contre deux et même davantage. Soyez sur vos gardes et ne vous séparez pas du groupe. Les soldats connaissent les rues mieux que nous, on peut tomber sur une embuscade au moment où on s'y attend le moins. Si vous vous retrouvez seuls, dirigez-vous vers le centre, c'est là qu'on se retrouvera.

« Aujourd'hui, nous frappons un coup décisif pour les Vardens. Aujourd'hui, nous gagnons la gloire et l'honneur dont rêvent la plupart des hommes. Aujourd'hui, nous inscrivons nos noms dans l'Histoire. Ce que nous allons accomplir dans les heures qui viennent, les bardes le chanteront au cours des siècles futurs. Pensez à vos amis. Pensez à vos familles, à vos parents, à vos femmes et à vos enfants. Battez-vous bien, car c'est pour eux que nous combattons ! Pour eux et pour la liberté !

Un tonnerre d'acclamations salua ce discours.

Roran les laissa un instant à leur enthousiasme. Puis il leva la main et lança :

— Boucliers !

Comme un seul homme, ils s'accroupirent tous et relevèrent leurs boucliers, se couvrant les uns les autres de sorte que le bélier flottant parut protégé d'une armure d'écailles taillée pour le bras d'un géant.

Satisfait, Roran sauta de la pile d'ardoises et se tourna vers Carn, Baldor et les quatre autres qui l'avaient accompagné depuis Belatona. Mandel, le plus jeune, semblait empli d'appréhension, mais Roran savait que ses nerfs ne flancheraient pas.

— Prêt ?

Chacun d'eux répondit par l'affirmative.

Puis Roran se mit à rire et, quand Baldor le pressa d'expliquer son hilarité, il lâcha :

— Si mon père me voyait !

Et ce fut au tour de Baldor de s'esclaffer.

Roran gardait l'œil fixé sur la vague qui les précédait. Dès qu'elle pénétrerait dans la ville, les sentinelles remarqueraient ce phénomène anormal et donneraient l'alerte. Il voulait qu'elles le fassent, mais pour une autre raison. Aussi, quand la vague ne fut plus qu'à cinq minutes d'Aroughs, il fit signe à Carn :

— Envoie le signal !

Le magicien hocha la tête et se replia sur lui-même, ses lèvres formant les étranges sons de l'ancien langage. Au bout de quelques instants, il se redressa :

— C'est fait.

Roran se tourna vers l'ouest. Là-bas, dans les champs entourant Aroughs, se dressaient les catapultes, les balistes et les tours d'assaut des Vardens. Ces dernières restèrent immobiles, mais les machines entrèrent en action ; leurs traits et leurs pierres décrivirent de hauts arcs vers la blancheur éclatante des murs. En même temps, une cinquantaine d'hommes postés de l'autre côté de la ville devaient sonner de la trompette, pousser des cris de guerre, lancer des flèches enflammées, bref faire de leur mieux pour attirer l'attention des soldats et donner l'impression que des forces importantes attaquaient la cité.

Un grand calme envahit Roran.

Ils étaient sur le point de livrer bataille.

Des hommes allaient mourir.

Il pourrait être l'un d'eux.

À cette idée, il se sentit la tête claire ; sa fatigue s'évanouit, emportant avec elle l'agitation qui ne l'avait pas quitté depuis qu'on avait attenté à sa vie, quelques heures plus tôt. Rien ne lui donnait autant d'énergie que le combat, ni les mets, ni les rires, ni le travail de ses mains, ni même l'amour. Et, s'il haïssait les batailles, il ne pouvait nier leur puissant pouvoir d'attraction. Il n'avait jamais voulu être un guerrier. Mais il l'était devenu, et il était fermement résolu à abattre quiconque s'opposerait à lui.

Il s'accroupit et surveilla entre deux plaques d'ardoise aux bords tranchants l'approche rapide de la porte qui leur barrait le chemin. Au-dessus de la surface – et en partie au-dessous, car le niveau de l'eau avait monté –, elle était faite de solides planches de chêne, noircies par l'âge et l'humidité. Plus bas, un entrecroisement de fer et de bois, semblable à une herse, laissait le flot s'écouler. La partie supérieure serait difficile à briser, mais Roran escomptait que les longues périodes d'immersion avaient affaibli la partie inférieure, et, si elle pouvait être défoncée, il serait plus facile ensuite de venir à bout des planches de chêne. C'est pourquoi il avait fait équiper le fond de la barge de tête de deux troncs solides. Ils percuteraient le bas immergé de la porte tandis que la proue frapperait le haut.

C'était un bon plan, mais marcherait-il ? Il n'en avait aucune idée.

– Du calme, marmonna-t-il, plus pour lui-même que pour ses compagnons, tandis que la porte se rapprochait.

À l'arrière du train de barges, quelques hommes maniaient encore les gaffes ; les autres étaient cachés sous leur carapace de boucliers.

La voûte du tunnel menant à la porte bâilla devant eux comme la bouche noire d'une grotte. Quand l'avant de l'étrange vaisseau s'y engagea, Roran vit la face lunaire d'un soldat se pencher au-dessus du parapet, trente pieds plus haut, avec une expression d'horreur ahurie.

Les barges filaient à une telle vitesse, à présent, que Roran n'eut que le temps de lâcher un juron avant que le courant les entraîne dans l'ombre froide de la voûte, et que l'arche du plafond lui dissimule le soldat.

La barge de tête percuta la porte.

La puissance de l'impact projeta Roran contre le mur d'ardoises derrière lequel il était accroupi. Son front heurta la pierre, et, malgré son casque et la coiffe de mailles, ses oreilles sonnèrent. L'embarcation trembla et se cabra, et à travers le bourdonnement qui lui emplissait les tympans, Roran perçut le craquement du bois et le crissement du métal tordu.

Une plaque d'ardoise glissa et lui tomba dessus, lui meurtrissant l'épaule. Il l'attrapa par les côtés et la balança furieusement par-dessus bord. Elle se fracassa contre le mur.

Dans la demi-obscurité, il était difficile de voir ce qui se passait. Tout n'était que clameurs et confusion. Roran sentit de l'eau lui mouiller les pieds. La barge était inondée, mais était-elle en train de couler ? Il n'aurait su le dire.

– Une hache ! gueula-t-il en tendant une main derrière lui. Donnez-moi une hache !

Une secousse manqua de le faire tomber. La porte s'était légèrement enfoncée, mais elle tenait encore bon. La pression de l'eau finirait sans doute par pousser la barge au travers, mais il n'avait pas le temps d'attendre que les forces naturelles fassent leur œuvre.

À l'instant où quelqu'un glissait dans sa main tendue le manche lisse d'une hache, six rectangles lumineux trouèrent la voûte, au-dessus de sa tête. On avait ôté les trappes fermant les meurtrières. Des ombres dansèrent dans les ouvertures, et des carreaux d'arbalète sifflèrent, ajoutant au tumulte leurs claquements secs chaque fois qu'ils frappaient du bois.

Derrière lui, un homme cria.

– Carn ! hurla Roran. Fais quelque chose !

Laissant le magicien à ses artifices, il rampa vers la proue par-dessus les piles d'ardoises. Sous la pression du courant, la barge fit un autre saut en avant. Le centre de la porte émit un grondement sonore, et une mince lueur filtra entre les planches disjointes.

Un carreau d'arbalète rebondit sur une ardoise et manqua de peu la main de Roran. Il s'élança. À l'instant où il atteignait l'extrême pointe de la barge, un grincement perçant lui déchira les tympans.

Une vague énorme déferla sur lui, ce qui l'aveugla quelques instants. Il battit des paupières et vit qu'une partie de la porte s'était effondrée dans le canal ; la brèche était assez large pour permettre à l'embarcation d'entrer dans la cité. Cependant, au-dessus de la proue, les restes des montants étaient hérissés de débris de bois.

Sans hésiter, Roran roula en arrière et s'accroupit sous son bouclier, derrière le parapet d'ardoises.

– Baissez la tête ! rugit-il.

Les barges glissèrent par l'ouverture, hors de portée des tirs d'arbalète meurtriers, et pénétrèrent dans un immense tunnel éclairé par des torches fixées aux parois de pierre.

À l'autre bout, l'eau du canal franchissait une herse. À travers la grille de bois et de métal, Roran distingua les édifices de la ville proprement dite.

Des quais de pierre bordaient chaque côté du tunnel, destinés au chargement et déchargement des embarcations. Des poulies, des cordes et des filets pendaient du plafond, et au milieu de chaque berge artificielle, une grue était dressée sur une plate-forme. À l'avant et à l'arrière de ce hall souterrain, des escaliers menaient à des passerelles accrochées aux murs noirs de moisissures, qui permettaient de traverser le canal à pied sec. La passerelle du fond donnait probablement accès à la salle des gardes, au-dessus du tunnel où les barges s'étaient engagées, ainsi qu'aux remparts d'où s'était penché le soldat.

À la vue de la herse abaissée, Roran fut dépité. Il avait espéré pénétrer directement au cœur de la cité sans se faire piéger sur l'eau.

« Eh bien, pensa-t-il, on n'a plus le choix. »

Devant eux, la salle de garde vomit une troupe de soldats en uniformes écarlates qui s'agenouillèrent sur la passerelle et bandèrent leurs arbalètes.

– Par là ! ordonna Roran en désignant le quai de gauche.

Les hommes qui maniaient les gaffes poussèrent la structure flottante vers le bord du canal. Les dizaines de carreaux d'arbalète, fichés dans les boucliers, donnaient à la troupe l'apparence d'un énorme hérisson.

Quand la barge approcha du quai, un groupe de défenseurs, l'épée au poing, dévala les escaliers pour intercepter les Vardens avant qu'ils aient le temps de débarquer.

– Plus vite ! hurla Roran.

Un carreau s'enfonça dans son bouclier. La pointe en forme de diamant traversa l'épaisseur du bois, menaçant son avant-bras. Il vacilla, se rétablit de justesse. Il ne lui restait qu'un bref instant avant que d'autres archers le prennent pour cible.

Il sauta sur le quai, les bras écartés pour ne pas perdre l'équilibre. Il atterrit lourdement, un genou au sol, et n'eut que le temps de tirer son marteau avant que les soldats ne fondent sur lui.

Il les affronta avec une joie sauvage et une espèce de soulagement. Il en avait plus qu'assez de planifier, de décider, de peser le pour et le contre. Là, au moins, il agissait, il avait devant lui de vrais ennemis, pas un de ces assassins furtifs qui rampent dans l'ombre.

La rencontre fut brève, féroce, sanglante. Roran en tua ou neutralisa trois dès les premières secondes. Puis Baldor, Delwin, Hamund, Mandel et quelques autres le rejoignirent pour repousser les soldats loin de la bordure du quai.

Roran n'était pas habile à l'épée, il n'essayait donc pas de croiser le fer avec ses adversaires. Il les laissait frapper tout leur soûl sur son bouclier, et leur brisait les os à coups de marteau. Il évitait les échanges trop longs avec le même homme, où sa méconnaissance des bottes et des feintes aurait pu lui être fatale. Pour lui, la technique la plus efficace était de prendre l'initiative et de surprendre l'ennemi par un geste inattendu.

Il se libéra de la mêlée, courut vers l'escalier menant à la passerelle, d'où les archers tiraient sur les Vardens en train de débarquer.

Il grimpa les marches quatre à quatre et, balançant son marteau, frappa le premier soldat en pleine face. Le deuxième lâcha son arbalète et recula pour prendre sa courte épée. Il ne l'avait pas encore sortie du fourreau que le marteau de Roran lui brisait les côtes.

Ce que le jeune homme appréciait particulièrement, avec cette arme, c'est qu'il n'avait pas besoin de se soucier du type d'armure porté par ses adversaires. Les blessures qu'elle infligeait, comme toutes les armes contondantes, venaient de la force de l'impact. Cette simplicité lui plaisait.

Le troisième soldat eut le temps de lui décocher un carreau. Cette fois, le trait s'enfonça de moitié dans l'épaisseur du bouclier et faillit lui entrer dans la poitrine. Tenant la pointe mortelle à distance, Roran chargea et balança son marteau vers l'épaule du soldat. Celui-ci para avec son arbalète. Roran le repoussa violemment de son bouclier. L'homme bascula par-dessus le garde-corps avec un hurlement.

Cependant, cette manœuvre laissait Roran exposé. Cinq soldats étaient encore sur la passerelle, et trois d'entre eux le tenaient en joue.

Ils tirèrent.

À l'instant de lui percer le cœur, les carreaux d'arbalète dévièrent de leur trajectoire et allèrent ricocher contre les murs moisis comme des guêpes en colère.

Comprenant que Carn venait de le sauver, Roran se promit de remercier le magicien, d'une façon ou d'une autre, dès qu'ils ne seraient plus en danger.

Il dispersa les soldats restants d'une volée de coups furieux. Puis il brisa le carreau d'arbalète qui dépassait de son bouclier et se pencha pour voir où en était la bataille.

Le dernier soldat encore sur le quai s'écroulait. Sa tête, détachée de son corps, roula vers le canal, où elle sombra dans un bouillonnement de bulles sanglantes.

Les deux tiers des Vardens avaient débarqué et se rassemblaient en ordre de bataille au bord de l'eau. Roran s'apprêtait à leur crier de s'écarter pour faire de la place aux hommes encore sur les barges quand des portes s'ouvrirent, sur la gauche. Une horde de soldats se déversa dans le tunnel.

« D'où sortent-ils, ceux-là ? Et combien sont-ils ? »

Il se précipita vers l'escalier pour prêter main-forte à ses hommes. Au même instant, Carn, encore sur la barge de tête, qui gîtait dangereusement, leva les deux bras et pointa le doigt sur le flux d'ennemis en déclamant une suite de mots aux sonorités âpres.

À cet ordre surnaturel, deux sacs de farine et une plaque d'ardoise décollèrent de la barge et volèrent vers les rangs serrés des soldats, en renversant une douzaine. Les sacs éclatèrent, et un nuage de farine aveugla les combattants, qui se mirent à tousser.

Une seconde plus tard, un éclair jaillit près du mur, et une énorme boule de feu, d'un orange fuligineux, courut à travers la farine, dévora la fine poudre blanche avec rapacité, dans un bruit de drapeaux qui claquent au vent.

Roran s'accroupit derrière son bouclier ; un souffle brûlant passa sur sa peau. La farine se consumait, des étincelles rougeoyantes s'éteignaient peu à peu et retombaient en une pluie de cendres noires.

Quand l'éclat sinistre eut diminué, Roran releva prudemment la tête. Une vrille de fumée nauséabonde lui chatouilla les narines et lui piqua les yeux. Il tressaillit en s'apercevant que sa barbe brûlait. Avec un juron, il lâcha son marteau pour étouffer les flammèches.

– Hé ! lança-t-il à Carn. Tu m'as roussi le poil ! Fais un peu attention, ou je te plante la tête au bout d'une pique !

La plupart des soldats gisaient, recroquevillés, sur le sol, les mains sur leur visage brûlé. D'autres se débattaient dans leurs vêtements en feu ou agitaient leurs armes à l'aveuglette pour repousser un adversaire éventuel. Les hommes de Roran ne souffraient que de brûlures légères : presque tous s'étaient trouvés hors du rayon d'action de la boule de feu. Néanmoins, la déflagration les laissait incertains et désorientés.

Roran abattit son marteau sur la rampe de fer pour attirer leur attention :

– Cessez de bayer aux corneilles et débarrassez-moi de ces vauriens rampants avant qu'ils ne retrouvent leurs esprits !

Le nombre des Vardens dépassait de loin celui des soldats. Le temps que Roran arrive en bas des marches, ils avaient déjà mis hors d'état de nuire plus des trois quarts de l'effectif ennemi.

Abandonnant les rescapés aux mains de ses guerriers, Roran s'approcha de la double porte, sur la gauche du canal, assez large pour laisser passer deux chariots de front. Il trouva Carn, assis au pied de la grue, en train de manger quelque chose. La bourse de cuir qui ne le quittait pas contenait un mélange de lard, de miel, de foie de bœuf, de cœur de mouton et de baies. La première fois que le magicien le lui avait fait goûter, Roran avait failli vomir. Mais quelques bouchées suffisaient à maintenir un homme debout pour une longue journée de labeur.

Roran remarqua avec inquiétude que Carn semblait épuisé.

– Tu pourras continuer ? demanda-t-il.

Le magicien hocha la tête :

– Je me repose une minute... Les flèches, puis la plaque d'ardoise et les sacs de farine enflammés... C'était un peu trop d'un coup.

Il fourra dans sa bouche une autre pincée de nourriture.

Rassuré, Roran allait s'éloigner quand Carn le retint par le bras.

— Ce n'était pas moi, fit-il, une lueur amusée dans les yeux. Ta barbe, je veux dire. Tu es passé trop près d'une torche.

Roran grommela et s'approcha de la porte.

— En formation ! cria-t-il en frappant du plat de son marteau sur son bouclier. Baldor, Delwin, prenez la tête avec moi ! Les autres, en rang derrière nous ! Boucliers levés, épée au poing, flèches encochées ! Halstead n'a sans doute pas encore appris notre intrusion. Ne laissez échapper personne susceptible de le prévenir. Prêts ? Alors, en avant !

Avec l'aide de Baldor, dont les joues et le nez étaient rougis par l'explosion, il ôta les barres de la porte et poussa les battants, découvrant l'intérieur de la cité.

21
CENDRES ET POUSSIÈRE

De vastes bâtiments aux façades de plâtre étaient groupés autour du portail, dans l'enceinte extérieure, là où le canal pénétrait dans la ville. Tous ces édifices à l'aspect rébarbatif, posant sur les arrivants le regard vide de leurs fenêtres noires, semblaient être des hangars et des entrepôts. Ce qui, ajouté à l'heure matinale, laissait penser que l'échauffourée des Vardens avec les soldats était passée inaperçue.

Roran n'avait pas l'intention de s'attarder pour s'en assurer.

Les premières lueurs matinales striaient la cité de leurs rayons horizontaux, doraient le sommet des tours, les créneaux, les coupoles et les toits pentus. Des ombres couleur d'argent terni baignaient les rues et les venelles, et l'eau du canal, entre ses quais de pierre, était d'un noir lugubre marbré de sang. Une unique étoile brillait encore, très haut, étincelle solitaire épinglée au manteau du ciel.

Au loin, un coq chanta.

Les Vardens progressaient au trot, leurs bottes de cuir frottant les pavés.

Roran les conduisit à travers le dédale de bâtiments vers l'enceinte intérieure de la ville, évitant le chemin le plus direct afin de réduire le risque de mauvaises rencontres. Ils suivirent des ruelles étroites et sombres, sans voir toujours clairement où ils mettaient les pieds.

La puanteur des caniveaux, engorgés d'immondices, donnait à Roran la nostalgie du grand air et des champs de son enfance.

« Comment les gens supportent-ils de vivre dans de telles conditions ? se demandait-il. Les cochons eux-mêmes ne se vautrent pas dans leurs propres déjections. »

Plus loin, les entrepôts laissaient la place à des maisons et des boutiques, avec de hautes façades à colombages blanchies à la chaux et des portes ornées de ferronneries. Derrière les volets clos montaient parfois des bruits de conversations, de vaisselle remuée, de chaises traînées sur un plancher de bois.

« On ne va pas avoir le temps », s'inquiéta Roran.

Les rues d'Aroughs ne tarderaient pas à s'emplir de passants.

Comme pour confirmer cette impression, deux hommes surgirent d'un passage, portant sur leurs épaules une palanche où étaient accrochés des seaux de lait.

À la vue des Vardens, ils s'arrêtèrent net, les yeux écarquillés, la bouche ouverte.

Roran les prévint sur un ton amical :

— Si vous criez, on vous tue.

Tremblants, ils reculèrent. Roran avança d'un pas :

— Si vous courez, on vous tue.

Sans quitter des yeux les laitiers terrifiés, il fit signe à Carn de s'approcher :

— Endors-les, s'il te plaît.

Le magicien récita une phrase rapide en ancien langage, qui se terminait par un mot ressemblant à *slytha*. Les deux hommes s'effondrèrent telles des marionnettes dont on a lâché les fils. Les seaux se renversèrent et le lait se répandit, dessinant entre les pavés un délicat entrelacs de veinures blanches.

— Poussez-les sur le côté, qu'on ne les voie pas, ordonna Roran.

Les laitiers inconscients une fois écartés, les Vardens reprirent leur course vers l'enceinte intérieure.

Cent pieds plus loin, en tournant à un coin de rue, ils tombèrent nez à nez avec un groupe de quatre soldats.

Cette fois, Roran se montra implacable. Il franchit d'un bond les quelques pas qui les séparaient et abattit le plat de son marteau dans le cou du soldat de tête. Baldor en élimina un deuxième, projetant son épée avec toute la force acquise dans la forge de son père.

Les deux rescapés tournèrent les talons et s'enfuirent avec un coassement apeuré. Une flèche siffla près de l'épaule de Roran et frappa l'un d'eux dans le dos ; il s'écroula. Puis Carn cria : « Jierda ! » ; le cou du dernier craqua avec un bruit sec, et il s'effondra, inerte, au milieu de la rue.

Le soldat transpercé d'une flèche se mit à hurler :

– Les Vardens ! Les Vardens sont là ! Sonnez l'alerte, les...

Roran sortit son poignard, se rua sur lui et lui trancha la gorge. Puis il essuya sa lame sur la tunique du soldat en lançant :

– En avant ! Vite !

Et tous reprirent leur course.

Quand ils ne furent plus qu'à une centaine de pas de l'enceinte intérieure, Roran s'arrêta dans une venelle, à l'abri d'une maison, et fit signe à ses hommes d'attendre. Puis il s'avança lentement, dos au mur, jusqu'à l'angle et passa la tête pour examiner la herse encastrée dans le haut mur de granite.

Elle était abaissée.

À sa gauche, cependant, une poterne s'ouvrit. Un soldat en sortit et se dirigea au pas de course vers l'ouest de la ville.

Roran jura entre ses dents. Il n'avait pas l'intention d'abandonner si près du but, mais la situation devenait plus précaire à chaque seconde. D'un instant à l'autre, le couvre-feu serait levé, et leur présence découverte.

Tout en se retirant derrière la maison, il réfléchit à toute allure. Puis il claqua des doigts :

– Mandel ! Delwin ! Carn ! Et vous !

Il désignait un trio à la mine féroce, des vétérans qui n'en étaient pas à leur première bataille.

– Vous venez avec moi. Baldor, tu restes ici et tu prends le commandement. Si on ne revient pas, mettez-vous en sécurité. C'est un ordre.

Baldor acquiesça, la mine sombre.

Avec les six hommes qu'il avait choisis, Roran longea la rue principale menant à la herse, jusqu'à la base du haut mur incliné, encombrée de détritus, à peut-être cinquante pas de la poterne.

Des sentinelles étaient sûrement postées en haut des tours qui encadraient la herse, mais pour l'instant elles demeuraient invisibles. Tant qu'elles ne se pencheraient pas par-dessus les créneaux, elles ne verraient pas Roran et ses compagnons approcher.

Le jeune homme chuchota :

– Dès qu'on aura franchi la poterne, toi, toi et toi – il désignait Carn, Delwin et l'un des autres guerriers –, vous foncez au corps de garde de l'autre côté de la herse. Nous, on prend le plus proche. Débrouillez-vous comme vous voudrez, mais *levez cette herse* ! Il n'y a peut-être qu'une roue à tourner, sinon, on devra s'y mettre tous ensemble. Alors, ne vous faites pas tuer, j'ai besoin de vous. Prêts ? On y va !

Le plus silencieusement possible, Roran courut le long du mur et jeta un coup d'œil rapide par la poterne.

Il découvrit un passage d'environ vingt pieds de long, ouvrant sur une place ornée d'une fontaine. Des hommes vêtus avec recherche la traversaient d'un pas pressé, chargés pour la plupart de rouleaux de parchemin.

Sans se soucier d'eux, Roran s'approcha d'une porte fermée, dont il souleva le loquet, réprimant l'envie de l'ouvrir d'un coup de pied. Elle donnait sur une salle de garde miteuse, avec un escalier en spirale encastré dans le mur.

Il escalada les marches et, après une seule révolution, se trouva dans une pièce basse de plafond. Cinq soldats jouaient aux dés en fumant près d'un énorme treuil où s'enroulaient des chaînes grosses comme le bras.

– Salut ! lança Roran d'une forte voix de commandement. J'apporte un message important.

Après un instant d'incertitude, les soldats sautèrent sur leurs pieds, repoussant à grand bruit les bancs sur lesquels ils étaient assis.

Ils ne furent pas assez vifs. Si brève qu'eût été leur hésitation, elle avait suffi à Roran pour parcourir la distance qui les séparait de lui avant qu'ils aient pu tirer leurs armes.

Avec un rugissement, il fonça dans le tas en balançant son marteau, les accula tous les cinq dans un coin. Aussitôt, Mandel et les deux autres guerriers furent à ses côtés ; leurs épées lançaient des éclairs. Ils eurent vite fait de se débarrasser des gardes.

Toisant le corps convulsé du dernier d'entre eux, Roran cracha sur le sol :

– Ne faites jamais confiance à un étranger, bande d'abrutis !

Ce combat sanglant laissait derrière lui des effluves écœurants qui épaississaient l'air. Roran dut se couvrir le nez de sa manche pour ne pas vomir.

Tous les quatre, ils coururent jusqu'au treuil en évitant la mare de sang. Ils l'étudièrent un moment pour comprendre son fonctionnement.

Un tintement de métal suivi du craquement d'une trappe qu'on soulève alerta Roran. Il brandit son marteau. Des pas claquèrent. Un soldat descendait de la tour de garde, au-dessus.

– Taurin ? Que diable faites-v... ?

La voix de l'homme s'étrangla dans sa gorge ; il se figea à la vue de Roran et de ses compagnons, et des corps mutilés entassés dans un coin.

L'un des Vardens projeta une lance. L'homme se baissa, et l'arme frappa la paroi au-dessus de sa tête. Avec un juron, il remonta l'escalier quatre à quatre et disparut derrière la courbe du mur.

L'instant d'après, la trappe se refermait avec un claquement sonore. Puis une trompe sonna, et des appels affolés tombèrent de la tour.

Les sourcils froncés, Roran retourna près du treuil.

– Ne nous occupons pas de lui, dit-il en glissant son marteau à sa ceinture.

Il empoigna la roue, banda ses muscles et poussa de toutes ses forces. Ses compagnons joignirent leurs efforts aux siens et, lentement, trop lentement, la roue s'ébranla, les engrenages se mirent à cliqueter.

Quelques secondes plus tard, la roue tournait avec beaucoup plus de facilité. L'autre équipe, après avoir investi la deuxième tour de garde, intervenait sans doute de son côté.

Ils n'eurent pas besoin de lever la herse jusqu'en haut. Après une longue minute à grogner et ahaner, ils entendirent les cris de guerre des Vardens. Les hommes qui avaient attendu à l'extérieur envahissaient la place.

Roran lâcha la roue et, son marteau de nouveau en main, dévala l'escalier, les autres sur ses talons.

Alors qu'il sortait de la salle de garde, Carn et Delwin jaillirent de l'autre côté de la herse. Aucun d'eux ne paraissait blessé, mais le guerrier plus âgé manquait à l'appel.

En attendant que Roran et son groupe les rejoignent, Baldor et ses compagnons s'étaient disposés en formation serrée, sur cinq rangs, épaule contre épaule, leurs boucliers imbriqués au-dessus de leurs têtes.

Tandis qu'il courait vers eux, Roran vit un fort contingent de soldats sortir d'un bâtiment, au fond de la place. Ils se mirent en position de défense, lances et piques inclinées. De loin, on aurait dit une grosse pelote d'épingles. Roran estima leur effectif à environ cent cinquante hommes, un nombre dont ses guerriers pourraient venir à bout, mais qui leur coûterait du temps et des vies.

Son humeur s'assombrit encore lorsque le magicien au nez crochu qu'il avait vu la veille se plaça devant la troupe. Il leva les bras au ciel, et un halo d'éclairs crépita autour de ses mains. Roran en savait assez sur la magie, grâce à Eragon, pour deviner que ce phénomène était surtout de l'esbroufe. Mais, esbroufe ou pas, le jeteur de sorts était certainement dangereux.

Carn le rejoignit presque aussitôt. Avec Baldor, ils observèrent le magicien et la masse de soldats qui leur faisait face.

– Tu pourrais le tuer ? demanda Roran à voix basse, afin que les hommes derrière lui n'entendent pas.

– Il va bien falloir, non ? répliqua Carn.

Il s'essuya la bouche d'un revers de main. Son visage luisait de transpiration.

– Si tu veux, on peut le harceler. Il ne nous massacrera pas tous avant qu'on ait affaibli ses protections magiques et qu'on lui ait planté une lame dans le cœur.

– Ça, tu n'en sais rien... Non, c'est ma responsabilité. C'est à moi de m'en charger.

– Y a-t-il un moyen de t'aider ?

Carn eut un rire nerveux :

– Oui, le cribler de flèches. L'effort déployé pour les bloquer l'affaiblira peut-être assez pour qu'il commette une erreur. Mais, quoi que vous fassiez, ne vous interposez pas entre nous. Ce serait dangereux, et pour vous et pour moi.

Roran posa la main sur l'épaule du magicien :

– Tout ira bien. Rappelle-toi, il n'est pas très malin. Tu l'as déjà berné une fois, tu peux le berner de nouveau.

– Je sais.

– Bonne chance !

Avec un bref hochement de tête, Carn marcha vers la fontaine, au centre de la place. Un rayon de soleil touchait le sommet dansant du jet d'eau, qui scintillait telle une poignée de diamants jetée dans les airs.

Le magicien au nez crochu s'approcha lui aussi, calquant sa démarche sur celle de Carn, jusqu'à ce qu'ils ne soient plus qu'à vingt pieds de distance.

D'où Roran se tenait, Carn et son adversaire semblaient converser, mais ils étaient trop loin pour qu'il comprenne leurs paroles. Puis les deux magiciens se raidirent comme s'ils avaient reçu un coup de poignard.

C'était le signe que Roran attendait : leur duel mental avait commencé, ils ne prêtaient plus attention à ce qui les entourait.

– Archers ! Postez-vous ici et là ! aboya Roran en désignant les deux côtés de la place. Et criblez-moi de flèches ce chien maudit ! Mais celui qui touche Carn, je le jette en pâture à Saphira !

Les soldats de Galbatorix en uniforme écarlate s'agitèrent, incertains, quand les deux groupes d'archers se mirent en position. Mais aucun ne rompit la formation ni ne fit mine d'attaquer.

« Ils doivent avoir une confiance aveugle dans les talents de cette vipère », pensa Roran, inquiet.

Des dizaines de flèches empennées de plumes d'oie filèrent vers le magicien ennemi. L'espace d'un instant, Roran eut l'espoir qu'elles le tueraient. Or, à cinq pieds de l'homme au nez crochu, chacune d'elles vibra et retomba sur le sol, comme si elle avait rebondi contre un mur de pierres.

Roran se balançait sur ses talons, trop tendu pour rester tranquille. Il détestait devoir attendre sans rien faire pendant que son ami affrontait seul le danger. De plus, chaque seconde écoulée donnait à Lord Halstead l'occasion d'apprendre ce qui se passait et de lancer une riposte. Si les compagnons de Roran voulaient éviter d'être écrasés sous la supériorité numérique des forces de l'Empire, il leur fallait déstabiliser l'ennemi.

– On se bouge ! lança-t-il en se tournant vers ses troupes. Agissons pendant que Carn se bat pour sauver notre peau. La moitié d'entre vous, avec moi ! Les autres suivent Delwin. Ils ne peuvent pas bloquer toutes les rues. Aussi, Delwin, toi et tes hommes, vous allez contourner ces soldats et les attaquer par derrière. Nous, on va les occuper ici. Ils ne devraient pas opposer grande résistance. Si certains s'enfuient, laissez-les courir. On finira par les avoir tous. Compris ? On y va !

Les hommes se séparèrent rapidement en deux groupes. À la tête du sien, Roran s'élança sur la droite de la place, tandis que Delwin entraînait le sien vers la gauche.

Quand les deux troupes furent presque au niveau de la fontaine, le magicien ennemi jeta un regard oblique vers Roran, si furtif que c'était à peine un coup d'œil. Néanmoins, cet instant de distraction, si bref qu'il fût, modifia aussitôt le cours du duel. Sa grimace méprisante tourna au rictus douloureux ; les veines saillirent sur son front et son cou maigre, son visage vira au rouge cramoisi, si gonflé de sang qu'il semblait prêt à éclater.

– Non ! gronda-t-il.

Puis il lança une phrase incompréhensible en ancien langage.

Une fraction de seconde plus tard, Carn entama à son tour une imprécation, et, pendant un moment, leurs deux voix s'entrecroisèrent en une effroyable combinaison de terreur, de haine, de fureur et de désolation. Roran perçut jusqu'aux tréfonds de ses os que l'affrontement allait dégénérer.

Et Carn disparut dans un éclair bleu. À l'endroit où il s'était tenu apparut un globe de lumière aveuglante dont l'éclat envahit la place à une vitesse surnaturelle.

Puis le monde devint noir. Une chaleur intolérable enveloppa Roran, tout se mit à tourner autour de lui, et il se sentit tomber dans un espace sans limites. Son marteau lui fut arraché des mains, une douleur explosa dans son genou droit. Un objet dur le frappa au visage et lui brisa une dent ; le sang lui envahit la bouche.

Quand le séisme se fut calmé, il resta où il était, allongé sur le ventre, trop sonné pour tenter un mouvement. L'usage de ses sens lui revint peu à peu ; il vit sous son nez la surface grise d'un pavé, respira l'odeur du plomb dans lequel celui-ci était serti. Il était contusionné, meurtri de partout. Le seul son audible était celui de son cœur palpitant.

Le sang qui lui emplissait la bouche lui coula dans la gorge et le fit tousser. Happant l'air avec difficulté, il s'assit, cracha des caillots noirs. Sa dent brisée – une incisive – rebondit sur le sol. Elle lui parut étrangement blanche sur le rouge sombre du sang. Il la ramassa, l'examina ; l'extrémité en était ébréchée, mais la racine paraissait intacte. Il la nettoya d'un coup de langue et la relogea dans sa gencive avec une grimace de douleur.

Il se releva péniblement. Il avait été projeté contre les marches d'une des maisons bordant la place. Ses hommes gisaient autour de lui dans un invraisemblable désordre de bras et de jambes emmêlés, d'armes éparses et de casques arrachés.

Roran se félicita de porter un marteau car, dans le tumulte, beaucoup de Vardens s'étaient blessés eux-mêmes avec leurs lames.

« Mon marteau ? Où est mon marteau ? »

Il balaya le sol du regard et finit par repérer le manche de l'outil sous les jambes d'un homme étendu près de lui. Il s'en empara et reporta son attention alentour.

Les soldats, tout comme les Vardens, avaient été projetés au sol. Il ne restait de la fontaine qu'une pile de gravats d'où l'eau jaillissait par intermittence. Là où Carn s'était tenu gisait une carcasse noircie, racornie. Il était difficile de croire que cette chose carbonisée, aux membres recroquevillés comme les pattes d'une araignée morte, avait pu être un jour un être humain. Fait inexplicable, le magicien au nez crochu était encore debout à la même place. L'explosion l'avait simplement dépouillé de ses habits, le laissant vêtu de ses seules braies.

Une rage incontrôlable envahit Roran. Sans une pensée pour sa propre sécurité, il se dirigea d'un pas incertain vers le centre de la place, déterminé à se débarrasser du magicien une fois pour toutes.

L'homme à la poitrine nue ne fit pas un mouvement en le voyant approcher. Le marteau levé, Roran s'élança en titubant, avec un cri de guerre étouffé.

Le magicien ne bougea pas davantage.

Roran prit alors conscience qu'il n'avait pas esquissé le moindre geste depuis l'explosion. On aurait dit une statue.

Profitant de la réaction du jeteur de sorts – ou plutôt de son absence de réaction – Roran résolut de le frapper à la tête avant qu'il ne sorte de cette étrange stupeur. Cependant, un fond de méfiance tempéra sa soif de vengeance ; à cinq pas du magicien, il ralentit et s'arrêta.

Bien lui en prit, car ce qu'il découvrit était insoutenable.

De loin, l'homme conservait une apparence normale ; de près, il était tout autre. Sa peau fripée qui pendait comme celle d'un vieillard avait pris une texture de cuir sombre et continuait de noircir. À part ses côtes se soulevant et se creusant, ses yeux blancs roulant dans leurs orbites, il paraissait incapable de mouvement.

Puis ses bras, son cou, sa poitrine se racornirent, laissant apparaître en relief le dessin des os, depuis l'arc des clavicules jusqu'à la selle creuse du bassin, sur lequel son ventre retombait telle une outre vide. Ses lèvres s'étirèrent en un sourire macabre qui découvrit ses dents jaunes. Ses globes oculaires explosèrent comme des tiques qu'on écrase, et la chair, tout autour, s'affaissa.

Pourtant, son souffle affolé, sifflant, irrégulier, prouvait qu'il respirait encore.

Roran recula, horrifié. Sa botte dérapa sur quelque chose de glissant. Baissant les yeux, il vit qu'il marchait dans une mare d'eau. Il crut d'abord qu'elle venait de la fontaine détruite. Puis il s'aperçut qu'elle sourdait des pieds du magicien.

L'estomac retourné, il sauta sur un endroit sec en jurant. Voilà donc ce que Carn avait fait ! Il avait lancé sur le magicien un sort qui le vidait de toute l'eau contenue dans son corps !

Seconde après seconde, le maléfice réduisait l'homme à un squelette noueux enveloppé dans une peau parcheminée, le momifiait comme s'il était resté exposé pendant une centaine d'années au vent, au soleil et aux sables brûlants du désert du Hadarac. Il était certainement mort, à présent, mais il ne tombait pas ; la magie de Carn le maintenait debout, spectre grimaçant, la plus horrible vision que Roran eût jamais eue, que ce fût dans ses cauchemars ou sur le champ de bataille.

Enfin, la peau desséchée s'effrita en fine poussière qui descendit lentement, tel un rideau de gaze grise, pour se mêler à l'eau. Puis ce fut le tour des muscles, des organes racornis, des os. Il ne resta bientôt du magicien au nez crochu qu'un petit cône de cendres au milieu de l'eau qui avait irrigué son corps.

Roran regarda une dernière fois le cadavre de Carn et détourna aussitôt les yeux, incapable de supporter ce spectacle.

« Au moins, tu as eu ta vengeance... »

Dominant la douleur que lui causait la mort de son ami, il se concentra sur le problème immédiat. Les soldats, au fond de la place, se relevaient péniblement. De leur côté, les Vardens en faisaient autant.

— Vous tous ! cria Roran. Avec moi ! C'est le moment ou jamais !

Il désigna certains de ses hommes, visiblement mal en point :

— Aidez-les à se relever ! Mettez-les au centre de la formation ! On ne laisse personne derrière nous ! Personne !

Parler lui déchirait la gorge, et les tempes lui cognaient comme s'il avait passé la nuit à boire.

Les Vardens se rallièrent au son de sa voix. Tandis qu'ils se rassemblaient en une large colonne, Roran reprit sa place à leur tête, entre Baldor et Delwin, tous deux ensanglantés par l'explosion.

— Carn est mort ? demanda Baldor.

Roran confirma sans un mot avant de lever son bouclier. Tous les guerriers l'imitèrent, de façon à former un mur d'assaut solide.

— Alors, espérons que Halstead ne cache pas un autre magicien dans sa manche, marmonna Delwin.

Quand les Vardens furent en place, Roran lança :

— En avant !

Et les pas des guerriers firent trembler le pavé de la place.

Leurs chefs s'étant montrés moins efficaces que celui de leurs adversaires ou l'explosion ayant causé des dégâts plus sévères dans leurs rangs, les soldats de l'Empire n'avaient pas repris leurs esprits aussi vite. Ils étaient encore en pleine confusion quand les Vardens leur tombèrent dessus.

Roran chancela sous l'impact quand une lance se ficha sur son bouclier, lui engourdissant le bras et entraînant le bouclier vers le bas sous son poids. Il passa l'autre bras à l'extérieur et tenta de la décrocher en la fauchant de son marteau. Celui-ci rebondit contre la hampe sans réussir à la déloger.

Un soldat qui lui faisait face, peut-être celui qui avait lancé le projectile, en profita pour lui menacer la gorge de son épée. Roran voulut relever le bouclier mais, avec la lance plantée dedans, il était trop lourd, trop encombrant. Il se servit donc de son marteau pour parer. Or, orientée sur son tranchant, la lame était difficile à repérer. Il manqua son coup. Il serait mort si les jointures de ses doigts n'avaient pas heurté le plat de la lame, le déviant de quelques pouces.

Une pointe de feu lui traversa l'épaule. Des éclairs jaunes dansèrent devant ses yeux, son genou droit se déroba, et il tomba.

Il sentit le contact de la pierre ; une forêt de jambes, autour de lui, l'empêchait de rouler hors d'atteinte. Tous ses muscles étaient mous et tardaient à répondre, comme s'il était englué dans du miel.

« Trop lent, trop lent », pensa-t-il en tâchant de se libérer du bouclier et de ramener ses pieds sous lui. S'il restait par terre, il se ferait poignarder ou piétiner.

« Trop lent ! »

Il vit alors le soldat s'effondrer devant lui, les mains pressées sur le ventre. La seconde d'après, quelqu'un le releva en le tirant par le col de son haubert et le maintint debout le temps qu'il retrouve son équilibre. C'était Baldor.

Tordant le cou, Roran chercha à voir l'endroit où le soldat l'avait frappé. Cinq maillons de sa cotte avaient sauté, mais l'armure avait tenu. Malgré le sang qui coulait par la déchirure, et la douleur qui lui vrillait la nuque et le bras, la blessure semblait sans réelle gravité. De toute façon, il n'avait pas le temps d'y réfléchir. Son bras droit répondait assez pour qu'il continue de se battre, c'était tout ce qu'il demandait.

Quelqu'un lui fit passer un autre bouclier. Il s'en empara avec détermination et chargea avec ses hommes pour forcer les soldats à se replier dans une avenue, au bout de la place.

Devant la supériorité des Vardens, les soldats rompirent bientôt les rangs et s'enfuirent par les innombrables ruelles de côté. Roran envoya alors une cinquantaine d'hommes abaisser la herse et fermer la poterne, avec ordre de les garder pour empêcher quiconque de poursuivre les Vardens au cœur de la cité. Le gros de la garnison devait être assigné à la défense des remparts extérieurs, et Roran n'avait aucune envie d'une bataille rangée. Étant donné l'importance des troupes de Halstead, les affronter aurait été du suicide.

Les Vardens ne rencontrèrent que peu de résistance durant leur progression par les rues du centre vers l'imposant palais d'où Lord Halstead gouvernait.

Une vaste cour agrémentée d'un lac artificiel où nageaient des cygnes s'étendait devant le bâtiment, qui dominait Aroughs de ses nombreux étages. C'était une belle structure ornée d'arches, de colonnades et de terrasses conçues pour les bals et les festivités. Au contraire de la forteresse de Belatona, elle avait de toute évidence été bâtie pour l'agrément et non pour la défense.

« Ils sont partis du principe que personne ne franchirait leurs murailles », songea Roran.

Quand ils virent arriver les Vardens, quelques dizaines de sentinelles postées dans la cour chargèrent en désordre avec des cris de guerre.

— Restez en formation ! ordonna Roran à ses hommes.

Pendant quelques minutes, le claquement des armes emplit la cour, accompagné du sifflement d'alarme des cygnes, qui frappaient furieusement l'eau de leurs ailes.

Les Vardens eurent vite fait de mettre les gardes en déroute. Ils prirent alors d'assaut le hall d'entrée. Il était si richement décoré – peintures aux murs et au plafond, moulures, meubles sculptés, planchers de marqueterie – que Roran en fut saisi. La fortune nécessaire pour construire et entretenir un tel édifice dépassait son imagination. Une simple chaise du hall devait valoir à elle seule le prix de la ferme où il avait grandi.

Par une porte ouverte, il vit trois servantes s'enfuir en courant le long d'un corridor, aussi vite que leurs longues jupes le leur permettaient.

– Ne les laissez pas filer ! s'exclama-t-il.

Cinq Vardens sortirent des rangs et rattrapèrent les femmes avant qu'elles aient atteint le bout du couloir. Elles se débattirent comme des furies, lancèrent des coups de griffes et poussèrent des cris perçants tandis que les hommes les traînaient devant Roran.

– Assez ! rugit-il.

Elles abandonnèrent toute résistance, sans cesser pour autant de geindre et de pleurnicher. La plus âgée, une forte matrone aux cheveux gris, le chignon en bataille, un trousseau de clés à la ceinture, paraissait la plus raisonnable ; c'est elle que Roran interrogea :

– Où est Lord Halstead ?

La femme se raidit et leva le menton :

– Faites de moi ce que vous voulez, Monsieur ; je ne trahirai pas mon maître.

Roran s'approcha jusqu'à n'être plus qu'à un pied d'elle :

– Écoutez-moi, gronda-t-il. Écoutez-moi bien ! Aroughs est tombée, vous-même et tous les habitants de cette ville sont à ma merci. Quoi que vous fassiez, vous n'y changerez rien. Dites-moi où est Halstead, et je vous laisse libres, vous et vos compagnes. Vous ne le sauverez pas de son destin, mais vous sauverez vos vies.

Ses lèvres tuméfiées étaient si enflées qu'il avait du mal à articuler et une salive sanglante moussait aux coins de sa bouche à chaque mot.

– Ma vie ne compte pas, Monsieur, répondit la femme avec la détermination d'un guerrier.

Roran jura et frappa son bouclier de son marteau. L'écho résonna longuement dans l'immense salle. Au fracas, les femmes tressaillirent.

— Avez-vous perdu la tête ? Halstead vaut-il votre vie ? Et l'Empire ? Et Galbatorix ?

— Je ne sais rien de l'Empire et de Galbatorix, Monsieur. Mais Lord Halstead s'est toujours montré bon avec nous qui sommes à son service, et je ne veux pas le voir pendu par de sales vermines de votre espèce !

— Vraiment ?

Il la fixa d'un air féroce :

— Combien de temps tiendras-tu ta langue si je demande à mes hommes de t'arracher la vérité ?

— Vous ne me ferez jamais parler, rétorqua-t-elle.

Et il la crut.

Il désigna du menton les deux autres servantes, dont la plus jeune n'avait pas plus de dix-sept ans :

— Et elles ? Nous laisseras-tu les découper en morceaux pour sauver ton maître ?

La matrone eut un reniflement dédaigneux :

— Lord Halstead est dans l'aile est du palais. Suivez ce corridor, traversez le Salon jaune et le jardin de Damoiselle Galiana, et vous le trouverez.

Roran l'écouta avec méfiance. Elle avait capitulé trop facilement. Il remarqua aussi le léger mouvement de surprise des deux autres servantes, mêlé à une autre émotion qu'il n'arrivait pas à identifier. Trouble ? Désarroi ? En tout cas, elles ne réagissaient pas comme on aurait pu s'y attendre en entendant la femme aux cheveux gris livrer leur maître aux mains de ses ennemis. Elles étaient trop silencieuses, trop retenues. Elles cachaient quelque chose.

Des deux, la plus jeune était la moins habile à masquer ses sentiments. Roran se tourna donc vers elle avec toute la sauvagerie dont il était capable :

— Toi, là ! Elle ment, n'est-ce pas ? Où est Halstead ? Parle !

La fille ouvrit la bouche, secoua la tête et resta muette. Elle voulut reculer, mais l'un des Vardens l'immobilisa.

Roran marcha droit sur elle, pressa son bouclier contre sa poitrine et s'y appuya de tout son poids, la coinçant entre lui et l'homme qui la tenait par derrière. Levant son marteau, il le lui posa contre la joue :

— Tu es plutôt jolie. Mais tu ne trouveras guère pour mari qu'un vieillard si je te fais sauter les dents. J'en ai perdu une moi-même, tout à l'heure ; j'ai réussi à la remettre en place, tu vois ?

Il étira ses lèvres en une grotesque imitation de sourire :

— Les tiennes, je les garderai, pour que tu ne puisses pas en faire autant. Elles feront un joli trophée, non ?

Et il leva le marteau.

La fille eut un mouvement de recul :

— Non ! S'il vous plaît, Monsieur ! Je ne sais rien ! S'il vous plaît ! Il était dans ses appartements avec ses capitaines ; mais, après, lui et Damoiselle Galiana devaient prendre le tunnel pour aller jusqu'aux quais, et...

— Thara ! s'exclama la matrone. Petite imbécile !

— Un bateau les attend là-bas, et je ne sais pas où ils sont maintenant, mais je vous en supplie, ne me frappez pas ! Je ne sais rien d'autre, Monsieur, je...

— Ses appartements, aboya Roran. Où sont-ils ?

La fille le lui dit entre deux sanglots.

— Laissez-les partir ! ordonna-t-il quand elle eut terminé.

Les trois femmes s'enfuirent du hall, les talons de leurs chaussures claquant sur le plancher ciré.

Suivant les indications de la fille, Roran pilota les Vardens dans l'immense édifice. Ils croisaient parfois des hommes et des femmes à moitié habillés, mais aucun ne tenta de les arrêter. Le palais retentissait de cris et de hurlements.

À mi-chemin, ils débouchèrent dans une cour occupée en son milieu par la statue d'un énorme dragon. Roran se demanda s'il représentait Shruikan, le dragon de Galbatorix.

Au moment où ils contournaient la statue, il entendit un claquement sec, et ressentit un choc dans le dos.

Il chancela et s'agrippa à un banc de pierre, près de l'allée. La douleur l'envahit.

Une douleur intolérable, oblitérant toute pensée. Une douleur comme il n'en avait encore jamais ressenti, si intense qu'il se serait coupé une main pour la faire cesser. Un fer chauffé à blanc s'enfonçait dans son dos.

Il ne pouvait plus bouger. Il ne pouvait plus respirer. Le plus infime mouvement lui était une torture. Un voile de ténèbres le recouvrit. Il entendit Baldor et Delwin crier ; Brigman dit quelque chose qu'il ne comprit pas.

La douleur fut soudain multipliée par dix, et il mugit, ce qui ne fit qu'empirer son état. Dans un suprême effort de volonté, il s'obligea à rester immobile. Des larmes dégoulinaient au coin de ses paupières étroitement fermées.

Puis Brigman s'adressa à lui :

— Roran, vous avez une flèche dans le dos. On a tenté de capturer l'archer, mais il nous a échappé.

— Ça fait mal..., hoqueta le jeune homme.

— Parce qu'elle a heurté une côte. Sinon, elle vous aurait transpercé. Vous avez eu de la chance qu'elle n'ait pas frappé un pouce plus haut ou plus bas, et qu'elle ait manqué votre colonne vertébrale.

— Arrachez-la ! ordonna-t-il entre ses dents serrées.

— Impossible, c'est une flèche à pointe dentelée. Et on ne peut pas la faire ressortir de l'autre côté. Il faut qu'on l'extraie. J'ai une certaine expérience de ce type de blessure, Roran. Si vous me permettez de manier le couteau, je le fais tout de suite. Mais, si vous préférez attendre qu'on trouve un guérisseur... Il doit bien y en avoir un ou deux, dans ce palais.

Bien qu'il lui déplût de s'en remettre à Brigman, Roran ne pouvait endurer pareille souffrance plus longtemps.

— Faites-le ! Baldor...

— Oui, Roran.

— Prends cinquante hommes et trouve Halstead. Il ne doit s'enfuir à aucun prix ! Delwin, tu restes avec moi.

Suivit une brève discussion entre Baldor, Delwin et Brigman, dont Roran ne saisit que des bribes. Puis un groupe de Vardens quitta la cour, qui devint notablement plus silencieuse.

Sur la demande de Brigman, quelques hommes allèrent chercher des chaises dans la pièce la plus proche, les brisèrent en morceaux et allumèrent un feu sur les graviers de l'allée près de la statue. Ils y placèrent la lame d'un couteau, qui servirait à cautériser la plaie une fois la flèche retirée, pour stopper l'hémorragie.

Agrippé au banc, crispé et tremblant, Roran se concentra sur sa respiration, ne prenant que de courtes inspirations pour soulager la douleur. Avec difficulté, il parvint à vider son esprit de toute autre pensée. Ce qui avait été, ce qui serait peut-être n'avait plus d'importance. Seuls comptaient les lents flux et reflux de l'air dans ses narines.

Il manqua de s'évanouir lorsque quatre hommes le soulevèrent pour l'allonger à plat ventre par terre. Quelqu'un lui fourra un gant de cuir entre les dents, ce qui meurtrit encore ses lèvres tuméfiées, tandis que des poignes solides lui saisissaient les bras et les jambes pour les plaquer au sol.

Un coup d'œil en biais lui apprit que Brigman s'agenouillait près de lui, un couteau de chasse à la main. Roran ferma les yeux et referma ses dents sur le gant.

Il inspira.

Il expira.

Puis il n'exista plus pour lui ni temps ni mémoire.

22
INTERRÈGNE

Roran, assis sur le rebord d'une table, le dos courbé, jouait machinalement avec un gobelet serti de pierres précieuses.

La nuit était tombée ; la somptueuse chambre à coucher n'était éclairée que par deux chandelles et par la lueur du feu allumé dans l'âtre, près du lit à colonnes. Seul le craquement d'une bûche troublait par instants le silence.

Une brise à l'odeur saline s'engouffra par les fenêtres, agita les fins rideaux blancs. Roran goûta la fraîcheur de l'air sur sa peau enfiévrée.

Par les embrasures, il voyait Aroughs, déployée devant lui. À part quelques feux de bivouac allumés ici et là aux intersections des rues, la ville était noire, figée dans une étrange immobilité, ses habitants terrés dans leurs maisons.

Roran but une rasade, envoyant le vin directement dans sa gorge pour épargner sa bouche tuméfiée. Une goutte tomba sur sa lèvre inférieure ; il se crispa et retint sa respiration le temps que la brûlure s'apaise.

Posant le gobelet sur la table, près d'une assiettée de gigot et d'une bouteille de vin à moitié vide, il se pencha vers le miroir posé entre les deux chandeliers. Il y vit une face hagarde, contusionnée, ensanglantée, à laquelle manquait une portion de barbe.

Il se détourna. Elle le contacterait quand bon lui semblerait. Il attendrait. Il n'avait rien d'autre à faire ; il avait trop mal pour dormir.

Il reprit le gobelet, le fit tourner entre ses doigts.

Le temps passait.

Tard dans la nuit, le miroir s'irisa telle une flaque de vif-argent. Il cligna des yeux, larmoyant, et fixa la surface de verre à travers la fente de ses paupières à demi fermées.

Le visage ovale de Nasuada apparut devant lui, plus grave que jamais.

— Roran, dit-elle d'une voix forte et claire, en guise de salutation.

— Dame Nasuada.

Il se redressa autant que son état le lui permettait.

— Tu n'es pas capturé ?

— Non.

— Et Carn ? Cela signifie-t-il qu'il...

— Il est mort en affrontant un autre magicien.

— J'en suis navrée. C'était un homme de mérite, et le moment est malvenu de perdre l'un de nos jeteurs de sorts.

Elle marqua une pause avant de demander :

— Et Aroughs ?

— Nous tenons la ville.

Nasuada arqua les sourcils :

— Vraiment ? Tu m'impressionnes. Comment ça s'est passé ? Raconte !

Remuant les lèvres le moins possible tant parler lui était pénible, Roran entama le récit des évènements, depuis son arrivée devant Aroughs : sa ruse face au détachement de cavaliers, l'attaque nocturne du borgne, la construction des barges, la destruction des remblais retenant l'eau du canal, l'avancée des Vardens à travers la ville jusqu'au palais de Lord Halstead. Il s'attarda sur l'épisode de la lutte entre les magiciens, puis il en vint à la flèche qui l'avait frappé dans le dos et à la façon dont Brigman s'était occupé de lui.

Il se crispa au souvenir du contact brûlant de la lame cautérisant sa chair :

213

– Heureusement qu'il était là ! Sans son intervention, je serais resté inopérant jusqu'à ce qu'on ait trouvé un guérisseur.

– En as-tu trouvé un ?

– Oui, plus tard, mais il n'était pas magicien.

Nasuada s'adossa à son siège et l'observa un moment :

– Que tu aies encore la force de m'expliquer tout ça me stupéfie. Les gens de Carvahall sont taillés dans le roc.

– Après quoi, continua Roran, on s'est emparés du palais. Aroughs est maintenant pacifiée, même s'il reste quelques poches de résistance ici ou là. Quand les soldats ont compris que nous nous étions glissés derrière leurs lignes et que le centre de la ville était entre nos mains, les convaincre de se rendre n'a pas été bien difficile.

– Et Lord Halstead ?

– Quelques-uns de mes hommes lui sont tombés dessus par hasard alors qu'il tentait de fuir le palais. Il n'avait qu'un petit nombre de gardes autour de lui, pas assez pour se défendre. Il s'est réfugié dans une cave à vins avec sa suite et s'est barricadé à l'intérieur.

Roran frotta pensivement du doigt un rubis incrusté dans l'or de la coupe :

– Il refusait de se rendre, et prendre la cave d'assaut nous aurait coûté trop d'hommes. Alors… j'ai ordonné à mes gars de prendre des cruches d'huile aux cuisines, d'y mettre le feu et de les lancer contre la porte.

– Tu voulais les enfumer ?

Il acquiesça d'un lent hochement de tête :

– Quelques gardes pris de panique sont sortis quand la porte a commencé à brûler. Mais Halstead a attendu trop longtemps. On l'a retrouvé sur le sol, asphyxié.

– C'est malheureux.

– Il était avec sa fille, Damoiselle Galiana.

Il la voyait encore : menue, délicate, dans sa belle robe lavande ornée de dentelles et de rubans.

Nasuada fronça les sourcils :

– Qui succède à Halstead en tant que comte de Fenmark ?

– Son fils, Tharos le Vif.

– Celui qui a mené ses cavaliers contre toi hier ?

– Lui-même.

Au milieu de l'après-midi, ses hommes lui avaient amené Tharos. Le petit homme barbu paraissait hébété, mais indemne. Il avait perdu son casque aux plumes flamboyantes. Roran, à plat ventre sur un divan pour épargner son dos, lui avait lancé : « Vous me devez une bouteille de vin. »

– Comment avez-vous fait ? s'était exclamé Tharos, une note de désespoir dans la voix. La ville était imprenable. Seul un dragon aurait pu abattre nos murailles. Et maintenant... Vous n'êtes pas un être humain, vous êtes...

Il s'était tu, incapable d'en dire davantage.

– Comment a-t-il réagi en apprenant la mort de son père et de sa sœur ? demanda Nasuada.

Roran essuya d'un revers de manche son front moite de sueur. En même temps, il frissonnait. Ses mains et ses pieds étaient glacés.

– La mort de son père n'a guère semblé le toucher. Celle de sa sœur, en revanche...

Il eut une grimace en se remémorant le torrent d'injures déversé par Tharos. « Je vous tuerai ! avait-il grondé. À la première occasion, je vous tuerai, j'en fais le serment ! » « Ne tardez pas trop, alors, avait rétorqué Roran. Une autre personne s'est juré la même chose, et, si quelqu'un doit me tuer, je préfère que ce soit elle. »

– ... Roran ?... Roran ?

Il sursauta, s'apercevant que Nasuada l'appelait. Il regarda son visage, que le miroir encadrait comme un portrait, et s'efforça de retrouver l'usage de la parole. Enfin, il reprit :

– Tharos n'est pas vraiment comte de Fenmark ; il est le benjamin des sept fils de Halstead. Mais tous ses frères sont en fuite ou cachés quelque part. Pour le moment, il est donc seul à revendiquer ce titre. Il fera un bon intermédiaire entre nous et les dignitaires de la cité. Cependant, sans Carn, je n'ai aucun moyen de savoir qui est lié par serment à Galbatorix et qui ne l'est pas. La plupart des seigneurs et des dames, certainement, ainsi que les soldats. Mais qui d'autre ? Impossible de le dire.

Nasuada pinça les lèvres :

– Je vois... Dauth est la ville la plus proche d'Aroughs. Je vais prier Dame Alarice – que tu as déjà rencontrée, il me semble – de t'envoyer quelqu'un. La plupart des nobles ont ce genre de personne dans leur suite, elle accédera à ma requête. Toutefois, quand nous avons marché vers les Plaines Brûlantes, le roi Orrin avait rassemblé tous les magiciens de valeur du Surda. Celui ou celle qu'Alarice te fournira ne saura que lire dans les esprits. Et, sans la magie appropriée, il sera difficile d'empêcher les fidèles de Galbatorix de nous mettre des bâtons dans les roues.

Tandis qu'elle parlait, le regard de Roran se posa sur la bouteille de vin. « Tharos l'a-t-il empoisonnée ? » se demanda-t-il. La question ne réussit même pas à l'alarmer.

Nasuada poursuivait :

– ... et j'espère que tu as tes hommes bien en main. Ne les laisse pas courir par les rues, brûler, piller ni maltraiter la population !

Roran était dans un tel état d'épuisement qu'il eut du mal à formuler une réponse cohérente. Il réussit enfin à articuler :

– Ils ne sont pas assez nombreux pour se conduire mal. Ils savent aussi bien que moi que les soldats reprendraient la ville si on leur en offrait la plus petite occasion.

– En un sens, c'est une chance... Combien de combattants as-tu perdus ?

– Quarante-deux.

Après un instant de silence, Nasuada reprit :

– Carn avait-il de la famille ?

Roran haussa une épaule, celle qui ne lui faisait pas trop mal :

– Je ne sais pas. Il était originaire du Nord, je crois, mais on ne parlait pas beaucoup de nos vies d'avant... d'avant tout ça... Ça ne paraissait pas très important.

Sa gorge lui piqua soudain, et il fut secoué d'une quinte de toux. Il se courba au-dessus de la table jusqu'à toucher le bois du front, tandis que des vagues de douleur assaillaient son dos et sa bouche blessés. Le vin déborda de la coupe et se répandit sur sa main.

Quand il reprit son souffle, Nasuada déclara :

— Roran, tu ne vas pas bien, tu devrais être couché.

— Non.

Il essuya la salive au coin de ses lèvres, puis fixa son interlocutrice :

— Je ne suis pas un enfant qu'on envoie au lit.

Nasuada eut un temps d'hésitation. Enfin, elle lâcha :

— Comme tu veux.

— Et maintenant ? reprit-il. Ma mission ici est-elle terminée ?

— J'avais l'intention de te rappeler auprès de moi aussitôt après la prise d'Aroughs, mais tu n'es pas en état de chevaucher jusqu'à Dras-Leona. Tu devras attendre que...

— Je n'attendrai pas, gronda Roran.

217

Attrapant le miroir, il l'approcha jusqu'à avoir presque le nez dessus :

— Ne me dorlotez pas, Nasuada ! Je peux monter à cheval et galoper s'il le faut. Je suis venu ici parce que Aroughs représentait une menace pour les Vardens. Cette menace est éradiquée – je l'ai éradiquée –, et, blessé ou pas, je ne resterai pas ici pendant que ma femme et mon enfant à naître campent à moins d'un mile de Murtagh et de son dragon !

Nasuada durcit le ton :

— Tu es venu ici parce que *je* t'y ai envoyé !

D'une voix plus douce, elle ajouta :

— Cependant, j'accepte tes arguments. Rejoins-nous, si tu t'en sens capable. Inutile de chevaucher jour et nuit, comme tu l'as fait en venant. Ne lambine pas non plus, mais sois raisonnable. Je ne voudrais pas avoir à annoncer à Katrina que tu t'es tué en présumant de tes forces... Qui me conseilles-tu pour te remplacer quand tu quitteras Aroughs ?

— Le capitaine Brigman.

— Brigman ? Pourquoi ? Ne m'as-tu pas dit qu'il t'avait causé des difficultés ?

— C'est lui qui a pris les choses en main après que j'ai été blessé. Je n'avais plus les idées claires, à ce moment-là...

— Je le conçois.

— Et il a évité tout désordre et tout mouvement de panique. Il a dirigé les opérations pendant que j'étais confiné dans ce château comme un berlingot dans sa bonbonnière. Sans lui, on n'aurait jamais pris le contrôle de l'ensemble de la ville. Il est aimé des hommes, et c'est un excellent organisateur. Il fera un parfait gouverneur.

— Ce sera donc Brigman.

Nasuada tourna la tête pour murmurer quelques mots à un interlocuteur invisible. S'adressant de nouveau à Roran, elle avoua :

— Je dois le reconnaître, je n'ai jamais cru possible de prendre Aroughs en si peu de temps, avec si peu d'hommes, sans le secours d'un dragon et de son Dragonnier. La tâche paraissait surhumaine.

— En ce cas, pourquoi me l'avoir confiée ?

— Parce qu'il me fallait tenter quelque chose avant d'envoyer Eragon et Saphira aussi loin de moi, et parce que tu as l'habitude de confondre tentative et réussite, quand d'autres tergiversent ou renoncent. Si quelqu'un pouvait réaliser l'impossible, c'était toi. Et tu l'as fait.

Roran eut un bref ricanement. « Et combien de fois aurai-je encore le droit de tenter le destin avant de finir comme Carn ? » songea-t-il.

— Ricane autant que tu veux, mais ne renie pas ton succès. Aujourd'hui, tu as remporté une grande victoire pour nous, Puissant Marteau. Capitaine Puissant Marteau, devrais-je plutôt dire. Tu as largement mérité ce titre. Je te suis immensément reconnaissante pour ce que tu as accompli. En prenant Aroughs, tu nous libères de la perspective d'une guerre sur deux fronts, qui aurait probablement entraîné notre défaite. Tous les Vardens ont une dette envers toi. Les sacrifices que vous avez consentis, tes hommes et toi, ne seront pas oubliés, je te le promets.

Roran tenta de dire quelque chose, n'y réussit pas, essaya encore avant de balbutier :

– Je... je le leur dirai. Ça comptera beaucoup pour eux.

– Oui, dis-leur. À présent, je dois te laisser. Il est tard, tu es mal en point, et je t'ai fait veiller trop longtemps.

– Attendez !...

Il effleura le miroir du bout des doigts :

– Attendez ! Vous ne m'avez pas raconté : comment se passe le siège de Dras-Leona ?

Elle posa sur lui un regard sans expression :

– Mal. Et les choses n'ont pas l'air de vouloir s'améliorer. On aurait bien besoin de toi ici, Puissant Marteau. Si on ne met pas un terme à cette situation, et vite, tout ce pour quoi nous nous battons sera perdu.

23
THARDSVERGÛNDNZMAL

– Ce n'est pas grave, Saphira, dit Eragon, exaspéré. Arrête de t'inquiéter ! Tu ne peux rien y faire, de toute façon.

Saphira gronda, sans cesser d'examiner son image dans le lac. Tournant la tête d'un côté, puis de l'autre, elle lâcha un gros soupir accompagné d'un jet de fumée, qui s'éloigna au-dessus de l'eau tel un petit nuage égaré.

« Tu es sûr ? insista-t-elle. Et si elle ne repousse pas ? »

– Les écailles des dragons poussent en permanence, tu le sais bien.

« Oui, mais je n'en avais encore jamais perdu. »

Il ne chercha même pas à cacher son sourire ; de toute façon, elle aurait perçu son amusement.

– Ne prends pas les choses au tragique. Ce n'est jamais qu'une écaille.

Il suivit du doigt, sur le museau de la dragonne, le creux en forme de diamant. Il n'était pas plus large que le bout de son pouce. Ce minuscule trou dans l'armure d'écailles étincelantes laissait apparaître au fond le cuir bleu de la peau.

Curieux, il toucha de l'index la surface dénudée. Elle était douce et chaude comme le ventre d'un veau.

Saphira détourna la tête :

« Arrête, tu me chatouilles. »

Il gloussa et remua l'eau de ses pieds nus, à la base du rocher sur lequel il était assis.

« Elle n'était peut-être pas très grosse, mais tout le monde va remarquer qu'elle est tombée. Ça se voit comme une plaque de terre sur une pente enneigée. »

Elle loucha pour tenter d'apercevoir la petite cavité sombre, au-dessus de sa narine.

Eragon l'éclaboussa en riant. Puis, pour panser sa fierté blessée, il affirma :

– Personne ne le remarquera, Saphira, je t'assure. Au pire, les gens prendront ça pour une blessure de guerre et ne t'en craindront que davantage.

« Tu crois ? »

Elle se mira de nouveau ; la surface du lac et ses écailles se renvoyaient des reflets d'arc-en-ciel éblouissants.

« Et si un soldat plongeait sa lame juste à cet endroit ? Elle pénétrerait sans résistance. Je devrais peut-être demander aux nains de me forger une plaque de métal pour recouvrir le trou jusqu'à ce que l'écaille ait repoussé ? »

– Tu aurais l'air parfaitement ridicule.

« Ah ? »

– Mm, mm..., confirma-t-il, réprimant son envie de rire.

Elle renifla :

« Pas la peine de te moquer ! Qu'est-ce que tu dirais si les poils de ta tête se mettaient à tomber ou si tu perdais un de ces bouts d'os ridicules que tu appelles des dents ? Ce serait à moi de te consoler, c'est sûr ! »

– C'est sûr, reconnut-il. Seulement, ma dent ne repousserait pas.

Il quitta son rocher et regagna l'endroit où il avait laissé ses bottes, veillant à ne pas se blesser les pieds sur les cailloux et les branches cassées qui jonchaient la rive. Saphira lui emboîta le pas, et la terre humide chuinta entre ses serres.

« Tu pourrais lancer un sort pour protéger ce point-là », reprit-elle tandis qu'il se rechaussait.

– Je pourrais. Tu veux que je le fasse ?

221

« Oui. »

Il prépara la formule dans sa tête tout en laçant ses bottes. Puis il plaça la paume droite sur le museau de Saphira et murmura quelques mots en ancien langage. Un halo bleuté annonça que la magie faisait son œuvre.

– Voilà. Tu n'as plus à t'inquiéter.

« Sauf qu'il me manque toujours une écaille. »

Il lui repoussa gentiment la mâchoire :

– Allez, viens ! On retourne au campement.

Ils escaladèrent la pente de la rive. La terre qui s'éboulait à leur passage obligeait Eragon à se retenir aux racines dénudées.

Le sommet du talus offrait une vue dégagée sur le camp des Vardens, moins d'un mile à l'est. Un peu plus au nord s'élevait la masse chaotique et tentaculaire de Dras-Leona. Sans les volutes de fumée crachées par les innombrables cheminées, on aurait pu croire la ville déserte.

Comme à son habitude, Thorn était allongé sur les remparts, au-dessus de la porte sud, baigné par la chaude lumière de l'après-midi. Le dragon rouge paraissait endormi, mais Eragon savait d'expérience qu'il surveillait les Vardens d'un œil vigilant. Que quelqu'un fasse mine de s'approcher, et il se redresserait pour alerter Murtagh.

Eragon se hissa sur le dos de Saphira, qui le ramena d'un pas tranquille.

Arrivé au camp, il se laissa glisser à terre et s'enfonça entre les tentes. Tout était silencieux, tout semblait ralenti, ensommeillé, depuis le ton bas et monocorde des conversations jusqu'aux oriflammes qui pendaient mollement dans l'air immobile. Les seules créatures échappant à la léthargie générale étaient les chiens efflanqués, à demi sauvages, qui parcouraient le camp, la truffe au sol, à la recherche de restes de nourriture. Beaucoup portaient des traces de griffures sur le museau et sur les flancs, parce qu'ils avaient commis l'erreur impardonnable de poursuivre un chat-garou aux yeux verts comme un vulgaire chat de gouttière. Quand cela se produisait, leurs jappements de douleur réveillaient tout le campement, et les hommes riaient de les voir s'enfuir, la queue entre les pattes.

Conscient des nombreux regards qui convergeaient vers lui et Saphira, Eragon releva le menton, carra les épaules et adopta une démarche dynamique censée attester son énergie et sa détermination. Tous avaient besoin de le croire pleinement confiant, en rien abattu par l'ennui ambiant.

« Si seulement Murtagh et Thorn s'en allaient, songea-t-il. Il nous faudrait moins d'une journée pour prendre la ville. »

Pour l'instant, le siège s'avérait singulièrement dépourvu d'action. Nasuada refusait d'attaquer. Elle s'en était expliquée à Eragon : « Tu as eu bien du mal à vaincre Murtagh lors de votre dernier affrontement – tu te souviens comme il t'a blessé à la hanche ? –, et il a assuré qu'il serait beaucoup plus fort la prochaine fois que vos chemins se croiseraient. Murtagh a beaucoup de défauts, mais il n'est sûrement pas un menteur.

– La force ne suffit pas dans un combat entre magiciens, avait objecté Eragon.

– Certes, mais elle n'est pas négligeable. De plus, il a à présent le soutien des prêtres de Helgrind, que je soupçonne d'être pour la plupart des magiciens. Je ne courrai pas le risque de te jeter face à eux et à Murtagh dans un combat frontal, pas même avec les jeteurs de sorts de Lupusänghren à tes côtés. Tant qu'on n'aura pas trouvé une ruse pour éloigner Murtagh et Thorn, les piéger ou prendre l'avantage sur eux d'une façon ou d'une autre, on ne bougera pas. »

Eragon avait protesté, argué que retarder l'assaut était irréaliste ; et, s'il n'était pas capable de vaincre Murtagh, quelles chances lui donnait-elle contre Galbatorix ? Mais Nasuada était restée sur sa position.

Avec Arya, Lupusänghren et tous les jeteurs de sorts du Du Vrangr Gata, ils avaient élaboré des scénarios susceptibles de gagner cet avantage évoqué par Nasuada. Mais chaque stratégie comportait une faille, soit qu'elle exige plus de temps et de ressources qu'ils n'en avaient à leur disposition, soit qu'elle ne résolve pas la question essentielle : comment tuer, capturer ou éloigner Murtagh et Thorn ?

Nasuada avait même consulté Elva, espérant qu'elle accepterait d'exploiter son don – sentir la douleur des autres ainsi que toutes celles dont ils souffriraient dans un avenir proche – pour leur permettre de vaincre Murtagh ou de pénétrer subrepticement dans la ville. La fille au front marqué d'une étoile d'argent lui avait ri au nez et avait déclaré, sarcastique :

– Je ne t'ai pas fait allégeance, Nasuada, ni à toi ni à personne d'autre. Trouve un autre enfant pour gagner tes batailles ! Mais ne compte pas sur moi.

Ainsi donc, les Vardens attendaient.

Les jours passaient inexorablement. Eragon voyait grandir le mécontentement des hommes et l'inquiétude de Nasuada. Une armée, il l'avait appris, était une hydre affamée et insatiable, dont les innombrables têtes se dissociaient bientôt si on ne leur enfournait plus régulièrement les quantités massives d'aliments destinées à remplir ses milliers d'estomacs. Lors de la conquête d'un territoire, il suffisait de réquisitionner la nourriture et autres produits de base auprès de la population et de s'emparer des ressources locales. Telle une invasion de sauterelles, les Vardens laissaient dans leur sillage un pays dévasté, vidé d'à peu près tout ce qui pouvait assurer leur subsistance.

Lorsqu'ils cessaient leur avance, ils avaient tôt fait d'épuiser leurs réserves et ne survivaient plus que grâce aux vivres en provenance du Surda ou des villes déjà conquises. Malgré la générosité du premier et la richesse des autres, ces approvisionnements réguliers ne suffisaient pas très longtemps.

Eragon ne mettait pas en doute l'attachement des guerriers à leur cause. Mais, confrontés à la perspective de mourir de faim – alors que leur lente agonie offrirait simplement à Galbatorix l'orgueilleuse satisfaction de les avoir vaincus –, plus d'un préférerait s'enfuir dans quelque coin reculé de l'Alagaësia, où il finirait ses jours en paix, loin de l'Empire.

Certes, ils n'en étaient pas encore là, mais ce moment approchait à grands pas.

C'était la peur d'une telle issue, Eragon en était sûr, qui tenait Nasuada éveillée chaque nuit, comme en témoignaient son air hagard, au matin, et les cernes profonds qui lui dessinaient sous les yeux de petits sourires tristes.

Face aux difficultés qu'ils rencontraient à Dras-Leona, Eragon se réjouissait que Roran ne se fût pas enlisé de la même façon devant Aroughs. Son admiration pour son cousin et pour ce qu'il avait accompli s'en trouvait encore accrue. « Il est plus courageux que moi », songeait-il. Dès que Roran reviendrait – dans quelques jours si tout allait bien –, Eragon lui fournirait une nouvelle panoplie de protections magiques, et tant pis si Nasuada marquait sa désapprobation. Trop de membres de sa famille avaient déjà perdu la vie à cause de l'Empire et de Galbatorix, il n'abandonnerait pas Roran au même destin.

Il s'arrêta pour laisser passer un trio de nains plongés dans une âpre discussion. Ils ne portaient ni casque ni insigne mais n'appartenaient pas au Dûrgrimst Ingeitum, car leurs barbes tressées étaient ornées de perles, une mode qu'Eragon n'avait jamais observée chez les Ingeitum. Il ne comprenait que des bribes de leur langue gutturale, le sujet de leur querelle était donc un mystère pour lui. Mais, à en juger par leurs voix enflammées, leurs gestes emphatiques et leurs mimiques exaltées, l'objet du litige devait être d'une importance capitale. Ils ne remarquèrent même pas la présence d'Eragon et de Saphira.

Le jeune homme ne put retenir un sourire. Malgré l'évidente gravité de leurs préoccupations, leur allure était des plus comiques. Au grand soulagement des Vardens, l'armée des nains, sous le commandement de leur nouveau roi, Orik, les avait rejoints devant Dras-Leona deux jours plus tôt. Leur arrivée et la victoire de Roran à Aroughs étaient les principaux sujets de conversation dans tout le camp. Avec les nains, l'effectif des troupes se trouvait doublé, ce qui augmentait sensiblement les chances des Vardens d'atteindre Urû'baen et

Galbatorix, s'ils sortaient enfin de l'impasse causée par Murtagh et Thorn.

Tandis qu'il parcourait le campement, il aperçut Katrina, assise devant sa tente, en train de tricoter pour son bébé. Elle leva la main et le salua d'un : « Bonjour, cousin ! »

Il répondit de même par un : « Bonjour, cousine ! », une habitude qu'ils avaient prise depuis qu'elle avait épousé Roran.

Après avoir déjeuné tranquillement – et avec force bruits de mâchoires pour Saphira –, ils s'installèrent tous deux au soleil sur un vaste carré d'herbe, près de la tente d'Eragon. Sur ordre de Nasuada, cet espace devait rester dégagé en permanence pour la dragonne, décret auquel les Vardens se pliaient religieusement.

Eragon sortit ensuite le *Domia abr Wyrda* de sa sacoche. Puis, tandis que Saphira se roulait en boule pour faire la sieste, il se nicha sous son aile gauche, entre le cou et la musculeuse patte avant. Le reflet des écailles lui teintait la peau d'une curieuse couleur violine, éclaboussait les pages du livre de taches lumineuses, ce qui lui compliquait la lecture des fines runes tarabiscotées. Mais ça ne le dérangeait pas ; le plaisir d'être auprès de Saphira compensait largement cet inconvénient.

Ils restèrent ainsi une heure ou deux, jusqu'à ce que la dragonne ait digéré son repas et que son Dragonnier soit fatigué de déchiffrer les phrases alambiquées de Heslant le Moine. Pour tromper leur ennui, ils déambulèrent ensuite dans le camp, inspectant les défenses et échangeant quelques mots avec les sentinelles en faction.

Dans la partie est, là où bivouaquait l'armée des nains, ils en croisèrent un, accroupi devant un seau d'eau, les manches relevées au-dessus des coudes, qui modelait une boule de terre de la taille d'un poing. Il avait à ses pieds une flaque de boue et un bâton qui avait servi à la mélanger.

Le spectacle était si incongru qu'Eragon mit quelques secondes à reconnaître Orik.

– Derûndânn, Eragon, Saphira, lança Orik sans lever les yeux.

— Derûndânn, répéta Eragon, selon la formule de salutation traditionnelle des nains.

Il s'accroupit de l'autre côté de la flaque et observa les gestes d'Orik. Celui-ci continuait de modeler la boule, la lissant et l'affinant du pouce. De temps à autre, il ramassait une poignée de terre sèche, en saupoudrait le globe de terre ocre et en retirait soigneusement l'excédent.

— Si on m'avait dit que je verrais un jour le roi des nains jouer dans la boue comme un gamin ! s'exclama Eragon.

Orik maugréa dans sa moustache :

— Et si on m'avait dit qu'un dragon et un Dragonnier me regarderaient fabriquer un Erôthknurl !

— Qu'est-ce qu'un Erôthknurl ?

— Un Thardsvergûndnzmal.

— C'est quoi, un Thardsver... ?

Eragon s'interrompit au milieu du mot, incapable de le mémoriser en entier, et plus encore de le prononcer.

— Une chose qui n'a pas l'air d'être ce qu'elle est, répondit Orik en élevant la boule brune dans sa main. Comme celle-ci. C'est une pierre façonnée avec de la terre. Ou plutôt, ça y ressemblera quand j'aurai terminé.

— Une pierre en terre... C'est de la magie ?

— Non. Je sais le faire, c'est tout.

Comme le nain ne semblait pas disposé à s'expliquer davantage, Eragon insista :

— Et comment tu t'y prends ?

— Un peu de patience, tu le verras.

Au bout d'un moment, le nain céda et ajouta :

— D'abord, il te faut de la terre.

— Jusque-là, ce n'est pas difficile.

Orik lui lança un regard oblique sous ses sourcils broussailleux :

— Certaines terres sont meilleures que d'autres. Avec les sablonneuses, par exemple, ça ne marche pas. Pour obtenir un bon amalgame, il faut si possible une part d'argile, comme ici. Mais surtout, si je fais ça...

Il frappa du plat de la main une zone nue entre les touffes d'herbe :

— La terre doit être bien sèche, tu vois ?

Il montra la fine couche de poussière collée à sa paume.

— Pourquoi est-ce si important ?

— Ah ! fit Orik en se tapotant la narine, ce qui y laissa une trace grisâtre, tout est là !

Il reprit son pétrissage, roulant la boule entre ses doigts pour qu'elle soit parfaitement ronde :

— Quand tu as trouvé une bonne terre sèche, tu la mouilles et tu la pétris comme de la farine, jusqu'à obtenir une boue bien épaisse.

Il désigna du menton la flaque à ses pieds.

— Avec la boue, reprit-il, tu modèles une boule comme celle-ci. Puis tu la presses pour en extraire le plus d'eau possible. Tu l'arrondis parfaitement. Quand elle devient collante, tu fais ce que je fais : tu la saupoudres de poussière. Tu continues jusqu'à ce que la boule soit assez sèche pour conserver sa forme, mais pas trop, sinon elle se craquellerait. Mon Erôthknurl en est presque à ce stade. Quand il sera prêt, je le porterai devant ma tente et le laisserai un bon moment au soleil. La lumière et la chaleur absorberont toute l'humidité encore à l'intérieur. Je le saupoudrerai de nouveau de poussière, enlèverai le surplus, cela à trois ou quatre reprises. La surface de mon Erôthknurl devra être alors aussi dure que le flanc d'un Nagra.

— Tout ce travail pour obtenir une boule de terre dure ? demanda Eragon, perplexe. Et ça prend combien de temps ?

— Le temps que la poussière n'adhère plus à l'Erôthknurl. La carapace ainsi formée est ce qui lui donne sa beauté. Au fil des heures, elle va acquérir un poli brillant, semblable à celui du marbre. Sans frotter, sans poncer, sans user de magie, rien qu'avec ton cœur, ta tête et tes mains, tu obtiens une pierre à partir d'une poignée de terre, une pierre fragile, certes, mais une pierre.

Malgré l'éloquence d'Orik, Eragon avait du mal à croire que la boue, à ses pieds, puisse se transformer de cette façon sans l'aide d'un sortilège.

« Mais pourquoi te consacrer à cette occupation, Orik, roi des nains ? l'interrogea Saphira. N'as-tu pas de lourdes responsabilités, maintenant que tu gouvernes ton peuple ? »

Orik grommela :

– Pour le moment, je n'ai rien à faire. Mes hommes sont prêts à se battre, mais aucun combat ne s'annonce. Ils n'ont pas besoin que je sois toujours sur leur dos. Et je n'ai pas envie de rester dans ma tente à regarder pousser ma barbe. D'où l'Erôthknurl.

Il se tut, mais Eragon eut l'impression que quelque chose le tourmentait. Il n'ajouta rien, attendant qu'Orik se décide à en dire davantage. Au bout d'une minute, le nain se racla la gorge et reprit :

– Il fut un temps où je pouvais boire et jouer aux dés avec les gens de mon clan ; que je sois le fils adoptif de Hrothgar n'y changeait rien. On riait et on discutait entre nous sans la moindre gêne. Je n'exigeais aucune faveur et n'en accordais aucune. À présent, c'est différent. Mes amis ne peuvent oublier que je suis le roi, et je ne peux ignorer à quel point leur comportement envers moi a changé.

– C'était à prévoir, fit remarquer Eragon.

Il compatissait avec Orik, car il avait connu une expérience semblable quand il était devenu Dragonnier.

– Peut-être. Ça ne rend pas la chose plus facile à supporter.

Orik eut un soupir exaspéré :

– Ah ! La vie est un étrange et cruel voyage ! J'admirais le roi Hrothgar, mais je le trouvais trop souvent cassant. Maintenant, je comprends mieux son attitude.

Orik tint la boule entre ses mains et la fixa d'un air renfrogné :

– Quand tu as rencontré Grimstborith Gannel, à Tarnag, t'a-t-il expliqué la signification de l'Erôthknurl ?

– Il ne m'en a jamais parlé.

– Vous aviez d'autres sujets de discussion, j'imagine… Pourtant, en tant que membre de l'Ingeitum, et knurla d'adoption, tu devrais connaître l'importance et la signification de l'Erôthknurl. Ce n'est pas seulement une façon de s'occuper l'esprit, de passer le temps et de créer un objet particulier. Non. Fabriquer une pierre avec de la terre est un acte sacré, une façon de réaffirmer notre foi dans le pouvoir de Helzvog en lui faisant une offrande. On s'adonne à cette tâche avec dévotion, d'une âme résolue. Modeler un Erôthknurl est un rituel, et les dieux ne regardent pas d'un bon œil ceux qui l'accomplissent irrespectueusement. De la pierre naît la chair, de la chair naît la terre, de la terre naît de nouveau la pierre. Ainsi va le cycle de la vie, et nous ne le percevons qu'un bref instant.

Eragon mesura alors à quel point Orik était agité.

– Tu devrais avoir Hvedra auprès de toi, dit-il. Sa compagnie t'aiderait à chasser tes idées noires. Je ne t'ai jamais vu aussi heureux que lorsque vous étiez ensemble à Bregan Hold.

Un sourire dessina un éventail de rides autour des yeux d'Orik :

– Oui… Mais elle est la grimstcarvlorss de l'Ingeitum et ne peut se soustraire à ses devoirs rien que pour me réconforter. D'ailleurs, je ne serais pas tranquille de la savoir si près de Murtagh et de Thorn ou, pire, de Galbatorix et de son maudit dragon noir.

Dans l'espoir de l'égayer, Eragon lança :

– Tu me fais penser à une de tes énigmes, dont la réponse serait : un roi nain assis sur le sol, fabriquant une pierre avec de la terre. Ça donnerait quelque chose dans ce genre :

Fort et puissant,
Treize étoiles sur le front,
Pierre vivante modelant la terre morte en pierre morte.

Avec une moue, il reconnut :

– Ça ne rime pas, mais ne me demande pas d'improviser des vers au pied levé ! J'imagine qu'une telle énigme en laisserait plus d'un perplexe.

– Hmf, fit Orik, pas parmi les nains. Un enfant trouverait aussitôt la réponse.

« Un dragon aussi », intervint Saphira.

– Tu as sans doute raison, admit Eragon.

Il pria ensuite son ami de lui raconter tout ce qui s'était passé chez les nains après que Saphira et lui avaient quitté Tronjheim pour leur deuxième voyage vers la forêt des elfes. Il n'avait pas eu l'occasion de discuter longtemps avec Orik depuis l'arrivée de l'armée naine à Dras-Leona, et il avait hâte d'apprendre comment le nouveau roi se débrouillait.

Orik lui décrivit volontiers les complexités politiques de son peuple. À mesure qu'il parlait, il s'échauffait, son visage s'animait. Il passa près d'une heure à détailler les querelles et les intrigues entre les clans avant que l'armée soit enfin rassemblée et en marche pour rejoindre les Vardens. Comme Eragon le savait, les clans étaient toujours en conflit, et Orik, tout roi qu'il fût, avait eu bien du mal à les discipliner.

– C'est pire que de mener un troupeau d'oies, conclut-il. Chacun veut aller de son côté, ça cacarde de partout, et tous n'attendent que l'occasion de te pincer la main.

En écoutant le récit d'Orik, Eragon se souvint de Vermûnd. Il s'était souvent demandé ce qu'était devenu le chef de clan qui avait ourdi son assassinat. Il aimait savoir où se trouvaient ses ennemis, surtout quand ils étaient aussi dangereux que celui-ci.

– Il est reparti dans son village natal de Feldarast, lui apprit Orik. Là, à ce qu'on dit, il passe le temps à boire et à pester à propos de ce qui est et de ce qui aurait pu être. Mais plus personne ne l'écoute. Les Knurlan de l'Az Sweldn rak Anhûin sont fiers et obstinés, dans la plupart des cas, ils seraient restés loyaux envers lui, quoi qu'en pensent les autres clans. Mais attenter à la vie d'un hôte est impardonnable. Et les membres de l'Az Sweldn rak Anhûin ne te vouent pas tous la même haine que Vermûnd. Je ne peux pas croire qu'ils se couperont de leur peuple rien que pour soutenir un grimstborith déshonoré. Ça prendra peut-être des années, mais ils finiront par se retourner contre lui. Il paraît que beaucoup traitent Vermûnd en paria, alors qu'eux-mêmes sont traités ainsi.

– Que va-t-il lui arriver, à ton avis ?

– Il finira par accepter l'inéluctable et se démettre de son rang. À moins qu'un jour, quelqu'un verse du poison dans son hydromel ou lui plante un poignard entre les côtes. En tout cas, il ne représente plus une menace pour toi en tant que chef de l'Az Sweldn rak Anhûin.

Ils poursuivirent leur conversation jusqu'à ce que la première étape du façonnage de l'Erôthknurl fût achevée. Orik n'avait plus qu'à le déposer devant sa tente, sur un morceau de tissu, pour le laisser sécher. Il se releva, ramassa son seau et son bâton et déclara :

– Je te remercie d'avoir eu la bonté de m'écouter, Eragon. Et toi aussi, Saphira. Aussi bizarre que ça paraisse, à part Hvedra, vous êtes les seuls avec qui je puisse parler librement. Tous les autres...

Il haussa les épaules :

– Bah... !

Eragon sauta sur ses pieds :

– Nous sommes tes amis, Orik. Que tu sois le roi des nains n'y change rien. Nous serons toujours heureux de bavarder avec toi. Et ne t'inquiète pas, on ne répétera à personne ce que tu nous as confié.

– Je sais, Eragon.

Il le dévisagea, les yeux plissés :

– Tu participes aux grands évènements de ce monde, pourtant, tu ne te laisses jamais engluer dans les intrigues mesquines.

– Ça ne m'intéresse pas. Et on a plus important à faire, en ce moment.

– Tu as raison. Un Dragonnier doit rester à part. Sinon, comment jugerait-il des choses ? Autrefois, je désapprouvais l'indépendance des Dragonniers ; maintenant, j'ai changé d'avis, ne serait-ce que parce que j'y trouve mon intérêt.

– Je ne suis pas totalement indépendant, fit remarquer Eragon. Je t'ai prêté serment d'allégeance, ainsi qu'à Nasuada.

Orik approuva d'un signe de tête :

– C'est vrai. Mais tu n'appartiens pas totalement aux Vardens, pas plus qu'à l'Ingeitum, d'ailleurs. Quoi qu'il en soit, je suis heureux de pouvoir te faire confiance.

– Et moi aussi, dit Eragon avec un sourire.

– Après tout, nous sommes frères d'adoption, hein ? Des frères ne doivent-ils pas veiller l'un sur l'autre ?

« Ils le devraient... », songea le garçon, gardant sa réflexion pour lui.

– Frères d'adoption ! approuva-t-il avec une claque amicale sur l'épaule d'Orik.

24

LA VOIE
DE LA CONNAISSANCE

En fin d'après-midi, comme il paraissait peu probable que l'Empire lance une attaque depuis Dras-Leona dans les dernières heures du jour, Eragon et Saphira se rendirent au champ d'entraînement, à l'arrière du campement. Le garçon avait prié Arya de l'y rejoindre. Elle avait accepté aussitôt, au sortir d'une interminable conférence avec Nasuada et le roi Orrin, qui avait débuté à l'aube.

Tous deux tirèrent leurs épées et prirent position. Ils avaient décidé au préalable d'utiliser des boucliers. Il leur plaisait d'introduire dans leur duel un élément nouveau, et c'était plus conforme à la réalité des combats.

Ils commencèrent par décrire des cercles l'un en face de l'autre, à petits pas souples de danseurs, se fiant aux sensations de leurs pieds sur le sol inégal, sans se quitter un instant des yeux.

Pas un battement de paupières, pas une seconde d'inattention. C'était le moment qu'Eragon préférait. Il y avait quelque chose de profondément intime dans cet intense échange de regards. Il aimait la relation qui se créait ainsi entre eux, même si elle était parfois déconcertante.

Arya passa à l'offensive. En un clin d'œil, Eragon se retrouva courbé en arrière dans une position inconfortable, la pointe d'une lame lui piquant douloureusement la peau du cou. Il resta figé sur place jusqu'à ce qu'Arya relâche la pression et lui permette de se redresser.

— Trop facile, lâcha-t-elle.

— Pourquoi as-tu toujours le dessus ? grommela-t-il, mécontent.

Elle visa son épaule gauche, ce qui l'obligea à lever son bouclier et à reculer en hâte :

— Parce que j'ai plus de cent ans de pratique. Si je n'étais pas meilleure que toi, ce serait inquiétant, non ? Tu devrais être fier de réussir parfois à me toucher. Peu en sont capables.

Eragon la visa à la cuisse ; Brisingr siffla. Arya bloqua la lame avec son bouclier, qui sonna bruyamment, contra par un coup d'estoc vrillé, atteignant son adversaire au poignet. La piqûre de mille aiguilles de glace lui courut le long du bras jusqu'à la nuque.

Il tressaillit, rompit l'engagement pour gagner un bref instant de répit. Combattre les elfes était un vrai défi, car leur force et leur vélocité leur permettaient de fondre sur l'adversaire à une vitesse surhumaine. Pour être à l'abri d'Arya, il devait reculer d'une bonne centaine de pas.

Elle ne lui en laissa pas le temps. En deux bonds, elle fut sur lui, cheveux au vent. Eragon abattit son arme alors que l'elfe n'avait pas encore touché le sol. Mais elle esquiva, et la lame passa le long de son corps sans la toucher. Elle glissa son bouclier sous celui du garçon et le lui arracha, le laissant exposé, puis elle posa de nouveau la pointe de son épée sur son cou, juste sous le menton.

Elle le tint ainsi à sa merci, ses grands yeux verts à quelques pouces des siens. Il y lut une férocité qu'il ne sut comment interpréter et qui l'emplit de perplexité.

Une ombre passa sur le visage d'Arya. Puis elle abaissa son arme avant de reculer.

Eragon se frictionna le cou :

— Puisque tu es si forte à l'escrime, pourquoi ne m'apprends-tu pas à m'améliorer ?

Les iris d'émeraude flamboyèrent :

— C'est ce que j'essaie de faire. Le problème n'est pas là..., dit-elle en lui tapotant le bras de sa lame, il est là !

Elle frappa le casque du garçon, et le métal tinta contre le métal.

– Je ne vois pas comment t'enseigner ce qu'il te faut savoir, sinon en te montrant encore et encore tes erreurs jusqu'à ce que tu cesses de les faire.

Avec un dernier coup sur son casque, elle conclut :

– Même si je dois pour ça te rendre violet d'ecchymoses.

Qu'elle continue de le battre avec autant de régularité blessait l'orgueil d'Eragon bien plus qu'il n'aurait voulu l'admettre. Et, surtout, il doutait de sa capacité de vaincre un jour Galbatorix, Murtagh ou n'importe quel autre formidable adversaire, s'il avait la malchance de les affronter sans l'aide de la dragonne ou de la magie.

Il s'éloigna d'un pas lourd à une dizaine de mètres.

– Eh bien, fit-il entre ses dents, vas-y, alors !

Et il plia les jambes, prêt pour un nouvel assaut.

Les yeux d'Arya s'étrécirent, ce qui donna à son visage anguleux une expression mauvaise :

– Comme tu voudras.

Ils se jetèrent l'un sur l'autre avec un cri de guerre, et le champ résonna des échos de leur lutte furieuse. Les engagements se succédèrent. Ils combattirent jusqu'à en être fourbus, trempés de sueur, couverts de boue et – pour Eragon – de meurtrissures. Pourtant, ils continuaient, avec une sombre détermination que leurs affrontements n'avaient encore jamais connue. Ni l'un ni l'autre ne souhaitait que cesse leur éprouvante et brutale rencontre, ni l'un ni l'autre ne proposait d'y mettre fin.

Saphira les observait, allongée sur une couche d'herbe moelleuse. La plupart du temps, elle gardait ses pensées pour elle, afin de ne pas distraire Eragon. Mais elle émettait à l'occasion une brève remarque sur sa technique ou sur celle d'Arya, observations que le garçon mettait toujours à profit. Il la soupçonnait aussi d'être intervenue plus d'une fois pour lui éviter un coup particulièrement vicieux, car ses bras et ses jambes lui paraissaient réagir plus vite qu'il ne l'avait prévu. Il sentait alors un léger frémissement à la lisière de sa conscience, signe que Saphira mêlait son esprit au sien.

Il finit par lui demander d'arrêter :

« Il faut que je me débrouille tout seul, Saphira. Tu ne pourras pas toujours être derrière moi. »

« Je tâcherai d'y être. »

« Je sais. J'en ferai autant pour toi. Mais c'est moi qui dois gravir cette montagne, pas toi. »

La dragonne plissa le museau :

« Pourquoi gravir quand tu peux voler ? Tu n'iras jamais bien loin sur tes deux malheureuses petites pattes. »

« Ce n'est pas vrai, et tu le sais. D'ailleurs, si je volais, ce serait avec des ailes d'emprunt, et je n'y gagnerais que la satisfaction bon marché d'une victoire imméritée. »

« Une victoire est une victoire, et la mort est la mort, quelle que soit la façon dont on les obtient. »

« Saphira... », la gourmanda-t-il.

« Oui, petit homme. »

Après ça, elle le laissa agir par ses propres moyens, sans cesser pour autant de le surveiller d'un œil vigilant.

Les elfes assignés à leur protection s'étaient rassemblés au bord du terrain. Leur présence mettait Eragon mal à l'aise – que d'autres en dehors d'Arya et de Saphira soient témoins de ses maladresses lui déplaisait –, mais il savait que les elfes n'accepteraient jamais de se retirer sous leurs tentes. En plus d'assurer sa sécurité, ils empêchaient les autres guerriers de regarder, bouche bée, un Dragonnier et une elfe se bagarrer comme des chats enragés. Les jeteurs de sorts de Lupusänghren ne faisaient rien de spécial pour décourager les curieux : leur seul aspect suffisait à éloigner les éventuels badauds.

Plus l'affrontement se poursuivait, plus la frustration d'Eragon grandissait. Il avait remporté deux duels, plus par un coup de chance que par habileté, grâce à des ruses désespérées qu'il n'aurait jamais pu utiliser dans un combat réel sans se mettre en danger. À part ces victoires isolées, Arya affirmait sa domination avec une aisance décourageante.

La colère finit par échauffer Eragon au point de lui faire oublier tout sens des proportions. Reprenant les méthodes qui lui avaient valu ses succès précédents, il voulut projeter Brisingr sur Arya comme s'il s'agissait d'une hache.

Au même instant, un esprit toucha le sien, qui n'était ni celui d'Arya, ni celui de Saphira, ni celui d'un des elfes, indubitablement mâle et indubitablement dragon. Le garçon recula à ce contact, prêt à repousser ce qu'il prenait pour une attaque de Thorn. Il n'en eut pas le temps. Une voix immense résonna dans les tréfonds obscurs de sa conscience avec un fracas de tremblement de terre.

« Assez », dit Glaedr.

Eragon, sur le point de lancer Brisingr, arrêta son élan et chancela, en équilibre sur la pointe des pieds. À la réaction d'Arya, de Saphira et des jeteurs de sorts de Lupusänghren, il sut qu'eux aussi avaient entendu.

L'esprit du dragon semblait le même qu'auparavant, infiniment vieux, insondable, lourd de détresse. Mais, pour la première fois depuis la mort d'Oromis à Gil'ead, Glaedr paraissait possédé du désir d'agir, sans rester enlisé dans le marécage de ses tourments.

« Glaedr-elda ! » s'écrièrent en même temps Eragon et Saphira.

« Vous allez bien ? »

« Comment avez-vous... ? »

« Êtes-vous... ? »

D'autres intervenaient – Arya, Lupusänghren, deux elfes qu'Eragon ne put identifier –, et leurs mots mêlés produisaient une cacophonie incompréhensible.

« Assez ! répéta Glaedr, d'un ton à la fois anxieux et exaspéré. Tenez-vous à attirer sur vous une attention malveillante ? »

Tous se turent et attendirent que le dragon d'or en dise davantage. Eragon échangea avec Arya un regard chargé d'émotion.

Glaedr resta un moment silencieux, mais Eragon sentait peser sur lui la conscience du dragon, comme elle devait peser sur ses compagnons.

Enfin, de son timbre sonore et magistral, Glaedr reprit :

« Voilà qui a assez duré... Ne perds pas ton temps à ces duels, Eragon. Ils te distraient de sujets autrement importants. L'épée dans la main de Galbatorix n'est pas ce que tu dois craindre le plus, ni celle de sa langue, mais plutôt celle de son esprit. Son pire talent est de s'introduire dans chaque recoin de ton être et de te plier à sa volonté. Au lieu de batailler avec Arya, tu dois te concentrer sur tes pensées ; elles sont encore lamentablement indisciplinées... Pourquoi persistes-tu dans ces comportements futiles ? »

Une foule de réponses se bousculèrent dans la tête du garçon : qu'il aimait croiser le fer avec Arya, en dépit de la fatigue et des coups reçus ; qu'il voulait devenir meilleur à l'épée, le meilleur qui soit ; que l'exercice lui calmait les nerfs et lui musclait le corps, et encore bien d'autres raisons. Il s'efforça d'éliminer ce fatras de pensées pour conserver un peu de son quant-à-soi et ne pas inonder le dragon d'informations inutiles, qui ne feraient que lui confirmer son manque de maîtrise. Il n'y réussit pas totalement, malgré tout, car Glaedr émit une onde désappointée.

Eragon choisit ses meilleurs arguments :

« Si je peux au moins tenir Galbatorix hors de mon esprit – même si je ne peux pas le vaincre –, alors l'épée fera la différence. Et le roi n'est pas le seul ennemi que nous ayons à craindre : il y a Murtagh, et qui sait quelles autres créatures Galbatorix a à son service ? Je n'ai pas été capable de vaincre Durza à moi seul, ni Varaug, ni même Murtagh. On m'a toujours aidé. Mais je ne peux pas compter sur Arya, Saphira ou Lupusänghren pour me secourir à chaque difficulté. Je dois absolument être meilleur à l'épée, et je ne fais aucun progrès, en dépit de mes efforts. »

« Varaug ? répéta Glaedr. Je n'avais jamais entendu ce nom. »

Eragon lui conta donc la prise de Feinster, et comment Arya et lui avaient tué l'Ombre nouvellement créé, tandis qu'Oromis et Glaedr trouvaient la mort – des morts d'un genre différent, mais qui impliquaient pour chacun la fin de son existence terrestre –, en combattant dans le ciel au-dessus de Gil'ead. Il résuma aussi tout ce que les Vardens avaient fait par la suite, car Glaedr était resté si isolé qu'il n'en avait rien su. Tout le temps du récit, lui et les elfes restèrent immobiles, les yeux dans le vide, totalement concentrés sur ce rapide échange de pensées, d'images et d'émotions.

Il y eut encore un long silence, pendant lequel Glaedr digéra ces informations. Quand il daigna enfin reprendre la parole, ce fut avec une touche d'amusement :

« Ton ambition est sans borne, si ton but est de pouvoir tuer des Ombres impunément ! Même les plus vieux et les plus sages des Dragonniers auraient hésité à attaquer seuls ce genre de monstre. Tu as survécu à un affrontement avec deux d'entre eux, c'est deux de trop ! Réjouis-toi d'avoir eu de la chance et arrête-toi là ! Tenter de dominer un Ombre, c'est vouloir voler plus haut que le soleil. »

« Oui, répliqua Eragon, mais nos ennemis sont aussi puissants que des Ombres, voire plus encore, et Galbatorix peut en créer d'autres juste pour ralentir notre avance. Il ne se soucie pas des destructions qu'ils pourraient causer sur leur passage.

« Il a raison, Ebrithil, intervint Arya. Nos ennemis ne reculent devant rien. Cela, vous le savez. Et Eragon n'a pas encore acquis le niveau nécessaire. Pour être prêt à affronter ce que l'avenir nous réserve, il doit atteindre une totale maîtrise. J'ai fait de mon mieux pour l'entraîner, mais l'ultime perfection lui viendra du dedans, pas du dehors. »

Qu'elle prenne sa défense réchauffa le cœur du garçon.

De nouveau, la réponse de Glaedr fut longue à venir :

« Eragon ne domine pas non plus ses pensées comme il le devrait. Aucune capacité, mentale ou physique, n'est suffisante, utilisée seule ; mais des deux, les mentales sont les plus importantes. On peut vaincre aussi bien un magicien qu'un guerrier par le seul pouvoir de l'esprit. Ton esprit et ton corps doivent être à égalité. Mais, s'il te faut choisir, entraîne d'abord ton esprit. Arya, Lupusänghren, Yaela, vous savez que c'est vrai. Pourquoi aucun de vous n'a-t-il pris l'initiative de poursuivre l'éducation d'Eragon dans ce sens ? »

Arya gardait les yeux baissés comme une petite fille prise en faute, tandis que la fourrure de Lupusänghren se hérissait. Les lèvres de l'elfe se retroussèrent, dévoilant ses crocs pointus.

Ce fut lui qui reprit la parole, en ancien langage cette fois :

« Arya est ici en tant qu'ambassadrice de notre peuple. Moi et mes compagnons, nous assurons la protection de Saphira Écailles Brillantes et d'Eragon le Tueur d'Ombre, une tâche difficile et très prenante. Nous avons fait de notre mieux pour aider Eragon, mais entraîner un Dragonnier n'est pas de notre ressort. Et la question ne se poserait même pas si l'un de ses maîtres légitimes était encore là, en vie... quand bien même ce maître négligerait ses devoirs. »

Tel un noir nuage d'orage montant à l'horizon, une rage terrible enfla dans la conscience de Glaedr. Eragon prit aussitôt ses distances, effrayé. Glaedr n'était plus capable de blesser quiconque physiquement, mais il restait redoutable. S'il perdait patience et les cinglait du fouet de son esprit, personne ne résisterait à sa volonté.

La rudesse de Lupusänghren avait d'abord choqué Eragon ; il n'avait encore jamais entendu personne parler sur ce ton à un dragon. À la réflexion, il comprit que Lupusänghren ne s'était montré aussi dur que pour empêcher Glaedr de se retirer dans sa carapace de détresse. Il admira le courage de l'elfe tout en se demandant s'il avait choisi la bonne approche. En tout cas, ce n'était pas la moins dangereuse.

Une tempête illuminée de brefs éclairs se déchaîna dans l'esprit du dragon tandis qu'il sautait d'une pensée à une autre.

« Tu dépasses les bornes, elfe, gronda-t-il, en usant lui aussi de l'ancien langage. Tu n'as pas à remettre mes choix en question. La perte que j'ai subie ne peut même pas effleurer ta compréhension. Sans Eragon et Saphira, et mon devoir envers eux, j'aurais sombré depuis longtemps dans la folie. Aussi, ne m'accuse pas de négligence, Lupusänghren, fils d'Ildrid, à moins de vouloir te mesurer au dernier des Grands Anciens ! »

Les lèvres retroussées sur ses dents, Lupusänghren siffla de colère. Néanmoins, Eragon surprit sur son visage une furtive expression de satisfaction. À la vive inquiétude du Dragonnier, l'elfe en rajouta :

« Alors, ne nous reproche pas d'avoir failli à ce qui n'était pas de notre responsabilité, mais de la tienne, Grand Ancien ! Notre peuple tout entier pleure votre perte, cependant, si tu tiens à t'apitoyer sur toi-même, n'attends pas notre compassion à l'heure où nous affrontons l'ennemi le plus redoutable que notre histoire ait connu, celui qui a exterminé presque tous ceux de ta race, et qui a tué ton Dragonnier. »

La fureur de Glaedr explosa avec la violence d'une éruption volcanique. Eragon crut sentir tout son être se déchirer telle une voile dans la tempête. Il vit, à l'autre bout du champ, des hommes lâcher leurs armes pour se couvrir les oreilles de leurs mains avec des rictus de douleur.

« M'apitoyer sur moi-même ? » répéta le dragon, articulant chaque mot comme s'il prononçait une sentence de mort.

Dans un recoin de son esprit prenait forme une chose déplaisante qui, si elle venait à maturité, entraînerait bien des chagrins et des regrets. Eragon le sentit et frémit.

Saphira intervint alors, et sa voix mentale pénétra les émotions bouillonnantes du dragon comme un couteau entre dans l'eau.

« Maître, dit-elle, je me suis tourmentée pour vous. Je suis heureuse de voir que vous avez recouvré vos forces. Aucun de nous ne vous égale, et nous avons besoin de votre aide. Sans vous, quel espoir aurions-nous de vaincre l'Empire ? »

Glaedr gronda, mais il ne l'interrompit ni ne l'insulta. Il laissa même paraître une ombre de contentement. Les dragons étaient sensibles aux éloges ; Eragon l'avait remarqué, et Saphira le savait mieux que quiconque.

Sans laisser à Glaedr le temps de répondre, Saphira poursuivit :

« Puisque vous n'avez plus l'usage de vos ailes, laissez-moi vous offrir les miennes. L'air est calme, le ciel est clair, et ce sera une joie de voler très haut, à des hauteurs où les aigles eux-mêmes n'osent s'aventurer. Après tant de temps enfermé dans votre cœur des cœurs, vous devez vous languir des vents ascendants qui vous emportent, très loin au-dessus de la terre. »

La noire tourmente qui agitait Glaedr s'apaisa quelque peu, même si elle restait prête à resurgir, vaste et menaçante :

« Ce serait... agréable. »

« Alors, nous volerons bientôt ensemble. Mais, Maître ? »

« Oui, petite ? »

« Je voudrais d'abord vous demander quelque chose. »

« Demande. »

« Apprendrez-vous à Eragon l'art de l'épée ? Il n'est pas encore aussi habile qu'il devrait l'être, et je ne veux pas perdre mon Dragonnier. »

Saphira s'était exprimée avec retenue, mais Eragon perçut dans sa voix une note de supplication qui lui serra la gorge.

Les nuées d'orage s'enroulèrent sur elles-mêmes et disparurent, révélant une vaste étendue grise, désolée, qui parut au garçon d'une tristesse infinie. Glaedr resta muet. D'étranges formes à peine perceptibles remuaient lentement à la lisière du paysage, carcasses monolithiques qu'Eragon n'avait aucune envie de voir de plus près.

« Très bien, dit enfin le dragon après un long silence. Je ferai ce que je pourrai pour ton Dragonnier. Après cela, il devra recevoir de moi l'enseignement qui convient. »

« Entendu », dit Saphira.

Eragon perçut le soulagement d'Arya et des autres elfes, comme si, pendant tout ce temps, ils avaient retenu leur respiration.

Le garçon s'éloigna un moment, car Trianna et plusieurs autres magiciens l'avaient contacté, inquiets de savoir ce qui avait agité leurs esprits et semé l'affolement dans le camp, autant chez les hommes que chez les bêtes. Parlant au nom de tous, Trianna demanda :

« Sommes-nous attaqués, Tueur d'Ombre ? Est-ce Thorn ? Est-ce Shruikan ? »

Sa panique était si contagieuse qu'Eragon dut prendre sur lui pour répondre d'un ton égal :

« Non, tout va bien. »

L'existence de Glaedr était encore un secret pour la plupart des Vardens, y compris Trianna et les magiciens dont elle avait la charge. Eragon souhaitait qu'il en fût ainsi, afin qu'aucune information sur le dragon d'or ne parvienne aux oreilles des espions de l'Empire. Mentir en parlant mentalement avec un interlocuteur exigeait une grande habileté, car il était quasi impossible de ne pas penser à ce qu'on tenait absolument à cacher. Eragon écourta donc la conversation du mieux qu'il put.

244

« Je m'entraînais à la magie avec les elfes, prétendit-il. Je t'expliquerai plus tard, mais il n'y a aucune raison de s'inquiéter. »

Il sentit qu'il ne les avait pas complètement convaincus, mais ils n'exigèrent pas de plus amples explications et le saluèrent avant de retirer leurs esprits.

Arya dut remarquer son trouble, car elle s'approcha pour lui chuchoter :

– Ça va ?

– Ça va, assura-t-il sur le même ton.

Il désigna les hommes qui ramassaient leurs armes :

– J'ai dû répondre à quelques questions.

– Ah ! Tu n'as pas dit que...

– Bien sûr que non !

« Reprenez vos positions », grommela la voix de Glaedr.

Eragon et Arya se replacèrent à vingt pas l'un de l'autre.

Conscient que c'était sans doute une erreur mais incapable de s'en empêcher, le garçon demanda :

« Maître, pouvez-vous vraiment m'enseigner ce que j'ai besoin de savoir avant que nous soyons devant Urû'baen ? Il nous reste si peu de temps, je... »

« Je peux le faire tout de suite, si tu veux bien m'écouter », le coupa Glaedr.

« J'écoute, Maître. »

Eragon se demandait malgré tout ce que le dragon pouvait bien savoir du combat à l'épée. Il avait sûrement beaucoup appris d'Oromis, comme Saphira de son Dragonnier. Mais, en dépit de ces expériences partagées, Glaedr n'avait jamais tenu une arme. Comment l'aurait-il pu ? Glaedr instruisant Eragon dans l'art du duel serait comme Eragon enseignant à un dragon à naviguer sur les courants ascendants. Il pourrait le faire, mais serait incapable de l'expliquer aussi bien que Saphira, et aucun exercice de concentration n'y changerait rien.

Il garda ses réflexions pour lui, mais elles durent franchir en partie ses barrières mentales, car le dragon émit un gloussement amusé – ou du moins en imita un en esprit, les habitudes du corps étant difficiles à oublier – et déclara :

« Tous les grands combats de même que tous les grands guerriers sont les mêmes, Eragon. Au-delà d'un certain point, peu importe que tu te battes avec une épée, des griffes, des dents ou une queue. Certes, tu dois savoir manier ton arme, mais quiconque en a le temps et l'envie peut acquérir une compétence technique. Atteindre à la perfection, en revanche, exige du talent. Qui lui-même exige de l'imagination et de l'attention. Ce sont ces qualités que partagent les meilleurs guerriers, même si, au premier abord, elles revêtent des apparences différentes. »

Glaedr garda le silence un moment avant d'ajouter :

« Bien. Que t'ai-je dit plus tôt ? »

Le garçon n'eut pas besoin de réfléchir :

« Qu'il me faut apprendre à voir ce que je regarde. J'ai essayé, Maître. J'ai vraiment essayé. »

« Mais tu ne vois toujours rien. Observe Arya. Pourquoi est-elle capable de te battre encore et encore ? Parce qu'elle te comprend, Eragon. Elle sait qui tu es, elle connaît ta façon de penser ; voilà ce qui lui permet de toujours prendre le dessus. Et pourquoi Murtagh t'a-t-il rossé, sur les Plaines Brûlantes, alors qu'il était loin de te valoir en force et en vitesse ? »

« Parce que j'étais fatigué et que... »

« Et pourquoi t'a-t-il blessé à la hanche, lors de votre dernière rencontre, quand tu n'as réussi qu'à lui égratigner la joue ? Je vais te le dire, Eragon. Ta fatigue n'y était pour rien. C'est parce qu'il te comprend, mais toi, tu ne le comprends pas. Murtagh en sait plus sur toi que toi sur lui, voilà d'où il tire son pouvoir, comme Arya. »

Et Glaedr continua :

« Regarde-la, Eragon. Regarde-la bien. Elle te voit tel que tu es ; mais toi, la vois-tu ? La vois-tu assez clairement pour la vaincre au combat ? »

Le garçon posa les yeux sur Arya. Il découvrit qu'à sa détermination se mêlait une attitude défensive, comme si elle le défiait d'entrer dans ses pensées secrètes tout en craignant sa réaction s'il y réussissait. Le doute s'infiltra en lui. La connaissait-il aussi bien qu'il le croyait ? Ou bien s'était-il trompé lui-même en prenant l'apparence extérieure pour la vérité intérieure ?

« Tu t'es laissé aller à la colère plus que tu n'aurais dû, reprit Glaedr avec douceur. La colère a parfois sa place, mais elle ne t'aidera pas ici. La voie du guerrier est celle de la connaissance. Si cette connaissance a besoin de ta colère, alors utilise ta colère. Mais ne dénature pas ta connaissance en perdant le contrôle de tes nerfs. Tu n'y gagnerais que douleur et frustration. « Au contraire, efforce-toi au calme, même si une horde d'ennemis furieux aboie à tes talons. Fais le vide dans ton esprit, qu'il soit un étang tranquille reflétant ce qui l'entoure sans en être troublé. C'est dans ce vide que te viendra la compréhension, quand tu auras repoussé les peurs irraisonnées où tourbillonnent la victoire et la défaite, la vie et la mort.

« Tu ne peux prédire toutes les éventualités, ni te garantir le succès chaque fois que tu affrontes un adversaire. Mais, si tu vois tout et ne néglige rien, tu t'adapteras sans hésitation à chaque changement. Le guerrier qui s'adapte au plus inattendu est celui qui vivra le plus vieux.

« Donc, regarde Arya. Vois ce que tu regardes, et décide du geste le plus approprié. Et, dès que tu es en action, ne te laisse distraire par aucune réflexion. Pense sans penser ; ainsi, tu agis avec ton instinct, non avec ta raison. Va, maintenant ! Essaie ! »

Eragon s'accorda une minute pour se concentrer et se remémorer tout ce qu'il savait d'Arya : ce qu'elle aimait et n'aimait pas, ses habitudes et son caractère, les évènements de sa vie, ses peurs, ses espoirs et, plus que tout, ce qui sous-tendait son tempérament, ce qui lui dictait son approche de la vie et... du combat. Il considéra tout cela et s'efforça d'en déduire ce qui faisait l'essence de sa personnalité. C'était une tâche décourageante, d'autant qu'il s'efforçait de considérer l'elfe non comme il l'avait toujours fait – une très belle femme qu'il admirait et désirait –, mais comme ce qu'elle était réellement, dans sa totalité, indépendamment de ce qu'il attendait d'elle.

Il en tira ce qu'il pouvait en aussi peu de temps, tout en craignant que ses conclusions ne soient naïves ou trop simplistes. Puis il laissa à l'écart ses incertitudes et s'avança, le bouclier levé, l'épée brandie.

Arya s'attendrait à ce qu'il tente une tactique différente, il ouvrit donc le duel de la même manière que précédemment : une attaque en diagonale vers son épaule droite, comme pour contourner son bouclier. Cette feinte ne la tromperait pas, mais elle se demanderait ce qu'il avait en tête, et plus il la laisserait dans l'incertitude, mieux ce serait.

Un caillou roula sous sa semelle, et il dut projeter son poids sur le côté pour garder son équilibre. Cela n'entraîna qu'un minuscule écart dans son geste bien assuré, mais Arya en profita pour sauter sur lui avec un cri sonore.

Leurs épées se heurtèrent par deux fois ; puis, saisi par la soudaine conviction que le prochain coup d'Arya l'atteindrait à la tête, Eragon se fendit à la vitesse d'une flèche, visant le sternum, un point qu'elle ne pourrait protéger si elle ciblait le casque de son adversaire.

Son intuition était juste, mais son calcul faux.

Il porta son attaque à une telle vitesse qu'Arya n'eut pas le temps d'écarter le bras. Le pommeau de son épée heurta violemment la pointe bleutée de Brisingr, qui lui frôla la joue sans la blesser.

La seconde d'après, le monde se mit à tourner autour d'Eragon, des étincelles rouges et orange lui brouillèrent la vue. Il chancela, tomba sur un genou, les deux mains au sol, les oreilles emplies d'un rugissement sourd.

Le son s'apaisa peu à peu, et Glaedr déclara :

« N'essaie pas d'aller vite, Eragon. Ni d'aller lentement. Bouge au moment opportun, et ton coup ne sera ni rapide ni lent, mais aisé. Le tempo est essentiel, dans un combat. Tu dois prêter une extrême attention aux gestes et aux cadences de ton adversaire : là où ils sont forts, là où ils sont atténués, là où ils sont souples ou raides. Épouse ces rythmes s'ils servent ton objectif et perturbe-les s'ils ne le servent pas, et tu mèneras à ton gré les flux et reflux de la bataille. Cette règle, tu dois l'assimiler parfaitement. Garde-la en mémoire, tu y réfléchiras plus tard. Essaie encore ! »

Les yeux fixés sur Arya, le garçon se releva, secoua la tête afin de s'éclaircir les idées et, pour la centième fois, se remit en garde. La douleur que lui causaient ses hématomes et ses écorchures se réveilla ; il lui sembla être devenu un vieil arthritique.

Rejetant sa chevelure en arrière, Arya lui sourit en découvrant ses fortes dents blanches. Concentré comme il l'était, il ne se laissa pas impressionner ; elle ne lui jouerait pas deux fois le même tour.

Le sourire de l'elfe ne s'était pas encore effacé qu'il se ruait sur elle, le bouclier levé, Brisingr tendue à l'horizontale. Comme il l'escomptait, la position de son épée incita Arya à se défendre en cinglant l'air de sa lame, un coup téméraire qui aurait atteint son adversaire à la clavicule s'il avait abouti.

Eragon se baissa, et l'arme rebondit contre son bouclier. En même temps, il fit siffler Brisingr comme pour faucher les jambes de l'elfe. Elle le repoussa violemment avec son bouclier ; il en eut le souffle coupé.

Il y eut un bref moment d'accalmie, pendant lequel ils décrivirent un cercle face à face, chacun cherchant une faille à exploiter chez l'adversaire. L'air, entre eux, semblait vibrer tant leurs veines charriaient d'énergie. Ils s'étudiaient, vifs et sautillants tels des moineaux.

La tension se rompit soudain comme une baguette de verre.

Il frappa, elle para, si rapides que leurs lames devenaient presque invisibles. Pendant tout cet échange, Eragon garda les yeux rivés sur elle, s'attachant en même temps – selon le conseil de Glaedr – à observer la cadence de ses gestes sans oublier qui elle était et comment elle avait l'habitude de réagir. Il désirait si désespérément avoir le dessus qu'il pensait exploser de dépit s'il n'y réussissait pas.

Or, malgré tous ses efforts, Arya le prit à revers, avec un coup de pommeau qui lui meurtrit les côtes.

Eragon recula en jurant.

« C'était mieux, commenta Glaedr. Beaucoup mieux. Ton tempo était presque parfait. »

« Mais pas tout à fait. »

« Non, pas tout à fait. Tu es encore trop agressif, tu as l'esprit trop encombré. Garde en toi ce que tu dois te rappeler, sans céder pour autant à la distraction. Trouve en toi un lieu de calme et laisse les soucis extérieurs glisser sur toi sans t'emporter avec eux. Mets-toi dans l'attitude où tu étais pour écouter les créatures de la forêt lorsque Oromis te le demandait. Tu étais conscient de tout ce qui bougeait autour de toi, sans t'attacher pour autant à chaque particularité. Ne fixe pas seulement les yeux d'Arya. Ton champ d'attention est trop étroit, tu t'attaches trop aux détails. »

« Pourtant, Brom disait... »

« Il existe de multiples façons d'utiliser son regard. Brom avait la sienne, mais ce n'était pas la plus souple ni la mieux adaptée aux grandes batailles. Au cours de sa vie, il n'a jamais affronté qu'un adversaire à la fois, de petits groupes tout au plus, et cela influençait ses habitudes. Ta vision doit être vaste ; observer les choses de trop près laisse la place à l'inattendu, qui peut te prendre par surprise. Tu comprends ? »

« Oui, Maître. »

« Alors, recommence ! Et, cette fois, détends-toi et élargis tes perceptions. »

Eragon révisa de nouveau mentalement ce qu'il savait d'Arya. Quand il eut arrêté un plan, il ferma les paupières, ralentit sa respiration et s'enfonça profondément en lui-même. Il se vida peu à peu de ses peurs, de son anxiété, laissa s'éteindre la douleur que lui causaient ses meurtrissures. En même temps, son esprit se clarifiait comme jamais. S'il tenait encore à être victorieux, la perspective d'une défaite ne le tourmentait plus. Adviendrait ce qui devait advenir ; il ne lutterait pas vainement contre les décrets du destin.

– Prêt ? demanda Arya quand il ouvrit les yeux.

– Prêt.

Ils se mirent en position et restèrent immobiles, chacun attendant que l'autre passe à l'offensive. Eragon avait le soleil à sa droite ; s'il pouvait obliger Arya à tourner d'un quart de cercle, elle aurait la lumière dans les yeux. Il avait déjà essayé cette tactique, sans succès. Il envisageait à présent une autre façon de s'y prendre qui réussirait peut-être.

Il savait qu'Arya se jugeait supérieure à lui. Elle ne sous-estimait pas ses capacités ni son désir de progresser, mais elle avait remporté presque tous leurs duels. Elle en déduisait qu'il était facile à battre. Sa confiance en elle était donc aussi sa faiblesse.

« Elle se croit meilleure que moi à l'épée, songea-t-il. Et sans doute l'est-elle. Mais je peux retourner ses présupposés contre elle. C'est le seul moyen... »

Il esquissa quelques pas glissés, souriant à Arya comme elle l'avait fait. Le visage de l'elfe demeura impassible. Brusquement, elle chargea comme pour le jeter à terre.

Il bondit en arrière, se décalant légèrement vers la droite afin de l'amener dans la direction voulue.

Arya s'arrêta à quelques mètres de lui et s'immobilisa, tel un animal sauvage cerné dans une clairière. Puis elle dessina un demi-cercle de la pointe de son épée sans quitter le garçon des yeux. Il la soupçonna, sachant que Glaedr les observait, de chercher à se montrer sous son meilleur jour.

Elle le surprit en émettant un ronronnement de chat. Comme son sourire la fois précédente, c'était une façon de le déstabiliser. Elle n'y réussit que partiellement, car il s'attendait à un stratagème de ce genre.

D'un seul bond, Arya franchit la distance qui les séparait et lui asséna une série de coups rapides, qu'il para avec son bouclier. Il la laissa faire sans riposter, comme si l'attaque, trop violente, ne lui laissait que le choix de se défendre. À chaque impact, qui se répercutait douloureusement dans son bras et son épaule, il s'écartait un peu plus sur la droite, vacillant même parfois pour donner l'impression d'être repoussé.

Cependant, il restait parfaitement calme, maître de lui, vide de toute émotion.

Il vit approcher le moment opportun. Et, quand celui-ci arriva, il agit sans réflexion ni hésitation, sans essayer d'être rapide ou lent, ne cherchant qu'à exploiter le potentiel de cet instant parfait.

Tandis que l'épée d'Arya descendait vers lui en un arc éblouissant, il pivota sur la droite, esquiva d'un pas de côté et se plaça du même coup dos au soleil.

La pointe de l'arme s'enfonça dans le sol. Arya tourna la tête pour ne pas perdre son adversaire de vue, ce qui l'obligea à regarder le soleil en face. Ses pupilles se réduisirent à deux petits points noirs.

Eragon profita de la seconde où elle était aveuglée pour la toucher aux côtes, juste sous le bras gauche. Il aurait pu la frapper à la nuque – c'est ce qu'il aurait fait dans un vrai combat –, mais il retint son geste, car, même avec une lame protégée, un tel coup pouvait être mortel.

Arya laissa échapper un cri quand Brisingr la piqua, et elle recula de plusieurs pas avec une grimace de douleur. Tenant son bras pressé contre son flanc, elle fixa son adversaire d'un air étonné.

« Excellent ! commenta Glaedr. Continue ! »

Eragon s'accorda une brève seconde de satisfaction ; puis il repoussa cette émotion et revint à son état précédent d'observation détachée.

Quand Arya eut repris contenance, ils entamèrent un mouvement tournant de sorte à ne plus avoir ni l'un ni l'autre le soleil dans les yeux. Et le duel reprit. Le garçon remarqua très vite que l'elfe se tenait davantage sur ses gardes. Avant, il se serait réjoui et aurait attaqué avec davantage d'agressivité. Cette fois, il s'en abstint, conscient qu'elle le faisait exprès. S'il s'y laissait prendre, il serait bientôt à sa merci, comme d'habitude.

Pendant quelques secondes, ils échangèrent des coups en rafale. Les boucliers craquaient, des mottes d'herbes volaient, le métal sonnait contre le métal tandis que les deux épées tourbillonnaient avec fluidité telles des volutes de fumée.

Finalement, Eragon trompa la garde d'Arya d'un habile changement de pied et d'une vive flexion du poignet. Sa lame égratigna la poitrine de l'elfe, de l'épaule au sternum.

Le choc déstabilisa Arya, qui tomba sur un genou. Elle resta dans cette position, aspirant bruyamment l'air entre ses narines pincées. À part deux taches cramoisies sur les pommettes, ses joues avaient pris une pâleur inhabituelle.

« Encore ! » ordonna Glaedr.

Les duellistes s'exécutèrent. Après deux victoires, Eragon sentait sa lassitude diminuer, mais se doutait qu'il en était autrement pour Arya.

L'échange suivant n'eut pas de véritable vainqueur ; chacun d'eux réussit à déjouer les ruses et astuces de l'autre. Ils poursuivirent le combat, jusqu'à être tous les deux si fatigués qu'ils s'appuyèrent sur leurs épées, haletants, le visage en sueur.

« Encore ! » dit Glaedr d'une voix sourde.

Eragon arracha Brisingr du sol avec une grimace. Plus il s'épuisait, plus il lui était difficile de se concentrer et d'ignorer les protestations de son corps endolori. Mais le plus dur était de maîtriser l'humeur détestable qui s'emparait toujours de lui quand il avait besoin de repos. Sans doute Glaedr tentait-il de lui enseigner comment remporter cette victoire sur lui-même.

Les épaules lui brûlaient tant qu'il ne pouvait plus soulever ni épée ni bouclier. Il les laissa pendre à hauteur de sa taille, espérant les relever assez vite au besoin. Arya fit de même.

Ils marchèrent l'un vers l'autre en traînant les pieds, dans une grotesque parodie de leur grâce précédente.

Bien qu'exténué, Eragon refusait d'abandonner. Il lui semblait, sans comprendre vraiment de quelle façon, que leurs échanges n'étaient plus seulement un exercice de maniement des armes. Ce qui était mis ici à l'épreuve, c'était lui-même : son caractère, son énergie, sa capacité de rebondir. Et ce n'était pas tant Glaedr qui le testait qu'Arya. Comme si elle espérait quelque chose de lui, attendait qu'il lui prouve... quoi ? Il n'en savait rien, mais il était déterminé à s'en acquitter de son mieux. Tant qu'elle voudrait se battre, il se battrait, en dépit de la douleur.

Une goutte de sueur roula dans son œil gauche. Il cligna des paupières. Et Arya se jeta sur lui avec un grand cri.

Une fois encore, ils reprirent leur ballet de mort ; une fois encore, ils combattirent jusqu'à l'épuisement. Leurs mouvements devenaient gauches, cependant ils conservaient une espèce d'harmonie brute, de sorte que ni l'un ni l'autre n'avait le dessus.

Ils se trouvèrent finalement face à face, leurs épées engagées pommeau contre pommeau, et mirent leurs dernières forces à tenter de se repousser.

Et, tandis qu'ils restaient ainsi, oscillant d'avant en arrière sans que l'un l'emporte sur l'autre, Eragon déclara d'une voix basse, presque féroce :

– Je... te... vois.

Une étincelle s'alluma brièvement dans les yeux d'Arya, et s'éteignit tout aussi vite.

25
TÊTE-À-TÊTE

Glaedr imposa deux autres combats à Eragon et Arya. Le second fut plus court encore que le premier, et les deux s'achevèrent sans vainqueur ni vaincu. Le dragon d'or s'en montra plus frustré que les duellistes. Glaedr aurait voulu prolonger les assauts jusqu'à ce que le meilleur à l'épée soit clairement désigné, mais, à la fin du deuxième, Eragon et Arya avaient atteint un tel état d'épuisement qu'ils se laissèrent tomber sur le sol et restèrent allongés côte à côte, hors d'haleine. Glaedr dut admettre que prolonger l'entraînement serait contre-productif, voire dangereux.

Dès qu'ils eurent suffisamment récupéré pour se relever, Glaedr les pria de se rendre dans la tente d'Eragon.

Auparavant, grâce à l'énergie de Saphira, ils soignèrent leurs meurtrissures les plus cuisantes. Puis ils rapportèrent leurs boucliers, en fort mauvais état, au maître d'armes des Vardens, Frédric, qui leur en fournit d'autres, non sans les avoir sermonnés sur le soin qu'ils devaient prendre de leurs équipements.

En arrivant devant la tente, ils trouvèrent Nasuada qui les attendait, accompagnée de sa garde personnelle.

– Si vous avez fini de vous mettre en pièces l'un l'autre, dit-elle d'une voix cassante, j'aimerais qu'on discute.

Sans un mot de plus, elle écarta le pan de toile.

Lupusänghren et ses jeteurs de sorts se disposèrent en cercle au dehors, ce qui parut mettre fort mal à l'aise les gardes de Nasuada.

Eragon et Arya entrèrent à leur tour, et Saphira passa la tête entre les battants de toile. Une odeur de brûlé emplit aussitôt l'étroit espace.

L'apparition du museau écailleux de la dragonne prit Nasuada au dépourvu, mais elle retrouva vite ses esprits. Elle s'adressa à Eragon :

– C'est Glaedr que j'ai senti, n'est-ce pas ?

Le garçon jeta un œil vers l'extérieur pour s'assurer que les gardes seraient hors de portée de voix, puis il acquiesça :

– C'était lui.

– J'en étais sûre ! s'exclama-t-elle d'un ton satisfait.

Puis, presque timidement, elle ajouta :

– Puis-je lui parler ? Est-ce... permis, ou n'accepte-t-il de communiquer qu'avec des elfes ou des Dragonniers ?

Eragon consulta Arya du regard, hésitant :

– Je ne sais pas. Il n'est pas encore complètement remis. Il ne voudra peut-être pas...

La voix du dragon résonna dans leurs têtes :

« Je parlerai avec toi, Nasuada, fille d'Ajihad. Demande-moi ce que tu veux, puis laisse-nous à notre tâche. Il y a encore beaucoup à faire pour préparer Eragon aux défis à venir. »

Eragon n'avait encore jamais vu Nasuada à ce point frappée de stupeur.

« Où est-il ? » articula-t-elle silencieusement.

Le garçon désigna le carré de terre nue, près de son lit.

Nasuada leva un sourcil, puis elle se redressa et salua Glaedr dans les formes. Suivit un échange d'amabilités, où Nasuada s'informa de la santé du dragon – ce qui mit Eragon fort mal à l'aise –, et de ce que les Vardens pouvaient faire pour lui. Glaedr déclara poliment qu'il allait très bien, merci ; qu'il lui savait gré de son attention, mais qu'il n'avait besoin de rien.

« Je n'ai plus le souci de manger ni de boire, dit-il. Et mon sommeil n'a rien de comparable au vôtre. Mon seul plaisir, désormais, mon unique satisfaction est de méditer sur les moyens de détruire Galbatorix. »

– Cela, opina Nasuada, je le comprends, car je le partage.

Elle interrogea ensuite Glaedr sur la façon de conquérir Dras-Leona sans consentir de trop grandes pertes en hommes et en matériel, ni livrer Eragon et Saphira à l'Empire comme des poulets prêts à cuire. Tels furent les mots qu'elle employa.

Elle prit le temps d'expliquer la situation en détail. Ce à quoi, après mûre réflexion, le dragon répondit :

« Je n'ai pas de solution à t'offrir, Nasuada. Je vais continuer d'y penser, mais pour le moment je ne distingue aucune voie facile pour les Vardens. Si Murtagh et Thorn étaient seuls, je circonviendrais aisément leurs esprits. Malheureusement, Galbatorix leur a donné trop d'Eldunarí. Même avec Eragon, Saphira et les elfes à vos côtés, la victoire n'est pas assurée. »

Visiblement déçue, Nasuada garda un instant le silence ; puis, les mains à plat sur le devant de sa robe, elle remercia Glaedr de lui avoir accordé cette entrevue. Elle salua Eragon et Arya, et sortit de la tente en contournant prudemment le museau de Saphira.

257

Soulagé, Eragon s'assit sur son lit de camp, tandis qu'Arya s'installait sur un petit tabouret à trois pieds. Il essuya ses mains moites sur son pantalon et tendit sa gourde à l'elfe. Elle l'accepta volontiers. Il avala quelques gorgées d'eau à son tour. L'exercice lui avait donné une faim de loup, et son estomac gronda. Il espéra que Glaedr ne les retiendrait pas trop longtemps. Le soleil était presque couché, et il comptait aller chercher un repas chaud aux cuisines avant que les Vardens aient éteint les feux pour la nuit. Sinon il devrait se contenter de pain rassis, de fromage de chèvre et, avec un peu de chance, d'un ou deux oignons crus.

Glaedr commença à instruire Eragon dans l'art du combat mental. Le garçon était déjà familier de ces techniques ; il écouta cependant avec attention et exécuta sans protester ni poser de questions les exercices que le dragon d'or lui imposa.

Passant de la théorie à la pratique, Glaedr testa ses réactions de défense face à des attaques de plus en plus intenses, puis l'engagea dans des batailles où chacun cherchait à dominer – même pour un bref instant – les pensées de l'autre.

Tandis qu'ils s'affrontaient ainsi, Eragon restait allongé sur son lit, les yeux fermés, toutes ses énergies intérieures concentrées sur la tempête qui faisait rage entre Glaedr et lui. Ses efforts précédents l'avaient laissé affaibli, la tête lourde ; le dragon d'or – déjà immensément puissant – était frais et reposé. Le garçon avait donc beaucoup de mal à contrer ses attaques. Néanmoins, il résista honorablement, conscient que, dans une lutte réelle, le vainqueur aurait sans conteste été Glaedr.

Par chance, il prit en considération l'état de son élève :

« Tu dois te tenir prêt à défendre ton être intérieur à n'importe quel moment, même quand tu dors. Il se pourrait très bien que tu combattes Galbatorix et Murtagh dans le même état de fatigue qu'aujourd'hui. »

Au bout de deux heures, Glaedr laissa sa place à Arya et endossa le rôle de simple – et bavard – spectateur. Elle était aussi épuisée qu'Eragon, mais celui-ci comprit vite que, dans un duel magique, il était loin d'être son égal. Cela ne le surprit pas. La première fois qu'ils s'étaient affrontés en esprit, elle avait failli le tuer, alors qu'elle subissait encore l'effet de la drogue après sa captivité à Gil'ead. Glaedr lui-même, malgré toute sa concentration, ne perçait pas le contrôle de fer qu'Arya exerçait sur sa propre conscience.

Cette aptitude, Eragon l'avait constaté, était commune à tous les elfes. Le plus puissant de tous, Oromis, possédait une si parfaite maîtrise de lui-même que ni le doute ni l'inquiétude n'avait prise sur lui. La réserve innée des elfes, caractéristique de leur peuple, venait aussi de leur éducation rigoureuse et de leur usage de l'ancien langage. Raisonner et parler dans une langue qui interdit tout mensonge – et dont chaque mot est capable de dénouer un sort – découragent le relâchement du discours comme celui de la pensée, et ne laissent aucune place aux émotions. En conséquence, les elfes exerçaient sur eux-mêmes un contrôle supérieur à celui de n'importe quel autre peuple.

Eragon et Arya luttèrent en esprit quelques minutes – lui, tâchant d'échapper à son étreinte, elle, cherchant à lui imposer sa volonté. Elle l'immobilisa à plusieurs reprises, mais il réussit à chaque fois à se libérer au bout d'une ou deux secondes. Il savait cependant que, si elle lui avait voulu du mal, ces deux secondes lui auraient été fatales.

Et, tout le temps que leurs esprits restèrent en contact, Eragon percevait les accents de la musique sauvage qui montait des sombres espaces de la conscience de l'elfe. Ils entraînaient le garçon hors de son corps, menaçaient de le prendre au filet d'inquiétantes mélodies qui n'avaient aucun équivalent dans les chants des humains. Il aurait succombé avec joie à leur envoûtement sans la diversion causée par les attaques d'Arya, et s'il n'avait su à quel point il est dangereux de se laisser fasciner par le fonctionnement d'un esprit elfique. Sans doute s'en sortirait-il indemne. N'était-il pas Dragonnier? C'était toutefois un risque qu'il ne courrait pas, tant qu'il tiendrait à sa santé mentale. Il avait entendu dire que s'introduire dans l'esprit de Lupusänghren avait réduit Garven, un des gardes de Nasuada, à un état de totale hébétude.

Il résista donc à la tentation.

Puis Glaedr invita Saphira à entrer en lice, tantôt pour s'opposer à Eragon, tantôt pour le soutenir, car, disait le vieux dragon: « Tu dois être aussi entraînée que lui, Écailles Brillantes! »

La participation de Saphira modifia considérablement le cours de la lutte mentale. Ensemble, le garçon et la dragonne étaient capables de repousser Arya avec régularité, sinon avec facilité. Leurs pouvoirs mêlés leur permirent même de maîtriser l'elfe à deux reprises. En revanche, quand Saphira était alliée avec Arya, elles surpassaient le garçon à tel point qu'il renonçait à toute action offensive et se retirait profondément en lui-même. Il se roulait en boule comme un animal blessé en récitant des versets d'ancien langage, jusqu'à ce que les vagues d'énergie mentale lancées sur lui se retirent.

Pour finir, Glaedr organisa un duel double – lui avec Arya, Eragon avec Saphira – et ils s'affrontèrent comme deux Dragonniers avec leur dragon. Pendant les premières intenses minutes, leurs forces s'équilibrèrent. Mais la puissance, l'expérience et la ruse de Glaedr, combinées à la compétence et à la rigueur d'Arya eurent bientôt raison d'Eragon et de Saphira. Ils ne purent que reconnaître leur défaite.

Sentant un mécontentement émaner de Glaedr, Eragon en fut froissé. Il dit :

« Nous ferons mieux demain, Maître. »

L'humeur du dragon s'assombrit encore. Lui-même paraissait lassé de l'entraînement :

« Tu as bien travaillé, petit. Je n'aurais pas pu exiger de vous davantage, auriez-vous été placés sous mes ailes comme apprentis à Vroengard. Toutefois, il vous est impossible d'acquérir tout ce que vous devriez savoir en quelques jours ou en quelques semaines. Le temps coule entre nos griffes comme de l'eau. Il faut des années pour maîtriser l'art du combat mental ; des années, des décennies et même des siècles. Et il y a toujours à apprendre, à découvrir, sur soi-même, sur les ennemis, sur les fondements du monde. »

Et, après un grognement de frustration, il se tut.

« En ce cas, nous apprendrons ce que nous pourrons, et nous laisserons le destin décider du reste, déclara Eragon. D'ailleurs, Galbatorix a peut-être eu une centaine d'années pour entraîner son esprit, mais voilà plus de cent ans que vous ne lui avez rien enseigné. Il a sûrement oublié quelque chose, dans l'intervalle. Avec votre aide, je sais que nous pouvons le vaincre. »

Glaedr ricana :

« Ta bouche est pleine de miel, Eragon le Tueur d'Ombre. »

Néanmoins, il parut rasséréné. Il leur enjoignit d'aller manger et de prendre du repos, puis il se retira de leurs esprits et se tut.

Eragon était sûr que le dragon d'or les observait encore, mais il ne sentait plus sa présence, et un sentiment inattendu de vide s'empara de lui.

Une onde glacée le parcourut, et il frissonna.

Il alla s'asseoir dans sa tente obscure avec Arya. Saphira s'accroupit devant l'entrée, le museau à l'intérieur. Aucun d'eux n'avait envie de rompre le silence. Eragon se força à intervenir :

– Il a l'air d'aller mieux.

Il avait la voix enrouée d'être resté si longtemps sans parler ; il s'empara de la gourde.

– Cette mission lui fait du bien, dit Arya. *Tu* lui fais du bien. S'il n'avait pas eu un but, son chagrin l'aurait tué. Qu'il ait survécu, c'est... impressionnant. Je ne l'en admire que davantage. Peu d'êtres – humains, elfes ou dragons – garderaient leur capacité de raisonnement après une telle épreuve.

– Brom l'a fait.

– Lui aussi était quelqu'un de remarquable.

« Si nous tuons Galbatorix et Shruikan, comment Glaedr réagira-t-il, à votre avis ? demanda Saphira. Va-t-il poursuivre le chemin ou... s'arrêter ? »

Un rayon de lumière s'accrocha aux pupilles d'Arya quand elle tourna la tête vers la dragonne :

– L'avenir nous le dira. Si nous sommes vainqueurs à Urû'baen, Glaedr choisira peut-être de ne plus continuer, sans Oromis.

– On ne lui permettra pas d'abandonner !

« Je suis d'accord. »

– S'il décide d'entrer dans le néant, ce n'est pas à nous de l'en empêcher, déclara Arya avec fermeté. Son choix lui appartient, et il le fera seul.

– Soit. Mais on peut l'aider à voir que la vie vaut la peine d'être vécue.

Arya resta de nouveau silencieuse, le visage grave. Enfin, elle reprit :

– Je ne veux pas qu'il meure. Aucun elfe ne le veut. Cependant, si chaque instant éveillé est pour lui un tourment, ne vaut-il pas mieux qu'il trouve le repos ?

Ni Eragon ni Saphira n'avait de réponse à cette question.

Ils continuèrent à discuter un moment des évènements de la journée. Puis Saphira se retira et alla s'allonger sur un carré d'herbe.

« Je me sens comme un renard coincé à l'entrée d'un terrier de lapin, se plaignit-elle. Les écailles me démangent à l'idée que quelqu'un est peut-être en train de me grimper dessus. »

Eragon s'attendait à ce qu'Arya s'en aille aussi. Mais elle resta, apparemment contente de bavarder de choses et d'autres avec lui. Il n'allait pas s'en plaindre. Sa faim avait disparu pendant leurs joutes mentales avec Glaedr, et pour rien au monde il n'aurait échangé un repas contre le plaisir d'une telle compagnie.

La nuit se referma sur eux, et le silence envahit le camp tandis que la conversation glissait d'un propos à un autre. L'épuisement et l'excitation donnaient à Eragon une sorte d'ivresse, comme s'il avait bu trop d'hydromel, et il lui sembla qu'Arya elle-même était plus détendue qu'à l'ordinaire. Ils parlèrent de Glaedr et du combat à l'épée, du siège de Dras-Leona et de bien d'autres sujets de moindre importance, comme la grue qu'Arya avait observée en train de pêcher dans les joncs, au bord du lac, l'écaille manquante au museau de Saphira et les jours plus froids qui s'annonçaient. Mais ils revenaient sans cesse à la préoccupation toujours présente à leur esprit : Galbatorix et ce qui les attendait à Urû'baen.

Pendant qu'ils spéculaient, ainsi qu'ils l'avaient fait tant de fois, sur les divers pièges magiques que Galbatorix leur tendrait et les meilleurs moyens de les éviter, Eragon repensa à la question de Saphira à propos de Glaedr.

– Arya, dit-il.

– Oui ?

Elle prolongea légèrement le mot en une inflexion harmonieuse.

– Que feras-tu quand tout ça sera terminé ?

« Si nous sommes encore en vie... », songea-t-il.

– Et toi ? Que feras-tu ?

Il manipula le pommeau de Brisingr tout en considérant la situation :

– Je ne sais pas. Je ne me suis pas encore autorisé à réfléchir à l'après Urû'baen... Je suppose que Saphira et moi, nous retournerons dans la vallée de Palancar. Je pourrais bâtir une maison dans les contreforts des montagnes. On n'en profiterait sans doute pas beaucoup, mais on aurait au moins un lieu où retourner quand on ne serait pas en train de voler d'un bout à l'autre de l'Alagaësia.

Avec un demi-sourire, il ajouta :

– Je suis sûr qu'on aura encore de quoi s'occuper, même si Galbatorix est mort. Mais tu n'as pas répondu à ma question : que feras-tu si on est vainqueurs ? Tu dois bien avoir une idée. Tu as eu plus de temps que moi pour y penser.

Arya ramena une jambe sous elle, le pied sur le tabouret, l'enveloppa de ses bras et posa le menton sur son genou. Dans la semi-obscurité de la tente, son visage pâle semblait flotter telle une apparition.

– J'ai vécu plus longtemps parmi les humains et les nains qu'avec les älfakyn, dit-elle, employant le mot d'ancien langage pour désigner les elfes. J'y suis habituée, et je n'ai pas envie de retourner à Ellesméra. Il ne se passe rien, là-bas. Des siècles peuvent s'écouler sans que tu t'en rendes compte, tandis que tu restes assis à contempler les étoiles. Non, je pense rester au service de ma mère en tant qu'ambassadrice. J'ai quitté le Du Weldenvarden pour aider à rétablir l'équilibre de notre monde. Comme tu l'as dit, il y aura encore beaucoup à faire, même si nous abattons Galbatorix, beaucoup de choses à remettre en place, et je m'y emploierai.

– Ah.

Ce n'était pas exactement la réponse qu'il aurait aimé entendre ; du moins laissait-elle penser qu'ils ne perdraient pas tout à fait le contact après la bataille d'Urû'baen, et qu'il la verrait encore à l'occasion.

Si Arya perçut sa déception, elle n'en montra rien.

Ils conversèrent encore quelques minutes. Puis Arya se leva pour s'en aller.

Quand elle passa devant lui, Eragon tendit le bras comme pour la retenir, puis retira la main sans la toucher.

— Attends ! dit-il doucement, sans trop savoir ce qu'il espérait, mais espérant quand même.

Le cœur lui battait jusque dans les oreilles, et une rougeur lui monta aux joues.

Arya s'arrêta devant l'entrée de la tente, le dos tourné :

— Bonne nuit, Eragon.

Puis elle se glissa entre les pans de toile, et la nuit l'avala. Il resta assis tout seul dans le noir.

26
UNE DÉCOUVERTE

Les trois jours suivants s'écoulèrent vite, du moins pour Eragon, car les Vardens s'embourbaient dans leur léthargie. Rien ne se passait. Thorn causa une certaine agitation en abandonnant son poste habituel, au-dessus de la grande porte, pour une autre portion de rempart, une centaine de pieds plus loin. Après maintes discussions – et consultation de Saphira –, Nasuada et ses conseillers conclurent que Thorn s'était déplacé pour une simple question de confort ; son nouvel emplacement était plus large et plus plat. À part cet évènement, le siège de Dras-Leona se poursuivait sans changement.

Pendant ce temps, Eragon étudiait chaque matin et chaque soir sous la direction de Glaedr. L'après-midi était dévolue au combat à l'épée, contre Arya ou d'autres elfes. Ces duels n'étaient plus aussi longs et pénibles que l'avait été le précédent avec Arya. S'épuiser ainsi quotidiennement aurait été folie. Mais le travail avec le dragon d'or était plus intense que jamais. L'Ancien ne relâchait en rien ses efforts pour augmenter les talents et les connaissances de son élève, sans aucune indulgence envers ses erreurs et sa fatigue.

Eragon se réjouissait de se découvrir enfin capable de tenir tête aux elfes. Toutefois, c'était épuisant mentalement, car, s'il perdait ne fût-ce qu'une seconde sa concentration, il finissait avec une épée sur la gorge ou dans les côtes.

Grâce aux leçons de Glaedr, il faisait des progrès qu'on aurait considérés comme exemplaires en d'autres circonstances. Dans l'urgence où ils étaient, l'apprentissage leur semblait désespérément lent.

Le deuxième jour, pendant la leçon du matin, une pensée vint à Eragon :

« Maître, lors de mon arrivée chez les Vardens, à Farthen Dûr, les Jumeaux ont testé ma connaissance de l'ancien langage et de la magie en général. »

« Tu l'as dit à Oromis ; pourquoi me le répéter ? »

« Parce que je viens de me rappeler... Les Jumeaux m'ont ordonné de faire apparaître la véritable image d'un anneau d'argent. À l'époque, je ne savais pas le faire. Arya me l'a expliqué plus tard : comment, avec l'ancien langage, on peut invoquer l'essence d'un objet ou d'une créature. Cependant, Oromis ne m'en a jamais parlé ; et je me demandais... Pourquoi ? »

Glaedr parut soupirer :

« Parce que c'est une magie particulièrement difficile. Pour qu'elle fonctionne, tu dois saisir tout ce qui est important à propos de l'objet en question, et même deviner son véritable nom s'il s'agit d'une personne ou d'un animal. De plus, ça n'est guère utile, et c'est dangereux. Très dangereux. Le sort ne s'appuie pas sur un processus continu, auquel tu puisses mettre fin quand tu le souhaites. Soit tu réussis à invoquer la véritable forme de l'objet, soit tu échoues et... tu meurs. Oromis n'avait aucune raison de t'imposer un exercice aussi périlleux, et ta formation n'était pas assez avancée pour te permettre même d'en discuter. »

Eragon frissonna intérieurement en comprenant quelle colère avait dû être celle d'Arya quand les Jumeaux avaient lancé ce défi à un débutant comme lui. Puis il déclara :

« Maintenant, je voudrais essayer. »

Il sentit le puissant flux d'attention posé sur lui :

« Pourquoi ? »

« Je veux savoir si je possède ce niveau de compréhension, même pour une petite chose. »

« Je répète ma question : pourquoi ? »

Incapable de s'expliquer avec des mots, Eragon déversa un fatras de pensées et de ressentis dans la conscience du dragon. Quand il eut terminé, Glaedr resta un moment silencieux, digérant ce flot d'informations.

« Ai-je raison de croire, reprit-il enfin, que c'est en relation avec Galbatorix ? Si tu es capable de le faire et de survivre, tu seras aussi de force à vaincre le roi. C'est bien ça ? »

« Oui », fit le garçon, soulagé. Il n'aurait jamais su exprimer sa motivation aussi clairement.

« Tu es déterminé ? »

« Oui, Maître. »

« Ça peut te tuer », lui rappela le dragon.

« Je sais. »

« Eragon ! » protesta de loin Saphira.

Elle volait très haut au-dessus du camp pour guetter les dangers potentiels, tout en travaillant avec Glaedr.

« C'est trop risqué, ne fais pas ça. »

« Je dois le faire », répondit-il calmement.

S'adressant à Saphira, mais aussi à Eragon, le dragon d'or déclara :

« S'il insiste, mieux vaut qu'il essaie tant que je peux le surveiller. Si ses connaissances lui font défaut, j'y suppléerai et je le sauverai. »

Saphira émit un long grondement courroucé qui résonna longtemps dans l'esprit du garçon. Presque aussitôt, il entendit hors de la tente un fort bruissement d'air. Des cris s'élevèrent. La dragonne descendait vers le sol. Elle atterrit si brutalement que la tente vacilla.

La seconde d'après, elle passait la tête par l'ouverture, l'œil flamboyant. Elle haletait, et le souffle de ses narines fit voler les cheveux d'Eragon. L'odeur de brûlé lui piqua les yeux.

« Tu as le crâne aussi dur qu'un Kull ! » gronda-t-elle.

« Pas plus que toi. »

La lèvre de la dragonne se retroussa sur une sorte de ricanement :
« Qu'est-ce qu'on attend ? Si tu dois le faire, fais-le ! »

« Quel objet vas-tu choisir d'invoquer ? demanda Glaedr. Ce doit être une chose qui t'est intimement familière. »

Le regard d'Eragon parcourut la tente avant de se poser sur la bague de saphir qu'il portait à la main droite. *Aren...* Il n'avait jamais ôté l'anneau qu'Ajihad lui avait donné, et qui avait appartenu à Brom. Il était devenu partie intégrante de son corps, comme son bras ou son pied. Il l'avait observé de longues heures, mémorisant chacune de ses courbes et de ses facettes. Les yeux fermés, il en revoyait l'image à la perfection. Néanmoins, il y avait tant de choses qu'il ignorait : l'histoire de l'anneau, comment les elfes l'avaient façonné et, surtout, quels sorts avaient ou non été entremêlés à sa matière.

« Non... Pas Aren. »

De l'anneau, son attention passa au pommeau de Brisingr, appuyée contre le montant du lit.

– Brisingr..., murmura-t-il.

L'épée émit un son étouffé et glissa de quelques pouces hors de son fourreau. De minces langues de flammes léchèrent la poignée et s'éteignirent dès qu'Eragon mit fin au sortilège involontaire.

« Brisingr », pensa-t-il, sûr de son choix. Le talent de Rhunön l'avait forgée, mais il avait lui-même manié les outils, et il avait mêlé son esprit à celui de la forgeronne des elfes pendant tout le processus. S'il était un objet au monde dont il appréhendait chaque aspect, c'était son épée.

« Tu es sûr ? » demanda Glaedr.

Eragon répondit d'un signe de tête, puis se souvint que le dragon d'or ne le voyait pas :

« Oui, Maître. Une question, cependant : "Brisingr" est-il le vrai nom de cette épée ? Et sinon dois-je le connaître pour que le sort fonctionne ? »

« "Brisingr" signifie "feu", tu le sais. Le vrai nom de ta lame est très certainement beaucoup plus compliqué, bien que sa définition puisse contenir le mot *brisingr*. Mais tu peux aussi bien la nommer "Épée" et obtenir le même résultat, tant que tu garderas à l'esprit tout ce que tu sais d'elle. Le nom est simplement un rappel de ton savoir, et tu n'as pas besoin du rappel pour faire usage de ce savoir, comprends-tu ? »

« Oui. »

« Alors, c'est quand tu voudras. »

Eragon prit le temps de se concentrer, cherchant au fond de son esprit le noyau où était stockée son énergie. Il canalisa cette énergie tout en se remémorant tout ce qu'il savait de l'épée, et articula distinctement :

– Brisingr !

Il sentit ses forces refluer précipitamment. Paniqué, il tenta de parler, de bouger. Le sort le tenait figé sur place. Il ne pouvait ni respirer ni même battre des paupières.

Cette fois, l'épée resta dans son fourreau sans s'enflammer, oscillant simplement comme un reflet dans l'eau. Puis, près d'elle, une forme translucide apparut, une étincelante et parfaite image de l'épée nue. Aussi achevée que fût l'arme véritable – Eragon ne lui connaissait aucun défaut –, le double qui flottait devant lui était encore plus épuré. Il semblait être *l'idée* de la lame, une idée que Rhunön elle-même, avec toute son expérience dans l'art de travailler le métal, n'aurait pu saisir.

Dès que le double se manifesta, Eragon retrouva l'usage de ses mouvements. Il maintint l'apparition encore quelques secondes, s'émerveillant de sa beauté. Puis il laissa le sort échapper à sa volonté, et l'épée immatérielle retourna doucement dans l'oubli.

Une obscurité soudaine emplit l'intérieur de la tente.

Eragon remarqua alors les esprits de Saphira et de Glaedr, qui se pressaient contre sa conscience, observant avec une attention sans faille le flot confus de ses pensées. Les deux dragons étaient dans un état de tension qu'il ne leur avait jamais connu. S'il s'amusait à titiller Saphira, le choc la ferait sauter en l'air.

269

« Et si moi, je te titillais, il ne resterait de toi qu'une grosse tache », commenta-t-elle.

Eragon sourit et s'allongea sur le lit, épuisé.

Il entendait en esprit comme un souffle de vent à travers la plaine. Glaedr se relâchait :

« Tu as bien agi, Tueur d'Ombre. »

Le compliment surprit le garçon. Le vieux dragon en avait été avare depuis qu'il avait commencé ses leçons.

« Mais n'essaie pas une seconde fois. »

Frissonnant, Eragon se frictionna les bras pour chasser le froid qui avait envahi ses membres :

« Entendu, Maître. »

Ce n'était pas une expérience qu'il avait envie de revivre. Il éprouvait néanmoins un profond sentiment de satisfaction. Il y avait au moins une chose, en Alagaësia, qu'il pouvait réussir aussi bien que n'importe qui.

Et cela lui redonnait espoir.

Au matin du troisième jour, Roran et ses compagnons arrivèrent au camp, fatigués, blessés, usés par le voyage. Leur retour tira les Vardens de leur torpeur, ils les fêtèrent comme des héros. Au bout de quelques heures, cependant, la chape d'ennui retomba sur la plupart des hommes.

Eragon fut soulagé de revoir Roran. Il savait son cousin sain et sauf, car il l'avait scruté en pensée à plusieurs reprises depuis son départ. Mais le voir de ses yeux le libérait d'une angoisse qu'il avait portée sans en être vraiment conscient. Roran était désormais sa seule famille – Murtagh ne comptait pas pour lui –, et il ne pouvait supporter l'idée de le perdre.

Maintenant qu'il l'avait devant lui, il était choqué par son apparence. Il s'était attendu à les trouver épuisés, lui et les autres. Or, Roran lui semblait bien plus hagard que ses compagnons ; il avait vieilli de cinq ans au cours de cette épreuve. Des cernes sombres bordaient ses yeux rougis, des rides profondes creusaient son front, il se déplaçait avec raideur, à croire que chaque pouce de son corps était meurtri. Et sa barbe à demi brûlée lui donnait un air miteux.

Les cinq hommes – un de moins qu'à leur départ – se rendirent d'abord auprès des guérisseurs du Du Vrangr Gata, qui soignèrent leurs blessures. Puis ils se présentèrent devant Nasuada, dans son pavillon. Celle-ci, après avoir loué leur bravoure, les renvoya, à l'exception de Roran. Elle lui demanda un compte rendu détaillé de leur voyage aller et retour, ainsi que de la prise d'Aroughs. Cela mit un certain temps, mais Nasuada et Eragon – qui se tenait à sa droite – écoutèrent avec une attention soutenue, et parfois horrifiée. Quand le récit fut terminé, Nasuada annonça qu'elle plaçait Roran à la tête d'un bataillon.

Au lieu de s'en réjouir, le jeune homme s'assombrit et fronça les sourcils. Il n'émit cependant aucune objection. Il se contenta de s'incliner en déclarant d'une voix rauque :

– Comme vous voudrez, Dame Nasuada.

Plus tard, Eragon accompagna Roran jusqu'à sa tente. Katrina accueillit son mari avec tant d'émotion qu'Eragon détourna les yeux, embarrassé.

Ils dînèrent ensemble, avec Saphira auprès d'eux. Mais le Dragonnier et sa dragonne s'excusèrent aussi tôt que possible, car Roran n'avait pas l'énergie d'entretenir ses hôtes, et Katrina voulait l'avoir enfin pour elle seule.

Tandis qu'ils déambulaient à travers le camp, dans les ombres du crépuscule, ils entendirent un appel :

– Eragon ! Eragon ! Attends une minute !

Il se retourna. La grande silhouette dégingandée de Jeod courait vers eux, ses longues mèches voletant autour de sa face maigre. Jeod tenait à la main un morceau de parchemin.

– Qu'est-ce que c'est ? s'inquiéta Eragon.

– Ça y est ! s'exclama Jeod.

Il agita le parchemin, les yeux brillants :

– C'est fait, Eragon ! Je l'ai trouvé !

Dans la lumière déclinante, la cicatrice sur sa tempe paraissait étrangement pâle sur sa peau tannée.

– De quoi parles-tu ? Qu'est-ce que tu as trouvé ?

Jeod jeta des regards furtifs autour de lui ; puis, se penchant vers Eragon, il chuchota :

– Mes lectures et mes recherches ont fini par payer. J'ai découvert un passage souterrain qui mène droit au centre de Dras-Leona !

27
DÉCISIONS

– Exposez-moi ça, dit Nasuada.

Eragon s'agita sur son siège, impatienté : Jeod lui avait déjà tout décrit en détail. Néanmoins, il tint sa langue.

Dans la pile de livres et de rouleaux qui encombraient la table, l'érudit s'empara d'un mince volume relié de cuir rouge et reprit ses explications :

– Il y a quelque cinq cents ans, si je ne m'abuse...

Jörmundur l'interrompit d'un geste de la main :

– Laissons là ce détail, nous savons que c'est une approximation.

Jeod poursuivit :

– Donc, il y a quelque cinq cents ans, la reine Forna envoya Erst Barbe-Grise à Dras-Leona, ou plutôt dans la ville qui deviendrait plus tard Dras-Leona.

– Et pourquoi l'y a-t-elle envoyé ? demanda Nasuada en jouant avec l'ourlet de sa manche.

– Les nains étaient en pleine guerre de clans, et Forna espérait s'assurer le soutien de notre peuple en aidant le roi Radgar à construire les fortifications de la ville, d'autant que les nains avaient conçu les défenses d'Aroughs.

Nasuada fit rouler une bordure de dentelles entre ses doigts :

– C'est alors que Dolgrath Demi-Douve a tué Forna...

– Oui. Et Erst Barbe-Grise n'avait plus d'autre choix que de regagner au plus vite les Montagnes des Beors, pour défendre son clan contre les attaques de Demi-Douve. Mais...

Levant un doigt, Jeod ouvrit le livre rouge :

– ... mais avant de partir, il semble qu'Erst avait commencé son travail. Le conseiller du roi Radgar, Lord Yardley, a écrit dans ses mémoires qu'Erst avait dessiné les plans d'un système d'égouts devant courir sous la ville, car cela aurait des répercussions sur la façon de bâtir les fortifications.

De l'extrémité de la table qui occupait le centre du pavillon, Orik approuva :

– C'est tout à fait juste. Quand on bâtit sur des souterrains, il faut tenir compte du poids des constructions et de la qualité de la terre. Sinon, il y a un risque d'éboulements.

Jeod continua :

– Or, Dras-Leona ne possède actuellement aucun réseau d'égouts souterrains. J'ai donc d'abord supposé que les plans d'Erst n'avaient jamais été mis en œuvre. Cependant, quelques pages plus loin, Yardley dit...

Le nez sur le livre, il lut :

– « ... hélas, dans un lamentable concours de circonstances, des pillards dépouillèrent de leurs biens de nombreuses familles et incendièrent leurs maisons. Les soldats intervinrent trop tard, car ils besognaient sous terre, creusant comme de simples paysans. »

Jeod releva la tête :

– Que pouvaient-ils bien creuser ? Je ne trouvais aucune autre mention d'activité souterraine à Dras-Leona ou aux alentours. Jusqu'à ce que je découvre ceci.

Posant le livre rouge, il sélectionna un autre volume, massif, à couverture de bois, d'un bon pied d'épaisseur :

– J'étudiais l'ouvrage d'Othman : *Les Actes de Taradas et Autres Mystères Occultes des Humains, des Nains et des Anciens Elfes*, quand...

– Cet ouvrage est un tissu d'erreurs, l'interrompit Arya.

Elle était assise à gauche de la table, les mains posées sur une carte de la ville :

– L'auteur ne connaissait pas grand-chose à mon peuple, et ce qu'il ne savait pas, il l'a inventé.

– Cela se peut, concéda Jeod. Mais il connaissait fort bien les humains, et ce sont eux qui nous intéressent.

Il ouvrit le livre au milieu et l'installa soigneusement bien à plat :

– Au cours de ses recherches, Othman séjourna longtemps dans la région. Il étudia particulièrement Helgrind et les étranges phénomènes associés à ce lieu. Mais il dit aussi ceci à propos de Dras-Leona : «Les habitants se plaignent souvent de bruits et d'odeurs s'infiltrant sous les pavés des rues et les planchers de leurs maisons, en particulier la nuit. Ils attribuent ces nuisances à des esprits, des spectres ou autres créatures surnaturelles ; mais, s'il s'agit d'esprits, ils sont d'une espèce particulière, car, à ma connaissance, leurs semblables évitent les espaces clos. »

Jeod referma le livre :

– Par chance, Othman était méticuleux. Il marqua sur un plan de Dras-Leona les endroits où les bruits avaient été entendus. Voyez ! Si on les relie par un trait, celui-ci traverse la vieille ville presque en ligne droite.

– Et, selon vous, intervint Nasuada, ça indique la présence d'un tunnel.

C'était une constatation, pas une question.

– Je le pense.

Le roi Orrin, assis près de Nasuada, n'était pas encore intervenu. Il prit la parole :

– Rien de ce que vous nous avez montré, Maître Jeod, ne prouve l'existence de ce souterrain. Il y a peut-être, sous la ville, des catacombes ou des caves reliées aux bâtiments en surface. En supposant qu'il y ait vraiment un tunnel, nous ignorons s'il part de l'extérieur de Dras-Leona et où il aboutit. Au milieu du palais, peut-être ? De plus, d'après vos propres conclusions, la construction de cet hypothétique souterrain n'a jamais été achevée.

— À en croire son tracé, Votre Majesté, rétorqua Jeod, ce ne peut être qu'un tunnel. Aucune cave, aucune catacombe n'aurait cette forme linéaire. Quant à dire s'il a été achevé... Nous savons qu'il n'a jamais été utilisé dans sa fonction initialement prévue – des égouts. Mais nous savons également qu'il existait encore à l'époque d'Othman, ce qui signifie que cet ouvrage a dû être achevé au moins en partie, sinon les infiltrations d'eau l'auraient détruit depuis longtemps.

— Et son entrée ? Ou sa sortie, comme vous voudrez, demanda le roi.

Jeod farfouilla un moment dans la pile de documents avant de mettre la main sur une autre carte de Dras-Leona incluant ses environs :

— Si le tunnel a bien une issue hors de la ville, je dirais qu'elle se situe quelque part par là.

Il posa son index sur un point à l'est de la cité.

La plupart des bâtiments construits à l'extérieur des remparts se trouvaient à l'ouest, du côté du lac. L'endroit désigné par Jeod était donc proche du centre de Dras-Leona, et dans une portion de terrain inhabitée.

— Mais impossible d'en être sûr sans aller voir sur place, conclut l'érudit.

Eragon se rembrunit. Il avait cru la découverte de Jeod plus précise.

— Soyez remercié pour ces recherches, Maître Jeod, dit Nasuada. Vous rendez encore une fois un grand service aux Vardens.

Repoussant la chaise à haut dossier sur laquelle elle était assise, elle se leva dans un bruissement de robe pour venir examiner la carte.

— Si nous envoyons un éclaireur, reprit-elle, nous risquons d'éveiller l'attention de l'Empire. Le tunnel, alors – à supposer qu'il existe –, ne nous servirait pas à grand-chose ; Murtagh et Thorn nous attendraient à la sortie...

Elle se tourna vers Jeod :

– À votre avis, quelles sont ses dimensions ? Combien d'hommes contiendra-t-il ?

– Je ne saurais le dire. Il se pourrait que...

Orik se racla la gorge :

– La terre, par ici, est meuble et argileuse, avec des strates de limon. La pire consistance pour creuser des souterrains. Si Erst avait un minimum de bon sens, il n'aurait pas envisagé un seul large tunnel sous la ville, mais plutôt plusieurs passages étroits, pour réduire les risques d'éboulements. Je suis prêt à parier qu'aucun ne mesure plus d'un mètre de large.

– Trop étroit pour plus d'un homme à la fois, commenta Jeod.

– Trop étroit pour plus d'un knurla, précisa Orik.

Nasuada retourna s'asseoir et fixa la carte d'un regard absent. Après un moment de silence, Eragon déclara :

– Je vais localiser le tunnel. Je sais me rendre invisible grâce à la magie. J'échapperai à la surveillance des sentinelles.

– Peut-être, murmura Nasuada. Mais je n'aime pas l'idée de te lâcher dans la nature, ni toi ni personne d'autre. Le risque est trop grand. Et si Murtagh surveille les lieux ? Sauras-tu le duper ? Sais-tu seulement de quoi il est capable, désormais ?

Elle fit un geste de la main :

– Non, considérons que ce tunnel existe et décidons en conséquence. Si les évènements nous prouvent le contraire, ça ne nous aura rien coûté. Mais si tunnel il y a... il pourrait nous permettre de prendre Dras-Leona.

– Qu'avez-vous en tête ? demanda le roi Orrin, méfiant.

– Quelque chose d'audacieux ; quelque chose... de surprenant.

Eragon grommela :

– En ce cas, il te faut consulter Roran.

– Je n'ai pas besoin de Roran pour concevoir mes plans, Eragon.

Nasuada se tut, et tous, à l'intérieur du pavillon, y compris Eragon, attendirent la suite. Enfin, elle lança :

– Voilà ! On envoie une petite équipe de guerriers nous ouvrir la porte de l'intérieur.

— Et vous imaginez ça comment ? l'interrogea Orik. Ils auront de la chance s'ils n'ont à affronter que les centaines de soldats postés dans la cité. Au cas où vous l'oublieriez, il y a aussi dans les parages une espèce de lézard géant cracheur de feu, qui sera très intéressé par l'intrusion de quelques fous venus ouvrir les portes. Et je ne parle pas de Murtagh.

Une rumeur monta autour de la table. Avant que la discussion ne dégénère, Eragon s'interposa :

— Je peux le faire.

Ces mots eurent sur l'assemblée l'effet d'une douche froide. Le garçon imaginait que Nasuada balaierait sa proposition d'un revers de manche. Elle le surprit en prenant le temps d'y réfléchir, et plus encore quand elle déclara :

— Très bien.

Toute l'argumentation qu'Eragon avait bâtie s'écroula, et il fixa Nasuada avec stupeur. Apparemment, elle avait suivi le même raisonnement que lui.

Un charivari emplit la tente ; chacun voulait parler plus fort que l'autre. La protestation d'Arya domina le vacarme des voix :

— Ne laisse pas Eragon se mettre ainsi en danger ! Envoie plutôt un des jeteurs de sorts de Lupusänghren. Ils sont prêts à apporter leur aide, et ils sont aussi vaillants guerriers que n'importe qui, y compris Eragon.

Nasuada fit un signe de dénégation :

— Aucun homme de Galbatorix n'osera tuer Eragon, pas même Murtagh, ni les magiciens du roi, ni même le dernier de ses soldats. Exploitons cet avantage. D'ailleurs, Eragon est notre meilleur jeteur de sorts, et ouvrir les portes exigera de grandes forces. Si quelqu'un parmi nous a une chance de réussir, c'est lui.

— Et s'il est capturé ? Il n'est pas de taille contre Murtagh, tu le sais.

— Nous créerons une diversion pour occuper Murtagh et Thorn, ce qui lui donnera le temps d'agir.

Arya releva le menton :

– Ah oui ? Quel genre de diversion ?

– Nous ferons mine d'attaquer Dras-Leona par le sud.
Saphira survolera la cité, incendiera quelques bâtiments et
tuera les soldats postés sur les remparts. Thorn et Murtagh
n'auront d'autre choix que de lui donner la chasse, surtout s'ils
voient Eragon la chevaucher... Lupusänghren et ses jeteurs de
sorts invoqueront un avatar, comme ils l'ont déjà fait. Tant que
Murtagh ne s'approchera pas de trop près, il ne découvrira pas
le subterfuge.

– Tu es sûre de toi ?

– Je le suis.

Le visage de l'elfe se durcit :

– En ce cas, j'accompagne Eragon.

Le garçon ressentit un vif soulagement. Il avait espéré qu'elle
viendrait avec lui, sans oser le lui demander de peur d'essuyer
un refus.

Nasuada soupira :

– Tu es la fille d'Islanzadí. Je crains de te mettre en danger.
Si tu mourais... Rappelle-toi la réaction de ta mère quand elle
t'a crue tuée par Durza. Nous ne pouvons nous permettre de
perdre le soutien de ton peuple.

– Ma mère...

Arya pinça les lèvres avant de reprendre :

– Je peux t'assurer, Dame Nasuada, que la reine Islanzadí
n'abandonnera jamais les Vardens, quoi qu'il m'arrive. N'aie
aucun doute là-dessus. J'accompagnerai Eragon, avec deux des
jeteurs de sorts de Lupusänghren.

Nasuada secoua la tête :

– Non, un seul. Murtagh sait parfaitement combien d'elfes
sont chargés de protéger Eragon. S'il remarque l'absence de deux
d'entre eux, il aura des soupçons. D'autre part, Saphira aura
besoin de toute l'aide possible si elle veut échapper à Murtagh.

– Trois personnes ne suffiront pas pour une telle mission,
insista Arya. Nous ne pourrons à la fois assurer la protection
d'Eragon et ouvrir les portes.

— Alors, un membre du Du Weldenvarden ira avec vous.

Un sourire ironique étira les lèvres d'Arya :

— Aucun de tes jeteurs de sorts n'est assez talentueux. On se battra à un contre cent, voire davantage. Nous aurons face à nous, en plus des soldats, des magiciens entraînés. Seuls des elfes ou des Dragonniers...

— Ou des Ombres, grommela Orik.

— Ou des Ombres, concéda Arya – mais Eragon perçut son irritation –, peuvent espérer résister à ce type de magie, et encore. Accorde-moi deux elfes. Personne d'autre, parmi les Vardens, ne convient pour une telle tâche.

— Et moi ? lança une voix. Je compte pour du beurre ?

Tous les yeux convergèrent vers Angela, sortie d'un coin d'ombre. Eragon n'avait pas soupçonné une seconde sa présence.

— Drôle d'expression, commenta l'herboriste. Qui aurait envie de se comparer à une motte de beurre ? Bref, passons...

Elle s'arrêta face à Arya :

— As-tu une objection à ce que je participe à l'expédition, Älfa ? Je ne suis pas membre des Vardens au sens strict, mais j'aimerais faire partie de ce quatuor.

À la surprise d'Eragon, Arya accepta :

— Bien sûr, Avisée. Je n'ai pas voulu t'offenser. Ce sera un honneur de te compter parmi nous.

— Parfait ! s'exclama l'herboriste. Du moins, si *vous* n'y voyez pas d'inconvénient.

Cette remarque s'adressait à Nasuada.

L'air amusé, celle-ci inclina la tête :

— Si tel est votre désir, et si Eragon et Arya n'ont pas d'objection, je n'ai aucune raison de vous le refuser. Cependant, je ne saisis pas bien votre motivation.

Angela fit danser ses boucles :

— Dois-je expliquer chacune de mes décisions ? Oh très bien ! Si ça peut satisfaire votre curiosité, disons que j'ai une dent contre les prêtres de Helgrind, et il me plairait de leur jouer une mauvaise farce. De plus, si Murtagh daigne se montrer, j'ai quelques tours en réserve qui lui donneront à penser.

– Et Elva ? suggéra Eragon. Si quelqu'un peut nous aider à éviter le danger...

Nasuada fronça les sourcils :

– Lors de notre dernière entrevue, elle s'est montrée très claire. Elle refuse d'intervenir, et je n'ai pas l'intention de la supplier à genoux.

– Je lui parlerai, dit Eragon. C'est à moi qu'elle en veut, c'est aussi à moi de le lui demander.

Nasuada tira de nouveau sur les dentelles de sa manche. Puis elle déclara sèchement :

– Fais comme tu veux. Je n'aime pas l'idée d'envoyer une enfant – même possédant les dons d'Elva – au cœur de la bataille. Néanmoins, je la crois plus que capable de se protéger.

– Dans la mesure où les souffrances de ceux qui l'entourent ne la submergent pas, objecta Angela. Les derniers combats l'ont laissée roulée en boule, osant à peine bouger ou respirer.

Nasuada laissa ses dentelles en paix et posa sur Eragon un regard grave :

– Elle est imprévisible. Si elle choisit d'y aller, veille sur elle, Eragon.

– Je te le promets.

Nasuada aborda alors des questions de stratégie avec Orrin et Orik, et le garçon se désintéressa de la discussion, car il avait peu à ajouter sur le sujet. Dans le secret de son esprit, il interrogea Saphira, qui avait tout écouté à travers lui :

« Alors ? Qu'en penses-tu ? Tu es restée bien silencieuse. J'ai pourtant cru que tu allais intervenir quand Nasuada a proposé de s'introduire dans Dras-Leona. »

« Je n'ai rien dit parce que je n'avais rien à dire. C'est un bon plan. »

« Tu es d'accord ? »

« Nous ne sommes plus des débutants, Eragon. Nos ennemis sont redoutables, mais nous le sommes aussi. Il est temps de le leur rappeler. »

« Ça ne t'inquiète pas qu'on soit séparés ? »

« Bien sûr que ça m'inquiète ! gronda-t-elle. Où que tu ailles, les ennemis fondent sur toi comme des mouches sur un morceau de viande. Mais tu n'es plus si vulnérable. »

Sur ces mots, elle émit une sorte de ronronnement.

« Moi, vulnérable ? » protesta-t-il d'un ton faussement outragé.

« Encore un petit peu. Mais tes crocs sont plus dangereux qu'avant. »

« Les tiens aussi. »

« Hmm... Je pars à la chasse. Je sens venir une tempête à vous briser les ailes. Et je n'aurai plus le temps de manger quand on aura lancé l'assaut. »

« Alors, bon vol ! »

Lorsqu'il ne sentit plus sa présence, Eragon reporta son attention sur la conversation ; car, des décisions que prendraient Nasuada, Orik et Orrin, dépendraient peut-être sa vie et celle de Saphira.

28
SOUS LA TERRE
ET LA PIERRE

Eragon roula des épaules pour ajuster plus confortablement sa cotte de mailles sous la tunique qui la dissimulait.

Autour d'eux, l'obscurité régnait, lourde et oppressante. Une épaisse couche de nuages cachait la lune et les étoiles. Sans le halo de la lumière magique qu'Angela élevait dans sa paume, ni Eragon ni les elfes n'auraient vu où ils mettaient les pieds.

L'air était humide, et le garçon sentait parfois des gouttes froides lui mouiller les joues.

Elva lui avait ri au nez quand il lui avait demandé son aide. Il avait usé de tous les arguments, sans réussir à la convaincre. Saphira elle-même était intervenue, passant sa tête massive par l'ouverture de la tente qui abritait l'enfant-sorcière. Devant le regard brillant de la dragonne, Elva avait ravalé ses sarcasmes, mais s'était obstinée dans son refus. Bien qu'irrité par son entêtement, Eragon ne pouvait qu'admirer la force de caractère de la fillette. Dire non à un Dragonnier et à son dragon, ce n'était pas rien. L'incroyable quantité de souffrances qu'elle avait éprouvées pendant sa courte vie l'avait endurcie autant que le plus blasé des guerriers.

Arya agrafait sa longue mante. Eragon en portait une identique, ainsi qu'Angela et Wyrden, l'elfe au pelage noir que Lupusänghren avait choisi pour les accompagner. Les capes étaient destinées autant à leur tenir chaud qu'à dissimuler leurs armes aux yeux de ceux qu'ils croiseraient dans la ville, s'ils parvenaient à y entrer.

Nasuada, Jörmundur et Saphira les avaient accompagnés jusqu'à la lisière du camp, où ils se tenaient à présent. Autour des tentes, les Vardens, les nains et les Urgals se préparaient à l'assaut.

– On est bien d'accord, leur rappela Nasuada, dont le souffle montait en buée dans l'air froid. Si vous n'atteignez pas les portes avant l'aube, trouvez un endroit pour attendre jusqu'au lendemain matin, et nous ferons une autre tentative.

– On ne pourra peut-être pas s'offrir le luxe d'attendre, objecta Arya.

Nasuada opina en se frictionnant les bras. Elle paraissait plus inquiète qu'à l'ordinaire :

– Je sais. De toute façon, nous serons prêts à attaquer dès que vous nous contacterez, quelle que soit l'heure. Votre sécurité est plus importante que la prise de Dras-Leona, ne l'oubliez pas.

À ces mots, son regard s'attarda sur Eragon.

– Il est temps d'y aller, fit remarquer Wyrden. La nuit est déjà avancée.

Eragon pressa son front contre le cou de Saphira.

« Bonne chasse », lui dit-elle doucement.

« À toi aussi. »

Ils se séparèrent à contrecœur. Angela prit la tête du groupe ; Eragon, Arya et Wyrden la suivirent, marchant vers l'est de la cité. Nasuada et Jörmundur murmurèrent des au revoir et souhaits de réussite. Puis le silence les enveloppa, seulement troublé par le bruit léger de leurs respirations et le chuintement de leurs souples bottes de cuir.

Angela diminua autant que possible l'intensité de sa lumière. Eragon avait du mal à éviter les pierres et les branches qui encombraient le sentier.

Ils avancèrent sans parler pendant une bonne heure, jusqu'à ce que l'herboriste fasse halte en chuchotant :

— On y est, autant que je puisse en juger. Difficile d'être sûre, dans ces ténèbres. Mais j'ai un don pour mesurer les distances, à cent pieds près.

À leur gauche, de petites lumières clignotaient, preuve qu'ils étaient tout près de Dras-Leona. Elles semblaient si proches qu'on aurait pu les cueillir.

Eragon et les deux femmes se déployèrent autour de Wyrden tandis que l'elfe s'agenouillait et retirait un gant. Plaçant la paume sur la terre nue, il entama la récitation d'un sort destiné à détecter les emplacements souterrains, qu'un magicien nain, envoyé par Orik, leur avait enseigné en prévision de leur mission.

Tandis que l'elfe fredonnait, Eragon explorait les environs du regard, l'oreille aux aguets. La pluie tombait de plus en plus dru. Il espéra que le temps s'améliorerait avant que la bataille ne s'engage, si bataille il y avait.

Une chouette hulula quelque part, et la main du garçon se crispa sur le pommeau de Brisingr.

« Barzûl », pesta-t-il en lui-même, utilisant le juron favori d'Orik. Il était trop nerveux. L'idée de devoir peut-être affronter bientôt Murtagh et Thorn, ensemble ou séparément, le poussait à bout.

« Si je ne me reprends pas, je suis sûr d'être battu », songea-t-il.

Ralentissant sa respiration, il exécuta mentalement un exercice de contrôle des émotions recommandé par Glaedr.

Quand son élève lui avait parlé de cette mission, le vieux dragon ne s'était pas montré enthousiaste ; néanmoins, il ne s'y était pas opposé. Après avoir évoqué diverses éventualités, il avait déclaré : « Méfie-toi des êtres tapis dans les recoins obscurs, Eragon. »

Ce qui n'avait rien d'encourageant...

Une main toujours posée sur la garde de son épée, le garçon s'essuya le visage, mouillant le cuir de son gant. Puis il glissa son pouce sous la ceinture de Beloth le Sage, lourde des douze diamants qui y étaient enchâssés. Le matin même, il s'était rendu aux enclos où les cuisiniers égorgeaient des volailles et des moutons pour le repas des troupes. Il avait transféré dans les gemmes l'énergie des bêtes agonisantes. Il détestait devoir le faire ; quand son esprit touchait les leurs, la terreur et la souffrance des animaux devenaient les siennes. Il se sentait glisser avec eux dans le néant. C'était une expérience éprouvante, qui le mettait au bord de la panique. Quand il le pouvait, il murmurait des mots en ancien langage pour tenter d'apaiser les bêtes. Il y réussissait parfois. Certes, ces créatures étaient destinées à mourir, et il avait besoin de cette énergie. Mais il détestait cette pratique, car il lui semblait être responsable de ces morts. Il se sentait sali.

La ceinture, à présent, lui paraissait plus lourde, chargée qu'elle était de toutes ces énergies. Même si ses diamants avaient été des pierres sans valeur, Eragon l'aurait estimée plus précieuse que l'or, à cause des nombreuses vies qu'elle contenait.

Comme Wyrden cessait de chanter, Arya demanda :

— Tu as trouvé ?

— Par ici, dit l'elfe en se redressant.

Un mélange d'excitation et de soulagement envahit Eragon. « Jeod avait raison ! »

Wyrden les mena le long d'un sentier à travers une série de petites collines, puis dans une combe à demi cachée dans un repli de terrain.

— L'entrée du tunnel doit être par ici, dit l'elfe en désignant le flanc ouest de la dépression.

L'herboriste ayant augmenté l'intensité de sa lumière, Eragon, Arya et Wyrden entreprirent de fouiller les buissons et de sonder le sol avec des bâtons. Le garçon s'érafla le tibia à une souche de bouleau abattu. Il pesta. Il avait laissé ses jambières – ainsi que son bouclier – pour ne pas attirer l'attention s'ils pénétraient dans la ville.

Ils poursuivirent leurs recherches pendant une vingtaine de minutes, explorant la combe de haut en bas autour de leur point de départ. Soudain, il y eut un choc métallique, aussitôt suivi d'un appel d'Arya :

– Ici !

Ils s'empressèrent de la rejoindre devant une cavité envahie par la végétation. Arya écarta les buissons, révélant une arche de pierre, de cinq pieds de haut pour trois de large. Une grille de fer rouillée fermait l'entrée.

– Regardez, dit Arya, en désignant le sol.

Dans le faible éclairage de la lampe magique, on voyait des traces de piétinement. Une ou deux personnes avaient utilisé le tunnel pour entrer ou sortir subrepticement de Dras-Leona.

– Soyons sur nos gardes, souffla Wyrden.

Angela émit un gloussement :

– Et comment pensais-tu procéder ? En soufflant dans une trompette pour annoncer notre arrivée ?

L'elfe parut vexé, mais il ne répliqua rien.

Arya et Wyrden poussèrent la grille et s'introduisirent dans le goulet à pas comptés. Tous deux firent apparaître leurs propres lumières magiques. Les globes sans flammes, tels de petits soleils rougeoyants, se mirent à flotter au-dessus d'eux. Ils n'éclairaient guère plus qu'une poignée de braises.

Eragon se pencha pour souffler à Angela :

– Pourquoi les elfes te traitent-ils avec autant de respect ? On dirait presque qu'ils te craignent.

– Et je ne mérite pas le respect ?

Il eut un temps d'hésitation :

– Un de ces jours, il faudra bien que tu me parles de toi.

– Qu'est-ce qui te fait dire ça ?

Elle le repoussa pour pénétrer dans le tunnel, et sa cape claqua derrière elle comme l'aile d'un Lethrblaka. Secouant la tête, Eragon lui emboîta le pas.

Grâce à sa petite taille, l'herboriste avait à peine besoin de se baisser pour ne pas heurter la voûte, mais Eragon et les elfes durent se courber tels des vieillards perclus de rhumatismes. Une fine couche de poussière durcie craquait sous leurs semelles. Des éclats de roche et des branches jonchaient le sol, près de l'entrée. Un serpent y avait abandonné sa peau après la mue. Une odeur de paille humide flottait dans l'air.

Ils avaient beau progresser aussi silencieusement que possible, le tunnel amplifiait tous les sons. Le moindre choc, le plus léger frottement, renvoyé par l'écho, emplissait l'atmosphère de milliers de soupirs et de murmures. Eragon se croyait accompagné d'une horde d'êtres désincarnés commentant chacun de ses mouvements.

« Difficile de rester discret », songea-t-il.

Le bout de sa botte heurta un caillou, qui rebondit contre la paroi. Le bruit, multiplié par cent, courut dans les profondeurs du tunnel.

– Désolé, lâcha le garçon, sentant tous les regards converger vers lui.

Il eut un sourire désabusé. « Au moins, on sait ce qui causait les étranges rumeurs souterraines de Dras-Leona. » Il en parlerait à Jeod à leur retour.

Ils étaient engagés bien avant dans le passage quand Eragon fit halte pour regarder en arrière. L'entrée était déjà perdue dans le noir. L'obscurité était presque palpable. Entre ces murs étroits, sous ce plafond bas, le garçon se sentait oppressé. Il n'avait pourtant pas la phobie des espaces clos, mais ces lieux lui rappelaient les souterrains de Helgrind où il avait combattu les Ra'zacs avec Roran – un très mauvais souvenir.

Il inspira profondément, relâcha son souffle. À l'instant de se remettre en route, il vit deux grands yeux brillants posés sur lui, telles des pierres de lune couleur de cuivre. Il allait tirer Brisingr du fourreau quand Solembum s'avança de sa démarche feutrée.

Le chat-garou s'arrêta au seuil de la lumière. Il agita ses oreilles aux pointes noires, et ses mâchoires s'étirèrent en une expression amusée.

Eragon, soulagé, salua l'animal d'un signe de tête. « J'aurais dû m'en douter. » Où allait Angela, Solembum allait aussi. Une fois de plus, le garçon s'interrogea sur le passé de l'herboriste. « Comment a-t-elle gagné sa fidélité ? »

Tandis que les autres s'éloignaient, le chat-garou s'enfonça dans l'ombre et disparut.

Rassuré à l'idée qu'il surveillait ses arrières, Eragon se dépêcha de rattraper ses compagnons.

Avant leur départ, Nasuada les avait renseignés sur le nombre de soldats que comptait la ville, ainsi que sur les endroits où ils étaient postés, leurs tâches et leurs habitudes. Elle leur avait également fourni des détails sur les appartements de Murtagh, ses goûts alimentaires et même son humeur le soir précédent. Des informations d'une précision surprenante. Questionnée sur ses sources, elle avait souri en expliquant que, depuis l'arrivée des Vardens devant Dras-Leona, les chats-garous lui servaient d'espions. Dès qu'Eragon et ses compagnons seraient en ville, ils les escorteraient jusqu'aux portes sud, mais éviteraient autant que possible de révéler leur présence à l'Empire, pour continuer à assurer leur surveillance. Qui, en vérité, soupçon-nerait un gros chat, errant indolemment par les rues, d'être un espion ennemi ?

Alors qu'il se remémorait cette dernière entrevue avec Nasuada, Eragon songea soudain que la plus grande faiblesse de Murtagh était d'avoir encore besoin de dormir. « Si on ne réussit pas à le capturer ou à le tuer aujourd'hui, il faudra trouver un moyen de le réveiller au milieu de la nuit – et ça, nuit après nuit. Avec le manque de sommeil, il ne sera plus autant en forme pour se battre. »

Ils avançaient toujours dans le tunnel, qui s'enfonçait, droit comme une flèche, sans courbe ni détour. Eragon crut seulement sentir une légère déclivité – ce qui s'expliquait si l'usage originel du souterrain était d'emporter à l'extérieur les saletés de la ville.

Bientôt, le sol se mit à coller à leurs semelles comme de l'argile humide. De l'eau gouttait du plafond, et le garçon sen-tait parfois dans son cou comme la caresse d'un doigt froid. Il dérapa sur une plaque de boue, se retint au mur ; le contact était visqueux.

Le temps s'écoulait, impossible à mesurer. Avaient-ils passé une heure dans ce tunnel? Dix heures? Ou seulement quelques minutes? Eragon avait mal au dos à force de se tenir courbé, et il était las de contempler toujours, semblait-il, les mêmes vingt pieds de pierre éclairés par la lueur rougeâtre des lampes magiques.

Il remarqua enfin que l'écho diminuait. Bientôt, le tunnel les déposa dans une vaste salle rectangulaire dont la voûte en plein cintre culminait à quinze bons pieds. À part un tonneau pourrissant, dans un coin, l'endroit était vide. Face aux arrivants, trois ouvertures identiques en forme d'arcade ouvraient sur trois autres pièces également identiques, exiguës et sombres. Où celles-ci aboutissaient-elles? Impossible de le dire.

Le petit groupe s'arrêta, et Eragon déplia lentement sa colonne vertébrale douloureuse.

— Ça ne devait pas être sur le plan d'Erst, fit remarquer Arya.

— Quel chemin choisir? demanda Wyrden.

— Celui de gauche, c'est évident, affirma l'herboriste. Toujours celui de gauche.

Et elle se dirigea à grands pas vers l'arche désignée.

Eragon ne put s'en empêcher. Il lança:

— À gauche par rapport à quoi? Si on se place dans l'autre sens, la gauche...

— La gauche serait la droite, et la droite la gauche, oui, oui...

Les yeux d'Angela s'étrécirent:

— Tu fais parfois un peu trop le malin, Tueur d'Ombre... Très bien, nous suivrons ton idée. Mais ne viens pas te plaindre que je ne t'avais pas prévenu si on tourne en rond pendant des jours.

En vérité, Eragon aurait préféré prendre la porte du milieu, qui lui paraissait conduire logiquement au centre de la ville. Mais il n'avait pas envie de se disputer avec l'herboriste. « De toute façon, songea-t-il, nous finirons bien par trouver des escaliers. Il ne peut y avoir beaucoup d'autres salles comme celles-ci sous Dras-Leona. »

Levant sa lumière magique, Angela partit en tête, suivie de Wyrden et d'Arya, tandis qu'Eragon fermait la marche.

La salle où menait l'arche de droite était plus grande qu'elle ne paraissait au premier regard, car elle s'élargissait d'une trentaine de pieds sur le côté, puis tournait sur quelques mètres et finissait sur un corridor aux parois constellées de candélabres vides. Le couloir aboutissait dans une petite pièce munie également de trois portes en arcade, chacune ouvrant sur une autre pièce avec d'autres arcades et ainsi de suite.

« Qui a construit ça, et pour quel usage ? se demandait Eragon, stupéfait. Toutes les salles qu'ils traversaient étaient vides. Ils ne virent qu'un tabouret auquel il manquait un pied, qui tomba en poussière quand le garçon le repoussa du bout de sa botte, et une pile de poteries cassées recouvertes de toiles d'araignées.

Angela, sans aucune hésitation, choisissait toujours la porte de droite. Eragon aurait bien émis une objection, mais il n'avait pas de meilleure méthode à proposer.

L'herboriste s'arrêta dans une chambre circulaire, où sept portes en arcade s'ouvraient le long des murs à intervalles réguliers. Sept corridors – y compris celui qu'ils avaient emprunté – en partaient.

– Marquons l'endroit d'où nous venons, dit Arya. Sinon on va se perdre.

Avec le bout du pommeau de Brisingr, Eragon creusa une ligne sur le mur de pierres. En même temps, il fouilla des yeux l'obscurité, essayant d'apercevoir Solembum. Il ne distingua pas même un poil de moustache. Il espéra que le chat-garou ne s'était pas égaré dans ce labyrinthe. Il fut tenté de le localiser mentalement, mais il résista à cette impulsion ; si un esprit mal avisé percevait son intrusion, il pourrait alerter l'Empire.

– Ah ! s'exclama Angela.

Les ombres bougèrent autour d'Eragon quand l'herboriste, se hissant sur la pointe des pieds, éleva sa lumière vers la voûte.

Le garçon regagna en hâte le centre de la pièce où elle se tenait, entourée des elfes :

— Qu'y a-t-il ?

— Le plafond, Eragon, chuchota Angela. Regarde le plafond !

Il regarda, ne vit que des blocs de pierre couverts de moisissures, et si fissurés qu'il se demanda par quel miracle ils tenaient encore ensemble.

Puis sa vision se précisa, et il lâcha une exclamation.

Ce qu'il avait pris pour des fissures étaient des lignes et des lignes de runes profondément gravées. L'écriture était serrée, nette et droite. Si les siècles et l'humidité avaient rongé une partie du texte, l'ensemble restait cependant lisible.

Eragon s'efforça de déchiffrer les runes, mais il ne reconnaissait que quelques mots, dont l'orthographe différait de celle à laquelle il était accoutumé.

— Qu'est-ce que ça dit ? demanda-t-il. Est-ce du nain ?

— Non, répondit Wyrden. C'est une langue de notre peuple, telle qu'elle était parlée et écrite il y a très longtemps ; et dans un dialecte particulier, celui de Tosk le Fanatique.

Ce nom fit sonner une corde dans la mémoire d'Eragon :

— Quand on est allés délivrer Katrina, Roran et moi, on a entendu les prêtres de Helgrind faire mention d'un certain livre de Tosk.

L'elfe acquiesça :

— Cet ouvrage est au fondement de leur foi. D'autres avant Tosk célébraient déjà un culte à Helgrind, mais il fut le premier à codifier les pratiques et les croyances. Depuis, beaucoup l'ont imité. Les adorateurs de Helgrind le considèrent comme un prophète.

Wyrden écarta les bras :

— Et ceci raconte l'histoire véridique de Tosk, de sa naissance à sa mort, un récit qui ne se transmet qu'entre les disciples de la secte.

— Voilà qui pourrait beaucoup nous en apprendre, commenta Angela, sans quitter le plafond des yeux. Si on avait un peu de temps…

Eragon fut surpris de la voir si captivée.

Arya jeta un coup d'œil aux sept corridors :

– D'accord, mais lisez vite !

Tandis qu'Angela et Wyrden déchiffraient les runes avec une curiosité avide, Arya s'avança vers une des ouvertures et entonna à mi-voix un sortilège de détection. Quand elle eut fini, elle écouta, la tête un peu penchée, avant de gagner l'arcade suivante.

Eragon observa un moment les runes. Puis il revint à la sortie du couloir qui les avait amenés dans cette salle, s'appuya contre le mur et attendit. Le froid de la pierre s'insinua dans son épaule.

Arya était arrivée devant la quatrième arcade. La cadence à présent familière de son incantation s'éleva de nouveau tel un murmure de vent.

Toujours rien.

Un picotement sur le dos de sa main attira l'attention d'Eragon. Une sorte d'énorme criquet sans ailes s'agrippait à son gant. L'insecte était hideux, noir, l'abdomen renflé, avec des pattes poilues et une tête massive évoquant un crâne. Sa carapace luisait comme de l'huile.

Secouant vivement le bras, le garçon envoya valser la bestiole ; elle tomba quelque part dans les ténèbres avec un *pop !* parfaitement audible.

Le cinquième passage ne révéla rien de plus à Arya que les quatre premiers. Elle dépassa celui devant lequel se tenait Eragon et s'arrêta devant le septième.

Avant qu'elle ait pu entamer son chant, un miaulement guttural résonna, qui semblait venir de toutes les directions à la fois. Il fut suivi d'un feulement et d'un crissement de griffes, et le garçon sentit ses cheveux se hérisser sur sa nuque.

Angela pivota sur ses talons :

– Solembum !

D'un même geste, les quatre compagnons tirèrent leurs épées.

Eragon regagna le centre de la salle, son regard passant d'une ouverture à l'autre. Sa gedwëy ignasia le démangeait comme une piqûre de puce, un avertissement de peu d'utilité, car il n'indiquait ni la nature ni la provenance du danger.

– Par ici ! cria Arya en désignant la septième arcade.

L'herboriste se campa sur ses jambes.

– Non ! souffla-t-elle avec véhémence. Il faut le secourir.

Eragon remarqua qu'elle tenait une arme dont la courte lame étrangement transparente jetait des éclats de diamant.

Le front d'Arya se plissa :

– Si Murtagh apprend qu'on est ici, on ne...

Aucun bruit n'annonça ce qui allait arriver. Ce fut si rapide qu'Eragon n'aurait rien vu s'il ne s'était pas trouvé face à la bonne direction : des portes dissimulées dans les parois de trois des corridors s'ouvrirent à la volée, et une trentaine de soldats en noir jaillirent, l'épée à la main.

– Letta ! lança Wyrden.

Les hommes d'un des groupes s'effondrèrent, rejetés en arrière comme s'ils avaient heurté un mur. Mais les autres bondirent dans la salle ; l'heure n'était plus à la magie. Eragon para aisément un premier coup et, d'un revers de Brisingr, décapita son agresseur. Ainsi que tous les assaillants, il avait le visage masqué d'un foulard ne laissant voir que les yeux. Le morceau de tissu s'envola tandis que la tête tourbillonnait sur le sol telle une toupie.

Eragon fut soulagé de sentir sa lame trancher de la chair et des os. Pendant un bref instant, il avait craint que les soldats ne soient protégés par des armures, des sortilèges ou, pire, qu'ils ne soient même pas humains.

Il venait d'en embrocher un deuxième et pivotait pour en affronter deux nouveaux quand une épée qui n'aurait pas dû être là siffla vers son cou. Sa protection magique le sauva d'une mort certaine, mais il dut reculer en hâte.

Stupéfait, il découvrit que l'homme dont il avait traversé la poitrine de part en part était toujours debout ; il ne semblait en rien affecté par sa blessure ni par le flot de sang qui lui inondait le flanc.

Eragon sentit la terreur l'envahir.

— Ils ne sentent pas la douleur ! cria-t-il tout en bloquant frénétiquement des lames venues de trois directions à la fois.

Si les autres l'entendirent, ils ne répondirent pas. Le garçon se concentra sur le combat, comptant sur ses compagnons pour assurer ses arrières.

Il se fendait, parait, esquivait, faisant siffler Brisingr à croire qu'elle était aussi légère qu'une badine. En temps normal, il se serait débarrassé de tous ces hommes en un instant. Mais leur insensibilité à la douleur l'obligeait à les décapiter, à leur percer le cœur ou à attendre que la perte de sang leur fasse enfin perdre conscience. Sinon les assaillants revenaient à la charge, sans se soucier de leurs blessures. Étant donné leur nombre, il était difficile d'esquiver tous leurs coups et de les leur rendre. Eragon aurait pu cesser de se défendre et laisser simplement agir ses sorts de protection, mais il y aurait usé ses forces aussi rapidement qu'en maniant Brisingr. Or, il ignorait à quel moment les sorts s'épuiseraient – et il en aurait encore besoin plus tard. Il combattait donc avec autant de prudence que si les épées ennemies pouvaient le tuer ou le mutiler comme n'importe quelle arme.

D'autres guerriers en noir affluaient par les portes cachées ouvertes dans les murs. Ils encerclèrent Eragon, qui recula sous leur nombre. Des mains s'accrochaient à ses jambes, à ses bras, menaçaient de l'immobiliser.

— Kverst ! grommela-t-il, utilisant un des douze mots mortels qu'Oromis lui avait enseignés.

Comme il le craignait, le sort ne fit aucun effet : les hommes étaient protégés contre toute attaque magique directe. Le garçon se servit alors d'une formule que Murtagh avait lancée une fois contre lui :

— Thrysta vindr !

C'était un moyen détourné de repousser les adversaires sans les frapper, en projetant l'air contre eux. En tout cas, ce fut efficace. Une rafale de vent fit voler les cheveux et la cape du garçon, et déblaya l'espace sur dix pieds devant lui. La dépense d'énergie diminua nettement ses forces sans toutefois les épuiser.

Il jeta un œil derrière lui pour voir où en étaient ses compagnons. Wyrden avait trouvé lui aussi un moyen de tenir ses adversaires à l'écart. De longs filaments lumineux jaillissaient de sa main et s'enroulaient autour de chaque guerrier assez malchanceux pour passer à sa portée.

Cependant, les portes secrètes continuaient de déverser de nouveaux attaquants.

— Par ici ! cria Arya.

Et elle s'engouffra dans le septième corridor, celui qu'elle n'avait pas eu le temps d'examiner avant l'embuscade.

Wyrden la suivit, ainsi qu'Eragon. Angela vint la dernière, boitant et tenant son épaule ensanglantée. Derrière elle, les hommes en noir marquèrent un temps d'hésitation. Puis, avec un rugissement sonore, ils prirent les fuyards en chasse.

Tout en remontant le couloir au galop, Eragon composait mentalement une variation du sort qu'il venait d'utiliser afin qu'il tue au lieu de simplement repousser les adversaires. Il le garda en tête pour l'utiliser dès qu'ils seraient assez nombreux dans son champ de vision.

« Qui sont-ils ? Et combien sont-ils ? »

Il aperçut devant lui une ouverture par laquelle passait une faible lumière violette. À peine eut-il le temps de s'interroger sur son origine que l'herboriste poussait un cri perçant. Il y eut un éclair orangé, suivi d'un son discordant, et l'air s'emplit d'une odeur de soufre.

Eragon fit volte-face. Cinq hommes en noir entraînaient Angela par une ouverture qui venait de se créer dans la paroi.

— Non ! hurla-t-il.

L'ouverture se refermait déjà, aussi silencieusement qu'elle s'était formée, et le mur reprit son aspect solide.

— Brisingr ! lança le garçon.

Son épée s'enflamma. Il plaça la pointe contre la paroi pour tenter de découper une ouverture. Mais la pierre était dure, lente à fondre. Il comprit vite que cette tâche exigerait plus d'énergie qu'il n'était prêt à en sacrifier.

Arya fut tout de suite à ses côtés. Elle posa sa paume contre l'emplacement de la porte et murmura :

– Ládrin ! *Ouvre-toi !*

Rien ne se passa ; le garçon se sentit néanmoins stupide de ne pas avoir d'abord essayé ce terme de magie.

Leurs poursuivants étaient à présent si proches qu'Arya et lui n'avaient plus d'autre choix que de les affronter. Eragon aurait voulu lancer la formule qu'il avait préparée, mais l'étroitesse du corridor ne permettait le passage que de deux individus à la fois. S'il ne voyait pas les autres, cachés derrière les premiers, ils ne seraient pas tués. Mieux valait garder le sort secret et attendre le moment favorable.

Arya et lui décapitèrent les deux premiers attaquants, puis éliminèrent les deux suivants qui trébuchaient sur les corps. Ils se débarrassèrent ainsi rapidement de six soldats. Mais la file semblait ne devoir jamais finir.

– Par ici ! les appela Wyrden.

Arya lança :

– Stenr slauta !

Et, sur toute la longueur du corridor à partir de l'endroit où ils se tenaient, les pierres des murs explosèrent. Les hommes se recroquevillèrent sous la grêle de débris aux éclats tranchants, et beaucoup tombèrent sur le sol, mutilés.

Arya et Eragon s'étaient déjà retournés pour suivre Wyrden, qui courait vers l'ouverture, au bout du couloir. L'elfe n'en était plus qu'à trente pieds.

Puis dix...

Puis cinq...

Des faisceaux de piques en améthyste jaillirent alors du sol et du plafond, emprisonnant Wyrden. L'elfe parut flotter au centre du corridor, les pointes acérées repoussées par ses sorts de protection à moins d'un pouce de sa peau. Puis une décharge d'énergie crépita le long de chaque pique. Leurs dards s'illuminèrent, et, avec un crissement horrible, ils pénétrèrent dans sa chair.

Wyrden s'effondra avec un grand cri ; sa lumière magique s'éteignit, et il ne bougea plus.

Eragon s'était arrêté à quelques pas, abasourdi. Malgré toute son expérience des batailles, il n'avait encore jamais assisté à la mort d'un elfe. Pour lui, Wyrden, Lupusänghren et tous les autres étaient des guerriers si accomplis qu'ils ne pouvaient mourir, sinon en affrontant Galbatorix ou Murtagh.

Arya semblait aussi sonnée que lui. Cependant, elle se reprit vite.

— Eragon, dit-elle d'une voix pressante, taille-nous un passage avec Brisingr.

Il comprit. Son épée, contrairement à celle d'Arya, serait imperméable à la magie démoniaque contenue dans les aiguilles de quartz.

Il balança son arme en y mettant toutes ses forces. Une demi-douzaine de piques se brisa avec un tintement de cloche sous la lame adamantine[1] de Brisingr. Les tronçons rebondirent sur le sol, tels des éclats de glace.

Eragon se glissa le long du mur pour éviter de toucher les piques ensanglantées qui embrochaient le corps de Wyrden. À grands coups de Brisingr, il fauchait le buisson scintillant, envoyant voler dans les airs des débris d'améthyste. L'un d'eux lui érafla la joue et il sursauta, étonné et inquiet que ses protections l'aient trahi.

Les restes effilés des piques brisées l'obligeaient à avancer prudemment. Les moignons hérissés au sol pouvaient transpercer ses bottes, ceux du plafond menaçaient sa tête et son cou. Il réussit cependant à naviguer à travers ces dangereux écueils sans autre blessure qu'une entaille à la cuisse droite, qui l'élançait chaque fois qu'il s'appuyait sur cette jambe.

---

1. Qui a l'éclat du diamant.

Le temps qu'il aide Arya à franchir les dernières rangées de piques, une nouvelle troupe de guerriers noirs les avait presque rattrapés. L'elfe et lui se ruèrent vers l'ouverture et pénétrèrent dans la lumière violette. Eragon s'apprêtait à se retourner aussitôt pour faire face aux assaillants et les massacrer jusqu'au dernier, en représailles pour la mort de Wyrden.

Or, une fois passé l'ouverture, il se trouva dans une salle sombre, une construction massive qui lui rappela les cavernes sous Tronjheim. Une mosaïque circulaire, faite de marbre, de calcédoine et d'hématite polie, occupait le centre du carrelage. Tout autour, des améthystes grosses comme le poing irradiaient doucement, serties dans des montures d'argent. De là venait la lueur qui s'infiltrait dans le corridor. Contre le mur du fond, face aux arrivants, se dressait un autel noir recouvert de draperies or et écarlate, flanqué de piliers et de candélabres. De chaque côté, il y avait une porte fermée.

Eragon nota tout cela en une fraction de seconde, avant de s'apercevoir qu'emporté par son élan il allait traverser le cercle d'améthystes et marcher sur le disque de mosaïque. Il était trop tard pour ralentir. Il fit donc ce qu'il put. Il sauta vers l'autel, espérant franchir le disque d'un seul bond.

En s'envolant au-dessus des améthystes, l'ultime émotion qu'il ressentit fut le regret. Et sa dernière pensée alla vers Saphira.

29
NOURRIR UN DIEU

Eragon fut d'abord frappé par la différence de couleurs. Les blocs de pierre du plafond paraissaient plus richement ornés qu'avant. Des détails jusqu'alors obscurs devenaient évidents tandis que d'autres s'effaçaient. Au-dessous de lui, le cercle de mosaïque se révélait dans toute sa splendeur.

Il lui fallut un moment pour comprendre la raison de ce changement : la lampe magique d'Arya n'éclairait plus la pièce de sa lueur orangée. La lumière provenait à présent du sourd éclat des améthystes et des chandelles allumées dans les candélabres.

Il s'aperçut alors que quelque chose lui emplissait la bouche, exerçant une pression pénible sur ses mâchoires, et qu'il était pendu par les poignets à une chaîne accrochée au plafond. Il voulut bouger. Ses chevilles étaient entravées par des fers fixés à un anneau dans le sol.

En se contorsionnant, il découvrit Arya, près de lui, liée et suspendue de la même manière, bâillonnée comme lui. Elle était revenue à elle et le regardait ; il vit son soulagement quand il reprit conscience à son tour.

« Pourquoi ne s'est-elle pas échappée ? » songea-t-il. Puis : « Que nous est-il arrivé ? »

Son esprit fonctionnait au ralenti, comme s'il était ivre de fatigue.

Il constata qu'on l'avait dépouillé de ses armes et de son armure. Il n'était vêtu que de ses braies. La ceinture de Beloth le Sage avait disparu, ainsi que le collier offert par les nains, qui le protégeait des intrusions mentales. Aren, l'anneau des elfes, manquait aussi à son doigt.

Un début de panique monta en lui. Puis il se rassura à l'idée qu'il n'était pas totalement sans défense tant qu'il pourrait utiliser la magie. À cause de son bâillon, il devrait lancer un sort mental, une méthode plus dangereuse que de le prononcer à voix haute – car ses pensées risquaient de s'égarer sur un mot inadéquat –, mais moins que de le faire sans utiliser l'ancien langage. Quoi qu'il en soit, se libérer ne lui coûterait que peu d'énergie, et il était sûr d'y réussir sans trop de difficulté.

Il ferma les yeux pour se préparer. Il entendit alors Arya agiter ses chaînes en haletant. Il se tourna vers elle. Elle le regardait en secouant la tête. Il haussa un sourcil, l'air de demander :

« Quoi ? » Mais elle ne savait qu'émettre des sons étouffés en poursuivant son signe de dénégation.

Prudemment, Eragon projeta son esprit vers elle, à l'affût du plus léger signe d'intrusion d'un autre esprit. À sa grande inquiétude, il se heurta à une molle pression, comme si son cerveau était emballé dans une épaisseur de laine.

La panique l'envahit de nouveau, en dépit de ses efforts pour garder son sang-froid.

Il n'était pas drogué, de ça il était sûr. Alors, quel phénomène autre qu'une drogue l'empêchait de lancer son esprit vers Arya ? De la magie ? En ce cas, elle ne ressemblait en rien à ce qu'il connaissait.

Ils se fixèrent l'un l'autre un long moment ; puis un frémissement d'Arya lui fit lever les yeux. Des ruisselets de sang coulaient le long des bras de l'elfe : les menottes qui lui encerclaient les poignets lui avaient arraché la peau.

La colère monta en lui. Attrapant les chaînes, il tira dessus de toutes ses forces. Elles résistèrent, mais il s'acharna. Pris d'une rage frénétique, il tira, tira encore, sans se soucier de la douleur. Enfin, il se laissa pendre, tandis qu'un sang chaud gouttait de ses poignets sur sa nuque et ses épaules.

Déterminé à trouver un moyen de s'échapper, il rassembla son énergie et, dirigeant le sort vers ses chaînes, il prononça mentalement :

« Kverst malmr du huildrs edtha, mar frëma né thön eka threyja ! »

Chacun de ses nerfs vibra de souffrance, et le bâillon étouffa son cri. Incapable de prolonger sa concentration, il relâcha le sort ; l'enchantement cessa.

La douleur s'évanouit aussitôt, mais le laissa essoufflé, le cœur cognant comme s'il venait de sauter d'une falaise. Ce qu'il avait ressenti ressemblait aux crises qui le secouaient régulièrement avant que les dragons ne guérissent la cicatrice de son dos au cours de l'Agaetí Sänghren.

Tandis qu'il se remettait lentement, il vit le regard angoissé d'Arya fixé sur lui. « Elle a dû tenter de jeter un sort, elle aussi », songea-t-il. Puis il se demanda : « Comment tout cela a-t-il pu arriver ? » Eux deux enchaînés et impuissants, Wyrden mort, l'herboriste capturée ou tuée, et Solembum gisant sans doute, blessé, quelque part dans le labyrinthe souterrain, si les guerriers noirs ne l'avaient pas déjà achevé. Eragon ne parvenait pas à y croire. Avec Wyrden et Arya, ils formaient un des groupes les plus redoutables d'Alagaësia. Pourtant, ils avaient été vaincus ; Arya et lui étaient maintenant à la merci de l'ennemi.

« Si on réussissait à s'échapper... » Il écarta cette pensée ; ça ne servait à rien. Il aurait voulu plus que tout contacter Saphira, ne fût-ce que pour s'assurer qu'elle était saine et sauve, et pour trouver du réconfort en sa compagnie. Malgré la présence d'Arya, il se sentait affreusement seul, et cela le déprimait.

Ignorant le supplice que lui infligeaient ses poignets, il recommença à tirer sur ses chaînes, convaincu qu'en insistant assez longtemps il les décrocherait du plafond. Il essaya de les secouer, de les tordre, mais les fers qui lui maintenaient les chevilles l'empêchaient d'aller très loin sur les côtés.

La douleur l'obligea finalement à cesser. Ses poignets lui brûlaient, comme enserrés dans un fer rouge, et il craignait de léser un muscle en insistant. Il ne voulait pas non plus perdre trop de sang, ne sachant combien de temps ils resteraient ainsi pendus, Arya et lui.

Autant qu'il pût en juger, leur captivité ne durait sans doute que depuis quelques heures, car il ne ressentait pas encore le besoin de manger ou de se soulager. Mais, si cela s'éternisait, leur situation n'en serait que plus insupportable.

À cause de la brûlure à ses poignets, chaque minute lui paraissait un siècle. De temps à autre, il échangeait un regard avec Arya. Ils tentaient de communiquer, en vain. À deux reprises, la douleur s'étant un peu atténuée, il se risqua à tirer de nouveau sur les chaînes, sans succès. Ils ne pouvaient l'un et l'autre qu'attendre et endurer.

Puis, alors qu'Eragon se demandait si quelqu'un finirait par venir, il entendit des tintements de cloches quelque part dans les tunnels, et les portes situées des deux côtés de l'autel tournèrent sans bruit sur leurs gonds. Le garçon se raidit ; Arya et lui fixèrent des yeux les ouvertures.

Une minute s'écoula, interminable.

Soudain, un charivari discordant emplit la salle d'échos furieux. Les portes livrèrent passage à trois novices, des jeunes gens en toges dorées, portant chacun un cadre métallique auquel pendaient des clochettes. Derrière eux venaient vingt-quatre hommes et femmes, dont aucun ne possédait l'intégralité de ses membres. Les estropiés étaient vêtus de longues robes de cuir sombre, taillées de sorte à dissimuler leurs mutilations. Apparurent alors six esclaves au corps huilé qui soutenaient une litière où trônait un être asexué, sans bras ni jambes, la bouche dépourvue de dents : le Grand Prêtre de Helgrind. Une sorte de cimier de trois pieds de haut couronnait sa tête, accentuant encore sa difformité.

Prêtres et novices se placèrent autour du cercle de mosaïque, tandis que les esclaves déposaient avec précaution la litière sur l'autel, au fond de la salle. Puis les trois beaux jeunes gens agitèrent de nouveau leurs clochettes, ce qui produisit une cacophonie insupportable, tandis que les prêtres en robe de cuir psalmodiaient une brève incantation. Ils prononçaient les mots si vite qu'Eragon ne saisit que les noms des trois pics de Helgrind : Gorm, Ilda et Fell Angvara.

Les yeux du Grand Prêtre, aussi noirs que des pépites d'obsidienne, se posèrent sur les captifs.

— Bienvenue dans la salle de Tosk, déclara-t-il, sa bouche mutilée distordant les syllabes. Voilà deux fois que tu violes un de nos sanctuaires, Dragonnier ! Tu n'auras plus l'occasion de le faire... Galbatorix voudrait que nous épargnions ta vie et t'envoyions à Urû'baen. Il croit pouvoir te contraindre à le servir. Il rêve de ressusciter les Dragonniers et de restaurer la race des dragons. Je dis, moi, que ses rêves sont folie. Vous êtes trop dangereux, et nous ne voulons pas voir les dragons resurgir. On croit communément que nous vénérons Helgrind. C'est un mensonge que nous avons répandu afin de garder secrète la vraie nature de notre religion. Ce n'est pas à Helgrind que nous vouons un culte, mais aux Anciens qui en ont fait leur repaire et à qui nous sacrifions notre chair et notre sang. Les Ra'zacs sont nos dieux, Dragonnier, les Ra'zacs et les Lethrblakas.

Une nausée d'horreur contracta l'estomac d'Eragon.

Le Grand Prêtre cracha vers lui, et un filet de bave dégoulina sur sa lèvre inférieure :

— Il n'y a pas de torture assez horrible pour un tel crime, Dragonnier. Vous avez tué nos dieux, toi et ton maudit dragon. Pour cela, tu dois mourir.

Eragon se débattit dans ses chaînes et voulut crier à travers son bâillon. S'il avait pu parler, il aurait tenté de gagner du temps en révélant par exemple les derniers mots des Ra'zacs, ou en brandissant la menace d'une vengeance de Saphira. Mais, visiblement, personne n'avait l'intention de lui libérer la bouche.

Le Grand Prêtre eut un sourire hideux qui découvrit ses gencives grisâtres :

— Tu ne t'échapperas pas, Dragonnier. La magie des améthystes retient dans ce cercle quiconque a profané notre temple ou volé nos trésors, même un être aussi puissant que toi. Et personne ne viendra te secourir. Deux de tes compagnons sont morts – oui, même cette fouineuse de sorcière – et Murtagh ne sait rien de ta présence ici. Ce jour sera ton dernier, Eragon le Tueur d'Ombre.

Et, rejetant la tête en arrière, le Grand Prêtre émit un horrible sifflement qui s'acheva dans un gargouillis.

Par l'ouverture sombre à gauche de l'autel apparurent alors quatre esclaves, torse nu. Ils portaient sur leurs épaules une sorte de plateau présentant en son milieu deux cavités en forme de coupe. Dans ces creux étaient posés deux objets ovales, d'environ un pied et demi de haut pour un demi-pied d'épaisseur, d'un bleu sombre, à la surface grêlée.

Eragon crut que le temps ralentissait :

« Ça ne peut pourtant pas être… »

L'œuf de Saphira était lisse et veiné à la façon du marbre. Non, ces formes oblongues n'étaient pas des œufs de dragon. L'autre hypothèse était effrayante.

– Puisque tu as tué les Anciens, reprit le Grand Prêtre, il est juste que tu œuvres à leur renaissance. Tu ne mérites pas cet honneur, mais cela leur plaira, et nous cherchons en tous points à satisfaire leurs désirs. Nous sommes leurs fidèles serviteurs, et eux sont des maîtres cruels et implacables : le dieu aux trois visages – les chasseurs d'hommes, les dévoreurs de chair, les buveurs de sang. Nous leur offrons nos corps dans l'espoir d'obtenir la révélation sur les mystères de la vie et l'absolution de nos fautes. Tosk l'a écrit ; qu'il soit fait selon sa parole !

Les célébrants en robe de cuir reprirent à l'unisson :

– Tosk l'a écrit ; qu'il soit fait selon sa parole !

Le Grand prêtre approuva de la tête :

– Les Anciens ont toujours niché à Helgrind, mais, au temps de mon arrière-grand-père, Galbatorix vola leurs œufs et tua leurs petits. Il les obligea à lui jurer fidélité sous peine de voir éradiquée toute leur lignée. Il a fait creuser les tunnels et les cavernes qu'ils utilisent depuis ; et à nous, leurs dévoués serviteurs, il a confié la garde de leurs œufs, pour en prendre soin jusqu'à ce qu'il ait besoin d'eux. Nous nous sommes acquittés de notre mission, et nul ne peut nous reprocher d'avoir failli à la tâche.

« Mais nous prions pour que Galbatorix soit renversé, car nul ne devrait soumettre les Anciens à sa volonté. C'est une abomination.

L'affreux mutilé se lécha les lèvres, et Eragon vit avec dégoût qu'il lui manquait un morceau de langue.

— Vous aussi, nous voulons vous éradiquer, Dragonnier, toi et ton dragon. Les dragons étaient les plus féroces ennemis des Anciens. Sans eux, sans Galbatorix, rien n'empêchera plus les Anciens de festoyer où et quand ils le désireront.

Pendant ce discours, les quatre esclaves s'étaient avancés. Ils déposèrent avec précaution la plate-forme dans le cercle de mosaïque, devant Eragon et Arya. Quand ce fut fait, ils reculèrent, humblement courbés, et disparurent par la porte d'où ils étaient venus.

— Quel plus beau sort peut-on désirer que de nourrir un dieu avec la moelle de ses os ? demanda le Grand Prêtre. Réjouissez-vous, tous deux, car vous recevez aujourd'hui la bénédiction des Anciens et, par votre sacrifice, toutes vos fautes seront lavées. Vous entrerez dans l'autre vie aussi purs que des nouveau-nés.

Le Grand Prêtre et ses célébrants levèrent alors leurs visages vers le plafond et entonnèrent un chant aux accentuations singulières, qu'Eragon avait du mal à comprendre. Peut-être s'agissait-il du dialecte de Tosk. Il saisissait à l'occasion des termes qui, bien qu'écorchés et mal utilisés, étaient sans conteste de l'ancien langage.

Quand la grotesque congrégation acheva sa psalmodie, la concluant par un nouveau : « Tosk l'a écrit ; qu'il soit fait selon sa parole ! », les trois novices secouèrent leurs clochettes avec une ferveur extatique.

Les novices quittèrent la salle sans cesser leur charivari à faire crouler le plafond. Les vingt-quatre prêtres les suivirent en procession. Puis les six esclaves au corps huilé emportèrent leur maître démembré.

La porte se referma sourdement derrière eux, et un claquement sonore annonça qu'une lourde barre de fer venait d'être mise en place.

Eragon chercha le regard d'Arya. À son expression, il comprit qu'elle ne voyait pas plus que lui un moyen de s'échapper.

Il tira de nouveau sur ses chaînes, rouvrant les plaies de ses poignets, qui l'éclaboussèrent de sang.

Devant eux, l'un des œufs se mit à se balancer légèrement. Il émettait un tapotement comme aurait pu en produire un marteau minuscule.

Un profond sentiment d'horreur envahit Eragon. De toutes les morts qu'il aurait pu imaginer, être dévoré vivant par un Ra'zac était sans doute la pire. Il secoua ses chaînes avec l'énergie du désespoir, mordant son bâillon pour supporter la torture qu'il s'infligeait ainsi. La douleur troubla sa vision.

Près de lui, Arya se débattait aussi, dans un silence lugubre.

Et le tapotement continuait contre la coquille bleu sombre.

« Ça ne sert à rien », pensa Eragon. Dès qu'il eut accepté l'inéluctable, il sut qu'il n'éviterait pas une souffrance pire que celle qu'il connaissait déjà. Lui serait-elle imposée ou l'affronterait-il de sa propre volonté ? Telle était la question. « Qu'au moins je sauve Arya. »

Il examina le cercle de fer qui lui emprisonnait les poignets. « Si je me casse les pouces, je pourrai libérer mes mains. Et, si je m'empare d'un morceau de coquille, elle me servira de couteau. »

Avec un objet tranchant, il libérerait aussi ses pieds, mais l'idée était si effrayante qu'il la repoussa. « Il me suffirait de ramper hors du cercle d'améthystes... » Il serait alors libre d'utiliser la magie, d'arrêter la douleur et l'hémorragie. Cela ne lui prendrait que quelques minutes, mais ce seraient les plus longues de sa vie.

Il inspira profondément. « La main gauche d'abord. »

Avant qu'il ait commencé, Arya gémit.

Il se tourna vivement vers elle et lâcha une exclamation étouffée en voyant sa main droite. La peau des doigts était retournée vers les ongles comme un gant, et le blanc de l'os brillait dans l'écarlate des muscles. Arya s'affaissa et parut perdre conscience. Puis elle revint à elle et tira de nouveau sur son bras. Eragon cria avec elle quand sa main glissa hors de l'anneau de fer, arrachant la peau et la chair. Le bras de l'elfe retomba le long de son flanc, et le garçon ne vit plus que le sang dégouttant sur le sol.

Les larmes lui brouillèrent les yeux et il hurla son nom dans le bâillon, mais elle ne parut pas l'entendre.

Comme elle se raidissait pour recommencer, la porte à droite de l'autel s'entrouvrit, et un des novices en toge dorée se glissa dans la salle. En le voyant, Arya hésita ; mais Eragon la savait prête à dégager son autre main au premier signe de danger.

Le jeune homme jeta à l'elfe un regard désapprobateur, puis, prudemment, il s'avança au centre de la mosaïque, avec des coups d'œil inquiets vers l'œuf qui se balançait. C'était un garçon maigre, avec de grands yeux et des traits délicats.

— Tenez, souffla-t-il. Je vous ai apporté ça.

Des plis de sa toge, il tira une lime, un burin et un maillet en bois :

— Je vous aide, mais vous m'emmenez avec vous. Je ne supporterai pas de rester ici plus longtemps. C'est trop horrible. Promettez-moi de m'emmener !

Il n'avait pas fini de parler qu'Eragon acquiesçait. Cependant, comme le jeune homme s'approchait de lui, il désigna Arya du menton. Le novice mit quelques secondes à comprendre, et Eragon en grogna d'irritation.

— Oh oui ! murmura enfin le jeune homme en allant vers l'elfe.

Le crissement de la lime couvrit bientôt les tapotements de l'œuf qui oscillait toujours.

Eragon observait leur sauveur en train de scier la chaîne au-dessus de la main gauche de l'elfe. « Reste sur le même maillon, espèce d'idiot ! » rageait-il en lui-même. Le novice n'avait sans doute jamais utilisé une lime de sa vie, et Eragon doutait qu'il eût assez de force et d'endurance pour couper le métal.

Pendant ce temps, Arya pendait, inerte, ses longs cheveux lui couvrant le visage. Des frissons la parcouraient par instants, et le sang ruisselait de sa main lacérée.

Au grand désespoir d'Eragon, la lime ne semblait même pas entamer la chaîne. La magie qui la protégeait était trop puissante pour qu'un simple outil en vint à bout.

Le novice haletait, furieux de ne pas y arriver. Il fit une pause pour s'essuyer le front, puis il attaqua de nouveau, fronçant les sourcils, battant des coudes, agitant frénétiquement les manches de sa robe.

« Tu ne vois donc pas que ça ne peut pas marcher ? aurait voulu crier Eragon. Essaie plutôt sur les fers des chevilles avec le burin ! »

Le jeune homme continuait.

Un craquement sonore résonna dans la salle : une mince fissure était apparue au sommet d'un des œufs, et un réseau de craquelures fines comme des cheveux s'étendit en étoile tout autour.

Le deuxième œuf se mit à osciller à son tour, et son tapotement se mêla à celui du premier, créant une rythmique à rendre fou.

Le novice pâlit, lâcha la lime et recula en secouant la tête :
– Désolé..., désolé. Il est trop tard.

Son visage se tordit, et les larmes débordèrent de ses yeux :
– Désolé...

L'angoisse d'Eragon monta d'un cran quand le jeune homme tira un poignard de sa toge.

– Je ne peux rien faire d'autre, murmura-t-il comme s'il se parlait à lui-même. Rien faire d'autre...

Il renifla et s'avança vers Eragon :
– Ça vaudra mieux.

En le voyant approcher, le Dragonnier tira comme un forcené sur ses liens pour libérer ses mains. L'anneau de fer était trop étroit, il ne fit que s'écorcher la peau un peu plus.

– Désolé, chuchota encore le novice en s'arrêtant devant le captif, le poignard levé.

« Non ! » hurla mentalement Eragon.

Un morceau d'améthyste jaillit du corridor qui avait amené Eragon et Arya dans la salle. Il frappa le novice derrière la nuque ; le jeune homme s'écroula contre le garçon, qui se crispa en sentant le tranchant du poignard glisser le long de ses côtes. Puis le novice tomba sur le sol et resta immobile, assommé.

Des profondeurs du tunnel, une silhouette claudicante apparut. Quand elle entra dans la lumière, Eragon reconnut Solembum.

Un intense soulagement l'envahit.

Le chat-garou avait pris son apparence humaine. À part un lambeau de tissu noué autour des reins, sans doute arraché à la tunique d'un de leurs assaillants, il était nu. Sa tignasse noire se hérissait, un rictus féroce lui retroussait les lèvres. Ses bras portaient de nombreuses estafilades, son oreille gauche pendait et il lui manquait un morceau de cuir chevelu. Il tenait à la main un couteau rougi.

Derrière le chat-garou venait Angela, l'herboriste.

30
DES INFIDÈLES EN FUITE

— Quel imbécile ! clama Angela en courant jusqu'au cercle de mosaïque.

Ses vêtements étaient si maculés de sang que ce n'était certainement pas le sien. Autrement, à part de nombreuses écorchures, elle ne paraissait pas blessée.

– Alors qu'il suffisait de faire *ça* !

Saisissant sa courte épée à la lame translucide, elle frappa du pommeau une des améthystes encastrées au bord du disque. La pierre se brisa avec de curieux grésillements ; sa lumière clignota et s'éteignit. Sans perdre une seconde, Angela cassa de la même manière le cristal suivant, puis les autres, un à un.

Eragon ne s'était jamais senti aussi reconnaissant. Son regard passait de l'herboriste aux œufs. Le premier était presque brisé, et le Ra'zac, à l'intérieur, piaillait et tapait avec une vigueur renouvelée. Entre les fentes de la coquille, Eragon distinguait une épaisse membrane blanche et, en dessous, horribles et monstrueux, le crâne et le bec du Ra'zac qui tentaient de la percer.

« Vite, vite... », pensa le garçon quand un fragment de coquille aussi large que sa main se détacha et se brisa sur le sol telle une assiette en porcelaine.

La membrane se déchira, et le jeune Ra'zac sortit le bec. Il émit un cri triomphal qui dévoila sa langue violacée hérissée de piquants. Un liquide visqueux dégoulinait de sa carapace, et une fade odeur de moisissure envahit la salle.

Eragon tira de nouveau sur ses chaînes, tout en sachant que c'était inutile.

Le Ra'zac piailla encore, puis se débattit pour s'extirper de son œuf. Il libéra une patte griffue, ce qui déséquilibra la coquille. Elle bascula, et une sorte de lymphe jaunâtre se répandit sur la mosaïque. Le grotesque nouveau-né resta un moment sur le flanc, hébété. Puis il s'ébroua et se dressa sur ses pieds. Il resta là, chancelant, incertain, émettant des cliquètements d'insecte apeuré.

Eragon le fixait, aussi fasciné que terrifié.

Le Ra'zac avait une poitrine creuse aux arêtes saillantes, à croire que ses côtes étaient à l'extérieur de son corps et non à l'intérieur, des membres maigres et noueux semblables à des bâtons, une taille étroite. Ses jambes étaient dotées d'une jointure supplémentaire articulée vers l'arrière, détail qu'Eragon n'avait jamais observé sur aucune autre espèce, et qui expliquait la démarche particulière des Ra'zacs. Sa carapace semblait lisse et malléable, au contraire de celle des Ra'zacs adultes que le garçon avait affrontés. Elle durcirait certainement au fil du temps.

La créature allongea le cou, et ses gros yeux protubérants, sans pupille, réfléchirent la lumière des chandelles. Puis elle émit un piaillement comme si elle venait de découvrir quelque chose d'intéressant. Elle fit un pas hésitant vers Arya, un autre, un autre encore... le bec tendu vers la mare de sang aux pieds de l'elfe.

Eragon cria dans son bâillon, dans l'espoir d'attirer l'attention du monstre, qui ne lui jeta qu'un bref regard.

– Maintenant ! lâcha l'herboriste.

Et elle brisa la dernière améthyste.

À l'instant où les débris de la pierre ricochaient sur le sol, Solembum bondit sur le Ra'zac. La silhouette du chat-garou se brouilla dans les airs, son visage s'allongea, ses jambes raccourcirent, son corps se couvrit de fourrure. Il retomba sur quatre pattes, sous sa forme animale.

Le Ra'zac siffla et lança un coup de griffe. Le chat-garou esquiva et, d'un geste si rapide qu'il en fut presque invisible, frappa le crâne du Ra'zac d'une de ses lourdes pattes.

Le cou de la créature craqua ; elle fut projetée à travers la salle, s'effondra en tas sur elle-même et resta au sol, secouée de spasmes.

Solembum cracha, son oreille intacte plaquée contre sa tête. Puis il se débarrassa du lambeau de tissu toujours noué autour de sa taille et vint s'asseoir près du second œuf.

– Bon sang, qu'est-ce que tu t'es fait ? s'exclama Angela en courant vers Arya.

L'elfe releva la tête avec lassitude et ne répondit pas.

En trois coups de sa lame transparente, l'herboriste brisa les chaînes d'Arya, comme si le métal trempé n'était pas plus dur qu'un morceau de fromage.

Arya tomba sur les genoux et se replia sur elle-même, sa main blessée pressée contre son ventre. De l'autre main, elle retira son bâillon.

Eragon sentit la brûlure dans ses épaules s'apaiser quand Angela le libéra à son tour et qu'il put enfin baisser les bras. Ôtant lui aussi le morceau de tissu qui lui fermait la bouche, il articula péniblement :

– On t'a crue morte.

– Ils devront faire un peu plus d'efforts, s'ils veulent me tuer, cette bande de nuls !

Recroquevillée sur elle-même, Arya entama un chant de guérison. Sa voix était faible et tendue, mais elle n'eut pas une hésitation, ne commit pas une seule erreur de formulation.

Tandis qu'elle réparait sa main mutilée, Eragon soignait la coupure de son flanc et les blessures de ses poignets. Puis il s'adressa à Solembum :

– Écarte-toi !

Le chat-garou fouetta l'air de sa queue, mais il obéit.

Levant la main droite, le Dragonnier prononça :

– Brisingr !

Une colonne de flammes bleues enveloppa le deuxième œuf. À l'intérieur, la créature piaula. C'était un cri affreux, plus proche d'un bruit de métal déchiqueté que d'un son émis par un être vivant.

Les yeux plissés pour se protéger de la chaleur, Eragon regarda l'œuf brûler avec soulagement. « Pourvu que ce soit le dernier », pensa-t-il.

Quand les hurlements se turent, il éteignit les flammes. Un silence inattendu envahit la salle, car Arya avait achevé ses incantations.

Angela fut la première à réagir. Elle s'approcha de Solembum et murmura des paroles en ancien langage pour réparer son oreille et fermer ses autres blessures.

Eragon s'agenouilla près d'Arya. Elle le regarda, puis se redressa en levant le poignet. Au bas de son pouce, sur le côté de sa paume et sur le dos de sa main, la peau était encore rouge et luisante. En dessous, cependant, les muscles semblaient indemnes.

— Pourquoi n'as-tu pas achevé de te soigner ? demanda-t-il. Si tu es trop lasse, je peux...

Elle secoua la tête :

— Plusieurs nerfs sont touchés, je n'arrive pas à les réparer. Il me faut l'aide de Lupusänghren. Il est plus habile que moi à manipuler la chair.

— Pourras-tu te battre ?

— Si je m'y prends avec précaution.

Il lui pressa l'épaule :

— Ce que tu as fait...

— ... était la seule chose à faire.

— Peu de gens en auraient été capables. J'ai essayé, mais j'ai les mains trop larges. Tu vois ?

Il posa sa paume contre celle d'Arya.

Elle acquiesça avant de s'agripper à son bras pour se remettre lentement sur ses pieds. Eragon se releva en même temps qu'elle sans cesser de la soutenir.

314

– Il faut qu'on retrouve nos armes, déclara-t-il, ainsi que mon anneau, ma ceinture et le collier que les nains m'ont donné.

Angela fronça les sourcils :

– Ta ceinture ? Pourquoi ? Elle est enchantée ?

Comme Eragon hésitait, ne sachant s'il devait dire la vérité, Arya répondit à sa place :

– Tu ne connais sans doute pas le nom de celui qui l'a conçue, Avisée. Cependant, au cours de tes voyages, tu as sûrement entendu parler de la ceinture aux douze étoiles.

Les yeux de l'herboriste s'agrandirent de surprise :

– Celle-là ? Je la croyais perdue depuis quatre siècles, détruite pendant le...

– Nous l'avons retrouvée.

Eragon vit qu'Angela mourait d'envie d'en apprendre davantage. Mais elle lâcha simplement :

– Je vois... Dommage ! On n'a pas le temps de fouiller chaque salle de ce labyrinthe. Quand les prêtres comprendront que vous vous êtes échappés, on aura encore la meute à nos trousses.

Eragon désigna le novice allongé sur le sol :

– Il nous renseignerait peut-être.

L'herboriste s'accroupit et plaça deux doigts contre la veine jugulaire du garçon pour sentir son pouls. Puis elle lui flanqua quelques claques et lui souleva les paupières.

Le novice resta inerte.

Son manque de réaction parut irriter Angela.

– Un instant, dit-elle, en fermant les yeux.

Une ride creusa son front. Elle demeura un moment immobile ; puis elle se releva avec une brusquerie inattendue :

– Quel sale petit égoïste ! Pas étonnant que ses parents l'aient envoyé aux prêtres ! Je suis étonnée qu'ils l'aient gardé aussi longtemps avec eux !

– Sait-il quelque chose d'utile ? s'enquit Eragon.

– Seulement le chemin jusqu'à la surface.

Elle désigna la porte à gauche de l'autel, celle par où les prêtres étaient entrés et repartis :

— Je n'arrive pas à croire qu'il ait essayé de vous délivrer !
C'est probablement la première fois de sa vie qu'il agissait de
son propre chef.

— Emmenons-le avec nous, dit Eragon. Je le lui ai promis s'il
nous aidait.

Cela ne lui plaisait guère, mais il s'en faisait un devoir.

— Il a failli te tuer ! Si je n'étais pas arrivée à temps...

— Je lui ai donné ma parole.

Angela leva les yeux au plafond avant de s'adresser à Arya :

— Je suppose que tu ne le convaincras pas mieux que moi ?

L'elfe fit signe que non, puis elle souleva le jeune homme et
le jeta sur son épaule sans le moindre effort :

— Je vais le porter.

— Dans ce cas, dit l'herboriste à Eragon, prends ça, puisque
que toi et moi serons les seuls à pouvoir nous battre.

Elle lui tendit sa courte épée et tira des plis de sa robe un
poignard à la garde incrustée de pierres précieuses.

316

— De quelle matière est-elle faite ? demanda-t-il en regardant
à travers la lame transparente, intrigué par la façon dont elle
attrapait et reflétait la lumière.

La substance lui rappelait celle du diamant, mais que
quiconque ait pu tailler une arme dans une pierre précieuse
lui paraissait inimaginable ; la quantité d'énergie requise pour
empêcher la lame de se briser à chaque choc épuiserait en un
rien de temps n'importe quel magicien.

— Elle n'est faite ni de pierre ni de métal, répondit l'herboriste. Toutefois, je te préviens : manie-la avec une extrême
prudence ! Ne touche jamais le tranchant et ne permets jamais
à une personne qui t'est chère de s'en approcher, ou tu le regret-
terais. Et ne la pose en aucun cas contre quelque chose dont
tu as besoin, ta jambe, par exemple.

Inquiet, Eragon éloigna l'épée de son corps :

— Pourquoi ?

— Parce que, répondit Angela avec une évidente satisfaction,
cette lame est la plus effilée au monde. Aucune épée, aucun

couteau, aucune hache n'égale sa finesse, pas même Brisingr. Elle incarne la perfection de tous les instruments coupants, l'archétype du tranchant... Tu ne trouveras nulle part son égale. Elle fend n'importe quelle matière qui n'est pas protégée par la magie, et un grand nombre qui le sont. Essaie, si tu ne me crois pas !

Eragon chercha autour de lui. Finalement, il marcha vers l'autel et abattit l'arme contre un des coins de la dalle.

— Pas si vite ! le prévint Angela.

La lame traversa quatre pouces de granite comme si elle entrait dans une motte de beurre et poursuivit sa course vers les pieds du garçon. Il sauta en arrière avec un glapissement, juste à temps pour ne pas s'amputer lui-même.

Le coin de l'autel dégringola les marches et rebondit jusqu'au milieu de la salle.

Eragon se dit que cette lame pouvait bien être taillée dans le diamant, après tout. Elle n'avait pas besoin d'autant de protection qu'il l'avait imaginé, puisqu'elle ne rencontrait jamais de véritable résistance.

— Tiens, reprit Angela. Prends ça aussi, ça vaudra mieux.

Elle décrocha le fourreau et le lui tendit :

— C'est une des rares choses que cette lame ne peut pas couper.

Il fallut quelques secondes à Eragon pour retrouver la voix après avoir manqué de se trancher les orteils :

— A-t-elle un nom ?

Angela rit :

— Évidemment ! En ancien langage, son nom est Albitr, ce qui signifie exactement ce que tu penses. Mais je préfère l'appeler Tinte-la-Mort.

— Tinte-la-Mort ?

— Oui, à cause du son qu'elle produit quand tu la touches.

Elle en fit la démonstration du bout de l'ongle, et une note aiguë traversa la salle obscure tel un rayon de soleil.

— Maintenant, si on y allait ?

Le garçon acquiesça, se dirigea à grands pas vers la porte de gauche et la poussa avec précaution.

Des torches éclairaient le corridor. Et, de chaque côté, impeccablement alignés, vingt guerriers en noir montaient la garde.

Ils mirent aussitôt la main à l'épée. Eragon jura en lui-même et s'élança, dans l'intention d'attaquer avant que les adversaires n'aient eu le temps de s'organiser. Il n'avait pas parcouru trois pieds qu'un mouvement léger frôlait chacun des soldats, telle une mince flamme agitée par le vent.

Ils tressaillirent et tombèrent sur le sol, sans un cri, raides morts.

Effrayé, Eragon fit halte avant de heurter le premier corps : tous les hommes avaient un œil crevé. Il se tourna pour interroger ses compagnes sur cet étrange phénomène, et les mots restèrent coincés dans sa gorge quand il vit l'herboriste. À genoux, blanche comme un linge, elle se tenait au mur et haletait, les mains tremblantes. Un effroi mêlé de respect envahit le garçon. Ce que l'herboriste venait de faire dépassait son entendement.

318

— Comment as-tu réussi ça, Avisée ? demanda Arya d'une voix incertaine.

Angela gloussa entre ses dents :

— J'ai utilisé un petit tour... que m'a enseigné mon maître..., Tenga..., il y a bien des années. Que mille araignées lui mordent les oreilles !

— Mais *comment* as-tu fait ? insista Eragon.

« Un tel artifice pourrait être bien utile, à Urû'baen », songea-t-il.

L'herboriste pouffa de nouveau :

— Qu'est-ce que le temps, sinon du mouvement ? Et qu'est le mouvement, sinon de la chaleur ? Chaleur et énergie ne sont-ils pas deux noms différents pour désigner la même chose ?

Elle prit appui sur le mur pour se redresser et vint tapoter la joue d'Eragon :

— Quand tu as compris ça, tu as tout compris. Je ne pourrai pas lancer une deuxième fois ce sort aujourd'hui sans me faire du mal, donc, n'attendez pas que je tue qui que ce soit si on se heurte à un bataillon.

Eragon ravala difficilement sa curiosité. Il arracha une tunique et un justaucorps rembourré à un des cadavres, les enfila, puis il s'aventura le premier le long du corridor.

Ils ne croisèrent personne dans la suite de salles et de couloirs qu'ils empruntèrent, et ne virent aucune trace des objets qu'on leur avait volés. Bien qu'heureux d'éviter de mauvaises rencontres, Eragon s'inquiétait de ne rencontrer âme qui vive. Pourvu qu'ils n'aient déclenché aucune alarme susceptible d'avertir les prêtres de leur évasion !

Au contraire des chambres abandonnées qu'ils avaient découvertes avant l'embuscade, ils traversaient à présent des pièces meublées, ornées de tapisseries et d'étranges appareils de cuivre et de cristal, dont le garçon ne devinait pas l'usage. À plusieurs reprises, intrigué par le contenu d'un bureau ou d'une bibliothèque, il fut tenté de l'examiner. Il y renonça ; ils n'avaient pas le temps de lire des documents moisis.

Chaque fois que plusieurs options se présentaient, Angela décidait du chemin à prendre, mais Eragon restait en tête, la main si crispée sur le pommeau de Tinte-la-Mort qu'il en avait des crampes dans les doigts.

Ils arrivèrent bientôt devant une volée de marches, qui s'étrécissaient à mesure qu'elles s'élevaient. Deux novices étaient postés de chaque côté de l'escalier, tenant chacun un cadre chargé de clochettes.

Eragon se jeta sur le premier et le frappa au cou avant qu'il ait pu agiter ses clochettes. Le second, en revanche, en eut le temps, jusqu'à ce que Solembum bondisse et le jette à terre, lui labourant le visage de ses griffes. Le charivari emplit tout le corridor.

– Vite ! cria Eragon en s'élançant dans l'escalier.

En haut des marches, il se trouva face à un panneau de pierre d'environ dix pieds de large sur lequel étaient gravés des caractères tarabiscotés qui lui parurent vaguement familiers. Il le contourna et fut pris dans un rayon de lumière rosée, si intense qu'il chancela, étourdi. Il s'abrita les yeux derrière le fourreau de Tinte-la-Mort.

À cinq pas de lui, le Grand Prêtre était assis sur sa litière. Du sang coulait d'une blessure à son épaule gauche. Un autre prêtre – une femme à qui il manquait les deux mains –, agenouillée près de lui, recueillait le sang dans une coupe en or qu'elle tenait serrée entre ses avant-bras. Tous deux fixèrent l'arrivant avec stupeur.

Le garçon découvrit alors le décor, derrière eux, dans une série de brèves visions : des colonnes massives aux fûts nervurés montant vers une voûte qui se perdait dans l'ombre ; des fenêtres aux vitraux de couleur insérées dans les hauts murs – celles de gauche brûlaient des lueurs du soleil couchant, celles de droite étaient éteintes et ternes ; des statues blêmes et roides entre les fenêtres ; des enfilades de bancs en granite moucheté sur toute la longueur de la nef. Et, regroupés sur les cinq premiers rangs, une foule de prêtres en robes de cuir qui chantaient, le visage levé, la bouche ouverte, tels de gros oisillons attendant la becquée.

Eragon comprit enfin qu'il se trouvait dans la cathédrale de Dras-Leona, de l'autre côté de l'autel devant lequel il s'était agenouillé autrefois.

La femme sans mains lâcha la coupe et se dressa, les bras étendus, pour protéger de son corps le Grand Prêtre. Derrière elle, le garçon aperçut le fourreau bleu de Brisingr, posé au bord de la litière, et près de lui, crut-il, l'anneau Aren.

Avant qu'il ait pu bondir pour récupérer son épée, deux gardes surgis des deux côtés de l'autel se ruèrent sur lui, le menaçant de leurs lances sculptées ornées de pompons rouges. Il esquiva le premier, coupa la hampe de son arme en deux tronçons et envoya la pointe voltiger dans les airs. Puis il trancha l'homme lui-même. Tinte-la-Mort traversa la chair et les os sans rencontrer la moindre résistance.

Il se débarrassa du garde suivant avec la même aisance et fit volte-face pour en affronter deux autres qui arrivaient par-derrière. L'herboriste le rejoignit, son poignard à la main ; quelque part sur sa gauche, Solembum gronda. Arya resta à l'écart, toujours chargée du novice évanoui.

La coupe renversée avait nappé de sang le carrelage tout autour de l'autel. Les gardes dérapèrent dans la mare poisseuse ; l'un d'eux tomba et entraîna son partenaire dans sa chute. Eragon se laissa glisser vers eux sans décoller les pieds du sol pour ne pas perdre l'équilibre. Brandissant la lame enchantée, il les élimina d'un seul geste aisément maîtrisé.

Et, pendant tout ce temps, il entendait la voix du Grand Prêtre, comme venue de très loin, hurler :

– Tuez les infidèles ! Tuez-les ! Ne laissez pas s'échapper les blasphémateurs ! Ils doivent payer pour leurs crimes envers les Anciens !

Une rumeur monta de l'assemblée ; les prêtres tapaient des pieds. Eragon sentit les griffes de leurs esprits chercher le sien. Il se retira profondément en lui-même, repoussant leurs attaques grâce aux techniques qu'il avait apprises de Glaedr. Il lui était difficile de se défendre contre autant d'ennemis à la fois cependant, et il craignit de ne savoir maintenir plus longtemps ses barrières mentales. Son seul avantage était que les prêtres, paniqués et désorganisés, l'assaillaient individuellement, sans unir leurs forces. Sinon ils auraient débordé ses défenses.

Puis la conscience d'Arya se pressa contre la sienne, présence familière et réconfortante au milieu de ces agressions au plus intime de son être. Soulagé, il s'ouvrit à elle et unit son esprit au sien, comme il l'aurait fait avec Saphira. Pendant tout ce temps, ils ne furent qu'un, et il n'aurait su dire de qui venaient les idées et les émotions qu'ils partageaient.

Ensemble, ils frappèrent mentalement l'un des prêtres. Celui-ci tenta d'échapper à leur étreinte, se débattant comme un poisson entre leurs doigts. Mais ils resserrèrent leur prise. Il récitait une formule ampoulée pour les repousser hors de sa conscience ; Eragon supposa qu'il s'agissait d'un extrait du Livre de Tosk.

Cependant, le prêtre manquait de pratique ; des pensées affolées parasitaient sa concentration : « Les Infidèles sont trop près du Maître. Il faut les tuer avant qu'ils... Attendez ! Non ! Non... ! »

Eragon et Arya profitèrent de son affaiblissement pour le soumettre à leur volonté. Dès qu'ils furent assurés qu'il ne riposterait plus, ni en chair ni en esprit, Arya s'introduisit dans sa mémoire pour y découvrir comment contourner ses sorts de protection.

Dans la troisième rangée de bancs, un homme hurla et s'enflamma ; des langues de feu vertes lui jaillirent de la bouche, des oreilles, des yeux. Avec un crépitement de branches brisées par la tempête, le feu se propagea aux vêtements de ses voisins. Ceux-ci, transformés en torches, se mirent à courir en tous sens, cessant leurs attaques contre Eragon.

L'herboriste s'élança au milieu des prêtres, et son poignard frappa, frappa. Solembum bondissait sur ses talons pour achever le travail.

Ce fut ensuite facile pour Eragon et Arya d'envahir les esprits des ennemis et d'en prendre le contrôle. Agissant ensemble, ils tuèrent encore quatre prêtres, et les rescapés prirent la fuite. Certains s'engouffrèrent dans le vestibule qui, se rappela Eragon, menait au prieuré, près de la cathédrale. D'autres se blottirent derrière les bancs, la tête dans les bras.

Six d'entre eux, cependant, ne fuirent ni ne se cachèrent, mais brandirent des couteaux à lame courbe avec la main qui leur restait. Eragon para une attaque et se fendit. Le sort qui protégeait une prêtresse arrêta Tinte-la-Mort à un demi-pouce de son cou. Le garçon jura : le choc lui avait tordu le poignet, et la douleur se propageait le long de son bras. Il balança son poing gauche. Pour une raison inconnue, le coup ne fut pas repoussé. Il sentit des côtes se briser tandis que la femme s'écroulait, entraînant dans sa chute les assaillants qui arrivaient derrière elle. Aussitôt relevés, ils se lancèrent à l'assaut. Eragon recula d'un pas, bloqua un coup maladroit.

– Ha ! cria-t-il.

Et il enfonça le poing dans le ventre d'un des prêtres. L'homme s'affala contre un banc, qui se brisa avec fracas. Le garçon tua le suivant de la même manière. Une fléchette verte et jaune traversa le cou d'un autre, à sa droite. Un éclair fauve frôla le garçon : Solembum venait de jeter à terre un quatrième adversaire.

Il ne restait plus devant Eragon qu'un seul disciple de Tosk. De sa main libre, Arya l'agrippa par le devant de sa robe et le balança, hurlant, à trente pieds par-delà les bancs.

Quatre novices avaient soulevé la litière du Grand Prêtre et l'emportaient au trot vers le portail de la cathédrale. Voyant qu'ils allaient s'échapper, Eragon rugit et sauta sur l'autel, faisant rouler sur le sol un plat et un gobelet. De là, il bondit par-dessus les corps des prêtres, atterrit souplement dans l'allée centrale et fila au galop pour couper la route des novices.

Quand il surgit devant le portail, les quatre jeunes gens s'arrêtèrent.

– Demi-tour ! piailla l'homme-tronc d'une voix suraiguë.

Ils obéirent, pour se trouver face à face avec Arya, qui portait toujours l'un des leurs sur son épaule. Avec un cri d'effroi, ils se lancèrent sur le côté, entre deux rangées de bancs. Ils n'avaient pas fait trois pas que Solembum s'avançait vers eux, les oreilles plaquées contre son crâne. Le sourd grondement qui roulait dans sa gorge donnait la chair de poule à Eragon. Angela arrivait aussi à grands pas depuis l'autel, le poignard dans une main, une fléchette verte et jaune dans l'autre. Le garçon se demanda combien d'armes elle portait sur elle.

Bravement, les novices ne paniquèrent pas ni n'abandonnèrent leur maître. Ils coururent droit sur Solembum. Le chatgarou étant le plus proche et le plus petit de leurs adversaires, sans doute imaginaient-ils triompher aisément de lui.

Ils se trompaient.

Solembum se ramassa sur lui-même, sauta souplement sur le dossier d'un banc. Puis, dans le même mouvement, se jeta sur l'un des deux jeunes gens de tête.

Voyant le chat-garou filer dans les airs, le Grand Prêtre lança un mot en ancien langage. Eragon ne le comprit pas, mais il reconnut un terme utilisé par les elfes. En tout cas, le sort n'eut aucun effet sur Solembum ; Angela, elle, trébucha comme si on l'avait frappée.

Solembum s'abattit sur le novice, qui culbuta sur le sol, son cri se mêlant au miaulement furieux du chat-garou. Les autres porteurs trébuchèrent contre le corps de leur camarade et s'effondrèrent les uns sur les autres. Le Grand Prêtre, éjecté de sa litière, tomba sur un banc, où il resta à se tortiller comme un ver.

Une seconde plus tard, Eragon éliminait les novices en trois coups rapides, à l'exception de celui dont Solembum tenait la gorge entre ses mâchoires.

Dès qu'il fut certain qu'ils étaient tous morts, il se tourna vers le Grand Prêtre dans l'intention de s'en débarrasser une fois pour toutes. Alors qu'il s'approchait de l'homme-tronc, un esprit étranger envahit le sien, sondant le plus intime de son être, cherchant à prendre le contrôle de ses pensées. Cette attaque sournoise l'obligea à se concentrer sur sa défense contre l'intrus.

Du coin de l'œil, il vit qu'Arya et Solembum s'étaient eux aussi immobilisés. Seule l'herboriste semblait résister à l'agression. Elle marqua juste un temps d'arrêt avant de reprendre sa lente marche à pas glissés vers Eragon.

Le Grand Prêtre fixait ce dernier ; ses petits yeux noirs, profondément enfoncés dans les orbites, brûlaient de haine et de fureur. Si l'affreuse créature avait possédé des bras et des jambes, elle aurait arraché le cœur du garçon à mains nues. La malveillance de son regard était si intense qu'en dépit de ses mutilations, Eragon s'attendit presque à le voir quitter le banc en se tortillant pour lui mordre les chevilles.

L'attaque sur son esprit s'intensifia. Le Grand Prêtre était infiniment plus puissant que ses seconds. S'engager dans un combat mental contre quatre personnes à la fois était un véritable exploit, d'autant que les adversaires étaient un elfe, un Dragonnier, une sorcière et un chat-garou. L'homme-tronc possédait la plus formidable puissance mentale qu'Eragon eût jamais rencontrée ; sans le secours de ses compagnons, il aurait succombé aux assauts. Le prêtre était capable de prouesses stupéfiantes, comme de rassembler les pensées du garçon avec celles d'Arya et de Solembum, de les nouer si étroitement qu'Eragon crut un bref instant avoir perdu toute trace de sa propre identité.

Enfin Angela s'avança dans l'espace entre les bancs. Elle contourna le chat-garou, accroupi près du corps du novice qu'il avait tué, le poil hérissé. Puis elle enjamba tranquillement les trois autres cadavres.

À son approche, le Grand Prêtre se mit à tressauter telle une carpe hors de l'eau pour s'éloigner le long du banc. Eragon sentit la pression sur son esprit se relâcher sans lui permettre néanmoins de se dégager.

L'herboriste s'arrêta devant l'homme-tronc. Eragon fut surpris de le voir abandonner la lutte et rester allongé, pantelant. Pendant une longue minute, la créature aux petits yeux enfoncés et la femme au visage sévère s'affrontèrent du regard, tandis qu'une invisible bataille de volontés faisait rage entre eux.

Enfin, l'homme céda, et un sourire étira les lèvres d'Angela. Laissant tomber son poignard, elle tira des plis de sa robe une petite dague dont la lame semblait refléter un soleil couchant. Penchée vers le Grand Prêtre, elle chuchota :

— Si tu avais su mon nom, Demi-Langue, tu n'aurais jamais osé t'opposer à nous ! Permets-moi, à cette heure, de te le révéler...

Son chuchotement devint inaudible, mais le Grand Prêtre blêmit. Sa bouche s'ouvrit, et de ce trou noir sortit un hurlement inhumain qui résonna dans toute la cathédrale.

— Oh, tais-toi ! clama l'herboriste.

Et elle enfonça sa dague couleur de soleil dans la poitrine de l'homme-tronc.

La lame lança un éclair éblouissant avant de disparaître avec un grondement semblable à celui d'un orage éloigné. La blessure rougeoya comme une braise ; puis la peau et la chair, tout autour, se désintégrèrent en une fine suie noire qui coula dans la poitrine du Grand Prêtre. Son hurlement s'acheva dans un gargouillis et se tut.

Le sort finit de dévorer le cadavre, qui fut vite réduit à un petit tas de cendres dont la forme rappelait les contours de l'homme-tronc.

– Bon débarras, conclut Angela avec un hochement de tête satisfait.

31
LE TINTEMENT
DE LA CLOCHE

Eragon s'ébroua comme au sortir d'un mauvais rêve.

Libéré de sa lutte mentale contre le Grand Prêtre, il prit lentement conscience qu'une cloche tintait, celle du prieuré. Ce son grave, lancinant, lui rappelait le moment où les Ra'zacs l'avaient pourchassé dans la cathédrale lors de sa première visite à Dras-Leona avec Brom.

« Murtagh et Thorn vont arriver, songea-t-il. Il faut qu'on parte. »

Il remit Tinte-la-Mort au fourreau et la rendit à Angela :

— Tiens, tu en auras besoin.

Il dégagea les corps des novices jusqu'à ce qu'il ait retrouvé Brisingr. Quand ses doigts se refermèrent sur le pommeau, il ressentit un profond soulagement. Même si la lame de l'herboriste s'était révélée une arme redoutable, ce n'était pas la sienne. Sans Brisingr, il se sentait exposé, vulnérable. Il éprouvait la même chose quand il était séparé de Saphira.

Il dut chercher un moment avant de remettre la main sur son anneau, qui avait roulé sous un banc. Enfin, il découvrit son collier, enroulé autour d'une des poignées de la litière. Sous l'entassement des corps, il découvrit aussi l'épée d'Arya, et l'elfe fut heureuse de la récupérer.

Mais de sa ceinture, la précieuse ceinture de Beloth le Sage, il ne vit aucune trace.

Il regarda sous chaque banc, inspecta chaque pouce de surface autour de l'autel.

— Elle n'est pas là, soupira-t-il enfin, désespéré.

Il se tourna vers le panneau qui cachait l'entrée des salles souterraines : « Ils ont dû la laisser dans les corridors. » Puis il jeta un coup d'œil en direction du prieuré : « À moins que... » Il hésitait, déchiré devant cette possibilité.

Il marmonna la formule destinée à localiser la ceinture ; il n'obtint en retour qu'une image de vide grisâtre. Ainsi qu'il le craignait, l'objet était entouré de sorts qui le protégeaient de toute observation ou interférence magique, comme l'était Brisingr.

Les sourcils froncés, Eragon fit un pas vers le panneau. Le son de la cloche était assourdissant.

— Eragon, l'appela Arya, depuis le fond de la cathédrale, en balançant le novice inconscient sur son autre épaule. Il faut qu'on parte.

— Mais...

— Oromis comprendrait. Ce n'est pas ta faute.

— Mais je...

— Laisse ! La ceinture a déjà été perdue ; on la retrouvera un jour. Maintenant, il faut filer ! Vite !

Le garçon jura et, après un dernier regard autour de lui, courut rejoindre Arya, Angela et Solembum à l'entrée de la cathédrale. « S'il y avait une chose à ne pas perdre... » Il lui semblait presque sacrilège d'abandonner la ceinture quand tant de créatures étaient mortes pour la charger d'énergie. Une énergie dont il aurait besoin avant la fin de la journée, il en éprouvait le violent pressentiment.

Tandis qu'avec Angela il poussait les lourds battants du portail donnant à l'extérieur de la cathédrale, il questionna mentalement Saphira, qui survolait sans doute la cité à haute altitude, dans l'attente qu'il prenne contact avec elle. Le temps de la discrétion était passé, et il ne se souciait plus de révéler sa présence à Murtagh ou à un autre magicien.

Il perçut bientôt contre sa conscience le contact familier de celle de Saphira. Quand leurs pensées se mêlèrent de nouveau, la tension se relâcha dans la poitrine du garçon.

« Pourquoi as-tu été si long ? » s'exclama la dragonne.

Son inquiétude était palpable ; il sentit qu'elle était prête à fondre sur Dras-Leona et à ravager la ville pour le retrouver.

Il déversa ses souvenirs en elle, lui faisant partager tout ce qui lui était arrivé depuis son départ. Cela ne prit que quelques secondes, pendant lesquelles Arya, Angela et le chat-garou, sortis de la cathédrale, dévalaient les marches du parvis.

Sans laisser à Saphira le temps de mettre en ordre ces informations confuses, Eragon conclut :

« On a besoin d'une diversion ! Tout de suite ! »

Elle marqua son accord, et il sentit aussitôt son plongeon vertigineux.

« Dis aussi à Nasuada qu'elle peut lancer l'attaque. On atteindra la porte sud dans quelques instants. Si les Vardens n'y sont pas quand on l'ouvrira, je ne sais pas comment on s'échappera. »

32
LA CAVERNE-NOIRE-ÉPINE

L'air-mouillé-du-matin siffla autour de Saphira quand elle plongea vers la cité-nid-de-rats à demi éclairée par le soleil levant. Les bâtiments-à-odeur-de-bois se découpaient contre les rayons rasants, leurs façades ouest encore noires d'ombre.

Sur son dos, l'elfe-loup-à-ressemblance-d'Eragon lui lançait parfois quelques mots ; mais le vent mauvais les dispersait, et elle ne comprenait pas. Finalement, il l'interrogea avec son esprit-plein-de-chansons, mais, sans le laisser terminer, elle l'informa de la situation critique où se trouvait Eragon et le pria de prévenir Nasuada : l'heure de l'action avait sonné.

Que cette forme d'Eragon que Lupusänghren avait revêtue puisse tromper qui que ce fût, Saphira n'arrivait pas à le concevoir. Il n'avait pas du tout la même odeur que son compagnon-de-cœur-et-d'âme, et ses pensées avaient un goût différent. Pourtant, les deux-jambes semblaient impressionnés par son apparition, et c'était les deux-jambes qu'il fallait impressionner.

Sur les remparts, la masse scintillante de Thorn était allongée au-dessus du portail sud. Il leva sa tête cramoisie, et elle comprit qu'il l'avait vue, en train de plonger vers le sol-brise-pattes, comme elle l'espérait. Ses sentiments envers Thorn étaient trop complexes pour être résumés en un mot. Chaque fois qu'elle pensait à lui, elle ne savait plus où elle en était, sensation troublante à laquelle elle n'était pas habituée.

Pour autant, elle ne se laisserait pas dominer par ce jeune morveux.

Tandis que les noires cheminées et les toitures à angles aigus grossissaient, elle écarta un peu les ailes pour ralentir sa descente ; la pression augmenta dans les muscles de sa poitrine et de son encolure. Quand elle ne fut plus qu'à une centaine de pieds au-dessus de la houle dense des bâtiments, elle remonta à la verticale en déployant toute la largeur de ses ailes. Arrêter sa chute exigeait un effort énorme. Elle crut un instant que la force du vent allait lui déboîter les épaules.

Elle se rééquilibra d'un mouvement de queue, puis tournoya au-dessus de la ville jusqu'à ce qu'elle ait localisé la caverne-noire-épine où les prêtres-fous-de-sang rendaient leur culte infâme. Alors, elle referma ses ailes et atterrit dans un fracas de tonnerre au beau milieu du toit de la cathédrale. Elle enfonça ses griffes dans les tuiles pour ne pas culbuter dans la rue en contrebas. Puis, la tête en arrière, elle lança un rugissement à défier le monde et tout ce qu'il contenait.

331

Une cloche sonnait dans une tour voisine, et ce bruit l'irritait. Aussi, tordant le cou, elle projeta un jet de flammes jaunes et bleues. L'édifice était en pierre, il ne prit pas feu. Mais la corde et les poutres se consumèrent. Quelques secondes plus tard, la cloche s'écrasait à l'intérieur du bâtiment.

Elle contempla cette chute avec satisfaction, ainsi que la fuite éperdue des deux-jambes-aux-oreilles-rondes, tout autour. N'était-elle pas un dragon ? Rien de plus normal qu'on la craigne.

L'un des deux-jambes s'arrêta à l'angle de la place et couina une malédiction, d'une voix de souris apeurée. Quel que fût ce sort, les protections d'Eragon se révélèrent efficaces, car il ne lui fit aucun effet.

L'elfe-loup-à-ressemblance-d'Eragon tua aussitôt le magicien. Elle sentit Lupusänghren s'emparer de l'esprit du jeteur de sorts et soumettre ses pensées ; après quoi, il lança un simple mot dans l'ancien-langage-magique-des-elfes, et le deux-jambes s'effondra en vomissant un flot de sang.

Puis l'elfe-loup lui tapa sur l'épaule :

« Prépare-toi, Écailles Brillantes ! On y va ! »

Elle vit Thorn s'élever au-dessus des toits, la petite silhouette noire de Murtagh-demi-frère-d'Eragon sur son dos. Thorn scintillait dans la lumière du soleil levant. Mais ses écailles à elle étaient plus propres, car elle avait pris soin de les nettoyer. Jamais elle ne serait partie au combat autrement que sous son meilleur aspect, désireuse d'inspirer à ses ennemis autant d'admiration que de crainte.

Oui, c'était de la vanité, et alors ? Aucune espèce n'égalait les dragons. De plus, elle était la dernière femelle de l'espèce. Elle voulait que quiconque la voit s'émerveille et conserve ce souvenir, car, si les dragons venaient à disparaître, les deux-jambes continueraient de parler d'eux avec la vénération qui leur était due.

Tandis que Thorn s'élevait à plus de mille pieds au-dessus de la cité-nid-de-rats, Saphira balaya les alentours du regard pour s'assurer que son compagnon-de-cœur-et-d'âme n'était pas à proximité de la caverne-noire-épine. Elle ne voulait pas le blesser accidentellement dans la bataille ; c'était un chasseur féroce, mais petit et facile à écraser.

Elle s'efforçait encore de démêler les sombres-douloureux-souvenirs qu'Eragon avait partagés avec elle, mais elle en avait compris assez pour conclure que les évènements lui donnaient de nouveau raison : chaque fois qu'ils se trouvaient séparés, le petit homme se mettait dans de sales draps. Bien sûr, il ne serait pas de cet avis ; sa dernière mésaventure en était pourtant une preuve de plus, et la dragonne éprouvait une satisfaction perverse à avoir raison.

Dès que Thorn eut atteint l'altitude voulue, il vira, piqua vers elle et cracha des flammes par sa gueule ouverte. Elle ne craignait pas le feu – la magie d'Eragon la protégeait –, mais la puissance de Thorn, son poids, sa carrure massive, auraient vite raison des sorts qui la cuirassaient contre les dangers physiques.

Dans un réflexe de protection, elle s'aplatit contre le toit tout en menaçant de ses crocs le ventre pâle de Thorn.

Un rideau de flammes tourbillonnantes l'enveloppa avec un grondement de cataracte, si aveuglant qu'elle ferma instinctivement ses paupières intérieures, comme elle l'aurait fait sous l'eau.

Le feu s'éteignit, et, quand Thorn passa au-dessus de sa tête, le bout de sa queue redoutable lui érafla toute la membrane de l'aile droite. L'égratignure saigna un peu. Ça faisait mal, mais ça ne l'empêcherait pas de voler.

Le dragon rouge remonta et replongea, tentant de la forcer à reprendre de l'altitude. Elle resta obstinément où elle était. Après plusieurs essais, Thorn se lassa de la harceler. Il se posa sur ses quatre pattes, à l'autre bout de la toiture, ses vastes ailes étendues pour garder son équilibre.

Tout le bâtiment trembla sous le choc ; plusieurs fenêtres-verre-coloré éclatèrent et leurs débris tombèrent sur le sol avec des tintements clairs. Thorn la dépassait en taille, à présent, à cause des manipulations de Galbatorix-le-briseur-d'œufs, mais cela ne l'impressionnait pas. Elle avait une expérience que le dragon rouge n'avait pas, et elle s'était entraînée sous la direction de Glaedr, qui avait été plus imposant qu'eux deux réunis. En outre, Thorn n'oserait pas la tuer. D'ailleurs, pensait-elle, il ne le désirait pas...

Le dragon rouge rugit et s'avança, rayant de ses griffes les tuiles du toit. Elle rugit en retour, recula de quelques pieds, jusqu'à ce qu'elle sente derrière elle la base de la flèche qui s'élevait à l'avant de la caverne-noire-épine.

La queue de Thorn oscilla, et Saphira comprit qu'il allait bondir. Elle prit une profonde inspiration et cracha sur lui un torrent de flammes crépitantes. Elle devait à présent empêcher Thorn et Murtagh de voir que celui qu'elle portait sur son dos n'était pas Eragon. Pour cela, elle pouvait rester à une distance suffisante pour que le dragon rouge et son Dragonnier ne puissent lire les pensées de l'elfe-loup, ou bien passer et repasser à l'attaque avec tant de fureur qu'ils n'en auraient pas le temps. Ce serait difficile, car Murtagh était habitué à combattre sur le dos de Thorn, même quand celui-ci multipliait les acrobaties. Cependant, ils étaient proches du sol, ce qui lui donnait l'avantage, car elle préférait attaquer. Toujours attaquer.

– C'est tout ce que tu sais faire ? lui lança Murtagh, d'une voix amplifiée par la magie, à l'intérieur même du cocon de feu.

À l'instant où sa dernière flamme s'éteignait, Saphira bondit sur Thorn. Elle le heurta en pleine poitrine ; leurs têtes claquèrent l'une contre l'autre, leurs cous s'entremêlèrent, chacun cherchant à planter ses crocs dans la gorge de l'adversaire. La force de l'impact avait éjecté Thorn du toit. Il souffleta Saphira à grands coups d'ailes tandis qu'ils tombaient tous les deux.

Leur violent atterrissage fit voler les pavés de la rue, ébranla les maisons voisines. Quelque chose craqua dans l'épaule gauche de Thorn, dont le dos s'arqua anormalement. Seuls les sortilèges de protection de Murtagh l'avaient empêché de s'écraser sur le sol.

Elle entendit le Dragonnier, coincé sous son dragon, grommeler des jurons, et jugea préférable de s'éloigner avant que le deux-jambes ne lance quelque sortilège.

Elle décolla d'un bond, envoya au passage un coup de patte dans le ventre de Thorn et alla se poser sur le faîte d'une maison. La bâtisse étant trop frêle pour supporter son poids, elle s'envola de nouveau, non sans mettre le feu à une rangée d'habitations pour faire bonne mesure.

« Voilà qui va les occuper », pensa-t-elle avec satisfaction, tandis que les flammes rongeaient voracement les structures de bois.

Elle retourna sur la caverne-noire-épine, introduisit ses serres sous les tuiles et entreprit de démanteler la toiture, comme elle l'avait fait au château de Durza-Gil'ead.

Or, depuis, elle était devenue plus grande, plus forte. Les poutres ne pesaient pas plus pour elle que des brindilles pour

Eragon. Les prêtres-fous-de-sang qui célébraient leur liturgie dans la cathédrale avaient fait du mal à son compagnon-de-cœur-et-d'âme, à l'elfe-Arya-sang-de-dragon, à Angela-jeune-visage-vieil-esprit, au chat-garou Solembum – celui qui portait beaucoup de noms –, et ils avaient tué Wyrden. Elle le leur ferait payer, elle détruirait la caverne-noire-épine.

En quelques instants, elle avait ouvert un trou béant dans la toiture de l'édifice. Elle y déversa un torrent de flammes. Puis, saisissant entre ses griffes les tuyaux de cuivre de l'orgue, elle les arracha du mur. Ils se fracassèrent bruyamment sur les bancs en contrebas.

Avec un rugissement, Thorn décolla et vint planer au-dessus de la cathédrale. Sa silhouette fantastique se découpait, noire, contre le mur de flammes qui montait des maisons incendiées et allumait des lueurs écarlates sur ses ailes translucides.

Il se jeta sur Saphira, les serres en avant.

Elle attendit la dernière seconde pour sauter de côté ; Thorn fonça tête baissée dans la base de la tour centrale. La haute-flèche-pierre-percée vibra sous le choc, et la tige d'or ouvragée qui s'élevait au sommet dégringola sur la place, quatre cents pieds plus bas.

Grondant de colère, Thorn s'efforça de se redresser. Son arrière-train glissa dans l'ouverture creusée par Saphira ; coincé, il s'accrocha aux tuiles de toutes ses griffes pour se rattraper. Pendant ce temps, Saphira volait de l'autre côté de la tour. Elle se mit à la frapper à grands coups de patte. Des statues et des frises de pierre se brisèrent dans un nuage de poussière, une pluie de débris et de mortier s'abattit sur la place. Cependant, la tour tenait bon ; Saphira redoubla d'efforts.

Quand Thorn comprit ce qu'elle tentait de faire, son mugissement eut quelque chose de désespéré. Il se débattit frénétiquement pour se libérer.

Enfin, la base de la haute flèche de pierre craqua et, avec une lenteur effrayante, commença à basculer. Thorn n'eut que le temps d'émettre un grondement furieux ; un déluge de pierres s'abattit sur lui. Il disparut dans la coquille du bâtiment, enfoui sous une montagne de gravats.

L'écroulement de la tour résonna dans toute la cité-nid-de-rats tel un roulement de tonnerre. Le rugissement de Saphira, sauvage et victorieux, y fit écho. Thorn parviendrait à se dégager tôt ou tard ; en attendant, il était à sa merci.

Elle inclina les ailes pour contourner la caverne-noire-épine. Tout en longeant les flancs de l'édifice, elle frappait les contreforts rainurés qui soutenaient les murs, les abattait un à un. Les blocs de pierre s'écroulaient avec un vacarme assourdissant.

Quand elle eut détruit tous les contreforts, les murs vacillèrent. Les efforts de Thorn pour s'extirper des ruines ne faisaient qu'empirer la situation. Au bout de quelques secondes, tout céda. L'édifice s'effondra dans un fracas d'avalanche, tandis qu'une épaisse colonne de poussière s'élevait vers le ciel.

Saphira émit un croassement triomphal. Puis elle se posa sur ses pattes arrière près de la montagne de débris et entreprit d'envelopper les blocs de pierre du feu le plus brûlant qu'elle pût produire. S'il était facile d'éteindre des flammes grâce à la magie, neutraliser la chaleur exigeait une importante quantité d'énergie. En obligeant Murtagh à dépenser ses forces pour ne pas être rôti vivant avec son dragon — et ne pas se laisser écraser —, elle espérait épuiser l'essentiel de ses réserves, ce qui donnerait à Eragon et à la deux-jambes-oreilles-pointues une chance de le vaincre.

Tandis qu'elle crachait le feu, l'elfe-loup, sur son dos, chantait des sortilèges dont elle ignorait l'utilité, mais elle faisait confiance au deux-jambes. Quoi qu'il fît, elle savait qu'il la soutenait.

Brusquement, les blocs qui couronnaient la montagne de gravats explosèrent, et Thorn jaillit hors des décombres. Saphira n'eut que le temps de bondir en arrière. Les ailes du dragon rouge étaient fripées comme celles d'un papillon piétiné, ses jambes et son dos saignaient. Il la fixa d'un air féroce et gronda, ses yeux de rubis assombris par la rage. Pour la première fois, elle l'avait vraiment mis en colère ; il n'avait visiblement qu'une envie : déchiqueter sa chair et goûter à son sang.

« Bien », pensa-t-elle. Il n'était peut-être pas qu'un malotru timoré, après tout.

Murtagh sortit d'une bourse attachée à sa ceinture un petit objet rond. Saphira savait d'expérience qu'il était enchanté et servirait à soigner les blessures de Thorn.

Sans attendre, elle prit son vol, désireuse de gagner le plus d'altitude possible avant que le dragon rouge ne soit capable de la suivre. Mais, après quelques coups d'ailes, un regard en arrière lui apprit qu'il montait déjà vers elle à une vitesse formidable, gros-épervier-rouge-aux-serres-aiguisées.

Elle vira et s'apprêtait à foncer sur lui quand, dans les profondeurs de son esprit, elle entendit la voix d'Eragon :

« Saphira ! »

Alarmée, elle poursuivit sa rotation pour se placer face à la porte sud de la ville, où elle avait senti la présence du garçon. Plaquant ses ailes contre son corps, elle se laissa tomber en piqué vers la porte voûtée.

Quand elle frôla Thorn, il s'élança vers elle, et elle n'eut pas besoin de se retourner pour savoir qu'il la suivait de près.

Ainsi filaient-ils tous les deux vers la muraille de la cité-nid-de-rats, et l'air-mouillé-du-matin hurlait aux oreilles de Saphira tel un loup blessé.

33
UN CASQUE
ET UN MARTEAU

« Enfin ! » pensa Roran quand les trompes des Vardens annoncèrent le départ.

Il jeta un regard vers Dras-Leona et vit Saphira plonger vers la masse sombre des bâtiments, ses écailles étincelantes dans le soleil levant. En bas, Thorn s'étira comme un gros chat avant de se lancer à ses trousses.

Un flux d'énergie parcourut les veines de Roran. L'heure de la bataille avait sonné, et il avait hâte d'en avoir terminé. Il eut une brève pensée pour Eragon, puis s'arracha au tronc sur lequel il était assis et rejoignit au trot la troupe qui se rassemblait, en formation rectangulaire.

Il inspecta rapidement les rangs, s'assurant que tous étaient prêts. Les hommes avaient attendu presque toute la nuit, ils étaient fatigués. Mais il savait que la peur et l'excitation auraient tôt fait de leur éclaircir les idées. Roran éprouvait la même fatigue et s'en moquait : il dormirait après la bataille. Jusque-là, sa principale préoccupation serait la vie de ses compagnons, et la sienne.

Il aurait souhaité malgré tout avoir le temps de prendre une tasse de thé pour se remettre l'estomac en place. Il avait mangé au dîner quelque chose qui ne passait pas, et avait souffert toute la nuit de crampes et de nausées. Ça ne l'empêcherait pas de se battre, du moins il l'espérait.

Satisfait de l'état de ses troupes, il enfila son casque par-dessus la coiffe matelassée. Puis il tira son marteau de sa ceinture et passa le bras gauche dans les lanières de son bouclier.

S'approchant de lui, Horst lança :

– À tes ordres !

Roran acquiesça d'un signe de tête. Il avait choisi le forgeron comme commandant en second, décision que Nasuada avait acceptée sans discuter. Hormis Eragon, Horst était le seul qu'il souhaitait avoir à ses côtés. C'était égoïste de sa part, il le savait. Horst avait un bébé nouveau-né, et les Vardens avaient besoin de ses talents pour travailler le métal. Mais Roran ne voyait personne d'autre qui fût à même de remplir cette fonction. Horst n'avait paru ni perturbé ni satisfait de cette promotion. Il s'était contenté d'organiser le détachement avec le calme et l'assurance qui le caractérisaient.

Les trompes sonnèrent de nouveau, et Roran, brandissant son marteau, lança :

– En avant !

Plusieurs centaines d'hommes se mirent en marche, encadrés par les quatre autres bataillons des Vardens.

Tandis que les guerriers traversaient au trot les champs qui les séparaient de Dras-Leona, des cris d'alarme montèrent derrière les remparts. Des cloches sonnèrent, des trompes retentirent ; bientôt, toute la cité s'emplit de clameurs : la défense s'organisait. À ce tumulte s'ajoutaient les terribles rugissements et le fracas montant du centre de la ville, où les deux dragons s'affrontaient. Roran voyait parfois l'un d'eux apparaître au-dessus des toits dans un étincellement d'écailles, mais la plupart du temps les deux géants restaient invisibles.

Le dédale de taudis qui entourait les murs de la ville était à présent tout proche. Les ruelles sombres avaient un aspect menaçant qui n'augurait rien de bon. Il serait facile aux soldats de l'Empire – ou même aux habitants – de prendre les assaillants au piège dans ces passages tortueux. Une bataille dans un espace aussi étroit serait encore plus brutale, plus meurtrière qu'ailleurs. S'ils devaient en venir là, Roran savait que peu d'hommes en réchapperaient.

Alors qu'il pénétrait dans l'ombre, sous les avant-toits des premières masures, l'angoisse lui noua les tripes. Il s'humecta les lèvres, pris de nausée.

« Eragon a intérêt à nous ouvrir cette porte, songea-t-il. Sinon on sera comme des agneaux à l'abattoir. »

34
ET LES MURAILLES
TOMBÈRENT...

Alerté par un fracas de murs qui s'effondrent, Eragon se retourna.

Entre les toits pointus de deux bâtisses éloignées, là où aurait dû se dresser la flèche aux épines de pierre, il n'y avait qu'un espace vide, d'où montait une colonne de poussière.

Eragon sourit, fier de Saphira. Quand il s'agissait de répandre la destruction et le chaos, les dragons n'avaient pas leur égal. « Vas-y ! pensa-t-il. Réduis cette cathédrale en miettes ! Enfouis leur sanctuaire sous mille pieds de gravats ! »

Et il reprit sa course dans les méandres de la sombre voie pavée avec Arya, Angela et Solembum. Les rues étaient déjà pleines de monde : marchands ouvrant leurs échoppes, veilleurs de nuit rentrant se coucher, seigneurs ivres sortant de leurs lieux de plaisir, vagabonds quittant les porches où ils avaient dormi, auxquels se mêlaient des soldats qui couraient en désordre vers les murs de la ville.

Et tous avaient les yeux fixés sur la cathédrale, d'où s'élevait le tumulte de la bataille entre les deux dragons. Tous, depuis les mendiants couverts de plaies jusqu'aux soldats aguerris, en passant par les nobles richement vêtus, semblaient terrifiés, et aucun n'accorda un regard à Eragon et à ses compagnons. Qu'Arya et lui puissent passer à première vue pour des humains ordinaires était une bonne chose.

Sur l'insistance d'Eragon, Arya avait déposé le novice inconscient dans une ruelle, à bonne distance de la cathédrale.

– Je lui ai promis de l'emmener, avait-il expliqué. Mais je n'ai pas précisé jusqu'où. D'ici, il saura retrouver son chemin.

Arya avait acquiescé, visiblement soulagée d'abandonner son fardeau.

Tandis qu'ils se hâtaient tous les quatre, une curieuse impression de déjà-vu envahit Eragon. Sa dernière visite à Dras-Leona s'était achevée de la même manière, par une course à travers le dédale serré des maisons crasseuses dans l'espoir d'atteindre une des portes de la ville avant que l'Empire ne lui tombe dessus. Seulement, cette fois, il n'avait pas que les Ra'zacs à craindre.

Il jeta un nouveau coup d'œil vers la cathédrale. Que Saphira tienne Murtagh et Thorn occupés encore quelques instants, et ceux-ci n'auraient plus le temps d'arrêter les Vardens. Cependant, au combat, certaines minutes semblaient durer des heures ; Eragon savait à quelle vitesse l'équilibre des forces pouvait basculer.

« Tiens bon ! » l'exhorta-t-il, sans toutefois projeter ses pensées vers elle pour ne pas la distraire ni révéler sa présence. « Encore un petit moment... »

Plus ils approchaient des remparts, plus les ruelles étaient étroites. On n'apercevait entre les habitations qu'un mince ruban de ciel bleu. L'eau sale stagnait dans les caniveaux ; Eragon et Arya se masquèrent le nez avec leur manche. La puanteur ne semblait pas affecter l'herboriste, mais Solembum grondait et fouettait l'air de sa queue.

Un léger mouvement, sur un toit, attira l'attention d'Eragon. Quand il leva les yeux, ce qui l'avait intrigué avait disparu. Puis il remarqua des signes bizarres : une tache blanche contre les briques noires de suie d'une cheminée, d'étranges formes pointues se découpant contre le ciel matinal, un ovale de la taille d'une pièce de monnaie qui luisait comme une braise dans l'obscurité.

Il comprit soudain que des dizaines de chats-garous étaient alignés sur les toits, dans leur forme animale. Ils couraient de maison en maison, surveillaient en silence la progression d'Eragon et de ses compagnons à travers le sombre labyrinthe de la ville.

Le garçon savait que les furtifs métamorphes tenaient à cacher le plus longtemps possible à Galbatorix leur alliance avec les Vardens ; ils ne daigneraient les aider qu'en tout dernier recours. Néanmoins, il trouvait leur présence réconfortante.

La voie qu'ils suivaient aboutissait à une intersection d'où partaient cinq autres ruelles. Après s'être consultés, ils décidèrent de prendre le chemin qui prolongeait le leur.

Cent pieds plus loin, la rue qu'ils avaient choisie virait à angle droit et débouchait sur une place, devant la porte sud de Dras-Leona.

Eragon s'arrêta.

Des centaines de soldats rassemblés là allaient et venaient dans une apparente confusion. Ils s'équipaient en armes et en armures, pendant que leurs chefs beuglaient des ordres incompréhensibles. Les fils d'or cousus sur leurs tuniques écarlates scintillaient à chacun de leurs mouvements.

Si la présence des soldats contraria Eragon, il fut consterné de voir qu'ils avaient entassé contre la porte une montagne de gravats pour empêcher les Vardens de la forcer. Il lâcha un juron.

Le tas était si haut qu'il faudrait plusieurs jours à une équipe de cinquante hommes pour le déblayer. Saphira y parviendrait en quelques secondes, mais Murtagh et Thorn ne lui en laisseraient pas l'occasion.

« Il faut créer une diversion », pensa-t-il. Laquelle ? Il n'en avait pas la moindre idée. Il projeta son esprit :

« Saphira ! »

Elle l'entendit, il en fut certain. Mais il n'eut pas le temps de lui expliquer la situation, car, au même instant, l'un des soldats désigna leur petit groupe :

– Des rebelles !

Arrachant Brisingr à son fourreau, Eragon bondit avant que les autres soldats n'enregistrent l'avertissement de leur compagnon.

Il n'avait pas le choix. Battre en retraite équivaudrait à abandonner les Vardens à l'Empire. Et il ne pouvait laisser Saphira se charger seule du mur *et* des soldats.

Il bondit avec un cri de guerre, imité par Arya. Ils se taillèrent un passage dans la cohorte des hommes, pris de court. Ceux-ci ne comprirent qu'ils avaient affaire à l'ennemi qu'en sentant une lame leur traverser la poitrine.

Puis les archers postés en haut des remparts déversèrent une pluie de flèches sur les assaillants. Une poignée d'entre elles rebondit sur les protections d'Eragon. Les autres tuèrent ou blessèrent les hommes de l'Empire.

Malgré sa rapidité, Eragon ne pouvait parer toutes les épées, lances et dagues pointées sur lui. Il sentait son énergie diminuer à un rythme alarmant à mesure que sa magie repoussait les attaques. S'il ne se dégageait pas de la mêlée, il s'épuiserait au point de ne plus pouvoir se battre.

Avec un rugissement, il tournoya sur lui-même, Brisingr pointée à hauteur de sa taille, et faucha tous les hommes à sa portée.

La lame iridescente tranchait les os et la chair comme s'ils n'avaient aucune consistance. De longs rubans de sang jaillissaient de sa pointe et s'éparpillaient en gouttes scintillantes telles des perles de corail, tandis que les soldats touchés se pliaient en deux, les mains pressées contre le ventre pour comprimer leurs blessures.

Tous les détails ressortaient avec une étrange précision, comme taillés dans le verre. Eragon distinguait chaque poil de barbe, comptait chaque goutte de sueur, remarquait chaque tache et chaque accroc dans la tenue des assaillants.

Bien que le tumulte du combat blessât son ouïe trop sensible, il ressentait un calme profond. Il n'était pas à l'abri des peurs qui le troublaient auparavant, mais elles ne s'éveillaient plus aussi aisément, et il n'en était que meilleur au combat.

Il achevait son mouvement circulaire et s'attaquait à l'homme qui lui faisait face quand Saphira passa au-dessus de sa tête. Ses ailes repliées contre son corps faseyaient telles des voiles dans le vent. À son passage, une bourrasque ébouriffa les cheveux d'Eragon et manqua de le renverser.

Une seconde plus tard, Thorn surgissait, des flammes tourbillonnant entre ses mâchoires ouvertes. Les deux dragons franchirent le mur jaune de Dras-Leona et s'éloignèrent d'une demi-lieue avant de faire volte-face pour revenir à grande vitesse.

De l'autre côté des remparts, des acclamations s'élevèrent. Les Vardens étaient aux portes.

Sur son bras gauche, Eragon sentit une portion de peau le brûler comme si on avait versé dessus de l'huile bouillante. Il siffla entre ses dents et secoua le bras, mais la douleur persistait. Puis il vit qu'une tache de sang trempait sa tunique. Il jeta un regard vers Saphira ; c'était sans doute le sang d'un dragon, mais il n'aurait su dire duquel.

Il profita de la distraction créée par le passage des dragons pour tuer trois autres soldats. Puis la troupe ennemie recouvra ses esprits, et le combat reprit avec vigueur.

Un homme armé d'une hache se planta devant Eragon. Il n'eut pas le temps de balancer son arme : Arya stoppa son attaque d'un coup qui le trancha presque en deux.

Eragon la remercia d'un hochement de tête. D'un accord tacite, ils se placèrent dos à dos pour affronter les assaillants ensemble. Il sentait Arya haleter autant que lui. Ils avaient beau être plus forts et plus rapides que la plupart des humains, leur endurance avait des limites. Ils avaient tué des dizaines d'hommes, mais il en restait des centaines, et des renforts ne tarderaient pas à arriver des autres quartiers de Dras-Leona.

— Qu'est-ce qu'on fait ? cria-t-il en parant un coup de lance.
— Magie ! répondit Arya.

Sans cesser de repousser les attaques, Eragon entama la récitation de tous les sorts de mort qui lui venaient à l'esprit.

Une autre rafale de vent fit voler ses cheveux, et une ombre fraîche passa au-dessus de lui : Saphira décrivait un cercle pour ralentir. Déployant ses ailes, elle descendit vers les créneaux.

Thorn la rattrapa avant qu'elle se fût posée. Le dragon rouge plongea, lâcha un jet de flammes de cent pieds de long. Saphira rugit de colère, vira et reprit de l'altitude en quelques battements d'ailes. Les deux dragons montèrent dans les airs, tournant en spirale l'un autour de l'autre, s'attaquant à furieux coups de griffes et de dents.

Voir Saphira en danger ne fit que renforcer la détermination d'Eragon. Il augmenta le débit de ses incantations, psalmodia les mots de l'ancien langage aussi vite qu'il le pouvait sans les déformer. En dépit de ses efforts, ni ses sortilèges ni ceux d'Arya n'avaient d'effet sur les soldats.

Alors, la voix de Murtagh résonna tel le rugissement d'un géant:

– Ces hommes sont sous ma protection, mon frère!

Eragon leva les yeux. Thorn plongeait vers la place. Surprise par ce brusque changement de direction, Saphira resta au-dessus de la cité, silhouette bleue contre le bleu plus clair du ciel.

« Ils savent », comprit Eragon. Et l'effroi eut raison de son calme.

Il balaya la foule du regard. Des soldats continuaient d'affluer de chaque rue. L'herboriste était acculée contre le mur d'une maison. Elle jetait des fioles de verre d'une main et maniait Tinte-la-Mort de l'autre. En se brisant, les fioles libéraient une vapeur verte, et tout homme pris dans ces miasmes tombait sur le sol, les doigts crispés sur la gorge tandis que de petits champignons bruns apparaissaient sur chaque pouce de peau exposée. Derrière Angela, sur le muret d'un jardin, Solembum se tenait ramassé sur lui-même. Il profitait de sa position pour griffer les soldats au visage et arracher leur casque, détournant leur attention quand ils s'approchaient de l'herboriste. Tous deux semblaient cernés, et Eragon doutait qu'ils puissent tenir très longtemps.

Rien de ce qu'il voyait ne lui donnait le moindre espoir. Au-dessus de lui, le dragon rouge étendait ses ailes pour ralentir sa descente.

— Il faut qu'on parte, lui cria Arya.

Eragon hésita. Il pouvait sans difficulté les hisser tous les quatre de l'autre côté du mur où les Vardens attendaient. Mais, s'ils prenaient la fuite, ils reviendraient au point de départ. Leur armée ne pourrait se permettre de prolonger le siège. Ils seraient bientôt à court de nourriture, les hommes commenceraient à déserter. Une fois ce processus enclenché, ils n'auraient plus la moindre chance de réunir tous les peuples contre Galbatorix.

L'immense silhouette de Thorn masqua le ciel et répandit sur le champ de bataille une ombre rougeâtre qui cacha Saphira. Des gouttes de sang de la taille d'un poing tombaient du cou et des pattes du grand dragon, et des soldats brûlés par le liquide acide hurlaient de douleur.

— Eragon ! Maintenant ! hurla Arya.

Elle le saisit par le bras et voulut l'entraîner, mais il ne bougea pas, incapable d'admettre la défaite.

Arya le tira plus fort ; pour garder son équilibre, il baissa les yeux, et son regard tomba sur Aren, passé au majeur de sa main gauche.

Il comptait conserver l'énergie contenue dans l'anneau pour le jour de sa confrontation avec Galbatorix. Cette réserve était bien maigre comparée à celles que le roi avait dû accumuler au cours de ses nombreuses années sur le trône d'Alagaësia. Mais c'était la plus grande que le garçon possédait, et il n'aurait pas le temps de se constituer une nouvelle provision avant que les Vardens n'atteignent Urû'baen, s'ils y parvenaient. C'était aussi un des rares objets qu'il tenait de Brom. Ces deux raisons le retenaient de se servir de son pouvoir.

Cependant, il n'avait pas d'autre solution.

La quantité d'énergie contenue dans Aren lui avait toujours paru gigantesque ; à présent, il se demandait si elle serait suffisante pour ce qu'il envisageait de faire.

Du coin de l'œil, il vit Thorn descendre vers lui, avec ses serres aussi larges qu'un homme. Une petite voix intérieure lui hurla de fuir avant que le monstre ne l'attrape pour le dévorer vivant.

Il inspira profondément, puisa dans le trésor d'Aren et lança :

– Jierda !

Le flux qui le traversa fut le plus violent qu'il eût jamais connu. C'était un courant glacé qui brûlait et démangeait avec une intensité à la limite du supportable, une torture et une extase tout à la fois.

Sur son ordre, le gigantesque tas de décombres qui bloquait la porte s'éleva en une solide colonne de pierres et de gravats. Elle frappa Thorn au flanc, déchiqueta un bout de son aile et le projeta de l'autre côté des faubourgs de Dras-Leona. Puis le pilier s'étala pour former une voûte mouvante recouvrant la moitié sud de la cité.

La projection de gravats secoua la place et jeta tout le monde à terre. Eragon atterrit à quatre pattes ; il resta là, à fixer le ciel, sans relâcher le sortilège.

Quand l'anneau fut presque vidé de son énergie, il murmura :

– Gánga raehta.

Tel un noir nuage d'orage poussé par la tempête, le panache de débris se déplaça sur la droite, en direction des docks et du lac Leona. Eragon l'éloigna autant qu'il put du centre de la ville ; puis, tandis que les derniers restes d'énergie le traversaient, il mit fin au sortilège.

Dans un bruit assourdi par la distance, le nuage s'effondra sur lui-même. Les éléments les plus lourds – pierres, pièces de bois, mottes de terre – tombèrent en chute libre et frappèrent la surface du lac, tandis que les particules plus petites restaient suspendues dans les airs, vaste nuée brune qui dérivait vers l'ouest.

À l'emplacement de la montagne de débris, il n'y avait plus qu'un cratère vide. Des pavés cassés en bordaient le tour, vaste cercle de dents brisées. Les portes de la ville bâillaient, dégondées et fendues.

Au-delà, Eragon vit les Vardens massés dans les rues. Il relâcha son souffle et laissa retomber la tête, épuisé. « Ça a marché », pensa-t-il, hébété. Puis il se redressa lentement, vaguement conscient que le danger n'était pas encore écarté.

Tandis que les soldats se relevaient, les Vardens se déversèrent dans Dras-Leona avec des cris de guerre, frappant leurs boucliers de leurs épées. Quelques secondes plus tard, Saphira se posait au milieu d'eux, et ce qui aurait dû tourner à la bataille rangée se transforma en déroute : les ennemis fuyaient pour sauver leur peau.

Eragon aperçut Roran porté par une marée d'hommes et de nains, mais le perdit de vue avant d'avoir pu attirer son attention.

– Arya... ?

Il se tourna et découvrit avec angoisse qu'elle n'était plus à ses côtés. Inspectant les alentours, il la repéra bientôt vers le centre de la place, cernée par une vingtaine d'adversaires. Les hommes la tenaient par les bras et les jambes et tentaient de l'entraîner avec une farouche ténacité. Arya libéra une de ses mains et frappa l'un d'eux au menton, lui brisant le cou. Un autre soldat prit aussitôt le relais.

Eragon courut vers elle. Exténué comme il l'était, il laissa retomber le bras, et la pointe de Brisingr se prit dans la cotte de mailles d'un blessé tombé à terre, lui arrachant le pommeau de la main. L'épée rebondit bruyamment sur le sol, et le garçon hésita à revenir en arrière. Mais, comme deux dagues se levaient sur Arya, il redoubla de vitesse.

À l'instant où il la rejoignait, Arya se débarrassa un court moment de ses assaillants. Ils se jetèrent de nouveau sur elle. Avant qu'ils aient pu la reprendre, Eragon envoya son poing dans la cage thoracique de l'un d'eux. Un soldat aux longues moustaches cirées tenta de lui porter un coup d'épée. Le garçon saisit la lame à main nue et la lui arracha, la brisa en deux et éventra le moustachu avec le tronçon restant. Quelques secondes plus tard, les hommes qui avaient menacé Arya étaient morts ou mourants. Ceux qu'Eragon n'avait pas tués, Arya les acheva.

Elle déclara alors :

– Je pouvais me débrouiller toute seule.

Eragon se plia en deux pour reprendre son souffle :

– Je sais...

Il désigna du menton la main droite de l'elfe – celle qu'elle avait affreusement déchirée en l'extirpant de l'anneau de fer, et qu'elle tenait recroquevillée contre sa jambe :

– Disons que c'est une façon de te remercier.

– Un peu lugubre, comme cadeau, commenta-t-elle.

Mais un léger sourire lui étira les lèvres.

La plupart des soldats avaient fui la place ; ceux qui restaient étaient acculés contre les maisons, harcelés par les Vardens. Eragon vit même de nombreux hommes de Galbatorix jeter leurs armes et se rendre.

Il retourna avec Arya ramasser son épée, puis ils marchèrent jusqu'à la muraille de terre ocre, où le sol était à peu près dégagé. Assis, le dos au mur, ils regardèrent les Vardens faire leur entrée dans la cité.

Saphira les rejoignit bientôt. Elle donna un petit coup de tête affectueux à Eragon, qui sourit et lui gratta le museau.

« On a réussi », dit-elle.

Lupusänghren desserra les courroies qui lui maintenaient les jambes et se laissa glisser le long de son flanc. Un bref instant, Eragon vécut l'expérience totalement déconcertante de se rencontrer lui-même. Décidément, il n'aimait pas la façon dont ses cheveux bouclaient sur ses tempes.

Lupusänghren marmonna un mot en ancien langage ; sa silhouette ondula tel un mirage de chaleur, et il reprit son apparence habituelle : haute taille, corps velu, longues oreilles, dents pointues, ni elfe ni homme. Dans son expression tendue, Eragon détecta le sceau du chagrin.

– Tueur d'Ombre, dit-il, en s'inclinant devant Eragon et Arya. Saphira m'a appris le destin de Wyrden. Je...

Il n'avait pas achevé sa phrase que les dix elfes sous son commandement surgirent de la foule des Vardens, l'épée à la main.

– Tueur d'Ombre ! s'écrièrent-ils. Argetlam ! Écailles Brillantes !

Eragon les salua avec lassitude et s'efforça de répondre à leurs questions bien qu'il eût préféré n'en rien faire.

Puis un rugissement interrompit leur conversation. Une ombre les recouvrit, et Eragon leva les yeux pour découvrir Thorn – toute son intégrité retrouvée – planant haut dans le ciel sur une colonne d'air chaud.

Eragon jura et grimpa en hâte sur Saphira, Brisingr au poing. Arya, Lupusänghren et les autres elfes se disposèrent autour d'elle en un cercle protecteur. Leur puissance combinée était impressionnante, mais suffirait-elle à repousser Murtagh ? Eragon n'en aurait pas juré.

Tous les Vardens avaient renversé la tête vers le ciel. Ils étaient braves, mais les plus braves se sentent bien vulnérables face à un dragon.

– Frère ! lança Murtagh, d'une voix si amplifiée qu'Eragon dut se boucher les oreilles. Tu paieras de ton sang les blessures que tu as infligées à Thorn ! Prends Dras-Leona si ça t'amuse. Cette ville n'est rien pour Galbatorix. Mais, crois-moi, tu n'en as pas fini avec nous, Eragon le Tueur d'Ombre !

Sur ces mots, Thorn vira et fila vers le nord. Il s'enfonça dans le rideau de fumée montant des maisons en feu autour de la cathédrale détruite, et disparut.

35
SUR LES RIVES
DU LAC LEONA

Eragon traversa la pénombre du campement, les mâchoires crispées, les poings serrés.

Il venait de passer les dernières heures avec Nasuada, Orik, Arya, Garzhvog, le roi Orrin et divers conseillers, à discuter des évènements de la journée et à évaluer la situation des Vardens. Vers la fin de la conférence, ils avaient contacté la reine Islanzadí pour l'informer de la prise de Dras-Leona et de la mort de Wyrden.

Expliquer à la reine comment l'un de ses plus anciens et plus puissants jeteurs de sorts avait été tué avait représenté une épreuve pour Eragon, d'autant que la souveraine avait manifesté une tristesse qui l'avait surpris. Il n'avait pas imaginé qu'elle était si proche de Wyrden.

Cette conversation avec Islanzadí l'avait profondément assombri. « Si j'avais marché devant, c'est moi qui me serais empalé sur ces piques », se répétait-il en poursuivant sa quête à travers le camp.

Saphira savait ce qu'il avait en tête, mais elle avait décidé de regagner le carré d'herbe où elle dormait, près de la tente.

« Si je t'accompagne, je vais réveiller tout le monde, et les hommes ont besoin de repos », lui avait-elle dit.

Ils restaient cependant liés mentalement, et elle serait à ses côtés en quelques secondes en cas de besoin.

Pour préserver sa vision nocturne, Eragon évitait les feux et les torches qui brûlaient un peu partout. Il inspectait cependant chaque flaque de lumière, dans l'espoir d'y voir celle qu'il cherchait.

Il lui vint à l'esprit qu'elle le fuyait peut-être délibérément, consciente que les sentiments du Dragonnier n'avaient rien d'amical. Cependant, il n'y avait pas de lâcheté en elle. Malgré son jeune âge, elle était l'un des êtres les plus endurcis qu'il eût connus, humain, elfe ou nain.

Il repéra enfin Elva, assise au seuil d'une petite tente très ordinaire, occupée à un jeu de ficelle dans la lueur mourante d'un feu. Près d'elle, Greta, sa gouvernante, maniait entre ses doigts noueux une paire d'aiguilles à tricoter.

Eragon les observa un moment. La vieille femme semblait détendue, et il hésitait à troubler sa sérénité.

Puis Elva déclara :

— Ne renonce pas maintenant, Eragon. Pas après avoir fait tout ce chemin.

Il y avait dans sa voix quelque chose de retenu, comme si elle venait de pleurer. Mais, quand elle leva les yeux, son regard flambait de défi.

Greta sursauta à l'entrée d'Eragon dans le cercle de lumière. Elle ramassa sa laine et ses aiguilles, et s'inclina :

— Bienvenue, Tueur d'Ombre. Puis-je t'offrir à boire ?

— Non, je te remercie.

Il s'arrêta devant Elva et contempla la frêle fillette. Elle le fixa un moment avant de reprendre son tressage de ficelle. Avec un pincement bizarre à l'estomac, il remarqua que ses yeux étaient du même violet que les améthystes maléfiques des prêtres de Helgrind.

Il s'agenouilla et saisit l'enchevêtrement de fils, arrêtant le geste d'Elva.

— Je sais ce que tu vas dire, l'informa-t-elle.

— Peut-être, mais je vais le dire tout de même. Tu as tué Wyrden. C'est toi qui l'as tué ! Si tu étais venue avec nous, tu l'aurais averti du piège. Tu nous aurais tous avertis. J'ai vu Wyrden mourir, j'ai vu Arya s'arracher la moitié de la main à cause de toi. À cause de ta colère. À cause de ton entêtement. À cause de ton orgueil. Déteste-moi autant que tu voudras, mais ne t'avise plus d'en faire payer le prix à qui que ce soit. Si tu souhaites la défaite des Vardens, rejoins Galbatorix et qu'on en finisse. C'est ça que tu veux ?

Elva fit un signe de dénégation.

— Alors, que je n'entende plus jamais raconter que tu as refusé d'aider Nasuada par simple dépit, sinon nous réglerons nos comptes, Elva Qui-Voit-Loin, et cette fois tu n'auras pas le dessus.

— Tu ne me vaincras jamais, maugréa-t-elle d'une voix vibrante d'émotion.

— Tu pourrais être étonnée. Tu possèdes un don précieux, Elva. Les Vardens ont besoin de ton aide, maintenant plus que jamais. J'ignore comment nous vaincrons le roi à Urû'baen, mais si tu es à nos côtés — si tu te sers de ce don contre lui —, nous aurons peut-être une chance.

Elva parut débattre avec elle-même. Puis elle hocha la tête, et Eragon vit les larmes déborder de ses yeux. La détresse de la fillette ne lui causa aucun plaisir, mais il éprouva une certaine satisfaction à l'avoir perturbée.

— Je suis désolée, murmura-t-elle.

Il lâcha les ficelles et se releva :

— Tes regrets ne feront pas revenir Wyrden. Agis de ton mieux à l'avenir, et peut-être répareras-tu ta faute.

Il salua Greta, qui avait gardé le silence tout le temps de leur échange ; puis il s'éloigna à grands pas et s'enfonça dans le noir, entre les rangées de tentes.

« Tu as bien fait, approuva Saphira. Elle se conduira autrement, à présent. »

« Je l'espère. »

Réprimander Elva avait été une expérience nouvelle pour Eragon. Il se souvenait d'avoir été châtié pour ses bêtises par

Garrow ou par Brom, et être à présent celui qui châtiait lui donnait le sentiment d'être... différent, plus mûr.

« La roue tourne », songea-t-il.

Il traversa le campement en prenant son temps, goûtant la fraîcheur de l'air qui montait du lac, invisible dans l'obscurité.

*

* *

Après la prise de Dras-Leona, Nasuada avait surpris tout le monde en ordonnant que les Vardens ne passent pas la nuit dans la cité. Elle n'avait pas justifié sa décision, mais Eragon soupçonnait que la longue attente devant les murs de la ville avait attisé son impatience de reprendre la route d'Urû'baen. Et sans doute n'avait-elle aucune envie de s'attarder en des lieux où rôdaient sûrement des espions de Galbatorix.

Une fois les rues sécurisées, Nasuada avait décidé du nombre de guerriers qui resteraient sur place, sous le commandement de Martland Barbe-Rouge. Puis les Vardens avaient quitté Dras-Leona pour se diriger vers le nord en suivant la berge du lac. En cours de route, un va-et-vient constant de messagers avait permis à Martland et Nasuada de régler les nombreuses questions que soulevait la gouvernance de la ville.

Avant le départ des Vardens, Eragon, Saphira et les jeteurs de sorts de Lupusänghren étaient retournés à la cathédrale en ruine. Quelques minutes avaient suffi à Saphira pour déblayer l'amas de pierres qui bloquait l'entrée des souterrains et permettre aux elfes d'en retirer le corps de Wyrden. Mais ils eurent beau fouiller et multiplier les sorts, la ceinture de Beloth le Sage resta introuvable.

Les elfes avaient transporté le corps de Wyrden sur leurs boucliers jusqu'à un tertre, au bord d'une petite crique. Ils l'avaient enterré avec des chants de lamentation en ancien langage, des mélodies si poignantes qu'Eragon n'avait pu retenir ses larmes, et que les oiseaux et les bêtes alentour s'étaient tus pour écouter.

Yaela, l'elfe aux cheveux d'argent, agenouillée au bord de la tombe, avait sorti d'une bourse pendue à sa ceinture un gland qu'elle avait planté au-dessus de la poitrine de Wyrden. Puis les douze elfes, parmi lesquels Arya, avaient chanté pour le gland, qui avait aussitôt pris racine, s'était mis à pousser, avait tendu ses branches vers le ciel telles des mains implorantes.

Quand les elfes avaient cessé leur chant, un chêne de trente pieds de haut couvert de feuilles et de fleurs déployait son ombrage au-dessus de la tombe.

C'étaient les plus belles funérailles auxquelles Eragon eût jamais assisté. Il préférait de loin cette pratique à celle des nains, qui ensevelissaient leurs défunts dans la pierre dure et froide. Et il aimait l'idée qu'un corps devienne nourriture pour un arbre qui vivrait des centaines d'années. Il décida que, s'il venait à mourir, il souhaiterait qu'on plante un pommier au-dessus de lui, pour que ses amis et sa famille mangent les pommes nées de sa chair. Cette pensée, bien qu'un peu morbide, le fit sourire.

Après les recherches dans la cathédrale détruite, et avec l'approbation de Nasuada, Eragon avait déclaré libres tous les esclaves de la ville. Il s'était rendu en personne dans les maisons de maîtres et sur les marchés aux enchères pour délivrer hommes, femmes et enfants de leurs chaînes. Cette initiative lui avait procuré une grande satisfaction.

Quand il regagna sa tente, Arya l'attendait devant l'entrée. Il accéléra le pas, mais, avant qu'il ait pu la saluer, quelqu'un appela :

– Tueuse d'Ombre !

Instinctivement, il se retourna. Un des pages de Nasuada arrivait au trot.

– Tueuse d'Ombre, répéta le garçon, hors d'haleine, en s'inclinant devant Arya. Dame Nasuada souhaite te voir dans sa tente demain matin, une heure avant l'aube, pour conférer avec toi. Quelle est ta réponse ?

– Dis-lui que j'y serai.

Après un nouveau salut, le page repartit par où il était venu.

Eragon plaisanta :

— On va s'embrouiller, maintenant que chacun de nous a tué un Ombre !

— Tu aurais préféré que je laisse la vie sauve à Varaug ? fit Arya, presque taquine.

— Non, bien sûr que non !

— J'aurais pu en faire un esclave, soumis à mes quatre volontés.

— Là, tu te moques de moi.

Elle gloussa sans répondre.

— Plutôt que Tueuse d'Ombre, je devrais t'appeler Princesse. Princesse Arya.

Il savoura l'effet de ces mots dans sa bouche.

— Non, répliqua-t-elle avec gravité. Je ne suis pas une princesse.

— Pourquoi ça ? Ta mère est reine. Tu es donc princesse. Elle porte le titre de Dröttning, toi celui de Dröttningu. Le premier signifie « reine », l'autre...

— Ne veut pas dire « princesse », le coupa-t-elle. Pas exactement. Ce terme n'a pas d'équivalent dans ta langue.

— Pourtant, si ta mère venait à mourir ou si elle abdiquait, tu prendrais sa place sur le trône, non ?

— Ce n'est pas aussi simple.

Comme elle ne semblait pas désireuse de s'expliquer, il l'invita :

— Tu veux entrer ?

— Je veux bien.

Eragon écarta le pan de toile, et Arya se courba pour pénétrer dans la tente. Après avoir jeté un bref regard à Saphira, qui ronflait à côté, roulée en boule, il entra à son tour.

Il effleura la lanterne suspendue au poteau central et murmura :

— Istalrí !

Une lumière chaude se répandit sous la tente militaire, lui donnant une atmosphère presque confortable.

Ils s'assirent.

— J'ai trouvé ceci dans les affaires de Wyrden, dit Arya. J'ai pensé que ça nous ferait du bien.

Elle lui tendit un flacon en bois sculpté, de la taille d'une main. Il le déboucha, renifla son contenu et arqua les sourcils. Il reconnaissait cette odeur forte et sucrée :

– Du faelnirv ?

Les elfes fabriquaient cette boisson avec des baies de sureau auxquelles ils mêlaient, à en croire Narí, des rayons de lune.

– C'en est, confirma-t-elle en riant. Mais Wyrden y a ajouté quelque chose.

– Ah ?

– Les feuilles d'une plante qui pousse à l'est du Du Weldenvarden, sur les rives du lac Röna.

Il fronça les sourcils :

– Cette plante, je la connais ?

– Sans doute, mais là n'est pas l'important. Vas-y, goûte ! Ça va te plaire, j'en suis sûre.

Elle rit de nouveau, ce qui l'intrigua. Il ne l'avait encore jamais vue comme ça, espiègle et insouciante. Il s'aperçut avec surprise qu'elle était un peu éméchée.

Il hésita, se demandant si Glaedr les observait. Puis il porta le flacon à ses lèvres et avala une gorgée de faelnirv. Le goût en était différent de celui qu'il connaissait ; c'était puissant, musqué, un peu comme l'odeur d'une martre ou d'une hermine.

Il grimaça et réprima un hoquet quand la liqueur lui brûla le gosier. Il prit une deuxième gorgée avant de passer le flacon à Arya, qui but à son tour.

La veille avait été une journée de sang et d'horreur, de combats et de tueries, où il avait bien failli être tué lui-même. Il avait besoin de détente et d'oubli. La tension qu'il éprouvait était trop intense pour être évacuée par de simples exercices mentaux. Il lui fallait autre chose, qui vienne de l'extérieur, comme la violence à laquelle il avait été mêlé avait été en grande partie externe, non interne.

Quand Arya lui rendit le flacon, il avala une bonne lampée et gloussa malgré lui.

Arya posa sur lui un regard mi-pensif, mi-amusé :

– Qu'est-ce qui te fait rire ?

– Ça... Nous... Qu'on soit encore vivants tandis qu'*eux*...
– il agita la main en direction de Dras-Leona – ... ne le sont
plus. La vie me fait rire, la vie et la mort.

Une douce chaleur se répandait dans son ventre, et ses
oreilles le picotaient.

– Oui, dit Arya. C'est bon d'être en vie.

Ils continuèrent de se passer la flasque jusqu'à ce qu'elle fût
vide. Eragon dut s'y prendre à plusieurs fois pour remettre le
bouchon tant ses doigts étaient maladroits. Son lit de camp lui
paraissait tanguer comme une barque sur la mer.

Il tendit l'objet à Arya et, quand elle le prit, il lui saisit la
main droite et la leva vers la lumière. La peau en était de nouveau douce et intacte. Il ne restait aucune trace de sa blessure.

– Lupusänghren t'a soignée ?

Elle fit signe que oui, et il la lâcha.

– C'est presque complètement guéri, j'ai retrouvé le plein
usage de ma main.

Elle ouvrit et referma les doigts à plusieurs reprises :

– Mais il reste un endroit, à la base du pouce, où je n'ai plus
de sensation.

Elle désignait une zone de peau. Eragon y posa le bout de
l'index :

– Là ?

– Non, là, dit-elle en tournant un peu le poignet.

– Et Lupusänghren n'a rien pu faire ?

– Il a essayé une demi-douzaine de sorts, mais les nerfs
refusent de se reconnecter.

Elle eut un geste indifférent :

– Peu importe. Je suis encore capable de manier une épée
et de bander un arc, c'est l'essentiel.

Après une hésitation, Eragon reprit :

– Je veux que tu saches... combien je te suis reconnaissant
de ce que tu as fait... ou tenté de faire. Je suis navré que cela te
laisse une trace définitive. Si j'avais pu l'empêcher...

— Tu n'as rien à te reprocher. Personne ne traverse la vie sans dommage, ce n'est d'ailleurs pas souhaitable. Nos blessures sont les témoins de nos échecs et de nos réussites.

— Angela m'a dit quelque chose de semblable à propos des ennemis, que ne pas en avoir est une preuve de lâcheté.

Arya opina :

— Il y a du vrai, là-dedans.

Ils continuèrent de rire et de bavarder tandis que la nuit s'avançait. Au lieu de s'atténuer, les effets du faelnirv modifié se renforçaient. Eragon voguait dans un vertige brumeux. Les ombres, dans les recoins de la tente, semblaient onduler, et d'étranges éclairs traversaient son champ de vision. La pointe de ses oreilles lui brûlait, la peau de son dos le picotait comme si une armée de fourmis y défilait. Certains bruits prenaient une intensité particulière – stridulations d'insectes, grésillements de torches à l'extérieur de la tente – au point qu'il avait du mal à identifier d'autres sons.

« Aurais-je été empoisonné ? » pensa-t-il.

Arya remarqua son trouble.

— Qu'y a-t-il ? s'enquit-elle.

Il humecta ses lèvres desséchées et lui confia ce qu'il ressentait. Elle rit en renversant la tête en arrière, les yeux mi-clos :

— C'est normal. À l'aube, ça sera passé. Pour le moment, détends-toi et profites-en.

Eragon débattit avec lui-même : devait-il ou non utiliser un sort pour s'éclaircir les idées – à supposer qu'il en fût capable ? Puis il décida de faire confiance à Arya et de suivre son conseil.

Tandis que le monde vacillait autour de lui, il réalisa à quel point il dépendait de ses perceptions pour distinguer le réel de l'imaginaire. Il aurait juré que des éclats de lumière traversaient la tente, tout en sachant qu'ils n'étaient que des illusions créées par le faelnirv.

Ils poursuivirent leur bavardage, et, malgré l'incohérence de leurs propos, Eragon était convaincu de leur extrême importance, même s'il n'aurait su se rappeler de quoi ils avaient parlé l'instant d'avant.

Plus tard, il entendit le son aigrelet d'une flûte de roseau, quelque part dans le camp. Il crut d'abord l'avoir inventé, mais Arya l'avait remarqué aussi, car elle tendit l'oreille.

Qui jouait et pourquoi, il n'aurait su le dire. D'ailleurs, il s'en moquait. La mélodie semblait émaner de la nuit elle-même, tel un souffle de vent égaré.

Il écouta, les paupières fermées, tandis que des images fantastiques roulaient dans son esprit, que le faelnirv faisait naître mais que la musique animait.

Le chant prenait peu à peu un caractère sauvage ; de plaintif, il devint pressant. Les notes montaient et descendaient, si rapides, si insistantes, si alarmantes qu'Eragon commença à s'inquiéter de la santé mentale du musicien. Un tel jeu avait quelque chose de surnaturel, même pour un elfe.

Alors que la musique prenait une intensité fiévreuse, Arya sauta sur ses pieds en riant. Les bras levés, elle claqua des mains, frappa des talons. Devant Eragon stupéfait, elle se mit à danser, d'abord en lents mouvements presque langoureux, puis de plus en plus vite, obéissant au rythme obsédant de l'instrument.

Après une note culminante, la cadence ralentit ; le musicien reprit les premiers thèmes de la mélodie. Avant qu'elle ne s'éteigne, une brusque démangeaison força Eragon à se gratter la paume, là où brillait sa gedwëy ignasia. Au même instant, un de ses sorts de protection s'anima dans un coin de son esprit, l'avertissant d'un danger.

Un dragon rugit alors au-dehors, au-dessus de la tente, et une peur glacée s'infiltra dans ses veines.

Ce n'était pas le rugissement de Saphira.

36

PAROLE DE DRAGONNIER

Eragon empoigna Brisingr et se précipita au-dehors avec Arya.

À peine sorti, il crut que le sol basculait sous ses pieds. Il chancela et tomba sur un genou. Il referma la main sur une touffe d'herbe et s'y ancra, le temps que son vertige se dissipe.

Quand il osa relever la tête, il dut cligner des yeux : le flamboiement des torches l'agressait, les flammes ondulaient devant lui tels des poissons de lumière.

« Perdu le sens de l'équilibre..., songea-t-il. N'y vois plus rien... Retrouver mes esprits... »

Une ombre passa au-dessus de lui, et il se jeta à plat ventre. La queue de Saphira balaya l'air à quelques pouces de son crâne avant d'aplatir la tente. Les poteaux de bois se brisèrent comme des brindilles sèches.

Saphira, réveillée en sursaut, montrait les dents et mordait le vide. Elle se redressa et regarda autour d'elle, perdue :

« Petit homme ? Qu'est-ce que... »

Un bruit semblable au hurlement du vent l'interrompit tandis que Thorn jaillissait du ciel ténébreux, plus étincelant que mille étoiles couleur de sang. Quand il se posa près du pavillon de Nasuada, la terre trembla sous le choc.

Des gardes crièrent ; Thorn balaya le sol de sa patte droite, et les cris se turent.

Des sangles fixées aux flancs du dragon rouge, des dizaines de soldats sautèrent à terre et se répandirent dans le campement, éventrant les tentes et poignardant les sentinelles qui se ruaient vers eux.

Les trompes des Vardens sonnèrent. En même temps, des clameurs de combat montaient des lignes de défense extérieure : le camp subissait une autre attaque par le nord.

« Combien ont-ils de soldats ? se demanda Eragon. Sommes-nous encerclés ? »

Pris de panique, il faillit se jeter aveuglément dans la nuit. Seule la conscience que le faelnirv brouillait son jugement l'en empêcha.

Dans l'espoir de contrer les effets de l'alcool, il murmura un rapide sort de guérison, sans résultat. Déçu, il se redressa avec précaution, tira Brisingr du fourreau et vint se placer épaule contre épaule avec Arya à l'instant où cinq soldats s'élançaient vers eux. Étant donné leur état, le garçon se demanda comment ils allaient repousser les assaillants.

Ceux-ci n'étaient plus qu'à vingt pieds quand Saphira gronda et frappa le sol de sa queue. Les hommes s'écroulèrent en un tas confus. Eragon et Arya n'avaient eu que le temps de s'agripper l'un à l'autre pour rester debout.

Lupusänghren et Laufin surgirent alors du dédale de tentes. Les cinq soldats furent abattus sans même avoir pu se relever. D'autres elfes arrivaient.

Un nouveau groupe de soldats, une grosse vingtaine cette fois, convergèrent vers Eragon et Arya, à croire qu'ils savaient où les trouver. Les elfes se disposèrent en ligne devant eux. Mais les assaillants n'étaient pas encore à portée de leurs épées qu'une des tentes s'ouvrait dans un claquement de toile. Angela chargea avec un rugissement, prenant tout le monde par surprise.

L'herboriste, échevelée, en chemise de nuit, tenait dans chaque main un peigne à carder. Longs de trois pieds, ils étaient munis à leurs extrémités d'une double rangée de dents métalliques. Ces dents étaient plus longues que l'avant-bras d'Eragon, aussi pointues que des aiguilles. Si on s'y piquait, on risquait un empoisonnement du sang à cause de la laine non lavée qu'elles avaient travaillée.

Deux soldats tombèrent, leurs cottes de mailles traversées par les redoutables piques. L'herboriste mesurait une tête de moins que la plupart des hommes, mais elle bondissait au milieu d'eux sans manifester la moindre crainte. Elle était l'image même de la férocité, avec ses cheveux en bataille, ses cris de guerre et son regard fou.

Le cercle des soldats se referma sur elle, et Eragon craignit un instant qu'elle ne fût submergée. Alors, Solembum jaillit d'on ne savait où, les oreilles plaquées contre le crâne, suivi de dix, vingt, trente chats-garous, sous leur forme animale.

Une cacophonie de feulements et de miaulements déchira la nuit. Les chats-garous jetaient les hommes à terre, les déchiquetaient à coups de griffes et de dents. Les soldats se défendaient comme ils pouvaient, mais ils n'étaient pas de taille face à tant de sauvagerie.

De l'apparition d'Angela à l'intervention des chats-garous, tout s'était déroulé si vite qu'Eragon n'avait pas eu le temps de réagir. Tandis que les bêtes se déchaînaient, il cligna des yeux et s'humecta les lèvres. La scène lui paraissait totalement irréelle.

Puis Saphira s'accroupit près de lui :

« Sur mon dos ! Vite ! »

Arya le retint d'une pression sur le bras :

– Attends !

Elle murmura quelques phrases en ancien langage. Aussitôt, la distorsion qui altérait ses perceptions s'évanouit, et il fut de nouveau maître de son corps.

Il lança à Arya un regard reconnaissant, puis il jeta le fourreau de Brisingr sur les ruines de sa tente, escalada la patte de Saphira et s'installa à sa place habituelle, à la base de son cou. Sans la selle, les bords coupants des écailles lui meurtrissaient l'intérieur des jambes, et cela lui rappela leur premier vol ensemble.

– Il nous faut la Dauthdaert, cria-t-il à Arya.

Elle acquiesça et courut vers sa propre tente, à une centaine de pieds plus loin, sur la bordure est du campement.

Une conscience qui n'était pas celle de Saphira fit pression sur l'esprit d'Eragon, et il rassembla ses pensées pour se protéger. Puis, comprenant que cela venait de Glaedr, il s'ouvrit au dragon d'or.

« Je vais t'aider. »

Derrière ces simples mots, le garçon sentit la terrible, bouillante colère dirigée contre Thorn et Murtagh, une colère assez puissante pour réduire le monde en cendres.

« Joins ton esprit au mien, Eragon, et toi aussi, Saphira. Ainsi que vous, Lupusänghren, Laufin et tous les elfes. Laissez-moi voir avec vos yeux, entendre avec vos oreilles, afin que je puisse diriger vos actions et vous prêter ma force quand vous en aurez besoin. »

Saphira s'éleva au-dessus des rangées de tentes et plana vers l'énorme masse couleur rubis de Thorn. Les elfes la suivirent sur le terrain, tuant les soldats qu'ils rencontraient. Saphira avait l'avantage de la hauteur, car le dragon rouge était encore au sol. Elle vira pour le prendre par-derrière, dans l'intention de lui tomber sur le dos et de lui planter ses crocs dans le cou. Mais il la vit arriver. Il lui fit face et gronda, aplati tel un chien s'apprêtant à affronter un congénère.

Eragon eut juste le temps de remarquer qu'il n'y avait personne sur la selle. Puis le dragon se cabra pour repousser Saphira d'une de ses musculeuses pattes avant. Ses griffes jetèrent un éclair blanc dans la pénombre.

Saphira esquiva avec un virage de côté et une brusque torsion du corps. Eragon vit le sol et le ciel basculer, tandis que, du bout de l'aile, la dragonne déchirait une toile de tente.

Déséquilibré, il sentit les écailles glisser sous ses jambes. Il serra les cuisses et s'agrippa de toutes ses forces au piquant qu'il tenait. Mais la secousse avait été trop violente. Une seconde plus tard, il lâchait prise et tombait dans le vide, sans trop savoir où était le haut et le bas.

Durant sa chute, il eut le réflexe de garder le poing fermé sur Brisingr et de tenir la lame éloignée de son corps. Sort de protection ou pas, à cause des enchantements de Rhunön, l'épée était capable de le blesser.

« Petit homme ! »

– Letta ! lança Eragon.

Et, avec un sursaut, il s'arrêta dans les airs, à dix pieds à peine du sol. Le monde tourna encore autour de lui quelques instants, puis il aperçut la silhouette scintillante de Saphira qui décrivait un cercle pour venir le récupérer.

Thorn rugit et aspergea la rangée de tentes qui le séparait de son adversaire de flammes chauffées à blanc. Les cris d'agonie des hommes brûlés vifs déchirèrent le campement.

Eragon leva une main devant son visage. Sa magie le protégeait, mais la chaleur était intense.

« Je vais bien, lança-t-il, autant à Saphira qu'à l'intention de Glaedr et des elfes. Tu dois les arrêter. Je te retrouve près du pavillon de Nasuada. »

Il sentit la désapprobation de la dragonne, mais elle modifia sa trajectoire pour reprendre son attaque sur Thorn.

Eragon relâcha le sort et se laissa tomber sur le sol. Il atterrit souplement sur les talons, puis courut entre les tentes en feu qui s'écroulaient déjà dans un éclaboussement d'étincelles.

La fumée et la puanteur de laine brûlée lui coupaient la respiration. Il toussa ; ses yeux larmoyants brouillaient sa vision.

À cent pieds de là, Saphira et Thorn menaient une bataille de géants dans la nuit. Une peur primitive envahit le garçon. Que faisait-il là, à courir vers ces créatures rugissantes aux mâchoires meurtrières, chacune d'elles plus grande qu'une maison – deux maisons dans le cas de Thorn –, munies de griffes, de crocs, de piquants aussi longs que lui ? Puis son effroi s'atténua, et seule une crainte sourde l'accompagna encore dans sa course.

Il espérait que Roran et Katrina étaient sains et saufs. Leur tente se trouvait à l'autre extrémité du camp, mais Thorn et les soldats pouvaient changer de direction à tout moment.

– Eragon !

Arya zigzaguait entre les tentes incendiées, la Dauthdaert au poing. Un halo verdâtre environnait la lame bardée de piquants, à peine visible sur le fond de flammes. Orik trottait à côté de l'elfe et traversait les langues de feu comme s'il s'agissait de simples nuages de vapeur. Sans chemise, sans casque, le nain tenait d'une main Volund, l'antique marteau de guerre de son peuple, et de l'autre un petit bouclier rond. Du sang tachait les deux têtes de son marteau.

Eragon les salua, heureux de les avoir près de lui. Arya lui tendit la lance, mais il refusa d'un geste :

– Garde-la ! Toi avec Niernen et moi avec Brisingr, on a peut-être une chance d'arrêter Thorn.

Elle acquiesça et assura sa prise sur la hampe. Eragon se demanda si, en tant qu'elfe, elle pourrait se résoudre à tuer un dragon. Puis il écarta cette pensée. Telle qu'il la connaissait, Arya ne reculait jamais devant un acte nécessaire, quoi qu'il lui en coutât.

Les griffes de Thorn déchirèrent le flanc de Saphira, et le garçon haleta : la douleur l'avait atteint à travers leur lien mental. Il lut dans l'esprit de Lupusänghren que les elfes combattaient les soldats, non loin des deux dragons, mais sans oser s'approcher davantage de peur d'être piétinés.

– Là-bas ! fit Orik.

Il désignait de son marteau un groupe de soldats, qui s'insinuait dans les rangées de tentes détruites.

– Laisse, objecta Arya. Allons plutôt soutenir Saphira.

Le nain grommela :

– D'accord. Alors, en avant !

Il s'élança avec eux, mais Eragon et Arya l'eurent vite distancé. Aucun nain, même aussi fort et résistant qu'Orik, n'aurait pu suivre leur allure.

– Continuez ! leur cria-t-il. Je vous rejoins.

En esquivant des lambeaux de toile en feu qui voltigeaient dans les airs, Eragon aperçut Nar Garzhvog environné d'une dizaine d'assaillants. Les flammes rougeoyantes lui faisaient une silhouette monstrueuse. Sous les ombres qui accentuaient son front proéminent, son visage semblait taillé dans le roc. Le Kull cornu se battait à mains nues ; il démembra un soldat comme Eragon aurait arraché une cuisse à un poulet rôti.

Quelques pas plus loin, là où les tentes ne brûlaient pas, tout n'était que confusion.

Lupusänghren et deux de ses jeteurs de sorts affrontaient quatre hommes en robe noire, à coup sûr des magiciens de l'Empire. Ni les elfes ni les humains n'esquissaient le moindre geste, mais leur expression témoignait de leur extrême tension. Des soldats morts jonchaient le sol par dizaines ; d'autres couraient encore, bien qu'horriblement blessés. Eragon comprit qu'ils étaient immunisés contre la douleur.

S'il ne voyait pas les autres elfes, il sentait leur présence de l'autre côté du pavillon rouge de Nasuada, au beau milieu de la mêlée. Des hordes de chats-garous poursuivaient les soldats tout autour. Le roi Demi-Patte et sa compagne, Chasse-les-Ombres, menaient chacun un groupe, Solembum en conduisait un troisième.

Près du pavillon, l'herboriste, armée de ses peignes à carder, combattait un grand costaud tenant une masse d'une main et un fléau de l'autre. En dépit de leurs différences de taille, de poids, de sexe et d'équipement, ils semblaient de force égale.

Eragon découvrit avec surprise qu'Elva était là, assise sur un tonneau. L'enfant-sorcière, les bras serrés sur son ventre, paraissait souffrir affreusement, mais elle participait à la bataille à sa manière toute personnelle. Des soldats étaient rassemblés devant elle, et elle leur parlait à un débit si rapide que sa petite bouche n'était plus qu'un mouvement indistinct. Chacun des hommes réagissait différemment : l'un restait figé sur place, incapable de bouger ; un autre, recroquevillé sur lui-même, se cachait le visage dans les mains ; un autre encore s'agenouilla et se frappa la poitrine de son poignard ; un quatrième jeta ses armes et partit en courant droit devant lui tandis que le dernier émettait des propos incohérents. Aucun ne la menaçait, aucun ne tentait une attaque contre qui que ce fût.

Et, dominant la mêlée, telles deux montagnes vivantes, Saphira et Thorn bataillaient. Ils avaient dérivé vers la gauche du pavillon et décrivaient des cercles l'un en face de l'autre. Les tentes s'écroulaient rangée par rangée sous leurs énormes pattes, des flammèches vacillaient dans leurs narines et entre leurs dents aussi longues que des sabres.

Le bruit et la confusion étaient tels qu'Eragon hésita : où sa présence était-elle la plus utile ?

Il interrogea Glaedr :

« Murtagh ? »

« Il faudrait d'abord le trouver, à supposer qu'il soit là. Je ne perçois pas son esprit, mais je ne peux rien affirmer dans ce fouillis de gens et de sortilèges. »

Eragon sentit que le dragon d'or ne se contentait pas de lui parler. Glaedr était aussi à l'écoute de Saphira et des elfes tout en soutenant Lupusänghren et ses deux compagnons dans leur lutte mentale contre les magiciens de l'Empire. Eragon n'était pas inquiet pour eux : ils étaient capables de vaincre les magiciens, comme Angela et Elva sauraient tenir tête à leurs adversaires. Saphira, cependant, souffrait de plusieurs blessures et peinait à empêcher Thorn d'attaquer le reste du campement.

Le regard du garçon passa de la Dauthdaert dans la main d'Arya aux silhouettes massives des dragons.

« Il faut qu'on le tue », songea-t-il, le cœur lourd.

Puis ses yeux se posèrent sur Elva, et une idée germa dans son esprit. Les paroles de l'enfant-sorcière étaient plus puissantes qu'aucune arme ; personne, pas même Galbatorix, ne pouvait leur résister. Qu'elle s'adressât seulement à Thorn, et elle l'éloignerait.

« Non, gronda Glaedr. Tu perds ton temps, petit ! Rejoins ton dragon ! Tout de suite ! Saphira a besoin de ton aide. Tu dois tuer Thorn, non l'obliger à fuir ! »

Eragon échangea un bref regard avec Arya.

– Elva serait plus rapide, dit-il.

– On a la Dauthdaert ...

– C'est trop dangereux.

Arya eut un instant d'hésitation, puis elle acquiesça. Tous deux se dirigèrent vers Elva. Avant qu'ils aient pu la rejoindre, un cri étouffé les alerta : Murtagh sortait à grands pas du pavillon, tirant Nasuada par les poignets.

Échevelée, sa robe de nuit déchirée, une vilaine estafilade lui barrant la joue, la jeune femme se débattait, mais un sort repoussait ses ruades. Murtagh la tira brutalement vers lui et la frappa à la tempe avec le pommeau de Zar'roc. Elle s'évanouit.

Eragon poussa un hurlement et fit volte-face.

Murtagh ne lui accorda qu'un bref coup d'œil. Puis il rengaina son épée, balança Nasuada sur son épaule et s'agenouilla, tête baissée, comme en prière.

Un élancement de douleur attira l'attention d'Eragon.

« Prends garde ! lui cria Saphira. Il m'a échappé ! »

Tout en bondissant par-dessus un monceau de cadavres, Eragon leva les yeux ; il vit scintiller le ventre de Thorn, dont les ailes étendues masquaient la moitié des étoiles. Le dragon rouge modifia légèrement sa trajectoire avant de descendre telle une large et lourde feuille.

Le garçon plongea sur le côté et roula derrière le pavillon, pour mettre le plus de distance possible entre le dragon et lui. Un caillou lui entra dans l'épaule.

Sans ralentir, Thorn tendit une patte aussi épaisse et noueuse qu'un tronc d'arbre, et referma ses énormes serres sur Murtagh et Nasuada.

Les griffes de ses pattes arrière labourèrent profondément le sol. Puis, avec un rugissement triomphal, dans le vacarme assourdissant de ses battements d'ailes, il décolla et s'éloigna du campement.

Saphira, les écailles marbrées de longs filets de sang, s'élança à sa poursuite. Elle était plus rapide que Thorn, mais, même si elle réussissait à le rattraper, Eragon ne voyait pas comment elle récupérerait Nasuada sans la blesser.

Un souffle d'air fit alors voler les cheveux du garçon : Arya passait près de lui en courant. Elle escalada une pile de tonneaux et bondit. Son saut la propulsa dans les airs, à une hauteur qu'aucun elfe n'aurait pu atteindre sans l'aide de la magie. Tendant le bras, elle saisit la queue de Thorn et s'y suspendit.

Eragon, qui avait amorcé un pas dans l'intention de l'arrêter, jura et grommela :

– Audr !

Le sortilège le propulsa dans le ciel à la vitesse d'une flèche décochée par un arc. Il appela mentalement Glaedr, et le dragon d'or l'alimenta en énergie pour soutenir son ascension. Il brûla cette énergie sans retenue, tout entier porté par le désir de rejoindre Thorn avant que quelque chose d'horrible n'arrivât à Nasuada ou à Arya.

Quand il doubla Saphira, il vit qu'Arya escaladait la queue du dragon rouge, utilisant les piquants de son échine comme les barreaux d'une échelle. De la main gauche, elle enfonçait la Dauthdaert dans la peau de Thorn pour se créer un autre point d'appui, et se hissait peu à peu le long de l'énorme dos. Thorn se tortillait, tordait le cou et claquait des mâchoires à la manière d'un cheval agacé par une mouche, mais l'elfe restait hors d'atteinte.

Alors, le dragon rouge referma ses ailes et replia ses pattes et, son précieux chargement serré contre son poitrail, il plongea vers le sol en décrivant une spirale mortelle. La Dauthdaert se détacha de sa chair ; Arya ne fut plus suspendue que par sa main droite, sa main affaiblie, celle qu'elle avait si cruellement blessée dans les souterrains de Dras-Leona.

Bientôt, sa prise se desserra et elle tomba, bras et jambes écartés en étoile comme les rayons d'une roue. Sans doute grâce à un sort qu'elle avait jeté, ses mouvements giratoires ralentirent peu à peu, freinant sa chute, jusqu'à la laisser flotter sur l'air nocturne. Illuminée par la lueur de la Dauthdaert, qu'elle n'avait pas lâchée, elle ressemblait à une libellule verte égarée dans le noir.

Thorn déploya ses ailes et vira vers elle. Arya tourna vivement la tête du côté de Saphira, puis elle effectua une rotation pour se placer face au dragon rouge.

Une lumière maléfique s'alluma entre les mâchoires de Thorn, et Arya disparut derrière un mur de flammes tourbillonnantes. Eragon, qui n'était plus qu'à cinquante pieds de là, en sentit la brûlure sur ses joues.

Lorsque les flammes s'éteignirent, Thorn se détournait déjà d'Arya aussi vite que son énorme masse le lui permettait. En même temps, il fouetta l'air de sa queue, si brusquement qu'elle ne pouvait espérer l'éviter.

– Non ! hurla Eragon.

Il y eut un craquement, et l'elfe fut propulsée dans le noir tel un caillou projeté par un lance-pierre. Elle lâcha la Dauthdaert, qui tourbillonna vers le sol en un arc de lumière bientôt disparu.

Eragon crut qu'un anneau de fer lui serrait la poitrine, l'empêchant de respirer. Thorn s'enfuyait, mais le garçon pouvait encore le rattraper s'il puisait en Glaedr un peu plus d'énergie. Néanmoins, leur connexion s'affaiblissait, et Eragon ne pouvait espérer vaincre Thorn et Murtagh à lui seul, à une telle altitude, alors que son demi-frère avait des dizaines d'Eldunarí à sa disposition.

Il jura, relâcha le sort qui le projetait dans les airs et plongea tête la première à la suite d'Arya. Le vent lui siffla aux oreilles, s'engouffra dans ses cheveux et ses vêtements, lui plaqua la peau des joues sur les os, l'obligea à réduire ses yeux à deux fentes. Un insecte le frappa au cou ; l'impact fut aussi douloureux que s'il avait été dû à une pierre.

Pendant sa chute, le garçon cherchait à toucher mentalement Arya. Il avait à peine saisi une lueur de conscience en contrebas que Saphira surgit au-dessous de lui, dans un scintillement d'écailles. Elle se retourna, le ventre en l'air, et attrapa une petite masse sombre entre ses pattes de devant.

Eragon sentit une secousse douloureuse dans l'esprit d'Arya ; puis toutes les pensées de l'elfe s'éteignirent, et il ne perçut plus rien.

« Je la tiens, petit homme », dit Saphira.

– Letta, prononça Eragon, et sa chute s'arrêta.

Il se posa sur le dos de la dragonne, chercha Thorn du regard ; il ne vit que des étoiles sur fond de nuit. À l'est, il entendait encore un lointain battement d'ailes, puis tout se tut.

Dans le camp des Vardens, des feux rougeoyaient ici et là à travers des couches de fumée. Entre les centaines de tentes, effondrées dans la poussière, gisaient les corps de ceux qui, n'ayant pas eu le temps de fuir, avaient été piétinés pendant le combat des dragons. Ces malheureux n'étaient pas les seules victimes de l'attaque. De la hauteur où il était, Eragon ne pouvait évaluer le nombre de morts, mais il savait que les soldats de l'Empire avaient fait un carnage.

Un goût de cendre lui emplit la bouche. Il tremblait, des larmes de rage, de peur et de frustration lui brouillèrent la vue. Arya était blessée, peut-être morte ; Nasuada, captive, serait bientôt à la merci de Galbatorix et de ses bourreaux experts en tortures.

Un sentiment d'impuissance l'envahit.

Comment continuer, à présent ? Comment espérer encore une victoire sans Nasuada pour conduire les troupes ?

37
LE CONSEIL DES ROIS

À peine Saphira eut-elle atterri qu'Eragon se laissa glisser à terre et courut au carré d'herbe où la dragonne avait déposé Arya.

Elle était étendue sur le ventre, inerte. Quand Eragon la retourna, elle battit des paupières.

— Thorn..., murmura-t-elle. Thorn ?

« Il s'est échappé », dit Saphira.

— Et Nasuada ? L'avez-vous sauvée ?

Eragon secoua la tête.

Une ombre de chagrin passa sur le visage de l'elfe. Elle toussa et, avec une grimace de douleur, tenta de se redresser. Un filet de sang lui coulait au coin de la bouche.

— Attends ! dit Eragon. Ne bouge pas, je vais chercher Lupusänghren.

— Ce n'est pas la peine.

S'accrochant à l'épaule du garçon, elle se mit debout, puis se déplia lentement. Elle haleta, et Eragon vit qu'elle avait mal, même si elle essayait de le cacher.

— Ce ne sont que des contusions, je n'ai rien de cassé. Mes sorts m'ont protégée du pire.

Il n'était pas convaincu, mais n'insista pas.

« Et maintenant ? » intervint Saphira.

La forte odeur musquée de son sang emplit les narines d'Eragon. Il observa les derniers feux et le camp en partie

– Il n'y a pas à tergiverser, déclara Jörmundur. Nasuada avait clairement exprimé sa volonté. C'est toi, Eragon, qui dois prendre sa place et commander les Vardens.

Tous les visages, à l'intérieur de la tente, étaient graves et tendus. Des ombres creusaient les tempes et les fronts plissés des deux-jambes, comme Saphira les appelait. La seule à ne pas froncer les sourcils était la dragonne, qui avait passé la tête à l'entrée du pavillon pour participer au conseil. Cependant, les babines légèrement retroussées, elle était prête à montrer les dents.

Étaient aussi présents le roi Orrin, une cape pourpre jetée sur sa robe de nuit ; Arya, encore secouée mais l'air résolu ; le roi Orik, qui avait trouvé une cotte de mailles à enfiler ; le roi des chats-garous, Grimrr Demi-Patte, l'épaule droite enveloppée d'un bandage ; Nar Garzhvog, le Kull, le dos courbé pour ne pas déchirer le plafond avec ses cornes ; et Roran, debout près d'une paroi de toile, qui suivait la discussion sans intervenir.

Personne d'autre n'avait été admis dans le pavillon, ni gardes, ni conseillers, ni serviteurs, ni même Lupusänghren. Devant l'entrée, un groupe d'hommes, de nains et d'Urgals disposés sur douze rangs devait empêcher quiconque, si puissant ou dangereux fût-il, d'interrompre la réunion. Et des sorts hâtivement préparés tissaient autour de la tente une protection contre toute oreille indiscrète, normale ou magique.

– Je n'ai jamais voulu ça, dit Eragon, en fixant la carte d'Alagaësia étalée sur la table.

– Pas plus qu'aucun d'entre nous, répliqua le roi Orrin d'un ton mordant.

Eragon songea qu'Arya avait été bien avisée d'organiser le conseil dans le pavillon d'Orik. Le roi nain était connu pour le soutien sans faille qu'il apportait à Nasuada et aux Vardens. De plus, il était le chef du clan d'Eragon, son frère adoptif. Mais personne n'aurait pu l'accuser d'aspirer à la succession de Nasuada ni n'aurait sans doute accepté qu'il la remplace.

détruit. De nouveau il se demanda si Roran et Katrina avaient survécu.

« Oui, et maintenant... ? »

Les circonstances se chargèrent de la réponse. D'abord, deux soldats blessés surgirent d'un banc de fumée pour les attaquer. Le temps qu'Eragon les liquide, huit elfes étaient accourus. Dès que le Dragonnier les eut convaincus qu'il n'était pas blessé, ils reportèrent leur attention sur Saphira et insistèrent pour soigner ses plaies dues aux morsures et coups de griffes de Thorn, bien qu'Eragon eût préféré s'en charger lui-même.

Sachant que l'opération allait prendre quelques minutes, il laissa la dragonne aux mains des elfes et courut vers le pavillon de Nasuada, où Lupusänghren et les deux jeteurs de sorts étaient encore figés dans leur combat mental contre le dernier des quatre magiciens ennemis.

À genoux, le front contre les cuisses, l'homme se protégeait la nuque de ses bras. Au lieu d'ajouter ses pensées à la lutte invisible, Eragon s'approcha à grands pas et frappa le magicien sur l'épaule en criant :

– Ha !

L'homme sursauta, et cet instant de distraction permit aux elfes de franchir ses ultimes défenses. Pris de convulsions, il roula sur le sol, les yeux révulsés, une écume jaunâtre à la bouche. Enfin, il cessa de respirer.

En quelques phrases hachées, Eragon raconta ce qui était arrivé à Arya et à Nasuada. La fourrure de Lupusänghren se hérissa, et son regard jaune flamba de colère. Néanmoins, il se contenta de dire en ancien langage :

– Des heures sombres nous attendent, Tueur d'Ombre.

Puis il envoya Yaela ramasser la Dauthdaert là où elle était tombée.

Eragon, Lupusänghren et Uthinarë, l'elfe resté avec eux, sillonnèrent ensemble le campement pour traquer et tuer les quelques soldats qui avaient échappé aux dents des chats-garous et aux lames des hommes, des nains, des elfes et des

Urgals. Ils usèrent également de leur magie pour éteindre les feux les plus importants, qu'ils soufflèrent aussi facilement que la flamme d'une chandelle.

Pendant tout ce temps, le sentiment d'effroi qui pesait sur Eragon, aussi lourd qu'une pile de toisons mouillées, occultait toute autre pensée que celles de la mort, de la défaite et de l'échec. Il lui semblait que le monde s'écroulait autour de lui, que tout ce qu'il avait accompli avec les Vardens se défaisait sans qu'il pût reprendre le contrôle. Il avait envie de s'asseoir dans un coin et de se laisser aller à l'abattement. Il s'y refusait, cependant; sinon, mieux valait être mort. Il continuait donc de marcher aux côtés des elfes, en dépit de son désespoir.

Son humeur ne s'arrangea pas quand Glaedr le contacta pour lui dire:

«Si tu m'avais écouté, on aurait peut-être pu arrêter Thorn et sauver Nasuada.»

«Et peut-être pas», rétorqua-t-il.

Il n'avait pas envie d'en discuter, mais ne put s'empêcher d'ajouter:

«Vous avez laissé la colère vous aveugler. Tuer Thorn n'était pas la seule solution, et vous ne devriez pas être si pressé de détruire un des derniers représentants de votre espèce.»

«Ne t'avise pas de me faire la morale, petit, gronda Glaedr. Tu ne peux pas comprendre ce que j'ai perdu.»

«Je le comprends mieux que n'importe qui», répliqua Eragon.

Mais l'esprit de Glaedr s'était déjà retiré; le dragon n'avait sans doute pas entendu.

Eragon venait d'éteindre un feu et s'attaquait à un autre quand Roran se précipita sur lui:

– Tu n'es pas blessé?

De voir son cousin sain et sauf emplit Eragon d'un profond soulagement:

– Non.

– Et Saphira?

– Les elfes ont déjà soigné ses blessures. Et Katrina? Elle va bien?

Roran fit signe que oui et se détendit légèrement, mais son expression restait inquiète.

– Eragon, reprit-il, en le prenant par le bras, que se passe-t-il? Que s'est-il passé? J'ai vu Jörmundur courir dans tous les sens comme un canard décapité. Les gardes de Nasuada tirent une tête de trois pieds de long, et personne ne veut rien me dire. On est encore en danger? Galbatorix va attaquer?

Le garçon tira son cousin à l'écart, loin des oreilles indiscrètes:

– Surtout, n'en parle à personne, pas encore.

– Tu as ma parole.

Eragon résuma la situation en quelques phrases. Quand il eut fini, Roran était devenu blême.

– Il ne faut pas laisser l'armée des Vardens se désagréger, dit-il.

– Certainement pas. Ça n'arrivera pas. Mais le roi Orrin va sans doute essayer de prendre le commandement, alors...

Eragon se tut, le temps que passe près d'eux un groupe de guerriers. Puis il poursuivit:

– Reste avec moi, tu veux? J'aurai besoin de ton aide.

– De *mon* aide? Pour quoi faire?

– Toute l'armée t'admire, Roran, même les Urgals. Tu es Puissant Marteau, le héros d'Aroughs. Ton opinion a du poids, ça peut se révéler important.

Après un silence, Roran acquiesça d'un hochement de tête:

– Je ferai ce que je peux.

– Pour le moment, assure-toi qu'il ne reste plus de soldats ennemis, dit Eragon avant de se diriger vers un autre feu.

Une demi-heure plus tard, alors que le camp avait retrouvé un semblant d'ordre et de calme, un messager vint avertir Eragon qu'Arya requérait sa présence immédiate dans le pavillon du roi Orik. Il échangea un regard avec Roran, et tous deux se dirigèrent vers le secteur nord-ouest du camp, où les nains avaient planté leurs tentes.

Ce faisant Arya avait renforcé la position d'Eragon et coupé l'herbe sous le pied de ses détracteurs sans avoir l'air de prendre parti. C'était extrêmement habile.

– Je n'ai jamais voulu ça, répéta-t-il en levant les yeux pour croiser les regards posés sur lui. Mais, puisque nous en sommes là, je jure sur les tombes de tous ceux que nous avons perdus que je suivrai de mon mieux l'exemple de Nasuada et conduirai les Vardens à la victoire contre Galbatorix et l'Empire.

Il s'efforçait de paraître assuré ; en vérité, l'énormité de la tâche l'effrayait et il doutait d'être à la hauteur. Prendre la suite de Nasuada, qui avait montré des compétences remarquables, était terriblement intimidant.

– Une intention louable, certes, intervint le roi Orrin. Cependant, les Vardens ont toujours agi de concert avec leurs alliés : les hommes du Surda, notre royal ami Orik et les nains des Montagnes des Beors, les elfes, et plus récemment les Urgals menés par Nar Garzhvog et les chats-garous.

Il se tourna vers Grimrr, qui acquiesça d'un signe de tête.

– Il ne faudrait pas montrer nos désaccords en public, ne pensez-vous pas ? continua-t-il.

– Certainement, approuva Eragon.

– Je suppose donc que vous continuerez à nous consulter sur les sujets importants, comme le faisait Nasuada ?

Eragon eut une brève hésitation, et Orrin reprit, sans lui laisser le temps de répondre :

– Tous, ici – il balaya l'assemblée d'un geste –, nous avons pris de grands risques dans cette aventure, et personne n'est disposé à se voir dicter sa conduite. Pour parler net, Eragon le Tueur d'Ombre, en dépit de vos exploits, vous êtes jeune et inexpérimenté, et cette inexpérience pourrait se révéler fatale. Tous, ici, nous menons nos troupes respectives depuis des années et avons pu observer nos prédécesseurs. Nous pourrons vous guider sur la bonne voie, et peut-être, ensemble, trouverons-nous le moyen de réparer ce désastre et de renverser Galbatorix.

Ce que disait Orrin était vrai, songeait Eragon. Il était, de fait, jeune et inexpérimenté, et avait besoin de conseils. Mais en convenir eût été admettre ses faiblesses.

Il répliqua donc :

— Soyez assurés que je prendrai conseil auprès de vous ; cependant les décisions, comme il se doit, m'appartiendront.

— Pardonnez-moi, Tueur d'Ombre, j'ai du mal à le croire. Votre lien avec les elfes – il jeta un coup d'œil à Arya – est largement connu. De plus, vous êtes par adoption membre de l'Ingeitum et soumis à l'autorité de leur chef de clan, qui se trouve être le roi Orik. Peut-être me trompé-je, mais il me semble douteux que vos décisions vous appartiennent.

Eragon sentit monter sa colère :

— Dois-je comprendre que vous vous méfiez de nos alliés ? Peut-être voudriez-vous que je vous écoute, vous et personne d'autre ?

— Je voudrais que vos choix soient faits dans l'intérêt de notre peuple et non de celui d'autres races !

— Ils l'ont toujours été, gronda le garçon, et continueront de l'être. Oui, je dois allégeance à la fois aux Vardens et à l'Ingeitum, mais aussi à Saphira, à Nasuada ainsi qu'à ma famille. Beaucoup de gens comptent sur moi, comme beaucoup comptent sur vous, *Votre Majesté*. Cependant, vaincre Galbatorix et l'Empire a toujours été ma préoccupation première, et elle le restera quoi qu'il arrive. Remettez en cause mon jugement, si vous le souhaitez, mais pas mes motivations. Et n'insinuez pas, s'il vous plaît, que je sois traître envers mon peuple.

Orrin s'empourpra de colère. Il s'apprêtait à riposter quand un fracas l'interrompit : Orik avait abattu Volund sur son bouclier.

— Ça suffit, les âneries ! s'enflamma-t-il. Vous vous souciez d'une fêlure dans le plancher alors qu'une montagne menace de nous tomber dessus !

Orrin se rencogna sur son siège, l'air furieux, mais n'insista pas. Prenant une coupe de vin, il darda sur Eragon un regard assassin.

« Il te déteste », commenta Saphira.

« Moi ou ce que je représente. Dans l'un ou l'autre cas, je lui mets des bâtons dans les roues. Il faudra le garder à l'œil. »

– La question est simple, continua Orik. Que faire maintenant que Nasuada n'est plus là ?

Il posa Volund à plat sur la table et passa sa main noueuse sur son crâne :

– Mon opinion est que la situation n'a pas changé. À moins d'admettre la défaite et de négocier la paix, nous n'avons qu'une solution : marcher sur Urû'baen aussi vite que nos jambes nous porteront. Nasuada n'aurait jamais combattu Galbatorix elle-même. C'est à vous qu'incombe cette tâche – il se tourna vers Eragon et Saphira –, ainsi qu'aux elfes. Nasuada nous a menés jusqu'ici, elle nous manquera cruellement, mais nous n'avons pas besoin d'elle pour continuer. Nous connaissons le chemin, et, si elle était là, c'est celui qu'elle suivrait. Nous devons aller à Urû'baen, fin de la discussion.

– Je suis d'accord, dit Arya. Il n'y a pas d'alternative.

La tête massive de Garzhvog projeta des ombres informes sur les parois du pavillon :

– Le nain parle bien. Les Urgralgra resteront avec les Vardens aussi longtemps qu'Épée de Feu sera chef de guerre. Avec lui et avec Langue de Flammes pour mener l'attaque, nous ferons payer à Galbatorix, le traître sans cornes, la dette de sang qu'il nous doit.

Grimrr, lui, jouait avec un poignard à lame noire d'un air indifférent.

Eragon s'agita sur son siège, mal à l'aise.

– Tout cela est bien beau, déclara le roi Orrin, mais j'aimerais savoir comment vous envisagez de vaincre Murtagh et Galbatorix quand nous atteindrons Urû'baen.

– Nous avons la Dauthdaert, observa Eragon, car Yaela l'a retrouvée ; avec cette lance, nous...

Le roi Orrin balaya la remarque d'un revers de main :

– Oui, oui, la Dauthdaert. Elle ne vous a pas permis d'arrêter Thorn, et j'imagine mal Galbatorix vous laisser approcher de lui ou de Shruikan avec une telle arme. D'ailleurs, vous n'êtes pas encore de taille à affronter l'usurpateur au cœur noir. Bon sang, Tueur d'Ombre, vous n'êtes même pas capable de vaincre votre propre frère, bien qu'il soit Dragonnier depuis moins longtemps que vous !

« Demi-frère », corrigea intérieurement Eragon. Mais il tint sa langue. Orrin avait raison sur chaque point ; le garçon n'avait aucun argument à lui opposer et il en éprouvait un vif sentiment de honte.

Le roi poursuivit :

– Nous nous sommes engagés dans cette guerre sur la promesse que vous sauriez contrer la puissance surnaturelle de Galbatorix. C'est ce que Nasuada nous a assuré. Et nous sommes là, sur le point d'affronter le plus formidable magicien de toute l'histoire, et pas plus près de le vaincre qu'au début de notre entreprise.

– Nous sommes partis en guerre, objecta calmement Eragon, parce que, pour la première fois depuis la chute des Dragonniers, nous avions une petite chance de renverser Galbatorix, vous le savez.

– Quelle chance ? ricana le roi. Nous ne sommes que des marionnettes, tous autant que nous sommes, dansant au gré des caprices de Galbatorix. Nous ne sommes parvenus jusqu'ici que parce qu'il nous a laissés faire. Galbatorix veut nous voir atteindre Urû'baen. Il veut nous amener jusqu'à lui. S'il avait décidé de nous arrêter, il nous serait tombé dessus aux Plaines Brûlantes et nous aurait anéantis une fois pour toutes. Et, dès qu'il vous tiendra entre ses griffes, c'est ce qu'il fera : nous anéantir.

L'air, entre eux, se tendit comme une corde.

« Vas-y doucement, conseilla Saphira. Si tu ne parviens pas à le convaincre, il laissera tout tomber. »

Arya partageait visiblement cette inquiétude.

Eragon posa les mains à plat sur la table et prit le temps de rassembler ses pensées. Il se refusait à mentir ; pourtant, il devait insuffler de l'espoir à Orrin, tâche difficile quand lui-même en avait si peu. « Était-ce pareil pour Nasuada à l'époque où elle nous ralliait à sa cause, nous persuadant d'aller de l'avant alors que nous ne savions pas encore sur quelle voie nous engager ? »

– Notre situation n'est pas aussi précaire que vous le laissez supposer, argua-t-il.

Orrin ricana de nouveau et but une gorgée de vin.

– La Dauthdaert représente une menace réelle pour Galbatorix, continua Eragon, ce qui nous donne un avantage. Il s'en méfiera. Cela nous permettra de le plier à notre volonté, ne serait-ce qu'un minimum. Si elle ne le tue pas, elle pourrait tuer Shruikan. Ils ne forment pas un vrai couple de dragon et Dragonnier. Néanmoins, la mort de Shruikan porterait un rude coup au tyran.

– Ça n'arrivera pas, récusa Orrin. Il sait maintenant que nous détenons la Dauthdaert, il prendra ses précautions.

– Ce n'est pas si sûr. Je doute que Murtagh et Thorn aient reconnu la lance.

– Mais Galbatorix la reconnaîtra quand il explorera leur mémoire.

« Et il apprendra l'existence de Glaedr, s'ils ne la lui ont pas déjà révélée », commenta Saphira.

Elle avait raison. Eragon n'avait pas pensé à ça, et son moral baissa encore.

« Alors, fini l'espoir de le surprendre ; on n'a plus de secrets pour lui. »

« La vie est pleine de secrets. Galbatorix ne peut prédire avec exactitude comment nous choisirons de le combattre. Sur ce terrain-là, au moins, on peut encore le tromper. »

– Laquelle des lances de mort as-tu trouvée, ô Tueur d'Ombre ? s'enquit Grimrr sur un ton faussement ennuyé.

– Niernen, l'Orchidée.

Le chat-garou battit des paupières, et Eragon eut l'impression qu'il était surpris, quoique son expression n'en laissât rien paraître.

– L'Orchidée, vraiment ? Qu'il est étrange de mettre la main sur une telle arme, à notre époque, surtout... sur celle-ci !

– Pourquoi cela ? l'interrogea Jörmundur.

Grimrr s'humecta les crocs de sa langue rose :

– Niernen est trissstement cccélèbre, siffla-t-il.

Avant qu'Eragon eût prié Grimrr d'en dire davantage, Garzhvog prit la parole, de sa voix semblable à un éboulement de rochers :

– De quelle lance de mort parles-tu, Épée de Feu ? Est-ce celle qui a blessé Saphira à Belatona ? Le récit qu'on nous a fait était des plus bizarres.

Eragon se souvint alors que Nasuada n'avait révélé la vraie nature de l'arme ni aux Urgals ni aux chats-garous. « Oh, tant pis, songea-t-il. On ne peut plus l'éviter. »

Il expliqua donc à Garzhvog ce qu'était la Dauthdaert, puis insista pour que tous ceux qui étaient présents prononcent en ancien langage le serment de n'en parler à personne sans autorisation. Il y eut des rumeurs de protestation, mais finalement chacun accepta, même le chat-garou. Sans doute était-il inutile de cacher l'existence de la lance à Galbatorix, mais l'imaginer répandue partout ne disait rien de bon à Eragon.

Quand les serments eurent été prononcés, Eragon reprit la parole :

– Donc, premièrement, nous avons la Dauthdaert, et c'est plus que nous n'avions jusqu'alors. Deuxièmement, je ne prévois pas d'affronter Galbatorix et Murtagh ensemble. Je ne l'ai jamais envisagé. À notre arrivée devant Urû'baen, nous attirerons Murtagh hors de la cité, puis nous l'encerclerons, avec toute l'armée s'il le faut – y compris les elfes –, pour le tuer ou le capturer.

Il parcourut l'assemblée du regard, espérant impressionner les assistants par sa force de conviction.

– Troisièmement – et c'est ce que vous devez croire au plus profond de vos cœurs –, Galbatorix n'est pas invulnérable, si puissant soit-il. En dépit de ses connaissances et de sa ruse, il existe encore des sorts capables de le tuer pour peu qu'on ait l'intelligence de s'en souvenir. Peut-être serai-je celui qui trouvera le sort fatal, mais ce sera peut-être un elfe ou un membre du Du Vrangr Gata. Galbatorix paraît invulnérable, je sais. Mais chacun a son point faible. Il y a toujours une fissure par laquelle introduire une lame avant de frapper l'ennemi.

– Si les anciens Dragonniers n'ont su trouver ce point faible, objecta le roi Orrin, combien avons-nous de chances d'y réussir ?

Eragon écarta les mains :

– Peut-être aucune. Rien n'est sûr, en cette vie, et moins encore en temps de guerre. Toutefois, si les jeteurs de sorts de nos cinq peuples réunis ne réussissent pas à tuer Galbatorix, autant admettre qu'il régnera aussi longtemps qu'il lui plaira, et que tout ce que nous ferons n'y changera rien.

Un profond silence tomba sur l'assemblée, presque aussitôt brisé par Roran, qui s'avança et dit :

– Je demande la parole.

Eragon vit que tous, autour de la table, échangeaient des regards.

– Parle, Puissant Marteau, l'invita Orik, à l'évidente contrariété du roi Orrin.

– Voilà : on a versé trop de sang et trop de larmes pour renoncer maintenant. Ce serait irrespectueux envers les morts et envers ceux qui gardent leur mémoire. Ce sera peut-être un combat des dieux – il proféra ces mots avec le plus grand sérieux. Quant à moi, je me battrai jusqu'à ce que les dieux m'abattent ou que j'abatte les dieux. Un dragon peut tuer dix mille loups d'un coup, mais dix mille loups peuvent tuer un dragon.

« Qu'ils essayent ! » ricana Saphira en aparté.

Roran eut un sourire grave :

– Et nous avons un dragon avec nous. À vous de décider. Mais moi, je vais à Urû'baen, et j'affronterai Galbatorix, même si je dois le faire seul.

— Tu ne seras pas seul, lui assura Arya. Je parle au nom de la reine Islanzadí en promettant que notre peuple sera à tes côtés.

— Ainsi que le nôtre, gronda Garzhvog.

— Et le nôtre, affirma Orik.

— Et le nôtre, conclut Eragon sur un ton qui, espéra-t-il, mettrait fin aux objections.

Quand ils se tournèrent tous les quatre vers Grimrr, le chat-garou renifla et lâcha :

— Eh bien, nous y serons aussi, j'imagine.

Il inspecta ses ongles griffus :

— Il faudra bien que quelqu'un se glisse derrière les lignes ennemies, et ce ne seront sûrement pas les nains avec leurs bottes ferrées.

Orik arqua un sourcil, mais, s'il fut offusqué, il n'en laissa rien paraître.

Orrin vida son verre, puis il s'essuya la bouche du dos de la main :

— Très bien, comme vous voudrez. Nous irons donc à Urû'baen.

Et il tendit la main vers la bouteille.

38
UN DÉDALE SANS FIN

La fin de la réunion se passa en discussions d'ordre pratique :
communications – qui était censé rendre compte à qui –, répartition des rôles, réorganisation des protections magiques et
des postes de sentinelles pour prévenir de nouvelles attaques
de Thorn ou de Shruikan, récupération de matériel pour les
hommes dont l'équipement avait brûlé. D'un commun accord,
ils décidèrent de repousser au lendemain l'annonce de ce qui
était arrivé à Nasuada. Il était important que les guerriers
dorment le mieux possible avant que l'aube n'éclaire l'horizon.

Le seul point qu'ils n'abordèrent pas fut celui d'une tentative pour secourir Nasuada. L'unique moyen de la libérer était
de toute évidence la prise d'Urû'baen. D'ici là, elle serait sans
doute morte, blessée ou liée à Galbatorix par un serment en
ancien langage. Ils évitèrent donc le sujet, le considérant tacitement comme interdit.

Toutefois, la jeune femme restait constamment présente
dans les pensées d'Eragon. Chaque fois qu'il fermait les yeux,
il voyait Murtagh la frapper, Thorn refermer autour d'elle ses
serres écailleuses avant de s'envoler dans la nuit. Ce souvenir
avait beau le rendre malheureux, il ne cessait de le ressasser.

Quand l'assemblée se dispersa, il fit signe à Roran, Jörmundur
et Arya, qui le suivirent dans sa tente sans poser de question.
Là, Eragon leur demanda leur avis sur l'organisation de la
journée à venir.

— Attends-toi à ce que le Conseil des Anciens te donne du fil à retordre, dit Jörmundur. Ils ne te jugent pas aussi compétent que Nasuada sur le plan politique, et ils tenteront d'en tirer profit.

Le guerrier aux longs cheveux faisait montre d'un calme peu naturel depuis l'attaque ; Eragon le soupçonnait d'être au bord de la crise de larmes ou de l'explosion de rage, ou peut-être des deux.

— En ce qui concerne mes compétences, ils ont raison.

Jörmundur inclina la tête :

— Tu dois tenir bon malgré tout. Je peux t'aider, mais les choses dépendront en grande partie de ton comportement. Si tu leur permets d'influer outre mesure sur tes décisions, ils estimeront avoir hérité à ta place de la conduite des Vardens.

Eragon lança à Arya et à Saphira un regard inquiet.

« N'ayez crainte, leur dit la dragonne. Tant que je veillerai, personne ne prendra le pas sur lui. »

Quand leur petite réunion privée s'acheva, Eragon attendit qu'Arya et Jörmundur soient sortis de la tente pour poser une main sur l'épaule de Roran :

— Tu étais sérieux en parlant d'un combat des dieux ?

— Très sérieux. Toi, Murtagh, Galbatorix..., vous êtes trop puissants pour être vaincus par des êtres ordinaires. C'est injuste, mais c'est ainsi. Nous autres, nous ne sommes que des fourmis sous vos bottes. As-tu une idée du nombre de gens que tu as tués à toi tout seul ?

— Trop.

— Exactement. Je suis heureux que tu sois ici pour te battre avec nous, et de te considérer comme mon frère en toutes choses sauf le nom. Mais je préférerais ne pas avoir besoin d'un Dragonnier, d'un elfe ou de n'importe quel autre magicien pour gagner cette guerre. Personne ne devrait dépendre de qui que ce soit. Pas de cette façon. Ça rompt l'équilibre du monde.

Et Roran quitta la tente à grands pas.

Eragon s'affala sur son lit avec l'impression d'avoir pris un coup en pleine poitrine. Il resta assis un moment, pensif et transpirant, jusqu'à ce que la pression de son cerveau en ébullition le pousse à se relever et à bondir à l'extérieur.

En le voyant sortir, les six Faucons de la Nuit sautèrent sur leurs pieds, les armes à la main, pour l'accompagner, où qu'il aille.

Il leur fit signe de ne pas bouger. En dépit de ses protestations, Jörmundur avait insisté pour assigner les gardes de Nasuada à sa protection, en plus de Lupusänghren et des elfes.

– On n'est jamais trop prudent, avait-il déclaré.

Eragon détestait avoir constamment des gens sur ses talons, mais il avait été contraint d'accepter.

Dépassant les gardes, il rejoignit Saphira, roulée en boule à sa place habituelle.

Elle ouvrit un œil en l'entendant approcher, puis souleva une de ses ailes pour qu'il se glisse dessous et se blottisse contre son ventre chaud.

« Petit homme », fit-elle.

Et elle se mit à ronronner.

Eragon s'appuya contre elle, écoutant son ronronnement et le bruissement de l'air entrant et sortant de ses poumons puissants. Derrière lui, le large flanc s'enflait et se creusait à un rythme apaisant.

À n'importe quel autre moment, la présence de Saphira aurait suffi à le calmer ; pas cette fois. Son esprit refusait de ralentir, son pouls continuait de lui marteler les tempes, ses mains et ses pieds étaient désagréablement moites.

Il garda ces impressions pour lui, pour ne pas la déranger. Elle était fatiguée, après deux batailles contre Thorn ; elle sombra bientôt dans un profond sommeil, et son ronronnement se fondit dans le son régulier de sa respiration.

Cependant, les pensées d'Eragon ne lui laissaient pas de répit. Il revenait indéfiniment au même fait, incroyable et indubitable : il était le chef des Vardens. Lui, le benjamin d'une pauvre famille de fermiers, était à présent à la tête de la deuxième armée d'Alagaësia. Qu'une telle chose eût pu se produire lui paraissait choquant ; le destin se jouait de lui, l'attirait dans un piège où il serait broyé. Il n'avait pas voulu ça, ne l'avait pas cherché ; les évènements seuls en étaient la cause.

« À quoi Nasuada pensait-elle donc en me choisissant pour successeur ? » se demandait-il. Il se rappelait les raisons qu'elle avait invoquées, mais cela n'apaisait en rien ses doutes. « Me croyait-elle vraiment capable de prendre sa place ? Pourquoi moi, et pas Jörmundur ? Il est avec les Vardens depuis des décennies, il a l'habitude du commandement et il est bien meilleur stratège que je ne le suis. »

Nasuada avait accepté l'offre d'alliance des Urgals en dépit de la haine entre leurs deux peuples, et bien que les Urgals aient tué son père. « Aurais-je été capable de le faire ? » Il ne le pensait pas, du moins, pas à ce moment-là. « Saurais-je prendre ce genre de décision aujourd'hui, si elle s'avérait nécessaire pour vaincre Galbatorix ? »

Il n'en était pas sûr.

Pour retrouver son calme, il ferma les yeux et se concentra sur sa respiration. Mais, à chaque seconde, une nouvelle pensée interférait.

Son corps finit cependant par se relaxer, et, sans qu'il s'en aperçût, son esprit s'ouvrit aux visions changeantes de ses rêves éveillés. Certaines, sombres et inquiétantes, reflétaient les évènements de la veille. D'autres étaient le souvenir doux-amer de ce qui avait été ou de ce qu'il aurait désiré voir advenir.

Soudain, telle une brusque saute de vent, ses rêves se troublèrent, prirent une réalité presque tangible. Tout s'effaça autour de lui, il se retrouva dans un autre temps et un autre lieu, à la fois étranges et familiers, comme s'il avait déjà vécu cela dans un lointain passé et l'avait oublié.

Il ouvrit les yeux, mais les images restèrent en lui, obscurcissant ce qui l'entourait, et il sut que ce n'était pas un rêve ordinaire.

Une vaste plaine, sombre et déserte, traversée par un cours d'eau, lent ruban d'argent martelé reflétant la lumière de la pleine lune… Un bateau, sur la rivière sans nom, haut et fier avec ses voiles blanches déployées… Des rangées de guerriers armés de lances, et deux silhouettes encapuchonnées déambulant, majestueuses, au milieu d'eux. L'odeur des saules et des peupliers, un fugitif sentiment de tristesse… Un cri d'angoisse, un éclair d'écailles, un mouvement confus qui cache plus qu'il ne révèle.

Puis rien d'autre que le silence et l'obscurité.

Les images s'effacèrent, et Eragon se retrouva sous l'aile de Saphira. Il régula son souffle – qu'il avait retenu sans s'en rendre compte –, essuya d'une main tremblante les larmes qui lui brouillaient les yeux. Il ne comprenait pas pourquoi cette vision l'avait affecté à ce point.

« Une prémonition ? se demanda-t-il. Ou un évènement qui se déroule en ce moment ? Et pourquoi est-ce d'une telle importance pour moi ? »

Après cela, il fut incapable de rester en repos. Ses soucis revinrent l'assaillir en force, rongeant son esprit telle une horde de rats.

Il finit par s'extirper de dessous l'aile de Saphira, avec précaution pour ne pas la réveiller, et regagna sa tente.

De nouveau, les Faucons de la Nuit se redressèrent à son arrivée. Leur chef, un individu trapu au nez en bec d'aigle, vint à sa rencontre :

– As-tu besoin de quelque chose, Tueur d'Ombre ?

L'homme s'appelait Garven, et Eragon se rappelait vaguement qu'au dire de Nasuada il avait perdu l'esprit après avoir examiné celui des elfes. Il semblait remis, à présent, même si son regard était encore un peu absent. Néanmoins, il devait être capable de remplir ses fonctions, sinon Jörmundur ne lui aurait pas permis de reprendre son poste.

– Pas pour le moment, capitaine, répondit le garçon à voix basse.

Il fit un pas de plus et s'arrêta :

— Combien de Faucons de la Nuit ont été tués, cette nuit ?

— Six, Monsieur. Un groupe entier. Nous allons être en sous-effectif pendant quelques jours, le temps de leur trouver des remplaçants. Et il nous faudra des recrues supplémentaires. Nous voulons doubler votre équipe de protection.

Une ombre d'angoisse obscurcit le visage de Garven :

— Nous avons manqué à notre devoir, Tueur d'Ombre. Si nous avions été plus nombreux, peut-être qu'elle...

Eragon l'interrompit :

— Nous avons tous manqué à notre devoir. Et, si vous aviez été plus nombreux autour d'elle, vous auriez été plus nombreux à mourir.

L'homme hocha la tête, l'air abattu.

« *J'ai* manqué à mon devoir », songea le garçon en pénétrant dans sa tente. Nasuada était sa suzeraine. C'était à lui, plus encore qu'aux Faucons de la Nuit, de la protéger. Et, pour une fois qu'elle avait besoin de lui, il avait été incapable de la sauver.

Il jura, se maudissant lui-même.

Il était son vassal ; avant toute chose, il aurait dû chercher un moyen de la secourir. Mais il savait qu'elle ne voudrait pas le voir abandonner les Vardens pour elle. Elle préférerait souffrir et mourir que nuire à la cause à laquelle elle avait consacré sa vie.

Avec un nouveau juron, Eragon se mit à arpenter la tente de long en large :

« Je suis le chef des Vardens. »

Maintenant qu'elle n'était plus là, il comprenait que Nasuada était devenue bien plus que sa suzeraine et son commandant. Elle était une amie, et il ressentait le désir de la protéger, comme il l'éprouvait souvent pour Arya. Cependant, s'il tentait quelque chose, cela pourrait coûter la victoire à leur armée.

« Je suis le chef des Vardens. »

Tant de gens étaient à présent sous sa responsabilité ! Roran et Katrina, et les villageois de Carvahall ; les centaines de guerriers auprès desquels il avait combattu et bien d'autres : les nains, les chats-garous et même les Urgals. Tous étaient maintenant sous son commandement et dépendaient de ses décisions pour vaincre Galbatorix et l'Empire.

Le sang battait si fort à ses tempes que sa vue se troubla. Cessant ses allers et retours, il s'accrocha au poteau central de la tente, essuya la sueur qui lui trempait le front.

Il aurait voulu avoir quelqu'un à qui parler. Il envisagea de réveiller Saphira, puis y renonça. Mieux valait qu'elle se repose. Il ne voulait pas non plus charger Arya ou Glaedr du poids de problèmes auxquels ils n'auraient pas de solution. D'ailleurs, il doutait de trouver en Glaedr une oreille compatissante alors que leur dernier échange avait été si âpre.

Il reprit sa marche monotone : trois pas dans un sens, demi-tour, trois pas dans l'autre sens et ainsi de suite.

Il avait perdu la ceinture de Beloth le Sage. Il avait laissé Murtagh et Thorn enlever Nasuada. Et il était à présent responsable des Vardens.

Il retournait encore et encore les mêmes pensées dans sa tête, et sentait son angoisse monter en même temps. Il lui semblait errer dans un labyrinthe sans fin, où des monstres tapis à chaque tournant s'apprêtaient à lui sauter dessus. En dépit de ses belles déclarations pendant la réunion avec Orik, Orrin et les autres, il ne voyait pas comment lui, les Vardens ou leurs alliés s'y prendraient pour vaincre Galbatorix.

« Je ne serais même pas capable de délivrer Nasuada, à supposer que j'aie la liberté de le tenter. » L'amertume l'envahit. La tâche qui les attendait était irréalisable. « Pourquoi fallait-il que ça tombe sur nous ? » Il se mordit la joue jusqu'à ce que la douleur devienne intolérable.

Il s'accroupit sur le sol, les bras noués derrière le cou.

— On n'y arrivera pas, marmonna-t-il en se balançant d'avant en arrière. On n'y arrivera pas...

Dans son désespoir, il songea à prier le dieu nain Gûntera, comme il l'avait déjà fait, à déposer son fardeau aux pieds d'un être plus grand que lui, à lui confier son destin. Cela lui permettrait d'accepter ce destin – et celui de ceux qu'il aimait – avec plus de sérénité, car il ne serait plus directement responsable de ce qui arriverait.

Mais il ne put se résoudre à formuler la prière. Il *était* responsable, que cela lui plaise ou non, et en rejeter le poids sur quelqu'un d'autre, fût-ce un dieu – ou l'idée d'un dieu –, serait une lâcheté.

Il ne se croyait pas capable de faire ce qu'il avait à faire, tel était son tourment. Il pouvait commander les Vardens, de ça, il était à peu près convaincu. Quant à prendre Urû'baen et tuer Galbatorix... Il n'était même pas assez fort pour affronter Murtagh. Trouver le moyen de contourner leurs protections magiques lui paraissait hautement improbable. Prendre le contrôle de leurs esprits semblait tout aussi irréaliste.

Eragon s'enfonça les ongles dans la nuque, passant en revue toutes les possibilités, même les plus farfelues.

Il se souvint alors du conseil que Solembum lui avait donné à Teirm, autrefois : « Écoute-moi bien, je vais t'enseigner deux choses. Quand le temps sera venu où il te faudra une arme, cherche entre les racines de l'arbre Menoa. Et, quand tout te semblera perdu, quand ton pouvoir te semblera inefficace, rendstoi au Rocher de Kuthian et prononce ton nom : il t'ouvrira la Crypte des Âmes. »

Ces paroles concernant l'arbre Menoa s'étaient révélées justes ; Eragon avait trouvé sous ses racines le vif-acier, né d'une étoile filante, dont il avait besoin pour forger la lame de son épée. Une lueur d'espoir s'alluma dans son esprit tandis qu'il méditait la seconde déclaration du chat-garou.

« S'il y a un jour où tout me semble perdu, où mon pouvoir paraît inefficace, c'est bien aujourd'hui », songea-t-il. Cependant, cela ne lui disait pas ce qu'étaient le Rocher de Kuthian et la Crypte des Âmes, ni où ils se trouvaient. Il avait interrogé

Oromis et Arya à ce sujet à plusieurs reprises, sans jamais obtenir de réponse.

Il projeta son esprit à travers le campement jusqu'à toucher la conscience si reconnaissable du chat-garou :

« Solembum, j'ai besoin de ton aide. S'il te plaît, viens dans ma tente. »

Au bout de quelques instants, il perçut l'accord réticent de l'animal et rompit le contact.

Alors, Eragon resta assis dans le noir, et attendit.

39
FRAGMENTS ENTREVUS, INDISTINCTS

Un quart d'heure s'écoula avant que le pan de toile ne se soulevât. Solembum pénétra dans la tente à petits pas silencieux.

Le chat-garou au pelage fauve passa devant Eragon sans lui accorder un regard, sauta sur le lit de camp et s'installa sur la couverture. Après quoi, il entreprit de se lécher les griffes de la patte droite. Les yeux fixés sur sa tâche, il déclara :

« Je ne suis pas un chien à qui on ordonne d'aller ou de venir, Eragon. »

— Je n'ai jamais rien pensé de pareil, répliqua le garçon. Mais j'ai besoin de toi, et c'est urgent.

« Mmh... »

Le bruit de râpe de sa langue s'intensifia quand elle s'attarda sous la plante de sa patte :

« Eh bien, parle, Tueur d'Ombre. Que veux-tu ? »

— Un instant, dit-il, avec un geste vers la lanterne, suspendue au poteau central.

Il prononça un mot en ancien langage, et la mèche s'enflamma, emplissant la tente d'une chaude lumière dansante. Puis il s'assit sur le tabouret, en face du lit. À sa grande surprise, Solembum fixa sur lui un regard d'un bleu de glacier.

— Tes yeux n'étaient-ils pas d'une autre couleur ? demanda Eragon.

Solembum battit des paupières, et ses iris tournèrent au doré. Puis il reprit sa toilette :

« Que veux-tu, Tueur d'Ombre ? La nuit est faite pour agir, pas pour s'asseoir et parler. »

Le bout de sa queue se mit à se balancer.

Eragon s'humecta les lèvres, tremblant d'espoir :

– Solembum, tu m'as dit un jour que, quand tout me semblerait perdu, que mon pouvoir me paraîtrait inefficace, je devrais aller au Rocher de Kuthian et ouvrir la Crypte des Âmes.

Le chat-garou cessa de se lécher :

« Ah ça ! »

– Oui, ça. J'ai besoin de savoir ce que tu entendais par là. Si quoi que ce soit peut nous aider contre Galbatorix, je dois en être informé. Pas après avoir résolu une énigme ou une autre, mais *maintenant*. Alors, où se trouve le Rocher de Kuthian, comment ouvre-t-on la Crypte des Âmes, et que vais-je découvrir à l'intérieur ?

Solembum remua ses oreilles bordées de noir et sortit à demi les griffes de la patte qu'il nettoyait :

« Je ne sais pas. »

– Tu ne sais pas ? s'exclama le garçon, incrédule.

« Faut-il vraiment que tu répètes tout ce que je dis ? »

– Enfin, ce n'est pas possible !

« Je ne sais pas. »

Eragon se pencha en avant pour saisir la lourde patte de Solembum. Les oreilles du chat-garou s'aplatirent et il planta ses griffes dans la main du garçon. Celui-ci grimaça un sourire, ignorant la douleur. Le chat-garou était plus fort que le garçon le croyait, presque assez pour l'éjecter du tabouret.

– Assez d'énigmes, dit Eragon. Il me faut la vérité, Solembum. D'où tiens-tu cette information, et qu'est-ce qu'elle signifie ?

La fourrure de Solembum se hérissa :

« Parfois, les énigmes disent la vérité, humain stupide. Maintenant, lâche-moi ou je te lacère le ventre et jette tes tripes aux corbeaux. »

Eragon maintint sa prise encore un instant, puis il libéra la patte du chat-garou et se redressa. Il serra le poing pour atténuer la douleur et arrêter le saignement.

Solembum le fixa, les yeux plissés. Il avait abandonné tout semblant de nonchalance :

« Contrairement à ce que tu crois, si je dis que je ne sais pas, c'est que je ne sais pas. Je n'ai aucune idée de l'endroit où se trouve le Rocher de Kuthian, j'ignore comment on ouvre la Crypte des Âmes et ce qu'elle contient. »

– Répète-le-moi en ancien langage.

Les yeux du chat-garou s'étrécirent encore, mais il employa la langue des elfes, et Eragon comprit qu'il disait vrai.

Tant de questions se bousculaient dans sa tête qu'il ne savait par laquelle commencer :

– En ce cas, comment as-tu entendu parler du Rocher de Kuthian ?

La queue de Solembum battit de nouveau :

« Pour la dernière fois, je ne sais pas. Aucun chat-garou ne le sait. »

– Alors, comment..., reprit Eragon, complètement perdu.

« Peu après la chute des Dragonniers, cette conviction s'est répandue dans notre peuple que, si nous rencontrions un nouveau Dragonnier qui ne soit pas inféodé à Galbatorix, nous devrions lui dire ce que je t'ai dit à propos de l'arbre Menoa et du Rocher de Kuthian. »

– Mais... d'où vous venait cette information ?

Solembum découvrit ses dents en un sourire crispé :

« Tout ce que je peux ajouter, c'est que l'être qui nous l'a transmis ne voulait que le bien. »

– Comment peux-tu en être sûr ? Et si c'était Galbatorix ? Il a pu tenter de vous tromper. Il veut peut-être nous tromper, Saphira et moi, pour nous capturer.

« Non, dit Solembum en enfonçant ses griffes dans la couverture. Les chats-garous ne sont pas aussi faciles à tromper que vous. Galbatorix n'a rien à voir avec ça, j'en suis certain. Celui qui a voulu te transmettre cette information t'a aussi permis de trouver le vif-acier pour forger ton épée. Galbatorix aurait-il fait cela ?

Eragon fronça les sourcils :

— Vous n'avez pas essayé de savoir qui c'était ?

« Si. »

— Et ?

« On a échoué. »

La fourrure du chat-garou se hérissa :

« Il y a deux possibilités. Soit nous sommes les pions d'une entité malfaisante qui a altéré notre mémoire. Soit nous avons accepté cette altération pour une raison que j'ignore. Peut-être avons-nous extirpé nous-mêmes ces souvenirs. Je trouve abjecte et peu crédible l'idée que quiconque ait pu ainsi se jouer de nos esprits. Que quelques-uns se soient laissé faire, à la rigueur. Mais notre peuple tout entier ? Non, c'est impossible. »

— Pourquoi vous avoir confié cette information à vous, les chats-garous ?

« Sans doute parce que nous avons toujours été les amis des Dragonniers et des dragons. Nous sommes ceux qui veillent, ceux qui écoutent. Nous sommes les errants. Nous arpentons, solitaires, les lieux obscurs du monde, nous nous rappelons ce qui est et ce qui a été. »

Le regard de Solembum se perdit au loin :

« Comprends-moi bien, Eragon. Aucun d'entre nous ne se réjouit de cet état de fait. Nous avons longuement débattu avant de décider si divulguer cette information le moment venu causerait plus de bien que de mal. Pour finir, c'est moi qui ai tranché ; j'ai pris le parti de te la transmettre, car tu avais besoin de toute l'aide possible. Fais-en ce que tu voudras. »

— Et que veux-tu que j'en fasse ? Comment suis-je censé le trouver, ce Rocher de Kuthian ?

« Je ne peux pas te le dire. »

— Alors, tes révélations ne servent à rien. Tu aurais aussi bien pu me laisser dans l'ignorance.

Solembum cligna des paupières :

« Il y a tout de même une chose... Ça te donnera peut-être une piste. »

– Quoi ? Qu'est-ce que c'est ?

« Si tu me laisses parler, tu le sauras. Lors de notre première rencontre à Teirm, j'ai eu la curieuse impression que tu devrais posséder le *Domia abr Wyrda*. Ça m'a pris un certain temps, mais c'est grâce à moi si Jeod a fini par te donner le livre. »

Sur ces mots, le chat-garou souleva son autre patte et, après l'avoir consciencieusement examinée, entreprit de la lécher.

– As-tu eu *d'autres* curieuses impressions, ces derniers mois ?

« L'envie irrépressible de manger un petit champignon rouge ; c'est passé très vite. »

Eragon se pencha pour prendre le livre sous son lit, là où il rangeait son matériel d'écriture. Il fixa un moment le lourd volume relié de cuir avant de l'ouvrir au hasard. Comme toujours, l'enchevêtrement de runes lui parut d'abord incompréhensible. Il lui fallut un effort de concentration pour en déchiffrer quelques-unes :

... ce qui, si on en croit Taladorus, signifie que les montagnes elles-mêmes seraient le fruit d'un sortilège. Une absurdité, évidemment, car...

Eragon grogna, agacé, et referma le livre :

– Je n'ai pas de temps à perdre avec ça. Cet ouvrage est trop gros, et je lis trop lentement. J'ai déjà parcouru un certain nombre de chapitres, et je n'ai trouvé aucune allusion au Rocher de Kuthian ni à la Crypte des Âmes.

Solembum posa sur lui son regard doré :

« Tu pourrais demander à quelqu'un de te le lire, mais, s'il y a un secret caché dans le *Domia abr Wyrda*, tu seras sans doute le seul à le voir. »

Eragon retint un juron. Quittant le tabouret d'un bond, il se remit à arpenter la tente :

– Pourquoi ne m'as-tu pas dit ça plus tôt ?

« Ça ne me paraissait pas important. Mon conseil concernant le Rocher et la Crypte pouvait t'être utile ou pas, et connaître la source de cette information – ou ne pas la connaître – n'y changeait rien. »

– Si j'avais su que le livre en parlait, j'aurais consacré davantage de temps à la lecture.

Solembum tira la langue pour se lisser les moustaches :

« On ne sait pas s'il en parle. Il n'a peut-être aucun rapport avec le Rocher de Kuthian et la Crypte des Âmes. Va savoir ! Et puis, tu le lisais déjà. Te serais-tu vraiment plongé plus avant dans ces pages si je t'avais confié que j'avais l'impression – rien de plus – qu'elles renfermaient quelque chose d'important ? Mmh ?

– Peut-être pas... Mais tu aurais tout de même dû me le dire.

Le chat-garou replia les pattes sous son poitrail sans répondre. Eragon agrippa le livre avec une brusque envie de le déchirer :

– Ce n'est pas tout, c'est impossible ! Tu oublies quelque chose, j'en suis sûr.

« J'ai oublié beaucoup de choses, mais aucune sur ce sujet. »

– Au cours de tes nombreux voyages à travers l'Alagaësia, avec ou sans Angela, tu n'as jamais trouvé une explication à ce mystère ? Ou quoi que ce soit d'autre qu'on puisse utiliser contre Galbatorix ?

« Je t'ai trouvé, toi. »

– Ce n'est pas drôle, gronda le garçon. Bon sang, tu en sais forcément davantage !

« Non. »

– Alors, réfléchis ! Si je n'obtiens pas une aide quelconque contre Galbatorix, on est perdus, Solembum ! On est perdus, et la plupart des Vardens – et des chats-garous – vont mourir.

« Qu'attends-tu de moi, Eragon ? feula Solembum. Que j'invente une aide qui n'existe pas ? Lis ce livre ! »

– On sera devant Urû'baen avant que j'aie terminé. Le livre n'existerait pas que ce serait pareil.

Le chat-garou coucha les oreilles :

« Je n'y suis pour rien. »

– Je ne veux pas qu'on finisse cadavres ou esclaves. Il me faut un moyen. Réfléchis !

Solembum émit un grondement sourd :

« Non ! Je ne sais rien, et... »

– Il le faut ! Sinon on est condamnés.

Eragon parlait encore quand l'attitude du chat-garou se modifia. Il dressa les oreilles, abaissa les moustaches ; son regard s'adoucit. En même temps, son esprit se vida, comme si sa conscience s'était endormie ou retirée.

Eragon l'observait, perplexe.

Puis Solembum émit une pensée aussi plate et décolorée qu'une flaque d'eau sous un ciel couvert :

« Chapitre quarante-sept. Page trois. Deuxième paragraphe. »

Les yeux de Solembum retrouvèrent leur dureté, ses oreilles s'aplatirent de nouveau.

« Quoi ? fit-il avec irritation. Pourquoi fais-tu cette tête ? »

– Qu'est-ce que tu as dit ?

« Je t'ai dit que je ne savais rien. Et que... »

– Non, non ! Tu as cité un chapitre, une page...

« Ne te fiche pas de moi. Je n'ai pas parlé de ça. »

– Si.

Solembum l'observa quelques secondes. Puis, avec un calme exagéré, il demanda :

« Répète-moi exactement ce que tu as entendu, Dragonnier. »

Eragon répéta donc. Le chat-garou garda un moment le silence.

« Je ne m'en souviens pas », déclara-t-il enfin.

– Qu'est-ce que ça signifie, à ton avis ?

« Ça signifie qu'on ferait bien d'ouvrir le livre à la troisième page du chapitre quarante-sept. »

Eragon acquiesça et se mit à feuilleter l'ouvrage. Il se souvenait de ce chapitre. Il était consacré à la rupture entre les Dragonniers et les elfes après la courte guerre des elfes contre les humains. Il avait lu le premier paragraphe, mais n'y avait trouvé qu'un compte rendu rébarbatif de traités et de négociations. Il avait donc laissé la suite pour plus tard.

Il fut vite à la bonne page. Suivant les lignes de runes avec son doigt, il déchiffra à voix haute :

– « ... Cette île possède un climat très agréable, comparé à celui du continent à la même latitude. Les étés y sont frais et pluvieux, et les hivers doux ne connaissent pas le froid mordant habituel aux confins nord de la Crête. Les récoltes s'y font donc presque toute l'année. Les récits font état d'un sol riche et fertile, grâce aux volcans qui entrent de temps à autre en éruption, couvrant l'île d'une épaisse couche de cendres. Les forêts abritent une grande quantité de gros gibier, de celui que les dragons aiment à chasser, y compris de nombreuses espèces inconnues par ailleurs en Alagaësia. »

Eragon releva les yeux :

– Ça n'a aucun rapport...

« Continue. »

Plissant le front, le garçon entama le paragraphe suivant :

– « C'est là, dans le chaudron géant au centre de Vroengard, que les Dragonniers ont bâti leur célèbre ville, Doru Araeba.

« Doru Araeba ! L'unique cité de l'histoire où aient cohabité les dragons, les elfes et les humains. Doru Araeba ! Capitale de la magie et des anciens mystères. Doru Araeba ! Son seul nom fait vibrer l'âme de ceux qui l'entendent. Jamais une telle ville n'avait existé, et jamais plus on n'en verra de semblable, car elle est désormais perdue, détruite, réduite en poussière par Galbatorix l'Usurpateur.

« Ses édifices étaient de style elfique – où l'on sentait l'influence des Dragonniers dans la dernière période –, mais en pierre et non en bois. Des bâtiments en bois, le lecteur en conviendra, ne sont pas adaptés à des créatures aux griffes acérées capables de cracher le feu. La caractéristique la plus frappante de Doru Araeba, cependant, était ses proportions gigantesques. Chaque rue était assez large pour que deux dragons y marchent de front ; les portes et les salles – à quelques exceptions près – pouvaient accueillir des dragons de toutes tailles.

« Doru Araeba était donc une cité tentaculaire, aux constructions si énormes que même un nain en aurait été étonné. Jardins et fontaines y étaient nombreux, en raison de l'irrépressible amour des elfes pour la nature, et de hautes tours dominaient les habitations et les forteresses des Dragonniers.

« Au sommet des pics qui entouraient la ville se dressaient des tours et des aires de guet, afin de prévenir toute attaque. Plus d'un Dragonnier et son dragon possédaient une caverne bien aménagée dans les montagnes, où ils vivaient à l'écart. Les plus vieux dragons appréciaient cet arrangement, car ils préféraient la solitude, et habiter en hauteur leur facilitait le décollage. »

Eragon s'interrompit, découragé. La description de Doru Araeba ne manquait pas d'intérêt, mais il avait lu des récits plus détaillés sur la cité des Dragonniers lors de son séjour à Ellesméra. Et déchiffrer les runes en pattes de mouche était un exercice pénible.

– Ça ne sert à rien, soupira-t-il, en reposant le livre.

Solembum paraissait aussi déçu que lui :

« N'abandonne pas. Lis encore une page ou deux. Si on ne trouve rien, alors tu laisseras tomber. »

Le garçon inspira profondément et chercha du doigt la ligne où il s'était arrêté :

– « La ville abritait bien des merveilles : la Fontaine-qui-Chante d'Eldimírim, la forteresse de cristal de Svellhjall, les aires abritant les dragons. Mais, parmi toutes ces splendeurs, le plus grand trésor de Doru Araeba était sa bibliothèque. Non tant à cause de sa structure colossale – même si elle était de fait impressionnante – que parce que, au cours des siècles, les Dragonniers y avaient réuni la somme de connaissances la plus exhaustive de toute l'Alagaësia. Au temps de la chute des Dragonniers, seules trois autres bibliothèques pouvaient rivaliser avec elle : celle d'Ilirea, celle d'Ellesméra et celle de Tronjheim. Cependant, aucune d'elles ne contenait autant d'ouvrages sur l'art de la magie.

« La bibliothèque était située au nord-ouest de la ville, près des jardins entourant la Flèche de Moraeta, aussi appelée Rocher de Kuthian...

Eragon s'étrangla en prononçant ce nom. Il se reprit et continua plus lentement :

— « ... aussi appelée Rocher de Kuthian (voir le chapitre douze), et non loin du haut siège où les chefs des Dragonniers rendaient la justice lorsque différents suzerains venaient leur adresser leurs doléances. »

Une vague de crainte et de respect submergea Eragon. Quelqu'un avait fait en sorte qu'il ait connaissance de cette information, après lui avoir permis de trouver le vif-acier pour forger son épée. Cette idée le bouleversait. Maintenant qu'il savait où aller, il n'était plus si sûr de désirer s'y rendre.

Qu'est-ce qui les attendait sur Vroengard ? Il n'osait avancer une hypothèse de peur d'éveiller des espoirs impossibles à satisfaire.

40
DES QUESTIONS
SANS RÉPONSES

Eragon feuilleta le *Domia abr Wyrda* jusqu'à trouver les références à Kuthian dans le douzième chapitre. À sa grande déception, il y apprit seulement que ce personnage avait été l'un des premiers Dragonniers à explorer l'île de Vroengard.

Il referma le livre et resta pensif, caressant du pouce un motif en relief de la couverture. Sur le lit, Solembum gardait le silence.

– Tu crois que la Crypte des Âmes renferme des esprits ? demanda enfin le garçon.

« Les esprits ne sont pas les âmes de morts. »

– Que peuvent-ils être d'autre ?

Le chat-garou s'étira de la tête à la queue :

« Si tu le découvres, ça m'intéressera de le savoir. »

– Alors, on doit y aller, Saphira et moi ?

« Je n'ai pas à te dicter tes actes. Si c'est un piège, ça implique que presque tous les miens ont été asservis sans le savoir et que les Vardens feraient aussi bien de se rendre, parce qu'ils ne seront jamais assez malins pour triompher de Galbatorix. Dans le cas contraire, c'est peut-être l'occasion de trouver de l'aide là où on n'en espérait plus. Je ne sais pas. À toi de décider. Pour moi, j'en ai soupé de tous ces mystères. »

Il sauta du lit et se dirigea vers l'ouverture de la tente. Là, il se retourna pour regarder Eragon :

« D'étranges forces sont à l'œuvre en Alagaësia, Tueur d'Ombre. J'ai vu des choses qui défient l'imagination : des tourbillons de lumière dans de profonds souterrains, des hommes qui rajeunissent, des pierres douées de parole, des ombres rampantes, des salles plus grandes à l'intérieur qu'à l'extérieur... Galbatorix n'est pas la seule puissance au monde qu'il faille craindre, Tueur d'Ombre. Si tu choisis d'y aller, avance prudemment... »

Sur ces mots, le chat-garou se glissa au-dehors et disparut dans la nuit.

Eragon relâcha sa respiration. Il savait ce qu'il avait à faire. Il devait aller à Vroengard. Mais il ne pouvait prendre une telle décision sans consulter Saphira.

D'une légère pression de son esprit, il la réveilla. Après lui avoir assuré que tout allait bien, il lui transmit les souvenirs de ses échanges avec Solembum. Elle fut encore plus stupéfaite que lui. Quand il eut terminé, elle déclara :

« Je n'aime guère l'idée de jouer les marionnettes entre les mains de celui qui a enchanté les chats-garous. »

« Moi non plus. Mais qu'envisager d'autre ? Si Galbatorix est derrière tout ça, on se remettra nous-mêmes entre ses mains. Si on ne bouge pas, ce sera pareil dès notre arrivée à Urû'baen. »

« À la différence qu'on aura les elfes et les Vardens à nos côtés. »

« C'est juste. »

Le silence s'étira entre eux. Puis Saphira reprit :

« Je suis d'accord. Oui, il faut y aller. Il nous faut de plus longues griffes et des dents plus tranchantes si nous voulons l'emporter sur Galbatorix et Shruikan, sans compter Murtagh et Thorn. De plus, Galbatorix s'attend à nous voir nous ruer vers Urû'baen dans l'espoir de libérer Nasuada. Et, s'il y a une chose qui m'agace les écailles, c'est bien de faire ce que l'ennemi attend de nous. »

Eragon acquiesça avant d'ajouter :

« Et si c'est un piège ? »

Un sourd grondement s'éleva à l'extérieur de la tente :

« Alors, celui qui l'a tendu apprendra à craindre nos noms, même s'il s'agit de Galbatorix. »

Il sourit. Pour la première fois depuis l'enlèvement de Nasuada, il retrouvait un but. Ils avaient enfin un moyen d'influer sur les évènements au lieu de rester assis à se morfondre.

« Alors, on y va », murmura-t-il.

Arya arriva quelques secondes après qu'il l'eut contactée. Une telle rapidité le stupéfia, jusqu'à ce qu'elle lui eût expliqué qu'elle montait la garde avec Lupusänghren et les autres elfes, au cas où Murtagh et Thorn reviendraient.

Dès qu'elle fut là, Eragon se connecta à l'esprit de Glaedr et le persuada de se joindre à la conversation, bien que le dragon d'or, renfrogné, ne fût guère d'humeur à bavarder.

Quand ils furent tous les quatre unis en pensée, le garçon lâcha :

« Je sais où se trouve le Rocher de Kuthian ! »

« Le rocher de quoi ? » grommela Glaedr.

« Ce nom me rappelle quelque chose, intervint Arya, mais je n'arrive pas à le situer. »

Eragon plissa le front. Il leur avait déjà parlé du conseil de Solembum. Ça ne leur ressemblait pas de l'avoir oublié.

Toutefois, il leur répéta l'histoire de leur rencontre à Teirm. Puis il leur fit part des récentes révélations du chat-garou et leur lut le passage du *Domia abr Wyrda*.

Arya rejeta une mèche de cheveux derrière son oreille pointue. À voix haute et en esprit, elle demanda :

– Et comment s'appelle cet endroit ?

Surpris par la question, Eragon eut une brève hésitation. Puis il répondit de la même manière :

– La Flèche de Moraeta, aussi appelée Rocher de Kuthian. C'est un long vol, mais...

« Si on part sur-le-champ... », déclara Saphira.

– ... on sera revenus...

« ... avant que les Vardens arrivent à Urû'baen. C'est... »

– ... notre seule chance.

« On n'aura pas le temps... »

– ... de faire le voyage plus tard.

« Et où comptez-vous aller ? » demanda Glaedr.

– Comment ça ?

« Quoi, comment ça ? rétorqua le dragon, hargneux. Tu jacasses, tu jacasses, mais je ne t'ai pas encore entendu dire où se situait cet endroit mystérieux.

– Si, je l'ai dit ! s'exclama Eragon, décontenancé. Il est sur l'île de Vroengard !

« Enfin une réponse claire ! »

Le garçon fut à deux doigts de lancer une réflexion désagréable. Le dragon semblait l'asticoter délibérément.

Arya avait l'air perplexe :

– Mais que comptez-vous faire, sur Vroengard ?

– Je ne sais pas, s'énerva Eragon. Ça dépendra de ce qu'on y trouvera. Une fois là-bas, on tentera d'ouvrir le Rocher de Kuthian pour découvrir quels secrets il contient. Si c'est un traquenard...

Il haussa les épaules :

– Alors, on se battra.

Arya paraissait de plus en plus préoccupée :

– Le Rocher de Kuthian... Ce nom ne m'est pas inconnu. Il résonne dans ma mémoire comme une chanson que j'ai sue autrefois, et que j'ai oubliée.

Portant les mains à ses tempes, elle secoua la tête :

– Ah, ça m'échappe... Excuse-moi, de quoi parlions-nous ?

– De notre voyage à Vroengard.

– Ah oui... Mais à quelle fin ? On a besoin de toi, ici, Eragon. D'ailleurs, il ne reste rien d'intéressant sur Vroengard.

« Non, confirma Glaedr. L'endroit est mort, abandonné. Après la destruction de Doru Araeba, les rares dragons rescapés sont retournés y chercher ce qui pouvait encore servir. Mais les Parjures avaient déjà nettoyé les ruines. »

Acquiesçant d'un hochement de tête, Arya reprit :

– Qu'est-ce qui t'a mis pareille idée dans le crâne ? Je ne comprends pas que tu puisses envisager de quitter les Vardens à un tel moment, quand ils sont le plus vulnérables ! Penses-tu que ce soit sage ? Et pour quoi faire ? Pour voler sans rime ni raison à l'autre bout de l'Alagaësia ! Tu me déçois. Que tes nouvelles responsabilités t'embarrassent ne te donne pas le droit de nous laisser comme ça, Eragon.

Le garçon ferma son esprit à Arya et à Glaedr, et demanda à Saphira d'en faire autant.

« Ils ne se souviennent pas ! Ils ne *peuvent* pas se souvenir ! »

« Magie. Une magie puissante, comme celle qui cache les noms des dragons qui ont trahi les Dragonniers. »

« Mais toi, tu n'as pas oublié le Rocher de Kuthian ? »

« Bien sûr que non ! rétorqua la dragonne, et une lueur indignée s'alluma dans sa conscience. Comment pourrais-je oublier quand notre lien mental est si fort ? »

410 Les implications de leur découverte donnaient le vertige à Eragon :

« Pour être efficace, le sortilège doit effacer la mémoire de tous ceux qui connaissaient l'existence du rocher, et de tous ceux qui l'ont entendu évoquer depuis. Ce qui signifie... que toute l'Alagaësia est soumise à cet enchantement. Personne n'y échappe. »

« Sauf nous. »

« Sauf nous, et les chats-garous. »

« Et peut-être Galbatorix. »

Eragon crut sentir de petites pattes glacées lui courir le long du dos ; l'ampleur de la mystification le laissait stupéfait, ébranlé, vulnérable. Obscurcir ainsi les esprits des elfes, des nains, des humains et des dragons sans attirer le moindre soupçon représentait un tel exploit qu'il ne pouvait avoir été accompli de façon préméditée. C'était plutôt, pensait-il, un acte instinctif, car un tel sort eût été bien trop compliqué à mettre en mots.

Il devait absolument découvrir qui avait ainsi manipulé tous les esprits d'Alagaësia, et pourquoi. Si c'était Galbatorix, alors il y avait fort à craindre que Solembum n'eût raison, et que la défaite des Vardens ne fût inévitable.

« Ça pourrait être l'œuvre des dragons, comme l'a été le Bannissement des Noms ? » supposa-t-il.

La réponse de Saphira fut longue à venir :

« Peut-être. Mais, ainsi que l'a rappelé Solembum, il y a de nombreux pouvoirs en Alagaësia. Tant qu'on ne sera pas allés à Vroengard, on ne sera sûrs de rien. »

« Si on y va. »

« Oui. »

Eragon se passa la main dans les cheveux. Il se sentait vidé :

« Pourquoi tout est-il si difficile ? »

« Parce que tout le monde veut manger, mais personne ne veut être mangé. »

Il lâcha un grognement amusé.

Malgré la vitesse à laquelle ils échangeaient leurs pensées, leur conversation avait duré assez longtemps pour intriguer Arya et Glaedr.

Le regard de l'elfe s'égara vers la paroi de toile ; dehors, Saphira était accroupie non loin de là dans le noir.

– Pourquoi nous avez-vous fermé vos esprits ? Quelque chose ne va pas ?

« Tu parais perturbé », fit remarquer Glaedr.

Eragon eut un petit rire sans joie :

« Sans doute parce que je le suis. »

Arya l'observa d'un air inquiet tandis qu'il allait s'asseoir sur le bord du lit. Laissant pendre ses bras entre ses genoux, il resta silencieux, le temps de passer de sa langue maternelle à celle des elfes et de la magie :

– Nous faites-vous confiance, à Saphira et à moi ?

Par bonheur, la réponse ne se fit pas attendre :

– Oui, affirma Arya, en ancien langage.

« Moi aussi », ajouta Glaedr.

« Toi ou moi ? » demanda rapidement Eragon à Saphira.

« Tu veux le leur dire, alors dis-le », répliqua la dragonne.

Toujours en ancien langage, il raconta donc :

– Solembum m'a révélé le nom d'un endroit, sur Vroengard, où Saphira et moi trouverions quelque chose ou quelqu'un capable de nous aider à vaincre Galbatorix. Cependant, ce nom est enchanté. Chaque fois que je le prononce, vous l'oubliez aussitôt.

Arya parut choquée.

– Tu me crois ?

Avec lenteur, elle déclara :

– Je te crois.

« Je crois que tu crois à ce que tu dis, grommela Glaedr. Ça ne le rend pas nécessairement vrai. »

– Comment le prouver ? Si je vous répète ce nom, même en partageant ma mémoire avec vous, vous n'en garderez aucun souvenir. Vous pourriez interroger Solembum, mais à quoi bon ?

« À quoi bon ? D'abord, on saurait si tu n'as pas été berné par un être quelconque ayant pris l'apparence de Solembum. Quant au sortilège, il y a sans doute un moyen de démontrer son existence. Appelle le chat-garou, et on verra ce qu'on peut faire. »

Pensant que le chat-garou viendrait plus volontiers si Saphira l'en priait, Eragon lui demanda :

« Tu t'en occupes ? »

Il la sentit mener sa recherche mentale dans le campement, puis perçut le contact de son esprit avec celui de Solembum. Après un bref échange sans mots, Saphira annonça :

« Il arrive. »

Ils attendirent en silence. Eragon, les yeux baissés sur ses mains, s'occupa à dresser mentalement la liste des provisions dont ils auraient besoin pendant leur voyage.

Quand le pan de toile s'ouvrit, il fut surpris de voir le chat-garou sous sa forme humaine, celle d'un jeune garçon aux yeux bridés, au regard insolent. Il tenait à la main une cuisse d'oie rôtie qu'il était occupé à ronger. La graisse dégoulinait sur son menton et sur sa poitrine nue.

Tout en mâchant une bouchée de viande, Solembum désigna le carré de terre sous lequel reposait le cœur des cœurs de Glaedr :

« Que veux-tu, Cracheur de Feu ?

« Savoir si tu es bien ce que tu parais être », répondit Glaedr, et la conscience du dragon enserra celle du chat-garou, telle une nuée noire fondant sur une flamme battue par le vent.

Le dragon était d'une force colossale, et Eragon savait d'expérience que peu d'êtres étaient capables de lui résister.

Avec un miaulement étranglé, Solembum cracha sa viande et se jeta en arrière comme s'il venait de marcher sur une vipère. Il resta là, tremblant sous l'effort, les lèvres retroussées sur les dents, avec tant de furie dans ses yeux fauves qu'Eragon posa la main sur le pommeau de Brisingr par précaution. La flamme faiblit mais tint bon, point lumineux dans une mer de nuages tourbillonnants.

Au bout d'une minute, la masse nuageuse se retira, sans toutefois se dissiper entièrement.

« Mes excuses, chat-garou, dit Glaedr, mais je devais être sûr. »

Solembum émit un sifflement, et ses cheveux se hérissèrent telle une fleur de chardon :

« Si tu avais encore une queue, l'ancien, je te l'aurais coupée pour ce que tu viens de faire. »

« Toi, petit chat ? Tu ne m'aurais même pas égratigné. »

Solembum feula. Puis il pivota et marcha vers la sortie, la tête dans les épaules.

« Attends, le retint Glaedr. Tu as parlé à Eragon de cet endroit plein de secrets, sur Vroengard, dont personne ne garde la mémoire ? »

Le chat-garou s'arrêta et, sans se retourner, brandit la cuisse d'oie d'un geste impatient :

« Oui. »

« Et tu lui as indiqué la page du *Domia abr Wyrda* révélant son emplacement ? »

« Il semblerait, mais je ne m'en souviens pas. Que ce qui se trouve sur Vroengard vous grille les moustaches et vous brûle les pattes ! »

Le pan de toile claqua bruyamment à son passage, et la nuit avala la silhouette de Solembum.

Eragon se leva et, du bout de sa botte, poussa le morceau de viande à moitié mâché hors de la tente.

– Vous n'auriez pas dû être aussi rude avec lui, observa Arya.

« Je n'avais pas le choix », dit Glaedr.

– Vraiment ? Vous auriez pu lui demander la permission.

« Et lui donner le temps de se préparer ? Non. C'est fait ; n'en parlons plus, Arya. »

– Son orgueil est blessé. Vous devriez essayer de l'apaiser. Se faire un ennemi d'un chat-garou est dangereux.

« Se faire un ennemi d'un dragon l'est plus encore. Laissons cela, elfe. »

Troublé, Eragon échangea un regard avec Arya. Il n'aimait pas le ton de Glaedr – et Arya non plus, visiblement. Mais qu'y pouvait-il ?

« Maintenant, Eragon, reprit le dragon, me permets-tu d'examiner tes souvenirs de ta conversation avec Solembum ? »

– Si vous voulez, mais… pourquoi ? Vous oublierez aussitôt.

« Peut-être. Et peut-être pas. On verra. »

Puis il s'adressa à Arya :

« Sépare ton esprit des nôtres, et ne laisse pas la mémoire d'Eragon contaminer ta conscience. »

– Comme vous voulez, Glaedr-elda.

Alors qu'elle prononçait ces mots, la musique de ses pensées se fondit dans le lointain, puis se tut.

Reportant son attention sur Eragon, le dragon ordonna :

« Montre-moi. »

Le garçon s'efforça d'ignorer son agitation et revint mentalement à la première visite de Solembum. Il se rappela avec exactitude les échanges qu'ils avaient eus. La conscience de Glaedr se mêla à la sienne, et le dragon revécut ainsi toute l'expérience avec lui. C'était une impression dérangeante, comme s'ils étaient deux images superposées, frappées sur la même face d'une pièce.

Quand ce fut fini, Glaedr se retira légèrement de l'esprit d'Eragon et dit à Arya :

« Quand j'aurai oublié – si j'oublie –, tu me répéteras cette phrase : "Andumë et Fíronmas sur la colline du chagrin, et leur chair comme du verre." Cet endroit sur Vroengard... je le connais. Ou je l'ai connu. C'était une chose importante, une chose... »

Les pensées du dragon grisaillèrent, comme si une brume envahissait les collines et les vallées de son être.

« Eh bien ? s'exclama-t-il, retrouvant sa brusquerie. Qu'attendons-nous ? Eragon, montre-moi ta mémoire. »

– C'est déjà fait.

Devant l'incrédulité de Glaedr, Arya déclara :

– Glaedr, rappelez-vous : « Andumë et Fíronmas sur la colline du chagrin, et leur chair comme du verre. »

« Comment... ? »

Le rugissement du dragon fut si puissant qu'Eragon crut l'entendre résonner pour de bon.

« Aaaah ! Je déteste les sorts qui affectent la mémoire. C'est la pire espèce de magie, d'où il ne sort que chaos et confusion. Ça se termine presque toujours par des massacres entre membres d'une même famille qui ne savent plus ce qu'ils font. »

« Que signifie la phrase qu'Arya vient de prononcer ? » voulut savoir Saphira.

« Elle n'a de sens que pour moi et Oromis. C'est justement son intérêt : personne ne la connaît si je ne la lui ai pas dite. »

Arya soupira :

– Le sortilège existe donc bien. Et vous devez aller à Vroengard. Ne serait-ce que pour découvrir quel genre d'araignée est tapi au centre de cette toile. Ne pas tenir compte d'une pareille opportunité serait folie.

« J'irai aussi, décida Glaedr. Si qui que ce soit a l'intention de vous nuire, il ne s'attendra pas à combattre deux dragons au lieu d'un seul. De toute façon, vous aurez besoin d'un guide. Vroengard est devenu un lieu dangereux depuis la chute des Dragonniers, et je ne voudrais pas vous voir tomber aux mains de quelque maléfice oublié. »

Eragon vit une curieuse lueur d'envie dans le regard d'Arya, et il comprit qu'elle désirait les accompagner.

– Saphira sera plus rapide avec une seule personne sur son dos, objecta-t-il doucement.

– Je sais... Mais j'ai toujours voulu visiter l'ancienne demeure des Dragonniers.

– Tu iras un jour, j'en suis sûr.

Elle hocha la tête :

– Oui, un jour...

Eragon prit le temps de rassembler son énergie et de réfléchir à tout ce qui devait être fait avant leur départ. Puis il se leva de son lit et appela d'une voix forte :

– Capitaine Garven ! Veuillez venir, s'il vous plaît !

41
DÉPART

Eragon chargea d'abord Garven d'envoyer, avec la plus grande discrétion, un des Faucons de la Nuit réunir des provisions pour le voyage. Saphira avait mangé après la prise de Dras-Leona, avec modération pour ne pas se sentir alourdie en cas de bataille. Elle était suffisamment nourrie pour voler d'une traite jusqu'à Vroengard, mais, une fois là-bas, elle devrait trouver de quoi s'alimenter sur l'île ou aux alentours, et cette idée tourmentait Eragon.

« Je serai capable de revenir l'estomac vide », lui assura-t-elle, sans réussir à le convaincre.

Il envoya ensuite un messager prier Jörmundur et Lupusänghren de venir le rejoindre dans sa tente. Il fallut encore une heure à Eragon, Arya et Saphira pour leur expliquer la situation – et surtout les persuader du bien-fondé de ce voyage. Lupusänghren fut le plus facile à rallier à leur point de vue, tandis que Jörmundur leur opposait objection sur objection. Non qu'il doutât de la véracité des informations fournies par Solembum, ni même de leur importance – sur ces deux points, il croyait Eragon sur parole. Il alléguait néanmoins avec une véhémence croissante que les Vardens seraient anéantis s'ils apprenaient à leur réveil non seulement l'enlèvement de Nasuada, mais le départ d'Eragon et Saphira pour une destination inconnue.

– Et puis, imaginez que Galbatorix apprenne que vous nous avez quittés, alors qu'on est si près d'Urû'baen ! Il enverrait

Murtagh et Thorn vous intercepter. Ou bien il saisirait l'occasion d'écraser les Vardens une fois pour toutes. On ne peut pas courir ce risque.

Son inquiétude était fondée, Eragon devait l'admettre.

Après une longue discussion, ils parvinrent enfin à un accord : Lupusänghren et les autres elfes créeraient des apparitions d'Eragon et de Saphira, comme ils l'avaient fait quand le garçon s'était rendu dans les Montagnes des Beors pour participer à l'élection du successeur de Hrothgar.

Ces images seraient des répliques parfaites, apparemment douées de vie. Leur conscience, cependant, resterait vide. Qui que ce fût s'avisant de la sonder découvrirait la supercherie. Autre conséquence, le double de Saphira serait incapable de parler. Et, même si les elfes pouvaient simuler la parole chez l'avatar d'Eragon, certaines bizarreries d'élocution risqueraient d'alerter ceux qui les entendraient. Ces limites impliquaient que l'illusion ne fonctionnerait qu'à distance, et les personnes ayant besoin de traiter directement avec le Dragonnier et sa dragonne, comme les rois Orrin et Orik, sauraient aussitôt que quelque chose clochait.

Eragon ordonna donc à Garven de réveiller tous les Faucons de la Nuit et de les lui amener le plus discrètement possible. Quand ils furent réunis devant sa tente, il exposa à la troupe disparate d'hommes, de nains et d'Urgals les raisons de son départ avec Saphira, tout en restant évasif sur les détails de leur mission, et sans révéler leur destination. Il leur expliqua ensuite comment les elfes dissimuleraient leur absence, et leur fit jurer le secret en ancien langage. Il avait confiance en eux, mais la prudence était de mise dès lors qu'il s'agissait de Galbatorix et de ses espions.

Après quoi, Eragon et Saphira allèrent rendre compte de la situation à Orrin, Orik, Roran et à la sorcière Trianna ; ils exigèrent d'eux le même serment.

Ce fut le roi Orrin qui, comme Eragon s'y attendait, se montra le plus intransigeant. Il s'indigna à l'idée de ce voyage et fulmina longtemps, remettant en cause le courage d'Eragon, la fiabilité de Solembum, menaçant de retirer ses troupes si le Dragonnier persistait dans une entreprise aussi absurde. Il fallut une bonne heure d'intimidations, de flatteries et de cajoleries pour le rallier au projet. Et, même alors, Eragon continua de craindre qu'il ne revienne sur sa parole.

Les entrevues avec Orik, Roran et Trianna furent plus rapides, mais le temps qu'il fallut y consacrer parut au garçon déraisonnablement long. L'impatience le rendait nerveux et cassant ; chaque minute perdue augmentait son sentiment d'urgence.

Tandis qu'ils allaient ainsi d'une personne à une autre, Eragon, grâce à son lien avec Saphira, percevait le léger chant modulé d'Arya accompagnant tout ce qu'il entendait tel un tissage complexe sous la surface du monde.

Saphira était restée près de la tente, et les elfes, disposés en cercle autour d'elle, les bras étendus, se touchant du bout des doigts, chantaient. Par un long et complexe sortilège, ils récoltaient les informations visuelles dont ils auraient besoin pour créer une représentation crédible de la dragonne. Il était déjà difficile de contrefaire la silhouette d'un elfe ou d'un humain. Concevoir celle d'un dragon posait d'autres problèmes à cause de la nature réfractive de ses écailles. Mais le plus compliqué, ainsi que Lupusänghren l'avait expliqué à Eragon, était d'imiter l'effet produit par le poids de Saphira sur son environnement chaque fois que son avatar s'envolerait ou se poserait.

Lorsque Eragon et Arya eurent achevé leur tournée, la nuit avait fait place au jour, et le soleil surplombait déjà l'horizon d'une largeur de main. Les destructions subies par le campement paraissaient encore pires dans la lumière matinale.

Eragon aurait voulu partir sur-le-champ avec Saphira et Glaedr, mais Jörmundur avait insisté pour qu'il s'adresse aux Vardens au moins une fois, dans les formes, en tant que leur nouveau chef.

C'est ainsi que, peu après, devant l'armée rassemblée, Eragon se retrouva debout à l'arrière d'un chariot face à une mer de visages tournés vers lui – certains humains, d'autres non –, avec l'envie d'être n'importe où sauf là.

Il avait auparavant demandé conseil à Roran. Celui-ci lui avait dit : « Rappelle-toi, ce ne sont pas tes ennemis. Tu n'as rien à craindre d'eux. Ils ne demandent qu'à t'aimer. Parle avec clarté, sincérité, et quoi qu'il arrive garde tes doutes pour toi. C'est le seul moyen de gagner leur attachement. Ils vont être effrayés et désarçonnés quand ils apprendront le sort de Nasuada. Rassure-les, et ils te suivront jusqu'aux portes d'Urû'baen. »

Malgré les encouragements de son cousin, Eragon était empli d'appréhension. Les rares fois où il s'était adressé à une assistance aussi nombreuse, il n'avait prononcé que quelques mots. Il contempla les rangées de guerriers burinés par le soleil, usés par les combats, et conclut qu'il préférait affronter cent ennemis que de faire face à un public qu'il craignait de décevoir.

Jusqu'au moment d'ouvrir la bouche, il ne sut pas ce qu'il allait dire. Dès qu'il se fut lancé, les mots semblèrent jaillir d'eux-mêmes, mais il était si tendu qu'il n'eut presque aucun souvenir de son discours. Tout se passa dans une sorte de brouillard ; il en garda une impression de chaleur et de sueur mêlée aux grondements des guerriers apprenant l'enlèvement de Nasuada, à leurs acclamations quand il les exhorta à la victoire et au rugissement général quand il eut terminé. C'est avec soulagement qu'il sauta du chariot pour rejoindre Arya et Orik, lesquels l'attendaient près de Saphira.

Aussitôt, ses gardes formèrent un cercle autour d'eux pour les protéger de la cohue et écarter ceux qui voulaient lui parler.

— Beau discours, Eragon ! le félicita Orik en lui frappant sur le bras.

— Vraiment ? fit-il, encore étourdi.

— Tu t'es montré très éloquent, confirma Arya.

Il haussa les épaules, embarrassé. L'idée qu'Arya avait connu la plupart des chefs des Vardens l'intimidait ; il ne pouvait s'empêcher de penser qu'Ajihad, ou Deynor avant lui, auraient été de bien meilleurs orateurs.

Sentant qu'Orik tirait sur sa manche, il se pencha vers le nain. D'une voix assez forte pour couvrir la rumeur, celui-ci déclara :

– J'espère que ce que tu trouveras vaudra le voyage, mon ami. Prends bien garde de ne pas te faire tuer, hein ?

– J'y veillerai.

À la surprise d'Eragon, Orik le tira par le bras et l'étreignit avec force :

– Que Gûntera te protège !

Avant de s'éloigner, Orik flanqua une tape sur le flanc de Saphira :

– Et toi aussi, Saphira. Bon voyage à vous deux.

La dragonne lui répondit par un ronronnement sourd.

Eragon se tourna vers Arya. Il se sentait soudain emprunté, incapable de dire autre chose que des banalités. La beauté de ses yeux le captivait toujours autant ; l'effet qu'elle produisait sur lui ne diminuait pas.

Elle l'attira alors vers elle et l'embrassa sur le front.

Il en resta bouche bée.

– Guliä waíse medh ono, Argetlam. La chance soit avec toi, Main d'Argent.

Quand elle s'écarta, il prit les mains de l'elfe dans les siennes :

– Il ne nous arrivera rien, j'y veillerai. Même si Galbatorix nous guette. Je démolirai les montagnes à mains nues s'il le faut, mais je te promets que nous reviendrons sains et saufs.

Sans lui laisser le temps de répondre, il se hissa sur le dos de Saphira. Dès qu'ils le virent en selle, les guerriers l'acclamèrent de nouveau. Il les salua, et ils redoublèrent d'enthousiasme, tapant des pieds et frappant les boucliers de leurs épées.

Lupusänghren et les autres elfes se rassemblèrent en un groupe compact, à demi caché derrière un pavillon proche. Eragon leur adressa un signe de tête, et ils répondirent de même. Le plan était simple : Saphira et lui s'envoleraient comme s'ils comptaient patrouiller dans le ciel, au-dessus des terres environnantes, ainsi qu'ils le faisaient habituellement quand l'armée était en marche. Puis, après avoir survolé le camp à plusieurs reprises, Saphira disparaîtrait dans un nuage, et Eragon lancerait un sort qui la rendrait invisible d'en bas. Les elfes créeraient alors les formes vides qui les remplaceraient pendant qu'ils continueraient leur voyage, et ce serait ces avatars que les observateurs verraient ressortir des nuages. Avec un peu de chance, personne ne remarquerait la différence.

Du geste aisé acquis par une longue pratique, Eragon resserra les lanières autour de ses jambes, puis s'assura que les sacs de selle, derrière lui, étaient solidement attachés, surtout celui de gauche : dedans, bien empaqueté dans des couvertures, reposait le coffret doublé de velours contenant l'Eldunarí de Glaedr, son précieux cœur des cœurs.

« Allons-y ! » dit le vieux dragon.

« À Vroengard ! » s'exclama Saphira.

La terre s'inclina autour d'Eragon quand elle s'élança au-dessus du sol, et une rafale de vent le gifla tandis que ses ailes puissantes les amenaient toujours plus haut dans le ciel.

Il raffermit sa prise sur un piquant du cou de Saphira, baissa la tête pour résister au souffle d'air créé par la vitesse et fixa le cuir poli de la selle. Inspirant profondément, il s'efforça d'oublier ses craintes sur ce qui les attendait et ce qu'ils laissaient derrière eux. À présent, il ne pouvait plus qu'attendre, attendre et espérer que Saphira saurait faire l'aller et retour avant que l'Empire n'attaque les Vardens ; qu'il n'arriverait rien à Roran et à Arya ; qu'il réussirait d'une façon ou d'une autre à libérer Nasuada ; et que se rendre à Vroengard était la bonne décision, car l'heure où il devrait affronter Galbatorix était proche.

42
LE TOURMENT
DE L'INCERTITUDE

Nasuada ouvrit les yeux.

Le sombre plafond voûté était couvert de tuiles ornées de motifs complexes, bleu, rouge et or, où son regard se perdit un moment.

Elle trouva enfin la force de détourner les yeux.

La lueur orangée qui émanait d'une source invisible, derrière elle, était suffisante pour révéler la forme octogonale de la pièce, mais peinait à dissiper les ombres tapies dans les recoins.

Elle déglutit, la gorge sèche.

Elle était étendue sur une surface lisse, dure, inconfortable qui avait, sous ses talons et sous ses doigts, la consistance de la pierre. Le froid lui pénétrait les os ; elle s'aperçut alors qu'elle ne portait que sa fine chemise de nuit blanche.

« Où suis-je ? »

La mémoire lui revint d'un coup, en désordre, pénible cavalcade d'images qui résonnait douloureusement sous son crâne.

Avec un sursaut, elle tenta de s'asseoir, prête à fuir ou à se battre. Elle ne pouvait pas bouger de plus d'un pouce dans un sens ou un autre. Des entraves rembourrées lui enserraient les poignets et les chevilles ; une épaisse lanière de cuir lui maintenait la tête contre la dalle, l'empêchant de la relever ou de la tourner.

Elle tira sur ses liens, mais ils étaient trop solides.

Elle relâcha son souffle, se détendit et observa de nouveau le plafond. Le sang lui battait aux tempes tel un tambour fou. Une vague de chaleur l'envahit, les joues lui brûlèrent, ses mains et ses pieds lui semblèrent emplis de suif fondu.

« Voilà donc comment je vais mourir. »

Le désespoir la submergea. Son existence commençait à peine, et elle allait s'achever de la plus vile et misérable façon. Pire encore, elle n'avait rien connu de ce qu'elle avait désiré : la victoire, l'amour, les enfants, la vie. Elle ne laisserait en souvenir d'elle que des batailles, des cadavres, des convois de ravitaillement cahotants, des stratagèmes dont elle avait perdu le compte, des serments d'amitié et de fidélité sans valeur, une armée boiteuse, querelleuse et bien trop vulnérable, menée par un Dragonnier encore plus jeune qu'elle. Un piètre héritage en mémoire de son nom. Ce serait tout ce qui resterait d'elle. Elle était la dernière de sa lignée. Après sa mort, sa famille s'éteindrait.

424   Cette pensée l'affligea, elle se reprocha de ne pas avoir mis d'enfants au monde quand elle le pouvait.

Elle revit le visage de son père et murmura :

— Je suis désolée...

Puis elle se reprit et repoussa la tentation du découragement. S'il lui restait une chose, dans sa situation, qu'elle put encore contrôler, c'était ses propres émotions ; elle n'y renoncerait pas pour le plaisir amer du doute, de la peur et du regret. Tant qu'elle demeurerait maîtresse de ses pensées, elle ne serait pas totalement impuissante. C'était la plus petite des libertés, celle de l'esprit, mais elle en appréciait la valeur, et qu'elle pût lui être bientôt arrachée ne la rendait que plus déterminée à l'exercer.

Quoi qu'il en soit, elle avait un dernier devoir à accomplir : résister à l'interrogatoire. Pour ça, elle devrait garder une parfaite maîtrise d'elle-même, sinon elle serait vite brisée.

Elle ralentit sa respiration, se concentra sur le flux régulier de l'air dans ses narines et ses poumons, laissant cette sensation dominer toutes les autres. Quand elle se jugea suffisamment calme, elle sélectionna ce qu'elle pouvait évoquer sans risque. Trop de sujets étaient dangereux pour elle, pour les Vardens, pour leurs alliés, dangereux pour Eragon et Saphira. Elle laissa de côté ceux qui donneraient à ses geôliers les informations qu'ils désiraient obtenir. Elle réunit à la place une poignée de pensées et de souvenirs anodins, tâchant de se persuader que ces quelques éléments résumaient ce qu'elle était et avait toujours été.

En bref, elle se créa une nouvelle identité, plus simple, de sorte que, interrogée sur ci ou ça, elle puisse plaider l'ignorance en toute sincérité. Ce n'était pas sans danger ; pour que la technique soit efficace, Nasuada devait croire elle-même à cette tromperie, et, si elle recouvrait un jour la liberté, il lui serait difficile de retrouver sa véritable personnalité.

Mais, pour l'heure, elle n'avait aucune chance d'être sauvée ou libérée. Elle espérait au mieux faire échouer les desseins de ses ravisseurs.

« Gokukara, donne-moi la force d'endurer les épreuves qui m'attendent. Veille sur ta petite chouette et, si je meurs, emporte-moi loin d'ici... Emporte-moi dans les champs de mon père. »

Son regard erra sur le plafond de tuiles et elle l'examina plus attentivement. Elle devait être à Urû'baen. Il lui semblait logique que Murtagh et Thorn l'aient amenée là, et cela expliquait le style elfique de la pièce. Les elfes avaient bâti la plus grande partie de la ville, qu'ils avaient appelée Ilirea, soit avant leur guerre contre les dragons – des siècles auparavant –, soit après que la cité fut devenue la capitale du royaume de Broddring, et que les Dragonniers en eurent fait leur résidence officielle.

Du moins, c'est ce que son père lui avait appris. Elle n'avait elle-même aucun souvenir de la ville.

Mais elle était peut-être dans un tout autre lieu, un des domaines privés de Galbatorix, par exemple. Et la pièce avait peut-être une tout autre apparence. Un magicien habile pouvait manipuler ce qu'elle voyait, ressentait, entendait, respirait, et déformer à son insu ce qui l'entourait.

Quoi qu'il lui arrivât – quoi qu'il semblât lui arriver –, elle ne se laisserait pas berner. Même si Eragon en personne défonçait la porte et brisait ses liens, elle croirait encore à une ruse de ses ravisseurs. Elle ne se fierait pas à ses sens.

À l'instant où Murtagh l'avait enlevée, le monde était devenu mensonge, et elle n'avait aucun moyen de savoir quand ce mensonge cesserait, s'il cessait un jour. Son unique certitude était celle d'exister. Tout le reste était suspect, jusqu'à ses propres pensées.

Passé le premier choc, l'épreuve de l'attente commença. Seules la faim et la soif lui indiquaient que le temps passait. Sa faim grandissait et s'atténuait à intervalles irréguliers. Elle voulut compter pour mesurer les heures, mais elle s'embrouillait passé la dizaine de milliers, et l'ennui eut raison de sa tentative.

En dépit des horreurs auxquelles elle s'attendait, elle avait hâte que ses ravisseurs se montrent. L'énervement finit par lui tirer des cris, auxquels ne répondirent que des échos plaintifs.

La lumière falote, derrière elle, ne vacillait ni ne faiblissait. Sans doute émanait-elle d'une lanterne sans flamme, comme les nains en fabriquaient. Elle l'empêchait de dormir. Par moments, l'épuisement avait raison d'elle, et elle s'assoupissait.

La perspective de rêver la terrifiait. Le sommeil la rendrait plus vulnérable, et elle craignait que son esprit relâché n'évoquât les informations mêmes qu'elle voulait garder secrètes. Elle n'avait cependant guère le choix, tôt ou tard, elle devrait dormir, et lutter contre l'assoupissement rendrait sa situation plus pénible encore.

Elle dormit donc, d'un sommeil agité et peu réparateur ; elle se sentait toujours aussi fatiguée quand elle s'éveilla.

Un bruit sourd la fit sursauter.

Elle entendit derrière elle le raclement d'un verrou qu'on tire, le grincement d'une porte tournant sur ses gonds.

Son pouls s'accéléra. Pour autant qu'elle put en juger, plus d'une journée s'était écoulée depuis qu'elle avait repris conscience. La soif était intolérable ; elle avait la langue gonflée, pâteuse, le corps perclus d'être maintenu si longtemps dans la même position.

Des pas qui descendaient des marches. Le frottement de semelles souples sur des dalles de pierre... Un arrêt. Un tintement de métal. Des clés ? Des couteaux ? Ou pire... ? Les pas, de nouveau. Plus près..., plus près...

Un homme corpulent, vêtu d'une tunique de laine grise, entra dans son champ de vision. Il portait sur un plateau en argent un assortiment de nourriture : fromage, pain, viande, vin et eau. Il déposa le plateau au pied du mur. Puis il trotta vers elle d'une démarche vive, précise, presque gracieuse.

S'appuyant au bord de la couchette de pierre, il se pencha pour l'examiner, la respiration un peu sifflante. Sa tête avait une curieuse forme de calebasse, renflée en haut et en bas, étroite au milieu. Il était rasé de près et presque chauve, à part une mince couronne de cheveux noirs coupés court. Il avait le front luisant, des joues rougeaudes, des lèvres aussi grises que sa tunique et des yeux rapprochés, d'un brun banal.

Il fit claquer sa langue, et elle remarqua que ses dents, fermées comme les mâchoires d'une pince, avançaient anormalement, ce qui donnait à sa bouche proéminente l'aspect d'un museau.

Son haleine chargée avait des relents d'oignon. Affamée comme elle était, Nasuada en fut écœurée.

La façon dont l'homme parcourait son corps du regard lui rappela la légèreté de sa tenue. Elle s'empourpra de colère et d'humiliation, se sentant comme un jouet offert à son bon plaisir.

Résolue à ne pas attendre qu'il dévoile ses intentions, elle voulut parler, demander de l'eau. Sa gorge parcheminée n'émit qu'un croassement.

L'homme en gris la fit taire d'un nouveau claquement de la langue. Puis, à sa totale stupéfaction, il se mit à défaire ses liens.

Dès qu'elle fut libérée, elle s'assit sur la dalle et, du tranchant de la main, voulut frapper l'homme à la base du cou. Il lui saisit le poignet au vol, sans effort apparent. Elle gronda et visa les yeux avec les doigts de son autre main. Cette fois encore, il lui bloqua le poignet. Elle se débattit, mais il la tenait d'une poigne de fer.

Frustrée, elle enfonça les dents dans l'avant-bras de l'homme. Le goût du sang, salé et cuivré, lui emplit la bouche. Elle s'étrangla, mais continua de mordre. Elle sentait contre sa langue les muscles se contracter tels des serpents pris au piège.

Néanmoins, l'homme n'eut aucune réaction.

Relevant la tête, elle lui cracha à la figure un jet de salive sanglante.

Il continuait de la fixer, sans un battement de paupières, sans montrer le moindre signe de douleur ou de colère.

Elle tenta de nouveau de libérer ses poignets, balança les jambes de côté pour le frapper à l'estomac. Avant que le coup de pied l'eût atteint, il lâcha son poignet gauche et la gifla à toute volée.

Un éclair blanc jaillit derrière les yeux de Nasuada, elle crut que tout explosait autour d'elle. Sa tête bascula violemment en arrière, ses dents s'entrechoquèrent, et une onde de souffrance courut de son cou jusqu'à la base de sa colonne vertébrale.

Quand elle eut retrouvé une vision normale, elle dévisagea l'homme d'un œil furieux, mais ne tenta plus de l'attaquer. Elle était à sa merci. Si elle voulait avoir raison de lui, il lui fallait quelque chose pour lui trancher la gorge ou lui crever les yeux.

Il lâcha son autre poignet et fouilla dans sa tunique pour en tirer un mouchoir qui avait été blanc. Il s'essuya soigneusement le visage. Puis, utilisant ses dents pour tenir le tissu, il le noua autour de son avant-bras blessé.

Elle eut un mouvement de recul quand il l'agrippa de ses doigts épais. Il la tira à bas du bloc de pierre, et elle sentit ses jambes se dérober sous elle. Elle resta suspendue à la main de l'homme comme une poupée de chiffon, le bras tordu au-dessus de la tête. Il la remit sur ses pieds, et cette fois ses jambes acceptèrent de la porter. Il la guida, la soutenant à demi, vers une petite porte qu'elle n'avait pas pu voir quand elle gisait sur le dos. À côté, une courte volée de marches menait à une autre porte, plus large – probablement celle par où le geôlier était entré. Elle était fermée, mais par une grille métallique, en son milieu, Nasuada aperçut une tapisserie bien éclairée accrochée à un mur.

L'homme poussa la petite porte et conduisit la prisonnière dans un cabinet d'aisances exigu. À son grand soulagement, il la laissa seule. Elle examina la pièce du regard, cherchant n'importe quoi qui pût lui servir d'arme, mais ne vit que de la poussière, de la sciure et, plus inquiétant, des traces de sang séché.

Elle se soulagea donc, et, quand elle ressortit, le geôlier la reprit par le bras et la ramena à sa couchette de pierre.

Elle se débattit, lança des coups de pied ; elle préférait encore être frappée qu'être de nouveau attachée. Malgré tous ses efforts, elle ne put ni arrêter ni même ralentir cet homme à la poigne de fer, dont la panse rebondie semblait insensible aux coups.

Il la souleva comme il l'aurait fait d'une fillette, lui pressa les épaules contre la pierre et referma les entraves sur ses chevilles et ses poignets. Puis il lui enserra le front dans la lanière de cuir, qu'il fixa assez fort pour la maintenir, mais sans lui faire mal.

Elle s'attendait à le voir attaquer son déjeuner – ou son dîner. Au lieu de quoi, il alla chercher le plateau et lui offrit du vin coupé d'eau.

Il lui était difficile d'avaler, allongée sur le dos. Elle dut laper à petites gorgées le liquide dans le gobelet pressé contre sa bouche. Le vin dilué coulant dans sa gorge desséchée lui procura une délicieuse sensation de fraîcheur.

Quand le gobelet fut vide, l'homme trancha des morceaux de pain et de fromage avec un petit couteau et les lui tendit.

– Quel est..., fit-elle d'une voix qui lui obéissait enfin, ... votre nom ?

Il posa sur elle un regard vide. Son front bulbeux avait une teinte d'ivoire à la lueur de la lanterne sans flamme.

– Qui êtes-vous ? Sommes-nous à Urû'baen ? Êtes-vous prisonnier, comme moi ? On pourrait s'entraider. Galbatorix n'est pas tout-puissant. À deux, on trouverait un moyen de s'échapper. Ça paraît impossible, mais ça ne l'est pas, j'en suis sûre.

Elle continua de parler, d'une voix basse et tranquille, dans l'espoir de gagner la sympathie ou d'éveiller l'intérêt de son étrange interlocuteur.

Elle savait être persuasive – les longues heures de négociation pour le compte des Vardens le lui avaient prouvé –, mais ses mots ne produisaient aucun effet. Hormis sa respiration, l'homme aurait aussi bien pu être mort, avec son pain et son fromage à la main. Elle songea qu'il était peut-être sourd, puis repoussa cette hypothèse, car elle l'avait vu réagir quand elle avait réclamé de l'eau.

Elle parla jusqu'à avoir épuisé tous les arguments qui lui venaient à l'esprit. Quand elle se tut pour réfléchir à une autre approche, l'homme plaça une bouchée de pain et de fromage devant sa bouche. Elle lui lança un coup d'œil furibond pour qu'il retire sa main, mais il ne bougea pas et continua de la fixer avec le même regard vide.

Nasuada sentit ses cheveux se hérisser sur sa nuque : cette attitude n'était pas affectée. La prisonnière ne représentait rien pour lui. Elle aurait pu comprendre qu'il lui manifeste de la haine, qu'il prenne un plaisir pervers à la tourmenter, qu'il ne soit qu'un esclave soumis à Galbatorix contre sa volonté. Mais rien de tout ça ne semblait vrai. Il était indifférent, dépourvu de la plus petite étincelle d'empathie. Il la tuerait du même geste qu'il la nourrissait, sans plus d'émotion que s'il écrasait une fourmi.

Maudissant intérieurement la nécessité qui la poussait à se soumettre, elle ouvrit la bouche pour permettre à l'homme d'y placer le morceau de pain et de fromage, et réprima son envie de lui mordre les doigts.

Il lui donna la becquée, comme à un enfant. Il posait chaque morceau de nourriture dans sa bouche avec autant de précautions que s'il s'agissait d'une perle de verre. Elle se sentit gagnée par un profond dégoût. Passer du rôle de chef de la plus grande alliance de l'histoire d'Alagaësia à... Non, non, rien de tout ça n'existait plus. Elle n'était que la fille de son père. Elle avait vécu au Surda, dans la poussière et la chaleur, parmi les cris des marchands et la foule emplissant les rues bruyantes. Rien de plus. Elle n'avait aucune raison de se montrer hautaine ni de se plaindre de sa chute.

Pourtant, elle haïssait l'homme penché sur elle ; elle haïssait son insistance à l'alimenter quand elle aurait pu le faire elle-même. Elle haïssait que Galbatorix – ou celui, quel qu'il fût, qui surveillait sa captivité – fît en sorte de la dépouiller de sa fierté et de sa dignité. Et elle haïssait devoir reconnaître que, dans une certaine mesure, il y réussissait.

Elle décida de tuer cet homme. Son dernier but, dans la vie, serait la mort de son geôlier. À défaut de s'évader, rien ne lui procurerait plus de satisfaction.

« Quel qu'en soit le prix, je trouverai un moyen. »

Cette idée la réconforta, et elle termina son repas avec appétit, tout en planifiant dans sa tête la perte de l'homme en gris.

Quand elle eut terminé, il emporta le plateau et s'en alla.

Elle écouta ses pas s'éloigner, la porte s'ouvrir et se refermer derrière elle, le verrou claquer, une barre retomber en travers du battant avec un bruit sourd.

Elle était seule de nouveau, sans rien d'autre à faire qu'attendre et méditer ses idées de meurtre.

Elle s'amusa un moment à suivre une des lignes peintes au plafond pour déterminer si elle avait un début et une fin. Celle qu'elle avait choisie était bleue ; la couleur lui plaisait en raison de son rapport avec un être auquel, plus que tout autre, elle s'interdisait de penser.

Elle finit par se lasser des lignes et de ses fantasmes de vengeance. Fermant les yeux, elle s'enfonça dans un de ces demi-sommeils agités, où, avec la logique paradoxale des cauchemars, les heures semblaient passer à la fois plus vite et plus lentement que dans la réalité.

Quand l'homme à la tunique grise revint, Nasuada fut presque contente de le voir, une réaction de faiblesse pour laquelle elle se méprisa.

Combien de temps avait duré son attente ? Elle n'aurait su le dire, mais elle avait été plus courte que la précédente. Elle lui avait cependant paru interminable, tant elle craignait de rester attachée et isolée – mais sûrement pas ignorée – aussi longtemps que la première fois. Elle s'aperçut, dégoûtée, qu'elle était reconnaissante à cet homme de revenir la voir plus tôt qu'elle ne l'espérait. Passer autant d'heures allongée, immobile, sur une dalle de pierre dure était déjà pénible, mais être privée du contact de tout être vivant, fût-ce un être aussi repoussant que le geôlier, était une torture en soi, et la pire des épreuves.

Tandis qu'il la libérait de ses liens, elle remarqua que les traces de morsures à son bras avaient disparu ; la peau était aussi rose et lisse que celle d'un cochon de lait.

Elle contint son envie de se débattre, mais, sur le chemin du cabinet, elle fit mine de trébucher et de tomber, dans le but de se rapprocher assez du plateau pour s'emparer du petit couteau posé dessus. Malheureusement, il était trop loin, et l'homme trop lourd pour qu'elle l'entraînât jusque-là sans trahir ses intentions. Sa ruse ayant échoué, elle se soumit aussi tranquillement qu'elle put aux soins de son geôlier. Elle devait le convaincre qu'elle avait abandonné toute résistance, ainsi il se montrerait plus complaisant et même, avec un peu de chance, négligent.

Pendant qu'il l'alimentait, elle observa ses ongles. La première fois, elle était trop en rage pour les remarquer ; à présent, leur singularité la fascinait.

Il avait des ongles épais et bombés, profondément enracinés dans la chair, avec de larges lunules blanches. Pas très différents, en fait, de ceux des hommes et des nains qu'elle avait côtoyés. À quand remontaient ses dernières rencontres avec eux ? Elle ne s'en souvenait plus...

Ce qui donnait à ces ongles leur particularité était le soin avec lequel ils étaient *cultivés*, c'était le mot qui lui venait à l'esprit. Comme des fleurs rares auxquelles un jardinier consacre de longues heures. Les cuticules étaient nettes, et les ongles eux-mêmes coupés droit, ni trop longs ni trop courts, et bien limés. Leur surface polie luisait comme de la porcelaine, et la peau, tout autour, avait été massée avec de l'huile.

En dehors des elfes, Nasuada n'avait jamais vu une personne avec des ongles aussi parfaits.

Les elfes ? Elle repoussa cette pensée : surtout pas d'elfe dans sa mémoire !

Ces ongles étaient une énigme, une curiosité dans un contexte par ailleurs incohérent, un mystère qu'elle désirait résoudre, même s'il était sans doute inutile d'essayer.

Elle se demanda qui prenait soin de ces ongles parfaits. L'homme lui-même ? Il paraissait méticuleux à l'extrême, et elle ne l'imaginait pas avoir une épouse, une fille ou une servante assez dévouée pour consacrer autant d'attention aux bouts de ses doigts. Certes, elle pouvait se tromper. Bien des vétérans marqués par les combats, des hommes taciturnes dont les seuls intérêts semblaient être le vin, les femmes et la guerre, l'avaient étonnée par quelque facette de leur caractère peu conforme à leur allure extérieure : un talent pour la sculpture sur bois, une facilité à mémoriser des textes poétiques, une tendresse pour les chiens ou un attachement passionné à une famille qu'ils gardaient cachée au reste du monde. Il lui avait fallu des années pour découvrir que Jör...

Là encore, elle s'interdit d'aller au bout de cette évocation.

Quoi qu'il en fût, la question qui continuait de tourner dans sa tête était simplement : pourquoi ? La motivation d'un individu était toujours révélatrice, même quand il s'agissait d'un détail aussi futile que les ongles.

Si ces soins étaient l'œuvre d'un tiers, cela révélait un grand amour ou une grande peur. Mais elle doutait que ce fût le cas ; ça ne collait pas.

Si c'était l'œuvre de l'homme lui-même, il y avait une foule d'explications possibles. Peut-être était-ce le seul contrôle qui lui restât sur une vie qui ne lui appartenait plus ? Peut-être considérait-il ses ongles comme son unique moyen de séduction ? Peut-être les entretenir n'était-il qu'un tic nerveux, une manie qui l'aidait à passer le temps ?

En tout cas, ses ongles avaient été nettoyés, polis, limés et huilés avec un soin particulier.

Elle poursuivit ses réflexions tout en mangeant machinalement. Elle jetait parfois un coup d'œil au rude visage de l'homme, à la recherche d'un indice, sans résultat.

Après lui avoir donné la dernière bouchée de pain, il se releva, prit le plateau et lui tourna le dos.

Elle mâcha et avala à la hâte ; puis, d'une voix enrouée, elle coassa :

— Vous avez de beaux ongles. Ils sont très... brillants.

L'homme s'arrêta, et sa grosse tête pivota vers elle. Elle crut un instant qu'il allait la frapper. Mais ses lèvres grises s'étirèrent lentement, et il lui sourit, dévoilant ses deux rangées de dents.

Elle réprima un frisson : il semblait prêt à décapiter un poulet d'un coup de mâchoires.

Sans se départir de son inquiétant rictus, il sortit de son champ de vision. Quelques secondes plus tard, elle entendit la porte s'ouvrir et se refermer.

Nasuada sourit à son tour. Orgueil et vanité, voilà des faiblesses qu'elle pouvait exploiter ! Et, s'il y avait une chose pour laquelle elle était douée, c'était l'art de plier les autres à sa volonté. L'homme en gris lui avait fourni une prise minuscule – de quoi s'accrocher d'un doigt, ou peut-être d'un ongle –, mais il ne lui en fallait pas plus. Maintenant, elle pouvait entamer l'escalade.

43
LA SALLE DE PARLE-VRAI

À la troisième visite du geôlier, Nasuada dormait. Le claquement de la porte la réveilla en sursaut, le cœur battant.

Il lui fallut quelques secondes pour se rappeler où elle était. Puis elle cligna des paupières pour mieux voir. Elle aurait aimé pouvoir se frotter les yeux.

Abaissant le regard sur elle-même, elle constata que la goutte de vin coupé d'eau tombée sur sa chemise lors de son dernier repas était encore humide. Un pli lui barra le front :

« Pourquoi revient-il si tôt ? »

Son estomac se contracta quand l'homme passa devant elle : il portait un brasero en cuivre empli de charbon, qu'il installa sur un trépied à quelques pas de la couchette de pierre. Trois longs fers étaient posés sur les charbons.

L'heure qu'elle redoutait avait sonné.

Sans la regarder, il tira une pierre à briquet d'une bourse pendue à sa ceinture et alluma un petit tas de brindilles au centre du brasero. Des étincelles jaillirent, et le bois crépita. Il se pencha, avança les lèvres et souffla sur le feu naissant, avec la douceur d'une mère pour son enfant. Les étincelles se muèrent en flammes chatoyantes. Pendant quelques minutes, il entretint le feu, bâtissant un lit de charbon de plusieurs pouces d'épaisseur, dont la fumée s'échappait par une grille dans le plafond. Nasuada l'observait avec une fascination morbide, incapable de détourner les yeux. Tout cela se faisait en silence, comme s'ils avaient honte, l'un et l'autre, de ce qui allait arriver.

Il souffla encore sur les charbons avant de se tourner vers elle.

« Tiens bon », s'exhorta-t-elle.

Elle crispa les poings et bloqua sa respiration. L'homme approchait...

Un léger courant d'air lui effleura le visage à son passage. Elle l'entendit quitter la pièce, gravir l'escalier ; le bruit de ses pas décrut et le silence revint.

Elle relâcha son souffle, se détendit un peu. Les charbons ardents attirèrent de nouveau son regard comme des aimants. Une lueur orangée montait le long des fers dépassant du brasero.

Elle s'humecta les lèvres ; si seulement elle pouvait boire un peu d'eau.

De temps en temps, un charbon éclatait ; rien d'autre ne troublait le calme de la pièce.

Tandis qu'elle gisait ainsi, sans aucune possibilité de se débattre ou de chercher à s'enfuir, elle s'efforça de faire le vide dans son esprit. Penser n'aurait d'autre effet qu'affaiblir sa résolution. Ce qui devait arriver arriverait ; toute la peur et l'angoisse du monde n'y changerait rien.

Des bruits de pas retentirent alors à l'extérieur de la pièce. Les arrivants étaient plusieurs, cette fois ; certains marchaient en cadence, d'autres non, produisant un mélange d'échos qui empêchait d'évaluer leur nombre. Le groupe s'arrêta près de la porte. Il y eut un murmure de voix, suivi d'un claquement de bottes. La porte se referma sourdement.

Des pas – ceux de deux personnes, devina-t-elle – descendirent l'escalier, réguliers, résolus. Elle vit un bras placer un siège en bois sculpté à la limite de son champ de vision.

Un homme s'y assit.

Trapu, les épaules larges, drapé d'une longue cape noire aux plis lourds, peut-être doublée d'une cotte de mailles. La lueur des braises et de la lanterne sans flamme qui auréolait sa silhouette laissait son visage dans l'ombre, sans cacher, cependant, les pointes de la couronne posée sur son front.

Nasuada sentit son cœur rater un battement avant d'accélérer de nouveau.

Le deuxième visiteur, vêtu d'un pourpoint et de jambières rouge sombre brodés de fils d'or, s'approcha du brasero et se mit à tisonner les braises, le dos tourné.

L'homme assis ôta ses gants en tirant sur les doigts un à un. Ses mains avaient la couleur du bronze terni.

Quand il parla, ce fut d'une voix grave, profonde, pleine d'autorité. Un barde doté d'un timbre aussi mélodieux aurait été une célébrité dans tout le pays. Nasuada en eut des picotements sur la peau. Les mots coulaient sur elle en vagues chaudes et caressantes ; ils l'enveloppaient, la séduisaient. Leur prêter l'oreille était aussi dangereux qu'écouter Elva.

– Bienvenue à Urû'baen, Nasuada, fille d'Ajihad, disait-il. Bienvenue chez moi, sous cet antique amoncellement de rochers. Voilà bien longtemps qu'un invité aussi distingué ne nous a honorés de sa présence. J'ai dû employer jusqu'ici mes énergies ailleurs, mais sois sûre qu'à partir de cet instant je ne négligerai plus mes devoirs d'hôte.

Il laissa une note de menace teinter ces derniers mots, comme un fauve sort à demi les griffes.

Nasuada n'avait jamais rencontré Galbatorix ; elle avait vu des portraits, entendu des descriptions, mais l'effet que ce discours avait sur elle était si puissant, si viscéral qu'elle ne douta pas une seconde d'être en présence du roi.

Son accent comme sa diction avaient quelque chose de *différent*, comme si la langue qu'il parlait n'était pas sa langue maternelle. La nuance était subtile ; pourtant, une fois qu'on l'avait remarquée, on ne pouvait plus l'ignorer. La cause en était peut-être, songea-t-elle, que le langage avait évolué depuis l'époque de sa naissance. C'était l'explication la plus sensée, d'autant que cette manière de parler lui rappelait...

Non, non, elle ne lui rappelait rien.

Il se pencha, et elle sentit son regard la sonder.

— Tu es plus jeune que je ne le pensais. Je savais que tu avais atteint ta majorité, mais tu n'es encore qu'une enfant. Tant de gens me semblent être des enfants, ces temps-ci : des gamins imprudents, crâneurs et insouciants qui ne savent pas ce qu'ils font et ont besoin d'être guidés par de plus vieux et plus sages qu'eux.

— Tels que vous, lâcha-t-elle avec mépris.

Il émit un petit rire :

— Préférerais-tu être gouvernée par les elfes ? Je suis le seul de notre espèce capable de les tenir à distance. Comparés à eux, nos vieillards à barbe grise passeraient pour de jeunes écervelés, inaptes à assurer les responsabilités de l'âge adulte.

— Comparé à eux, vous aussi.

Sans savoir d'où lui venait un tel courage, elle se sentait forte et prête à le défier. Qu'il la châtie ou non, elle dirait ce qu'elle pensait.

— Oh, j'ai plus que mon compte d'années ! J'ai amassé les souvenirs de milliers d'êtres, des vies et des vies : amours, combats, victoires, défaites, leçons apprises, erreurs commises, rassemblés dans mon esprit, me murmurent leur sagesse à l'oreille. Ma mémoire est infinie. Dans toute l'Histoire, on n'a jamais connu personne comme moi, même parmi les elfes.

— Comment est-ce possible ? souffla-t-elle.

Il se rencogna sur son siège :

— Ne joue pas à ça avec moi, Nasuada. Je sais que Glaedr a donné son cœur des cœurs à Eragon et à Saphira, et qu'il est là-bas, avec les Vardens, en ce moment même. Tu sais de quoi je parle.

Elle réprima un frisson d'effroi. Que Galbatorix veuille discuter de tels sujets avec elle — et fasse référence, même indirectement, à la source de son pouvoir — éliminait le plus petit espoir qu'il comptât jamais la relâcher.

Il désigna la pièce en agitant ses gants :

— Avant que nous poursuivions, apprends quelques éléments sur l'histoire de cet endroit. Quand les elfes s'aventurèrent pour la première fois dans cette partie du monde, ils découvrirent une profonde crevasse dans les falaises qui surplombaient la plaine. S'ils apprécièrent l'escarpement en tant que défense naturelle contre les dragons, la faille leur est devenue précieuse pour une tout autre raison. Ils s'aperçurent par hasard que dormir près des vapeurs montant par la fissure de la roche augmentait leurs chances d'entrevoir, bien que confusément, les évènements futurs. C'est ainsi qu'il y a environ deux mille cinq cents ans, les elfes bâtirent cette salle au-dessus de la crevasse, et une oracle y vécut pendant des centaines d'années, même après que les elfes eurent abandonné le reste d'Ilirea. Elle se tenait assise sur la pierre où tu es allongée, et elle traversa les siècles en rêvant de ce qui avait été et de ce qui serait.

« Au fil du temps, les vapeurs perdirent de leur pouvoir ; l'oracle et sa suite s'en allèrent. Qui elle était et où elle s'en fut, personne ne le sait. Elle n'avait pas d'autre nom que son titre de Parle-Vrai, et certains récits me laissent penser qu'elle n'était ni elfe ni naine, mais tout autre chose. Toujours est-il que, au temps où elle y résidait, cette pièce fut appelée la salle de Parle-Vrai, et ce nom lui est resté. Aujourd'hui, tu es la nouvelle Parle-Vrai, Nasuada, fille d'Ajihad.

Galbatorix écarta les bras :

– Ce lieu est dédié à la vérité, elle doit y être dite... et entendue. Je ne tolérerai aucun mensonge entre ces murs, pas même la plus petite inexactitude. Qui repose sur cette dalle de pierre prend le titre de Parle-Vrai, et, bien que beaucoup aient trouvé ce rôle difficile à tenir, au bout du compte personne ne l'a refusé. Tu ne feras pas exception.

Les pieds de la chaise crissèrent sur le sol, et Nasuada sentit le souffle de Galbatorix contre son oreille :

– Je sais combien ce sera douloureux, Nasuada, douloureux au-delà de ce que tu peux imaginer. Tu devras te défaire de toi-même avant que ta fierté t'autorise à te soumettre. Il n'y a rien de plus difficile au monde que de changer ce que l'on est. Je peux le comprendre, car je me suis remodelé à plus d'une occasion. Cependant, je serai là pour te tenir la main et t'aider à effectuer la transition. Tu ne seras pas seule au cours de ce voyage. Et tu trouveras ta consolation dans la certitude que je ne te mentirai pas. Personne ne te mentira, pas entre ces murs. Tu en doutes peut-être, mais le temps venu, tu me croiras. Cette salle est pour moi un lieu sacré, et je me couperais plutôt un bras que de la profaner. Interroge-moi, Nasuada, fille d'Ajihad, et je promets de te répondre en vérité. En tant que souverain de ces terres, je t'en donne ma parole.

Les mâchoires crispées, elle lâcha entre ses dents :

— Je ne vous dirai jamais ce que vous voulez savoir.

Un long rire sonore monta sous la voûte :

— Tu as mal compris. Je ne t'ai pas amenée ici parce que j'ai besoin d'informations. Tu n'as rien à me révéler que je ne sache déjà : le nombre et la disposition de vos troupes ; l'état de votre ravitaillement ; la position de vos convois d'approvisionnement ; la façon dont vous comptez mener le siège de cette citadelle ; les devoirs, les habitudes et les capacités d'Eragon et de Saphira ; la Dauthdaert que vous avez prise à Belatona ; même les pouvoirs d'Elva, l'enfant-sorcière que tu as longtemps gardée à tes côtés. Je sais tout cela et bien d'autres choses encore. Tu veux des chiffres ? Non ? Bon. Mes espions sont plus nombreux et haut placés que tu ne l'imagines, et j'ai d'autres moyens d'obtenir des renseignements. Tu n'as aucun secret pour moi, Nasuada. Inutile, donc, de t'obstiner à tenir ta langue.

Ces paroles la laissèrent assommée. Elle s'efforça cependant de repousser le découragement :

— En ce cas, pourquoi ?

— Pourquoi t'avoir fait venir ici ? Parce que, ma chère enfant, tu as le don du commandement, un talent bien plus meurtrier que n'importe quel sortilège. Eragon n'est pas une menace pour moi, pas plus que ne le sont les elfes. Mais toi... C'est toi qui représentes le vrai danger. Sans toi, les Vardens vont rugir et rager comme un taureau aveugle, et charger droit devant eux sans regarder où ils mettent les pieds. Alors, je m'emparerai d'eux et me servirai de leur propre folie pour les anéantir. Mais ce n'est pas pour cette raison que je t'ai fait enlever. Non, tu es ici parce que tu t'es montrée digne de mon attention. Tu es féroce, tenace, ambitieuse et intelligente – des qualités que j'apprécie plus que tout chez mes serviteurs. Je veux t'avoir près de moi, Nasuada, en tant que première conseillère et chef de mon armée, tandis que je mets en place les ultimes étapes du vaste plan que je prépare depuis plus d'un siècle. Un nouvel ordre va s'installer sur l'Alagaësia, et je veux que tu y prennes part. Dès la mort du dernier des Treize, j'ai commencé à chercher qui serait digne de les remplacer. Jusqu'alors, mes efforts ont été vains. Durza a été un bon instrument, mais un Ombre a ses limites, ne serait-ce que son incapacité de se soucier de sa propre sauvegarde. Murtagh a été le premier candidat à répondre à mes critères, et le premier à survivre aux tests auxquels je l'ai soumis. Tu seras la prochaine, j'en suis sûr. Et Eragon, le troisième.

Plus elle écoutait, plus Nasuada était horrifiée. Ce qu'il proposait était bien pire que ce qu'elle avait imaginé.

En tisonnant les charbons, l'homme au pourpoint rouge sombre fit sonner la barre de fer contre le cuivre du brasero, et le bruit la fit sursauter.

Galbatorix poursuivit :

– Si tu survis, tu auras une chance d'accomplir bien plus que ce dont tu pouvais rêver avec les Vardens. Songes-y ! En te mettant à mon service, tu contribuerais à apporter la paix à toute l'Alagaësia, tu serais mon maître d'œuvre dans la réalisation de ces changements.

– Plutôt être mordue par mille vipères que vous servir ! cracha-t-elle.

Son rire roula de nouveau dans la pièce, celui d'un homme que rien n'effraie, pas même la mort :

– C'est ce que nous verrons.

Elle tressaillit en sentant un doigt chaud toucher le creux de son coude. Le doigt traça un cercle, glissa vers l'une des cicatrices de son avant-bras, se posa sur la boursouflure, la tapota avant de passer aux suivantes.

– Tu l'as emporté sur ton adversaire pendant l'Épreuve des Longs Couteaux, reprit Galbatorix. Et avec plus d'entailles que personne n'en avait encore supporté. Ce qui prouve ta force de caractère exceptionnelle et ta parfaite maîtrise de ton imagination. Car c'est une imagination trop développée qui change les hommes en lâches, non un excès de peur comme on le croit souvent. Pourtant, ces qualités ne te seront d'aucune utilité, ici. Elles constitueront même un handicap. Chacun a ses limites, physiques ou mentales. Combien te faudra-t-il de temps pour les atteindre ? Telle est la question. Mais tu les atteindras, je te le promets. Ton endurance peut retarder cet instant, non l'éviter. Et aucune magie ne te protégera tant que tu seras en mon pouvoir. Alors, pourquoi souffrir inutilement ? Personne ne met en doute ton courage, tu l'as déjà largement démontré. Cède ! Il n'y a pas de honte à accepter l'inéluctable. En persistant, tu te condamnes à une succession de tourments, sans autre raison que de satisfaire ton sens du devoir. Satisfais-le maintenant en me prêtant allégeance en ancien langage, et tu auras des dizaines de domestiques à ton service, des robes de soie et de velours, des appartements personnels et une place à ma table à l'heure des repas.

Il s'interrompit dans l'attente d'une réponse. Mais elle fixait les motifs du plafond en silence.

Le doigt continua son exploration le long de son bras, passa des cicatrices au creux de son poignet et s'immobilisa sur une veine :

– Très bien. Comme tu voudras.

La pression sur son poignet disparut.

– Murtagh, approche ! Montre-toi ! Tu es impoli avec notre invitée.

Une soudaine tristesse envahit Nasuada. « Oh non, pas lui... »

L'homme vêtu de rouge se retourna, et, malgré le masque en argent qui lui couvrait le haut du visage, elle reconnut

Murtagh. Ses yeux étaient presque noyés dans l'ombre, et un rictus maussade lui déformait la bouche.

— Murtagh s'est d'abord montré réticent quand il est entré à mon service. Depuis, il est un élève des plus compétents. Il a hérité des talents de son père. N'est-ce pas ?

— Oui, Monsieur, répondit le jeune homme d'une voix rauque.

— Il m'a étonné en tuant le vieux roi Hrothgar sur les Plaines Brûlantes. Je ne m'attendais pas à ce qu'il se retourne contre ses anciens amis avec autant de fougue. Maintenant, notre Murtagh est plein de rage et assoiffé de sang, prêt à égorger un Kull à mains nues si je lui en donne l'ordre. Rien ne te plaît autant que tuer, hein ?

Les muscles du cou de Murtagh se contractèrent :

— Non, Monsieur.

Galbatorix rit doucement :

— Murtagh le Tueur de Roi... Un beau nom, digne d'entrer dans la légende. Mais ne cherche plus à le mériter, à moins que je ne t'en donne l'ordre.

Il s'adressa de nouveau à Nasuada :

— Jusqu'alors, j'ai négligé son instruction dans l'art de la persuasion. C'est pourquoi je l'ai amené avec moi aujourd'hui. Il a quelque expérience en tant que sujet, mais non en tant que praticien ; il est grand temps qu'il apprenne à maîtriser ces techniques. Et quelle meilleure occasion d'apprendre, sinon ici, avec toi ? C'est Murtagh, après tout, qui m'a vanté ta valeur, qui m'a persuadé de t'incorporer à la nouvelle génération de mes disciples.

Bizarrement, elle se sentit trahie. En dépit des évènements, elle avait meilleure opinion du jeune homme. Elle chercha son regard, quêtant une explication. Mais il se tenait aussi raide qu'une sentinelle et détournait les yeux, le visage indéchiffrable.

Le roi désigna alors le brasero et déclara, sur le ton de la conversation :

— Donne-moi un fer.

Murtagh se contenta de serrer les poings.

Un mot sonna aux oreilles de Nasuada tel un coup de gong. Sans doute un géant tirait-il sur les fils de la réalité, car la chaîne et la trame du monde semblèrent vibrer. Elle crut tomber dans le vide, et l'air, autour d'elle, ondula comme de l'eau. Si puissant que fût ce mot, elle n'aurait su l'épeler ni dire à quelle langue il appartenait, car il lui traversa l'esprit sans laisser d'autre trace que le souvenir d'une sensation.

Murtagh eut un frisson ; puis il saisit un des fers et le sortit du brasero d'un geste sec. Une gerbe d'étincelles s'éleva tandis que des braises incandescentes tombaient en spirale sur le sol.

L'extrémité du fer luisait d'un jaune pâle qui tourna à l'orangé. La lueur se reflétait sur le masque poli de Murtagh, donnant à son visage un aspect grotesque, presque inhumain. Nasuada voyait aussi sa propre image, dans la surface de métal, distordue, avec un torse difforme et des membres en pattes d'araignée réduits à de fines lignes noires.

Instinctivement, elle tira sur ses liens quand le jeune homme s'approcha.

Avec un calme feint, elle demanda à Galbatorix :

— Je ne comprends pas. Vous n'utilisez pas votre esprit contre moi ?

Non qu'elle l'eût souhaité, mais elle aurait préféré se défendre contre une attaque mentale plutôt que de supporter la brûlure du fer rouge.

— Ce moment viendra plus tard, s'il s'avère nécessaire, répondit le roi. Pour l'instant, je suis curieux de découvrir jusqu'où ira ton courage, Nasuada, fille d'Ajihad. D'ailleurs, j'aimerais mieux ne pas avoir à te tirer par la force un serment de fidélité. Je voudrais que tu prennes cette décision de ton plein gré, et en pleine possession de tes facultés.

— Pourquoi ? coassa-t-elle.

— Parce que cela me plairait. Maintenant, pour la dernière fois, te soumets-tu ?

— Jamais.

– Tant pis pour toi. Murtagh ?

Le fer descendit vers elle, sa pointe semblable à un énorme rubis étincelant.

Ils ne lui avaient rien donné à mordre, elle n'eut donc d'autre choix que de crier, et la salle octogonale résonna des échos de sa torture. Enfin la voix lui manqua et l'obscurité l'emporta dans ses replis.

44

SUR LES AILES
D'UN DRAGON

Eragon releva la tête, inspira profondément, et ses préoccupations s'estompèrent un peu.

Chevaucher un dragon n'était pas de tout repos. Mais leur proximité à tous deux était aussi apaisante pour lui que pour Saphira. Rien ne les réconfortait autant que le simple plaisir de ce contact physique. Et le battement régulier des grandes ailes chassait les idées noires du garçon.

Malgré l'urgence de ce voyage et la précarité de leur situation, il était heureux de s'éloigner des Vardens. Le récent bain de sang lui laissait la troublante impression de ne plus être tout à fait lui-même.

Depuis qu'il avait rejoint les Vardens à Feinster, il avait passé l'essentiel de son temps à combattre ou à attendre l'heure du combat, et toute cette tension l'avait épuisé, surtout après la violence et les horreurs vécues à Dras-Leona. Aux côtés des Vardens, il avait tué des centaines de soldats, dont bien peu avaient une petite chance de le blesser. Que ces actes eussent été justifiés n'empêchait pas leur souvenir de le perturber. Loin de lui le désir que chaque adversaire se montrât son égal ; mais la facilité avec laquelle il avait accompli ces massacres l'apparentait plutôt à un boucher qu'à un guerrier. Il en venait à songer que la mort avait un effet corrosif ; plus il la côtoyait, plus elle rongeait son identité.

Aussi, n'avoir pour compagnie que celle de Saphira – et de Glaedr, bien que le dragon d'or ne se fût pas manifesté depuis leur départ – aidait Eragon à retrouver une certaine normalité. Se sentant mieux seul ou avec un petit groupe, il préférait éviter les villes et même le camp des Vardens. Contrairement à la plupart des gens, il n'éprouvait pour les lieux sauvages ni crainte ni aversion ; en dépit de leur rudesse, ils avaient un charme, une beauté que n'égalait aucun artifice, et qui lui semblaient réparateurs.

Il se laissa donc aller au vol de Saphira, et ne fit rien d'autre, de toute la journée, que regarder défiler le paysage.

Depuis le camp des Vardens, Saphira survola d'abord le lac Leona, patchwork tantôt scintillant tantôt gris sombre, selon que le soleil se reflétait ou non à sa surface. Eragon ne se lassait pas de contempler ces motifs changeants. Nulle part il n'y avait rien de comparable.

Des faucons, des grues, des oies, des canards, des étourneaux et quantité d'autres oiseaux volaient au-dessous d'eux. La plupart ignoraient Saphira ; seuls quelques faucons s'aventuraient à sa hauteur et l'accompagnaient un moment, plus curieux qu'effrayés. Deux d'entre eux eurent même l'audace de zigzaguer presque à portée de ses crocs.

Par bien des aspects, Eragon trouvait des ressemblances entre Saphira et les féroces rapaces aux serres pointues et au bec recourbé. Il en fit l'observation à la dragonne, ce qui la flatta, car elle admirait les faucons, moins pour leur apparence que pour leurs prouesses de chasseurs.

Puis Saphira obliqua vers le nord-ouest, s'élevant à une telle altitude au-dessus des montagnes qu'Eragon eut recours à un sort pour se protéger du froid. La rive où se tenait le camp des Vardens ne fut bientôt plus qu'une ligne de brume pourpre, puis elle disparut. Pendant près d'une demi-heure, ils ne virent plus que des oiseaux et des nuages, et, en dessous, la vaste étendue d'eau battue par le vent.

Puis les contours déchiquetés de la Crête surgirent à l'horizon, et ce spectacle emplit Eragon de nostalgie. Certes, ce n'étaient pas les sommets de son enfance, mais ils appartenaient à la même chaîne de montagnes, et il ne se sentit plus si loin de son ancien foyer.

Les pics rocheux coiffés de neige se dressèrent devant eux, tels les remparts d'un château en ruine. Des torrents écumants dévalaient leurs flancs d'un vert sombre, se creusaient un passage dans les failles des rochers avant de se jeter dans le grand lac, au pied des contreforts. Des villages apparurent ici et là, près du rivage, mais, grâce à la magie d'Eragon, leurs habitants ne surent rien du passage de Saphira au-dessus de leurs têtes.

En observant ces villages, le garçon fut frappé de les voir à ce point petits, isolés, et il comprit tout à coup combien Carvahall l'avait été aussi. Comparés aux grandes villes qu'il avait visitées, ces petits groupes d'habitations n'étaient que des amas de taudis, tout juste bons pour les plus misérables. La plupart des hommes et des femmes qui y résidaient n'avaient sûrement jamais voyagé à plus de quelques miles de leur lieu de naissance, et passeraient toute leur existence entre les frontières étroites de leur environnement immédiat.

« Quelle vie étriquée », songea-t-il.

Pourtant, il se demanda s'il ne valait pas mieux rester au même endroit et en apprendre tout ce qu'il pouvait apporter plutôt que d'errer sans fin à travers le pays. Des connaissances plus vastes mais superficielles valaient-elles mieux qu'une culture limitée mais approfondie ?

Il n'était pas sûr de la réponse. Il se rappelait Oromis lui enseignant qu'un seul grain de sable contenait le monde, pour peu qu'on l'étudiât d'assez près.

La Crête n'était pas la plus haute partie des Montagnes des Beors, même si ses pics aux flancs abrupts dominaient Saphira de plus de mille pieds, tandis qu'elle louvoyait entre eux, suivant les vallées et les gorges noyées d'ombre. De temps à autre, elle devait prendre de la hauteur pour franchir un col enneigé. Alors, la vue s'élargissant, les montagnes semblaient à Eragon autant de molaires plantées dans les gencives brunes de la Terre.

Tandis que Saphira planait au-dessus d'une vallée particulièrement encaissée, il remarqua tout au fond une clairière herbeuse traversée par le ruban d'un cours d'eau. Autour de la clairière, il y avait, semblait-il, des maisons – ou peut-être des tentes, il distinguait mal – à demi cachées sous les larges épicéas qui escaladaient les flancs des montagnes voisines. Un feu brillait à travers un trou du branchage, pépite d'or incrustée dans l'épaisseur des aiguilles noires, et Eragon crut apercevoir une silhouette solitaire s'éloignant du ruisseau d'un pas lourd. Elle paraissait curieusement massive, avec une tête trop grosse pour son corps.

« On aurait dit un Urgal. »

« Où ? » demanda Saphira, intriguée.

« Dans la clairière, derrière nous. »

Il lui fit partager la mémoire de cette vision :

« Dommage qu'on n'ait pas le temps de faire demi-tour. J'aimerais savoir comment ils vivent. »

Saphira grogna, lâchant un jet de fumée, que le vent rabattit dans le nez du garçon :

« Ils ne seraient peut-être pas enchantés de voir un dragon et un Dragonnier atterrir devant chez eux sans prévenir. »

Il toussa et battit des paupières, les yeux larmoyants :

« Tu crois ? »

Elle ne répondit pas, mais le nuage de fumée se dissipa et l'air redevint respirable.

Peu après, Eragon retrouva les contours familiers des montagnes. Quand une large faille s'ouvrit devant eux, il comprit qu'ils survolaient la passe menant à Teirm, celle qu'il avait franchie deux fois avec Brom, à cheval. Elle était conforme à son souvenir : la branche occidentale de la Toark s'élançait toujours vers la mer, bondissant entre les rochers parsemés de pesses[1] blanches. Le sentier rudimentaire qu'ils avaient

449

---

1. Plantes aquatiques ressemblant à des fougères.

emprunté le long de la rivière était encore visible, pâle ligne poussiéreuse pas plus large qu'une piste de cervidés. Il crut même reconnaître une touffe d'arbres sous lesquels ils s'étaient arrêtés pour se restaurer.

Saphira vira vers l'ouest et suivit le cours d'eau jusqu'à ce que les montagnes fassent place à des champs fertiles détrempés par la pluie. Là, elle prit au nord, et Eragon ne discuta pas sa décision. Elle ne perdait jamais ses repères, même par une nuit sans étoiles ou lorsqu'elle s'enfonçait au cœur de la roche, comme dans les souterrains de Farthen Dûr.

Le soleil était bas sur l'horizon quand ils laissèrent la Crête à leur droite. Tandis que le crépuscule s'étendait sur la Terre, Eragon chercha des moyens de piéger, tuer ou berner Galbatorix. Au bout d'un moment, Glaedr émergea de son isolement volontaire pour l'assister dans son entreprise. Ils réfléchirent ainsi une bonne heure à évaluer diverses stratégies avant de passer à des exercices d'attaque et de défense mentales. Saphira y participa, quoique sans grand succès, trop concentrée sur son vol pour occuper son esprit à autre chose.

Eragon contempla ensuite un moment les froides étoiles blanches. Puis il interrogea Glaedr :

« La Crypte des Âmes pourrait-elle abriter des Eldunarí que les Dragonniers auraient dissimulés à Galbatorix ? »

« Non, répondit sans hésitation le dragon d'or. C'est impossible. Si Vrael avait approuvé une telle initiative, Oromis et moi l'aurions su. Et, si des Eldunarí étaient restés sur Vroengard, nous les aurions trouvés quand nous sommes revenus fouiller l'île. Il n'est pas si facile que tu sembles le croire de cacher une créature vivante. »

« Pourquoi ? »

« Un hérisson qui se roule en boule ne devient pas invisible pour autant. Il en est de même pour les esprits. Tu peux dissimuler tes pensées, mais ton existence reste apparente à qui explore ton environnement. »

« Avec un sort, il est sûrement possible de... »

« Si un sort avait troublé nos sens, nous l'aurions su ; nos protections magiques nous défendaient contre cette éventualité. »

« Donc, pas d'Eldunarí », conclut Eragon, déçu.

« Malheureusement, non. »

Ils poursuivirent leur route en silence tandis qu'une lune aux trois quarts pleine montait au-dessus de la Crête. À sa lumière, les montagnes prenaient la couleur de l'étain. Eragon se plut à imaginer qu'elles étaient une énorme sculpture faite par les nains et posée au bord de l'Alagaësia.

Eragon sentait le plaisir que Glaedr prenait à ce vol. Lui aussi semblait heureux de laisser, même pour un temps, ses préoccupations au ras du sol et de s'élever, libre, dans le ciel.

Ce fut Saphira qui reprit la parole. Entre deux lents battements d'ailes, elle demanda :

« Racontez-nous une histoire, Ebrithil. »

« Quel genre d'histoire désires-tu entendre ? »

« Comment vous avez été capturés par les Parjures, vous et Oromis, et comment vous leur avez échappé. »

L'intérêt d'Eragon fut aussitôt en éveil. Cet épisode avait toujours suscité sa curiosité, mais il n'avait jamais osé interroger Oromis.

Le dragon d'or resta un moment silencieux, puis il commença :

« Quand Galbatorix et Morzan revinrent des régions sauvages pour entamer leur campagne contre notre caste, aucun d'entre nous ne mesura la gravité de la menace. Certes, nous étions inquiets, mais pas plus que si nous avions appris la présence d'un Ombre dans la région. Galbatorix n'était pas le premier Dragonnier à avoir perdu la raison, même s'il était le seul à s'être fait un disciple tel que Morzan. Ce fait aurait dû nous alerter, mais la vérité ne s'est révélée qu'après coup.

« À cette époque, nous ne nous posions même pas la question de savoir si Galbatorix avait rassemblé d'autres adeptes ou s'il tenterait de le faire. Que l'un des nôtres soit susceptible de céder aux insinuations venimeuses de Galbatorix nous paraissait absurde. Morzan n'était encore qu'un novice influençable. Mais des Dragonniers accomplis ? Nous ne doutâmes jamais de leur loyauté. Le degré de corruption qu'ils avaient atteint ne se révéla qu'à l'heure de la tentation. Certains entretenaient de vieux griefs ; d'autres estimaient qu'en vertu de leur pouvoir dragons et Dragonniers méritaient de gouverner toute l'Alagaësia ; d'autres encore, j'en ai peur, n'attendaient que l'occasion de détruire l'ordre ancien et de s'offrir tout ce qui leur faisait envie. »

Le dragon d'or marqua une pause, et Eragon sentit des haines et des tristesses venues du fond de sa mémoire assombrir son esprit.

Enfin, il reprit :

« Les évènements, à cette époque, nous plongèrent dans... la confusion. Nous ne savions pas grand-chose ; et les rapports qui nous étaient faits étaient trop entrelardés de rumeurs et de spéculations pour être fiables. Oromis et moi commençâmes à suspecter qu'il se préparait bien pire que ce que tous imaginaient. Nous tentâmes de convaincre quelques-uns des plus vieux dragons et Dragonniers ; ils refusèrent de partager nos inquiétudes. Ce n'étaient pas des imbéciles, mais des siècles de paix avaient obscurci leur jugement ; ils ne voyaient pas qu'autour de nous le monde changeait.

« Ne supportant plus le manque d'informations, nous quittâmes Ilirea dans l'intention d'enquêter. Nous emmenions avec nous deux jeunes Dragonniers, des elfes, tous deux guerriers accomplis, récemment revenus d'une exploration dans les confins nord de la Crête. C'est en partie sur leurs instances que nous avions lancé notre expédition. Leurs noms, peut-être les connaissez-vous : ils s'appelaient Kialandi et Formora. »

– Ah ! fit Eragon, comprenant soudain.

« Oui. Après une journée et demie de voyage, nous fîmes halte à Edur Naroch, une vieille tour de guet bâtie pour surveiller la Forêt d'Argent. Ce que nous ignorions, c'est que Kialandi et Formora avaient déjà visité les lieux et tué les trois éclaireurs elfes qui y montaient la garde. Ils avaient ensorcelé les rochers alentour, et, à l'instant où je posai les griffes sur le tertre, le piège se referma sur nous. C'était un sort très astucieux, que Galbatorix en personne leur avait enseigné. Il était impossible d'y échapper, car il nous retenait et nous ralentissait comme si nous pataugions dans du miel. Tandis que nous étions ainsi englués, les minutes passaient. Kialandi, Formora et leurs dragons virevoltaient autour de nous tels des oiseaux-mouches, si vite qu'ils n'étaient plus que des taches floues à la bordure de notre vision. Ils jetaient des dizaines de sorts, pour nous immobiliser, nous aveugler, empêcher Oromis de parler et de jeter lui aussi des sorts. Lorsqu'ils eurent fini, ils nous relâchèrent. Aussitôt libres, nous lançâmes nos esprits contre Kialandi, Formora et leurs dragons, et ils firent de même. Notre combat mental dura des heures. Ce fut une expérience... désagréable. Ils étaient moins forts et moins habiles qu'Oromis et moi, mais ils luttaient à deux contre un, avec le soutien du cœur des cœurs d'une dragonne nommée Agaravel, dont ils avaient tué le Dragonnier. Sa puissance s'ajoutait à la leur, et nous peinions à nous défendre. Leur but ? Nous obliger à faire entrer subrepticement Galbatorix et les Parjures dans Ilirea. Ils prendraient ainsi les Dragonniers par surprise et s'empareraient des Eldunarí conservés dans la ville. »

– Comment leur avez-vous échappé ? le questionna Eragon.

« Il parut bientôt évident que nous n'aurions pas le dessus. Oromis prit alors le risque de recourir à la magie, tout en sachant que cela pousserait nos adversaires à en faire autant. C'était une tentative désespérée, mais la seule chance qui nous restât. À un moment, ignorant le plan d'Oromis, je frappai nos assaillants dans l'intention de les blesser. C'était l'instant qu'Oromis attendait. Il connaissait bien le Dragonnier qui avait instruit Kialandi et Formora dans l'art de la magie, il connaissait aussi l'esprit tordu de Galbatorix. Il en tira une hypothèse sur les termes utilisés par les deux elfes pour préparer leurs sorts, et sur les failles probables de leurs enchantements.

« Oromis n'avait que quelques secondes pour agir. Dès qu'il eut recours à la magie, Kialandi et Formora comprirent son intention. Ils commencèrent à paniquer et à jeter leurs propres sorts. Oromis dut s'y reprendre à trois fois. Comment fit-il exactement, je l'ignore. Lui-même ne le savait peut-être pas. Disons simplement qu'il nous déplaça d'une longueur de doigt de là où nous nous trouvions. »

« De la même façon qu'Arya a envoyé mon œuf du Du Weldenvarden dans la Crête ? »

« Oui et non. Il nous transporta bien d'un endroit à un autre sans nous faire traverser l'espace. Mais il ne modifia pas seulement notre position, il déplaça aussi la substance même de nos corps et la réarrangea, de sorte que nous n'étions plus exactement ce que nous avions été. De nombreuses particules de notre anatomie peuvent être interverties sans effet néfaste ; c'est ce qu'il a fait avec chacun de nos muscles, de nos os et de nos organes. »

Eragon en fut abasourdi. Réussir un tel sort était un exploit, un exercice de dextérité que bien peu de magiciens auraient osé. Néanmoins, il ne put retenir une exclamation :

– Mais... vous êtes pourtant restés les mêmes individus qu'avant ?

« Les mêmes, et pas les mêmes. La différence entre ce que nous avions été et ce que nous étions devenus était infime, mais suffisante pour rendre inefficaces les enchantements que les deux elfes avaient tissés autour de nous. »

« Et les sorts qu'ils ont jetés après avoir compris ce que tentait Oromis ? » voulut savoir Saphira.

Une image de Glaedr secouant ses ailes, comme s'il était fatigué d'être depuis trop longtemps dans la même position, surgit dans la tête d'Eragon.

« Le premier sort, celui de Formora, était destiné à nous tuer. Nos protections magiques l'ont arrêté. Le second, lancé par Kialandi, c'est une autre histoire... Kialandi l'avait appris de Galbatorix, et celui-ci le tenait des esprits qui possédaient

Durza. Je le sais pour avoir conservé un contact mental avec l'elfe pendant qu'il préparait son enchantement. C'était un sort particulièrement retors, destiné à empêcher Oromis de manipuler l'énergie autour de lui, et du même coup d'utiliser la magie. »

– Et Kialandi a tenté la même chose sur vous ? s'enquit Eragon.

« Il aurait voulu. Mais il craignait de me tuer ou de rompre mon lien avec mon cœur des cœurs, créant ainsi deux versions de moi qu'ils auraient ensuite dû soumettre. Nous, les dragons, dépendons plus encore que les elfes de la magie. Sans elle, nous mourrions. »

Eragon sentit monter la curiosité de Saphira.

« Est-ce arrivé ? demanda-t-elle. Le lien entre un dragon et son cœur des cœurs a-t-il déjà été rompu alors que le dragon était encore en vie ? »

« C'est arrivé. Mais je vous conterai cette histoire une autre fois. »

Saphira n'insista pas. Eragon sut toutefois qu'elle reposerait la question à la première occasion.

Il revint alors à leur sujet :

– Le sortilège de Kialandi n'a pas empêché Oromis d'utiliser la magie, je suppose ?

« Pas complètement. Il aurait dû, mais l'elfe le lança au moment où Oromis nous changeait de place, ce qui atténua ses effets. Il ne lui laissa cependant qu'un usage réduit de la magie, et, comme tu le sais, ce sort pesa sur lui tout le reste de sa vie, malgré les efforts de nos meilleurs guérisseurs. »

– Pourquoi ses sorts de protection n'ont-ils pas été efficaces ?

Glaedr parut soupirer :

« C'est un mystère. Personne n'avait rien osé de pareil jusqu'alors, Eragon. Et de ceux qui sont encore en vie, seul Galbatorix connaît ce secret. Le sort n'a peut-être pas affecté Oromis directement. Il se peut qu'il ait influé sur l'énergie qui l'entourait ou sur son lien avec cette énergie. Les elfes eux-mêmes, malgré leur connaissance très ancienne de la magie, ne comprennent pas parfaitement les interactions entre le matériel et l'immatériel. Cela reste une énigme qui ne sera sans doute jamais résolue. Toutefois, on peut supposer avec quelque raison que les esprits en savent plus long que nous sur le matériel et l'immatériel, dans la mesure où ils appartiennent au second et s'incarnent dans le premier quand ils revêtent la forme d'un Ombre.

« Quoi qu'il en soit, Oromis lança le sort et nous libéra, mais l'effort fut trop violent. Il eut sa première attaque, qui fut suivie de beaucoup d'autres. Plus jamais il ne fut capable d'user d'un sort aussi puissant, et il souffrit toujours, par la suite, d'une faiblesse physique qui l'aurait tué sans son talent pour la magie. Cette faiblesse était déjà en lui avant notre capture par Kialandi et Formora, mais il l'avait aggravée en nous déplaçant et en réorganisant la structure de nos corps. Sinon, la maladie aurait pu rester latente pendant de longues années.

456

« Oromis s'effondra, aussi vulnérable qu'un nouveau-né, alors que Formora et son dragon, une hideuse créature brune, se jetaient sur nous, les deux autres sur leurs talons. Je bondis par-dessus Oromis et attaquai. S'ils avaient remarqué son handicap, ils en auraient profité pour s'introduire dans son esprit. Je devais les occuper le temps que mon maître récupère...

« Jamais je ne combattis plus férocement que ce jour-là, seul contre quatre, cinq en comptant Agaravel. Si les deux dragons, le brun et le pourpre de Kialandi, étaient plus petits que moi, ils avaient des crocs effilés et des coups de griffes véloces. Mais la rage décuplait mes forces, et je leur infligeai de profondes blessures. Kialandi commit l'erreur de se mettre à ma portée. Je le saisis entre mes serres et le projetai sur son propre dragon. »

Glaedr eut un gloussement amusé :

« Sa magie ne le protégeait pas contre ça ; il s'empala sur un des piquants du dragon pourpre. Je l'aurais tué si le dragon brun ne m'avait obligé à reculer. Le combat dura encore quelques minutes ; puis Oromis me cria qu'il fallait fuir. Je projetai de la poussière à la figure de mes ennemis, retournai vers Oromis, le saisis dans une patte et m'envolai hors d'Edur Naroch. Kialandi et son dragon n'étaient pas en état de nous poursuivre, mais Formora et le sien s'élancèrent à nos trousses. Ils nous rattrapèrent à moins d'un mile de la tour de guet. Ils se placèrent à ma hauteur, puis le dragon brun se glissa sous mon ventre. Je vis que Formora levait son épée vers ma patte droite, celle qui tenait Oromis. Elle voulait m'obliger à le lâcher, ou peut-être le tuer. J'esquivai d'une brusque torsion, et, au lieu de la droite, l'épée me trancha la patte gauche. »

Le souvenir traversa l'esprit de Glaedr : une intense sensation de froid, comme si la lame de Formora avait été forgée non dans l'acier, mais dans la glace. Eragon en eut la nausée. Il déglutit et resserra sa prise sur le piquant de Saphira, heureux qu'elle n'eût rien subi de tel.

« Ce fut moins douloureux que tu l'imagines. Mais je ne pouvais plus me battre. Je fis donc demi-tour et filai vers Ilirea aussi vite que mes ailes me le permettaient. D'une certaine manière, la victoire de Formora se retourna contre elle, car, allégé du poids de ma patte, je pus distancer le dragon brun et lui échapper.

« Oromis réussit à stopper l'hémorragie, rien de plus. Il était aussi trop affaibli pour contacter Vrael ou les autres elfes Dragonniers et les prévenir des plans de Galbatorix. Dès que Kialandi et Formora lui auraient fait leur rapport, il attaquerait Ilirea, sans nous donner le temps de préparer nos défenses. À cette époque, aussi fort qu'il fût déjà, l'effet de surprise était encore sa meilleure arme.

« Arrivés à Ilirea, nous découvrîmes avec consternation que la plupart des Dragonniers étaient partis, soit pour tenter de retrouver Galbatorix, soit pour consulter Vrael à Vroengard. Nous convainquîmes ceux qui restaient du danger et fîmes prévenir Vrael et les autres anciens. Ceux-ci se refusaient à croire que Galbatorix fût assez puissant pour attaquer Ilirea, et qu'il osât même s'y risquer. S'étant enfin rendus à nos arguments, ils décidèrent que tous les Eldunarí d'Alagaësia devraient être mis en sûreté sur Vroengard.

« La mesure semblait sage. Pourtant, on aurait mieux fait de les envoyer à Ellesméra. Ou au moins laisser sur place les Eldunarí déjà au Du Weldenvarden. Ainsi, certains auraient échappé à Galbatorix. Hélas ! aucun de nous ne pensa qu'ils seraient plus en sécurité chez les elfes que sur Vroengard, au siège même de notre caste.

« Vrael ordonna à tous les dragons et Dragonniers se trouvant à moins de quelques jours de voyage d'Ilirea de revenir en hâte pour défendre la cité. Mais Oromis et moi craignions que ce ne fût trop tard, et nous n'étions ni l'un ni l'autre en état de nous battre. Nous rassemblâmes donc quelques provisions et, avec les deux élèves qui nous restaient – Brom et son dragon qui s'appelait comme toi, Saphira –, nous quittâmes la ville le soir même. Vous avez vu, je crois, le fairth qu'Oromis a réalisé à notre départ. »

Eragon acquiesça, songeur ; il revoyait l'image de la magnifique cité aux innombrables tours, bâtie contre un escarpement et illuminée par la vive clarté de la lune ascendante, au temps des moissons.

« Voilà pourquoi nous n'étions pas à Ilirea quand Galbatorix et les Parjures attaquèrent quelques heures plus tard. Et pourquoi nous n'étions pas à Vroengard quand cette bande de traîtres vainquit nos forces conjointes et mit Doru Araeba à sac. Depuis Ilirea, nous allâmes au Du Weldenvarden dans l'espoir que les elfes guérisseurs sauraient soigner Oromis et lui rendre le plein usage de la magie. Quand il s'avéra qu'ils ne le pouvaient pas, nous décidâmes de rester où nous étions. Cela nous parut plus prudent que de voler jusqu'à Vroengard dans notre état, avec le risque de tomber en chemin dans une embuscade. Cependant, Brom et Saphira nous quittèrent. Malgré nos protestations, ils voulurent se joindre aux combats. Et c'est là, Saphira, que ton homonyme trouva la mort... Maintenant, vous savez comment les Parjures nous capturèrent, et comment nous leur échappâmes. »

Après un silence, Saphira dit :

« Merci pour votre récit, Ebrithil. »

« Je t'en prie, Bjartskular. Mais ne me redemande jamais ça. »

Alors que la lune atteignait son zénith, Eragon aperçut une grappe de lueurs orangées flottant dans le noir. Il lui fallut quelques instants pour comprendre que c'étaient les torches et les lanternes de Teirm, à des miles de là. Puis, au-dessus des autres lumières, un gros œil jaune le fixa un instant, s'éteignit, réapparut, s'éteignit encore.

« Le phare de Teirm est allumé », dit-il.

« Alors, une tempête approche », commenta Glaedr.

Saphira entama une lente descente en vol plané. Une demi-heure s'écoula avant qu'elle n'atterrît. Teirm n'était plus qu'un faible rougeoiement, au sud, et le phare un point lumineux pas plus gros qu'une étoile.

Saphira se posa sur une plage déserte jonchée de débris de bois. La grève, plate et dure, paraissait presque blanche, sous la lune, et des vagues sombres s'y brisaient avec colère, comme si l'océan voulait dévorer la terre à chaque déferlement.

Eragon détacha les lanières qui lui maintenaient les jambes et se laissa glisser au sol, content d'étirer ses muscles. Il huma la brise iodée et, sa cape claquant derrière lui, courut jusqu'à un gros morceau de bois flotté. Arrivé là, il fit demi-tour et revint vers la dragonne.

Les yeux fixés sur la mer, elle n'avait pas bougé. Il crut qu'elle allait dire quelque chose, car il la sentait tendue. Mais, comme elle gardait le silence, il reprit sa course jusqu'au bois flotté. Elle parlerait quand elle le déciderait.

Eragon fit ainsi plusieurs allers et retours jusqu'à se sentir bien réchauffé. Pendant tout ce temps, Saphira contempla il ne savait quoi, au loin.

Quand le garçon se laissa tomber près d'elle, sur un carré de graminées, Glaedr déclara :

« Ce serait folie de le tenter. »

Eragon tendit le cou, intrigué.

« Je sais que je peux le faire », insista Saphira.

« Tu n'es jamais allée à Vroengard, reprit le dragon. Une tempête risquerait de t'emporter au large, ou pire. Plus d'un dragon a péri pour s'être montré trop sûr de lui. Le vent n'est pas ton ami, Saphira. Il peut t'aider comme il peut te détruire. »

« Je connais le vent, je ne suis pas un oisillon. »

« Non, mais tu es encore jeune, et je ne te crois pas prête pour ça. »

« L'autre route est bien trop longue ! »

« Peut-être, mais mieux vaut arriver sains et saufs que pas du tout. »

– De quoi parlez-vous ? intervint Eragon.

Saphira fit crisser ses griffes dans le sable sans répondre.

« Nous avons un choix à faire, expliqua Glaedr. D'ici, Saphira peut soit voler droit jusqu'à Vroengard, soit longer la côte vers le nord jusqu'au point le plus proche de l'île et, de là seulement, virer vers l'ouest pour traverser le bras de mer. »

« Quel est le chemin le plus court ? » demanda Eragon, bien qu'il connût déjà la réponse.

« La ligne droite », déclara Saphira.

« Autrement dit survoler l'eau tout du long. »

Saphira se hérissa :

« Ce n'est pas plus loin que depuis le camp des Vardens jusqu'ici, non ? »

« Tu as accumulé de la fatigue, et si une tempête éclate... »

« Alors, je la contournerai ! » fulmina-t-elle.

Et elle souffla par les narines un jet de flammes jaunes et bleues. Eragon en fut ébloui.

– Ah ! Je n'y vois plus rien ! protesta-t-il en se frottant les yeux pour chasser l'éclair rémanent. Aller tout droit, ce serait vraiment si dangereux ?

« Ça pourrait l'être », grommela Glaedr.

« Et suivre la côte, ça prendrait combien de temps ? »

« Une demi-journée, peut-être plus. »

Eragon contempla la masse impressionnante de la mer en grattouillant les poils durs qui lui hérissaient le menton. Puis il se tourna vers Saphira et demanda à voix basse :

— Tu es sûre de toi ?

Elle ploya le cou et posa sur lui son œil énorme. Sa pupille dilatée était si noire, si large que le garçon aurait pu s'y perdre tout entier.

« Aussi sûr qu'il est possible de l'être. »

Il se passa la main dans les cheveux, le temps de se faire à cette idée.

« Alors, on doit tenter le coup… Glaedr, si nécessaire, vous la guiderez ? Vous l'aiderez ? »

Le vieux dragon resta muet. Puis Eragon, surpris, entendit dans sa tête le même fredonnement qu'émettait Saphira quand elle était contente ou amusée :

« Très bien. S'il faut braver le destin, n'agissons pas en lâches. Prenons par la mer ! »

Cette question réglée, Eragon remonta en selle, et, d'un seul bond, Saphira quitta la sécurité de la terre ferme pour s'élancer au-dessus des vagues incertaines.

45

LE SON DE SA VOIX,
LE CONTACT DE SA MAIN

— Me jureras-tu fidélité en ancien langage ?

– Jamais !

La question et la réponse étaient devenues un rituel entre eux, comme un jeu de répliques entre enfants, sauf qu'à ce jeu, elle perdait alors même qu'elle gagnait.

Les rituels étaient tout ce qui empêchait Nasuada de sombrer dans la folie. Grâce à eux, elle gardait son univers en ordre, elle résistait instant après instant ; ils lui donnaient quelque chose à quoi se raccrocher quand tout le reste lui avait été arraché. Rituels de pensée, rituels d'action, rituels de douleur et de soulagement, tels étaient les cadres dont dépendait sa vie. Sans eux, elle aurait été perdue, brebis sans berger, fidèle sans foi, Dragonnier séparé de son dragon...

Malheureusement, ce rituel-ci se terminait toujours de la même façon : par une nouvelle application du fer.

Elle hurla et se mordit la langue ; le sang lui emplit la bouche. Elle toussa pour se dégager la gorge, mais trop de sang l'étouffait. Le manque d'air lui brûla les poumons, les lignes du plafond se brouillèrent. Enfin, sa mémoire s'éteignit et il n'y eut plus rien, pas même l'obscurité.

Puis, tandis que les fers étaient remis au feu, Galbatorix lui parla.

Cela aussi était devenu l'un de leurs rituels.

Il lui avait soigné la langue – du moins elle pensa que c'était lui et non Murtagh –, car, lui dit-il, « si tu n'étais plus capable de parler, comment saurais-je que tu es enfin prête à me servir ? »

Comme toujours, le roi était assis à sa droite, à la lisière de sa vision, et elle ne distinguait de lui qu'une ombre auréolée d'or, enveloppée dans les plis de sa longue et lourde cape.

– J'ai rencontré ton père, sais-tu, au temps où il était régisseur du domaine d'Enduriel. Te l'a-t-il dit ?

Elle frissonna et sentit des larmes couler au coin de ses yeux fermés. Elle détestait devoir l'écouter. Sa voix était si puissante, si persuasive ; elle lui donnait envie de faire ce qu'il désirait rien que pour l'entendre murmurer le plus petit mot de louange.

– Oui, souffla-t-elle.

– Je ne lui ai guère prêté attention, sur le moment. Ce n'était qu'un serviteur, un homme insignifiant. Enduriel lui avait accordé une bonne part de liberté, pour qu'il puisse gérer au mieux les affaires du domaine. Trop de liberté, à l'évidence.

Le roi eut un geste de mépris, et sa main fine, semblable à une griffe, capta la lumière :

– Enduriel a toujours été trop permissif. Des deux, c'était son dragon le plus rusé. Enduriel se contentait de lui obéir... Quelle étrange et amusante suite d'évènements le destin a mise en place ! Pense un peu ! L'homme qui veillait au bon entretien de mes bottes est devenu mon pire ennemi après Brom ! Et te voilà ici, toi, sa fille, revenue à Urû'baen et sur le point d'entrer à mon service, comme le fit ton père. Quelle ironie du sort, tu ne trouves pas ?

– Mon père s'est échappé et a bien failli tuer Durza dans sa fuite, répliqua-t-elle. Ni vos sortilèges ni vos serments extirpés n'ont pu le retenir, pas plus qu'ils ne me retiendront.

Elle le sentit se rembrunir :

– Oui, ce fut fâcheux. Durza en a été déstabilisé. Les personnes ayant une famille ont plus de facilité à modifier leur personnalité, et donc leur vrai nom. C'est pourquoi je ne choisis désormais mes domestiques que parmi les célibataires sans enfant. Cependant, tu te trompes gravement en imaginant que tu échapperas à tes liens. Les seuls moyens de quitter la salle de Parle-Vrai sont de me prêter serment ou de mourir.

– Alors, je mourrai.

– Quel aveuglement !

La silhouette dorée se pencha vers elle :

– N'as-tu jamais songé, Nasuada, que le monde aurait été bien pire si je n'avais pas renversé les Dragonniers ?

– Les Dragonniers étaient les garants de la paix. Ils protégeaient l'Alagaësia de la guerre, des épidémies... et de la menace des Ombres. Aux époques de famine, ils nourrissaient ceux qui avaient faim. En quoi la vie sur cette terre peut-elle être meilleure sans eux ?

– Parce que leurs services avaient un prix. Tu es mieux placée que quiconque pour savoir que tout se paye en ce monde, avec de l'or, du temps ou du sang. Rien n'est jamais gratuit, pas même les Dragonniers. Surtout pas les Dragonniers. Certes, ils ont maintenu la paix. Mais ils ont aussi étouffé les différents peuples, les elfes et les nains autant que nous, les humains. Que dit-on toujours des Dragonniers, quand les bardes pleurent leur disparition ? Que leur règne a duré des milliers d'années, et qu'au cours de cet âge d'or tant vanté, bien peu de choses ont changé hormis les noms des rois et des reines solidement assis sur leurs trônes. Oh, il y eut bien quelques petites alertes : un Ombre signalé ici, une incursion des Urgals ailleurs, une escarmouche entre deux clans de nains pour la possession d'une mine qui n'intéressait personne. Mais, dans l'ensemble, l'ordre du monde est resté le même qu'au temps où les Dragonniers avaient commencé à imposer leur domination.

Nasuada entendit un cliquetis de métal : Murtagh tisonnait les braises dans le brasero. Elle aurait voulu voir son visage pour juger de sa réaction aux paroles de Galbatorix. Mais, selon son habitude, il lui tournait le dos, les yeux fixés sur les charbons brûlants. Il ne la regardait qu'à l'instant de poser sur sa peau le fer chauffé au rouge. C'était son rituel à lui, et elle le soupçonnait d'en avoir besoin autant qu'elle avait besoin des siens.

Et Galbatorix continuait :

– Cela ne te paraît-il pas un grand mal, Nasuada ? La vie, c'est le changement. Or, les Dragonniers ont supprimé tout changement, de sorte que le pays survit dans un sommeil agité, incapable de secouer ses chaînes, incapable d'avancer ou de reculer selon les lois de la nature, incapable de se renouveler. J'ai vu de mes yeux des rouleaux, dans les cryptes de Vroengard et ici, dans celles d'Ilirea, qui détaillaient des découvertes – en magie, en mécanique, et dans toutes les sphères de la philosophie –, des découvertes que les Dragonniers ont gardées secrètes par crainte de ce qui arriverait si elles étaient connues de tous. Les Dragonniers étaient des lâches attachés à un mode de vie dépassé, à une façon de penser surannée, et résolus à les défendre jusqu'à leur dernier souffle. Leur tyrannie était douce ; elle n'en était pas moins une tyrannie.

– Le meurtre et la trahison étaient-ils pour autant la solution ? demanda-t-elle, sans se soucier d'être châtiée pour sa question.

Il rit, semblant sincèrement amusé :

– Quelle hypocrisie ! Tu me reproches ce que tu cherches à faire. Si tu le pouvais, tu me tuerais ici même, sans plus d'hésitation que si j'étais un chien enragé.

– Vous êtes un traître, pas moi.

– Je suis le vainqueur. Au bout du compte, c'est tout ce qui importe. Nous ne sommes pas si différents, Nasuada. Tu voudrais me tuer parce que ma mort te paraît un bien pour l'Alagaësia, et parce que – toi qui n'es qu'une enfant – tu te crois capable de diriger l'Empire mieux que moi. Ton arrogance te vaudrait le mépris de beaucoup. Mais pas le mien, parce que je te comprends. J'ai pris les armes contre les Dragonniers pour les mêmes raisons, et j'ai bien fait.

– Pas par vengeance ?

Elle devina qu'il souriait :

— Au début, peut-être. Mais ni la haine ni la vengeance n'ont été mes véritables motivations. Ce que les Dragonniers étaient devenus me préoccupait, et j'étais persuadé – comme je le suis toujours – que notre peuple ne prospérerait qu'après leur disparition.

Pendant un moment, Nasuada fut incapable de parler ; la douleur que lui causaient ses brûlures était intolérable. Elle réussit enfin à murmurer :

— Si ce que vous dites est vrai – bien que rien ne me pousse à vous croire –, vous ne valez pas mieux que les Dragonniers. Vous avez pillé leurs bibliothèques pour vous emparer de tout leur savoir et, jusqu'à ce jour, vous ne l'avez partagé avec personne.

Il s'approcha, et elle sentit son souffle contre son oreille :

— Parce que, perdues dans la masse de leurs secrets, j'ai découvert des allusions à une vérité bien plus grande, une vérité capable d'apporter une réponse à une des questions les plus troublantes de l'Histoire.

Un frisson courut sur la peau de Nasuada :

— Quelle question ?

Il s'adossa à son siège en secouant les plis de sa cape :

— Celle de savoir si un souverain peut faire respecter les lois qu'il promulgue quand certains de ses sujets sont magiciens. Quand j'ai compris cela, j'ai mis tout le reste de côté pour me consacrer à la recherche de cette vérité, de cette réponse, d'une importance capitale. Voilà pourquoi j'ai gardé pour moi les secrets des Dragonniers ; cette quête a occupé tout mon temps. Il me fallait cette réponse avant de révéler mes autres découvertes. Notre monde est déjà assez troublé, mieux vaut laisser les eaux s'apaiser avant de les agiter de nouveau... Trouver les informations dont j'avais besoin m'a pris presque cent ans. Maintenant que je les ai réunies, je suis à même de refaçonner toute l'Alagaësia.

« La magie représente une grande injustice. Ce ne serait pas le cas si cette capacité n'était octroyée qu'aux faibles ; ça compenserait ce que le hasard ou les circonstances leur ont refusé. Malheureusement, il n'en va pas ainsi. Les forts sont tout aussi aptes à pratiquer la magie, et ils en tirent encore davantage de profit. Il suffit de regarder les elfes. Le problème ne se limite pas aux individus, il affecte aussi les relations entre les peuples. Il est plus facile aux elfes de maintenir l'ordre dans leur société, parce que presque tous savent faire usage de la magie et ne sont pas à la merci les uns des autres. En ce sens, ils sont privilégiés. Mais pas nous, ni les nains, ni même ces maudits Urgals. Nous n'avons habité l'Alagaësia que parce que les elfes nous l'ont permis. S'ils l'avaient voulu, ils nous auraient balayés de la surface de la Terre comme un ruisseau emporte une fourmilière. Ils ne le pourront plus, maintenant que je suis là pour m'opposer à eux.

— Les Dragonniers ne leur auraient jamais permis de nous tuer ni de nous chasser.

— Non, mais, tant que les Dragonniers existaient, nous étions soumis à leur bon vouloir ; et que notre sécurité dépende de qui que ce soit n'est pas une bonne chose. Les Dragonniers ont d'abord été les garants de la paix entre les elfes et les dragons, puis ils se sont arrogé le droit de faire respecter la loi dans tout le pays. Néanmoins, ils ne se sont pas montrés à la hauteur de cette tâche, pas plus que ne le sont mes jeteurs de sorts de la Main Noire. L'ampleur du problème dépasse les capacités d'un seul groupe, ma propre vie en est la preuve. Même s'il se trouvait des jeteurs de sorts dignes de confiance, assez compétents pour surveiller tous les magiciens d'Alagaësia – et prêts à intervenir au premier signe de malignité –, nous serions encore dépendants de ceux-là mêmes dont nous voudrions limiter les pouvoirs. Et le pays ne serait pas plus sûr qu'il ne l'est actuellement. Non, pour être résolu, le problème doit être abordé à un autre niveau. Les anciens savaient comment, et maintenant je le sais aussi.

Galbatorix s'agita sur son siège, et Nasuada surprit un éclair dans son œil, tel le bref éclat d'une lanterne au fond d'une grotte :

— Je ferai en sorte qu'aucun magicien ne puisse plus nuire à qui que ce soit, humain, nain ou elfe. Personne ne lancera un sort sans autorisation, et seules les magies bénéfiques seront permises. Les elfes eux-mêmes seront soumis à ce principe, et ils devront apprendre à mesurer leur langage ou à se taire.

— Et qui accordera ces autorisations ? Qui décidera de ce qui est permis et de ce qui ne l'est pas ? Vous ?

— Il faut que quelqu'un le fasse. C'est moi qui ai découvert le problème et le moyen d'y remédier ; c'est moi qui mettrai ce plan en œuvre. Ça te fait ricaner ? Alors, pose-toi cette question, Nasuada : ai-je été un mauvais roi ? Comparé à mes ancêtres, je ne me suis pas montré excessif.

— Vous avez été cruel.

— Ce n'est pas la même chose... Tu as gouverné les Vardens, tu connais le fardeau du commandement. Tu es sûrement consciente de la menace que la magie représente pour la stabilité d'un royaume. Pour ne te donner qu'un exemple, j'ai dépensé une énergie considérable à protéger la monnaie de la contrefaçon. Pourtant, il y a sûrement quelque part un magicien astucieux qui remplit actuellement des sacs de pièces en plomb avec lesquelles il berne aussi bien les nobles que le petit peuple. Sinon, pourquoi aurais-je mis tant de soin à restreindre l'usage de la magie à travers l'Empire ?

— Parce qu'elle est une menace pour vous.

— Non ! Tu te trompes. Je ne crains rien ni personne. Mais les jeteurs de sorts *sont* une menace pour la bonne marche du royaume, et cela, je ne le tolérerai pas. Lorsque j'aurai soumis tous les magiciens à mes lois, imagine la paix et la prospérité qui régneront dans ce pays ! Les hommes et les nains n'auront plus rien à craindre des elfes. Les Dragonniers n'imposeront plus jamais leur volonté à quiconque. Et les gens dépourvus de don pour la magie ne seront plus jamais la proie de ceux qui savent s'en servir. L'Alagaësia sera transformée ; sur cette sécurité nouvelle, nous fonderons un merveilleux avenir, et tu y auras ta part.

« Entre à mon service, Nasuada ! Tu superviseras la création d'un monde tel qu'il n'en a jamais existé. Un monde où un homme se dressera ou tombera en fonction de sa force physique ou de son intelligence, non parce que le hasard lui aura fait don de la magie. N'importe qui peut muscler son corps et affiner son esprit ; personne n'apprendra à se servir de la magie si cette capacité lui a été refusée à la naissance. Je le répète, la magie est une grande injustice. Pour le bien de tous, j'imposerai des limites à tous les magiciens.

Nasuada tentait de l'ignorer en fixant les lignes du plafond. Beaucoup de choses qu'il avait dites, elle les pensait aussi. Il avait raison : la magie était la force la plus destructrice au monde. Si elle était régulée, l'Alagaësia ne pourrait qu'y gagner. Nasuada détestait l'idée que rien n'empêchait Eragon de...

Bleu. Rouge. Les motifs de couleurs enchevêtrés. L'élancement de ses brûlures. Elle s'efforçait désespérément de se concentrer sur n'importe quoi plutôt que sur... Non, rien. Quoi qu'elle fût sur le point de penser, ce n'était rien ; ça n'existait pas.

– Tu me dis malfaisant. Tu maudis mon nom et cherches à me renverser. Mais souviens-toi, Nasuada : ce n'est pas moi qui ai déclenché cette guerre. Si tant d'êtres y ont perdu la vie, je n'en suis pas responsable. Je n'ai pas voulu cela, c'est toi qui l'as voulu. Je ne demandais qu'à me consacrer à mes études, mais les Vardens ont volé l'œuf de Saphira dans mon trésor, et toi et tes semblables devrez rendre compte du sang et des larmes que cet acte a fait couler. C'est *vous* qui avez ravagé les campagnes, brûlant et pillant à votre gré, pas moi ! Et vous avez l'audace de clamer que je suis le coupable ! Interrogez les paysans, ils vous diront qu'ils recherchent la protection de mes soldats ; qu'ils ont peur des Vardens et qu'ils espèrent la victoire de l'Empire afin que tout redevienne comme avant.

Nasuada s'humecta les lèvres. Consciente de ce que son audace lui coûterait, elle déclara :

– Vous vous défendez beaucoup, à ce qu'il me semble... Si votre premier souci était le bien de vos sujets, il y a longtemps que vous auriez affronté les Vardens, au lieu de laisser une armée circuler librement entre vos frontières. Peut-être n'êtes-vous pas aussi sûr de vous que vous le prétendez ? Ou peut-être craignez-vous que les elfes ne s'emparent d'Urû'baen en votre absence ?

Galbatorix s'agita, sur le point de répliquer, mais elle n'avait pas terminé :

– Et les Urgals ? Vous ne me convaincrez pas que votre cause est juste quand vous cherchez à vous consoler de la mort de votre premier dragon par l'extermination d'un peuple. Vous n'avez rien à répondre, Parjure ? Parlez-moi des dragons, alors ! Expliquez-moi pourquoi vous en avez tant massacré, condamnant ainsi leur espèce à une lente et inévitable extinction ! Et comment justifiez-vous les mauvais traitements que vous avez infligés aux Eldunarí dont vous vous êtes emparé ?

Dans sa colère, elle se permit d'ajouter :

– Vous les avez soumis, brisés, enchaînés à votre volonté. Je ne vois aucune justification à de tels actes, rien que de l'égoïsme et une soif de pouvoir inextinguible.

Galbatorix la fixa en silence pendant de longues et pénibles minutes. Puis il s'adossa à son siège en croisant les bras :

– Les fers doivent être assez chauds. Murtagh, si tu veux bien...

Elle serra les poings, et ses ongles s'enfoncèrent dans sa chair. Tous ses muscles se mirent à trembler en dépit de ses efforts pour se maîtriser. Un des fers crissa contre le bord du brasero quand Murtagh s'en empara. Il s'approcha, et elle ne put s'empêcher de fixer le métal incandescent. Puis elle plongea son regard dans celui du jeune homme. Elle y lut une culpabilité et une haine de soi qui la plongèrent dans une profonde tristesse.

« Imbéciles que nous sommes, songea-t-elle. Pauvres et malheureux imbéciles... »

Puis elle n'eut plus la force de penser et s'accrocha à ses rituels pour survivre, comme un naufragé se cramponne à un morceau de bois.

Quand Murtagh et Galbatorix la laissèrent enfin, elle ne put que fixer d'un regard vide les motifs du plafond tant elle souffrait, tout en luttant pour ne pas pleurer. Elle transpirait et frissonnait comme si elle avait la fièvre. La douleur causée par ses brûlures ne s'atténuait pas. Au contraire, les élancements augmentaient à mesure que le temps passait.

Elle ferma les yeux et s'efforça de ralentir sa respiration pour reprendre le contrôle de son corps.

À la première visite de Murtagh et de Galbatorix, elle s'était montrée bien plus courageuse. Elle les avait maudits et couverts d'imprécations, s'était employée à trouver des paroles blessantes. Par la main de Murtagh, Galbatorix lui avait fait douloureusement payer son insolence, et elle avait vite perdu le goût de la rébellion. Le fer la rendait craintive ; le seul fait d'y penser lui donnait envie de se recroqueviller sur elle-même. Au cours de leur dernière visite, elle avait tenu sa langue, jusqu'à son récent et imprudent éclat.

Elle avait tenté de jauger l'affirmation de Galbatorix selon laquelle ni lui ni Murtagh ne lui mentirait. Elle les avait interrogés sur le fonctionnement interne de l'Empire, sur des faits dont ses espions l'avaient informée et que, dans l'esprit de Galbatorix, elle n'était pas censée connaître. Autant qu'elle pût en juger, ils lui avaient dit la vérité. Mais elle n'ajoutait foi à aucun des propos du roi qu'elle ne fût en mesure de vérifier.

De Murtagh non plus, elle n'était pas sûre. Quand il était en présence de Galbatorix, elle se refusait de croire à ce qu'il disait. Mais quand il était seul...

Quelques heures après sa première et éprouvante confrontation avec le roi – après qu'elle eut sombré dans un sommeil agité –, Murtagh était venu seul jusqu'à la salle de Parle-Vrai, le regard vague et l'haleine avinée. Il s'était arrêté près de la dalle où elle était allongée et l'avait fixée d'un air si étrange, si tourmenté, qu'elle n'avait su qu'en penser.

Puis il s'était dirigé vers le mur, laissé glisser au sol. Il était resté assis là, le menton sur ses genoux relevés, ses cheveux emmêlés lui cachant à demi le visage. Du sang coulait des jointures de sa main droite. Au bout de quelques minutes, il avait fouillé dans son pourpoint pourpre – il portait encore les mêmes vêtements, le masque en moins – et en avait tiré un petit flacon. Il avait bu à plusieurs reprises avant de prendre la parole.

Il avait parlé, et elle avait écouté. Mais elle s'était défendu de croire à ce qu'il disait. Du moins au début. Tout ce qu'il faisait ou déclarait ne pouvait être qu'une tromperie destinée à gagner sa confiance.

Il avait commencé par lui raconter une histoire quelque peu embrouillée à propos d'un incident de chevauchée et du conseil qu'un certain Tornac lui aurait donné sur la façon dont un honnête homme devait mener sa vie. Elle n'avait pas su démêler si ce Tornac était un ami, un serviteur ou un parent éloigné. En tout cas, il était clair qu'il avait eu une forte influence sur Murtagh.

En conclusion, celui-ci avait dit :

– Galbatorix voulait ta mort... Il savait qu'Elva ne veillait plus sur toi comme avant. C'était donc, selon lui, le moment idéal pour te faire assassiner. J'ai découvert son projet par hasard : j'étais avec lui quand il a donné ses ordres à la Main Noire.

Il avait secoué la tête :

– C'est ma faute. Je l'ai convaincu de t'amener plutôt ici. L'idée lui a plu ; il savait que tu servirais d'appât pour attirer Eragon. C'est le seul moyen que j'aie trouvé pour l'empêcher de te tuer. Je suis désolé... désolé.

Et il avait enfoui son visage dans ses mains.

– J'aurais préféré mourir.

– Je sais, avait-il dit d'une voix enrouée. Pourras-tu me pardonner ?

Elle n'avait pas répondu. Cette révélation l'avait mise profondément mal à l'aise. Pourquoi avait-il voulu lui sauver la vie ? Et qu'attendait-il en retour ?

Murtagh était resté silencieux un moment. Puis, entre larmes et cris de rage, il lui avait raconté son enfance à la cour de Galbatorix, la méfiance et les jalousies qu'il avait subies en tant que fils de Morzan, les manigances des nobles pour qu'il leur gagne les faveurs du roi, et la tristesse que lui causait l'absence de sa mère, qu'il avait à peine connue. Par deux fois, il mentionna Eragon, le maudissant et le traitant d'imbécile favorisé par la chance.

Il avait craché sur le sol :

– Il ne s'en serait pas aussi bien sorti si la situation avait été inversée. Mais c'est lui que notre mère a choisi pour l'emmener à Carvahall, pas moi !

Ce récit larmoyant et teinté d'auto-apitoiement n'avait inspiré que du mépris à Nasuada, jusqu'à ce que Murtagh lui raconte comment les Jumeaux l'avaient enlevé à Farthen Dûr, l'avaient brutalisé sur la route d'Urû'baen, et comment Galbatorix l'avait brisé dès son arrivée. Les tortures qu'il avait subies étaient pires que celles qu'elle endurait, et ce récit, s'il était vrai, avait éveillé en elle une certaine compassion.

– C'est Thorn qui m'a perdu, avait-il enfin avoué. Quand il a éclos pour moi et que le lien s'est tissé entre nous...

En secouant la tête, il avait ajouté :

– Je l'aime. Comment pourrait-il en être autrement ? Je l'aime comme Eragon aime Saphira. À l'instant où je l'ai touché, j'étais perdu. Galbatorix s'est servi de lui. Thorn était bien plus fort que moi, il n'a jamais cédé. Mais je ne pouvais supporter de le voir souffrir, alors, j'ai juré fidélité au roi. Après ça...

Ses lèvres s'étaient retroussées en une grimace de dégoût :

– Après ça, Galbatorix s'est introduit dans mon esprit. Il a tout appris de moi et m'a révélé son vrai nom. Maintenant, je lui appartiens... Pour toujours.

Il s'était laissé aller contre le mur, les yeux fermés, et elle avait vu des larmes couler sur ses joues.

Puis il s'était relevé et, avant de regagner la porte, s'était arrêté près d'elle pour lui poser une main sur l'épaule. Elle avait remarqué ses ongles, nets et bien limés, mais pas aussi soignés que ceux du geôlier. Il avait murmuré quelques mots en ancien langage. L'instant d'après, elle avait senti sa souffrance disparaître, alors que ses brûlures n'avaient pas changé d'aspect.

Quand il avait retiré sa main, elle avait dit :

– Je ne peux pas pardonner... mais je comprends.

Il avait acquiescé en silence avant de s'éloigner, la laissant avec une question inattendue : avait-elle trouvé un nouvel allié ?

46
PETITES RÉBELLIONS

Allongée sur la pierre, Nasuada frissonnait et transpirait. Tout son corps lui faisait mal, et elle se surprit à souhaiter le retour de Murtagh. S'il pouvait la soulager de cette torture !

En entendant la porte s'ouvrir, elle éprouva une amère déception : le geôlier descendait de son pas traînant les marches qui menaient à la salle octogonale.

Comme il l'avait déjà fait une fois, l'homme aux épaules tombantes baigna ses plaies avec un linge humide avant de les bander de lin. Quand il la libéra de ses liens pour lui permettre de se rendre au cabinet d'aisance, elle se sentait trop faible pour tenter de s'emparer du petit couteau, sur le plateau de son repas. Elle se contenta donc de remercier l'homme de son aide et de le complimenter de nouveau sur ses ongles, encore plus brillants qu'auparavant. Il tenait visiblement à les lui faire remarquer, car il s'arrangeait pour garder ses mains bien en vue.

Après l'avoir alimentée, il s'en alla, et elle tenta de dormir. Mais la douleur l'en empêchait ; elle ne réussit qu'à somnoler.

Elle ouvrit brusquement les yeux en entendant glisser la barre de la porte.

« Oh, non ! pensa-t-elle, envahie par la panique. Pas si tôt ! Je ne peux pas... je n'en aurai pas la force. »

Puis, maîtrisant sa peur, elle se somma de résister :

« Tais-toi ! Ne pense pas ça, tu finirais par y croire. »

Mais, si elle réussit à contrôler ses réactions, elle ne put empêcher son cœur de s'emballer.

Au bruit des pas, elle sut qu'une seule personne approchait, et Murtagh apparut à l'angle de son champ de vision. Cette fois, il ne portait pas de masque. Il la soigna sans attendre. Quand la douleur disparut, son soulagement fut si intense qu'il confinait à l'extase. Jamais elle n'avait éprouvé une sensation aussi délicieuse.

Dans un soupir, elle lâcha :

— Merci.

Murtagh hocha la tête et alla s'asseoir contre le mur, comme la première fois. La peau, sur les jointures de ses doigts, était de nouveau intacte. Bien qu'il parût d'humeur sombre et peu disposé à parler, il était sobre. Ses vêtements, qui avaient dû être élégants, étaient à présent déchirés, froissés, rapiécés. Nasuada entrevit des entailles sur la face interne de ses manches, et elle se demanda s'il s'était battu.

— Galbatorix sait que tu es ici ? le questionna-t-elle enfin.

— C'est possible, mais j'en doute. Il est en compagnie de ses concubines préférées. Ou bien il dort. On est en pleine nuit. Et j'ai jeté un sort pour que personne ne nous écoute. S'il le brisait, je m'en apercevrais.

— Et s'il l'apprend ?

Murtagh haussa les épaules sans répondre.

— Il l'apprendra s'il vient à bout de ma résistance.

— Alors, ne le laisse pas faire. Tu es plus forte que moi, tu peux lui tenir tête... Tu n'as pas de proches à qui il puisse s'en prendre. Les Vardens avancent rapidement, et les elfes arrivent du nord. Résiste encore quelques jours, et tu auras une chance... une chance qu'ils te libèrent.

— Mais tu n'y crois pas, n'est-ce pas ?

Nouveau haussement d'épaules.

— Alors... aide-moi à m'évader !

Il eut un rire proche de l'aboiement :

— Comment ? C'est à peine si je peux enfiler mes bottes sans l'autorisation de Galbatorix !

— Tu pourrais desserrer mes liens et, en partant, oublier d'abaisser la barre de la porte...

Un sourire sardonique lui retroussa la lèvre :

— Deux hommes montent la garde à l'extérieur, la salle est bardée de sortilèges qui avertiraient aussitôt Galbatorix d'une tentative d'évasion, et des centaines de sentinelles sont postées entre cette salle et le portail le plus proche. Tu n'irais même pas au bout du couloir.

— Peut-être, mais j'aimerais essayer.

— Tu ne réussirais qu'à te faire tuer.

— Alors, aide-moi ! Si tu le voulais, tu trouverais un moyen de contourner les protections magiques.

— Impossible. Mon serment m'empêche d'utiliser la magie contre lui.

— Et les gardes ? Tu n'as qu'à les éloigner assez longtemps pour me permettre d'atteindre le portail. Je me cacherai dans la ville ; et même si Galbatorix apprend...

— Cette ville est à lui. Où que tu ailles, il te débusquerait d'un simple sort. Tu ne serais en sûreté que si tu te trouvais assez loin d'ici avant que l'alarme soit donnée, et tu n'y réussirais pas même à dos de dragon.

— Il y a sûrement un moyen !

— S'il y en avait un...

Baissant la tête, il sourit amèrement :

— Oublie ces idées, ça ne sert à rien.

Désappointée, elle fixa le plafond un moment avant de reprendre :

— Au moins, détache-moi !

Il poussa un soupir exaspéré.

— Je voudrais seulement changer de position ! Je n'en peux plus d'être allongée sur cette pierre, et j'ai mal aux yeux à force de te regarder de biais !

Il eut une courte hésitation, puis il se releva d'un mouvement plein d'élégance, s'approcha de la dalle, défit les entraves de ses poignets et de ses chevilles.

— N'imagine pas que tu puisses me tuer, dit-il d'une voix sourde. Tu ne pourrais pas.

Dès qu'elle fut libre, il retourna à sa place et s'assit de nouveau par terre, les yeux dans le vague. Peut-être voulait-il lui laisser un peu d'intimité pendant qu'elle se redressait et balançait les jambes hors de la pierre. Sa chemise en lambeaux, brûlée à de multiples endroits, ne cachait pas grand-chose de son corps, si tant est qu'elle y eût réussi avant.

Le sol de marbre était froid sous ses pieds quand elle rejoignit Murtagh et s'assit à côté de lui. S'enveloppant de ses bras pour protéger sa pudeur, elle demanda :

— Tornac était-il vraiment ton seul ami, pendant ton enfance ?

Murtagh évitait toujours de la regarder :

— Non, mais il était comme un père. Il m'instruisait, me consolait... me réprimandait quand je me montrais arrogant et m'empêchait de me conduire comme un imbécile. S'il était encore en vie, il m'aurait battu comme plâtre pour m'être soûlé comme je l'ai fait, l'autre jour.

— Tu m'as dit qu'il était mort lors de ton évasion d'Urû'baen ?

Il ricana :

— Je me suis cru malin. J'ai soudoyé une sentinelle pour qu'elle laisse une poterne ouverte. Nous devions nous glisser hors du château à la faveur de la nuit, et Galbatorix ne l'aurait appris que trop tard. En vérité, il savait tout depuis le début. Sans doute me surveillait-il par magie en permanence. Quand Tornac et moi avons franchi la poterne, des soldats nous attendaient de l'autre côté. Ils avaient ordre de nous ramener indemnes, mais on s'est battus, et l'un d'eux a tué Tornac. Le meilleur bretteur de tout l'Empire a été assassiné d'un coup de couteau dans le dos.

— Et Galbatorix t'a laissé t'échapper ?

— Je suppose qu'il n'avait pas prévu notre résistance. Et, cette nuit-là, son attention était ailleurs...

Un curieux demi-sourire lui étira la bouche :

— J'ai compté les jours. Cette nuit-là, les Ra'zacs cherchaient l'œuf de Saphira dans la vallée de Palancar. Eragon a perdu son père adoptif au moment où je perdais le mien. L'ironie du destin est cruelle, tu ne trouves pas ?

— Oui... Mais, si Galbatorix suivait par magie tes faits et gestes, pourquoi ne t'a-t-il pas poursuivi et ramené aussitôt à Urû'baen ?

— Parce qu'il jouait avec moi. Je suis allé vivre sur le domaine d'un homme à qui je pensais pouvoir me fier. Comme d'habitude, je me trompais, bien que je ne l'aie appris que plus tard, quand les Jumeaux m'ont reconduit ici. Galbatorix savait où j'étais, il savait dans quelle colère m'avait plongé la mort de Tornac. Il m'a donc laissé au domaine tandis qu'il pourchassait Eragon et Brom... Je l'ai tout de même surpris : je suis parti, et, le temps qu'il s'aperçoive de ma disparition, j'étais déjà sur la route de Dras-Leona. Voilà pourquoi Galbatorix est allé à Dras-Leona. Ce n'était pas pour châtier Lord Tábor – bien qu'il l'ait fait aussi –, mais pour me retrouver. Il est arrivé trop tard. J'avais déjà rencontré Eragon et Saphira, et nous marchions vers Gil'ead.

— Pourquoi es-tu parti ?

— Eragon ne te l'a pas expliqué ? Parce que...

— Non, je ne parle pas de Dras-Leona. Pourquoi as-tu quitté le domaine où tu te croyais en sûreté ?

Murtagh garda un instant le silence. Puis il reprit :

— Je voulais frapper Galbatorix, je voulais me faire un nom qui ne fût pas celui de mon père. Toute ma vie on m'a considéré comme le fils de Morzan. Je voulais qu'on me respecte pour mes actions, pas pour les siennes.

Il se décida enfin à lui accorder un bref coup d'œil de côté :

— J'ai obtenu ce que je désirais, semble-t-il. Mais, une fois encore, le destin fait preuve d'un cruel sens de l'humour.

Elle aurait aimé savoir si quelqu'un d'autre que Tornac avait compté pour lui à la cour de Galbatorix, mais elle estima le sujet dangereux et aborda une autre question :

— Que sait réellement Galbatorix sur les Vardens ?

— Tout, autant que je puisse en juger. Il a plus d'espions que tu ne crois.

Sentant ses entrailles se nouer, elle pressa les bras contre son ventre :

— Connais-tu un moyen de le tuer ?

— Un couteau. Une épée. Une flèche. Du poison. La magie. Les moyens habituels. Le problème, c'est que tant de sorts le protègent que rien ni personne n'a la moindre chance de l'atteindre. Eragon a de la chance ; Galbatorix ne veut pas le tuer. Il est donc mieux placé que quiconque pour attaquer le roi. Mais Eragon l'attaquerait-il mille fois qu'il ne franchirait pas ses protections.

— Toute énigme a sa solution, et tout homme une faiblesse, insista Nasuada. Aime-t-il une de ses concubines ?

L'expression de Murtagh suffit à lui donner la réponse. Puis il dit :

— Serait-ce donc une si mauvaise chose que Galbatorix reste roi ? Le monde qu'il veut établir est bon. S'il l'emporte sur les Vardens, l'Alagaësia connaîtra la paix. Il mettrait fin à l'usage abusif de la magie ; les elfes, les nains et les humains n'auraient plus de raison de se haïr. De plus, si les Vardens étaient vaincus, Eragon et moi pourrions nous comporter en frères. S'ils sont vainqueurs, ce sera la mort de Thorn et la mienne. Forcément.

— Oh ? Et moi ? Si Galbatorix est vainqueur, deviendrai-je son esclave, et devrai-je me plier à toutes ses volontés ?

Murtagh refusa de répondre, mais elle vit les tendons saillir sur sa main.

— Tu ne peux pas renoncer, Murtagh !

— Qu'est-ce que je peux faire d'autre ? hurla-t-il, et la salle renvoya l'écho de sa voix.

Elle sauta sur ses pieds et le toisa de toute sa hauteur :

— Te battre ! Regarde-moi... Regarde-moi !

À contrecœur, il leva les yeux.

— Trouver un moyen d'œuvrer contre lui, voilà ce que tu peux faire. Même si ton serment ne te permet que les plus minuscules rébellions, ce sont peut-être celles qui le perdront.

Elle insista, reprenant les propres mots de Murtagh :

– Qu'est-ce que tu peux faire d'autre ? Traîner tout le reste de ta vie en te lamentant sur ton triste sort. Laisser Galbatorix faire de toi un monstre. Ou te battre.

Elle étendit les bras pour lui montrer ses marques de brûlures :

– Ça te plaît de me faire souffrir ?

– Non !

– Alors, bats-toi, bon sang ! Bats-toi, sinon, tu te perdras toi-même. Et tu perdras Thorn.

Il bondit sur ses pieds avec la souplesse d'un chat et s'approcha à la toucher. Elle ne broncha pas. Il la foudroya du regard, les mâchoires crispées, le souffle court. Elle reconnut cette expression pour l'avoir observée maintes fois : celle d'un homme dont la fierté est offensée et qui s'apprête à gifler l'offenseur. Le pousser dans ses retranchements était dangereux, mais elle devait le faire, car elle n'en aurait peut-être plus jamais l'occasion :

– Si je peux encore me battre, tu le peux aussi.

– Retourne sur la pierre ! gronda-t-il.

– Je sais que tu n'es pas un lâche, Murtagh. Mieux vaut mourir que vivre sous le joug d'un être tel que Galbatorix. Au moins, tu ferais quelque chose de bien, et on se rappellerait ton nom avec bienveillance quand tu ne serais plus.

– Retourne sur la pierre, répéta-t-il en la tirant par le bras.

Elle le laissa la pousser sur la dalle couleur de cendre, refermer les attaches autour de ses poignets et de ses chevilles, resserrer la lanière autour de sa tête. Quand il eut fini, il la fixa, le regard noir, les muscles tendus comme des cordes d'arbalète.

– À toi de décider si tu veux risquer ta vie pour la sauver, dit-elle. La tienne et celle de Thorn. Et tu dois le faire maintenant, pendant qu'il en est encore temps. Pose-toi cette question : qu'est-ce que Tornac aurait voulu que tu fasses ?

Sans répondre, Murtagh posa sa main droite sur la poitrine de la jeune femme. Sentant contre sa peau la chaleur de cette paume, elle retint sa respiration.

À voix très basse, il se mit à parler en ancien langage. À mesure que les étranges chuchotements tombaient de ses lèvres, la peur de Nasuada grandissait.

Quand Murtagh se tut, Nasuada n'éprouva rien de particulier, ce qui, en matière de magie, n'était ni bon ni mauvais signe.

Il retira la main, et elle sentit la fraîcheur de l'air sur sa peau. Puis il s'écarta et se dirigea vers la porte. Alors qu'elle allait le rappeler pour l'interroger sur ce qu'il avait fait, il s'arrêta et dit :

– Cela t'épargnera la douleur de presque toutes les blessures, mais tu devras jouer la comédie, sinon Galbatorix comprendrait.

Et il la quitta.

– Merci, murmura-t-elle à la pièce vide.

Elle médita un long moment sur leur conversation. Il lui paraissait peu probable que Galbatorix eût envoyé Murtagh lui parler, mais ce n'était pas exclu. Et elle n'arrivait pas à décider si, au fond de lui, Murtagh était bon ou mauvais. Elle pensa au roi Hrothgar, qu'elle considérait comme un oncle durant son enfance, et que Murtagh avait tué sur les Plaines Brûlantes. Puis elle songea à l'enfance de Murtagh, à toutes les épreuves qu'il avait traversées, et se rappela qu'il avait laissé partir Eragon et Saphira quand il lui aurait été si facile de les emmener à Urû'baen.

Elle savait cependant que, s'il avait été autrefois honorable et digne de confiance, la servitude avait pu le corrompre.

Elle prit finalement le parti d'ignorer le passé de Murtagh et de ne le juger que sur ses actes récents. Bon, mauvais ou un peu des deux, il était un allié potentiel, et son aide – si elle l'obtenait – serait bonne à prendre. S'il la trahissait, sa situation ne serait pas pire pour autant. S'il se révélait fiable, elle avait une chance de s'évader, et ça valait le coup d'essayer.

Soulagée de ses souffrances, elle dormit longtemps, d'un sommeil profond, pour la première fois depuis son arrivée à Urû'baen. Elle se réveilla pleine d'espoir, et se remit à son étude des lignes peintes au plafond. En suivant des yeux une fine ligne bleue, elle remarqua à l'angle d'une tuile une petite forme blanche qui lui avait échappé jusque-là. Il lui fallut un moment pour comprendre que la tuile était ébréchée.

Cette découverte l'amusa. Elle trouvait comique – et d'une certaine façon rassurant – que la chambre parfaite de Galbatorix ne fût pas si parfaite que ça. En dépit de ses prétentions, il n'était donc ni omniscient ni infaillible.

Son visiteur suivant fut le geôlier, qui lui apportait ce qu'elle supposa être son repas de midi. Elle déclara qu'elle mourait de faim, ce qui n'était pas faux, et lui demanda si elle pouvait manger avant de se lever.

À sa grande satisfaction, il accepta, sa bouche en forme de pince grimaçant un sourire, et s'assit sur le bord de la pierre sans prononcer un mot. Tandis qu'il lui enfournait des cuillerées de gruau, elle passa rapidement en revue tous les éléments de son plan, car elle n'aurait pas de seconde chance.

À cause de l'appréhension, la bouillie insipide avait du mal à passer. Néanmoins, elle se força et, quand le bol fut vide et qu'elle se fut désaltérée, elle se tint prête.

Comme à son habitude, l'homme avait déposé le plateau le long du mur, là où Murtagh s'était assis, et à une dizaine de pas de la porte du cabinet d'aisance.

Dès qu'elle fut délivrée de ses liens, elle se laissa glisser de son lit de pierre. L'homme à tête de calebasse voulut la soutenir, mais elle refusa son aide d'un geste de la main et prit sa voix la plus douce :

– Je peux tenir debout toute seule, maintenant, merci.

Il sourit de nouveau et fit claquer ses dents, l'air de dire : « Très bien. J'en suis content pour vous. »

Ils se dirigèrent vers le cabinet, elle devant et lui légèrement en arrière. Au bout de trois pas, elle se tordit délibérément la cheville et trébucha sur le côté. Avec un cri, l'homme voulut la rattraper ; elle sentit sa grosse main à deux doigts de sa nuque. Il ne fut pas assez vif, et elle lui échappa.

483

Elle s'écroula de tout son long sur le plateau, brisant le pichet encore à demi empli et envoyant le bol en bois valdinguer sur le sol. Elle était tombée à dessein sur son bras droit et, dès qu'elle sentit le plateau, ses doigts cherchèrent la cuillère de métal.

— Ah ! lâcha-t-elle comme si elle s'était fait mal.

Elle adressa à l'homme un sourire navré :

— Je ne suis pas aussi forte que je le croyais.

Son pouce toucha le manche de la cuillère ; elle s'en empara au moment où il la relevait.

Il observa sa chemise trempée de vinasse en fronçant le nez, l'air dégoûté. Pendant ce temps, elle glissa la cuillère dans l'ourlet de sa manche. Puis elle leva les mains comme pour lui montrer qu'elle n'avait rien pris.

Il grogna, la saisit de nouveau par le bras et l'accompagna jusqu'au cabinet. Quand elle entra, il se dirigea vers le plateau en marmonnant.

Dès qu'elle eut refermé la porte, elle sortit la cuillère de sa cachette et la coinça entre ses dents. Puis elle s'arracha des cheveux à l'arrière de la tête, là où ils étaient les plus longs, et les tressa pour former un lien. Avec un frisson, elle s'aperçut qu'il était trop court. Les mains fébriles, elle fit un nœud à chaque extrémité de la tresse et la posa sur le sol. Elle s'arracha d'autres cheveux, les tortilla aussi. Elle n'avait plus que quelques secondes. Elle s'agenouilla pour lier les deux tresses ensemble. Elle sortit la cuillère de sa bouche et, avec sa corde de cheveux, l'attacha contre la face interne de sa jambe, là où elle serait cachée par la chemise. La jambe droite, parce que Galbatorix s'asseyait toujours à sa droite.

Elle se releva, vérifia si la cuillère restait invisible et fit quelques pas pour s'assurer qu'elle tenait.

Elle tenait.

Soulagée, elle relâcha son souffle. Il lui fallait à présent retourner jusqu'à la dalle de pierre sans que le geôlier s'aperçoive de rien.

Quand elle ouvrit la porte, il l'attendait. Il lui jeta un regard noir, et ses sourcils se rejoignirent pour former une seule ligne.

– Cuillère, dit-il en mâchant le mot comme un navet trop cuit.

Elle pointa du menton l'intérieur de la petite pièce. Il entra, examina soigneusement les murs, le sol, le plafond et le reste avant de ressortir d'un pas lourd. Il fit claquer ses dents, gratta sa tête bulbeuse, l'air contrarié et – semblait-il – un peu blessé qu'elle eût jeté la cuillère. Elle s'était montrée aimable avec lui, et elle savait qu'un acte aussi mesquin le rendrait perplexe et furieux.

Elle réprima un mouvement de recul quand il s'approcha, lui posa ses grosses mains sur la tête et fouilla ses cheveux de ses doigts. Il ne trouva pas la cuillère, et son expression s'assombrit davantage. Il l'attrapa par le bras, la ramena à sa couche de pierre et l'entrava de nouveau.

Puis, la mine lugubre, il ramassa le plateau et sortit de son pas traînant.

Elle patienta jusqu'à être tout à fait sûre qu'il était bien parti avant de tendre les doigts de sa main gauche et de remonter, pouce par pouce, le bas de sa chemise.

Un sourire éclaira son visage quand elle toucha du bout de l'index l'arrondi de la cuillère.

Elle avait une arme.

47

UNE COURONNE
DE GLACE ET DE NEIGE

Les premiers rayons du soleil strièrent la surface ridée de la mer, qui scintilla, comme taillée dans le cristal. Eragon émergea de ses rêves éveillés et se tourna vers le nord-ouest, curieux de voir ce que la lumière révélait des nuages amoncelés au loin.

Ce qu'il découvrit le déconcerta : les nuées couvraient presque tout l'horizon, et les plus gros de ces panaches blancs semblaient plus hauts que les sommets les plus élevés des Montagnes des Beors, trop hauts pour que Saphira pût les survoler. La seule portion de ciel dégagée se trouvait derrière eux et ne tarderait pas à disparaître, quand les bras de la tempête se refermeraient sur elle.

« Il va falloir passer au travers », dit Glaedr, et Eragon perçut l'agitation de Saphira.

« Pourquoi ne pas la contourner ? » demanda-t-elle.

Par son lien mental avec la dragonne, Eragon sut que Glaedr étudiait la structure des nuages.

Enfin, le dragon d'or déclara :

« Ne dévie pas trop de notre route. Il nous reste une longue distance à couvrir, et si la force venait à te manquer... »

« Vous me prêteriez la vôtre pour nous maintenir en vol. »

« Mmh... Gardons un brin de prudence dans notre intrépidité. J'ai déjà vu de telles tempêtes. Elles sont plus étendues que tu ne crois. Pour l'éviter, tu devrais t'écarter très loin vers l'ouest, très au-delà de Vroengard, et il te faudrait une journée de plus pour l'atteindre. »

« L'île n'est pas si éloignée. »

« Non, mais le vent nous ralentira. Et mon instinct me dit que la tempête occupe tout l'espace jusqu'à l'île. De toute façon, il faudra la traverser. Inutile cependant de se risquer au beau milieu. Vois-tu la brèche entre ces deux piliers de nuées, à l'ouest ? »

« Oui. »

« Vas-y. On trouvera peut-être un passage entre les nuages. »

Eragon s'agrippa à la selle quand Saphira s'inclina sur l'aile gauche pour virer vers la trouée indiquée par Glaedr. Dès qu'elle se fut redressée, le garçon bâilla, se frotta les yeux ; puis il se retourna pour prendre dans les sacs, accrochés derrière lui, une pomme et quelques lanières de bœuf séché. C'était plutôt maigre, comme petit-déjeuner, mais il n'avait pas très faim, et manger en vol le rendait souvent nauséeux.

Son regard allait des nuages à la mer étincelante. L'idée de n'avoir au-dessous de lui qu'une étendue d'eau le perturbait. Selon son estimation, la terre la plus proche – le continent – était déjà à cinquante miles derrière eux. Il s'imagina tomber, sombrer dans les profondeurs glacées de l'océan. Il se demanda ce que recelaient les mystérieux abysses. S'il le voulait, la magie lui permettrait de le découvrir. Mais il n'était pas tenté. Les abîmes liquides étaient trop noirs, trop dangereux à son goût. Un organisme comme le sien n'était pas fait pour s'y aventurer. Il les laissait volontiers aux créatures inconnues qui les peuplaient déjà.

À mesure que la matinée avançait, il devint évident que les nuages étaient plus éloignés qu'ils ne le paraissaient et que, comme l'avait dit Glaedr, la tempête était bien plus étendue qu'Eragon et Saphira ne l'avaient estimé.

Un vent contraire se leva, rendant plus laborieux le vol de la dragonne. Elle conservait cependant une allure régulière.

Ils étaient encore à bonne distance du front de la tempête quand elle piqua brusquement et descendit jusqu'à survoler la mer presque au ras des flots.

« Qu'est-ce que tu fais, Saphira ? » demanda Glaedr, surpris.

« Je suis curieuse de voir l'eau de plus près, dit-elle. Et je voudrais me reposer un peu les ailes avant de m'engager dans les nuages. »

Elle frôlait les vagues ; son reflet sous elle et son ombre devant elle imitaient tous ses mouvements tels deux compagnons fantômes, l'un sombre, l'autre lumineux. Puis elle inclina les ailes et, en trois battements, ralentit pour se poser. Un éventail d'écume jaillit de part et d'autre de son cou quand son poitrail fendit la surface, éclaboussant Eragon d'une myriade de gouttelettes.

L'eau était froide. Mais l'air, après les hauteurs du ciel, paraissait agréablement tiède, au point qu'Eragon dégrafa sa cape et ôta ses gants.

Saphira replia ses ailes pour se laisser ballotter tranquillement par la houle. Eragon repéra des touffes d'algues brunes, sur leur droite, tels des buissons flottants garnis de vésicules grosses comme des baies.

Loin au-dessus d'eux, deux albatros aux ailes bordées de noir fuyaient la massive muraille de nuages. Ils rappelèrent à Eragon la meute de loups qu'il avait vue un jour, dans la Crête, galopant côte à côte avec une horde de daims pour échapper à un feu de forêt. Ce n'était pas pour le rassurer.

« Si on avait deux sous de bon sens, dit-il à Saphira, on ferait demi-tour. »

« Si on avait deux sous de bon sens, répliqua-t-elle, on quitterait l'Alagaësia pour n'y jamais revenir. »

Arquant le cou, elle plongea son museau dans l'eau salée, puis elle secoua la tête et agita la langue comme pour chasser un goût désagréable.

Au même instant, Eragon perçut une sensation de panique chez Glaedr. Le vieux dragon rugit mentalement :

« Décolle ! Vite, vite ! Décolle ! »

Saphira n'attendit pas d'en savoir davantage. Elle déploya ses ailes avec un bruit de tonnerre et se cabra au-dessus de l'eau.

Eragon dut s'agripper à la selle pour ne pas être rejeté en arrière. À moitié aveuglé par un jaillissement d'embruns, il fouilla en esprit la surface de l'eau pour comprendre ce qui avait affolé Glaedr.

Il vit monter des profondeurs vers le ventre de Saphira, à une vitesse qu'il n'aurait jamais crue possible, une chose énorme, froide, poussée par une faim dévorante. Il tenta de l'effrayer, de la repousser. Mais la créature était d'un autre monde, étrangère, implacable, indifférente à ses efforts. Dans les recoins obscurs de cette conscience, il saisit la mémoire d'années sans nombre passées à errer, solitaire, dans l'océan glacé, à chasser et être chassé.

Sentant monter sa propre panique, Eragon empoigna Brisingr tandis que Saphira se libérait de l'étreinte de l'eau.

« Saphira, plus vite ! » hurla-t-il en silence.

Elle s'éleva un peu dans les airs. Eragon vit alors au-dessous d'eux deux mâchoires gigantesques, grises et luisantes, émerger dans un éclaboussement d'écume. Elles étaient assez larges pour avaler un cheval et son cavalier, et bordées de centaines de dents d'un blanc étincelant.

Saphira vit ce qu'il vit ; elle fit un brusque écart pour échapper au gosier béant. L'instant d'après, Eragon entendit les redoutables mâchoires se refermer avec un claquement sinistre.

Les dents acérées manquèrent la queue de Saphira de quelques pouces.

Le monstre retomba dans l'eau, et Eragon put mieux le distinguer : une longue tête anguleuse ; une crête osseuse au-dessus des yeux, prolongée par une vrille noueuse qui mesurait bien six pieds de long, un cou sinueux de serpent. La partie visible du corps, lisse et puissante, semblait d'une densité inhabituelle. De chaque côté des flancs, une paire de nageoires en forme de rames battait inutilement l'air.

La créature retomba sur le côté dans un nouveau jaillissement d'écume. Juste avant que les vagues ne se referment sur la forme monstrueuse, Eragon eut le temps de plonger le regard dans un œil d'un noir de goudron. La malveillance qu'il y lut

— la haine pure, la fureur et la frustration qu'il perçut dans la fixité de ce regard — lui fit souhaiter être transporté à l'instant au beau milieu du désert du Hadarac. Là, au moins, il serait hors de portée de l'appétit primitif de la bête.

Le cœur battant, il relâcha sa prise sur Brisingr et s'affala sur la selle :

— Qu'est-ce que c'était ?

« Un Nïdhwal », dit Glaedr.

Eragon plissa le front. Il ne se souvenait pas d'avoir lu quoi que ce fût sur une telle créature, à Ellesméra.

« Et qu'est-ce qu'un Nïdhwal ? »

« Ils sont peu nombreux, et rarement mentionnés. Ils sont à la mer ce que les Fanghurs sont aux airs. Tous deux sont cousins des dragons. Bien que très différents en apparence, ils sont plus proches de nous que les Fanghurs. Ils sont intelligents et possèdent même une structure similaire à notre Eldunarí. C'est ce qui leur permet, suppose-t-on, de rester immergés pendant de longues périodes à grande profondeur. »

« Ils crachent du feu ? »

« Non, mais, comme les Fanghurs, ils immobilisent leurs proies par le pouvoir de leur esprit, ce que certains dragons ont découvert pour leur malheur. »

« Ils dévoreraient des êtres de leur espèce ? » s'indigna Saphira.

« Pour eux, nous ne représentons rien. Ils se mangent même entre eux, c'est pourquoi il existe si peu de Nïdhwals. Ce qui se passe en dehors de leur territoire leur indiffère, et toutes les tentatives pour entrer en contact avec eux ont échoué. En rencontrer un si près des côtes est exceptionnel. Il fut un temps où on ne les trouvait qu'en haute mer, après plusieurs jours de vol loin des terres. Sans doute sont-ils devenus plus audacieux, ou plus désespérés, depuis la chute des Dragonniers. »

Eragon frissonna au souvenir de son bref contact avec l'esprit du Nïdhwal.

« Pourquoi ni vous ni Oromis ne nous avez jamais parlé d'eux ? »

« Il y a beaucoup de choses dont nous ne vous avons jamais parlé, Eragon. Nous disposions de bien peu de temps, et il était plus urgent de vous armer contre Galbatorix que contre les noires créatures hantant les régions inexplorées d'Alagaësia. »

« Il y a donc d'autres êtres comme le Nïdhwal dont nous ne savons rien ? »

« Quelques-uns. »

« Vous nous en parlerez, Ebrithil ? » demanda Saphira.

« Je vais conclure un accord avec toi, Saphira, et avec toi, Eragon. Patientons une semaine. Et, si nous sommes encore en vie, et en pleine possession de notre liberté, je serai heureux de passer les dix prochaines années à vous instruire sur la totalité des espèces que je connais, y compris chaque variété de scarabée, dont il existe des multitudes. Jusque-là, concentrons-nous sur la tâche qui nous attend. On est d'accord ? »

Eragon et Saphira acquiescèrent et ne revinrent plus sur la question.

Le vent contraire forcit, accompagné de violentes bourrasques. Ils approchaient du front de la tempête. La vitesse de Saphira en fut ralentie de moitié. De temps à autre, une rafale la secouait et l'arrêtait même dans sa course. Ils pouvaient prévoir quand cela se produirait, car, à chaque fois, ils voyaient courir sur l'eau, dans leur direction, un motif argenté en forme d'écaille.

Depuis l'aube, la masse nuageuse n'avait cessé d'enfler, encore plus impressionnante vue de près. Son ventre sombre et violacé lâchait des rideaux de pluie qui la reliaient à la mer. Plus haut, les nuées avaient des teintes d'argent terni, tandis que leur sommet, d'une éblouissante blancheur, semblait aussi solide que les flancs de Tronjheim. Au nord, au cœur de la tempête, elles formaient une gigantesque enclume, comme si les dieux eux-mêmes se préparaient à forger quelque étrange et terrible instrument.

Saphira s'engagea entre deux colonnes blanches – entre lesquelles elle n'était plus qu'un point noir – et la mer disparut derrière un champ de nuages aussi renflés que des oreillers. Le vent de face s'apaisa, et l'air instable se mit à tourbillonner en tous sens. Eragon serra les mâchoires pour empêcher ses dents de claquer, et l'estomac lui remonta dans la gorge quand Saphira chuta de cinq ou six pieds avant de reprendre tout aussi vite de l'altitude sur plus de vingt pieds.

« As-tu affronté une autre tempête que celle que tu as traversée entre la vallée de Palancar et Yazuac ? » demanda Glaedr.

« Non. »

C'était bref et sec.

Glaedr avait anticipé la réponse, car il commença aussitôt à instruire Saphira sur l'art de naviguer dans le fantastique paysage de nuages.

« Observe les motifs créés par les déplacements des masses nuageuses et note comment elles se forment autour de toi. Tu en déduiras où le vent est le plus fort et de quelle direction il souffle. »

Saphira savait déjà tout cela, mais Glaedr continuait de lui parler, et le calme du vieux dragon l'apaisait comme il apaisait Eragon. S'ils avaient perçu dans son esprit de la peur ou de l'inquiétude, ils auraient douté d'eux-mêmes, et sans doute Glaedr en avait-il conscience.

Un petit nuage égaré, malmené par le vent, coupa la route de Saphira. Au lieu de le contourner, elle fonça au travers, le transperçant comme une flèche bleue. Une brume grise les enveloppa, étouffant les bruits, et Eragon mit la main en visière pour se protéger les yeux.

Lorsqu'ils émergèrent du nuage, des millions de gouttelettes accrochées aux écailles de Saphira scintillaient comme des diamants.

Son vol était difficile : stable un instant, perturbé l'instant suivant par une bourrasque ou par un brusque courant ascendant qui lui soulevait une aile et l'envoyait dans la mauvaise direction. Pour Eragon, se tenir simplement en selle pendant qu'elle luttait contre les turbulences était déjà fatigant ; pour elle, avancer était une épreuve, un combat d'autant plus pénible qu'il était loin d'être terminé et qu'elle n'avait d'autre choix que de le poursuivre.

Au bout d'une heure ou deux, ils n'en voyaient toujours pas la fin.

« Tourne ! dit Glaedr. Tu es allée plus loin à l'ouest que la prudence le permet. S'il nous faut affronter toute la colère des éléments, faisons-le maintenant, avant que tu ne sois trop épuisée. »

Sans un mot, Saphira vira au nord, vers la colossale falaise de nuages qui occupait le cœur de la tempête. À l'approche de la face tourmentée de cet à-pic – la chose la plus énorme qu'Eragon eût jamais vue, plus imposante encore que Farthen Dûr – des éclairs bleutés en illuminèrent les replis et se propagèrent jusqu'au sommet de l'enclume.

L'instant d'après, le tonnerre ébranla tout le ciel, et Eragon se couvrit les oreilles de ses mains. Sa magie avait beau le protéger de la foudre, il craignait de s'aventurer trop près de ces décharges crépitant d'énergie.

Si Saphira avait peur, il n'en perçut rien. Il ne sentait que sa détermination. Elle amplifia le mouvement de ses ailes et, quelques minutes plus tard, ils furent face à la muraille de nuages. Puis ils plongèrent dedans et entrèrent au cœur de la tempête.

Une lumière crépusculaire les enveloppa, grise et sans repères.

Le reste du monde avait cessé d'exister. L'épaisseur brumeuse empêchait Eragon d'évaluer les distances au-delà du nez, de la queue et des ailes de Saphira. Ils étaient aveugles, et seule la gravité leur permettait de différencier le haut du bas.

Ouvrant son esprit, Eragon laissa sa conscience s'étendre le plus loin possible. Il ne perçut la présence d'aucun être vivant en dehors de Saphira et de Glaedr, pas même un malheureux oiseau. Par chance, Saphira conservait son sens de l'orientation ; ils ne se perdraient pas. Et, tant qu'Eragon continuerait à chercher en esprit la présence d'autres êtres, végétaux ou animaux, ils ne risqueraient pas de percuter une montagne.

Il lança également un sort qu'Oromis lui avait enseigné, qui l'informerait à tout instant de la distance les séparant de l'eau, ou de la terre.

Dès leur entrée dans le nuage, l'humidité avait commencé à mouiller la peau d'Eragon, à tremper et alourdir la laine de ses vêtements. Il aurait pu ignorer cet inconfort si le mélange d'eau et de vent n'avait été aussi glaçant. Pour éviter qu'il aspire toute la chaleur de son corps et finisse par le tuer, il lança un autre sort qui débarrassa l'air de toutes ses gouttelettes, autour de lui et devant les yeux de Saphira, lui évitant d'avoir à cligner constamment des paupières.

À l'intérieur de la tête de l'enclume, le vent était étonnamment doux. Eragon en fit la remarque à Glaedr, mais le vieux dragon resta morose :

« On n'a pas encore affronté le pire. »

Ses paroles ne tardèrent pas à se vérifier. Un violent courant ascendant projeta Saphira des milliers de pieds plus haut, à une altitude où l'air était trop rare pour Eragon. Le brouillard s'y changeait en minuscules cristaux qui lui brûlaient le nez et les joues, et attaquaient les ailes de Saphira comme autant de lames de rasoir.

Les plaquant contre ses flancs, la dragonne plongea. Au bout de quelques secondes, la pression qui la poussait vers le haut disparut, brusquement remplacée par un courant inverse tout aussi violent, qui la précipita vers les vagues à une vitesse terrifiante. Les cristaux de glace fondirent pour se changer en grosses gouttes qui semblaient flotter en apesanteur autour de Saphira. Des éclairs d'un bleu surnaturel illuminèrent le voile de nuages ; le tonnerre explosa, et Eragon poussa un cri de douleur. À demi assourdi, il déchira au bas de sa cape deux petits morceaux de tissu, qu'il roula en boules pour se les enfoncer profondément dans les oreilles.

Saphira s'était à peine dégagée de ce flux d'air qu'une nouvelle force ascendante la reprit, telle une main de géant, et la renvoya vers le ciel.

Pendant un long moment, Eragon perdit toute notion du temps. Saphira, incapable de résister à la fureur du vent, était ballottée de haut en bas tel un morceau de bois emporté par les remous. Elle réussissait malgré tout à progresser de quelques miles durement gagnés, mais, chaque fois qu'elle s'extirpait d'un tourbillon d'air, elle tombait dans un autre.

Pour Eragon, constater qu'ils étaient ainsi, tous les trois, à la merci des éléments en dépit de leurs pouvoirs était une leçon d'humilité. À deux reprises, le vent faillit les jeter dans les vagues déchaînées, au milieu des rafales de pluie qui pilonnaient la mer. La deuxième fois, Eragon crut apercevoir, par-dessus l'épaule de la dragonne, la longue et sombre masse du Nïdhwal au ras de la surface. À l'éclair suivant, la forme avait disparu, et il se demanda si les ombres mouvantes ne lui avaient pas joué un tour.

Sentant ses forces diminuer, Saphira se laissait emporter au gré du vent. Elle ne défiait la tempête que lorsqu'elle descendait trop près de l'eau. Le reste du temps, les ailes immobiles, elle se dépensait le moins possible. Glaedr entreprit de l'assister, mais le fil d'énergie qui le reliait à elle était insuffisant. Tout juste lui permettait-il de se maintenir dans les airs.

Le peu de lumière qui les éclairait encore diminua, et Eragon se sentit gagné par le désespoir. Toute la journée, ils avaient été le jouet de la tempête ; or, elle ne montrait aucun signe d'accalmie. De plus, rien ne laissait supposer qu'ils approchaient de leur destination.

Après le coucher du soleil, le garçon ne voyait même plus le bout de son nez. Qu'il eût les yeux ouverts ou fermés ne faisait aucune différence. Les ténèbres semblaient avoir une substance palpable, qui les enveloppait d'une énorme épaisseur de laine noire.

À de brefs intervalles, des éclairs déchiraient les ténèbres, parfois à demi cachés par les nuages, parfois explosant dans leur champ de vision avec la brillance de mille soleils, et laissant dans l'air un goût de fer. La nuit, ensuite, paraissait deux fois plus noire. Eragon et Saphira étaient tour à tour aveuglés par trop d'éclat ou trop d'obscurité. Par chance, aucun éclair ne les touchait, mais le grondement permanent du tonnerre les assourdissait.

Combien de temps continuèrent-ils ainsi, Eragon n'aurait su le dire.

Puis, au cœur de la nuit, Saphira entra dans un flux d'air ascendant encore plus violent que les précédents. Elle lutta de toutes ses forces pour s'en dégager, mais la puissance du vent était telle qu'elle pouvait à peine contrôler ses ailes. Elle en rugit de frustration et cracha un jet de flammes, qui alluma dans les fragments de glace alentour des éclats de pierres précieuses.

« Aidez-moi, vous deux, demanda-t-elle. Seule, je n'y arriverai pas. »

Alors, ils unirent leurs esprits, et, avec l'énergie fournie par Glaedr, Eragon lança :

– Gánga fram !

Le sort poussa Saphira en avant, quoique lentement, car voler contre le vent était comme remonter à la nage l'Anora à la fonte des neiges. Le courant continuait de l'entraîner vers le haut à grande vitesse. Elle fut bientôt hors d'haleine et toujours prisonnière de la tumultueuse pression de l'air.

« C'est trop long et ça nous coûte trop d'énergie, dit Glaedr. Mets fin au sort. »

« Mais... »

« Mets fin au sort. On ne se libérera pas si vous perdez connaissance. On chevauchera le vent jusqu'à ce qu'il faiblisse assez pour permettre à Saphira de lui échapper. »

« Comment ? » demanda-t-elle, tandis qu'Eragon s'exécutait.

Un tel épuisement, un tel sentiment d'inanité brouillaient ses pensées que le garçon éprouva un douloureux pincement d'inquiétude.

« Eragon, modifie ton sort de réchauffement de manière à nous inclure, Saphira et moi. Il va bientôt faire plus froid qu'au cours des pires hivers sur la Crête. Sans magie, nous mourrons gelés. »

« Même vous ? »

« Je me briserai comme un morceau de verre brûlant lâché dans la neige. Tu lanceras ensuite un sort pour maintenir l'air autour de vous, de sorte que vous puissiez respirer. Mais il faudra laisser l'air usé s'évacuer, sinon, vous suffoquerez. La formulation est complexe, et tu ne dois commettre aucune erreur. Alors, écoute-moi bien. Ça s'énonce ainsi... »

Il récita les phrases en ancien langage, et Eragon les répéta d'abord pour lui-même. Quand le vieux dragon fut satisfait de sa prononciation, le garçon lança le sort. Puis il aménagea la protection contre le froid, comme Glaedr l'en avait prié.

Ensuite, ils attendirent, tandis que le vent les emportait toujours plus haut. Eragon commençait à se demander s'ils s'arrêteraient jamais ou s'ils continueraient leur ascension jusqu'aux étoiles.

Il lui vint à l'esprit que chaque étoile filante était peut-être un oiseau, ou un dragon, ou quelque autre créature terrestre, arrachée par le vent impitoyable et projetée dans le ciel à une telle vitesse qu'elle s'enflammait comme une flèche d'assaut. Si cela était, ils feraient tous trois, Saphira, Glaedr et lui, la plus brillante, la plus spectaculaire des comètes jamais observées de mémoire d'homme, à supposer que quelqu'un assiste à leur chute, si loin dans la mer.

Le hurlement du vent s'atténua peu à peu. Le fracas assourdissant du tonnerre se tut. Quand Eragon ôta ses bouchons d'oreilles, la profondeur du silence, autour d'eux, le stupéfia. À part un léger murmure, tel le chant d'un petit ruisseau au fond des bois, rien ne troublait cette paix bienfaisante.

Tandis que la clameur de la tempête s'éloignait, il remarqua que la tension provoquée par ses sorts augmentait. Surtout celle de l'enchantement qui concentrait l'air autour d'eux et leur permettait de respirer. Pour une raison mystérieuse, l'énergie requise pour le maintenir était multipliée, au point qu'il éprouvait des symptômes inquiétants : la froideur de ses mains, l'irrégularité de son rythme cardiaque et, plus alarmante encore, la torpeur qui l'envahissait. La magie le dépouillerait bientôt des maigres forces vitales qui lui restaient.

Glaedr vint alors l'assister. Eragon sentit avec soulagement son fardeau s'alléger à mesure que la force du dragon coulait en lui. Une bouffée de chaleur balaya sa léthargie, restaura la tonicité de ses membres.

Et ils continuèrent.

Au bout d'un long moment, la force du vent s'étant notablement atténuée, Saphira se prépara à sortir du flux d'air. Avant qu'elle en ait eu le temps, les nuages autour d'eux s'éclaircirent, et des points lumineux se mirent à clignoter : des étoiles, d'un blanc d'argent, les plus étincelantes qu'ils eussent jamais vues.

« Regardez ! » lâcha Eragon.

Puis les nuages s'écartèrent, et Saphira s'éleva, en équilibre sur une colonne d'air.

L'énorme masse de la tempête s'étendait au-dessous sur plusieurs miles dans toutes les directions. Son centre s'arrondissait comme le chapeau de quelque gigantesque champignon, lissé par les vents vicieux soufflant d'est en ouest, qui menaçaient de jeter Saphira au bas de son fragile perchoir. Les nuées laiteuses semblaient illuminées de l'intérieur. Leur beauté bienveillante, leurs formes placides ne révélaient rien de la violence qu'elles contenaient.

Le ciel était si rempli d'étoiles qu'Eragon en eut le souffle coupé. Rouges, bleues, blanches, dorées, elles scintillaient telles des poignées de pierres précieuses jetées à travers le firmament.

Il reconnaissait des constellations familières, mais noyées au milieu de milliers d'astres minuscules, qu'il découvrait pour la première fois. Si les étoiles lui paraissaient plus brillantes, l'espace, entre elles, était plus noir. Jusqu'à cette nuit, il n'avait regardé le ciel qu'à travers un voile, et ne l'avait jamais vu dans toute sa gloire.

Il demeura longtemps fasciné, frappé d'admiration devant la splendeur mystérieuse de ces lumières étincelantes. Quand il baissa enfin les yeux, il s'aperçut que l'horizon mauve avait quelque chose d'inhabituel. Là où la rencontre entre la mer et le ciel aurait dû former une ligne droite, comme d'ordinaire, elle dessinait une courbe évoquant la bordure d'un cercle gigantesque.

C'était si étrange qu'Eragon mit quelques secondes à comprendre. Puis ses cheveux se hérissèrent sur sa nuque et il en suffoqua presque d'émotion.

– La Terre est ronde ! murmura-t-il. Le ciel est courbe et la Terre est ronde !

« C'est bien ce qu'il me semble, dit Glaedr, tout aussi impressionné. Je l'avais entendu dire par un dragon sauvage, mais je ne pensais pas le constater moi-même un jour. »

À l'est, la faible lueur de l'aube teintait l'horizon de jaune pâle. Si Saphira conservait le même cap encore quelques minutes, ils assisteraient au lever du soleil, même s'il faudrait encore des heures à ses chauds rayons porteurs de vie pour toucher la surface de la mer.

Saphira resta en équilibre un moment, les gardant tous les trois suspendus entre ciel et terre, dans le silence du petit jour. Ils flottaient tels des esprits dans un néant qui n'appartenait ni à un monde ni à un autre, atomes perdus à la frontière entre deux immensités.

Alors, la dragonne plongea vers le nord, moitié volant, moitié tombant, car l'air était si rare que ses ailes ne trouvaient plus d'appui, maintenant qu'elle avait quitté le soutien du courant ascendant.

Tandis qu'elle piquait ainsi vers le sol, Eragon demanda :

« Si on avait assez de pierres précieuses et si on pouvait y stocker assez d'énergie, vous croyez qu'on volerait jusqu'à la lune ? »

« Qui sait ? » répondit Glaedr.

Dans son enfance, le garçon n'avait eu pour univers que Carvahall et la vallée de Palancar. Certes, il entendait parler de l'Empire. Mais ce n'était devenu réalité pour lui que lorsqu'il avait commencé à le parcourir. Plus tard, son image mentale du monde s'était élargie aux dimensions de l'Alagaësia et – confusément – des autres terres mentionnées dans les livres. À présent, il comprenait que ce qui lui paraissait alors si vaste n'était qu'une minuscule partie d'un tout infiniment plus grand. Il était passé en quelques instants du regard de la fourmi à celui de l'aigle.

Car le ciel était concave et la Terre était ronde.

Cela l'obligeait à reconsidérer... tout. La guerre entre les Vardens et l'Empire semblait de peu d'importance comparée à l'étendue de l'univers. Considérés de si haut, les peines et les soucis qui tourmentaient les gens paraissaient bien futiles.

Il confia à Saphira :

« Si tout le monde pouvait voir ce que nous avons vu, peut-être y aurait-il moins de guerres. »

« On ne peut pas demander aux loups de devenir moutons. »

« Non. Mais les loups ne sont pas obligés d'être cruels envers les moutons. »

Saphira s'enfonça bientôt dans une épaisseur obscure de nuages, mais évita le piège d'une nouvelle alternance de courants ascendants et descendants. Elle plana sur plusieurs miles, s'appuyant sur des colonnes d'air plus calme pour conserver ses forces.

Au bout d'une heure ou deux, le brouillard se dispersa. Ils sortirent enfin de l'énorme masse nuageuse pour naviguer sur une couverture immatérielle qui s'étendait jusqu'à l'horizon.

Quand le soleil se leva enfin, ni Eragon ni Saphira n'avaient plus l'énergie de s'intéresser à ce qui les entourait. Et rien dans la monotonie qu'ils survolaient n'attirait leur attention.

Jusqu'à l'intervention de Glaedr :

« Là-bas, Saphira, sur ta droite. Tu la vois ? »

Eragon, qui avait enfoui la tête entre ses bras, se redressa et cligna des yeux le temps de s'ajuster à la luminosité.

À quelques miles au nord, un anneau de montagnes émergeait des nuages. Leurs pics couverts de glace et de neige semblaient les pointes d'une très ancienne couronne posée sur un coussin de brume. Les escarpements orientés à l'est étincelaient dans la lumière matinale, tandis que de longues ombres bleues drapaient les flancs ouest et s'étiraient dans le lointain, épées de ténèbres plantées sur les plaines enneigées.

Eragon se carra sur sa selle, osant à peine croire que leur voyage fût enfin terminé.

« Regardez ! dit Glaedr. Aras Thelduin, les montagnes de feu qui gardent le cœur de Vroengard. Hâte-toi, Saphira, car nous touchons au but. »

48
LE VER FOUISSEUR

Ils l'arrêtèrent à l'intersection de deux couloirs identiques, bordés de colonnes, de torches et d'étendards écarlates marqués aux armes de Galbatorix : une flamme d'or torsadée.

Nasuada n'avait pas vraiment escompté s'échapper. Cet échec, cependant, la déçut profondément. Elle avait espéré parcourir un peu plus de distance avant d'être reprise.

Elle se débattit sur tout le chemin du retour à sa cellule. Les gardes portaient des plastrons et des brassards, mais elle leur griffa le visage, leur mordit les mains, et réussit à en blesser sérieusement deux ou trois.

Les soldats poussèrent des exclamations incrédules quand, entrant dans la salle de Parle-Vrai, ils découvrirent ce qu'elle avait fait au geôlier. Prenant soin de ne pas marcher dans les flaques de sang, ils ramenèrent leur prisonnière à sa couche de pierre, lui remirent ses liens et s'en allèrent en hâte, la laissant seule avec le cadavre.

Elle lança de grands cris vers le plafond, tira sur ses liens, furieuse de ne pas avoir su mieux faire. Sans cesser de fulminer, elle jeta un coup d'œil au corps gisant sur le sol et détourna le regard. L'homme avait, dans la mort, une expression accusatrice qu'elle ne supportait pas.

Après le vol de la cuillère, elle avait passé des heures à affûter le bout du manche contre la pierre. Le métal était malléable, facile à façonner.

Elle s'était attendue à une nouvelle visite de Galbatorix et de Murtagh. C'était l'homme en gris qui s'était présenté, avec le plateau de son souper. Il avait commencé par la détacher pour l'escorter jusqu'au cabinet d'aisance. Dès que sa main gauche avait été libérée, elle avait frappé le geôlier, enfonçant le manche aiguisé dans les replis de son double menton. Il avait poussé un hurlement strident de cochon qu'on égorge, tourné trois fois sur lui-même en moulinant des bras avant de s'écrouler. Et il avait continué à battre l'air, à baver, à marteler le sol de ses talons pendant ce qui avait paru à Nasuada une éternité.

Le tuer l'avait perturbée. Il n'était sans doute pas méchant – elle ne savait pas trop ce qu'il était –, et il avait une espèce de simplicité qui lui donnait le sentiment d'avoir abusé de lui. Cependant, elle n'avait pas eu le choix, et, si le souvenir de son acte lui était pénible, elle restait convaincue de sa légitimité.

Pendant que sa victime se débattait dans les affres de l'agonie, elle avait défait ses liens et sauté de la dalle. Puis, prenant sur elle, elle avait arraché la cuillère du cou de l'homme. Comme lorsqu'on ôte le bouchon d'un tonneau, un jet rouge lui avait éclaboussé les jambes. Elle avait bondi en arrière avec un juron.

Les deux gardes postés à l'extérieur de la salle avaient été faciles à neutraliser. Elle avait bénéficié de l'effet de surprise et tué celui de droite comme elle avait tué le geôlier. S'emparant aussitôt d'un poignard pendu à la ceinture du mort, elle avait attaqué l'autre avant qu'il ait le temps de la viser de sa lance. En combat rapproché, une lance ne pouvait rivaliser avec un poignard ; elle avait embroché l'homme sans lui laisser le loisir ni de s'enfuir ni de donner l'alarme.

Après quoi, elle n'était pas allée très loin. Soit à cause des enchantements de Galbatorix, soit par pure malchance, elle s'était heurtée à un groupe de cinq soldats. Ils l'avaient rapidement – sinon facilement – maîtrisée.

503

Elle n'attendit pas plus d'une demi-heure avant d'entendre un bruit de bottes ferrées approcher de la salle. Galbatorix fit irruption, suivi de plusieurs gardes.

Comme à son habitude, il s'arrêta à la lisière de son champ de vision et demeura là, haute et sombre silhouette au visage anguleux, dont seul le contour était visible. Elle le vit bouger la tête pour observer la scène. Puis, d'une voix froide, il demanda :

– Comment est-ce arrivé ?

Un soldat au casque orné d'un plumet s'agenouilla devant le roi et lui tendit la cuillère aiguisée :

– Sire, nous avons trouvé ceci dans la gorge d'un des gardes, à l'extérieur.

Galbatorix prit l'instrument et le fit tourner entre ses doigts :

– Je vois.

Toisant la prisonnière, il saisit la cuillère par ses extrémités et, sans effort apparent, la brisa en deux.

– Tu savais une évasion impossible et tu t'es obstinée. Je ne te laisserai pas tuer mes hommes pour le plaisir de me contrarier. Tu n'as pas le droit de leur prendre la vie. Tu n'as pas le droit de faire *quoi que ce soit* sans ma permission.

Il balança les morceaux de métal à travers la pièce et sortit, sa lourde cape battant derrière lui.

Deux soldats emportèrent le cadavre du geôlier et revinrent nettoyer le sol en grommelant des injures.

Après leur départ, elle fut seule de nouveau. Elle soupira profondément, et sentit une partie de sa tension s'évacuer.

Elle regretta de ne pas avoir à manger car, une fois son excitation retombée, elle s'aperçut qu'elle avait faim. De plus, elle craignait de devoir attendre des heures son prochain repas, à supposer que Galbatorix ne la punisse pas en la privant de nourriture.

Ses rêves de pain, de viande et de verres de vin furent vite interrompus par un nouveau claquement de bottes à l'extérieur de la salle. Elle sursauta, et tenta de se préparer mentalement aux désagréments qui s'annonçaient, car ce ne pourrait être que *désagréable*.

La porte s'ouvrit et un double bruit de pas résonna dans la pièce. Murtagh et Galbatorix entrèrent. Murtagh vint se poster à sa place attitrée. Mais, n'ayant pas de brasero à tisonner, il croisa les bras, s'appuya contre le mur et regarda droit devant lui. Ce que Nasuada devina de son expression, derrière le masque d'argent, n'était pas pour la rassurer. Ses traits paraissaient plus durs que jamais, et quelque chose, dans le pli de sa bouche, fit courir un frisson d'effroi jusque dans les os de la jeune femme.

Au lieu de s'asseoir, comme à son habitude, Galbatorix resta debout derrière elle, un peu sur le côté. Sans le voir, elle sentait sa présence.

Il étendit au-dessus d'elle ses longues mains griffues. Elles tenaient une petite boîte en corne gravée de lignes qui pouvaient être des glyphes en ancien langage. Le plus déconcertant était l'espèce de crissement qu'on entendait à l'intérieur, assez semblable à celui d'une souris.

Du pouce, Galbatorix souleva le couvercle. Puis il sortit de la boîte ce qui ressemblait à un gros ver couleur ivoire. La créature devait avoir trois pouces de long. C'était sa bouche minuscule qui émettait le crissement, expression très nette de son mécontentement. La bestiole était grasse et plissée comme une chenille, mais, si elle avait des pattes, elles étaient trop petites pour être visibles.

Tandis qu'elle se tortillait vainement entre les doigts de Galbatorix, celui-ci déclara :

– Voici un ver fouisseur. Il ne faut pas se fier à son apparence. On n'en trouve qu'en un seul endroit, en Alagaësia, et ils sont particulièrement difficiles à capturer. Nasuada, fille d'Ajihad, considère comme un témoignage de ma considération que je daigne m'en servir sur toi.

Il baissa la voix, prenant un ton presque intime :

– Néanmoins, je n'aimerais pas échanger ma place contre la tienne.

L'énervant crissement s'intensifia quand Galbatorix lâcha le ver sur le bras nu de Nasuada, à la pliure du coude. Elle se raidit

505

au contact de la répugnante créature ; elle était plus lourde qu'elle ne l'aurait cru, et s'agrippa à sa peau avec, lui sembla-t-il, des centaines de minuscules crochets.

Le ver émit encore quelques couinements avant de se rassembler en boule et de sauter quelques pouces plus haut. Nasuada s'agita pour tenter de le déloger, mais il tint bon.

Il sauta encore.

Et encore. Au troisième bond, il atterrit sur son épaule. Les crochets s'enfonçaient dans sa peau, telles de minuscules graines de bardane. Du coin de l'œil, elle vit la créature lever vers elle sa tête sans yeux comme si elle humait l'air. Sa bouche minuscule s'ouvrit, découvrant des mandibules acérées.

« Shkrîîîîshkrîîî ? fit-elle. Shkrîîîîshkrââââ ? »

– Pas là, dit Galbatorix.

Et il prononça un mot en ancien langage.

Le ver se détourna, et Nasuada en éprouva un certain soulagement. Puis il redescendit en rampant le long de son bras.

506   Peu de choses effrayaient Nasuada. L'approche du fer chauffé à blanc l'effrayait, l'idée que Galbatorix pût régner indéfiniment à Urû'baen, la mort aussi, bien sûr, non tant par peur de voir s'achever son existence qu'à cause de tout ce qu'elle laisserait inaccompli. Mais la vue et le contact du ver fouisseur provoquaient en elle une panique encore jamais ressentie. Chacun de ses muscles se révulsait ; elle aurait voulu fuir à toutes jambes, mettre le plus de distance possible entre elle et cette créature, dont elle sentait la profonde *anormalité*. Sa façon de bouger était anormale, sa petite bouche obscène avait quelque chose d'abominablement enfantin, et le son qu'elle émettait suscitait une répugnance primale.

Le ver s'arrêta.

« Shkrîîîî, shkrîîîî ? »

Son corps dodu se contracta, il fit un bond de quatre ou cinq pouces dans les airs avant de plonger, tête la première, au creux du coude. En retombant, il se divisa en une dizaine de petits mille-pattes vert vif qui s'éparpillèrent. Chacun, ayant choisi un point, y enfonça ses mandibules et se creusa un chemin sous la peau.

Ce fut intolérable. Nasuada se débattit en hurlant. Mais elle ne put échapper à cette torture qui semblait ne jamais devoir finir. Elle aurait préféré les fers brûlants, même s'ils faisaient encore plus mal, car ils étaient impersonnels, inanimés et prévisibles, ce que le ver fouisseur n'était pas. Que l'origine de cette douleur fût une horde de minuscules créatures la rongeant de l'intérieur représentait l'horreur absolue.

Elle en perdit toute dignité et tout sang-froid ; elle implora la déesse Gokukara, bredouillant comme une enfant, incapable d'arrêter le flot de paroles incohérentes qui jaillissait de sa bouche.

Elle entendait derrière elle le rire de Galbatorix – le roi jouissait de la voir souffrir –, et sa haine s'en trouva décuplée.

Elle battit des paupières et revint lentement à elle.

Elle s'aperçut presque aussitôt que Murtagh et Galbatorix n'étaient plus là. Elle n'avait aucun souvenir de leur départ, elle avait dû perdre conscience.

Si elle avait moins mal, elle souffrait encore terriblement. Elle abaissa les yeux sur elle-même ; elle les détourna aussitôt : son pouls s'était accéléré. Là où les espèces de mille-pattes – fallait-il considérer chacun d'eux comme un ver fouisseur ? – s'étaient enfoncés, la chair était enflée ; des lignes pourpres couraient le long des galeries qu'ils avaient creusées sous sa peau. Tout le devant du corps la brûlait comme si elle avait été fouettée avec des lanières de métal.

Elle se demanda si les vers étaient encore en elle, occupés à digérer tout en sommeillant. Ou peut-être se préparaient-ils à se métamorphoser, comme des larves se changent en mouches, pour devenir quelque chose de pire ? Ou bien – à cette hypothèse, elle frissonna d'effroi – ils étaient en train de pondre. Alors, un nombre incalculable de créatures ne tarderaient pas à éclore et à se repaître d'elle.

La peur lui arracha un cri.

La douleur l'empêchait de réfléchir de façon cohérente ; sa vision se brouillait. Elle s'aperçut qu'elle pleurait et elle en eut honte, mais elle était incapable de s'en empêcher. Pour raffermir son courage, elle se parla à elle-même, tenant des propos sans queue ni tête, n'importe quoi qui lui permît de penser à autre chose. Cela l'aida un peu.

Elle savait que Galbatorix ne voulait pas la tuer, mais elle craignait que, dans sa rage, il ne fût allé plus loin qu'il l'avait prévu. Elle grelottait de fièvre comme si elle avait été piquée par des centaines de guêpes. Si déterminée fût-elle, il y avait une limite à ce qu'elle pouvait supporter, et celle-ci était largement dépassée. Tout au fond d'elle-même, quelque chose s'était brisé. Et elle doutait de se remettre un jour de ces blessures.

Derrière elle, la porte de la salle s'ouvrit.

Elle fit un effort pour ajuster son regard.

C'était Murtagh.

Il la toisa, les lèvres pincées, les narines frémissantes, le front plissé. Elle se méprit d'abord sur cette expression. Puis elle comprit : ce n'était pas de la colère, mais de la peur, une angoisse mortelle. Elle s'en étonna : il avait fait preuve d'une certaine sympathie envers elle, sinon, pourquoi aurait-il convaincu Galbatorix de la garder en vie ? De là à paraître aussi inquiet pour elle...

Elle tenta de le rassurer d'un sourire. Elle ne dut pas être très convaincante, car Murtagh crispa les mâchoires comme pour se contenir.

— Essaie de ne pas bouger, dit-il.

« Comme si j'avais le choix », pensa-t-elle.

Il étendit les mains au-dessus d'elle et se mit à murmurer des mots en ancien langage.

À mesure que la magie agissait, la douleur s'apaisait blessure après blessure, sans toutefois disparaître tout à fait.

Elle fronça les sourcils, perplexe.

— Désolé, expliqua-t-il, je ne peux pas faire mieux. Seul Galbatorix en serait capable ; ça dépasse mes compétences.

— Et... tes Eldunarí ? Ils ne pourraient pas t'aider ?

Il secoua la tête :

— Tous appartiennent à de jeunes dragons ; leur corps était jeune quand ils sont morts. Ils avaient peu de connaissances en magie, et Galbatorix ne leur a presque rien appris depuis. Je suis désolé.

— Ces... ces vers sont encore en moi ?

— Non, non ! Galbatorix te les a enlevés quand tu t'es évanouie.

Elle ressentit un intense soulagement. Néanmoins, elle ajouta :

— Ton sort n'a pas supprimé la douleur.

Malgré ses efforts pour ne pas prendre un ton accusateur, un soupçon de colère avait percé dans sa voix.

Il grimaça :

— Je ne comprends pas pourquoi. Cette créature a quelque chose de... pas naturel.

— Sais-tu d'où elle vient ?

— Non. Je n'ai appris son existence qu'aujourd'hui, quand Galbatorix l'a envoyé chercher dans ses appartements.

Elle ferma un instant les yeux avant de demander :

— Aide-moi à me lever.

— Tu es sûre que...

— Aide-moi !

Sans un mot, il défit ses attaches. Elle se redressa et resta debout près de la dalle, chancelante, attendant que son vertige disparaisse.

— Tiens, dit Murtagh en lui tendant sa cape.

Elle s'en enveloppa, autant par pudeur que par besoin de chaleur, et pour ne pas donner en spectacle les brûlures, croûtes, ampoules et veines éclatées qui enlaidissaient son corps.

En boitant — car le ver fouisseur avait aussi visité ses plantes de pieds — elle marcha jusqu'au fond de la pièce, s'appuya contre le mur et s'assit lentement sur le sol.

Murtagh la rejoignit, et ils restèrent tous deux à fixer le mur d'en face.

Malgré elle, elle se mit à pleurer.

Elle sentit alors qu'il lui touchait l'épaule. Elle eut un mouvement de recul instinctif. Il lui avait fait plus de mal, au cours de ces quelques jours, que quiconque auparavant. Certes, il avait agi contre sa volonté, mais c'était tout de même lui qui avait manié les fers chauffés à blanc.

Cependant, voyant que sa réaction le blessait, elle se détendit et lui prit la main. Il lui pressa doucement les doigts, puis il lui entoura les épaules de son bras et l'attira contre lui. Elle résista d'abord, avant de se laisser aller. La tête posée contre la poitrine du jeune homme, elle s'abandonna aux larmes. Et ses sanglots étouffés résonnèrent dans la pièce nue.

Au bout de quelques instants, elle le sentit inspirer profondément.

— Je vais te libérer, je le jure. Je trouverai un moyen. Pour Thorn et moi, il est trop tard. Pas pour toi. Tant que tu n'auras pas fait serment d'allégeance à Galbatorix, j'aurai une chance de te sortir d'Urû'baen.

Elle le dévisagea et comprit qu'il était sincère.

— Comment ? souffla-t-elle.

— Je n'en ai pas la moindre idée, avoua-t-il avec un sourire presque espiègle. Mais je le ferai. Quoi qu'il m'en coûte. Promets-moi seulement de tenir bon jusqu'à ce que j'aie essayé. D'accord ?

— Je ne crois pas que je pourrai supporter cette... chose une deuxième fois. Si Galbatorix recommence, je céderai.

— Il n'a pas l'intention de recommencer.

— Et... quelle est son intention ?

Murtagh garda le silence une longue minute avant de répondre :

— Il va manipuler tes sens : ce que tu vois, ce que tu entends, ce que tu touches et ce que tu goûtes. Si ça ne suffit pas, il s'attaquera directement à ton esprit. Dans ce cas, tu ne pourras pas lui résister. Personne n'y a jamais réussi. Mais, avant qu'on en arrive là, je t'aurai libérée. Il faut que tu tiennes encore quelques jours, pas plus. Rien que quelques jours.

– Comment, si je ne peux pas me fier à mes sens ?

– Il y en a au moins un qu'il ne peut pas tromper.

Murtagh se pencha pour la regarder en face :

– Tu me laisserais toucher ton esprit ? Pas pour lire dans tes pensées, seulement pour que tu saches à quoi ressemble le mien. Ainsi, tu pourras le reconnaître – me reconnaître – à l'avenir.

Elle hésita. Elle était arrivée au point de non-retour. Soit elle lui faisait confiance, soit elle perdait peut-être son unique chance d'échapper à l'esclavage de Galbatorix. Néanmoins, l'idée de lui accorder une telle liberté la rebutait. Et si Murtagh tentait de l'endormir, pour qu'elle abaisse ses défenses ? Il la contrôlerait à sa guise. Et s'il voulait lui extirper des informations ?

Puis elle raisonna : « Pourquoi Galbatorix aurait-il recours à de tels stratagèmes ? Il pourrait faire ça lui-même. Murtagh a raison ; je serais incapable de lui résister... Accepter cette proposition signera peut-être ma perte. La refuser me condamne à coup sûr. D'une manière ou d'une autre, Galbatorix me brisera. Ce n'est qu'une question de temps. »

– Fais comme tu veux, dit-elle.

Murtagh acquiesça et ferma les yeux.

Elle commença à se réciter le poème qu'elle utilisait chaque fois qu'elle désirait cacher ses pensées ou se défendre contre une intrusion mentale. Elle se concentra intensément, déterminée à repousser Murtagh si nécessaire, et à ne lui laisser aucun accès aux secrets qu'elle avait le devoir de protéger.

> *Il y avait à El-Harím un homme aux yeux jaunes.*
> *Méfie-toi des murmures, me dit-il, car ils murmurent des mensonges.*
> *Ne lutte pas contre les démons des ténèbres,*
> *Ils empoisonneraient ton esprit.*
> *N'écoute pas les ombres des profondeurs,*
> *Elles hanteraient ton sommeil.*

Quand la conscience de Murtagh se pressa contre la sienne, elle se raidit et enchaîna les vers plus vite. Puis elle s'étonna : l'univers mental du jeune homme avait quelque chose de familier. Ses points communs avec... Non, elle ne pouvait prononcer ce nom. Leurs points communs étaient frappants, autant que leurs différences. La première était la colère qui habitait Murtagh, tel un cœur noir et froid d'où serpentaient des veines charriant un flot de haine. Mais sa sollicitude à son égard était plus forte que sa colère. Elle comprit que cette bienveillance n'était pas feinte, car se dissocier de son être intime était incroyablement difficile, et Murtagh n'aurait pas pu la tromper de manière aussi convaincante.

Fidèle à sa promesse, il ne fit aucune tentative pour pénétrer plus avant son intimité. Au bout de quelques secondes, il se retira ; elle se retrouva seule avec ses pensées.

Murtagh ouvrit les yeux :

— Voilà. Tu sauras me reconnaître si mon esprit touche de nouveau le tien ?

Elle fit signe que oui.

— C'est bien. Galbatorix a beau être puissant, il ne peut imiter l'impression produite par l'esprit d'un autre. J'essaierai de te prévenir avant qu'il commence à tromper tes sens, et je te contacterai quand il cessera de le faire. De cette façon, il ne pourra t'obliger à confondre ce qui est réel et ce qui ne l'est pas.

— Merci, souffla-t-elle, tentant d'exprimer avec ce simple mot l'étendue de sa gratitude.

— Par chance, reprit-il, nous avons un peu de temps. Les Vardens ne sont plus qu'à trois jours de marche, et les elfes approchent rapidement par le nord. Galbatorix est allé superviser les défenses d'Urû'baen et discuter de stratégie avec Lord Barst, qui commande l'armée, maintenant qu'elle est en garnison dans la ville.

Elle plissa le front. C'était une mauvaise nouvelle. Lord Barst avait la réputation d'un homme des plus redoutables parmi les nobles de la cour. On le disait aussi intelligent que sanguinaire, et ceux qui étaient assez fous pour lui tenir tête, il les écrasait sans pitié.

— Ce n'est pas toi qui commandes l'armée ?

— Galbatorix a d'autres plans pour moi, bien qu'il ne m'en ait pas encore fait part.

— Combien de temps va-t-il consacrer à ces préparatifs ?

— La fin de cette journée et toute celle de demain.

— Crois-tu pouvoir me libérer avant son retour ?

— Je ne sais pas. Ça m'étonnerait.

Il marqua une pause avant de reprendre :

— Maintenant, je voudrais te poser une question. Tu savais que tu ne sortirais pas de la citadelle. Alors, pourquoi as-tu tué ces hommes ? Pour le seul plaisir de contrarier Galbatorix, comme il l'a dit ?

Elle s'écarta de Murtagh avec un soupir, et, comme à contre-cœur, il retira son bras de ses épaules.

Elle le regarda droit dans les yeux :

— Je ne pouvais pas rester là, comme ça, à le laisser user de moi selon son bon plaisir. Je devais me battre. Je devais lui montrer qu'il ne m'avait pas brisée, et le blesser à mon tour, à ma façon.

— C'était donc par défi ?

— En partie. Et alors ?

Elle s'attendait à une manifestation de dégoût ou à des reproches. Au contraire, il parut l'approuver, et ses lèvres s'étirèrent en un sourire complice :

— Alors, je dis : bien joué !

Elle lui rendit son sourire :

— D'ailleurs, j'avais peut-être une chance de m'échapper.

Il pouffa :

— Et les dragons vont bientôt brouter de l'herbe.

— De toute façon, je devais essayer.

— Je comprends. Si j'avais pu, j'aurais fait pareil après que les Jumeaux m'ont amené ici.

— Et maintenant ?

— Je ne peux plus ; et puis, à quoi ça me servirait ?

513

À cette question, elle n'avait pas de réponse. Après un silence, elle dit :

— Murtagh, si tu n'arrives pas à me faire sortir d'ici, promets-moi de m'aider à m'échapper... autrement. Je préférerais ne pas t'imposer ce fardeau, mais ton assistance me rendrait les choses plus faciles, et je n'aurai peut-être pas la possibilité de le faire moi-même.

Tandis qu'elle parlait, le jeune homme pinça les lèvres, mais il ne l'interrompit pas.

— Quoi qu'il arrive, continua-t-elle, je ne veux pas être le jouet de Galbatorix. Je suis prête à n'importe quoi, oui, à n'importe quoi pour éviter un tel destin. Tu comprends ?

Il acquiesça d'un bref hochement de menton.

— J'ai ta parole ?

Il baissa la tête, les poings serrés, le souffle court :

— Tu l'as.

Murtagh s'était assombri, mais elle réussit à le ranimer un peu, et ils bavardèrent de choses et d'autres. Le jeune homme lui parla des améliorations qu'il avait apportées à la selle que Galbatorix lui avait fournie pour Thorn. Il en était fier à juste titre, car elles lui permettaient de monter et de descendre plus vite, et de tirer son épée plus aisément. Elle lui décrivit les marchés d'Aberon, la capitale du Surda, et comment, enfant, elle avait souvent échappé à sa nurse pour les parcourir. Son marchand préféré appartenait à une tribu nomade, et portait le nom de Hadamanara-no Dachu Taganna, mais il avait insisté pour qu'elle l'appelle par son petit nom, Taganna. Il vendait des couteaux et des dagues, et paraissait toujours ravi de lui montrer ses marchandises, même si elle n'en achetait jamais.

Peu à peu, tous deux se détendaient. En dépit des circonstances, elle trouvait du plaisir à converser avec lui. Il était intelligent, avait reçu une bonne éducation, et elle appréciait son humour mordant, qui convenait particulièrement à leur situation.

Murtagh semblait dans le même état d'esprit. Vint cependant le moment où ils jugèrent imprudent de continuer, de peur d'être surpris. Elle retourna donc s'étendre à sa place et lui permit de l'attacher de nouveau sur l'inconfortable couchette de pierre.

Alors qu'il s'apprêtait à partir, elle dit :

– Murtagh ?

Il se tourna vers elle.

Elle hésita brièvement, le temps de rassembler son courage, et lança :

– Pourquoi ?

Elle supposa qu'il comprendrait le sens de sa question : pourquoi elle ? Pourquoi lui avait-il sauvé la vie, et tentait-il à présent de la délivrer ? Elle pensait connaître la réponse, mais désirait l'entendre la lui dire.

Il la fixa un long moment. Puis, d'un ton dur, il lâcha à voix basse :

– Tu sais pourquoi.

49
AU MILIEU DES RUINES

La grise couverture de nuages s'écarta, et, depuis le dos de Saphira, Eragon découvrit l'île de Vroengard.

Devant eux s'étalait une immense vallée évasée, entourée des montagnes escarpées qu'ils avaient aperçues à travers la masse nuageuse. Une épaisse forêt de conifères montait à l'assaut des pentes, telle une armée de soldats aux casques pointus. C'était de hauts arbres à l'aspect lugubre, et, même d'aussi loin, Eragon distinguait les barbes de mousse et de lichen pendant à leurs lourdes branches. Des lambeaux de brume s'y accrochaient, et des rideaux de pluie vaporeux tombaient ici et là sur la plaine.

Des constructions de pierre étaient disséminées parmi les arbres : des entrées de grottes éboulées envahies de végétation, les carcasses vides de tours calcinées, de vastes bâtiments aux toitures effondrées et d'autres plus petits qui semblaient encore habitables.

Une dizaine de ruisseaux dévalaient les flancs de la montagne et serpentaient à travers la plaine verdoyante avant de se jeter dans un grand lac tranquille, au milieu de la vallée. Autour du lac s'étendaient les vestiges de la cité des Dragonniers, Doru Araeba. Les bâtiments étaient si gigantesques que Carvahall y aurait tenu tout entier. Chaque porte semblait la bouche de quelque caverne inexplorée, chaque fenêtre avait la taille d'un portail, chaque mur était une falaise abrupte.

Là où le lierre n'étranglait pas les blocs de pierre, la mousse les recouvrait, de sorte que les édifices se fondaient dans le paysage et semblaient avoir poussé d'eux-mêmes hors de terre. Le peu de pierre nue encore visible offrait une palette d'ocre clair parsemée de rouge, de brun et d'un bleu éteint.

Comme toutes les architectures conçues par les elfes, celles-ci avaient une grâce, une fluidité, une légèreté inconnues chez les nains et les humains, et cependant une solidité et une autorité que ne possédaient pas les maisons dans les arbres d'Ellesméra. Eragon repéra des similitudes avec certaines constructions de la vallée de Palancar, et il se souvint que les premiers Dragonniers venaient de cette région d'Alagaësia. Il en résultait une architecture ni tout à fait elfique ni tout à fait humaine.

Presque tous les bâtiments étaient endommagés, certains plus gravement que d'autres. Les dégâts semblaient irradier vers l'intérieur depuis un large cratère de plus de trente pieds de profondeur, situé à l'extrémité sud de la cité. Un bosquet de bouleaux avait pris racine dans la dépression, et leur feuillage argenté s'agitait dans le vent.

Broussailles et graminées avaient envahi les zones non bâties, et l'herbe poussait entre les pavés des rues. Là où les murs avaient protégé les anciens jardins des Dragonniers de l'explosion qui avait ravagé la ville, on voyait encore des massifs de fleurs aux couleurs passées, dessinés avec art, sans doute grâce à des sorts oubliés depuis longtemps.

Dans son ensemble, la vallée offrait un spectacle lugubre.

« Contemplez les ruines de notre gloire », dit Glaedr.

Puis, s'adressant à Eragon, il ajouta :

« Tu vas jeter un autre sort. Voilà comment il s'énonce... »

Il prononça plusieurs phrases en ancien langage. C'était un sort des plus étranges, à la formulation compliquée. Le garçon ne put deviner ce qu'il était censé accomplir. Quand il interrogea Glaedr, le vieux dragon répondit :

« Il y a ici un poison invisible, dans l'air que tu respires, dans le sol sur lequel tu marches, dans la nourriture que tu peux goûter et dans l'eau que tu peux boire. Ce sort nous en protégera. »

« Quel poison ? » demanda Saphira, dont les pensées semblaient aussi lentes que le battement de ses ailes.

Transmettant à Eragon une image du cratère, en bordure de la ville, Glaedr déclara :

« Au cours de la bataille contre les Parjures, l'un des nôtres, un elfe du nom de Thuviel, se tua lui-même par magie. Acte volontaire ou accidentel ? On ne le sut jamais, mais la conséquence en est ce que vous voyez sans le voir. Car cela produisit une explosion qui rendit tout cet espace inhabitable. Ceux qui y restèrent se mirent bientôt à souffrir de lésions cutanées, à perdre leurs cheveux, et beaucoup moururent. »

Inquiet, Eragon lança le sort – qui ne requérait que peu d'énergie – avant de commenter :

« Comment un seul individu, elfe ou non, a-t-il pu causer de tels dégâts ? Même avec l'aide d'un dragon, ça me paraît impossible. Ou alors ce dragon avait la taille d'une montagne ! »

« Le dragon de Thuviel ne l'a pas aidé, reprit Glaedr, il était mort. Non, l'elfe a provoqué cette destruction par ses propres forces. »

« Comment ? »

« De la seule façon possible : il a converti sa chair en énergie. »

« Il s'est changé lui-même en esprit ? »

« Non. L'énergie n'a ni structure ni pensée ; une fois libérée, elle se rue à l'extérieur avant de se disperser. »

« Je n'aurais jamais cru qu'un seul corps pût contenir autant d'énergie. »

« C'est un phénomène mal connu. Le plus petit atome de matière équivaut à une énorme quantité d'énergie. Il semble que la matière soit de l'énergie figée. Fais-la fondre, et tu relâches un flux auquel il est presque impossible de résister... On dit que l'explosion a été entendue jusqu'à Teirm, et qu'elle a produit un nuage de fumée aussi haut que les Montagnes des Beors. »

« C'est cette explosion qui a tué Glaerun ? » demanda Eragon, citant le seul membre des Parjures qu'il savait avoir péri sur Vroengard.

« Oui. Galbatorix et les autres Parjures ont pu se protéger à temps. Mais beaucoup des nôtres n'ont pas eu cette chance, ils ont péri. »

Tandis que Saphira se laissait glisser vers le sol le long des nuages bas, Glaedr lui indiqua où se diriger. Elle obliqua donc vers le nord-est de la vallée. Le dragon d'or nommait à mesure chaque montagne qu'ils dépassaient : Ilthiaros, Fellsverd et Nammenmast, de même que Huildrim et Tírnadrim. Il désigna aussi les édifices et les tours écroulés, fournit des précisions sur leur histoire, bien qu'Eragon fût seul à écouter son récit.

Le garçon sentait s'éveiller, dans la conscience du vieux dragon, un très ancien chagrin. Pas tant à cause de la destruction de Doru Araeba qu'à cause de la mort des Dragonniers, l'extinction des dragons qui avait suivi, et la perte de milliers d'années de connaissances et de sagesse. Le souvenir de ce qui avait été – de la fraternité qu'il avait connue jadis avec les autres membres de sa caste – exacerbait soudain son sentiment de solitude. Il entra dans un tel état de désolation qu'Eragon en fut profondément attristé.

Il se retira légèrement de la conscience de Glaedr, mais la vallée gardait son aspect lugubre et mélancolique, comme si la Terre elle-même pleurait la chute des Dragonniers.

Plus Saphira descendait, plus les bâtiments paraissaient immenses. Quand ils apparurent dans leur dimension réelle, Eragon comprit que ce qu'il avait lu dans le *Domia abr Wyrda* n'était pas exagéré : le plus grand d'entre eux était si énorme que Saphira aurait pu voler à l'intérieur.

Sur le pourtour de la ville abandonnée, il remarqua des tas d'ossements blancs : les squelettes des dragons. Ce spectacle l'emplit de répulsion autant que de fascination. Ce qui le frappait le plus était leur taille. Certains étaient plus petits que Saphira, mais la plupart beaucoup plus grands. L'un d'eux, dont les côtes étaient encore visibles, devait mesurer au moins quatre-vingts pieds de long et peut-être quinze d'envergure à son point le plus large. Le crâne à lui seul – une énorme chose d'aspect féroce, tachée de lichen tel un morceau de rocher – était plus important que le corps de Saphira. Glaedr lui-même, quand il était encore recouvert de chair, aurait paru minuscule à côté du géant abattu.

« Ici gît Belgabad, le plus grand d'entre nous », dit-il, remarquant l'attention d'Eragon.

Le garçon se rappela vaguement avoir noté ce nom dans une des histoires qu'il avait lues à Ellesméra. L'auteur ne faisait qu'une allusion à sa présence lors de la bataille, où il avait péri comme beaucoup d'autres.

« Qui était son Dragonnier ? » voulut-il savoir.

« Il n'en avait pas. C'était un dragon sauvage. Pendant des siècles, il avait vécu seul, dans les régions glacées du Nord. Mais, quand Galbatorix et les Parjures ont commencé à nous massacrer, il a volé à notre secours. »

« C'était le plus grand dragon de tous les temps ? »

« De tous les temps, non. Du sien, oui. »

« Comment trouvait-il assez de nourriture ? »

« Quand ils atteignent un tel âge, les dragons de cette taille passent presque tout leur temps dans une transe proche du sommeil, rêvant à tout ce qui captive leur imagination : le mouvement des étoiles, la formation et la chute des montagnes au cours des millénaires, ou le battement d'ailes d'un papillon. Je me languis déjà d'un tel repos. Mais, tant qu'on aura besoin de moi éveillé, éveillé je resterai. »

Saphira eut du mal à s'exprimer tant elle était épuisée :

« Avez-vous... connu... Belgabad ? »

« Je l'ai rencontré, mais je ne l'ai pas connu. Les dragons sauvages avaient pour règle de ne pas frayer avec ceux d'entre nous qui étaient liés à un Dragonnier. Ils nous méprisaient pour notre docilité, tandis que nous leur reprochions de se laisser guider par leurs instincts, tout en les admirant pour la même raison. De plus, ils n'avaient pas de langage, ce qui créait une grande différence entre nous. Le langage modifie l'esprit d'une manière difficile à expliquer. Les dragons sauvages savaient communiquer aussi efficacement que les elfes ou les nains, mais en échangeant des images, des souvenirs et des sensations, sans se servir de mots. Seuls les plus intelligents d'entre eux choisissaient d'apprendre une langue ou une autre. »

Glaedr marqua une pause avant de reprendre :

« Si je me souviens bien, Belgabad était un lointain ancêtre de Raugmar le Noir ; et Raugmar, comme tu le sais certainement, Saphira, était l'arrière-arrière-grand-père de ta mère, Vervada. »

À cause de sa fatigue, Saphira fut lente à réagir. Enfin, elle tourna le cou vers l'énorme squelette :

« Il devait être bon chasseur, pour être devenu aussi gros. »

« Le meilleur. »

« Alors… je suis heureuse d'être de son sang. »

521

La quantité d'ossements répandus sur le sol stupéfiait Eragon. Jusqu'à ce jour, il n'avait mesuré ni l'ampleur de la bataille ni le nombre de dragons qui avaient existé. Ce spectacle ravivait sa haine de Galbatorix, et il se jura une fois de plus qu'il verrait le roi mort.

Saphira s'enfonça dans un banc de brume, dont les volutes blanches s'enroulèrent au bout de ses ailes en minuscules tourbillons. Puis un champ d'herbes folles parut monter vers elle, et elle se posa en rebondissant lourdement. Sa patte avant droite dérapa, elle bascula sur le côté si brusquement que, sans ses sorts de protection, Eragon se serait empalé sur un de ses piquants.

Quand sa glissade s'acheva, Saphira resta d'abord immobile, étourdie par le choc. Puis elle roula sur elle-même pour se redresser, replia ses ailes et s'accroupit. Les lanières de la selle craquèrent, et ce bruit résonna étrangement dans l'atmosphère assourdie de l'île.

Eragon détacha les courroies qui lui maintenaient les jambes pour sauter à terre. Sa botte glissa sur le sol humide et mou, et le garçon tomba sur un genou.

— On a réussi, lâcha-t-il, stupéfait.

Il s'approcha de la dragonne. Quand elle baissa le cou pour le regarder dans les yeux, il lui prit la tête entre les mains et appuya le front contre son museau.

« Merci », dit-il.

Elle lui adressa un clin d'œil et ronronna sourdement.

Eragon porta alors son attention sur ce qui les entourait. Le champ dans lequel ils avaient atterri se trouvait dans les faubourgs nord de la ville. Des débris de maçonnerie, certains aussi gros que Saphira, étaient répandus dans l'herbe. Le garçon se réjouit qu'elle n'en eût percuté aucun.

Le champ montait en pente vers la base de la colline la plus proche, couverte d'arbres. À leur point de rencontre s'étendait une vaste place pavée, au bout de laquelle un gigantesque ensemble de pierres dressées se prolongeait vers le nord sur plus d'un demi-mile. Intact, ce bâtiment aurait été l'un des plus vastes de l'île, et certainement le plus ornementé. Au milieu des blocs de pierre qui avaient formé les murs, Eragon compta des dizaines de colonnes cannelées, des panneaux sculptés de motifs floraux, ainsi qu'une armée de statues auxquelles il manquait des morceaux, comme si elles avaient, elles aussi, participé à la bataille.

« Voilà la Grande Bibliothèque, dit Glaedr. Ou du moins ce qu'il en est resté après le passage de Galbatorix. »

Eragon pivota lentement pour embrasser l'ensemble du regard. Au sud de la bibliothèque, il distingua les traces à moitié effacées d'anciens sentiers mangés par les herbes folles. Ils disparaissaient plus loin sous les feuillages d'une pommeraie. Au-delà du verger se dressait une concrétion calcaire aux contours déchiquetés, haute de plus de cent pieds, à laquelle s'accrochaient des genévriers aux troncs noueux.

Un fourmillement d'excitation parcourut les membres du garçon :

« Ce ne serait pas ça ? Le Rocher de Kuthian ? »

Il sentit Glaedr observer par ses yeux. Puis le dragon déclara :

« Il me paraît familier, mais je n'arrive pas à me rappeler quand j'ai pu le voir... »

Il n'en fallait pas plus à Eragon.

– Allons-y ! lança-t-il.

Noyé dans les hautes herbes jusqu'à la taille, il se dirigea vers le sentier le plus proche.

Là, l'herbe n'était plus si épaisse ; sous ses pieds, des pavés remplacèrent la terre boueuse. Saphira sur ses talons, il suivit le sentier en hâte. Puis ils traversèrent côte à côte le verger ombreux. Ils avançaient avec précaution, car les arbres semblaient les surveiller. Il y avait dans leur silhouette quelque chose de menaçant, comme s'ils voulaient refermer sur les intrus leurs branches griffues.

Quand ils sortirent de la pommeraie, Eragon ne put réprimer un soupir de soulagement.

Le Rocher de Kuthian se dressait au bord d'une vaste clairière où poussait un enchevêtrement de rosiers, de framboisiers, de chardons et de ciguë. Derrière la proéminence rocheuse, des hordes de sapins escaladaient le flanc de la montagne. Le bavardage irrité des écureuils résonnait sous le feuillage, mais des bêtes elles-mêmes, on n'apercevait pas une moustache.

Trois bancs de pierre, à demi recouverts de racines et de plantes grimpantes, étaient disposés à égale distance autour de la clairière. Sur un côté poussait un saule, dont les longues branches pendantes avaient dû servir de tonnelle aux Dragonniers lorsqu'ils voulaient s'asseoir pour contempler le paysage.

S'arrêtant en bordure de la clairière, Eragon observa le Rocher de Kuthian. Près de lui, Saphira souffla bruyamment et se laissa tomber à plat ventre. Le sol trembla ; le garçon dut plier les genoux pour ne pas perdre l'équilibre. Il lui tapota l'épaule avant de ramener son attention à l'espèce de tour rocheuse. Tous ses nerfs frémirent dans l'attente de ce qui allait se passer.

Il fouilla mentalement la clairière et la forêt environnante au cas où on leur aurait tendu un piège. Les seuls êtres vivants dont il sentit la présence étaient des plantes, des insectes, des taupes, des souris, des couleuvres et autres petits habitants des buissons.

Il composa alors un sort qui lui permettrait – du moins il l'espérait – de détecter tout piège magique aux alentours. Avant qu'il ait pu aligner trois mots, Glaedr l'arrêta :

« Non ! Saphira et toi êtes trop fatigués. Reposez-vous d'abord. Nous reviendrons demain. »

« Mais... »

« Vous n'êtes ni l'un ni l'autre en condition de vous battre si nécessaire. Quoi que nous soyons censés découvrir, ce sera encore là demain matin. »

Eragon reconnut à contrecœur que le vieux dragon avait raison. Mais il lui en coûtait d'attendre, alors que le but de leur quête était à portée de main.

« Très bien », lâcha-t-il en montant sur le dos de Saphira.

Avec un soupir de fatigue, celle-ci se releva et fit lentement demi-tour pour repartir à travers le verger. Le sol tremblait sous ses pas, et des feuilles mortes se détachaient des branches. L'une d'elles se posa sur le genou d'Eragon. Il allait la balayer d'un revers de main quand il remarqua sa forme particulière : ses dentelures étaient plus longues que celles des feuilles de pommier ordinaires, et, au lieu d'un réseau régulier, ses nervures dessinaient des motifs aléatoires.

Il cueillit une autre feuille, verte, celle-là, et lui trouva les mêmes caractéristiques que sa sœur jaunie.

« Depuis la bataille, les choses, ici, ne sont plus ce qu'elles étaient », commenta Glaedr.

Avec un froncement de sourcils, Eragon se débarrassa des feuilles. Il entendait de nouveau le bavardage des écureuils, et de nouveau il n'en aperçut aucun. Il ne réussit même pas à les repérer mentalement, ce qui le perturba. Il confia à Saphira :

« Si j'avais des écailles, elles me démangeraient. »

Elle gloussa, et un petit nuage de fumée s'échappa de ses narines.

À la sortie du verger, elle se dirigea vers un des nombreux ruisseaux qui descendaient de la montagne, étroit filet babilleur dans son lit de cailloux. Elle le suivit en remontant le courant jusqu'à une prairie abritée à la lisière de la forêt.

« Voilà », dit-elle.

Et elle s'affala sur le sol.

L'endroit semblait parfait pour bivouaquer, et la dragonne n'était pas en condition de chercher plus longtemps. Eragon approuva donc et mit pied à terre. Il prit le temps d'admirer la vallée avant de débarrasser Saphira de la selle et des sacs. Elle s'ébroua, remua les épaules, se tordit le cou pour lécher l'endroit où les lanières l'avaient irritée. Puis, sans plus de manières, elle se roula en boule sur l'herbe, se fourra la tête sous l'aile et ramena sa queue autour d'elle.

« Ne me réveille que si quelqu'un essayait de nous manger », dit-elle.

Avec un sourire, Eragon lui tapota la queue et se tourna de nouveau vers la vallée. Il resta un long moment en contemplation, presque vide de pensées, satisfait de se sentir simplement en vie, sans faire aucun effort pour appréhender le monde qui l'entourait.

Enfin, il déroula sa natte et l'étendit à côté de Saphira.

« Vous voulez bien monter la garde ? » demanda-t-il à Glaedr.

« Dors et ne t'inquiète de rien. Je veille. »

Le garçon acquiesça d'un hochement de menton, même si le dragon ne pouvait pas le voir. Puis il s'allongea sur la couverture et s'abandonna à ses rêves éveillés.

50
SNARGOLS POUR DEUX

L'après-midi était presque achevé quand Eragon ouvrit les yeux. Le manteau de nuages s'était déchiré à plusieurs endroits, et des rayons de lumière doraient la vallée, illuminaient le sommet des ruines. Les lieux, bien que toujours aussi froids et hostiles, en étaient revêtus d'une majesté nouvelle. Pour la première fois, le garçon comprit pourquoi les Dragonniers avaient choisi de s'établir sur l'île.

Il bâilla, puis effleura l'esprit de Saphira. Elle dormait encore, enfoncée dans un sommeil sans rêves. Sa conscience était comme réduite à une braise vacillante, aussi susceptible de s'éteindre que de s'embraser de nouveau.

Cette impression le troubla : elle évoquait trop la mort. Il réduisit leur lien à un mince fil mental, juste suffisant pour être sûr qu'elle allait bien, et regagna sa propre conscience.

Dans la forêt, derrière lui, deux écureuils se mirent à s'invectiver avec des piaillements suraigus. Un pli lui barra le front : ces voix étaient trop pointues, trop modulées, leur débit trop rapide. Comme si elles voulaient imiter le cri des écureuils.

Il sentit ses cheveux se hérisser sur sa nuque.

Il passa une heure, immobile, à écouter le caquetage incessant qui sortait des bois, à observer les motifs de lumière jouant sur les collines et les champs. Puis la trouée de nuages se referma, le ciel s'assombrit, et la neige se mit à tomber sur les flancs des montagnes.

Eragon se leva en disant à Glaedr :

« Je vais ramasser du bois pour le feu. Je suis de retour dans quelques minutes. »

Le dragon acquiesça, et le garçon se dirigea vers les bois, sans bruit pour ne pas réveiller Saphira. Arrivé sous les arbres, il pressa le pas. Il y avait beaucoup de branches tombées à la lisière de la forêt, mais le garçon avait besoin de se dérouiller les jambes, et il avait envie de découvrir la source des bavardages.

Une pénombre épaisse régnait sous les arbres. L'air froid, immobile comme au fond d'une grotte, sentait le champignon, la sève et le bois pourri. Les lichens pendaient aux branches, tels des lambeaux de dentelle humides et sales, mais non dépourvus d'une délicate beauté, et il était difficile d'y voir à plus de cinquante pieds.

Eragon s'enfonça dans la forêt en se repérant au murmure du ruisseau. De près, il découvrait que les conifères ne ressemblaient pas à ceux de la Crête ou du Du Weldenvarden. Ils portaient des bouquets de sept aiguilles et non de trois. Et, bien que ce pût être une illusion due à la lumière crépusculaire, l'obscurité semblait s'accrocher à eux comme une cape drapée autour de leurs troncs et de leurs branches. Tout en eux – les fentes de leur écorce, leurs racines protubérantes, leurs cônes écailleux – avait un aspect anguleux et féroce. Ils donnaient l'impression de vouloir s'arracher à la terre pour marcher sur la ville.

Le garçon frissonna et mit la main sur Brisingr. Il n'avait encore jamais vu de forêt si menaçante. Les arbres semblaient furieux et, comme ceux du verger, prêts à lui arracher la chair des os.

Avançant avec précaution, il écarta d'un revers de main un lichen jaune. Nulle part il ne voyait de gibier, pas plus que de traces d'ours ou de loups, ce qu'il ne s'expliquait pas. Si près d'un ruisseau, il aurait dû repérer des pistes menant à l'eau.

« Les animaux évitent peut-être cette partie des bois, songea-t-il. Mais pourquoi ? »

Un tronc tombé lui barra le chemin. Il l'enjamba, et s'enfonça jusqu'à la cheville dans un tapis de mousse. L'instant d'après, sa gedwëy ignasia lui picota la paume, et il entendit une caco-phonie de « Shkrîîîîshkrîîî ! » et de « Shkrîîîîshkrââ ! ». Une demi-douzaine d'asticots blancs, de la taille de son pouce, jaillirent de la mousse et s'enfuirent en bondissant.

Ses vieux instincts prirent le dessus et il s'immobilisa comme s'il était tombé sur un serpent. Il retint son souffle, s'interdisant même un battement de paupières, à la vue des répugnantes bes-tioles qui filaient en tous sens. En même temps, il fouillait sa mémoire ; mais il ne se rappelait pas qu'on lui eût mentionné rien de semblable pendant sa formation à Ellesméra.

« Glaedr, qu'est-ce que c'est ? appela-t-il en lui montrant les larves. Quel est leur nom en ancien langage ? »

À sa grande déception, le dragon répondit :

« Ces créatures me sont inconnues. Je n'ai jamais rien vu de tel, ni n'en ai entendu parler. Elles ne sont pas d'ici, ni d'Alagaësia. Ne les laisse pas te toucher ; elles pourraient être plus dangereuses qu'elles n'en ont l'air. »

528 S'étant éloignés d'Eragon de plusieurs pieds, les vers sans nom se mirent à sauter plus haut et retournèrent dans la mousse avec des « Shkrîîîîshkrôô ! ». En retombant, ils se divisèrent en un essaim de mille-pattes qui disparut rapidement dans l'épais-seur verte.

Alors seulement, Eragon relâcha son souffle.

« Ça ne devrait pas exister », déclara Glaedr, d'un ton préoccupé.

Eragon retira lentement son pied et recula derrière le tronc. En examinant la mousse de plus près, il découvrit que ce qu'il avait pris pour des branches tombées perçant le manteau de végétation était en réalité des tronçons de côtes cassées et de bois : les restes d'un ou de plusieurs cerfs.

Après un instant de réflexion, il fit demi-tour et revint sur ses pas, s'assurant cette fois d'éviter chaque plaque de mousse, ce qui n'était guère facile.

Découvrir ce qui jacassait dans la forêt ne valait pas le coup d'y risquer sa vie, d'autant qu'il soupçonnait la présence, sous les arbres, de bien pire que les affreuses larves. Sa paume lui démangeait toujours, et il savait d'expérience ce que cela signifiait : il y avait encore, tout près, *quelque chose* de dangereux.

Quand il aperçut entre les troncs la prairie et le bleu des écailles de Saphira, il obliqua et marcha jusqu'au ruisseau. La mousse recouvrait ses berges ; il sauta donc de tronc en pierre jusqu'à une roche plate au milieu du courant.

Là, il s'accroupit, ôta ses gants et se lava les mains, le visage et le cou. Le contact de l'eau glacée était vivifiant. Bientôt, ses oreilles rougirent et la chaleur se répandit dans tout son corps.

Alors qu'il se séchait le cou, il entendit des jacassements sonores au-dessus du ruisseau. D'un mouvement aussi lent que possible, il leva les yeux vers les arbres, sur la rive opposée.

À trente pieds de haut, quatre ombres étaient assises sur une branche. Leurs têtes noires étaient ornées d'aigrettes ébouriffées. Des yeux blancs, en amande, luisaient dans l'ovale de leurs visages, et leurs regards vides rendaient impossible de savoir ce qu'ils fixaient. Le plus déconcertant était que ces ombres, comme toutes les ombres, n'avaient aucune épaisseur. Quand elles se tournaient de côté, elles disparaissaient.

Sans les quitter des yeux, Eragon posa la main sur le pommeau de Brisingr.

L'ombre de gauche agita ses plumets et poussa le cri aigu qu'il avait pris pour celui d'un écureuil. Deux autres esprits l'imitèrent, et la forêt renvoya l'écho de leurs piaillements stridents.

Le garçon envisagea de toucher leur conscience, mais, se rappelant le Fanghur, sur la route d'Ellesméra, il écarta cette idée imprudente.

À voix basse, il articula :

— Eka aíffricai un Shur'tugal. Je suis un Dragonnier et un ami.

Les ombres semblèrent fixer leur regard sur lui, et pendant quelques instants seul le clapotis du ruisseau troubla le silence.

Puis elles reprirent leur bavardage, et la brillance de leurs yeux augmenta jusqu'à l'incandescence.

Au bout de quelques minutes, les ombres n'ayant fait mine ni de l'attaquer ni de s'en aller, Eragon se releva et tendit prudemment un pied vers la pierre derrière lui.

Ce mouvement parut alarmer les esprits ; ils poussèrent de grands cris. Puis ils s'ébrouèrent, et à leur place apparurent quatre chouettes. Ouvrant leurs becs jaunes, elles le rabrouèrent avec des jacassements véhéments, comme l'auraient fait des écureuils. Après quoi, prenant leur envol, elles disparurent derrière un écran de branchages.

– Barzûl, jura Eragon.

Il fit demi-tour en sautant d'une pierre à l'autre et regagna en hâte la prairie, ne s'arrêtant que pour ramasser une brassée de branches tombées.

Dès qu'il eut rejoint Saphira, il posa le bois sur le sol, s'agenouilla et entama la récitation de tous les sorts qui lui revenaient en mémoire. Glaedr lui recommanda une formule qu'il avait oubliée avant d'ajouter :

« Il n'y avait ici aucune de ces créatures quand Oromis et moi sommes revenus après la bataille. Elles ne sont pas normales. La magie répandue sur cette terre l'a déformée, ainsi que tous ceux qui y vivaient. Ce lieu est devenu malfaisant. »

« Quelles créatures ? » demanda Saphira.

Elle ouvrit les yeux et bâilla, offrant une vue impressionnante sur ses crocs. Quand Eragon eut partagé avec elle sa mémoire des derniers évènements, elle conclut :

« Tu aurais dû m'emmener. Tes vers et tes ombres-oiseaux, je n'en aurais fait qu'une bouchée. Et tu n'aurais plus rien à craindre d'eux. »

« Saphira ! »

Elle coula un regard vers lui :

« J'ai faim. Magiques ou pas, qu'est-ce qui m'empêche de manger ces drôles de bêtes ? »

« Parce que ce sont elles qui pourraient te manger, Saphira Bjartskular, intervint Glaedr. Tu connais aussi bien que moi la règle numéro un de la chasse : ne pas traquer une proie tant qu'on n'est pas certain qu'il s'agit bien d'une proie. »

– Inutile de chercher des cerfs ou des daims, ajouta Eragon, je doute qu'il en reste. D'ailleurs, chasser ici ne me paraît guère prudent. De plus, il va faire nuit.

Saphira grogna :

« Très bien. Alors, je me rendors. Mais demain matin je pars chasser, tant pis pour le danger. Je ne retraverserai pas la mer le ventre vide. »

Sur ces mots, Saphira ferma les yeux et replongea dans le sommeil.

Eragon alluma un petit feu et s'offrit un maigre souper tandis que l'obscurité envahissait la vallée. Il discuta avec Glaedr de ce qu'ils feraient le lendemain, et le vieux dragon lui apporta des précisions sur l'histoire de l'île depuis l'époque où les elfes étaient arrivés en Alagaësia, et où Vroengard était le territoire des seuls dragons.

Avant que les dernières lueurs du jour ne s'éteignent, le dragon proposa :

« Aimerais-tu voir Vroengard telle qu'elle était au temps des Dragonniers ? »

« Oh oui ! »

« Alors, regarde ! »

Eragon sentit Glaedr pénétrer son esprit et y déverser un flot d'images et d'impressions. Sa vision se modifia, et une représentation fantôme se superposa à celle du paysage qu'il avait sous les yeux. C'était un souvenir de la vallée au crépuscule, comme elle l'était à cet instant. Mais le ciel était sans nuage, et des myriades d'étoiles étincelaient au-dessus du grand anneau d'Aras Thelduin, les montagnes de feu. Les arbres de jadis étaient plus grands, plus droits et moins sinistres, et, à travers la plaine, les constructions des Dragonniers se dressaient, intactes, illuminées par la douce lueur des lanternes sans flamme des elfes. Le lierre et la mousse ne dévoraient pas les murs, alors ; les tours et les édifices avaient une noblesse que les ruines avaient perdue. Haut dans le ciel comme le long des voies pavées, Eragon discernait les silhouettes d'innombrables dragons, géants gracieux dont les écailles scintillantes semblaient le trésor de mille rois.

L'apparition se prolongea un moment ; puis Glaedr se retira de l'esprit d'Eragon, et la vallée reprit son apparence réelle.

« C'était beau », dit le garçon.

« Oui. Ça ne l'est plus. »

Eragon observa le paysage, le comparant à la vision qu'il en avait eue. Il fronça les sourcils en apercevant une ligne de lumières sautillantes – des lanternes, pensa-t-il – dans la cité abandonnée. Il murmura un sort pour aiguiser sa vue, et discerna une file de silhouettes encapuchonnées, vêtues de noir, avançant à pas lents parmi les ruines. Le rythme de leur démarche et le balancement de leurs lanternes donnaient à leur procession un aspect solennel, surnaturel.

« Qui sont ces hommes ? » demanda-t-il à Glaedr.

Il lui semblait être témoin d'une scène à lui seul destinée.

« Je ne sais pas. Peut-être les descendants de ceux qui se sont cachés pendant la bataille. Ou des hommes de ta race qui se sont installés ici après la chute des Dragonniers. Ou encore ceux qui rendent un culte aux dragons et aux Dragonniers. »

« Il y en a ? »

« Il y en a eu. Nous décourageons ces pratiques, mais elles étaient courantes dans beaucoup de régions isolées d'Alagaësia... C'est une bonne chose, je crois, que tu aies placé autour de nous tous ces sorts de protection. »

Eragon regarda les silhouettes encapuchonnées traverser la cité, ce qui leur prit presque une heure. Lorsqu'elles arrivèrent à l'autre bout, leurs lanternes s'éteignirent une à une, et, quand leurs porteurs eurent disparu, le garçon ne vit plus rien, même avec l'assistance de la magie.

Il étouffa le feu en y jetant des poignées de terre et se glissa sous ses couvertures pour se reposer.

*
* *

« Eragon ! Saphira ! Réveillez-vous ! »

Le garçon ouvrit les yeux et s'assit en empoignant Brisingr.

Seul le faible rougeoiement des braises et une mince ligne pâle, à l'est, éclairaient l'obscurité. Eragon distinguait cependant la masse sombre de la forêt, la prairie et... l'escargot monstrueux qui rampait vers eux.

Eragon lâcha un glapissement et se rejeta en arrière. L'escargot – dont la coquille mesurait bien cinq pieds et demi de haut – marqua un temps d'hésitation avant de glisser vers lui à la vitesse d'un homme qui court. Un sifflement de serpent sortit de la fente noire qui lui servait de bouche. Le garçon n'aurait pas le temps de se relever, et il n'était pas en bonne position pour tirer Brisingr. Il s'apprêta à lancer un sort. Saphira fut plus rapide que lui. Elle allongea le cou et referma ses mâchoires sur l'escargot. La coquille craqua entre ses dents avec un bruit d'ardoise qui se brise. La créature émit une sorte de couinement.

D'une torsion de la tête, la dragonne envoya sa proie dans les airs, ouvrit grand la gueule et avala l'animal tout rond, déglutissant comme un rouge-gorge qui gobe un ver de terre.

Eragon vit alors quatre autres escargots géants, un peu plus bas. L'un d'eux s'était retiré dans sa coquille ; ses trois compagnons s'enfuyaient sur leurs ventres ondulants.

– Là-bas ! cria le garçon.

Saphira bondit. Pendant quelques instants, elle décolla du sol avant de retomber sur ses pattes. Elle croqua le premier fuyard, le second, le troisième. Elle ne mangea pas le dernier, celui qui se cachait dans sa coquille. Mais elle l'arrosa d'un jet de flammes jaune et bleu, qui illumina la prairie à cent pieds à la ronde. Elle ne maintint le feu qu'une ou deux secondes.

533

Puis elle saisit entre ses dents, délicatement, comme une chatte soulève son chaton, l'escargot fumant et vint le déposer aux pieds d'Eragon. Il le considéra d'un air dégoûté ; il semblait bel et bien mort.

« Voilà ce qui s'appelle un petit-déjeuner », dit-elle.

Il la fixa, puis fut pris d'un fou rire qui le plia en deux, les mains sur les genoux, haletant et hoquetant.

« Qu'est-ce qu'il y a de si drôle ? » demanda-t-elle en reniflant la coquille noircie.

« Oui, pourquoi ris-tu comme ça, Eragon ? » s'enquit Glaedr.

Le garçon secoua la tête, incapable de parler. Quand il eut repris son souffle, il dit :

— Parce que...

Il reprit mentalement, pour que Glaedr pût entendre :

« Parce que... des œufs au lard d'escargot ! »

Il se remit à glousser, se sentant complètement idiot.

« Parce que... un steak d'escargot ! Un petit creux ? Goûtez donc une antenne ! Un coup de fatigue ? Si vous mangiez un œil ? Et... »

Il suffoquait, pleurait de rire.

Grimaçant une espèce de sourire qui lui découvrit les dents, Saphira émit un curieux bruit de gorge :

« Tu es bizarre, quelquefois, Eragon. »

Elle renifla de nouveau la coquille :

« Un peu d'hydromel, ce ne serait pas de refus. »

« Toi, au moins, tu as mangé. »

« Pas suffisamment, mais assez pour retourner chez les Vardens. »

Quand il se fut calmé, Eragon poussa la coquille du bout de sa botte :

« Voilà si longtemps qu'il n'y a pas eu de dragons sur Vroengard ! Il ne savait pas ce que tu étais et a cru que je ferais un repas facile... Finir dans l'estomac d'un escargot, triste mort, tout de même. »

« Néanmoins mémorable. »

« Néanmoins mémorable », approuva-t-il, sentant son hilarité revenir.

« Vous rappelez-vous, petits, la première règle de la chasse ? » les interrogea Glaedr.

« Ne pas traquer une proie tant qu'on n'est pas certain qu'il s'agit bien d'une proie », répondirent d'une seule voix Eragon et Saphira.

Puis le garçon commenta :

« Des vers sauteurs, des ombres-oiseaux, et maintenant des escargots géants... Comment les sorts jetés pendant la bataille ont-ils pu créer tout ça ? »

« Les Dragonniers, les dragons et les Parjures ont dépensé d'énormes quantités d'énergie, au cours de ce conflit. Une grande part était canalisée par les sortilèges, le reste ne l'était pas. Ceux qui ont survécu ont raconté que, pendant un temps, le monde est devenu fou, et qu'ils ne pouvaient plus se fier à leurs sens. L'énergie dispersée a dû migrer dans les ancêtres des vers et des oiseaux que tu as vus aujourd'hui et les modifier. Mais tu te trompes en incluant les escargots. Les snargols, comme on les appelle, ont toujours vécu sur Vroengard. C'était un de nos mets préférés, à nous, les dragons, pour une raison que tu comprends certainement, Saphira. »

Elle émit un fredonnement appréciateur en se léchant les babines.

« Non seulement leur chair est tendre et goûteuse, mais leurs coquilles favorisent la digestion. »

« Si ce sont des animaux ordinaires, intervint Eragon, pourquoi mes protections magiques ne les ont-elles pas arrêtés ? Elles auraient au moins dû m'avertir de leur approche. »

« Ça, répondit Glaedr, c'est peut-être un effet de la bataille. La magie n'a pas créé les snargols, mais ils ont pu être affectés par les énergies qui ont dévasté ces lieux. Ne restons pas ici plus longtemps que nécessaire. Mieux vaut partir avant que les autres créatures qui errent sur l'île n'aient envie de savoir ce que nous avons dans le ventre. »

535

Avec l'aide de Saphira, Eragon brisa la coquille de l'escargot brûlé et, à la lueur d'une lumière magique, ôta la masse charnue qu'elle renfermait. Ce fut une tâche salissante, qui le laissa couvert jusqu'aux coudes d'une bave sanglante. Puis tous deux enterrèrent la viande près du lit de braises.

Après quoi, la dragonne retourna à son carré d'herbe, se roula en boule et s'endormit. Cette fois, Eragon la rejoignit. Ramassant ses couvertures et ses sacs de selle, dont celui qui contenait le cœur des cœurs de Glaedr, il se faufila sous une de ses ailes et s'installa au creux chaud et sombre de son cou. Il passa là le reste de la nuit, dans ses rêves et ses pensées.

La journée du lendemain s'annonçait aussi grise et morne que la précédente. Une fine couche de neige saupoudrait le flanc des montagnes et le sommet des collines ; l'air mordant laissait supposer qu'il neigerait de nouveau dans les prochaines heures.

Fatiguée comme elle était, Saphira ne bougea pas avant que le soleil eût dépassé d'une largeur de main la cime des montagnes. Malgré son impatience, Eragon ne la dérangea pas. La laisser reprendre des forces était plus important que de commencer tôt leurs recherches.

Dès qu'elle fut réveillée, Saphira déterra l'escargot, et il se cuisina un copieux petit-déjeuner de... comment appeler ça ? Bacon d'escargot ? En tout cas, les tranches de viande étaient savoureuses, et il mangea plus que d'ordinaire. Saphira dévora ce qui restait, puis ils patientèrent une heure, car, s'ils étaient amenés à se battre, il aurait été imprudent de le faire l'estomac plein.

Enfin, Eragon roula ses couvertures, sangla la selle sur le dos de Saphira. Et, avec Glaedr, ils se dirigèrent vers le Rocher de Kuthian.

51
LE ROCHER
DE KUTHIAN

Le chemin jusqu'au champ de pommiers leur parut plus court que la veille. Les arbres tordus semblaient toujours aussi menaçants ; Eragon garda la main sur le pommeau de Brisingr tant qu'ils marchèrent sous leur feuillage.

Comme la première fois, ils s'arrêtèrent en bordure de la clairière broussailleuse que dominait le Rocher de Kuthian. Une nuée de corbeaux perchée sur la roche déchiquetée s'envola avec de bruyants croassements à l'arrivée de Saphira. Eragon ne pouvait imaginer plus mauvais présage.

Il passa une demi-heure à lancer sort après sort, à la recherche de toute magie susceptible de leur nuire à tous trois. Il découvrit, tissé autour de la clairière, du rocher et – lui sembla-t-il – de l'île tout entière, un dispositif d'enchantements impressionnant. Plusieurs sorts insérés dans les profondeurs de la terre étaient si puissants qu'il croyait sentir couler sous ses pieds un fleuve d'énergie. D'autres semblaient inoffensifs, n'affectant parfois qu'une branche ou une simple fleur. Plus de la moitié étaient dormants, soit par manque de vitalité, soit par absence d'objet sur lequel agir, soit qu'ils fussent dans l'attente d'une circonstance donnée. Certains s'opposaient les uns aux autres, comme si les Dragonniers – ou quiconque les avait jetés – avaient cherché à modifier ou annuler les effets d'une magie plus ancienne.

Eragon était incapable de déterminer à quoi servaient la plupart des sorts. Il n'y avait plus trace des formules utilisées pour les lancer. N'en subsistaient que les structures que des magiciens morts depuis longtemps avaient créées avec soin, quasi impossibles à interpréter. L'aide de Glaedr, familier des enchantements les plus anciens placés sur Vroengard, lui fut fort utile. Pour le reste, il dut se contenter d'hypothèses. Par chance, à défaut de déterminer ce que tel ou tel sort était censé produire, il pouvait au moins établir s'ils risquaient de les affecter, lui, Glaedr ou Saphira. Mais c'était une procédure complexe, exigeant des incantations tout aussi complexes, et il lui fallut encore une heure pour tout examiner.

Les sorts qui l'inquiétaient le plus – ainsi que Glaedr – étaient ceux qui avaient pu échapper à sa détection. Il était extrêmement difficile de repérer les enchantements d'autres magiciens lorsque ceux-ci avaient masqué leur travail.

Quand Eragon fut à peu près sûr que le Rocher de Kuthian et ses alentours ne dissimulaient aucun piège, il traversa la clairière aux côtés de Saphira et s'arrêta au pied de la flèche de pierre tapissée de lichen.

Le garçon leva les yeux vers le sommet, qui culminait à une hauteur impressionnante. Ni lui ni Saphira ne remarquèrent quoi que ce fût d'anormal.

« Prononçons nos noms, et qu'on en finisse », dit-elle.

Eragon interrogea mentalement le vieux dragon.

« Elle a raison, approuva-t-il. Inutile de retarder ce moment plus longtemps. Dis ton nom ; Saphira et moi en ferons autant. »

Les nerfs à fleur de peau, le garçon serra les poings. Puis il prit son bouclier, qu'il portait dans le dos, tira Brisingr et s'accroupit. D'une voix forte et claire, il annonça :

– Mon nom est Eragon le Tueur d'Ombre, fils de Brom.

« Mon nom est Saphira Bjartskular, fille de Vervada. »

« Mon nom est Glaedr Eldunarí, fils de Nithring Longue Queue. »

Et ils attendirent.

Un croassement s'éleva au loin comme si les corbeaux se moquaient. Eragon s'efforça d'ignorer le malaise qui s'insinuait en lui. Il n'avait pas vraiment espéré qu'ouvrir la Crypte des Âmes fût aussi simple.

« Essaie encore, lui conseilla Glaedr, mais, cette fois, utilise l'ancien langage. »

Il prononça donc :

– Nam iet er Eragon Sundavar-Vergandí, sönr abr Brom.

Les deux dragons répétèrent à leur tour leur nom et leur lignée.

Rien ne se passa.

Eragon sentait l'angoisse monter. S'ils avaient fait ce voyage en vain... Non, il refusait d'y penser. Pas déjà.

« Peut-être nos noms doivent-ils être prononcés à haute voix ? »

« Comment ? protesta Saphira. Tu veux que je rugisse ? Et Glaedr ? »

« Je peux les prononcer pour vous. »

« On peut toujours essayer, consentit le vieux dragon, bien que l'hypothèse me paraisse peu probable. »

« Dans notre langue ou en ancien langage ? »

« En ancien langage, je suppose, mais tente les deux par sécurité. »

Par deux fois, Eragon récita leurs noms. La pierre ne bougea pas. Agacé, il déclara :

« On n'est peut-être pas au bon endroit. L'entrée de la Crypte des Âmes est peut-être de l'autre côté. Ou même au sommet. »

« Si c'était le cas, objecta Glaedr, le *Domia abr Wyrda* ne l'aurait-il pas précisé ? »

Eragon abaissa son bouclier.

« Depuis quand les énigmes sont-elles faciles à interpréter ? » soupira-t-il.

« Et si tu étais le seul à devoir annoncer ton nom ? suggéra Saphira. Solembum a bien dit : "Quand tout te semblera perdu, quand ton pouvoir te semblera inefficace, rends-toi au Rocher de Kuthian et prononce ton nom : il t'ouvrira la Crypte des Âmes." Ton nom, Eragon, pas le mien ni celui de Glaedr. »

Le garçon réfléchit :

« C'est possible. Mais, si mon nom suffit, je dois peut-être être seul quand je le prononce. »

Avec un grognement, Saphira décolla. Le souffle de ses ailes fit voler les cheveux d'Eragon et coucha les herbes de la clairière :

« Alors, essaie ! Et fais vite ! »

Et elle fila vers l'est, loin du rocher.

Quand elle fut à un quart de mile de distance, Eragon posa de nouveau les yeux sur la surface rugueuse, leva son bouclier et, de nouveau, prononça son nom, d'abord dans sa langue, puis en ancien langage.

Aucune porte, aucun passage ne s'ouvrit. Pas une fissure n'apparut. Aucun symbole ne s'inscrivit dans la pierre. La flèche rocheuse avait toutes les apparences d'un solide bloc de granite, dépourvu du moindre secret.

« Saphira ! » cria le garçon en esprit.

Puis, avec force jurons, il fit les cent pas dans la clairière, projetant à coups de pied les cailloux et les branches tombées.

Il revenait au rocher quand la dragonne se posa. Les griffes de ses pattes arrière creusèrent la terre de profonds sillons, et elle battit des ailes pour s'immobiliser, ce qui envoya dans les airs un tourbillon de feuilles.

Quand elle eut ancré ses quatre pattes au sol et refermé ses ailes, Glaedr fit remarquer :

« À ce que je vois, tu n'as pas eu plus de succès ? »

« Non », aboya Eragon en décochant au rocher un regard furieux.

Le vieux dragon parut soupirer :

« C'est bien ce que je craignais. Il ne reste qu'une explication... »

« Que Solembum nous ait menti ? Qu'il nous ait envoyés dans une quête impossible pour que Galbatorix profite de notre absence et détruise les Vardens ? »

« Non. Que pour ouvrir ce... cette... »

« Cette Crypte des Âmes », acheva Saphira.

«Oui, cette crypte dont il t'a parlé, nous devions dire nos vrais noms. »

Les mots tombèrent entre eux avec une pesanteur de pierres. Pendant quelques instants, personne ne parla. Cette idée impressionnait Eragon ; il ne la considérait qu'avec réticence, comme si le simple fait d'y penser ne pouvait qu'aggraver la situation.

«Mais, reprit enfin Saphira, si c'est un piège... »

« Alors, c'est un piège particulièrement retors, dit Glaedr. La question est celle-ci : faites-vous confiance à Solembum ? Car, en poursuivant, nous mettons en péril bien plus que nos vies ; nous risquons notre liberté. Si vous vous fiez au chat-garou, saurez-vous être assez honnêtes avec vous-mêmes pour découvrir vos vrais noms, et cela rapidement ? Et êtes-vous prêts à vivre avec cette découverte, aussi désagréable qu'elle puisse être ? Si la réponse est non, autant repartir tout de suite. J'ai changé, depuis la mort d'Oromis. Cependant, je sais qui je suis. Mais toi, Saphira ? Et toi, Eragon ? Pouvez-vous vraiment me dire ce qui fait de vous le dragon et le Dragonnier que vous êtes ? »

Eragon fixait le Rocher de Kuthian, en plein désarroi.

« Qui suis-je ? » se demandait-il.

52
ET LE MONDE EST UN RÊVE

Nasuada rit en voyant le ciel étoilé tournoyer autour d'elle et elle tomba, tête la première, vers une crevasse emplie d'étincelantes lumières blanches, à des miles au-dessous d'elle. Le vent qui lui bousculait les cheveux et gonflait sa chemise faisait claquer ses manches avec un bruit de fouet. De grandes chauves-souris noires s'attroupaient autour d'elle, mordillaient ses plaies de leurs dents aiguës qui brûlaient comme de la glace.

Et elle riait toujours.

La crevasse s'élargit, et la lumière l'enveloppa, l'aveugla un instant. Quand elle retrouva sa vision normale, elle était de retour dans la salle de Parle-Vrai, attachée sur la dalle couleur de cendre, le corps inerte. Près d'elle se tenait Galbatorix, haute silhouette aux larges épaules, le visage dans l'ombre, couronné de feu écarlate.

Il se tourna vers elle, et elle était debout. Il lui tendit sa main gantée :

— Viens, Nasuada, fille d'Ajihad ! Fais plier ta fierté, jure-moi fidélité, et je te donnerai tout ce que tu as toujours désiré.

Elle gloussa, sarcastique, et se jeta sur lui, les ongles en avant. Avant qu'elle ait pu lui déchirer la gorge, le roi s'était évanoui dans une brume ténébreuse.

— Mon seul désir, c'est de te tuer ! hurla-t-elle vers le plafond.

La voix de Galbatorix résonna en écho, comme venue de tous les coins de la chambre :

– Alors, tu resteras ici jusqu'à ce que tu comprennes tes égarements !

*
* *

Nasuada ouvrit les yeux. Elle était toujours étendue sur la pierre, les chevilles et les poignets entravés. Ses blessures causées par le ver fouisseur pulsaient douloureusement.

Avait-elle perdu connaissance ou venait-elle de parler avec le roi ? C'était si difficile à dire quand...

Dans un angle de la pièce, elle vit la tige d'une plante rampante faire éclater les tuiles pour se frayer un passage. D'autres tiges apparurent ; celles-là sortaient du mur, se répandaient sur le sol telle une mer d'appendices ondulants.

En les regardant ramper vers elle, la jeune femme ricana.

« C'est tout ce qu'il a trouvé ? J'ai des rêves plus étranges presque chaque nuit. »

Comme en réponse à sa raillerie, la dalle de pierre fondit sous elle, et les lianes s'enroulèrent autour de ses membres, la retenant avec plus de force qu'aucune chaîne. Sa vision se brouilla. Les tiges se multipliaient. Elle n'entendait plus que leur frottement les unes contre les autres, un bruit sec et ténu de sable tombant sur du sable.

L'air autour d'elle s'épaissit, lourd, chaud ; elle avait du mal à respirer. Si elle n'avait pas su que les lianes étaient une illusion, elle aurait paniqué. Elle cracha dans le noir et maudit Galbatorix. Ce n'était pas la première fois, et sûrement pas la dernière. Mais elle ne lui accorderait pas le plaisir de savoir qu'il l'avait déstabilisée.

De la lumière... Des rayons dorés qui rayaient une suite de collines parsemées de champs et de vignobles. Vêtue d'une élégante robe jaune, elle se tenait dans une petite cour, sous une tonnelle couverte de liserons en fleur, dont l'aspect avait quelque chose de désagréablement familier. Une brise légère soufflait de l'ouest, tiède et paisible, apportant une odeur de terre fraîchement labourée.

— Ah, tu es ici, dit une voix dans son dos.

Murtagh venait vers elle à grands pas, sortant d'un luxueux manoir. Il avait, comme elle, un gobelet de vin à la main. Il était vêtu d'un haut-de-chausses noir et d'un pourpoint de satin rouge sombre à lisérés d'or. Une dague au manche incrusté de pierres précieuses pendait à sa ceinture. Ses cheveux étaient plus longs qu'avant, et elle ne l'avait jamais vu aussi détendu, confiant. Cette expression, ajoutée à la lumière qui éclairait son visage, lui donnait une beauté saisissante, pleine de noblesse.

Il la rejoignit sous la tonnelle, posa la main sur son bras nu, d'un geste naturel et intime :

— C'est comme ça, friponne, que tu m'abandonnes à Lord Ferros et à ses histoires interminables ? Il m'a fallu une demi-heure pour me débarrasser de lui.

Il l'observa de plus près, l'air soucieux :

— Tu as mauvaise mine. Tu n'es pas malade ?

Désemparée, elle ouvrit la bouche pour répondre, mais aucun son n'en sortit.

Un pli barra le front de Murtagh :

— C'est encore une de tes crises ?

— Je... je ne sais pas. Je n'arrive pas à me rappeler comment je suis arrivée ici, ni...

Elle s'interrompit en voyant dans les yeux du jeune homme une ombre de tristesse, qu'il s'empressa de chasser.

Il lui caressa le dos et tourna le regard vers les collines. D'un geste vif, il vida son gobelet. Puis, à voix basse, il reprit :

— Tout cela est perturbant pour toi, j'en suis conscient. Ce n'est pas la première fois, mais...

Il inspira profondément avec un léger hochement de tête :

— Quelle est la dernière chose dont tu te souviennes ? Teirm ? Aberon ? Le siège de Cithrí ? Le cadeau que je t'ai offert à Eoam ?

Une effroyable impression de vide s'empara d'elle.

— Urû'baen, murmura-t-elle. La salle de Parle-Vrai. C[...]
mon seul souvenir.

Elle sentit la main de Murtagh trembler contre son dos, bie[...]
que son visage ne trahît aucune émotion.

— Urû'baen, répéta-t-il d'une voix rauque.

Il se pencha vers elle :

— Nasuada... Huit années se sont écoulées depuis Urû'baen.

« Non, pensa-t-elle. C'est impossible. » Pourtant, tout ce
qu'elle voyait et ressentait paraissait si réel ! Les cheveux de
Murtagh agités par le vent, l'odeur de la terre labourée, le
contact du satin contre sa peau, chaque détail semblait exactement ce qu'il devait être. Mais, si elle était vraiment là, pourquoi Murtagh n'avait-il pas touché son esprit pour le lui assurer,
comme il l'avait fait auparavant ? Avait-il oublié ? Si huit ans
étaient passés, il ne se rappelait peut-être plus une promesse
faite depuis si longtemps, dans la salle de Parle-Vrai.

— Je..., commença-t-elle.

Une voix de femme l'interrompit :

— Ma Dame !

Elle jeta un coup d'œil par-dessus son épaule. Une servante
corpulente sortait en hâte du manoir, les pans de son tablier
blanc voletant autour d'elle.

Avec une révérence, la femme de chambre reprit :

— Ma Dame, pardonnez-moi de vous déranger, mais les
enfants espéraient que vous assisteriez à la pièce qu'ils ont préparée pour les invités.

— Les enfants ? murmura-t-elle.

Elle se tourna vers Murtagh et vit des larmes dans ses yeux.

— Oui, dit-il, les enfants. Tous les quatre en bonne santé et
bouillants d'énergie.

Elle frissonna, submergée par l'émotion. Puis elle releva le
menton :

— Montre-moi ce que j'ai oublié. Montre-moi *pourquoi* j'ai
oublié.

Il lui adressa un sourire qui lui parut plein de fierté.

– Avec plaisir, dit-il en déposant un baiser sur son front.

Il lui prit son gobelet et le confia avec le sien à la servante. Puis il lui saisit les mains, ferma les yeux et inclina la tête.

L'instant d'après, elle sentit une présence contre son esprit. Alors elle sut : ce n'était pas lui. Ça ne pouvait pas être lui.

Furieuse d'avoir été bernée et de perdre un bonheur qu'elle ne connaîtrait jamais, elle libéra sa main droite, s'empara du poignard à la ceinture de Murtagh et lui enfonça la lame dans le flanc. Puis elle cria :

Il y avait à El-Harím un homme aux yeux jaunes.
Méfie-toi des murmures, me dit-il, car ils murmurent des mensonges.

Murtagh la fixa d'un air étrangement absent, puis il s'effaça. Autour d'elle, la cour, la tonnelle, le manoir, les collines couvertes de vignes, tout disparut. Elle flottait dans un néant de silence et d'obscurité. Elle voulut continuer sa récitation, mais sa gorge n'émettait aucun son. Elle n'entendait même pas le battement du sang dans ses veines.

Puis elle sentit les ténèbres se distordre, et...

Elle trébucha et tomba à quatre pattes. Des cailloux pointus lui blessèrent les paumes. Elle papillota des paupières pour accoutumer ses yeux à la lumière, se redressa et regarda autour d'elle.

De la brume. Des rubans de fumée dérivant à la surface d'un champ aride qui ressemblait aux Plaines Brûlantes.

Elle portait de nouveau sa chemise en lambeaux et elle avait les pieds nus.

Un rugissement l'alerta. Elle pivota pour découvrir un Kull gigantesque qui fonçait sur elle, une massue cerclée de fer au poing. D'autres rugissements, sur sa gauche, annoncèrent l'arrivée d'un autre Kull et de cinq Urgals. Puis deux silhouettes bossues, enveloppées dans de longues capes, émergèrent de la brume et s'élancèrent dans sa direction avec de curieux pépiements, agitant des épées en forme de feuilles. Sans en avoir jamais vu, elle sut que c'était des Ra'zacs.

Elle rit. Galbatorix la punissait. Elle ignora l'approche des ennemis – auxquels elle aurait été bien incapable d'échapper –, s'assit en tailleur et se mit à fredonner une ancienne chanson naine.

Les premières tentatives de Galbatorix avaient été des scénarios subtils qui l'auraient trompée sans les mises en garde de Murtagh. Pour garder secrète l'aide du jeune homme, elle avait fait mine d'ignorer que le roi altérait sa perception de la réalité. Mais, en dépit de tout ce qu'il lui faisait voir ou ressentir, elle avait refusé de se laisser entraîner dans des pensées qu'elle n'aurait pas dû avoir ou, pire encore, de lui jurer fidélité.

Lui tenir tête n'avait pas été chose facile, mais elle s'était accrochée à ses rituels mentaux et, grâce à eux, avait réussi à contrecarrer ses plans.

La première illusion avait pris les traits d'une femme, Rialla, amenée prisonnière dans la salle de Parle-Vrai. Elle prétendait être mariée en secret à un espion des Vardens à Urû'baen, et avoir été arrêtée alors qu'elle lui portait un message. Pendant ce qui parut être une semaine, elle s'évertua à gagner la confiance de Nasuada et à la convaincre, de façon détournée, que la campagne des Vardens était vouée à l'échec, qu'ils se battaient pour de mauvaises raisons, et qu'il était légitime de se soumettre à l'autorité de Galbatorix.

Au début, Nasuada n'avait pas compris que Rialla elle-même était une illusion. Elle supposait que Galbatorix déformait son apparence et ses discours, ou altérait ses émotions à elle pour la rendre sensible aux arguments de l'autre prisonnière.

À mesure que les jours s'écoulaient, sans visite ni nouvelles de Murtagh, elle avait craint qu'il ne l'eût abandonnée entre les griffes de Galbatorix. Cette idée la tourmentait plus qu'elle n'aurait voulu l'admettre, et elle passait son temps dans l'angoisse.

Puis elle se demanda pourquoi Galbatorix ne l'avait pas torturée au cours de cette période. Il lui vint à l'esprit que, si une semaine s'était réellement écoulée, les Vardens et les elfes avaient dû attaquer Urû'baen. Auquel cas Galbatorix y aurait fait allusion, ne fût-ce que pour se vanter. Et puis, au comportement bizarre de Rialla s'ajoutaient d'inexplicables défaillances de sa mémoire, la patience inhabituelle du roi et le silence persistant de Murtagh, dont elle refusait de croire qu'il manquait à sa parole. Elle finit par s'en convaincre : aussi invraisemblable que cela pût être, Rialla n'était qu'une apparition, et l'écoulement du temps n'avait aucune réalité.

Découvrir que Galbatorix était capable d'altérer sa perception de la durée l'avait ébranlée. Cette idée la révulsait. Si elle avait perdu le compte des jours au cours de sa captivité, elle était restée à peu près consciente de leur passage. Perdre ces repères, être privée de cet ancrage la mettait plus encore à la merci du roi, car il pouvait prolonger ou contracter à volonté les expériences auxquelles il la soumettait.

Néanmoins, elle n'avait rien abandonné de sa détermination ; elle résisterait aussi longtemps qu'il le faudrait. Si elle devait endurer cent ans d'emprisonnement, elle les endurerait.

Quand elle se fut révélée insensible aux discours insidieux de Rialla – et l'eut accusée de traîtrise et de lâcheté –, l'apparition s'effaça, et Galbatorix passa à autre chose.

Ses artifices se firent de plus en plus élaborés. Aucun, toutefois, ne défiait les lois de la raison ni ne contredisait ce qui avait été montré auparavant, car le roi essayait encore de maintenir sa captive dans l'ignorance de ses manipulations.

Ses tentatives culminèrent quand il fit mine de l'emmener quelque part dans la citadelle, jusqu'à un cachot où elle crut voir Eragon et Saphira enchaînés. Galbatorix menaça, si elle ne lui jurait pas fidélité, de tuer Eragon. Quand elle refusa – au grand déplaisir du roi et, lui sembla-t-il, à sa surprise –, Eragon lança un sort qui les libéra tous les trois. Après un duel rapide, Galbatorix s'enfuit, ce qu'il n'aurait sûrement pas fait dans la réalité. Alors, avec Eragon et Saphira, ils se battirent pour sortir de la forteresse.

Tout cela avait un côté exaltant, et elle aurait aimé savoir comment l'aventure se terminerait. Mais elle estima avoir joué assez longtemps dans la mise en scène de Galbatorix. Profitant de la première incohérence qu'elle remarqua – la forme des écailles de Saphira autour de ses yeux –, elle fit mine de découvrir soudain que le monde où elle se mouvait n'était qu'un faux-semblant.

– Vous aviez promis de ne jamais mentir tant que je serais dans la salle de Parle-Vrai, avait-elle crié dans le vide. Qu'est-ce que tout cela, sinon un mensonge, Parjure ?

En se voyant découvert, Galbatorix était entré dans une colère prodigieuse. Il avait rugi comme un dragon avant d'abandonner toute subtilité et de la soumettre à une suite d'authentiques tourments.

Au moins, les apparitions avaient cessé, et Murtagh lui fit savoir qu'elle pouvait de nouveau se fier à ses sens. Elle n'avait jamais été aussi heureuse de toucher l'esprit du jeune homme.

Cette nuit-là, il vint la voir. Ils passèrent des heures à parler, assis l'un près de l'autre. Il lui apprit l'avancée des Vardens – ils étaient en vue de la capitale –, lui décrivit les préparatifs de l'Empire et lui révéla qu'il pensait avoir trouvé un moyen de la délivrer. Quand elle le pressa de donner des détails, il refusa d'en dire plus :

– J'ai encore besoin d'un jour ou deux pour m'assurer que ça marchera. Mais *il y a* un moyen, Nasuada. Garde courage.

Du courage, le sérieux de Murtagh et ses attentions pour elle lui en donnaient. Même si elle ne devait jamais s'échapper, elle était heureuse de ne plus être seule dans sa captivité.

Quand elle lui eut raconté quelques-unes des ruses que Galbatorix avait utilisées et comment elle l'avait démasqué, le jeune homme pouffa :

– Tu lui donnes plus de fil à retordre qu'il ne l'avait prévu. Voilà bien longtemps que personne ne lui a tenu tête. Moi, je n'en ai pas été capable... Je n'y connais pas grand-chose, mais je sais qu'il est extrêmement difficile d'élaborer des leurres crédibles. N'importe quel magicien compétent peut te faire croire que tu flottes dans le ciel, que tu as froid ou chaud, ou qu'une fleur a poussé à tes pieds. De petites choses compliquées ou de grandes choses simples, c'est le mieux qu'ils puissent espérer créer, et maintenir l'illusion exige une intense concentration. Que l'attention du magicien faiblisse, et la fleur n'a plus que cinq pétales au lieu de dix. Le plus délicat est de reproduire les détails. La nature regorge d'une multitude de détails, dont notre esprit ne peut enregistrer qu'une partie. Dès que tu as un doute sur la réalité de ce que tu vois, observe les détails. Cherche aux coutures des choses, là où le magicien ne s'y connaît pas, où il a oublié, où il a pris un raccourci pour économiser ses forces.

— Si c'est aussi difficile, comment Galbatorix s'y prend-il ?

— Il utilise les Eldunarí.

— Tous ?

Murtagh fit signe que oui :

— Ils lui procurent l'énergie et les informations dont il a besoin, et il les dirige à son gré.

— Donc, conclut-elle, impressionnée, ce qu'il me fait voir s'appuie sur la mémoire des dragons ?

Il acquiesça de nouveau :

— Et sur la mémoire de leurs Dragonniers, pour ceux qui en avaient un.

Le matin suivant, Murtagh l'avait éveillée d'un bref éclair de pensée pour la prévenir que Galbatorix allait recommencer. Tout de suite après, spectres et illusions de toutes sortes l'avaient assaillie. Mais, à mesure que la journée avançait, elle avait remarqué que les visions – à quelques notables exceptions près, telle celle du manoir avec Murtagh – étaient de plus en plus rudimentaires, comme si le roi ou les Eldunarí se fatiguaient.

Et maintenant elle était là, assise au milieu d'une plaine nue, à fredonner une chanson naine, tandis qu'un Kull, des Urgals et des Ra'zacs convergeaient vers elle. Ils la capturèrent, et ses sens lui dirent qu'ils la couvraient de coups et d'entailles. Elle cria, priant pour que la douleur cesse, mais pas une seconde elle n'envisagea de céder à la volonté de Galbatorix.

Puis la plaine disparut, ainsi que les plus aiguës de ses souffrances, et elle se rappela :

« Ça n'existe que dans ma tête. Je dois tenir. Je ne suis pas un animal ; je suis plus forte que la faiblesse de ma chair. »

Une caverne obscure à peine éclairée par la lueur de champignons vénéneux se matérialisa autour d'elle. Pendant quelques minutes, elle entendit les reniflements et les piétinements d'une grosse créature, dans l'ombre entre les stalagmites. Puis elle sentit un souffle chaud contre son cou, et respira une odeur de charogne.

Elle rit de nouveau, et continua de rire alors même que Galbatorix lui imposait horreur après horreur, dans le but de trouver l'exacte combinaison de peur et de douleur qui la ferait craquer. Elle rit parce qu'elle savait sa volonté à elle plus forte que son imagination à lui ; elle rit parce qu'elle savait pouvoir compter sur l'aide de Murtagh. Avec un tel allié, elle ne craignait pas les cauchemars peuplés de spectres que Galbatorix lui infligeait, si épouvantables fussent-ils.

53
UNE QUESTION
DE PERSONNALITÉ

Eragon dérapa sur une plaque de boue et tomba brutalement sur le côté, dans l'herbe humide. Il grimaça. Sa hanche lui faisait mal, il aurait sûrement un hématome.

– Barzûl, jura-t-il en se remettant sur ses pieds.

« Une chance que je ne me sois pas cogné contre Brisingr », pensa-t-il en brossant de la main la terre qui collait à ses jambières.

De mauvaise humeur, il repartit d'un pas lourd vers les bâtiments en ruine où ils avaient décidé de camper, dans l'espoir d'y être plus en sûreté qu'en lisière de forêt.

Le bruit de ses bottes effrayait des multitudes de crapauds qui sautaient hors de leurs cachettes et s'égaillaient à grands bonds. Ces batraciens étaient les seules autres créatures bizarres qu'il eût rencontrées sur l'île ; une protubérance cornue surmontait leurs yeux rouges, et une antenne en forme d'hameçon dépassait de leur front. À son extrémité pendait une petite boule de chair qui, la nuit, émettait une lueur blanche ou jaune. Elle permettait aux crapauds d'attirer par centaines les insectes volants à portée de leur langue ; grâce à cette abondance de nourriture, ils atteignaient une taille impressionnante. Eragon en avait vu d'aussi gros qu'une tête d'ours, lourdes masses charnues au regard fixe, à la bouche aussi large que ses deux mains.

Les crapauds lui rappelèrent Angela. Il souhaita soudain qu'elle soit sur Vroengard avec eux.

« Si quelqu'un peut nous révéler nos vrais noms, c'est elle », songea-t-il.

À tort ou à raison, il avait toujours eu le sentiment que l'herboriste pouvait lire en lui. C'était une impression déconcertante, mais, à cette heure, elle lui aurait paru bienvenue.

Il avait choisi, d'accord avec Saphira, de faire confiance à Solembum et de rester encore sur l'île trois jours tout au plus, tout en s'efforçant de découvrir leurs vrais noms. Glaedr n'avait pas voulu intervenir :

« Vous connaissez Solembum mieux que moi. Rester ou non, le risque est aussi grand dans un cas que dans l'autre. Il n'y a plus de chemin sans danger. »

Ce fut Saphira qui eut le dernier mot.

« Les chats-garous ne serviraient jamais Galbatorix, dit-elle. Ils accordent trop de prix à leur liberté. Je me fierais à leur parole plus qu'à celle de n'importe quelle autre créature, fût-ce un elfe. »

Ils étaient donc restés.

Ils avaient passé cette journée et une bonne partie de la suivante à réfléchir, discuter, partager leurs souvenirs, explorer mutuellement leurs esprits et tester de multiples combinaisons de mots en ancien langage. Ils espéraient ainsi découvrir logiquement leurs vrais noms ou – avec de la chance – tomber dessus par hasard.

Glaedr leur offrait son aide quand ils la lui demandaient. Le reste du temps, il se retirait en lui-même pour respecter l'intimité de leur conversation. Eragon aurait trouvé embarrassant d'être entendu par qui que ce fût d'autre que Saphira.

« La découverte de son vrai nom doit être une expérience personnelle », leur avait dit le vieux dragon. S'il me vient une idée pour l'un de vous, je vous en ferai part, car nous sommes dans l'urgence. Mais mieux vaudrait que vous trouviez par vous-mêmes. »

Jusque-là, ni l'un ni l'autre n'était arrivé à rien.

Dès lors que Brom lui avait expliqué le principe des vrais noms, le garçon avait été hanté par le désir de savoir quel était le sien. La connaissance de soi était un atout puissant, et il espérait que cela lui permettrait de mieux maîtriser ses pensées et ses sentiments. En même temps, il éprouvait une certaine appréhension à l'idée de ce qu'il pourrait découvrir. En admettant qu'il y réussisse dans les prochains jours, ce dont il doutait. Il l'espérait, pour le succès de leur mission, et parce qu'il ne voulait pas que Glaedr ou Saphira le fassent pour lui. Si toute sa personnalité devait être décrite en un mot ou en une phrase, il désirait atteindre ce savoir par lui-même.

Il soupira tout en gravissant les cinq marches brisées qui menaient au bâtiment. Aux dires de Glaedr, cet édifice était une ancienne maison de nidification, et, à l'échelle de Vroengard, d'une taille particulièrement réduite. Les murs n'en mesuraient pas moins trois étages de haut, et l'intérieur était assez vaste pour permettre à Saphira de s'y déplacer aisément. Un des angles s'était effondré, entraînant une partie du plafond. Le reste de la bâtisse était en bon état.

Les pas d'Eragon résonnèrent dans l'entrée voûtée et sur le sol en verre de la salle principale. Incrustées dans le matériau transparent, des torsades de couleur formaient des motifs abstraits d'une complexité vertigineuse. Chaque fois qu'il les regardait, il lui semblait que les lignes formeraient enfin un dessin identifiable, mais cela ne se produisait jamais.

Le sol était parcouru d'un fin réseau de fissures en étoiles, qui partait du tas de gravats, sous le trou béant du plafond. De longues tiges de lierre y pendaient telles des cordes. L'eau qui gouttait de leurs feuilles formait par terre des flaques informes, et le bruit de leur chute emplissait tout l'édifice. Eragon crut que ce rythme constant, irrégulier, allait le rendre fou au bout de quelques jours.

Du côté nord, Saphira avait érigé un muret de pierres en demi-cercle pour protéger leur campement. Quand il l'atteignit, le garçon bondit sur le bloc le plus proche, qui mesurait bien six pieds de haut. Puis il sauta lourdement de l'autre côté.

Saphira cessa de se lécher la patte et lui lança une pensée interrogative. Il secoua la tête, et elle retourna à sa toilette.

Détachant sa cape, Eragon s'approcha du feu qu'il avait allumé contre le mur. Il étendit le vêtement trempé sur le sol. Puis il ôta ses bottes pleines de boue et les plaça devant le foyer pour les faire sécher.

« Il va encore pleuvoir ? » demanda Saphira.

« Probablement. »

Il alla s'asseoir sur sa natte et regarda la dragonne passer soigneusement sa langue écarlate entre chacune de ses griffes. Une idée lui vint, et il marmonna une phrase en ancien langage. Il fut déçu de ne sentir aucune décharge d'énergie crépiter dans ses mots. Saphira n'eut aucune réaction, contrairement à Sloan quand Eragon l'avait appelé par son vrai nom.

Fermant les yeux, il appuya sa tête contre le mur.

Il s'irritait de ne pouvoir deviner le vrai nom de Saphira. Il acceptait de n'être pas encore capable de se comprendre parfaitement lui-même ; mais il connaissait la dragonne depuis l'heure où son œuf avait éclos, il avait partagé presque tous ses souvenirs. Pourquoi une part d'elle était-elle encore un mystère pour lui ? Comment expliquer qu'il eût mieux compris un meurtrier comme Sloan que la compagne à qui il était lié par la magie ? Parce qu'elle était un dragon et lui un humain ? Parce que l'identité de Sloan était moins complexe que celle de Saphira ?

Il n'avait pas la réponse.

L'un des exercices auxquels ils s'étaient astreints – sur le conseil de Glaedr – consistait à se dire les défauts que chacun voyait dans l'autre. Ç'avait été une leçon d'humilité. Glaedr y avait ajouté ses observations, et, bien qu'il se fût montré bienveillant, Eragon n'avait pu entendre le vieux dragon énumérer ses différentes faiblesses sans un sentiment de fierté blessée. Ce trait de caractère, il devait le prendre en compte dans la recherche de son vrai nom.

Pour Saphira, le plus dur avait été d'admettre sa vanité. Elle s'y était refusée un long moment. Pour Eragon, Glaedr avait mentionné l'arrogance qu'il manifestait parfois, son mépris pour les hommes qu'il avait tués, ainsi que l'irascibilité, l'égoïsme et autres travers auxquels, comme tant d'autres, il était sujet.

Pourtant, en dépit de toute leur honnêteté, cette introspection n'avait mené à rien.

« Aujourd'hui et demain, c'est le temps qu'il nous reste. »

L'idée de retourner chez les Vardens les mains vides le déprimait.

« Quelles chances avons-nous de vaincre Galbatorix ? se demanda-t-il pour la millième fois. Encore quelques jours, et nos vies ne nous appartiendront peut-être plus. Nous serons esclaves, comme le sont Murtagh et Thorn. »

Jurant entre ses dents, il frappa le sol du poing.

« Garde ton calme, Eragon », dit Glaedr.

Le garçon s'aperçut que le vieux dragon masquait ses pensées pour ne pas être entendu de Saphira.

« Ah oui ? Et comment ? » grogna-t-il.

« Il est facile de trouver le calme quand on n'a pas de raison de s'inquiéter. C'est dans les situations critiques que l'on teste vraiment son sang-froid. Ne laisse pas la colère ou la frustration obscurcir ta conscience. Pas maintenant. Tu as plus que jamais besoin de garder l'esprit clair. »

« Avez-vous toujours été capable de garder votre calme dans une situation comme celle-ci ? »

Le vieux dragon émit une sorte de rire :

« Non. Je rugissais, je mordais, j'abattais des arbres et labourais le sol de mes griffes. J'ai même brisé une fois le sommet d'une montagne, dans la Crête. Les autres dragons m'en ont voulu. Mais j'ai eu le temps d'apprendre, au cours des années, que s'énerver n'est jamais la solution. Laisse-toi guider par mon expérience. Mets tes soucis de côté et concentre-toi sur la tâche à accomplir. L'avenir sera ce qu'il sera. En te rongeant les sangs, tu ne feras qu'aider tes peurs à se réaliser. »

« Je sais, admit Eragon en baissant la tête. Mais ce n'est pas facile. »

« Bien sûr que non. Les choses importantes le sont rarement. »

Puis Glaedr se retira, l'abandonnant à sa propre conscience.

Eragon alla chercher une écuelle dans un des sacs de selle. Il sauta par-dessus le demi-cercle de pierres et marcha, pieds nus, jusqu'à une flaque, sous l'ouverture du plafond. Une petite bruine s'était remise à tomber, couvrant cette partie du sol d'une couche d'eau glissante. Il s'accroupit et recueillit de l'eau dans sa main pour en emplir le récipient. Quand ce fut fait, il le posa sur une pierre. Puis, évoquant dans sa tête l'image de Roran, il murmura :

— Draumr kópa.

L'eau frémit dans l'écuelle, et la silhouette de son cousin apparut. Il marchait près de Horst et d'Albriech, menant par la bride son cheval, Feu de Neige. Les trois hommes semblaient fourbus, mais ils étaient toujours armés. Eragon en conclut que l'Empire ne les avait pas capturés.

Il évoqua ensuite Jörmundur, puis Solembum – qui dévorait un oiseau fraîchement tué –, et enfin Arya. Mais les sorts de protection de l'elfe la dissimulaient, et il ne vit que du noir. Il rejeta l'eau dans la flaque.

Alors qu'il escaladait l'enceinte de leur bivouac, Saphira s'étira, bâilla, arqua le dos comme un chat et demanda :

« Comment vont-ils ? »

— Bien, autant que je puisse en juger.

Il laissa tomber l'écuelle dans le sac, avant d'aller s'étendre sur sa natte. Il ferma les yeux et se creusa de nouveau la cervelle, à la recherche d'indices sur son vrai nom. Toutes les trois minutes, il évoquait une nouvelle possibilité, mais aucune ne résonnait en lui. Alors, il l'écartait et recommençait. Tous les noms avaient des points communs. Ils intégraient son état de Dragonnier ; son affection pour Saphira et pour Arya ; son désir d'abattre Galbatorix ; ses relations avec Roran, Garrow et Brom, et le lien du sang qui le rattachait à Murtagh. Mais quel que fût l'ordre dans lequel il combinait ces éléments, le nom ne lui parlait pas. À l'évidence, il oubliait un aspect essentiel de sa personnalité. Alors, il allongea les noms de plus en plus, dans l'espoir de tomber sur ce qui lui échappait.

Quand il lui fallut plus d'une minute pour prononcer chaque nom, il comprit qu'il perdait son temps. Il devait repartir sur de nouvelles bases. Il était convaincu que son erreur venait de ce qu'il oubliait un de ses défauts ou ne lui accordait pas assez d'importance. Les gens, il l'avait maintes fois observé, sont rarement prêts à reconnaître leurs imperfections, et il ne faisait pas exception à la règle. Il devait remédier à cet aveuglement tant qu'il en était encore temps. C'était un aveuglement né de l'orgueil et de l'instinct de survie, conçu pour qu'il puisse avancer dans l'existence en se donnant la meilleure image possible de lui-même. Il n'avait plus le droit d'entretenir ce genre d'illusion.

Telles étaient ses réflexions, et il tourna autour une journée entière, sans succès.

La pluie tomba plus fort. Le tambourinement constant des gouttes dans les flaques gênait Eragon ; si quelqu'un s'approchait pour les épier, il aurait du mal à l'entendre. Depuis leur première nuit sur Vroengard, il n'avait pas revu la procession d'étranges silhouettes encapuchonnées, il n'avait eu aucun contact avec leurs esprits. Néanmoins, il restait conscient de leur présence et se sentait à tout moment exposé à une attaque.

La lumière grisâtre du jour s'éteignit peu à peu, et une nuit profonde, sans étoiles, s'étendit sur la vallée. Eragon jeta du bois sur le feu. C'était le seul éclairage, dans l'édifice, et la gerbe de flammes jaunes ne semblait pas plus grosse qu'une chandelle dans l'énorme espace empli d'échos. Près du foyer, le sol de verre reflétait le rougeoiement des tisons ; il brillait comme de la glace polie, et les lamelles de couleur qui y étaient incrustées distrayaient Eragon de ses ruminations.

Il ne dîna pas. Il avait faim, mais une tension trop forte lui nouait l'estomac, et un repas aurait ralenti ses réflexions. Son cerveau fonctionnait mieux quand il avait le ventre vide.

Il prit la décision de ne rien avaler tant qu'il n'aurait pas trouvé son vrai nom. Ou jusqu'au moment où ils devraient repartir, selon ce qui arriverait en premier.

Plusieurs heures s'écoulèrent. Ils parlèrent peu, bien qu'Eragon restât conscient des humeurs et des pensées générales de Saphira, comme elle était consciente des siennes.

Puis, alors qu'Eragon était sur le point d'entrer dans ses rêves éveillés – pour se reposer et dans l'espoir que ces rêves lui apporteraient quelque indice –, Saphira émit un grognement et frappa de la patte le sol de verre. Dans le feu, quelques branches s'effondrèrent, projetant une nuée d'étincelles vers les ténèbres du plafond.

Alarmé, Eragon sauta sur ses pieds et tira Brisingr tout en fouillant du regard l'obscurité au-delà du cercle de pierres, à la recherche d'éventuels ennemis. L'instant d'après, il comprit que le sursaut de Saphira n'était ni de colère ni d'alarme, mais de triomphe.

« J'ai trouvé ! » s'exclama-t-elle.

Arquant le cou, elle souffla un long jet de flammes jaune et bleu vers les hauteurs du bâtiment.

« Je connais mon vrai nom ! »

Elle prononça une phrase en ancien langage, et Eragon crut entendre résonner un coup de gong au fond de son esprit. Les écailles de la dragonne s'illuminèrent d'une lumière intérieure et, pendant une brève seconde, elle sembla taillée dans une étoile.

C'était un nom majestueux, non dépourvu d'une certaine tristesse, car il la désignait comme la dernière femelle de son espèce. Il exprimait l'amour et la dévotion qu'elle avait pour Eragon, ainsi que divers traits de sa personnalité. Ses défauts y étaient présents autant que ses qualités. Mais ce qui dominait était une image de feu, de grandeur et de beauté.

Elle s'ébroua, et un frémissement la parcourut du bout du nez jusqu'à l'extrémité de la queue :

« Je sais qui je suis ! »

Glaedr parut impressionné :

« Bravo, Bjartskular ! Voilà un nom dont tu peux être fière. Cependant, évite de le répéter, même pour toi, tant que nous ne serons pas... là où nous devons aller. Maintenant que tu le connais, prends bien soin de le garder secret. »

« Oui, maître », dit-elle en secouant ses ailes.

Eragon remit Brisingr au fourreau et s'approcha de la dragonne. Elle baissa la tête pour se mettre à sa hauteur. Appuyant le front sur son museau, il lui prit les mâchoires entre les mains et serra si fort que les écailles dures lui blessèrent les doigts. Des larmes brûlantes lui roulaient sur les joues.

« Tu pleures ? demanda-t-elle. Pourquoi ? »

« Parce que... j'ai tant de chance d'être lié à toi ! »

« Petit homme. »

Ils conversèrent un moment, car Saphira désirait discuter de ce qu'elle venait d'apprendre sur elle-même. Eragon l'écouta volontiers, sans réussir à écarter un léger sentiment d'amertume : lui, il n'avait toujours pas découvert son vrai nom.

Enfin, la dragonne se roula en boule dans le coin qu'elle s'était choisi et se prépara à dormir. Eragon se plongea dans ses ruminations à la lueur du feu mourant. Glaedr était éveillé, et le garçon le consultait occasionnellement. Pour l'essentiel, il resta seul avec lui-même.

À mesure que les heures s'écoulaient, il se sentait de plus en plus frustré. Il n'avait plus le temps – ils auraient dû repartir la veille –, et il avait beau essayer, il se sentait incapable de se décrire tel qu'il était.

Il devait être aux environs de minuit quand la pluie cessa. Eragon s'agitait, tâchant de prendre une décision. Il finit par se lever d'un bond, trop tendu pour rester assis.

« Je vais marcher un peu », dit-il à Glaedr.

Il s'attendait à une objection, mais le dragon conseilla simplement :

« Laisse tes armes et ton armure. »

« Pourquoi ? »

« Quoi que tu trouves, tu devras l'affronter comme tu es. Tu n'apprendras rien sur toi tant que tu t'appuieras sur quelque chose ou sur quelqu'un. »

Eragon comprenait le raisonnement du dragon. Il eut tout de même du mal à détacher la ceinture où pendaient sa dague et son épée et à retirer sa cotte de mailles. Il enfila ses bottes, s'enveloppa dans sa cape, traîna la sacoche contenant le cœur des cœurs de Glaedr près de Saphira.

À l'instant où il allait franchir le cercle de pierre, le vieux dragon dit :

« Fais ce que tu dois faire, mais sois prudent. »

*
* *

Au sortir du bâtiment, Eragon fut heureux de découvrir dans les trouées de nuages des pans de ciel étoilé et assez de lune pour voir où il mettait les pieds.

Il se balança sur ses talons, indécis sur la direction à prendre. Puis il partit en petites foulées vers le centre de la cité en ruine. Très vite, sa frustration reprit le dessus, et il accéléra sa course.

Aux rythmes mêlés de sa respiration et de ses pas sur les pavés, il continuait de s'interroger :

« Qui suis-je ? »

Mais rien ne lui répondait.

Il courut à en perdre haleine ; puis il courut encore, jusqu'à ce que ses poumons et ses jambes refusent de le conduire plus loin. Il s'arrêta au bord d'une fontaine envahie par les herbes pour reprendre son souffle, les bras appuyés contre la margelle.

Il était environné par les silhouettes de bâtiments énormes, carcasses d'ombre évoquant la chaîne érodée de très anciennes montagnes. La fontaine occupait le milieu d'une vaste cour carrée, jonchée de pierres brisées.

Il se redressa et tourna lentement sur lui-même. Il entendait au loin le coassement sonore des crapauds. Son regard s'arrêta sur une plaque de pierre fendue, à quelques pieds de lui. Il s'en approcha, la saisit par les bords et la souleva avec effort. Tous ses muscles tendus, il la transporta d'un pas chancelant jusqu'à la limite de la cour et la jeta dans l'herbe.

Elle atterrit avec un bruit étouffé.

Eragon retourna à la fontaine et, dégrafant sa cape, en drapa la sculpture. Puis il avisa une deuxième plaque de pierre – un éclat tombé d'un bloc plus important –, passa les doigts dessous et la déposa sur son épaule.

Il travailla pendant une heure à déblayer la cour. Certains débris de maçonnerie étaient si gros qu'il dut se servir de la magie pour les déplacer. Mais, la plupart du temps, il n'eut recours qu'à ses seuls bras. Il procédait avec méthode ; il parcourait la cour dans un sens, puis dans l'autre. Chaque bloc qu'il rencontrait, gros ou petit, il l'emportait.

Il fut bientôt couvert de sueur. Il aurait bien enlevé sa tunique, mais les arêtes des pierres étaient coupantes ; il se serait blessé. Il avait déjà la poitrine et les épaules couvertes de contusions, et les mains tout écorchées.

L'effort physique exigeait peu de réflexion, ce qui le laissait libre de méditer sur ce qu'il était ou n'était pas.

Alors qu'il s'accordait une pause après le transport d'une corniche particulièrement pesante, il perçut un sifflement menaçant. Un snargol dont la coquille mesurait bien six pieds de haut surgit de l'obscurité à une vitesse stupéfiante. La créature tendait vers le garçon son cou sans os, pointait sur lui ses yeux bulbeux ; sa bouche était une fente de ténèbres dans la chair molle. À la lumière de la lune, le corps du snargol avait des lueurs d'argent, de même que la trace gluante qu'il laissait derrière lui.

Eragon se redressa et secoua les mains pour se débarrasser du sang de ses écorchures.

— Letta ! dit-il. Ono ach *néiat* threyja eom verrunsma edtha, o scarglí.

À cette mise en garde, l'escargot ralentit, et ses antennes se rétractèrent. Il s'arrêta à quelques mètres, siffla de nouveau et entreprit de contourner le garçon.

– Ça, pas question ! grommela Eragon en entamant à son tour un mouvement tournant.

Il jeta un coup d'œil par-dessus son épaule pour s'assurer qu'aucun autre snargol n'arrivait dans son dos.

Le mollusque géant parut comprendre qu'il n'aurait pas sa proie par surprise, car il s'arrêta de nouveau et balança ses gros yeux au bout de ses antennes en émettant des sifflements stridents.

– Tu fais autant de bruit qu'une bouilloire sur le feu, commenta Eragon.

Les yeux de la bête s'agitèrent plus vite. Puis elle chargea, sur son énorme ventre ondulant.

Le garçon attendit la dernière seconde pour bondir de côté, et le snargol poursuivit sa trajectoire.

Avec un grand rire, Eragon lui flanqua une tape sur l'arrière de la coquille :

– Tu n'es pas très malin, hein ?

Il s'éloigna en sautillant et se mit à narguer l'animal en ancien langage à grand renfort de qualificatifs insultants mais parfaitement adaptés.

L'escargot semblait bouillir de rage. Son cou enfla et se raidit, sa bouche baveuse s'élargit.

Il chargea, chargea encore, et chaque fois Eragon esquivait d'un bond. La bête parut enfin fatiguée du jeu. Elle recula de cinq ou six pieds et fixa l'humain de ses yeux gros comme des poings.

– Tu es bien trop lent pour m'attraper, railla Eragon.

Le snargol siffla une dernière fois. Puis il fit demi-tour et disparut dans l'obscurité.

Le garçon attendit quelques minutes pour s'assurer qu'il était bien parti avant de retourner à son chantier.

« Je pourrais peut-être prendre le nom de Dompteur de Snargol, songea-t-il en roulant un tronçon de colonne à travers la cour. Eragon le Tueur d'Ombre, Dompteur de Snargol... Voilà qui répandrait la terreur partout où je passerais. »

La nuit était profonde quand Eragon laissa tomber la dernière pierre dans l'herbe qui bordait la cour. Il resta là, pantelant, exténué. Il avait froid, il avait faim, ses mains et ses poignets écorchés lui faisaient mal.

Au nord se dressaient les ruines d'un immense édifice, détruit au cours de la bataille. Il n'en restait qu'un pan de mur et une colonne mangée par le lierre, là où s'était trouvée autrefois l'entrée.

Le garçon observa longuement cette colonne. Juste au-dessus, dans une trouée de nuages, un amas d'étoiles scintillait telle une poignée de diamants. Elles produisaient sur lui une étrange attraction, comme si leur présence avait un sens particulier qu'il aurait dû comprendre.

Poussé par un élan impulsif, il piétina un tas de gravats pour atteindre la base de la colonne et empoigna un tronc de lierre, aussi épais que son avant-bras, couvert de milliers de poils minuscules.

Il tira dessus ; il tint bon. Alors, il entama l'escalade. Une main après l'autre, il grimpa le long de la colonne, qui devait mesurer trois cents pieds, mais qui lui paraissait monter de plus en plus à mesure qu'il s'éloignait du sol.

C'était téméraire, il le savait ; mais il était justement d'humeur téméraire.

À mi-hauteur, les tiges les plus fines commencèrent à se détacher de la pierre sous son poids. Dès lors, il prit soin de ne s'accrocher qu'au tronc principal et aux branches les plus solides.

Quand il arriva au sommet, il ne trouvait presque plus de prises. Le haut de la colonne formait une surface plate assez large pour s'asseoir.

Tremblant de fatigue, Eragon croisa les jambes et posa les mains sur ses genoux, les paumes en l'air, laissant la fraîcheur de la nuit apaiser sa peau écorchée.

Au-dessous de lui s'étendaient les ruines de la cité, labyrinthe de coquilles vides et brisées emplies d'étranges échos plaintifs. Là où il y avait des mares, il distinguait les faibles lueurs émises par les leurres des crapauds, pareilles à de petites lanternes vues de très loin.

« Crapauds pêcheurs, pensa-t-il soudain en ancien langage. C'est leur nom : crapauds pêcheurs. »

Il sut qu'il avait raison, car les mots parurent trouver leur place, comme une clé dans la bonne serrure.

Puis il leva les yeux vers l'amas d'étoiles qui l'avait attiré là. Il ralentit son souffle, se concentra sur le rythme de sa respiration. Le froid, la faim et la fatigue lui donnaient une lucidité particulière ; il lui semblait flotter à côté de son corps, comme si le lien entre sa chair et son esprit s'était distendu. Il eut soudain une conscience accrue de la ville et de l'île tout entière. Il percevait avec acuité chaque souffle de vent, chaque bruit, chaque odeur flottant autour de la colonne.

Assis là, il envisagea d'autres noms ; et, bien qu'aucun ne parût le décrire complètement, il n'en éprouva pas d'amertume, car il se sentait trop lucide pour qu'un quelconque revers entame sa sérénité.

« Comment résumer en quelques mots tout ce que je suis ? » se demandait-il.

Et il poursuivit sa méditation tandis que les astres continuaient leur lente course à travers le ciel.

Trois ombres indistinctes volèrent au-dessus de la ville – petites fissures mouvantes dans la réalité – et se posèrent sur le toit d'un bâtiment, à sa gauche. Puis les noires silhouettes en forme de chouettes secouèrent leurs plumets et le fixèrent de leurs yeux lumineux au regard malfaisant. Elles jacassèrent doucement, et deux d'entre elles grattèrent leurs ailes vides avec des griffes sans épaisseur. La troisième tenait entre ses serres les restes d'un crapaud.

Eragon observa les oiseaux inquiétants pendant plusieurs minutes, et ils lui rendirent son regard. Puis ils décollèrent et disparurent vers l'ouest de leur vol fantomatique, sans faire plus de bruit qu'une plume qui tombe.

À l'approche de l'aube, quand Eragon put distinguer l'étoile du matin entre deux pics, à l'est, il se demanda :

– Qu'est-ce que je veux ?

Jusqu'alors, il n'avait pas envisagé cette question. Certes, il voulait renverser Galbatorix. Mais, s'ils y parvenaient, que se passerait-il ensuite ? Depuis qu'il avait quitté la vallée de Palancar, il pensait qu'il y retournerait un jour pour vivre avec Saphira, près des montagnes qu'il aimait. Mais, en examinant cette perspective, il comprit qu'elle ne comblait pas son désir.

Il avait grandi dans la vallée de Palancar et s'y sentirait toujours chez lui. Mais que restait-il là-bas pour lui et pour Saphira ? Carvahall était détruit ; même si ses habitants rebâtissaient un jour leur village, il ne serait plus jamais le même. De plus, beaucoup de ses amis s'étaient installés ailleurs, et la dragonne et son Dragonnier avaient envers tous les peuples d'Alagaësia des devoirs auxquels ils ne pouvaient se soustraire. Et, après tout ce qu'ils avaient vu, accompli, comment se satisferaient-ils d'une existence aussi ordinaire dans un lieu aussi isolé ?

« Car le ciel est courbe et la Terre est ronde... »

S'ils retournaient là-bas, que pourraient-ils y faire ? Élever des vaches et semer du blé ? Il n'avait aucune envie de redevenir fermier, comme dans son enfance. Saphira était un dragon, il était un Dragonnier ; leur destin était de voler sur les ailes de l'Histoire, pas de rester assis devant le feu après le labeur du jour.

Et puis, il y avait Arya. S'il habitait la vallée de Palancar avec Saphira, il ne verrait l'elfe que rarement, peut-être même plus du tout.

– Non, dit-il.

Le mot sonna dans le silence comme un coup de marteau.

– Non, je ne retournerai pas là-bas.

Un frisson glacé lui courut le long du dos. Il savait qu'il avait changé depuis qu'avec Brom et Saphira il s'était lancé à la poursuite des Ra'zacs. Mais il s'était accroché à l'idée qu'au fond, il était resté le même. Il comprenait à présent son erreur. Le garçon qui avait quitté la vallée de Palancar n'existait plus. Eragon ne lui ressemblait plus, n'agissait plus comme lui, n'attendait plus les mêmes choses de la vie.

Il soupira longuement tandis que la vérité creusait son chemin dans son esprit.

– Je ne suis plus ce que j'étais.

Énoncer cette pensée à haute voix lui donnait un poids de réalité.

Alors, tandis que les premiers rayons du soleil doraient le ciel au-dessus de Vroengard, l'île où dragons et Dragonniers avaient jadis vécu, un nom lui vint, auquel il n'avait encore jamais songé, et la certitude l'envahit.

Il prononça le nom, le chuchota dans les profondeurs de son esprit, et tout son corps se mit à vibrer comme si Saphira secouait la colonne sur laquelle il était assis.

Il lâcha une exclamation, avant de se mettre à rire et à pleurer ; à rire parce qu'il avait réussi et qu'il avait enfin compris ; à pleurer parce que ses manquements, les erreurs qu'il avait commises, apparaissaient maintenant dans toute leur évidence, et qu'il n'avait plus d'illusions grâce auxquelles se réconforter.

– Je ne suis plus ce que j'étais, murmura-t-il en s'accrochant aux rebords de la colonne. Mais je sais qui je suis.

Le nom, son vrai nom, était moins grand et plus chargé d'imperfections qu'il l'aurait désiré, et il s'en voulut pour cela ; mais il était aussi, par beaucoup d'aspects, digne d'admiration. Plus il y pensait, plus il se sentait prêt à accepter sa véritable nature. S'il n'était pas le meilleur, il n'était pas le pire.

– Et je ne renoncerai pas, gronda-t-il.

Il se consola à l'idée que son identité n'était pas immuable ; il pourrait s'améliorer s'il le voulait. Il se jura à lui-même qu'il ferait mieux à l'avenir, aussi dur que ce soit.

Toujours mi-riant, mi-pleurant, il tourna le visage vers le ciel. Peu à peu, rire et larmes cessèrent, tandis qu'un calme profond coulait en lui, mêlé de bonheur et de consentement. De nouveau, malgré la mise en garde de Glaedr, il chuchota son vrai nom, et de nouveau la puissance des mots le fit trembler.

Il se dressa sur la colonne, les bras étendus. Puis il plongea dans le vide, tête la première. Juste avant de toucher le sol, il prononça :

– Vëoht !

Il ralentit, se retourna et posa les pieds sur les pavés craquelés aussi légèrement que s'il descendait d'un chariot.

Il passa par la fontaine pour y reprendre sa cape. Puis, tandis que la lumière du jour se répandait sur la cité en ruine, il se hâta de regagner leur bivouac, pressé de réveiller Saphira et d'annoncer sa découverte aux deux dragons.

54
LA CRYPTE DES ÂMES

Eragon leva son épée et son bouclier avec un mélange d'angoisse et d'impatience.

Comme la première fois, il se tenait avec Saphira au pied du Rocher de Kuthian, tandis que le cœur des cœurs de Glaedr reposait dans le coffret caché dans un des sacs de selle.

Il était encore tôt, mais le soleil passait largement entre les trouées de nuages. Dès son retour, Eragon avait voulu se rendre au rocher avec Saphira. Glaedr avait insisté pour que le garçon mange d'abord, puis prenne le temps de digérer.

Ils étaient enfin devant la flèche de pierre, et Eragon tout comme Saphira n'en pouvaient plus d'attendre.

Depuis qu'ils avaient échangé leurs vrais noms, le lien qui les unissait leur avait paru renforcé, peut-être parce que ces noms leur révélaient à quel point ils tenaient l'un à l'autre. Ils l'avaient toujours su, mais l'entendre formuler en termes aussi irréfutables avait encore resserré leur proximité.

Quelque part, un corbeau croassa.

« Je vais commencer, dit Glaedr. Si c'est un piège, je pourrai peut-être le neutraliser avant que vous ne vous fassiez prendre. »

Eragon et Saphira s'apprêtèrent à se retirer de l'esprit du vieux dragon pour lui permettre de prononcer son vrai nom sans être entendu. Mais celui-ci leur dit :

« Non, vous m'avez révélé vos noms ; il est juste que vous connaissiez le mien. »

Tous deux échangèrent un regard avant de déclarer en chœur :

« Merci, Ebrithil. »

Alors, Glaedr prononça son nom, et il éclata dans l'esprit d'Eragon comme un coup de trompette, royal et pourtant discordant, coloré par le chagrin et la colère ressentis à la mort d'Oromis. Son nom était plus long que ceux d'Eragon et de Saphira ; il comportait plusieurs phrases, résumé d'une vie courant sur plusieurs siècles, emplie de joies, de douleurs et d'accomplissements innombrables. Sa sagesse s'y exprimait, comme ses contradictions, toute la complexité qui rendait sa personnalité difficile à appréhender totalement.

Saphira réagit avec la même admiration pleine de crainte qu'Eragon. Au son de ce nom, ils prenaient conscience de leur jeunesse et de l'immense chemin qu'il leur restait à parcourir avant d'acquérir les connaissances et l'expérience de Glaedr.

« Je me demande quel est le vrai nom d'Arya », pensa Eragon en lui-même.

Ils observèrent le Rocher de Kuthian intensément, sans noter aucun changement.

Saphira fut la suivante. Arquant le cou et grattant le sol du pied tel un destrier fougueux, elle annonça son nom avec fierté. À cette proclamation, même à la simple lumière du jour, ses écailles brillèrent de mille feux.

D'avoir entendu Glaedr et Saphira mettait Eragon plus à l'aise. Aucun d'eux n'était parfait, cependant leurs noms ne les condamnaient pas, ils semblaient plutôt accepter leurs insuffisances et les pardonner.

De nouveau, rien ne se produisit.

Enfin, Eragon s'avança. Une sueur froide lui mouillait le front. Sachant qu'il accomplissait peut-être son dernier acte d'homme libre, il annonça son nom mentalement, comme l'avaient fait les dragons. Ils en avaient décidé ainsi, jugeant plus prudent pour lui de ne pas s'exprimer à voix haute pour limiter les risques d'être entendu.

570

Alors que le garçon articulait le dernier mot en pensée, une fine ligne sombre se forma à la base de la roche.

Elle progressa vers le haut sur une cinquantaine de pieds, puis se divisa en deux pour retomber en arc de chaque côté, dessinant les contours de deux larges vantaux. Au-dessus de la porte apparurent des lignes de glyphes dorés : des protections contre toute détection physique ou magique.

Quand le dessin des contours fut achevé, chaque vantail tourna sur des gonds invisibles en grattant la poussière et les herbes qui s'étaient accumulées devant depuis sa dernière ouverture. Apparut un immense tunnel voûté qui descendait dans les entrailles de la Terre.

Les battants s'immobilisèrent, et le silence retomba sur la clairière.

Une terrible appréhension s'empara d'Eragon devant ce gouffre obscur. Ils avaient trouvé ce qu'ils étaient venus chercher, mais rien ne leur prouvait que ce ne fût pas un piège.

Saphira goûta l'air de sa langue.

« Solembum n'a pas menti », dit-elle.

« Non. Mais qu'est-ce qui nous attend là-dedans ? »

« Cet endroit ne devrait pas exister, intervint Glaedr. Les dragons et les Dragonniers ont dissimulé bien des secrets sur Vroengard, mais l'île est trop petite pour qu'une galerie de cette taille ait été creusée sans que nous le sachions. Et je n'en avais jamais entendu parler. »

Eragon observa les alentours, les sourcils froncés. Ils étaient seuls ; personne ne les espionnait.

« Ce tunnel a peut-être été creusé avant l'arrivée des Dragonniers ? »

Glaedr réfléchit un moment :

« Je ne sais pas... Peut-être. C'est la seule explication logique. Dans ce cas, cela date de temps très anciens. »

Ils fouillèrent tous trois le passage en esprit, sans y détecter de présence.

« Bien », conclut Eragon.

Le goût acide de la peur lui emplissait la bouche et ses mains transpiraient dans ses gants. Quoi qu'ils dussent trouver au fond de ce tunnel, il voulait savoir ce que c'était. Saphira était nerveuse, elle aussi, mais nettement moins que lui.

« Allons débusquer le rat qui se cache dans ce nid », dit-elle.

Alors, ensemble, ils franchirent la porte et pénétrèrent dans la galerie.

Dès que le bout de la queue de Saphira eut glissé sur le seuil, les vantaux tournèrent derrière eux, se refermèrent avec un claquement sourd de pierre heurtant la pierre, et ce fut le noir.

– Ah, non, non, non ! gronda Eragon en se précipitant sur la porte.

Puis il lança :

– Naina hvitr !

Une lumière blanche venue de nulle part illumina l'entrée du tunnel.

La surface intérieure des battants était parfaitement lisse. Le garçon eut beau pousser et tambouriner dessus, ils refusèrent de bouger.

– Bon sang ! On aurait dû les coincer avec un rocher ou une souche, se désola-t-il, dépité et furieux de ne pas y avoir pensé plus tôt.

« S'il le faut, on pourra toujours les briser », intervint Saphira.

« Ça, j'en doute », dit Glaedr.

Eragon empoigna Brisingr :

« Eh bien, on n'a plus le choix, il faut avancer. »

« Avons-nous jamais eu le choix ? » fit remarquer Saphira.

Le garçon modifia son sort pour que la lumière émanât d'un seul point, sous le plafond ; en l'absence d'ombres, il leur aurait été difficile d'évaluer les profondeurs. Puis ils s'engagèrent dans la pente.

Le terrain était irrégulier, ce qui leur évitait de trop glisser en l'absence de marches. Là où le sol et les parois se rencontraient, ils formaient un angle arrondi, comme si la pierre avait fondu. Eragon en conclut que cette galerie avait été creusée par des elfes.

Ils s'enfoncèrent ainsi de plus en plus profondément, jusqu'à estimer qu'ils étaient passés sous les contreforts, derrière le Rocher de Kuthian, et pénétraient à la racine des montagnes. Le tunnel ne présentait ni courbe ni embranchement, et ses murs restaient nus.

Enfin, un courant d'air tiède monta des profondeurs, et le garçon distingua au loin une faible lueur orangée.

– Letta, murmura-t-il pour éteindre la lumière magique.

Plus ils descendaient, plus l'air se réchauffait, et la lueur gagnait en intensité. Ils distinguèrent bientôt l'extrémité de la galerie : une énorme arcade noire qui semblait couverte d'épines tant ses montants étaient incrustés de glyphes. L'atmosphère se chargea d'une odeur de soufre qui fit larmoyer les yeux d'Eragon.

Ils s'arrêtèrent. Au-delà de l'ouverture, ils n'apercevaient qu'un sol gris et plat.

Le garçon jeta un coup d'œil derrière lui avant de ramener son regard sur l'arcade dentelée. Son aspect le mettait mal à l'aise, et Saphira était aussi nerveuse que lui. Il tenta de déchiffrer les glyphes, mais ils étaient trop étroitement emmêlés. Il ne détectait pas d'énergie stockée au sein de la voûte noire ; il avait cependant du mal à croire qu'elle ne fût pas enchantée. Les constructeurs du tunnel avaient su dissimuler le sort de fermeture de la porte, ils avaient pu faire de même pour ceux qu'ils avaient placés sur l'arcade.

Il échangea un bref regard avec Saphira et s'humecta les lèvres. Il se rappelait les paroles de Glaedr : « Il n'y a plus de chemin sans danger. »

Saphira lâcha un petit jet de flammes, puis, d'un même pas, Eragon et elle s'engagèrent sous l'arcade.

55
RÉVÉLATION,
PREMIÈRE PARTIE

Ils avaient pénétré dans une salle circulaire de plus de deux cents pieds de diamètre, où régnait une chaleur suffocante. En son centre béait un large puits diffusant une lugubre lueur orangée. L'autre côté de la salle était occupé par deux rangées concentriques de gradins sur lesquels étaient déposés des objets sombres. Derrière les gradins, le mur scintillait, comme décoré de carreaux de cristal colorés. Eragon n'eut pas le loisir d'examiner les lieux plus longtemps car, non loin du puits, se tenait un homme à tête de dragon.

Le personnage était fait de métal et luisait tel de l'acier poli. Il ne portait qu'un simple pagne tissé dans le même matériau que son corps ; les muscles qui saillaient sur sa poitrine et ses bras lui donnaient l'apparence d'un Kull. Il tenait un bouclier dans la main gauche et, dans la droite, une épée iridescente qu'Eragon reconnut être une arme de Dragonnier.

Tout au fond de la salle, on distinguait vaguement un trône dont l'assise et le dossier gardaient incrustée la silhouette de la créature.

L'homme à tête de dragon s'avança. Ses articulations étaient aussi souples que s'il eût été fait de chair, mais chacun de ses pas résonnait pesamment sur le sol. Il s'arrêta à trente pieds des arrivants et posa sur eux un regard où dansaient des flammes écarlates. Puis, renversant sa tête écailleuse, il émit un curieux rugissement métallique que l'écho répercuta comme si une dizaine d'êtres semblables avaient mugi en même temps.

Eragon se demandait s'ils devaient combattre quand il sentit un étrange et vaste esprit toucher le sien. Cette conscience ne ressemblait à aucune de celles qu'il avait rencontrées, et semblait peuplée d'une armée de voix hurlantes, chœur discordant pareil aux plaintes du vent dans une tempête.

Il n'eut pas le temps de réagir ; l'esprit avait percé ses défenses et prenait le contrôle de ses pensées. Malgré les heures passées à s'entraîner avec Glaedr, Arya et Saphira, il fut incapable de parer l'attaque. Il ne put même pas la ralentir. Autant essayer de contenir la montée de la marée à mains nues !

Il fut cerné par un brouillard de lumière et un tumulte de sons incohérents, qui déferla dans chaque recoin de son être. Il lui sembla alors que l'intrus lui déchirait l'esprit en dizaines de morceaux – dont chacun restait conscient de la présence des autres, mais dont aucun n'était libre d'agir à son gré –, et sa vision se fragmenta comme s'il voyait la salle à travers les facettes d'une pierre précieuse.

Six mémoires différentes s'engouffrèrent dans sa conscience fracturée. Il n'avait pas choisi de les évoquer, elles avaient surgi d'elles-mêmes et filèrent trop vite pour qu'il pût les suivre. Au même moment, son corps prit diverses poses, son bras brandit Brisingr et six versions identiques de l'épée passèrent devant ses yeux. L'envahisseur lui fit même jeter un sort, dont il ne comprit pas le but, car ses seules pensées étaient celles que l'autre lui permettait. Et il ne ressentit aucune émotion sinon une angoisse qui s'apaisait.

Pendant ce qui lui parut des heures, l'esprit étranger examina chacun de ses souvenirs, depuis le matin où il avait quitté la ferme de son oncle pour aller chasser sur la Crête – trois jours avant sa découverte de l'œuf de Saphira – jusqu'au moment présent. Quelque part au fond de lui, Eragon sentait que la même chose arrivait à Saphira, mais cela n'éveillait en lui aucun sentiment particulier. S'il avait pu commander à ses pensées, il aurait abandonné tout espoir de se libérer.

Enfin, le chœur tourbillonnant rassembla les pièces éparses de son esprit et se retira.

Eragon chancela et tomba sur un genou avant d'avoir pu retrouver son équilibre. Près de lui, Saphira vacilla et claqua des mâchoires dans le vide.

« Comment ? pensa-t-il. Qui ? »

S'emparer ainsi de tous les deux – et probablement aussi de Glaedr – était un exploit dont Galbatorix lui-même serait incapable.

La conscience étrangère se pressa de nouveau contre lui, mais cette fois sans attaquer : « Veuillez nous pardonner, Saphira, et vous aussi, Eragon. Nous devions être certains de vos intentions. Bienvenue à la Crypte des Âmes. Nous vous avons longtemps attendus. Et bienvenue à toi aussi, cousin. Nous sommes heureux que tu sois encore en vie. Reprenez maintenant vos mémoires, et apprenez que votre tâche est enfin achevée. »

Un éclair d'énergie explosa entre la conscience et Glaedr. L'instant d'après, le vieux dragon poussait un rugissement mental qui vibra douloureusement dans les tempes d'Eragon. Un flot d'émotions mêlées jaillit du dragon d'or : chagrin, triomphe, incrédulité, regret et, par-dessus tout, un soulagement si joyeux, si intense qu'Eragon se mit à sourire sans savoir pourquoi. En effleurant l'esprit de Glaedr, il perçut non pas un seul étrange esprit, mais une multitude frémissante et murmurante.

« Qui ? » souffla le garçon.

Devant eux, l'homme à tête de dragon n'avait pas bougé d'un pouce.

« Eragon, dit Saphira, regarde le mur ! Regarde… »

Il regarda. Et il vit que la paroi circulaire n'était pas décorée de cristal, comme il l'avait d'abord cru. Des dizaines et des dizaines de niches occupaient le mur, et dans chacune d'elles reposait un globe scintillant. Ils étaient de tailles variées, mais tous palpitaient d'une douce lumière intérieure, telles les braises d'un feu mourant.

Le cœur d'Eragon rata un battement quand il comprit. Il leva les yeux vers les objets sombres, sur les gradins. Lisses, ovoïdes, ils semblaient taillés dans des pierres de diverses couleurs. Comme les globes, certains étaient gros, d'autres plus petits. Mais le garçon aurait reconnu leur forme n'importe où.

Une chaleur l'envahit, ses genoux s'amollirent.

« Ce n'est pas vrai… »

Il voulait croire à ce qu'il voyait, mais il avait peur d'une illusion créée pour lui donner de faux espoirs. Pourtant, la possibilité que ce fût réel lui coupait le souffle et le laissait vacillant, sans plus savoir que dire ni que faire. La réaction de Saphira était identique, sinon plus forte encore.

Puis l'esprit parla de nouveau :

« Vous ne vous trompez pas, mes petits ; vos yeux ne vous abusent pas. Nous sommes l'espoir secret de notre race. Ici reposent nos cœurs des cœurs – les derniers Eldunarí libres de ce pays – et les œufs sur lesquels nous veillons depuis plus d'un siècle. »

56
RÉVÉLATION,
DEUXIÈME PARTIE

Pendant un long moment, Eragon resta muet, le souffle court. Puis il bredouilla :

« Des œufs, Saphira... Des œufs. »

Elle frissonna comme si elle avait froid, et ses écailles se hérissèrent le long de son dos.

« Qui êtes-vous ? demanda le garçon. Comment savoir si nous pouvons nous fier à vous ? »

« Ils disent la vérité, Eragon, intervint Glaedr en ancien langage. Je le sais, parce que Oromis faisait partie de ceux qui ont conçu ces lieux. »

« Oromis ? »

Avant que Glaedr n'eût le temps de poursuivre, l'autre esprit déclara :

« Je m'appelle Umaroth. Mon Dragonnier était l'elfe Vrael, le chef de notre caste avant la chute. Je parle au nom de tous, mais je ne les commande pas, car, si beaucoup d'entre nous étaient liés à des Dragonniers, certains ne l'étaient pas, et nos frères sauvages ne reconnaissent pas d'autre autorité que la leur. »

Il laissa poindre dans cette phrase une pointe d'exaspération.

« Ce serait la cacophonie si nous nous exprimions en même temps, ma voix est donc celle de tous. »

« Êtes-vous... ? »

Eragon désignait l'homme de métal à tête de dragon qui se tenait devant eux.

« Non. Celui-ci est Cuaroc, Chasseur de Nïdhwal et Fléau des Urgals. Silvarí la Magicienne façonna pour lui le corps qu'il habite désormais, afin que nous ayons un champion pour nous défendre au cas où Galbatorix ou quelque autre ennemi pénétrerait dans la Crypte des Âmes. »

Tandis qu'Umaroth parlait, l'homme à tête de dragon actionna un loquet invisible et ouvrit sa poitrine comme une porte de placard. À l'intérieur était niché son cœur des cœurs, entouré de milliers de fils métalliques aussi fins que des cheveux.

Puis Cuaroc referma la plaque, et Umaroth reprit :

« Moi, je suis ici. »

Il dirigea le regard d'Eragon vers une niche contenant un large Eldunarí blanc.

Le garçon rengaina doucement Brisingr.

Des œufs et des Eldunarí. Il n'arrivait pas à saisir l'énormité de cette révélation. Ses pensées tournaient au ralenti, comme s'il avait reçu un coup sur le crâne, ce qui, en un sens, était le cas.

Il se dirigea vers les gradins, sur la droite de la haute voûte noire couverte de glyphes. Puis, s'arrêtant devant Cuaroc, il demanda, mentalement et à voix haute :

– Je peux ?

L'homme à tête de dragon fit claquer ses mâchoires et recula à pas sonores vers le puits rougeoyant. Eragon nota qu'il gardait son épée à la main.

Le garçon s'approcha des œufs avec un profond sentiment d'émerveillement et de vénération. S'appuyant sur le gradin le plus bas, il observa avec un soupir tremblant un œuf rouge et or de presque cinq pieds de long. Poussé par un brusque désir, il ôta un gant et plaça la paume de sa main nue contre la coquille. Elle était tiède au toucher, et, quand le garçon étendit son esprit, il perçut la conscience endormie du dragon lové en elle.

Un souffle chaud passa sur son cou : Saphira l'avait rejoint.

« Ton œuf était plus petit », lui dit-il.

« Parce que ma mère était plus jeune et plus petite que la dragonne qui a pondu celui-ci. »

«Ah ! »

Il examina les autres œufs. L'émotion lui nouait la gorge.

– Il y en a tellement, murmura-t-il.

Il appuya son épaule contre la mâchoire massive de Saphira et sentit les frémissements qui la parcouraient. Il sut qu'elle n'avait qu'un désir : étreindre joyeusement l'esprit de tous ses semblables ; mais, comme le garçon, elle n'arrivait pas à en croire ses yeux.

Elle balaya du regard le reste de la salle, puis poussa soudain un rugissement qui fit tomber quelques débris du plafond.

«Comment ? gronda-t-elle mentalement. Comment avez-vous pu échapper à Galbatorix ? Nous, les dragons, nous ne nous cachons pas à l'heure de la bataille. Nous ne sommes pas des lâches qui fuient devant le danger. Expliquez-vous ! »

«Pas si fort, Bjartskular, la rabroua Umaroth, tu vas effrayer les petits dans leurs œufs. »

Le museau de la dragonne se plissa de colère :

«Alors, parle, l'ancien ! Et dis-nous comment une telle chose a pu se faire. »

Un instant, Umaroth parut amusé. Mais, quand il répondit, ses paroles sonnèrent avec gravité :

«Tu as raison, nous ne sommes pas des lâches qui se cachent pour éviter le combat. Mais les dragons peuvent aussi attendre leur heure pour prendre leur proie par surprise. Tu n'es pas d'accord, Saphira ? »

Elle grogna sans répondre et battit le sol de sa queue.

«Nous ne sommes pas non plus comme les Fanghurs qui abandonnent leurs petits, laissant les caprices du destin décider de leur mort ou de leur survie. Si nous étions entrés dans la bataille de Doru Araeba, nous aurions été détruits. La victoire de Galbatorix aurait été totale – comme il le croit, d'ailleurs – et nous aurions disparu à jamais de la surface de la Terre. »

«Quand l'ampleur du pouvoir et de l'ambition de Galbatorix est devenue évidente, intervint Glaedr, et lorsque nous avons compris qu'il avait l'intention d'attaquer Vroengard avec les

Parjures, Vrael, Umaroth, Oromis et moi, ainsi que quelques autres, avons jugé prudent de cacher des œufs, de même qu'un certain nombre d'Eldunarí. Ce fut facile de convaincre les dragons sauvages ; Galbatorix les avait pourchassés, et ils étaient sans défense contre sa magie. Ils vinrent ici et confièrent à Vrael leurs petits non éclos, car nous savions que la survie de notre espèce était menacée. Ces précautions, semble-t-il, étaient justifiées. »

Eragon se frictionna les tempes :

– Pourquoi n'en avez-vous rien dit avant ? Ni vous ni Oromis ? Et comment tous ces esprits ont pu être dissimulés ? Vous prétendiez que c'était impossible.

« C'est impossible, répliqua Glaedr, du moins avec la seule magie. Dans le cas présent, là où la magie aurait échoué, la distance avait une chance de réussir. Voilà pourquoi nous sommes si profondément enfoncés dans le sol, à un mile au-dessous du mont Erolas. Même si Galbatorix et les Parjures avaient eu l'idée de fouiller en esprit un endroit aussi improbable, l'épaisseur de la roche ne leur aurait permis de sentir qu'un vague flux d'énergie, qu'ils auraient attribué à des remous dans le sang de la Terre, qui coule tout près de nous. De plus, avant la bataille de Doru Araeba, il y a plus de cent ans, tous les Eldunarí avaient été plongés dans une transe profonde proche de la mort, ce qui les rendait encore plus difficiles à localiser. Notre intention était de les réveiller après la bataille. Mais ceux qui ont bâti cet endroit ont aussi jeté un sort pour qu'ils ne sortent de leur transe qu'au bout de plusieurs lunes. »

« C'est ce qui s'est produit, poursuivit Umaroth. L'emplacement de la Crypte des Âmes a été aussi choisi pour d'autres raisons. Le puits que vous voyez devant vous ouvre sur un lac de roche fondue qui bouillonne sous ces montagnes depuis les origines du monde. Il procure aux œufs la chaleur dont ils ont besoin et aux Eldunarí la lumière qui entretient leurs forces. »

Eragon s'adressa de nouveau à Glaedr :

« Vous n'avez pas répondu à ma question : pourquoi ni vous ni Oromis ne vous rappeliez cet endroit ? »

Ce fut Umaroth qui prit la parole :

« Parce que tous ceux qui connaissaient la Crypte des Âmes avaient accepté que ce savoir soit retiré de leurs esprits et remplacé par un faux souvenir. Ce ne fut pas une décision facile à prendre, en particulier pour les mères des œufs, mais nous ne pouvions laisser personne, à l'extérieur de cette salle, en possession de la vérité, sinon Galbatorix aurait pu l'apprendre. Nous dîmes donc adieu à nos amis et compagnons, en sachant que nous ne les reverrions peut-être jamais et que, si le pire survenait, ils mourraient en croyant que nous étions entrés dans le néant... Non, ce ne fut pas une décision facile. Nous effaçâmes aussi de toutes les mémoires le nom du rocher qui marque l'entrée de ce sanctuaire, comme nous avions auparavant effacé les noms des treize dragons qui avaient choisi le parti des traîtres. »

« Au long de ces cent dernières années, j'ai cru notre espèce condamnée à l'oubli, dit Glaedr. Savoir à présent que toute cette angoisse était vaine... Mais je me réjouis que cette ignorance ait pu sauver les miens. »

Saphira interrogea alors Umaroth :

« Comment se fait-il que Galbatorix n'ait pas remarqué votre disparition et celle des œufs ? »

« Il nous a crus tués au cours de la bataille. Nous n'étions qu'une minorité des Eldunarí présents sur Vroengard, trop peu nombreux pour que notre absence éveille ses soupçons. Quant aux œufs, leur perte l'a mis en rage, mais il n'avait aucune raison de suspecter une supercherie. »

« Ah oui, ajouta tristement Glaedr. Voilà pourquoi Thuviel s'est sacrifié : pour dissimuler notre ruse à Galbatorix. »

– Mais Thuviel n'a-t-il pas tué ainsi beaucoup de ses semblables ? demanda Eragon.

« En effet, et ce fut une grande tragédie. Nous avions toutefois décidé qu'il n'agirait que si la défaite était inévitable. En s'immolant lui-même, il a détruit les bâtiments qui abritaient habituellement les œufs, et il a empoisonné l'île de sorte que Galbatorix ne choisisse pas de s'y installer. »

– Savait-il pourquoi il allait mourir ?

« Seulement ce qui était nécessaire. L'un des Parjures avait tué son dragon un mois plus tôt. Bien qu'il eût résisté à son désir de passer dans le néant, car nous avions besoin de tous nos guerriers, Thuviel n'avait plus envie de vivre. Il était heureux de sa mission ; elle lui permettait de servir notre cause tout en lui offrant la libération qu'il désirait. Par le don de sa vie, il a assuré un avenir à notre espèce et à la caste des Dragonniers. C'était un héros, un brave, et son nom sera un jour chanté dans toute l'Alagaësia. »

« Et, après la bataille, vous avez attendu ? » le relança Saphira.

« Nous avons attendu. »

L'idée qu'ils avaient passé cent ans dans une salle enfouie au plus profond de la terre accabla Eragon.

« Mais nous ne sommes pas restés oisifs, continua Umaroth. Aussitôt sortis de notre transe, nous avons commencé à projeter nos esprits, d'abord avec prudence, puis avec de plus en plus d'assurance quand nous avons compris que Galbatorix et les Parjures avaient quitté l'île. Ensemble, nous sommes puissants, et nous avons pu observer beaucoup des évènements qui se sont déroulés depuis dans le pays. Nous ne sommes pas capables d'évoquer des images. Cependant, nous distinguons les écheveaux emmêlés d'énergie répandus à travers l'Alagaësia, et nous percevons les pensées de ceux qui ne font pas l'effort de les protéger. C'est ainsi que nous sommes restés informés.

« Les décennies s'écoulaient, et nous désespérions de voir surgir un jour un être capable de tuer Galbatorix. Nous sentions grandir le pouvoir du Briseur d'Œufs, et nous craignions de voir notre attente durer non plus des siècles, mais des millénaires. Et ça, c'était inacceptable, autant pour notre propre santé mentale que pour la sécurité des petits. Ils sont reliés à des forces magiques qui ralentissent leur métabolisme, mais il n'est pas bon pour eux de rester indéfiniment à l'abri de leur coquille. Cela risque de déformer leurs esprits.

« Dans ce souci, nous avons commencé à intervenir sur ce que nous voyions. Par petites touches d'abord : un coup de pouce par-ci, une suggestion par-là, un avertissement à qui risquait de tomber dans un traquenard. Ce ne fut pas toujours un succès, mais nous arrivions à aider ceux qui s'opposaient encore à Galbatorix. Au fil du temps, nous avons gagné en assurance et en habileté. À de rares occasions, notre présence a été remarquée, mais personne n'a jamais deviné qui nous étions. Nous avons pu à trois reprises arranger la mort d'un Parjure. Quand il n'était pas dominé par ses passions, Brom était pour nous une arme très utile. »

– Vous aidiez Brom ! s'écria Eragon.

« Oui, lui et bien d'autres. Quand un humain du nom de Hefring a volé l'œuf de Saphira dans la salle du trésor de Galbatorix – il y a de cela vingt ans –, nous l'avons aidé à s'échapper. Mais nous en avons fait un peu trop ; il nous a remarqués et a pris peur. Il s'est enfui au lieu de rejoindre les Vardens comme il était supposé le faire. Plus tard, après que Brom a récupéré l'œuf, que les Vardens et les elfes ont commencé à amener des jeunes gens devant lui dans l'espoir de trouver celui pour qui il allait éclore, nous avons décidé de nous préparer à cette éventualité. Nous avons contacté des chats-garous, amis de longue date des dragons. Ils ont accepté de nous aider, et nous leur avons révélé l'existence du Rocher de Kuthian et du vif-acier sous les racines de l'arbre Menoa. Puis nous avons effacé de leur esprit tout souvenir de cette conversation. »

– Vous avez fait tout ça depuis cette salle ? s'émerveilla Eragon.

« Et bien davantage. T'es-tu jamais demandé pourquoi l'œuf de Saphira est apparu devant toi alors que tu chassais au beau milieu de la Crête ? »

« C'était vous ? » s'exclama Saphira, aussi stupéfaite qu'Eragon.

– J'ai cru que, Brom étant mon père, Arya nous avait confondus.

« Non. La magie des elfes ne se fourvoie pas ainsi. Mais nous avons modifié son flux pour que votre rencontre ait lieu. Nous estimions qu'il y avait une chance – minime, mais une chance tout de même – que vous vous conveniez l'un à l'autre. Nous avions raison. »

— En ce cas, pourquoi ne pas nous avoir amenés ici plus tôt ?

« Parce que vous aviez besoin de temps pour vous former. En précipitant les choses, nous risquions de révéler notre présence à Galbatorix avant que les Vardens et vous-mêmes ne fussiez prêts à l'affronter. À quoi aurait servi de te contacter après la bataille des Plaines Brûlantes, par exemple, alors que les Vardens étaient encore aussi loin d'Urû'baen ? »

Le silence retomba. Puis Eragon articula d'une voix lente :

Qu'avez-vous fait d'autre pour nous ?

« De petites choses, quelques avertissements. Tes visions d'Arya à Gil'ead, quand elle avait besoin de ton aide. La guérison de ton dos pendant l'Agaetí Sänghren. »

Glaedr réagit, réprobateur :

« Vous les avez envoyés à Gil'ead mal entraînés et sans protections magiques, sachant qu'ils auraient à affronter un Ombre ? »

« Nous pensions que Brom serait avec eux. Mais, même après sa mort, nous ne pouvions plus les arrêter, car ils devaient aller à Gil'ead pour rejoindre les Vardens. »

— Un instant, intervint Eragon. C'est vous qui êtes responsables de ma... transformation ?

« En partie. Nous nous sommes joints à l'image de dragon que les elfes invoquent au cours de la célébration. Souviens-toi ! Le dragon t'a touché, il t'a dit : "Voici notre don, celui qui t'est destiné, afin que tu accomplisses ce que tu dois." C'était nous. »

Le garçon serra les poings, non de colère mais à cause d'un trop-plein d'émotions. Saphira, Arya, son épée, l'aspect même de son corps, il devait tout cela aux dragons réunis dans cette salle.

— Elrun ono, dit-il. Merci.

« Ce fut un plaisir, Tueur d'Ombre. »

— Et Roran ? L'avez-vous aidé, lui aussi ?

Umaroth prit son temps pour répondre :

« Ton cousin n'a pas eu besoin de notre assistance. Nous vous observons, Saphira et toi, depuis plusieurs années. Nous vous avons vus grandir, devenir de vaillants guerriers, et nous sommes fiers de vous. En toi, Eragon, nous avons trouvé tout ce que nous attendions d'un nouveau Dragonnier. Et toi, Saphira, tu t'es montrée digne de figurer parmi les plus grands représentants de notre espèce. »

La joie et la fierté de la dragonne se mêlèrent à celles du garçon. Il mit un genou à terre tandis qu'elle inclinait la tête en frappant le sol de sa patte. Eragon aurait voulu sauter et crier pour célébrer cet instant. Il se contenta de murmurer :

– Mon épée est à votre service.

« Comme le sont mes griffes et mes crocs », ajouta Saphira.

Et, d'une seule voix, ils conclurent :

« Jusqu'à la fin de nos jours. Qu'attendez-vous de nous, Ebrithilar ? »

Visiblement satisfait, Umaroth répondit :

« Maintenant que nous vous avons trouvés, les jours où nous devions rester cachés sont arrivés à leur terme. Nous irons avec vous à Urû'baen, nous combattrons à vos côtés pour tuer Galbatorix. Le temps est venu pour nous de quitter notre tanière et d'affronter une fois pour toutes le traître briseur d'œufs. Sans nous, il serait capable de pénétrer vos esprits aussi facilement que nous l'avons fait, car il a beaucoup d'Eldunarí à son service. »

« Je ne pourrai pas vous transporter tous », objecta Saphira.

« Tu n'auras pas à le faire. Cinq d'entre nous resteront ici pour veiller sur les œufs avec Cuaroc. Au cas où nous ne réussirions pas à abattre Galbatorix, ils attendront le temps où les dragons pourront de nouveau circuler librement en Alagaësia. Mais sois sans crainte, nous ne serons pas un fardeau : nous fournirons la force nécessaire pour soulever notre poids. »

Eragon balaya la salle du regard :

– Combien êtes-vous ?

« Cent trente-six. Mais ne crois pas que nous serons capables de dominer les Eldunarí soumis par Galbatorix. Nous ne sommes pas assez nombreux, et ceux qui ont été choisis pour reposer dans cette crypte étaient ou trop vieux et trop précieux pour que leur vie soit mise en danger, ou trop jeunes et trop inexpérimentés pour se battre. Voilà pourquoi je me suis joint à eux ; je sers de pont entre les groupes, j'incarne un terrain commun à tous. Les plus âgés sont sages et puissants, mais leurs esprits s'égarent sur des voies étranges ; ils ont du mal à se concentrer sur autre chose que leurs propres rêves. Les plus jeunes sont les plus infortunés, ils ont été séparés de leur corps avant l'heure ; leur conscience est limitée par la taille de leur Eldunarí, qui ne grandira plus jamais. Que ce soit une leçon pour toi, Saphira : ne dégorge pas ton Eldunarí avant d'avoir atteint une taille respectable, à moins d'y être contrainte par l'urgence. »

– Donc, nous sommes toujours en infériorité, conclut sombrement Eragon.

« Oui, Tueur d'Ombre. Mais, maintenant, Galbatorix ne te mettra plus à genoux au premier regard. À défaut de les vaincre, nous retiendrons ses Eldunarí le temps que Saphira et toi fassiez ce que vous avez à faire. Gardez espoir ! Nous connaissons bien des secrets sur la guerre, la magie et la marche du monde. Nous vous enseignerons tout ce que nous pourrons, et peut-être une des pièces de notre savoir vous permettra-t-elle de tuer le roi. »

Après quoi, Saphira s'enquit du nombre des œufs. Deux cent quarante-trois avaient été sauvés. Vingt-six étaient destinés à trouver un Dragonnier, les autres étaient libres. Puis ils discutèrent du vol jusqu'à Urû'baen. Tandis qu'Umaroth et Glaedr indiquaient à Saphira le chemin le plus direct pour atteindre la cité, l'homme à tête de dragon rengaina son épée, se débarrassa de son bouclier et, un par un, retira les Eldunarí de leurs niches. Il plaça chacun des globes, semblables à des pierres précieuses, dans la bourse en soie sur laquelle il reposait, avant de les empiler avec précaution sur le sol, près du puits rougeoyant. Le volume du plus gros était tel que les bras de la créature de métal n'en faisaient pas le tour.

Tout le temps que Cuaroc travailla, tandis qu'il continuait de parler avec lui, Eragon demeura dans une brume d'incrédulité.

Il avait à peine osé rêver qu'il y eût encore des dragons en Alagaësia. Or, ils étaient là, vestiges d'un autre âge. Les contes d'autrefois devenaient réalité, et ils en faisaient partie, Saphira et lui.

Les émotions de la dragonne avaient une autre complexité. Savoir que son espèce n'était plus en voie d'extinction avait ôté de son esprit une ombre qui avait toujours été là, autant qu'Eragon s'en souvenait. Une joie si profonde imprégnait ses pensées que ses yeux et ses écailles brillaient d'un éclat nouveau. En même temps, elle restait curieusement sur la défensive, comme intimidée par les Eldunarí.

À travers ses pensées embrumées, Eragon percevait le changement d'humeur de Glaedr. Si le vieux dragon n'avait pas oublié son chagrin, il semblait plus heureux qu'il ne l'avait été depuis la mort d'Oromis. Alors qu'il ne marquait aucune déférence particulière envers Umaroth, il traitait l'autre dragon avec un respect qu'Eragon ne lui avait jamais vu manifester, pas même à la reine Islanzadí.

Quand Cuaroc eut presque achevé sa tâche, le garçon s'avança jusqu'au bord du puits et regarda dedans. Il découvrit une fosse circulaire qui s'enfonçait dans la roche à plus de cent pieds de profondeur jusqu'à une caverne à demi emplie d'une mer de lave rougeoyante. L'épais liquide explosait en bulles et en éclaboussures telle une marmite de colle bouillante, et des fumerolles tourbillonnaient à sa surface. Il crut apercevoir une forme lumineuse, peut-être un esprit, effleurer la houle brûlante ; mais elle disparut si vite qu'il douta de l'avoir vraiment vue.

« Viens, Eragon, dit Umaroth, tandis que l'homme à tête de dragon déposait en haut de la pile le dernier Eldunarí qui serait du voyage. Tu dois maintenant lancer un sort. La formule est la suivante... »

Le garçon fronça les sourcils :

– Que signifie la... *torsion* dans la deuxième phrase ? Que devrai-je tordre ? L'air ?

L'explication le laissa plus perplexe encore. Umaroth recommença, mais Eragon ne comprenait toujours pas. D'autres Eldunarí, plus âgés, se mêlèrent à la conversation ; leurs commentaires ne firent qu'embrouiller les choses, car ils formaient un torrent d'images, de sensations et de comparaisons aussi bizarres qu'ésotériques, qui laissèrent Eragon hébété.

Saphira et Glaedr paraissaient tout aussi perdus, ce qui le rassura un peu.

Glaedr dit cependant :

« Je crois comprendre, mais c'est comme tenir un poisson. Chaque fois que je saisis l'idée, elle me glisse entre les dents. »

Umaroth finit par renoncer :

« Nous étudierons ça une autre fois. Tu as compris ce que le sort est censé faire, peu importe que tu saches comment. Puise en nous la force dont tu as besoin pour le lancer. Ensuite, nous partirons. »

Mal à l'aise, Eragon se répéta mentalement la formule pour ne pas commettre d'erreur, puis il entama la récitation. En même temps, il plongeait dans les réserves des Eldunarí, et il se sentit traversé par une telle quantité d'énergie, un flot à la fois brûlant et glacé, que sa peau lui picota. Autour des Eldunarí, l'air se mit à onduler ; puis leur empilement parut se replier sur lui-même et se volatilisa. Un choc étouffé résonna dans la salle, une rafale de vent ébouriffa les cheveux du garçon. Abasourdi, il regarda Saphira passer le museau sur l'endroit où les Eldunarí étaient entassés une seconde plus tôt. Ils avaient disparu, comme s'ils n'avaient jamais existé. Pourtant, Eragon et Saphira sentaient toujours les esprits des dragons à proximité.

« Quand vous aurez quitté la crypte, dit Umaroth, l'entrée de cette poche d'espace restera à égale distance autour de vous à tout instant, sauf si vous êtes dans un lieu fermé ou si quelqu'un la traverse accidentellement. L'entrée n'est pas plus large qu'une tête d'épingle, mais elle est plus mortelle qu'une lame ; elle vous transpercerait si vous la touchiez. »

Saphira renifla :

« Même votre odeur a disparu. »

– Qui a découvert le moyen de faire ça ? demanda Eragon, impressionné.

« Un ermite qui vivait sur la côte nord d'Alagaësia il y a douze siècles. C'est une ruse fort utile pour cacher une chose exposée à la vue de tous, mais difficile et dangereuse à utiliser. »

Le dragon resta silencieux un moment, et le garçon devina qu'il rassemblait ses pensées. Puis il reprit :

« Il y a encore une chose que vous devez savoir, Saphira et toi. À l'instant où vous passerez sous la grande arcade, derrière vous – la Porte de Vergathos –, vous commencerez à oublier Cuaroc et les œufs cachés ici. Et quand vous aurez atteint la porte de pierre, au bout du tunnel, tout souvenir d'eux se sera effacé de vos esprits. Nous-mêmes, les Eldunarí, nous aurons oublié. Si nous tuons Galbatorix, la mémoire nous sera rendue. Mais, jusqu'à ce jour, nous devrons rester dans cette ignorance. »

Umaroth conclut en grommelant :

« C'est... déplaisant, je sais. Mais Galbatorix ne doit en aucun cas découvrir l'existence des œufs. »

Eragon n'aimait guère cette perspective, mais il n'avait rien de mieux à proposer.

« Merci de nous avoir prévenus », dit Saphira, et le garçon joignit ses remerciements à ceux de la dragonne.

Alors, le grand guerrier de métal, Cuaroc, ramassa son bouclier, tira son épée, marcha vers le très ancien trône et s'assit dessus. Après avoir posé sa lame nue en travers de ses cuisses et appuyé le bouclier à côté du siège, il plaça les mains sur ses genoux et s'immobilisa dans une pose de statue. Seul vivait encore l'éclat de ses yeux écarlates veillant sur les œufs.

Eragon se détourna du trône avec un frisson. Cette haute silhouette solitaire, au fond de la salle, avait quelque chose de spectral. Et savoir que Cuaroc, et les autres Eldunarí qui restaient là, demeureraient ainsi, exilés, pendant un autre siècle – ou plus – lui rendait le départ difficile.

« Adieu », murmura-t-il mentalement.

« Adieu, Tueur d'Ombre, lui répondirent cinq voix chuchotantes. Adieu, Écailles Brillantes. Que la chance soit avec vous. »

Eragon redressa les épaules ; puis, avec Saphira, il franchit la Porte de Vergathos et quitta la Crypte des Âmes.

57
LE RETOUR

Eragon plissa les yeux au sortir du tunnel. Le soleil de l'après-midi baignait la clairière devant le Rocher de Kuthian.

Il avait l'impression d'oublier quelque chose d'important. Il fit un effort de mémoire, mais rien ne lui revint qu'une immense impression de vide. C'était en rapport avec... Non, il ne se rappelait pas.

« Saphira, as-tu... »

Il laissa la phrase en suspens.

« Quoi ? »

« Rien. Je pensais que... Non, c'est sans importance. »

Derrière eux, les vantaux du tunnel se refermèrent avec un claquement sourd ; les lignes de glyphes, au-dessus, s'effacèrent, et la pierre couverte de mousses ne fut plus qu'une banale masse rocheuse.

« Venez, dit Umaroth, il faut s'en aller. La journée est bien avancée, et la route est longue jusqu'à Urû'baen. »

Eragon balaya la clairière du regard ; il avait encore l'impression de laisser quelque chose lui échapper. Puis il monta sur le dos de Saphira.

Tandis qu'il attachait les lanières autour de ses jambes, le caquetage sinistre d'une ombre-oiseau s'éleva dans les lourdes branches d'un sapin, sur sa droite. Il tourna les yeux dans cette direction, mais la créature resta invisible. Le garçon fit la grimace. S'il se réjouissait d'être venu sur Vroengard, il était tout aussi heureux d'en partir. Cette île n'avait rien d'accueillant.

« On y va ? » demanda Saphira.

« Allons-y », fit-il, soulagé.

D'un battement d'ailes, la dragonne s'éleva dans les airs et dépassa le champ de pommiers, de l'autre côté de la clairière. Elle monta rapidement, survola le creux de la vallée, décrivit un cercle au-dessus de Doru Araeba. Quand elle eut gagné assez de hauteur pour franchir les montagnes, elle vira vers l'est et prit la route des terres et d'Urû'baen, laissant derrière elle les ruines de ce qui avait été jadis la glorieuse cité des Dragonniers.

58
LA VILLE DES DOULEURS

Le soleil était à peine à son zénith quand les Vardens arrivèrent devant Urû'baen.

Roran, qui marchait sur les talons d'un nain, entendit des clameurs, en tête de la colonne. Curieux, il leva les yeux. Ayant atteint à son tour le sommet d'une butte sur lequel les hommes s'étaient arrêtés, il prit le temps d'observer le paysage.

Le terrain descendait en pente douce sur plusieurs miles jusqu'à une large plaine parsemée de fermes, de moulins et de vastes bâtiments de pierre, qui lui rappelèrent ceux des environs d'Aroughs. À cinq miles de là, la plaine s'aplatissait devant les murailles d'Urû'baen.

Contrairement aux fortifications de Dras-Leona, celles de la capitale étaient assez étendues pour contenir toute la ville. Même à cette distance, on voyait qu'elles étaient également bien plus imposantes. Roran estima leur hauteur à au moins trois cents pieds. Sur les larges remparts, il remarqua des balistes et des catapultes dressées à intervalles réguliers.

Cette découverte l'inquiéta. Les machines de guerre seraient difficiles à abattre – d'autant qu'elles étaient certainement protégées contre toute attaque magique – et il savait d'expérience à quel point elles étaient meurtrières.

Les murs abritaient un curieux mélange de constructions humaines et elfiques. Les édifices les plus importants, visiblement conçus par les elfes, étaient six tours à la grâce élancée, en malachite verte, disposées en arc de cercle. Sans doute était-ce la partie la plus ancienne de la cité. Deux des tours n'avaient plus de toiture, et les carcasses de deux autres étaient à moitié cachées par un entassement de maisons.

Cependant, l'attention du jeune homme n'était pas tant attirée par les murailles ou les bâtiments que par une énorme saillie de pierre, qui répandait son ombre sur presque toute la ville. Elle devait mesurer un demi-mile de large et cinq cents pieds dans sa partie la plus étroite. Le surplomb formait l'extrémité d'une colline massive, qui descendait en pente raide vers le nord-est sur plusieurs miles. Sur le bord en à-pic de l'escarpement s'élevait un autre mur, semblable à celui qui entourait la cité, et plusieurs solides tours de guet.

À l'abri de ce surplomb, une énorme citadelle ornée d'une profusion de tours et de parapets était adossée au rocher. Elle dominait la ville, si haute qu'elle emplissait presque tout l'intérieur du renfoncement. Le plus impressionnant était le portail encastré dans la façade de la forteresse, une gigantesque ouverture caverneuse, assez large pour que Thorn et Saphira la franchissent côte à côte.

Roran sentit ses entrailles se nouer. À en croire les dimensions de ce portail, Shruikan était assez gros pour anéantir une armée à lui tout seul.

« Eragon et Saphira feraient bien de se dépêcher, pensa-t-il. Et les elfes aussi. »

Si les elfes étaient capables de tenir tête au dragon noir du roi, ils auraient néanmoins du mal à le tuer.

Telles furent les réflexions de Roran le temps de sa halte. Puis il tira Feu de Neige par la bride. L'étalon blanc s'ébranla en renâclant, tandis que le jeune homme s'engageait d'un pas fatigué sur la route sinueuse qui descendait vers la plaine.

Il aurait pu monter son cheval – il aurait même dû, en tant que capitaine de bataillon –, mais depuis son voyage à Aroughs il ne supportait plus d'être en selle.

En chemin, il tenta d'imaginer une stratégie d'attaque. La poche de pierre dans laquelle Urû'baen était nichée empêcherait tout assaut par les côtés, par l'arrière et par le sommet. C'était sûrement pour cette raison que les elfes avaient choisi jadis un tel emplacement.

« Si on réussissait, je ne sais comment, à briser le surplomb, se dit-il, il écraserait la citadelle et une grande partie de la ville. » La chose lui paraissait cependant impossible, étant donné l'épaisseur du rocher.

« Et si on s'emparait de la muraille, au sommet de la hauteur ? De là, on lâcherait des rochers et on verserait de l'huile bouillante. Ce ne serait pas facile. Conquérir la colline, et ces murs... Les elfes y réussiraient peut-être. Ou les Kulls, ça leur plairait. »

Le fleuve, le Ramr, passait à plusieurs miles au nord d'Urû'baen, trop loin pour être exploitable. Saphira pourrait creuser un canal assez large pour le détourner, mais ça lui prendrait des semaines, et les Vardens ne tiendraient pas aussi longtemps, il ne leur restait que quelques jours de vivres. Après, ils devraient choisir entre mourir de faim ou se disperser.

Leur seule option était d'attaquer les premiers, avant que l'Empire le fasse, hypothèse improbable. Jusqu'alors, Galbatorix s'était contenté de laisser les Vardens venir à lui.

« Pourquoi risquerait-il sa peau ? Plus il attend, plus on s'affaiblit. »

Ça impliquait un assaut frontal, une charge en terrain découvert, aussi folle que téméraire, vers des murs trop épais pour être percés, trop hauts pour être escaladés, sous les tirs incessants des archers et des machines de guerre. À cette idée, le front de Roran se couvrit de sueur. Il lâcha un juron.

« On tomberait comme des mouches, et Galbatorix rirait tout seul dans la salle du trône... Il faudrait qu'on s'approche assez des murailles pour que les soldats ne nous atteignent plus avec leurs saletés d'engins. Mais on serait exposés à la poix, à l'huile et aux lancers de pierres. »

Même s'ils parvenaient à ouvrir une brèche, ils devraient encore vaincre l'armée du roi. Plus importante encore que les défenses de la cité serait alors la valeur des soldats que les Vardens auraient à affronter. Combattraient-ils jusqu'à leur dernier souffle ? Fuiraient-ils, effrayés, sous un assaut furieux ? Quels sorts les protégeaient, quels serments les liaient ?

D'après les espions des Vardens, Galbatorix avait placé les troupes d'Urû'baen sous le commandement d'un comte, un certain Lord Barst. Cette information avait consterné Jörmundur, et les hommes de Roran avaient raconté assez d'histoires pour convaincre leur chef de l'infamie du personnage. À ce qu'on disait, Barst avait régné sur un vaste domaine du côté de Gil'ead, qu'une invasion des elfes l'avait contraint à abandonner. Ses vassaux avaient vécu dans la terreur, car il avait la réputation de résoudre les disputes et de punir les criminels de la façon la plus expéditive, exécutant purement et simplement ceux qu'il jugeait être dans leur tort. Cela n'avait rien d'inhabituel en soi. Plus d'un seigneur, à travers l'Empire, avait une réputation de brutalité. Barst, cependant, était doué d'une force physique hors du commun, et rusé au dernier degré. Tous les récits témoignaient de son intelligence. C'était un salopard, mais un salopard malin. C'eût été une erreur de le sous-estimer. Galbatorix n'aurait pas confié le commandement de ses troupes à un médiocre ou un incompétent.

Et puis, il y avait Thorn et Murtagh. À supposer que Galbatorix ne sorte pas de sa forteresse, le dragon rouge et son Dragonnier défendraient la cité.

« Il faudra qu'Eragon et Saphira réussissent à les éloigner, sinon, on ne franchira jamais les murailles. »

Là était le problème. Murtagh était désormais plus fort qu'Eragon. Le garçon aurait besoin de l'aide des elfes pour le tuer.

Un mélange amer de colère et de ressentiment envahit Roran. Il détestait dépendre de ceux qui maîtrisaient la magie. Tant qu'il s'agissait de force et d'intelligence, on pouvait toujours compenser le manque de l'un par un surcroît de l'autre. Rien ne compensait l'inaptitude à la magie.

Il ramassa un caillou et, comme Eragon le lui avait enseigné, articula :

– Stenr rïsa.

Le caillou ne bougea pas.

Le caillou ne bougeait *jamais*.

Agacé, il le jeta dans le fossé.

Sa femme et son enfant à naître étaient avec les Vardens, et il ne pouvait rien faire pour tuer Murtagh ou Galbatorix. Il serra les poings en imaginant briser quelque chose. Des os, par exemple.

« On devrait peut-être fuir le pays. »

C'était la première fois qu'une telle pensée lui venait. Il savait qu'il y avait, à l'est, hors de portée de Galbatorix, des plaines fertiles seulement peuplées de nomades. Si les autres villageois les accompagnaient, lui et Katrina, ils pourraient prendre un nouveau départ, loin de l'Empire et du tyran. Mais cette seule idée le rendait malade. Cela signifiait abandonner Eragon, ses hommes, la terre qu'il considérait comme sienne.

« Non. Je ne laisserai pas mon enfant naître dans un monde resté sous le joug de Galbatorix. Plutôt mourir que vivre dans la peur. »

Ça ne résolvait pas le problème de la prise d'Urû'baen. Jusque-là, il avait toujours découvert une faiblesse à exploiter : à Carvahall, l'incapacité des Ra'zacs à comprendre la détermination des habitants ; lors de sa lutte contre l'Urgal Yarboc, les cornes de la créature ; à Aroughs, les canaux. Mais, ici, à Urû'baen, il ne voyait aucun point faible, aucun moyen de retourner la force de l'adversaire contre lui-même.

« Si on avait des vivres, il suffirait d'attendre et d'affamer les assiégés. Ce serait la meilleure solution. Toute autre option relève de la folie. »

Mais la guerre n'était-elle pas une succession de folies ?

598

« Il ne reste que la magie, conclut-il. La magie et Saphira. Si on arrive à tuer Murtagh, elle ou les elfes nous aideront à franchir les murailles. »

Il accéléra le pas, la mine sombre, un goût amer dans la bouche. Plus vite ils auraient dressé le camp, mieux ce serait. Il avait mal aux pieds à force de marcher, et, s'il devait mourir au cours d'un assaut absurde, il voulait au moins s'accorder un repas chaud et une bonne nuit de sommeil.

Les Vardens montèrent leurs tentes à un mile d'Urû'baen, près d'un petit affluent du Ramr. Puis les hommes, les nains et les Urgals entreprirent d'élever des défenses, un travail qui les occuperait jusqu'à la nuit et reprendrait au matin. Aussi longtemps qu'ils restaient dans un lieu, ils continuaient de renforcer leur périmètre. Les guerriers avaient cette tâche en horreur, mais elle les maintenait occupés et, surtout, elle pouvait leur sauver la vie.

Tous pensaient que les ordres venaient d'Eragon. Roran savait, lui, qu'ils émanaient de Jörmundur. Depuis l'enlèvement de Nasuada et le départ de son cousin, il respectait plus que jamais le vieux guerrier. Jörmundur avait combattu l'Empire toute sa vie ; il possédait une profonde compréhension de la tactique et de la logistique. Les deux hommes s'entendaient bien ; tous deux comptaient sur la force de l'acier, pas sur celle de la magie.

Et puis, il y avait le roi Orrin, avec qui – une fois les premières lignes de défense érigées – il se querella. Orrin l'irritait ; si quelqu'un les mettait en danger d'être tués, c'était lui. Roran savait qu'offenser un roi n'était guère prudent, mais cet imbécile voulait envoyer un messager devant les portes d'Urû'baen pour lancer un défi en termes officiels, comme ils l'avaient fait à Belatona et à Dras-Leona.

– Vous tenez vraiment à provoquer Galbatorix ? rugit Roran. Il pourrait fort bien répliquer !

— J'y compte bien, rétorqua Orrin en se redressant. Il est normal de lui annoncer nos intentions et de lui offrir une opportunité de négocier la paix.

Le jeune homme le fixa avant de se détourner, dégoûté, vers Jörmundur :

— Pouvez-vous lui faire entendre raison ?

Tous trois étaient réunis dans le pavillon d'Orrin, où le roi les avait convoqués.

— Votre Majesté, dit Jörmundur, Roran a raison. Il serait plus sage d'attendre avant de contacter l'Empire.

— Mais ils nous voient, protesta Orrin. Nous campons sous leurs murs. Ce serait... grossier de ne pas envoyer un messager leur faire connaître nos intentions. Vous êtes l'un et l'autre des hommes du peuple, vous ne pouvez pas comprendre. Entre rois, on respecte un minimum de courtoisie, même en temps de guerre.

Roran eut une violente envie de le frapper :

— Êtes-vous bouffi d'orgueil au point de croire que Galbatorix vous considère comme son égal ? Bah ! Pour lui, nous ne sommes que des insectes. Il n'a que faire de votre courtoisie. Vous oubliez qu'il était, lui aussi, un homme du peuple avant de renverser les Dragonniers. Il ne fonctionne pas comme nous. Il n'y a pas au monde une créature semblable à lui, et vous vous prétendez capable de l'apaiser ? Bah !

Orrin s'empourpra et jeta son gobelet de vin :

— Vous allez trop loin, Puissant Marteau ! Personne n'a le droit de m'insulter de la sorte.

— J'ai tous les droits, gronda Roran. Je ne suis pas un de vos sujets. Je ne vous dois pas obéissance. Je suis un homme libre et j'insulte qui je veux, quand je veux, comme je veux, même vous. Ce serait une erreur d'envoyer un messager, et je...

La lame du roi alluma un éclair argenté dans la pénombre de la tente. Roran vit où elle allait frapper. Il s'écarta et, d'un revers de son marteau, fit sauter l'épée de la main du roi.

L'arme ornée de pierreries rebondit sur le tapis.

À l'extérieur, un garde alerté par le bruit appela :

– Sire ! Tout va bien ?

– Ce n'est rien, répondit Jörmundur. J'ai fait tomber mon bouclier.

– Bien, Monsieur.

Roran observait le roi : il avait une expression sauvage de bête traquée. Sans le quitter des yeux, le jeune homme remit son marteau dans sa ceinture.

– Entrer en contact avec Galbatorix serait stupide et dangereux, reprit-il. Si vous essayez, je tuerai votre envoyé avant qu'il ait atteint la cité.

– Vous n'oseriez pas !

– Détrompez-vous ! Je ne vous laisserai pas nous mettre tous en péril pour satisfaire votre royale... fierté ! Si Galbatorix veut discuter, qu'il vienne nous trouver. Sinon, laissons-le tranquille.

Roran quitta le pavillon d'un pas furieux. Dehors, il s'arrêta, les poings sur les hanches, et contempla les nuages cotonneux en attendant que son pouls ralentisse. Orrin était un jeune mulet, entêté et trop sûr de lui, prêt à vous flanquer un coup de sabot à la première occasion.

« Et il boit trop. »

Roran fit les cent pas en attendant Jörmundur. Quand le vieil homme sortit à son tour du pavillon, il ne lui laissa pas le temps de parler.

– Je suis désolé, dit-il.

– Vous pouvez l'être.

Jörmundur passa une main lasse sur son visage. Puis il sortit de sa bourse une pipe d'argile et entreprit de la bourrer de feuilles de chardon séchées, qu'il tassa du pouce :

– J'ai passé la fin de notre entrevue à le dissuader d'envoyer un messager rien que pour vous contrarier.

Il marqua une pause avant de demander :

– Vous tueriez vraiment un des hommes d'Orrin ?

– Je ne fais jamais de menace en l'air.

– C'est bien ce que je pensais... Espérons qu'on n'en arrivera pas là.

Jörmundur s'engagea dans une allée entre les tentes, et Roran le suivit. Les hommes s'écartaient à leur passage, inclinant la tête avec respect.

Avec un geste de sa pipe qu'il n'avait pas encore allumée, Jörmundur déclara :

– J'avoue avoir eu maintes fois envie de remettre Orrin à sa place.

Il eut un petit sourire :

– Malheureusement, la prudence est mon principal défaut.

– A-t-il toujours été aussi... borné ?

– Hmm ? Oh non ! Au Surda, il se montrait beaucoup plus raisonnable.

– Alors, qu'est-ce qui l'a changé ?

– La peur, je suppose. Elle a d'étranges effets sur les hommes.

– Oui.

– Je ne voudrais pas vous offenser, mais vous vous êtes conduit comme un idiot, vous aussi.

– Je sais. Je me suis laissé emporter.

– Et vous vous êtes fait un ennemi royal.

– Un de plus...

Jörmundur rit doucement :

– Ma foi, je suppose que, quand on a Galbatorix comme ennemi personnel, les autres paraissent bien inoffensifs. Néanmoins...

Il fit halte près d'un feu et retira une fine branche des flammes. Il en enfonça le bout dans sa pipe, tira quelques bouffées et rejeta la branche dans le foyer.

– Néanmoins, à votre place, je ne mépriserais pas la colère d'Orrin. Il était prêt à vous tuer sur place. S'il vous garde rancune, ce que je crains, peut-être cherchera-t-il à se venger. Je vais poster un garde près de votre tente pendant quelques jours. Après ça, de toute façon...

Il haussa les épaules :

– Après ça, nous serons morts ou esclaves.

Ils marchèrent quelques instants en silence, Jörmundur tirant sur sa pipe. À l'instant de le quitter, Roran dit :

– La prochaine fois que vous verrez Orrin...

– Oui ?

– Faites-lui savoir que, si lui ou un de ses hommes fait du mal à Katrina, je l'étripe devant tous les Vardens.

Jörmundur abaissa le menton sur sa poitrine et réfléchit un moment. Puis il releva la tête et acquiesça :

– Je trouverai un moyen de l'en informer, Puissant Marteau.

– Je vous remercie.

Je vous en prie. Comme toujours, ce fut un plaisir.

– Bonsoir, Monsieur.

Roran rejoignit Katrina et la persuada de porter leur dîner sur la rive du fleuve, d'où il pourrait monter la garde pour s'assurer qu'Orrin n'enverrait aucun messager. Ils mangèrent sur une couverture que la jeune femme avait étalée sur le sol. Ils restèrent assis là tous les deux tandis que les ombres s'allongeaient et que les étoiles s'allumaient une à une dans le ciel pourpre.

– Je suis heureuse d'être ici, lui dit-elle en appuyant la tête sur son épaule.

– Vraiment ?

– C'est beau, et je t'ai pour moi toute seule.

Il la serra contre lui, mais une ombre pesait toujours sur son cœur. Il ne pouvait oublier le danger qui planait sur elle et sur leur enfant. L'idée que leur pire ennemi n'était qu'à quelques miles de distance le consumait. Il aurait voulu se lever, courir jusqu'à Urû'baen et tuer Galbatorix.

Mais c'était impossible. Alors, il sourit, et rit, et cacha sa peur, tout en sachant qu'elle cachait aussi la sienne.

« Bon sang, Eragon, pensait-il, tu ferais bien de te dépêcher. Sinon, je jure de sortir de la tombe pour revenir te hanter. »

59
CONSEIL DE GUERRE

Pendant le retour de Vroengard à Urû'baen, Saphira n'eut pas besoin de lutter contre les éléments. Elle profita même d'un bon vent arrière, car les Eldunarí lui indiquaient comment trouver les flux d'air les plus rapides, qui, disaient-ils, soufflaient presque toute l'année.

La ville surgit à l'horizon deux jours après leur départ de l'île.

Deux ou trois fois au cours du voyage, alors que le soleil était à son zénith, Eragon crut entrevoir l'entrée de la poche d'espace dans laquelle les Eldunarí flottaient derrière Saphira. Elle lui apparut tel un simple point noir, si petit qu'il ne pouvait garder les yeux sur lui plus de quelques secondes. Il le prit d'abord pour un grain de poussière, puis il remarqua qu'il restait toujours à la même distance.

Pendant le vol, les dragons avaient déversé, à travers Umaroth, un déferlement de souvenirs dans les esprits du garçon et de la dragonne : batailles gagnées ou perdues, amours, haines, sortilèges, évènements observés par tout le pays, regrets, réussites et réflexions sur la marche du monde. Les dragons possédaient des milliers d'années de savoir, et ils semblaient désireux d'en partager chaque parcelle.

« C'est trop, avait protesté Eragon. On ne peut pas se rappeler tout ça, et encore moins en comprendre le sens. »

« Bien sûr que non, avait dit Umaroth. Mais vous en mémoriserez une partie, et ce sera peut-être ce qui vous permettra de vaincre Galbatorix. Continuons ! »

Et le flot d'informations reprit. Eragon en avait parfois l'impression d'oublier qui il était, car la mémoire des dragons submergeait la sienne. Alors, il isolait son esprit et se répétait son vrai nom jusqu'à être sûr d'avoir retrouvé son identité.

Ce qu'ils apprirent, Saphira et lui, le stupéfiait et le troublait, car cela remettait souvent en cause ses propres croyances. Mais il avait à peine le temps d'y réfléchir que déjà un nouveau souvenir prenait la place du précédent. Il savait qu'il lui faudrait des années pour ordonner dans sa tête tout ce que les dragons lui montraient.

Plus il en apprenait sur eux, plus il les respectait. Ceux qui avaient vécu pendant des centaines d'années avaient une étrange façon de penser, et les plus vieux étaient aussi différents de Glaedr et de Saphira qu'eux-mêmes l'étaient du Fanghur des Montagnes des Beors. Les échanges avec ces anciens étaient déstabilisants ; ils sautaient d'une idée à l'autre, utilisaient des associations et des comparaisons qui échappaient à Eragon, mais dont il ne doutait pas du sens profond. Il avait du mal à saisir ce qu'ils disaient, et les dragons ne daignaient pas se mettre à sa portée.

Au bout d'un moment, il comprit qu'ils *ne pouvaient pas* s'exprimer autrement. Leurs esprits s'étaient modifiés au fil des siècles ; ce qui paraissait au garçon simple et évident était compliqué pour eux, et inversement. Les écouter, songea-t-il, était peut-être comme écouter penser un dieu.

Quand il fit cette remarque à Saphira, elle grogna :

« Il y a une différence. »

« Laquelle ? »

« Contrairement aux dieux, les dragons participent aux évènements du monde. »

« Les dieux choisissent peut-être d'agir sans être vus ? »

« En ce cas, à quoi servent-ils ? »

« Pour toi, les dragons seraient supérieurs aux dieux ? »
demanda-t-il, amusé.

« Quand nous avons atteint notre plein développement, oui.
Quelle créature est notre égale ? La puissance de Galbatorix
elle-même dépend de la nôtre. »

« Et les Nïdhwal ? »

« Quoi, les Nïdhwal ? »

Elle eut un reniflement méprisant :

« Nous savons nager, et ils ne savent pas voler. »

Le plus vieux des Eldunarí, un dragon du nom de Valdr
– ce qui signifie le Meneur en ancien langage –, ne s'adressa
directement à eux qu'une seule fois. Ils reçurent de lui la
vision de rayons lumineux se transformant en vagues de sable,
accompagnée de l'impression déconcertante que tout ce
qui paraissait solide n'était qu'un espace vide. Il leur montra
ensuite un nid de jeunes étoiles endormies, et Eragon sentit
leurs rêves clignoter dans son esprit à la vitesse d'un battement
de paupière. D'abord, Valdr n'eut que du mépris pour les jeunes
étoiles, et leurs rêves lui semblèrent enfantins, insignifiants.
Puis son regard changea, se fit chaleureux, compréhensif, et les
plus minuscules soucis des étoiles grandirent en importance,
jusqu'à égaler les préoccupations des rois.

Valdr s'attarda sur cette vision, comme pour s'assurer
qu'Eragon et Saphira ne l'oublieraient pas au milieu de tous
leurs autres souvenirs. Cependant, ni l'un ni l'autre n'était
certain d'avoir compris l'intention du dragon, et Valdr refusa
de s'expliquer davantage.

Quand Urû'baen apparut enfin, les Eldunarí cessèrent ce
partage de mémoire, et Umaroth dit :

« Maintenant, il vous sera plus utile d'observer la tanière
de l'ennemi. »

C'est ce qu'ils firent, tandis que Saphira entamait une longue
descente sur plusieurs miles de distance. Le spectacle n'avait
rien d'encourageant, pas plus que la remarque de Glaedr :

« Galbatorix a beaucoup construit, depuis qu'il nous a chassés de ces lieux. De notre temps, les murs n'étaient ni aussi hauts ni aussi épais. »

À quoi Umaroth ajouta :

« Et Ilirea n'était pas aussi puissamment fortifiée à l'époque de la guerre entre nous et les elfes. Le traître a empilé des montagnes de pierres autour de son antre. Il n'en sortira pas de sa propre initiative. Il est comme un blaireau réfugié dans son terrier, prêt à mordre quiconque y fourrera le nez. »

À un mile à l'est du surplomb cerné de murailles et de la ville en dessous était dressé le camp des Vardens. Il parut à Eragon nettement plus étendu que dans son souvenir, ce qui l'étonna. Puis il comprit que la reine Islanzadí et son armée avaient rejoint les forces des Vardens. Il lâcha un soupir soulagé. Galbatorix lui-même craignait le pouvoir des elfes.

Quand ils ne furent plus qu'à une lieue des tentes, les Eldunarí aidèrent Eragon à étendre son esprit à ceux de tous les hommes, nains, elfes et Urgals assemblés. Le contact était si ténu qu'aucun d'eux ne pouvait le remarquer à moins d'y être délibérément attentif. Dès qu'il eut repéré la musicalité sauvage qui caractérisait la conscience de l'elfe au pelage de loup, il se concentra sur lui.

« Lupusänghren, dit-il, c'est moi, Eragon. »

Cette formulation banale lui parut naturelle après tout le temps passé à revivre les expériences des âges anciens.

« Tueur d'Ombre ! Vous êtes sain et sauf ? Votre esprit a quelque chose d'étrange. Saphira est avec vous ? Elle n'est pas blessée ? Est-il arrivé quelque chose à Glaedr ? »

« Ils vont bien, et moi aussi. »

« Alors... ? » commença l'elfe, perplexe.

Eragon l'interrompit :

« Nous ne sommes plus très loin, mais, pour l'instant, je nous ai dissimulés. L'illusion de Saphira et moi est-elle visible du camp ? »

« Oui, Tueur d'Ombre. L'avatar de Saphira survole les tentes à un mile d'altitude. De temps à autre, nous le dissimulons dans un banc de nuages ou nous faisons croire que vous patrouillez dans les environs. Mais nous n'osons pas laisser Galbatorix penser que vous êtes absents. Nous allons éloigner votre image, à présent, de sorte que vous puissiez nous rejoindre sans éveiller les soupçons. »

« Non, attendez. Maintenez le sort un moment encore. »

« Tueur d'Ombre ? »

Eragon examina le sol :

« Nous ne rentrons pas directement au camp. Il y a une colline à environ deux miles au sud-est, vous la connaissez ? »

« Oui, je vois où elle se trouve. »

« Saphira se posera là-bas. Priez Arya, Orik, Jörmundur, Roran, la reine Islanzadí et le roi Orrin de nous y rejoindre. Mais assurez-vous qu'ils ne quittent pas le camp tous en même temps. Si vous pouviez les dissimuler, ce serait encore mieux. Et venez, vous aussi. »

« Entendu. Tueur d'Ombre, qu'avez-vous trouvé sur... »

« Non ! Ne me demandez rien ! Il serait dangereux d'avoir ce genre de pensée ici. Venez, et vous saurez tout ; je ne claironnerai pas la réponse quand des oreilles malveillantes peuvent l'entendre. »

« Je comprends. Nous vous rejoindrons aussi vite que possible. Mais il nous faudra peut-être un peu de temps pour assurer la discrétion de notre départ. »

« Bien sûr. Je sais que vous ferez pour le mieux. »

Eragon rompit leur lien mental et s'allongea sur la selle. Il eut un petit sourire en imaginant l'expression de Lupusänghren quand il apprendrait l'existence des Eldunarí.

Saphira se posa dans un creux au pied de la colline. Le tourbillon de vent qu'elle provoqua affola un troupeau de moutons ; les bêtes s'enfuirent avec des bêlements affolés.

Elle replia ses ailes et fit remarquer :

« Ce serait facile de les attraper, ils ne me voient pas... »

Elle passa la langue sur ses crocs.

– C'est vrai, mais où serait le plaisir de la chasse ? objecta le garçon, qui détachait les lanières de ses jambes.

« Ce n'est pas le plaisir qui vous remplit l'estomac. »

– Certes. Mais tu as déjà faim ?

L'énergie des Eldunarí, bien qu'immatérielle, avait supprimé son besoin de nourriture.

Elle poussa un profond soupir :

« Non, pas vraiment... »

Pendant le temps que dura leur attente, Eragon étira ses muscles douloureux. Puis il puisa dans le reste de leurs provisions pour s'offrir un léger repas. Il savait, sans la voir, que Saphira était étalée de tout son long sur le sol, près de lui. Seuls les brins d'herbe aplatis, qui dessinaient une curieuse silhouette en creux, trahissaient sa présence. Cela l'amusa.

Tout en mangeant, il promenait son regard sur le riant paysage, autour de la colline, où les champs de blé et d'orge ondulaient sous la brise. Des murets de pierres sèches délimitaient les parcelles ; les fermiers de la région avaient dû mettre des centaines d'années à tirer toutes ces pierres du sol.

« Au moins, songea-t-il, on n'avait pas ce problème, dans la vallée de Palancar. »

À cet instant, la mémoire de l'un des dragons se manifesta, et il sut exactement de quand dataient les murets : ils avaient été élevés par les humains venus vivre dans les ruines d'Ilirea, après la victoire des elfes contre les troupes du roi Palancar. Le garçon voyait, comme s'il y était, les lignes d'hommes, de femmes et d'enfants qui sillonnaient les terres fraîchement labourées, ramassaient les pierres et les mettaient en place.

Eragon laissa la vision s'éteindre pour ouvrir son esprit aux flux d'énergie qui l'entouraient. Il écouta les pensées des souris dans l'herbe, celles des vers dans la terre et celles des oiseaux qui volaient au-dessus de lui. Il prenait ainsi le risque – bien que minime – de révéler sa présence à quelque magicien ennemi, mais il préférait repérer ce qui se tenait à proximité pour éviter toute attaque surprise.

609

Puis il perçut l'approche d'Arya, de Lupusänghren et d'Islanzadí, et ne s'étonna pas en voyant la marque de leurs pas se diriger vers lui depuis le versant ouest de la colline.

L'air se rida comme de l'eau, et les trois elfes apparurent. La reine Islanzadí venait en tête, plus royale que jamais. Elle portait une cotte de mailles en or ainsi qu'un casque incrusté de pierres précieuses, et sa cape rouge rayée de blanc était agrafée autour de ses épaules. Une longue et fine épée pendait à sa taille mince. Elle tenait dans une main une haute lance à lame d'argent et dans l'autre un bouclier en forme de feuille de bouleau, dont les bords reproduisaient même les dentelures.

Arya était en armure elle aussi. Elle avait troqué ses sombres vêtements habituels contre un corselet semblable à celui de sa mère – sauf que les mailles étaient en simple acier gris – et portait un casque orné d'entrelacs en relief sur le devant et le nasal, avec deux ailes d'aigle stylisées de chaque côté des tempes. Comparée à la splendeur de la tenue d'Islanzadí, celle d'Arya était austère mais d'autant plus impressionnante. Côte à côte, la mère et la fille évoquaient une paire de lames dont l'une aurait été conçue pour l'apparat, l'autre forgée pour le combat.

Lupusänghren portait lui aussi une cotte de mailles, mais il était tête nue et sans arme, à part un couteau à la ceinture.

– Montre-toi, Eragon le Tueur d'Ombre, dit Islanzadí en regardant dans sa direction.

Le garçon mit fin au sort qui les dissimulait, Saphira et lui, et s'inclina devant la reine.

Elle posa sur lui ses yeux sombres, l'évaluant comme un cheval mis aux enchères. Pour la première fois, il n'eut aucune difficulté à soutenir son regard.

– Tu t'es amélioré, Tueur d'Ombre, lâcha-t-elle enfin.

Comme toujours, la voix de la reine le fit frissonner. Sa musicalité vibrait de magie, ce qui donnait à chaque phrase un ton de poème épique.

Il exécuta un bref salut :

– Merci, Votre Majesté. Un tel compliment est précieux, venant d'une personne aussi belle et aussi sage que vous.

Islanzadí s'esclaffa, ce qui découvrit ses longues dents, et la colline renvoya l'écho de son rire :

– Et tu es devenu éloquent ! Ma fille, tu ne m'avais pas dit qu'il était aussi beau parleur !

Un léger sourire étira les lèvres d'Arya.

– Il a encore beaucoup à apprendre, dit-elle.

Puis elle s'adressa au garçon :

– Je suis heureuse de te voir de retour sain et sauf.

Les elfes assaillirent alors Eragon, Saphira et Glaedr de questions, mais ceux-ci refusèrent de répondre avant l'arrivée des autres. Le garçon se doutait toutefois que les elfes sentaient confusément la présence des Eldunarí, car ils jetaient des regards involontaires en direction des cœurs des cœurs.

Orik les rejoignit à son tour. Il arrivait du sud, sur un poney hirsute, écumant et haletant.

– Ho, Eragon ! Ho, Saphira ! cria le roi nain, le poing levé.

Il se laissa glisser à bas de sa monture exténuée, s'approcha de son pas lourd et donna au garçon une rude accolade accompagnée de grandes tapes dans le dos.

Quand ils eurent achevé leurs salutations, qu'Orik eut caressé le nez de Saphira – ce qui la fit ronronner –, Eragon demanda :

– Où sont tes gardes ?

Le roi nain fit un geste de la main :

– Occupés à tresser leurs barbes près d'une ferme à un mile d'ici, où ils sont restés d'assez mauvaise grâce, je dois le dire. J'ai une totale confiance en chacun d'eux – ils sont tous de mon clan –, mais Lupusänghren a dit que je devais venir seul ; je suis venu seul. Maintenant, explique-toi ! Pourquoi tous ces mystères ? Qu'as-tu découvert sur Vroengard ?

– Tu devras attendre que tout le conseil soit réuni pour l'apprendre. Mais je suis content de te revoir.

Et à son tour il lui donna une tape dans le dos.

Roran arriva à pied peu après, la mine sombre et couvert de poussière. Ayant salué son cousin, il le prit par le bras pour le tirer à l'écart :

— Peux-tu faire en sorte qu'ils ne nous entendent pas ?

Il désignait du menton Orik et les elfes.

Il ne fallut qu'une seconde au garçon pour les isoler d'un sort :

— C'est fait.

En même temps, il séparait son esprit de ceux de Glaedr et des Eldunarí, tout en restant lié à Saphira.

Roran le remercia d'un signe de tête et laissa son regard errer sur les champs :

— J'ai eu des mots avec le roi Orrin, en ton absence.

— Des mots ? Comment ça ?

— Il se comportait comme un imbécile, je le lui ai reproché.

— Je suppose qu'il l'a mal pris ?

— On peut dire ça. Il a tenté de m'embrocher.

— Il a *quoi* ?

— J'ai réussi à lui arracher l'épée des mains avant que le coup m'atteigne, mais il aurait pu me tuer.

— Orrin ?

Eragon avait du mal à imaginer le roi commettre un tel acte :

— Et tu l'as blessé ?

Pour la première fois depuis son arrivée, Roran eut un bref sourire, vite enfoui dans sa barbe :

— Je lui ai fait peur, ce qui est peut-être pire.

Eragon agrippa le pommeau de Brisingr. Il s'aperçut alors que son cousin et lui se tenaient dans la même posture : la main à l'épée, le poids du corps reposant sur la jambe gauche.

— Qui d'autre est au courant ?

— Jörmundur – il était présent – et tous ceux à qui Orrin aura pu en parler.

Eragon se mit à faire les cent pas, le front plissé, ne sachant que décider :

— Ça tombe au plus mauvais moment...

— Je sais. Je n'aurais pas dû être aussi brutal avec Orrin, mais il s'apprêtait à envoyer «ses royales salutations» à Galbatorix, et autres stupidités. Il nous aurait tous mis en danger. Je ne pouvais pas le laisser faire. Tu aurais réagi comme moi.

— Peut-être, mais ça ne fait que rendre les choses plus difficiles. Je suis le chef des Vardens, à présent. S'attaquer à toi ou à n'importe quel homme sous mes ordres, c'est s'attaquer à moi. Orrin le sait, comme il sait que nous sommes du même sang. Il aurait aussi bien pu me lancer son gant à la figure.

— Il était ivre. Il n'a sûrement pas pensé à ça quand il a tiré son épée.

Eragon vit qu'Arya et Lupusänghren leur lançaient des regards curieux. Il cessa son va-et-vient et leur tourna le dos.

— Je suis inquiet pour Katrina, reprit Roran. Orrin est assez furieux pour nous envoyer ses hommes, à elle ou à moi. Dans l'un et l'autre cas, elle en souffrira. Jörmundur a déjà posté un garde devant notre tente, mais c'est insuffisant.

Eragon secoua la tête :

— Orrin n'oserait pas s'en prendre à elle.

— Non ? Il ne peut rien contre toi et il n'a pas assez de tripes pour m'affronter directement. Que lui reste-t-il ? Une embuscade. Un coup de couteau dans le noir. Tuer Katrina serait une vengeance facile.

— Je n'imagine pas Orrin avoir recours à un coup de couteau, ni s'attaquer à une femme.

— Mais tu n'en es pas sûr.

Le Dragonnier réfléchit. Puis il déclara :

— Je vais placer des sorts de protection autour de Katrina, et je le ferai savoir à Orrin. Ça mettra un terme à ses plans, à supposer qu'il en ait.

Roran se détendit :

— Je t'en serai reconnaissant.

— Je vais renouveler aussi les tiens.

— Non, garde tes forces. Je me débrouillerai.

Eragon eut beau insister, Roran s'obstina dans son refus. Finalement, le garçon s'emporta :

– Bon sang, écoute-moi ! On va bientôt affronter les hommes de Galbatorix. Il te faut une protection, ne serait-ce que contre la magie. Et je vais te la procurer, que tu le veuilles ou non. Alors, remercie-moi, et avec le sourire, s'il te plaît !

Roran lui lança un regard noir, puis il écarta les mains :

– D'accord, comme tu voudras. Tu n'as jamais su t'arrêter à temps.

– Parce que toi, tu le sais ?

Roran pouffa dans sa barbe :

– Sans doute pas. Ça doit être de famille.

– Hmm... Je me demande qui était le plus têtu, de Brom ou de Garrow.

– Père, à mon avis.

– Oh... Brom était aussi... Non, tu as raison, c'était Garrow.

Ils échangèrent un sourire, emportés par les souvenirs de leur vie à la ferme. Puis Roran se balança sur ses pieds en coulant vers son cousin un regard en biais :

– Tu as quelque chose de changé.

– Vraiment ?

– Oui. Tu parais plus sûr de toi.

– Peut-être parce que je me comprends mieux qu'avant.

Roran ne trouva rien à ajouter.

Une demi-heure plus tard, Jörmundur et le roi Orrin arrivèrent à cheval. Eragon salua Orrin avec sa politesse habituelle, mais le roi répondit sèchement et détourna les yeux. Son haleine sentait le vin.

Lorsqu'ils furent tous rassemblés devant Saphira, Eragon prit la parole. Il leur fit d'abord jurer à tous le secret en ancien langage. Puis il expliqua à Orik, Roran, Jörmundur et Orrin ce qu'étaient les Eldunarí, et leur conta brièvement l'histoire des cœurs de dragons à l'aspect de joyaux ainsi que leur lien avec les Dragonniers et Galbatorix.

Les elfes semblèrent mal à l'aise en entendant Eragon parler aussi volontiers des Eldunarí devant tous, mais aucun d'eux ne protesta. Le garçon s'en réjouit ; c'était la preuve qu'il avait gagné leur confiance. Orik, Roran et Jörmundur marquèrent leur surprise et leur incrédulité, et l'assaillirent de questions. Roran, surtout, avait l'œil brillant, comme si cette révélation lui donnait de nouvelles idées pour abattre Galbatorix.

Orrin, lui, resta revêche et se montra plus que dubitatif sur l'existence des Eldunarí. Ses doutes ne se dissipèrent qu'au moment où Eragon sortit le cœur des cœurs de Glaedr de son sac de selle et le présenta aux quatre hommes.

Le respect qu'ils montrèrent envers le dragon combla le jeune Dragonnier. Orrin lui-même parut impressionné. Malgré tout, après avoir échangé quelques mots avec Glaedr, il se tourna vers le garçon :

– Nasuada était-elle au courant ?

– Je le lui ai dit à Feinster.

Comme Eragon s'y attendait, Orrin en fut irrité :

– Ainsi, une fois de plus, vous avez choisi tous les deux de m'ignorer. Sans le soutien de mes hommes, sans les vivres fournis par mon peuple, les Vardens n'auraient aucun espoir d'affronter l'Empire. Je suis le souverain d'un des quatre pays d'Alagaësia, mon armée constitue une bonne partie de vos forces, et vous n'avez pas jugé bon de m'informer !

Eragon n'eut pas le temps de répondre, Orik s'était déjà avancé.

– Je n'ai pas été informé non plus, Orrin, grommela le nain. Et mon peuple soutient les Vardens depuis plus longtemps que le vôtre. Eragon et Nasuada ont agi au mieux pour notre cause ; vous n'avez pas à vous sentir offensé.

Orrin se renfrogna et parut sur le point de prolonger la dispute, mais Glaedr prit les devants :

« Ils ont fait ce que je leur ai demandé, roi du Surda. Les Eldunarí sont le plus grand secret des dragons, et nous ne le partageons jamais à la légère, pas même avec les rois. »

— En ce cas, pourquoi le partager maintenant? objecta Orrin. Vous auriez pu vous mêler à la bataille sans révéler votre présence.

En guise de réponse, Eragon leur raconta leur voyage à Vroengard, sans oublier la tempête au-dessus de la mer et le spectacle qu'ils avaient contemplé du haut des nuages. Arya et Lupusänghren se montrèrent les plus intéressés par cette partie de l'histoire, et Orik le plus impressionné.

— Barzûl! jura-t-il. Quelle terrible expérience! J'en frissonne rien que d'y penser. Les nains sont faits pour la terre ferme, pas pour les hauteurs du ciel.

« C'est bien mon avis », approuva Saphira.

Orik lui jeta un coup d'œil perplexe en tortillant les tresses de sa barbe.

Eragon décrivit alors leur entrée dans la Crypte des Âmes, sans préciser qu'ils avaient dû s'annoncer sous leur vrai nom. Quand il leur eut révélé ce qu'ils avaient rapporté de la crypte, il y eut un silence stupéfait.

Puis le garçon dit:

— Ouvrez vos esprits!

L'instant d'après, l'air vibrait de murmures, et Eragon sentit autour d'eux la présence d'Umaroth et des autres dragons invisibles.

Les elfes vacillèrent; Arya tomba sur un genou en portant une main à sa tempe comme si elle avait reçu un coup. Orik poussa un cri et jeta alentour des regards affolés, tandis que Roran, Jörmundur et Orrin semblaient frappés par la foudre.

La reine Islanzadí s'agenouilla, dans la même position que sa fille. Eragon l'entendit en esprit qui s'adressait aux dragons; elle en appelait beaucoup par leur nom et leur souhaitait la bienvenue comme à de vieux amis. Lupusänghren fit de même, et pendant plusieurs minutes un flot de pensées circula entre les dragons et le petit groupe assemblé.

La cacophonie mentale était telle que le garçon s'en isola et alla s'asseoir sur la patte de Saphira en attendant que le calme revienne. Les elfes se montraient les plus bouleversés par cette révélation. Lupusänghren fixait le ciel avec une expression de joie incrédule ; Arya restait agenouillée. Eragon crut voir briller des larmes sur ses joues. Quant à Islanzadí, elle rayonnait ; pour la première fois, le garçon la voyait véritablement heureuse.

Orik s'ébroua et sortit de sa stupeur.

— Par le marteau de Morgothal, déclara-t-il, voilà qui change tout ! Avec leur aide, on aura une chance de tuer le roi.

— Parce qu'on n'en avait pas, avant ? susurra Eragon.

— Bien sûr que si ! Mais... pas autant.

Roran sortit à son tour de sa stupeur :

— Je ne pensais pas que... Je savais que toi et les elfes, vous mettriez toutes vos forces dans la bataille, mais je doutais de la victoire.

Il chercha le regard de son cousin :

— Galbatorix a vaincu tant de Dragonniers... Tu étais seul, et encore bien jeune. Ça paraissait impossible.

— Je sais.

— Mais maintenant...

Une lueur féroce s'alluma dans l'œil du jeune homme :

— Maintenant, on peut l'emporter.

— Oui, intervint Jörmundur. Et pensez un peu : nous n'avons plus à nous inquiéter autant de Murtagh. Il ne sera pas de taille face à vous et à tous ces dragons.

Eragon tambourina des talons contre la patte de Saphira sans répondre. Il voyait la question autrement. De plus, il n'aimait pas l'idée de devoir tuer Murtagh.

Orrin prit alors la parole :

— Umaroth dit que vous avez conçu un plan de bataille. Nous en ferez-vous part, Tueur d'Ombre ?

— J'aimerais le connaître également, dit Islanzadí d'un ton affable.

— Et moi aussi, ajouta Orik.

Eragon les fixa un instant avant d'acquiescer.

— Votre armée est prête pour le combat ? demanda-t-il à la reine.

— Elle l'est. Nous avons longtemps espéré l'heure de la vengeance ; nous n'avons plus de raison d'attendre.

Il s'adressa alors à Orrin, Jörmundur et Orik :

— Et nos troupes ?

— Mes knurlan ont hâte de se battre, affirma le roi nain.

Jörmundur lança un coup d'œil au roi Orrin :

— Nos hommes sont fatigués et mal nourris, mais leur détermination reste entière.

— Et les Urgals ?

— Ils sont prêts.

— Alors, on attaque.

— Quand ? demanda Orik.

— À l'aube.

Pendant quelques instants, tous se turent. Ce fut Roran qui brisa le silence :

— Plus facile à dire qu'à faire. Comment ?

Eragon le leur expliqua.

Un nouveau silence s'ensuivit.

Roran s'accroupit et dessina dans la poussière avec son doigt :

— C'est risqué.

— Mais audacieux, commenta Orik. Très audacieux.

— Il n'y a plus de chemin sans danger, reprit Eragon. Si on réussit à prendre Galbatorix par surprise, ne serait-ce qu'un peu, on peut faire basculer la chance de notre côté.

Jörmundur se frotta le menton :

— Pourquoi ne pas commencer par tuer Murtagh ? C'est le point qui m'échappe. Pourquoi ne pas se débarrasser de Thorn et de son Dragonnier tant qu'on en a l'occasion ?

— Parce que Galbatorix serait alors averti de *leur* présence, expliqua Eragon en désignant l'endroit où flottaient les Eldunarí invisibles. Ça nous ferait perdre l'avantage de la surprise.

— Et la fillette ? objecta Orrin d'un ton sec. Qu'est-ce qui vous permet de croire qu'elle accédera à votre demande ? Jusqu'à maintenant, elle ne l'a jamais fait.

– Cette fois, elle consentira, promit le garçon, avec plus d'assurance qu'il n'en ressentait.

Le roi émit un grognement dubitatif.

Puis Islanzadí reprit :

– Ce que tu proposes, Eragon, est terrible et magnifique. Est-ce vraiment ce que tu envisages ? Je ne doute ni de ta détermination ni de ton courage, mais une telle tentative ne s'entreprend qu'après mûre réflexion. Aussi, je te le demande : es-tu prêt à ça, connaissant le prix à payer ?

Sans se relever, il répliqua, une note d'acier dans la voix :

– Je le suis. Cette tâche doit être accomplie, et c'est à nous qu'elle échoit. Quel que soit le prix, nous ne pouvons plus reculer.

Saphira ponctua cette phrase d'un claquement de mâchoires approbateur.

La reine des elfes leva le visage vers le ciel :

– Vous-même et ceux au nom de qui vous parlez approuvez-vous ceci, Umaroth-elda ?

« Nous l'approuvons », répondit le dragon blanc.

– Alors, en route, conclut Roran.

60

UNE QUESTION DE DEVOIR

Les dix interlocuteurs – y compris Umaroth – poursuivirent leur discussion pendant une bonne heure. Orrin se montrait réticent, et de nombreux détails restaient à régler : des questions de synchronisation, de positionnement des troupes, de signalisation.

C'est avec soulagement qu'Eragon reçut la déclaration d'Arya :

– Si ni toi ni Saphira n'y voyez d'objection, je vous accompagnerai demain.

– Nous serons heureux de t'avoir à nos côtés, dit-il.

Islanzadí se raidit :

– Pour quoi faire ? On aura besoin de tes compétences ailleurs, Arya. Lupusänghren et les autres magiciens à qui j'ai confié la protection d'Eragon et de Saphira ont plus d'expérience que toi, en matière de magie comme de combat. Rappelle-toi : ils ont lutté contre les Parjures et, contrairement à beaucoup, sont encore là pour en parler. Nombre de nos anciens seront volontaires pour prendre ta place. Insister pour tenir ce rôle quand d'autres, mieux faits pour cette tâche, y sont prêts, ne serait que de l'égoïsme.

– Nul n'est plus apte qu'Arya, rétorqua calmement Eragon. Et il n'y a personne que je ne désire autant avoir à mes côtés, hormis Saphira.

Islanzadí reporta son regard sur le garçon :

– Tu es encore jeune, Tueur d'Ombre. Tu laisses tes émotions obscurcir ton jugement.

— Non, mère, dit Arya. C'est toi qui te laisses troubler par tes émotions.

Elle s'approcha de la reine d'une longue foulée gracieuse :

— Tu as raison, d'autres sont plus forts, plus avisés, plus expérimentés que moi. Mais c'est moi qui ai transporté l'œuf de Saphira en Alagaësia. C'est moi qui ai aidé Eragon à vaincre l'Ombre Durza. Et c'est moi qui, avec Eragon, ai tué l'Ombre Varaug à Feinster. Comme Eragon, je porte désormais le titre de Tueuse d'Ombre, et tu sais que j'ai juré, il y a déjà bien longtemps, d'être au service de mon peuple. Qui, parmi nous, peut en dire autant ? Même si je le voulais, je ne pourrais pas renoncer. Plutôt mourir ! Je suis aussi préparée à relever ce défi qu'aucun de nos anciens, car j'y ai consacré toute mon existence, comme l'a fait Eragon.

— Toute ton existence, ça ne représente pas grand-chose, rétorqua Islanzadí.

Elle posa la main contre la joue d'Arya :

— Tu t'es vouée au combat contre Galbatorix depuis la mort de ton père, mais tu ne connais presque rien des joies de la vie. Et, pendant toutes ces années, nous n'avons passé que bien peu de temps ensemble : une poignée de jours disséminés au cours d'un siècle. Ce n'est que lorsque tu as amené Eragon et Saphira à Ellesméra que nous avons pu parler de nouveau comme une mère et sa fille. Je ne veux pas te perdre si vite, Arya.

— Ce n'est pas moi qui me suis tenue à l'écart.

— Non, reconnut Islanzadí en retirant sa main. Mais c'est toi qui as décidé de quitter le Du Weldenvarden.

D'une voix adoucie, elle ajouta :

— Je ne veux pas me disputer avec toi. Que tu considères cette tâche comme ton devoir, je le comprends. Mais, je t'en prie, pour la paix de mon esprit, ne peux-tu la confier à quelqu'un d'autre ?

Baissant les yeux, Arya garda un moment le silence avant de déclarer :

— Je ne laisserai pas plus Eragon et Saphira partir sans moi que tu ne laisserais ton armée aller au combat sans marcher à sa tête. Je ne peux pas... Veux-tu qu'on me traite de lâche ? Les gens de notre lignée ne se détournent jamais de leur devoir. Ne me demande pas de me couvrir de honte.

Ce qui brillait dans les yeux de la reine, constata Eragon, ressemblait fort à des larmes.

– Mais, reprit-elle, combattre Galbatorix...

– Si tu as si peur, l'interrompit Arya – bien qu'avec douceur –, viens avec moi.

– Je ne peux pas. Je dois rester pour commander mes troupes.

– Et je dois accompagner Eragon et Saphira. Mais je te promets de ne pas mourir.

Du même geste que sa mère un instant plus tôt, elle lui posa une main sur la joue.

– Je te promets de ne pas mourir, répéta-t-elle en ancien langage.

La détermination d'Arya impressionna le garçon ; qu'elle eût prononcé cette phrase en ancien langage signifiait qu'elle y croyait sans restriction. Islanzadí parut tout aussi impressionnée, et emplie de fierté. Elle sourit, posa un baiser sur la joue de sa fille :

– Alors, va ! Avec ma bénédiction. Et ne prends aucun risque inutile.

– Toi non plus.

Elles s'étreignirent. Puis Islanzadí se tourna vers Eragon et Saphira :

– Veillez sur elle, je vous en conjure, car elle n'a ni dragon ni Eldunarí pour la protéger.

« Nous le ferons », répondirent-ils en ancien langage.

Lorsque toutes les décisions furent prises, le conseil de guerre s'acheva et ses membres commencèrent à se séparer. Eragon ne bougea pas de son siège, sur la patte de Saphira. Ni lui ni elle ne firent l'effort de se lever. Saphira devait rester cachée derrière la colline jusqu'à l'heure de l'attaque. Quant à lui, il attendrait la nuit pour s'aventurer dans le camp.

Roran s'éloigna le premier. Avant de les quitter, Orik s'approcha d'Eragon pour le serrer rudement dans ses bras.

– Ah, si je pouvais aller avec vous ! déclara-t-il, l'œil solennel au-dessus de sa barbe.

– J'aurais aimé que tu viennes.

– Ma foi, on se reverra après, pour fêter notre victoire avec des tonneaux d'hydromel, hein ?

– J'attends ce moment avec impatience.

« Moi aussi », ajouta Saphira.

– Parfait ! Alors, on est d'accord. Et ne vous laissez pas avoir par Galbatorix, sinon, l'honneur m'imposerait de voler à votre secours.

– Nous serons prudents, lui assura Eragon avec un sourire.

– Et vous ferez bien ! Parce que le pire que je puisse infliger à ce traître est sans doute de lui tordre le nez.

« Je voudrais bien voir ça », commenta Saphira.

– Que les dieux veillent sur toi, Eragon, et sur toi aussi, Écailles Brillantes !

– Et sur toi, Orik, fils de Thrifk.

Après une grande claque sur l'épaule du garçon, le roi nain rejoignit son poney attaché à un buisson.

Quand Lupusänghren et Islanzadí s'en allèrent à leur tour, Arya resta. Elle était en grande conversation avec Jörmundur, si bien qu'Eragon n'y prêta guère attention. Toutefois, voyant que Jörmundur enfourchait sa monture et qu'Arya ne faisait toujours pas mine de s'en aller, il comprit qu'elle désirait leur parler seule à seuls.

En effet, dès que tous furent partis, elle s'approcha :

– Vous est-il arrivé autre chose, pendant votre voyage, dont vous ne vouliez pas parler devant Orrin, Jörmundur ou même... ma mère ?

– Pourquoi cette question ?

Elle hésita :

– Parce que... vous avez changé, tous les deux. Est-ce dû aux Eldunarí ou à l'épreuve de la tempête ?

Sa perspicacité amusa Eragon. Il consulta Saphira, qui donna son accord. Alors il déclara :

— Nous avons découvert nos vrais noms.

Arya écarquilla les yeux :

— Vraiment ? Et... ils vous plaisent ?

« Plus ou moins », avoua Saphira.

— Nous avons découvert nos vrais noms, répéta le garçon. Nous avons appris que la Terre était ronde. Et pendant le voyage de retour Umaroth et les autres Eldunarí nous ont fait partager leurs souvenirs.

Il eut une grimace ironique :

— Je n'oserais pas dire qu'on a tout compris ; en tout cas, on a un... autre regard sur le monde.

— Je comprends, murmura Arya. Et ce changement vous paraît bon ?

— Le changement en lui-même n'est ni bon ni mauvais, mais le savoir est toujours utile.

624

— Trouver vos vrais noms a été difficile ?

Il lui conta comment les choses s'étaient passées. Il évoqua même les étranges créatures qu'ils avaient rencontrées sur Vroengard, et l'elfe se montra vivement intéressée.

À mesure qu'il parlait, une idée résonnait si fort en lui qu'il ne put l'écarter. Il l'exposa à Saphira, et elle manifesta une certaine réticence.

« Tu crois ? »

« Oui. »

« Alors, fais comme tu veux, à condition qu'elle donne son accord. »

Quand le récit de leur périple sur Vroengard fut achevé, le garçon regarda Arya droit dans les yeux :

— Veux-tu entendre mon vrai nom ? J'aimerais le partager avec toi.

Elle parut choquée :

— Non ! Tu ne dois le révéler à personne. Surtout si près de Galbatorix. Il pourrait l'arracher de mon esprit. D'ailleurs, tu ne dois te présenter sous ton vrai nom qu'auprès de... d'une personne à qui tu te fies plus qu'à n'importe quelle autre.

— J'ai confiance en toi.

— Eragon, même quand nous, les elfes, échangeons nos vrais noms, nous ne le faisons qu'après nous être côtoyés pendant de longues années. La connaissance qu'ils procurent est trop personnelle, trop intime, pour être livrée à la légère. Et il n'y a pas plus dangereux que de les révéler. En apprenant à quelqu'un ton vrai nom, tu te mets tout entier entre ses mains.

— Je sais, mais je n'en aurai peut-être plus jamais l'occasion. C'est la seule chose que j'aie à donner, et c'est à toi que je veux la donner.

— Eragon, ce que tu proposes... C'est le bien le plus précieux qu'un être puisse offrir à un autre.

— Je sais.

Arya frissonna et sembla se retirer au fond d'elle-même. Au bout d'un moment, elle dit :

— Personne ne m'a jamais fait un tel présent... Ta confiance m'honore, Eragon, et je mesure ce que ça représente pour toi. Mais, non, je dois refuser. Ce serait une erreur pour toi de le faire et pour moi de l'accepter simplement parce que nous risquons d'être, demain, morts ou esclaves. Aussi grand que soit le danger, il ne nous donne pas le droit d'agir de manière inconsidérée.

Eragon inclina la tête. Les arguments de l'elfe étaient justes, et il respecterait son choix.

Quelques secondes passèrent. Puis il reprit :

— As-tu révélé ton vrai nom à quelqu'un ?

— Non.

— Pas même à ta mère ?

Elle grimaça :

— Non.

— Mais tu le connais ?

— Bien sûr. Tu en doutes ?

Il esquissa un haussement d'épaules :

— Non. Je voulais seulement être sûr.

Le silence retomba. Puis :

— Quand... Comment l'as-tu appris ?

Arya resta muette si longtemps qu'il crut qu'elle ne répondrait pas. Enfin, prenant une grande inspiration, elle lâcha :

— C'est arrivé plusieurs années après mon départ du Du Weldenvarden, alors que je m'étais habituée à mon rôle parmi les Vardens et les nains. Faolin et mes autres compagnons étaient partis, et j'avais beaucoup de temps pour moi. Je le passais à explorer Tronjheim, à errer dans les recoins perdus de la ville-montagne, où les visiteurs s'aventurent rarement. Tronjheim est beaucoup plus vaste qu'on ne le croit, et on y trouve des choses bien étranges : des salles, des gens, des créatures, des objets oubliés... Au cours de mes déambulations, je réfléchissais, et j'en vins à me connaître de mieux en mieux. Un jour, j'ai découvert une salle dans les hauteurs de la cité — je serais sans doute incapable de la retrouver. Un rayon de soleil semblait la traverser, alors que le plafond n'avait aucune ouverture. Au centre de la pièce, il y avait un piédestal sur lequel poussait une fleur. J'ignore de quelle espèce elle était, je n'en ai jamais revu de semblable. Ses pétales étaient pourpres et son cœur semblait une goutte de sang. Dressée sur sa tige bardée d'épines, elle exhalait le plus merveilleux des parfums et fredonnait une musique bien à elle. C'était si improbable, si stupéfiant que je suis restée là, à contempler cette fleur, pendant un temps infini. C'est alors que j'ai enfin pu mettre en mots ce que j'étais et ce que je suis.

— J'aimerais voir cette fleur un jour.

— Tu la verras peut-être.

Arya jeta un coup d'œil vers le camp des Vardens :

— Je dois y aller. Il y a encore beaucoup à faire.

Eragon acquiesça :

— Alors, à demain.

— À demain.

Au bout de quelques pas, elle s'arrêta et se retourna :

– Je suis heureuse que Saphira t'ait choisi pour Dragonnier, Eragon. Et je suis fière d'avoir combattu à tes côtés. Ce que tu es devenu dépasse tous nos espoirs. Quoi qu'il arrive demain, je veux que tu le saches.

Elle se remit en marche et disparut bientôt derrière la courbe de la colline, le laissant en compagnie de Saphira et des Eldunarí.

61
UN FEU DANS LA NUIT

Quand la nuit tomba, Eragon lança un sort pour se dissimuler. Puis, ayant donné à Saphira une petite tape sur le nez, il se dirigea vers le camp des Vardens.

« Sois prudent », lui dit-elle.

Protégé par son invisibilité, il lui fut facile de se faufiler entre les sentinelles qui montaient la garde. Tant qu'il ne faisait pas de bruit, tant que les hommes ne remarquaient pas son ombre ou la trace de ses pas, il pouvait se déplacer librement.

Il parcourut les rangées de tentes jusqu'à trouver celle de Roran et de Katrina. Il frappa de son index replié contre un poteau, et son cousin passa la tête par l'ouverture.

– Où es-tu ? chuchota Roran. Entre vite !

Relâchant le flux de magie, le garçon se montra, et Roran sursauta. Il le prit par le bras, l'entraîna à l'intérieur de la tente.

Katrina se leva du lit de camp sur lequel elle était assise :

– Bienvenue, Eragon.

– Bonjour, Katrina.

– Je suis contente de te revoir, dit-elle en l'embrassant.

– Ça sera long ? demanda Roran.

Eragon secoua la tête :

– En principe, non.

Accroupi sur ses talons, il réfléchit un moment. Puis, à voix basse, il entonna un chant en ancien langage. Il plaça d'abord des protections autour de Katrina de sorte que personne ne lui fît de mal. Il leur donna plus d'ampleur qu'il n'avait d'abord prévu, pour leur permettre, à elle et son enfant à naître, d'échapper aux forces de Galbatorix au cas où il leur arriverait quelque chose, à Roran et à lui.

– Ces sorts écarteront un certain nombre d'attaques, lui expliqua-t-il. Combien exactement, je ne saurais le dire ; ça dépend de la puissance des coups ou de la magie. Et je t'ai donné un autre moyen de défense : si tu es en danger, prononce deux fois le mot *frethya*, et tu deviendras invisible.

– Frethya, murmura-t-elle.

– Exactement. Néanmoins, ça ne te dissimulera pas complètement. On pourra t'entendre et voir la trace de tes pas. Quoi qu'il arrive, ne va surtout pas dans l'eau, tu révélerais ta présence. Le sort tirera son énergie de la tienne, tu te fatigueras donc plus vite qu'à l'ordinaire. Et ne t'endors pas tant qu'il sera actif, tu risquerais de ne jamais te réveiller. Pour y mettre fin, tu dis simplement : *frethya letta*.

– Frethya letta.

– Bien.

Eragon s'occupa ensuite de Roran. Il s'appliqua plus longtemps à placer des sorts autour de son cousin – car il serait confronté à de nombreuses menaces – et il les chargea de bien plus d'énergie que son cousin ne l'aurait sans doute approuvé. Mais Eragon s'en moquait : il ne supportait pas l'idée de vaincre Galbatorix pour découvrir ensuite que Roran avait été tué au combat.

Quand ce fut fait, il expliqua :

– J'ai concocté quelque chose de différent, cette fois ; j'aurais dû y penser depuis longtemps. En plus des protections habituelles, je t'en ai donné d'autres qui puiseront directement dans tes propres forces. Tant que tu seras en vie, elles écarteront le danger. Mais...

Il leva un doigt :

– Mais elles ne s'activeront que lorsque les autres sorts seront épuisés et, si elles sont trop sollicitées, tu risques de perdre conscience et de mourir.

— Autrement dit, elles peuvent me tuer en essayant de me sauver ?

Eragon sourit :

— Évite de prendre encore une fois un mur sur la tête, et tout ira bien. Si ça empêche un cheval de te piétiner ou une lance de te transpercer, ça vaut le coup. Je t'ai équipé aussi du même sort que Katrina. Tu te souviens ? Tu prononces *frethya* deux fois, puis *frethya letta* ; et tu es à volonté invisible ou visible.

Avec un haussement d'épaules, il conclut :

— Ça peut avoir son utilité sur le champ de bataille.

Roran gloussa :

— Je m'en doute.

— Assure-toi seulement que les elfes ne te confondent pas avec un des magiciens de Galbatorix.

Eragon se releva, et Katrina eut un geste qui le surprit. Lui prenant une main, elle la pressa contre sa poitrine :

— Merci, Eragon. Tu es bon.

Il s'empourpra, embarrassé :

— Ce n'est rien.

— Prends bien soin de toi, demain. Tu comptes beaucoup pour nous deux, et je tiens à ce que tu joues bientôt les tontons gâteaux auprès de notre enfant. Je serais très fâchée que tu te fasses tuer.

Il rit :

— Ne t'inquiète pas ! Saphira m'empêchera de faire des bêtises.

Elle l'embrassa sur les deux joues :

— Au revoir, Eragon.

— Au revoir, Katrina.

Roran le raccompagna à l'extérieur. Avec un geste vers la tente, il dit :

— Merci.

— Je suis heureux d'avoir pu vous aider.

Ils s'étreignirent.

— La chance soit avec toi, murmura Roran.

Eragon inspira longuement :

– Et avec toi.

Il resserra sa prise sur le bras de son cousin, retardant le moment de le lâcher, sachant qu'il ne le reverrait peut-être jamais.

– Si Saphira et moi nous ne revenons pas, dit-il, tu veilleras à ce que nous soyons enterrés chez nous ? Je ne voudrais pas que nos os pourrissent ici.

Roran haussa les sourcils :

– Saphira serait difficile à transporter.

– Les elfes t'aideraient, j'en suis sûr.

– Alors, oui, je te le promets. Tu penses à un endroit en particulier ?

– En haut de la colline chauve, indiqua Eragon.

C'était ainsi qu'ils appelaient l'éminence située près de leur ferme. Son sommet nu leur paraissait l'emplacement idéal pour bâtir un château ; enfants, ils avaient discuté de ce sujet pendant des heures.

Roran acquiesça d'un hochement de tête.

631

– Et si c'est moi qui ne reviens pas...

– Je ferai de même pour toi.

– Ce n'est pas ce que je voulais te demander. Si je ne... Tu veilleras sur Katrina ?

– Bien sûr, tu le sais.

Ils restèrent encore un instant les yeux dans les yeux. Roran dit enfin :

– On t'attend pour dîner demain soir.

– Je serai là.

Le jeune homme se glissa dans sa tente, laissant Eragon seul dans la nuit.

Il regarda les étoiles et sentit passer sur lui une ombre de chagrin, comme s'il avait perdu un proche.

Puis il s'éloigna, se fiant à l'obscurité pour le cacher.

Il parcourut le camp à la recherche de la tente qu'occupaient Horst, son épouse Elain et leur petite Espérance. Ils étaient réveillés, car le bébé pleurait.

— Eragon ! s'exclama le forgeron quand le garçon se montra. Entre ! Entre ! On ne t'a pas beaucoup vu depuis la prise de Dras-Leona. Comment vas-tu ?

Eragon passa une bonne heure à discuter avec eux. Il ne leur dit rien des Eldunarí, mais leur raconta le voyage à Vroengard. Quand Espérance s'assoupit enfin, il leur souhaita le bonsoir et repartit dans la nuit.

Il alla ensuite voir Jeod, qu'il trouva plongé dans l'étude de ses parchemins à la lueur d'une chandelle, tandis que sa femme, Helen, dormait. Quand le garçon passa la tête dans la tente, l'homme au maigre visage balafré posa ses rouleaux et sortit.

L'érudit le pressa de questions. Si Eragon ne répondit pas à toutes, il en dit assez pour que Jeod devine l'essentiel de ce qui se préparait.

Celui-ci posa alors une main sur l'épaule du Dragonnier :

— La tâche qui t'attend est rude, je n'aimerais pas être à ta place. Brom serait fier de ton courage.

— Je l'espère.

— J'en suis sûr... Si je ne te revois pas, sache que j'ai rédigé un court récit de tes expériences et des évènements qui y ont mené, principalement mes aventures avec Brom pour retrouver l'œuf de Saphira.

Eragon le dévisagea, surpris.

— Je n'aurai peut-être pas le temps de le terminer, continua Jeod, mais ça constituera, je crois, un complément utile au travail de Heslant dans le *Domia abr Wyrda*.

— Je suis sûr que ce sera tout à fait pertinent, fit le garçon en riant. Toutefois, si nous sommes encore libres et en vie demain, je te donnerai quelques précisions qui compléteront ton rapport et le rendront encore plus intéressant.

— Je te rappellerai ta promesse.

Eragon traîna dans le camp une bonne heure de plus, s'arrêtant près des feux où veillaient des hommes, des nains et des Urgals. Il échangeait quelques mots avec eux, s'inquiétait de leur santé, compatissait à leurs pieds meurtris et à leurs maigres rations, s'amusait de leurs plaisanteries. En se montrant au milieu d'eux, il espérait leur remonter le moral et renforcer leur résolution, et faire passer ainsi dans le camp un courant d'optimisme. Les Urgals, eux, se réjouissaient de cette bataille imminente où ils trouveraient la gloire.

Eragon avait aussi un autre but : répandre de fausses informations. Chaque fois qu'on l'interrogeait sur l'attaque d'Urû'baen, il laissait entendre qu'il participerait, avec Saphira, au siège de la section nord-est des remparts. Il comptait sur les espions de Galbatorix pour rapporter ce mensonge au roi dès que l'alarme le réveillerait le matin suivant.

Devant tous ces visages attentifs, il se demandait lesquels étaient peut-être au service de l'Empire. Cette idée le mettait mal à l'aise et il guettait les éventuels bruits de pas derrière lui quand il se déplaçait de feu en feu.

Enfin, satisfait d'avoir parlé à assez de guerriers pour que l'information atteigne Galbatorix, il se dirigea vers une tente un peu à l'écart, sur le pourtour du camp.

Il frappa contre le poteau, une fois, deux fois, trois fois. Pas de réponse. Il frappa de nouveau, plus fort. Il entendit enfin un grognement ensommeillé et le froissement de couvertures repoussées. Puis une petite main écarta le pan de toile, et Elva, l'enfant-sorcière, apparut. Elle portait une robe noire trop grande pour elle, et la faible lumière d'une torche accrochée à quelques mètres de là révéla les plis qui lui creusaient le front.

– Qu'est-ce que tu veux, Eragon ? demanda-t-elle.

– Tu ne devines pas ?

Le petit visage étroit se plissa davantage :

– Non, si ce n'est que tu y tiens assez pour me réveiller en pleine nuit, ce que n'importe quel idiot comprendrait. Qu'y a-t-il ? Je manque déjà assez de sommeil comme ça, alors j'espère que c'est important.

– Ça l'est.

Il passa plusieurs minutes à lui exposer ses plans, et elle l'écouta jusqu'au bout. Il conclut alors :

— Sans toi, ça ne marchera pas. Tu es le pivot sur lequel tout repose.

Elle émit un rire désagréable :

— Quelle ironie ! Le puissant guerrier compte sur une enfant pour tuer celui qu'il ne peut abattre lui-même !

— Tu m'aideras ?

La fillette baissa la tête et remua la terre du bout de son orteil.

— Si tu acceptes, tout ça – il engloba d'un grand geste du bras le campement et la ville au-delà – pourrait finir bien plus tôt ; tu n'aurais plus à endurer autant de...

— Je t'aiderai.

Elle frappa le sol du pied en lui lançant un regard noir :

— Inutile de me corrompre. Je t'aurais aidé de toute façon. Je ne laisserai pas Galbatorix anéantir les Vardens pour la simple raison que je ne t'aime pas. Ne te crois pas si important, Eragon. D'ailleurs, j'ai fait une promesse à Nasuada et j'ai l'intention de la tenir.

Elle pencha la tête de côté :

— Mais tu me caches quelque chose ; quelque chose dont tu crains que Galbatorix ne le découvre avant l'attaque. Quelque chose qui concerne...

Elle fut interrompue par un cliquetis de chaînes.

Le garçon mit quelques instants à comprendre que ce bruit montait de la ville. Il posa la main sur la garde de son épée :

— Prépare-toi, Elva. On va devoir partir.

Sans discuter, la fillette pivota et disparut dans la tente.

Eragon contacta mentalement Saphira :

« Tu as entendu ? »

« Oui. »

« S'il faut y aller, on se retrouve sur la route. »

Après les cliquetis métalliques, il y eut un grondement sourd, et le silence revint.

Le garçon eut beau tendre l'oreille, il n'entendit plus rien. Il s'apprêtait à lancer un sort pour affiner son ouïe quand il perçut un bruit de chute pesante, suivi de claquements secs.

Un frisson d'horreur lui parcourut l'échine. Ce bruit était indubitablement celui d'un dragon marchant sur un sol de pierre. Et quel dragon pour qu'on entendît ses pas à une telle distance !

La terreur lui noua le ventre.

« Shruikan », songea-t-il.

À travers le camp, les trompes sonnaient l'alarme, on allumait des torches. Les hommes, les nains, les Urgals, toute l'armée, brusquement réveillée, était sur le pied de guerre.

Eragon jeta un regard de côté à Elva qui sortait de sa tente en compagnie de Greta, sa gouvernante. La fillette avait revêtu une courte tunique rouge protégée par une cotte de mailles parfaitement ajustée.

Dans Urû'baen, les bruits de pas cessèrent. L'ombre du dragon masquait presque toutes les lumières de la ville.

« Il est donc si gros que ça ? » se demanda le garçon, abasourdi.

Plus que Glaedr, certainement. Autant que Belgabad ? Il n'aurait su le dire. Pas encore.

Soudain, le dragon s'élança au-dessus de la cité et déploya 635 ses ailes gigantesques ; on eût dit une centaine de voiles noires claquant au vent. L'air vibra avec un grondement d'orage, et de toute la campagne s'élevèrent les aboiements des chiens.

Eragon s'accroupit instinctivement ; il se sentait comme une souris à l'approche de l'aigle.

Elva le tira avec insistance par le bas de sa tunique :

— Il faut y aller.

— Attends, chuchota-t-il. Pas encore.

De grands pans de firmament étoilé disparaissaient tandis que Shruikan tournoyait, montant toujours plus haut. Eragon tenta d'estimer sa taille d'après sa silhouette, mais la nuit était trop noire et la distance trop difficile à mesurer. En tout cas, le dragon était énorme. Seulement âgé de cent ans, il n'aurait pas dû être aussi gros, mais Galbatorix avait dû accélérer sa croissance par magie comme il l'avait fait pour Thorn.

En regardant l'ombre terrifiante se déplacer dans le ciel, le jeune Dragonnier espéra de toute son âme que Galbatorix n'était pas sur son dragon ou, s'il y était, qu'il ne s'aviserait pas de sonder les esprits au-dessous de lui. Sinon, il découvrirait...

– Des Eldunarí! s'exclama Elva. Voilà ce que tu caches!

Derrière la fillette, la gouvernante fronça les sourcils et voulut poser une question.

– Silence! gronda Eragon.

Comme Elva ouvrait la bouche, il la bâillonna de la main:

– Pas ici! Pas maintenant!

Elle fit signe qu'elle avait compris, et il la relâcha.

Au même instant, un fleuve de feu aussi large que l'Anora traversa l'espace. Shruikan secoua la tête, répandant un torrent de flammes aveuglantes au-dessus du camp et des champs alentour, et la nuit s'emplit d'un grondement de cataracte. Eragon en sentit l'intense chaleur sur son visage. Puis les flammes s'éteignirent, ne laissant derrière elles qu'une image rémanente et une odeur de fumée sulfureuse.

L'énorme dragon vira dans un nouveau battement d'ailes qui fit vibrer l'air, puis sa silhouette noire aux contours indécis redescendit vers la ville et s'enfonça parmi les bâtiments. On entendit de nouveau le bruit de ses pattes, le cliquetis des chaînes et enfin le claquement sonore d'une grille qui se referme.

Eragon relâcha son souffle et déglutit, la gorge sèche. Son cœur battait à lui faire mal.

«On va devoir combattre... ça?» pensa-t-il.

Toutes ses vieilles peurs resurgissaient.

– Pourquoi il n'a pas attaqué? voulut savoir Elva d'une toute petite voix.

– Il voulait seulement nous effrayer, supposa le garçon. Ou distraire notre attention.

Il sonda les esprits des Vardens jusqu'à trouver celui de Jörmundur. Il lui donna pour instructions de veiller à ce que tous les guerriers soient bien à leur poste et de doubler la garde pour le restant de la nuit.

À Elva, il demanda:

– As-tu senti quelque chose émaner de Shruikan?

La fillette frémit :

– De la douleur. Une grande douleur. Et de la colère. S'il le pouvait, il tuerait chaque être vivant, brûlerait chaque plante jusqu'à ce qu'il n'y ait plus rien. Il est complètement fou.

– Y a-t-il un moyen d'entrer en contact avec lui ?

– Non. Le geste le plus clément serait de le délivrer de son malheur.

Cette idée attrista Eragon. Il avait longtemps espéré sauver un jour Shruikan des griffes de Galbatorix. Assombri, il dit :

– On ferait mieux d'y aller. Tu es prête ?

Elva expliqua à sa gouvernante qu'elle devait partir, ce qui parut déplaire à la vieille femme. Mais la fillette apaisa ses craintes en quelques mots. Le pouvoir qu'elle avait de lire dans les cœurs ne cessait d'étonner Eragon autant qu'il le perturbait.

Lorsque Greta eut donné son consentement, Eragon les dissimula, Elva et lui, par magie, et ils se dirigèrent vers la colline où les attendait Saphira.

62
PAR-DESSUS LE MUR

– Tu es obligé de faire ça ? demanda Elva.

Eragon, qui ajustait les lanières sur la selle de Saphira, s'interrompit pour regarder la fillette. Assise dans l'herbe, elle jouait avec les mailles de son haubert.

– De faire quoi ?

Elle se tapota la lèvre d'un petit ongle pointu :

– Tu n'arrêtes pas de te mordiller la joue, c'est agaçant.

Après un instant de réflexion, elle ajouta :

– Et dégoûtant.

Non sans étonnement, il s'aperçut qu'il s'était mangé l'intérieur de la joue droite au point qu'elle saignait à plusieurs endroits.

– Désolé, dit-il avant de se soigner d'un sort rapide.

Il avait passé la majeure partie de la nuit à méditer, s'efforçant de penser non à ce qui allait advenir ou à ce qui était advenu, mais seulement à ce qui était : la fraîcheur de l'air sur sa peau, le contact du sol, le flux régulier de son souffle et le lent battement de son cœur marquant les instants qui lui restaient à vivre.

À présent, Aiedail, l'étoile du matin, s'était levée à l'est – précédant les premières lueurs de l'aube – et l'heure était venue de se préparer à la bataille. Il avait vérifié chaque pouce de son équipement, ajusté les harnais de la selle pour que Saphira fût parfaitement confortable, vidé ses sacs de selle pour ne garder que le coffret contenant l'Eldunarí de Glaedr et une couverture pour l'envelopper, bouclé et rebouclé au moins cinq fois la ceinture où pendait son épée.

Il termina son inspection des lanières de selle, puis sauta à bas de Saphira.

— Debout ! dit-il à Elva.

Celle-ci lui adressa un regard contrarié, mais elle s'exécuta. D'un geste rapide, il passa les mains sur ses minces épaules, tira sur les bords de sa cotte de mailles pour s'assurer qu'elle était bien en place :

— Qui l'a forgée pour toi ?

— Deux charmants nains jumeaux, Ûmar et Ulmar.

Elle sourit, et des fossettes lui creusèrent les joues :

— Ils pensaient que je n'en avais pas besoin, mais je me suis montrée très persuasive.

« Je n'ai aucun doute là-dessus », commenta Saphira, et Eragon dissimula son amusement.

La fillette avait passé une bonne partie de la nuit à bavarder avec les dragons, faisant de son mieux pour les amadouer. Eragon avait cependant senti la crainte qu'elle leur inspirait – même aux plus vieux comme Valdr –, car ils n'avaient aucun moyen de défense contre son pouvoir. Personne n'en avait.

— Les nains t'ont-ils aussi fourni une épée ? demanda-t-il.

Elva fronça les sourcils :

— Une épée ? Pour quoi faire ?

Il la fixa un moment avant d'aller chercher le vieux coutelas de chasse qu'il utilisait pour ses repas ; il le lui fixa à la taille avec un lien de cuir.

— Au cas où, dit-il pour couper court à ses protestations. Maintenant, monte sur mon dos.

Elle obéit et noua les bras autour du cou du garçon. Il l'avait déjà transportée ainsi jusqu'à la colline, ce qui s'était révélé fort inconfortable pour lui comme pour elle, mais elle n'aurait jamais pu marcher au même pas que le sien.

Il escalada prudemment le flanc de Saphira jusqu'à la pointe de son épaule. Il empoigna une des piques de son cou et se tourna de sorte qu'Elva pût se hisser sur la selle.

Quand il se sentit allégé du poids de la fillette, il se laissa glisser à terre. Il lui lança son bouclier, puis se précipita, bras étendus, car elle se déséquilibrait pour le rattraper.

– Tu le tiens ? demanda-t-il.

– Oui, dit-elle. Va, va !

Et elle le chassa d'un geste de la main.

Tenant le pommeau de Brisingr pour l'empêcher de ballotter dans ses jambes, Eragon courut au sommet de la colline et s'accroupit du mieux qu'il put. Derrière lui, Saphira monta jusqu'à mi-pente en rampant, puis s'aplatit sur le sol et allongea le cou dans l'herbe pour mettre sa tête au niveau du garçon et voir ce qu'il voyait.

Un large fleuve d'hommes, de nains, d'elfes, d'Urgals et de chats-garous coulait hors du camp des Vardens. Dans la lumière grisâtre du petit jour, leurs silhouettes étaient difficiles à discerner, d'autant qu'ils ne portaient aucune lumière. La colonne descendit à travers champs en direction d'Urû'baen et, arrivée à environ un demi-mile de la cité, se divisa en trois lignes. La première se plaça face à la porte principale, la deuxième se tourna vers la partie sud-est du mur d'enceinte, la troisième prit vers le nord-est.

C'était ce dernier groupe qu'Eragon et Saphira étaient censés accompagner.

Les guerriers avaient enveloppé leurs pieds et leurs armes de chiffons et parlaient en chuchotant. Eragon entendait parfois un âne braire ou un cheval hennir, et des chiens aboyaient au passage de la colonne. Les soldats postés sur les remparts ne tarderaient pas à remarquer cette activité inhabituelle, surtout quand les Vardens commenceraient à manœuvrer les catapultes, les balistes et les tours d'assaut qu'ils avaient auparavant assemblées et placées dans les champs autour de la cité.

Eragon était impressionné par leur volonté à tous de se lancer dans la bataille après avoir vu Shruikan.

« Ils ont une grande foi en nous », fit-il remarquer à Saphira.

Cette responsabilité pesait sur lui d'un grand poids, et il était douloureusement conscient que, si lui et ses compagnons échouaient, peu de guerriers survivraient.

« Oui, mais, si Shruikan reprend son envol, ils s'éparpilleront comme autant de souris affolées. »

« Alors, faisons en sorte que ça n'arrive pas. »

Une trompe retentit dans Urû'baen, une autre, une autre encore. Des lumières s'allumèrent partout dans la ville : on embrasait des torches, on ouvrait les volets des lanternes.

– C'est parti, murmura Eragon, et son cœur battit plus vite.

À présent que l'alerte avait sonné, les Vardens abandonnèrent toute discrétion. À l'est, une troupe d'elfes à cheval s'élança au galop vers la colline à laquelle la cité était adossée. Leur but était de la gravir pour prendre d'assaut la muraille longeant l'immense saillie suspendue au-dessus d'Urû'baen.

Au milieu du camp déserté des Vardens apparut la masse scintillante de Saphira. Ce leurre était chevauché par une silhouette solitaire, tenant une épée et un bouclier, copie parfaite du Dragonnier.

L'avatar de Saphira leva la tête, déploya ses ailes et prit son envol avec un rugissement retentissant.

« Ils font du bon travail, hein », commenta Eragon.

« Les elfes ont une bonne connaissance de l'aspect et du comportement des dragons ; ce n'est pas le cas de tous les humains. »

La fausse Saphira se posa non loin de la colonne marchant vers le nord. Eragon remarqua cependant que les elfes prenaient soin de mettre une certaine distance entre elle et les guerriers : en la frôlant, ceux-ci auraient découvert qu'elle était aussi immatérielle qu'un arc-en-ciel.

Tandis que les Vardens et leurs alliés se regroupaient en formation en trois endroits à l'extérieur des murs, le ciel s'éclaircissait.

Dans la cité, les soldats de Galbatorix se préparaient à l'assaut. Mais leur façon de courir sur les remparts révélait leur panique et leur désorganisation. Néanmoins, Eragon savait que cette confusion ne durerait pas.

« Maintenant ! pensa-t-il. Maintenant ! N'attendez pas ! »

Il balaya les bâtiments du regard, cherchant la moindre trace de rouge ; il n'en vit pas.

« Où êtes-vous, bon sang ? Montrez-vous ! »

Trois trompes sonnèrent, celles des Vardens, cette fois. Une immense clameur s'éleva, les machines de guerre des Vardens lancèrent leurs projectiles sur la cité, les archers lâchèrent leurs volées de flèches, et les guerriers rompirent les rangs pour charger vers le mur d'enceinte à l'apparence infranchissable.

Les pierres, les javelots et les flèches semblèrent décrire un arc de cercle au ralenti ; aucun ne toucha la muraille. Il était inutile de tenter de l'abattre, aussi les lanceurs visaient-ils par-dessus. Des pierres éclatèrent en s'écrasant dans la ville, et des éclats aigus volèrent en tous sens ; d'autres crevaient les toitures et rebondissaient dans les rues comme des billes lancées par un géant.

Eragon se dit qu'il devait être horrible de s'éveiller au milieu d'une telle confusion, sous une pluie de pierres. Puis son attention fut attirée par l'envol de la fausse Saphira au-dessus des guerriers courant à l'assaut. En trois battements d'ailes, elle s'éleva au-dessus des murailles et les arrosa d'une longue langue de flammes qui parurent à Eragon anormalement brillantes. Mais il savait que le feu était réel, animé par les elfes qui créaient l'illusion depuis la section nord du mur.

L'apparition de la dragonne, qui passait et repassait au-dessus de la même section du mur, fit fuir les soldats. Dès que les lieux furent désertés, une vingtaine d'elfes bondirent au sommet de l'une des tours pour continuer à diriger l'avatar pendant qu'il s'aventurait plus avant dans Urû'baen.

« Si Murtagh et Thorn ne se montrent pas bientôt, dit-il à Saphira, ils vont se demander pourquoi on n'attaque que cette partie du mur. »

« Ils penseront qu'on protège les hommes qui tentent d'y percer une brèche. Sois patient. »

Ailleurs, le long des remparts, les soldats arrosaient les assaillants de flèches et de javelots, faisant des dizaines de victimes. Les morts étaient inévitables, mais Eragon les déplorait, car cette attaque n'était qu'une diversion ; les Vardens n'avaient aucune chance de conquérir les défenses de la ville. Pendant ce temps, les tours d'assaut se rapprochaient, et des volées de flèches filaient depuis leur sommet vers les soldats postés sur les remparts.

Un ruban de poix brûlante se déversa sur les maisons depuis le surplomb. Des lumières clignotèrent au-dessus du précipice, et quatre corps tombèrent dans le vide comme des poupées de chiffon : les elfes avaient pris le haut du mur.

La fausse Saphira survolait la ville en boucle, embrasant des bâtiments. Des archers grimpés sur un toit lui décochèrent une volée de flèches. L'apparition vira pour l'esquiver et, apparemment par accident, percuta une des six tours vertes construites jadis par les elfes.

La collision parut tout à fait réelle. Eragon eut une grimace compatissante en voyant l'aile gauche de la dragonne se briser avec un bruit de branche sèche. La fausse Saphira mugit et dégringola en spirale dans les rues en contrebas. Elle disparut derrière les bâtiments, mais on entendait encore ses rugissements à des miles à la ronde, et les flammes qu'elle crachait illuminèrent les maisons et le dessous de la saillie rocheuse surplombant la ville.

Saphira eut un reniflement dépité :

« Je n'aurais jamais été aussi maladroite. »

« Sûrement pas. »

Une minute s'écoula. La tension d'Eragon atteignait les limites du supportable.

— Qu'est-ce qu'ils font ? grommela-t-il, les poings serrés.

Chaque seconde qui passait augmentait le risque que la ruse soit éventée : les soldats s'apercevraient que le dragon qu'ils croyaient avoir abattu était un leurre.

Ce fut Saphira qui les vit la première.

« Là-bas ! » dit-elle en les lui désignant mentalement.

Telle une lame de rubis coulant du ciel, Thorn plongea depuis une ouverture cachée dans le surplomb. Il chuta sur une centaine de pieds, puis déploya ses ailes pour ralentir et se poser sur une place proche de l'endroit où la fausse Saphira, chevauchée par le faux Eragon, était tombée.

Le garçon crut repérer Murtagh sur le dragon rouge, mais il ne l'aurait pas juré à cette distance. Il n'avait plus qu'à l'espérer, car, si c'était Galbatorix, leur plan était sans doute voué à l'échec.

« Il doit y avoir des galeries creusées dans le roc », dit-il à Saphira.

De nouvelles flammes s'élevèrent entre les bâtiments, puis la fausse dragonne resurgit au-dessus des toits et voleta, tel un oiseau blessé, avant de replonger vers le sol. Thorn la suivit.

Eragon n'attendit pas davantage, il sauta en selle derrière Elva. Il lui suffit de quelques secondes pour glisser ses jambes dans les lanières et en resserrer deux. Il laissa les autres détachées, elles n'auraient fait que le ralentir par la suite. La courroie supérieure maintenait aussi les jambes de la fillette.

Psalmodiant rapidement la formule, il lança le sort qui les cacherait tous les trois. Chaque fois que son corps disparaissait sous l'effet de la magie, il éprouvait la même impression de désorientation. Il lui sembla être suspendu à plusieurs pieds au-dessus d'une ombre en forme de dragon imprimée sur le flanc de la colline.

Aussitôt, Saphira s'élança et battit fortement des ailes pour gagner de la hauteur.

— Ce n'est pas très confortable, hein ? fit remarquer Elva quand Eragon lui reprit son bouclier des mains.

— Non, ça l'est rarement, cria-t-il pour se faire entendre par-dessus le bruit du vent.

Au fond de son esprit, il percevait la présence de Glaedr, d'Umaroth et des autres Eldunarí qui suivaient la scène, tandis que Saphira virait et plongeait vers le camp des Vardens.

« Maintenant, dit Glaedr, nous tenons notre revanche. »

Comme Saphira prenait de la vitesse, Eragon s'aplatit contre Elva. Il aperçut, réunis au milieu du campement, Lupusänghren et ses dix elfes magiciens, ainsi qu'Arya qui tenait la Dauthdaert. Chacun d'eux avait attaché autour de sa poitrine une corde de trente pieds de long, dont l'autre extrémité était reliée à un rondin aussi épais que la cuisse d'un homme et aussi long qu'un Urgal de grande taille.

Quand Saphira survola le camp, Eragon signala mentalement leur présence, et deux des elfes jetèrent le rondin en l'air. La dragonne l'attrapa entre ses griffes. Les elfes sautèrent, et Eragon en ressentit la secousse : Saphira perdait un peu d'altitude, alourdie par leur poids.

Au-dessous d'eux, les elfes et le rondin disparurent, enveloppés eux aussi par un sort d'invisibilité.

À puissants battements d'ailes, Saphira s'éleva à une centaine de pieds, assez haut pour passer aisément au-dessus des murs et des bâtiments de la cité.

Eragon vit d'abord, sur leur gauche, Thorn et la fausse Saphira se poursuivre au sol à travers les quartiers nord. Les elfes qui contrôlaient l'illusion s'efforçaient de tenir Thorn et Murtagh trop impliqués physiquement pour avoir le temps de lancer une attaque mentale. S'ils le faisaient, ou s'ils rattrapaient l'apparition, ils découvriraient aussitôt la supercherie.

« Plus que quelques minutes... », pensa Eragon.

Saphira fila au-dessus des champs, des catapultes et de leurs servants, des rangs d'archers avec leurs flèches fichées dans le sol, devant eux, telles des touffes de roseaux emplumés de blanc. Au-dessus des tours d'assaut et des assaillants, hommes, nains et Urgals, protégés derrière leurs boucliers, escaladaient les échelles appuyées contre le mur d'enceinte. On reconnaissait aussi parmi eux des elfes aux corps élancés, avec leurs casques étincelants, leurs lances à longue lame et leurs minces épées.

Puis Saphira franchit la muraille. Eragon eut un choc quand la dragonne réapparut et qu'il vit sous son nez l'arrière de la tête d'Elva. Les elfes suspendus au-dessous d'eux étaient sûrement redevenus visibles, eux aussi. Le garçon jura et mit fin au sort qui les masquait jusque-là : la magie de Galbatorix, semblait-il, ne leur permettait pas de pénétrer dans la ville sans être vus.

Saphira fonça vers la porte massive de la citadelle. Eragon entendit monter d'en bas des cris de stupeur et d'effroi ; il n'y prêta pas attention. C'était Thorn et Murtagh qui l'inquiétaient, pas les soldats.

Repliant ses ailes, la dragonne plongea. Juste avant de s'écraser contre la porte, elle se cabra et inversa le mouvement de ses ailes pour se ralentir. Puis elle se laissa descendre jusqu'à déposer les elfes sur le sol.

Dès qu'ils se furent libérés des cordes, Saphira atterrit sur l'esplanade. L'impact ébranla ses deux cavaliers.

Eragon détacha les courroies qui les maintenaient en selle, aida la fillette à descendre, et tous deux se hâtèrent de rejoindre les elfes.

L'accès à la citadelle était fermé par une gigantesque porte noire en arcade. Ses vantaux semblaient faits de fer massif clouté de centaines, voire de milliers de rivets aux têtes pointues, plus gros que le crâne d'Eragon. On ne pouvait imaginer vision plus dissuasive.

La lance à la main, Arya courut jusqu'à la poterne intégrée dans le battant de gauche. Seule une mince ligne délimitait un rectangle tout juste assez large pour laisser passer un homme. Au centre du rectangle brillait une étroite bande métallique plus claire.

Quand Arya arriva devant la petite porte, cette bande glissa sur le côté avec un grincement rouillé, laissant apparaître une paire d'yeux ronds.

– Qui êtes-vous ? demanda une voix hautaine. Présentez votre requête ou partez !

Sans hésiter, Arya enfonça la Dauthdaert dans la fente. Il y eut un gargouillis, suivi d'un bruit de corps qui s'effondre.

L'elfe retira la lance et la secoua pour la débarrasser du sang et des lambeaux de chair accrochés aux barbillons de la lame. Puis elle empoigna la hampe à deux mains, plaça la pointe de l'arme sur le contour droit de la poterne et prononça :

– Verma !

La flamme d'un bleu intense qui jaillit obligea Eragon à s'écarter, les yeux plissés. À trois pieds de distance, il en sentit la chaleur.

Le visage contracté par l'effort, Arya pressa la pointe de la lame contre la porte et découpa lentement le fer. Des étincelles et des gouttes de métal fondu giclaient de tous côtés et rebondissaient sur les pavés de la cour telle de la graisse brûlante sautant d'une poêle. Eragon et les elfes durent reculer.

Le garçon chercha du regard Thorn et la fausse Saphira. Il ne les vit pas, mais il entendait leurs rugissements mêlés à des fracas de murs qui s'écroulent.

Elva se pressa contre lui. Elle tremblait et transpirait comme si elle avait la fièvre. Il s'agenouilla près d'elle :

– Tu veux que je te porte ?

Elle refusa de la tête :

– J'irai mieux quand on sera à l'intérieur et loin de... tout ça.

Elle désignait le lointain champ de bataille.

Tout autour de l'esplanade, des gens qui n'avaient pas l'air d'être des soldats les observaient, debout entre les belles demeures.

« Chasse-les, s'il te plaît », dit-il à Saphira.

Elle se retourna et émit un long rugissement. Les badauds se dispersèrent.

Quand la fontaine d'étincelles et de métal en fusion se tarit, Arya flanqua de grands coups de pied dans la poterne. Au troisième, elle tomba vers l'intérieur et s'écrasa sur le corps du gardien. L'air empesta aussitôt la laine et la chair brûlées.

Tenant toujours la Dauthdaert, Arya franchit la sombre ouverture. Eragon retint son souffle. Quelle que fût la magie dont Galbatorix avait environné la citadelle, la Dauthdaert permettrait à l'elfe d'y pénétrer sans dommage, comme elle lui avait permis de découper la porte. Mais le roi pouvait fort bien avoir conçu un sort que l'arme mythique ne saurait contrer.

Au grand soulagement du garçon, rien ne se passa.

Puis une vingtaine de soldats se ruèrent vers l'elfe, leurs piques en avant. Brisingr au poing, Eragon courut vers la porte ; mais il n'osait pas en franchir le seuil, pas encore.

Employant la lance avec autant d'adresse qu'elle maniait son épée, Arya se fraya un chemin à travers les hommes et se mit à les liquider à une vitesse confondante.

— Pourquoi tu ne l'as pas prévenue ? s'exclama Eragon sans quitter l'affrontement des yeux.

Elva le rejoignit dans l'embrasure de la porte :

— Parce qu'ils ne lui feront pas de mal.

Sa prédiction se vérifia. Pas un assaillant ne put porter un coup à l'elfe. Les deux derniers tentèrent de fuir ; Arya s'élança à leurs trousses et les abattit avant qu'ils eussent parcouru dix mètres dans l'immense couloir, plus large que les quatre principaux corridors de Tronjheim.

Quand tous les soldats furent morts, Arya déplaça les corps pour libérer le passage. Puis elle posa la Dauthdaert au sol et la fit glisser vers Eragon.

Dès que sa main eut lâché la lance, l'elfe se raidit comme dans l'attente d'un coup. Mais elle parut immunisée contre la magie des lieux, si magie il y avait.

— Tu ressens quelque chose ? demanda Eragon.

Sa voix résonna longuement dans l'espace vide.

Arya secoua la tête :

— Tant qu'on reste à distance de la porte, ça devrait aller.

Eragon tendit la lance à Lupusänghren. Il la prit et franchit à son tour la poterne. Arya et l'elfe à fourrure de loup entrèrent chacun dans une des salles situées de chaque côté de la porte pour actionner les mécanismes d'ouverture, une tâche qui aurait dépassé les capacités de plusieurs humains réunis.

L'air s'emplit d'un cliquetis de chaînes, et les énormes battants de fer tournèrent lentement vers l'extérieur.

Dès que l'ouverture fut suffisante pour Saphira, Eragon cria :

– Stop !

Les battants s'immobilisèrent.

Lupusänghren sortit de la salle de droite et – restant à distance prudente du seuil – fit glisser la Dauthdaert à un autre elfe.

C'est ainsi que, un à un, ils pénétrèrent dans la forteresse.

Alors qu'il ne restait plus au-dehors qu'Eragon, Elva et Saphira, un terrible rugissement s'éleva du côté nord de la cité. Puis, pendant quelques instants, tout Urû'baen fut plongé dans le silence.

– Ils ont découvert notre ruse, s'exclama l'elfe Uthinarë.

Il fit glisser la lance vers Eragon :

– Entre vite, Argetlam !

Le garçon tendit l'arme à Elva :

– Toi d'abord.

Tenant la Dauthdaert à l'horizontale dans ses bras repliés, la fillette courut rejoindre les elfes, puis elle la renvoya à Eragon, qui s'en empara et franchit le seuil. Renversant la tête, il vit avec effroi Thorn s'élever au-dessus des toits à l'autre bout de la cité. Il tomba sur un genou, posa la Dauthdaert au sol et la projeta vers Saphira :

– Vite !

La dragonne perdit plusieurs secondes à tenter de ramasser la lance avec ses dents. Elle réussit enfin à la coincer entre ses mâchoires et pénétra d'un bond dans l'immense corridor, projetant en tous sens les corps des soldats.

Au loin, Thorn rugit furieusement et s'élança vers la citadelle à grands coups d'ailes.

Arya et Lupusänghren mêlèrent leurs voix pour lancer un sort. Un cliquetis de chaînes assourdissant secoua les murs de pierre, et la porte de fer se referma dans un grondement de tonnerre dont Eragon sentit la vibration dans ses plantes de pieds.

Puis une barre de métal, de trois pieds de large sur six de long, sortit des murs latéraux et glissa dans les fixations boulonnées à l'intérieur des battants pour les maintenir en place.

— Ça devrait les retenir un moment, dit Arya.

— Pas si longtemps que ça..., objecta Eragon avec un regard vers la poterne ouverte.

Tous examinèrent alors l'espace qui s'étendait devant eux.

Le corridor s'étirait sur une distance qu'Eragon estima à un quart de mile, ce qui les emmènerait loin sous la colline derrière Urû'baen. Tout au fond, on devinait une autre double porte couverte de riches motifs en or; ils luisaient dans la lumière des lampes sans flamme, fichées le long des murs à intervalles réguliers. Des dizaines de passages secondaires s'ouvraient de chaque côté, mais aucun n'était assez large pour Shruikan, même si Saphira aurait tenu dans la plupart d'entre eux. Des bannières rouges brodées de la flamme torsadée que Galbatorix avait choisie pour emblème étaient accrochées tous les cent pieds. Le corridor n'avait aucun autre ornement.

Les proportions gigantesques des lieux étaient impressionnantes, et tout ce vide agaçait les nerfs d'Eragon. La salle du trône se trouvait certainement derrière la porte d'or, mais malgré les apparences, l'accès n'en serait sans doute pas aisé. Si Galbatorix était seulement à moitié aussi malin que sa réputation le laissait entendre, il avait parsemé le passage de dizaines, sinon de centaines, de chausse-trapes.

Eragon ne s'expliquait pas que le roi ne les eût pas déjà attaqués. Il ne percevait aucun autre esprit que ceux de Saphira et de ses compagnons, mais il gardait une conscience aiguë de leur proximité avec Galbatorix. La citadelle tout entière semblait les observer.

— Il sait qu'on est ici, tous, murmura-t-il.

— Alors, dépêchons-nous, dit Arya.

Elle reprit la Dauthdaert dans la gueule de Saphira. L'arme était couverte de bave.

— Thurra, prononça l'elfe, et la salive s'égoutta sur le sol.

Dans leur dos, derrière la porte de fer, un choc sourd retentit, signalant l'atterrissage de Thorn. Il poussa un rugissement rageur, puis une lourde masse heurta les vantaux, et les murs tremblèrent.

Arya courut prendre la tête du groupe, et Elva la rejoignit. La fillette aux cheveux noirs posa la main sur la hampe de la lance, afin de partager avec l'elfe ses pouvoirs protecteurs. Alors, toutes deux se mirent en marche, ouvrant la route le long du corridor qui s'enfonçait dans la tanière de Galbatorix.

63
LA TEMPÊTE ÉCLATE

— C'est l'heure, Monsieur.

Roran ouvrit les yeux et remercia d'un geste. Le garçon qui avait passé la tête par l'ouverture de la tente fila aussitôt en balançant sa lanterne. Roran se tourna pour embrasser Katrina, et elle lui rendit son baiser. Ni l'un ni l'autre n'avait dormi.

Ils se levèrent, s'habillèrent. Elle fut prête la première, car il fallut à Roran un certain temps pour s'équiper.

Son armure et ses armes une fois fixées, il enfila ses gants. Sa femme lui tendit un morceau de pain, une part de fromage et une tasse de thé tiède. Il laissa le pain, prit une bouchée de fromage et avala le thé d'une traite.

Ils restèrent un moment enlacés. Puis il dit :

— Si c'est une fille, donne-lui un nom de guerrière.

— Et si c'est un garçon ?

— Pareil. Fille ou garçon, ils devront être forts pour survivre dans ce monde.

— Je le ferai, promis.

Ils s'écartèrent l'un de l'autre, et elle le fixa dans les yeux :

— Bats-toi bien, mon époux.

Il acquiesça d'un signe de tête et la quitta avant de laisser paraître son émotion.

Il rejoignit ses hommes, qui se rassemblaient à l'entrée nord du camp. Dans la lumière grise du petit jour et le vacillement des torches accrochées à la palissade extérieure, ils piétinaient comme un troupeau de bêtes étranges et menaçantes.

Son bataillon comptait dans ses rangs de nombreux Urgals – dont quelques Kulls –, car Nasuada avait jugé qu'il les commanderait mieux que n'importe qui d'autre. Les Urgals transportaient les longues échelles d'assaut qui serviraient à escalader les murailles de la cité.

Il y avait aussi des elfes. La plupart d'entre eux combattraient de leur côté, mais la reine Islanzadí en avait autorisé certains à servir parmi les Vardens, pour les protéger des jeteurs de sorts de Galbatorix.

Roran leur souhaita la bienvenue et prit le temps de leur demander leurs noms. Ils lui répondirent avec une parfaite politesse. Il eut cependant l'impression qu'ils le tenaient en piètre estime. Il s'en moquait ; il n'avait guère de sympathie pour eux. Leur comportement ne lui inspirait pas confiance. Ils étaient trop distants, trop bien entraînés et surtout trop... différents. Les nains et les Urgals, au moins, il les comprenait. Pas les elfes. On ne savait jamais ce qu'ils pensaient ; ça le mettait mal à l'aise.

Nar Garzhvog l'accueillit avec un chuchotement qu'on entendit à trente pas :

– Salut, Puissant Marteau ! Aujourd'hui, nos tribus vont se couvrir de gloire.

– Oui, ce sera un jour glorieux pour tous, enchérit Roran.

Les hommes étaient nerveux. Parmi les plus jeunes, certains semblaient au bord de la nausée, et quelques-uns vomissaient, ce qui n'avait rien d'étonnant. Même les plus aguerris paraissaient tendus, irritables ; ils se montraient excessivement bavards ou renfrognés. La raison en était claire : Shruikan. Roran n'y pouvait pas grand-chose, sinon dissimuler sa propre peur et espérer qu'ils ne perdraient pas courage.

L'appréhension qui pesait sur eux était terrible. Ils avaient consenti beaucoup de sacrifices pour en arriver là, et, dans la bataille à venir, ils ne jouaient pas que leur vie. La sécurité de leurs familles en dépendait, ainsi que l'avenir du pays. L'enjeu était le même dans les combats précédents, mais celui-ci serait le dernier. Quelle qu'en soit l'issue, il n'y en aurait plus d'autre contre l'Empire. C'était la fin. Leur ultime chance de tuer Galbatorix.

Ça paraissait presque irréel. Et si on évoquait aisément l'idée d'affronter le roi dans les conversations autour du feu, maintenant que le moment approchait, c'était une perspective terrifiante.

Roran chercha Horst et les autres villageois de Carvahall. Ils étaient regroupés au milieu du bataillon. Birgit se mêlait à eux, armée d'une hache aux tranchants fraîchement affûtés. Le jeune homme la salua en levant son bouclier comme il l'aurait fait d'une chope de bière. Elle lui retourna son geste, et il sourit sombrement.

Les guerriers enveloppèrent leurs bottes avec des chiffons, puis attendirent l'ordre de départ.

Il fut bientôt donné, et ils s'ébranlèrent, étouffant de leur mieux les cliquetis de leurs armes et de leurs armures. Roran les mena à travers champs jusqu'à leur point de ralliement devant la porte principale d'Urû'baen, où ils rejoignirent deux autres bataillons, l'un conduit par le vieux chef Martland Barbe Rouge, l'autre par Jörmundur.

Peu après, l'alerte sonna dans Urû'baen. Ôtant les chiffons qui leur emmaillotaient les pieds, ils se préparèrent à l'attaque. Quelques minutes plus tard, les trompes des Vardens sonnèrent. Ils s'élancèrent aussitôt à travers la plaine noire vers l'immensité des murailles.

Roran avait pris la tête de la charge. C'était le meilleur moyen de se faire tuer, mais les hommes avaient besoin de le voir braver les mêmes dangers qu'eux. Il espérait ainsi raffermir leur résolution et les dissuader de rompre les rangs au premier signe d'opposition sérieuse. En tout cas, il ne serait pas facile de prendre Urû'baen, de ça au moins il était sûr.

Ils dépassèrent au pas de course l'une des tours d'assaut, dont les roues de plus de vingt pieds de haut grinçaient comme de vieux gonds rouillés, et surgirent en terrain découvert. Une pluie de flèches et de javelots les accueillit.

Les elfes prononcèrent une formule dans leur langue étrange et, à la faible lumière de l'aube, Roran vit la plupart des projectiles dévier et se planter dans le sol sans faire de victimes. Pas tous, cependant. Un cri d'agonie monta derrière lui, suivi d'un cliquetis d'armures : les suivants sautaient de côté pour ne pas piétiner le guerrier tombé.

Roran ne se retourna pas ; l'élan qui les projetait, ses hommes et lui, vers les remparts ne se ralentit pas.

Une flèche heurta son bouclier. Il en sentit à peine l'impact.

Arrivé au pied du mur, il leva le bras et hurla :

– Les échelles ! Laissez passer les échelles !

Tous s'écartèrent pour permettre aux Urgals d'approcher avec leur matériel. Les échelles étaient si longues que les Kulls devaient les dresser à l'aide de perches faites de plusieurs troncs liés les uns aux autres. Dès qu'elles touchaient le mur, elles ployaient sous leur propre poids, si bien que les deux tiers supérieurs reposaient sur la pierre ; elles glissaient de gauche à droite et menaçaient de tomber.

Roran se tailla un chemin entre ses hommes à coups de coude et saisit Othíara, une des elfes, par le bras. Ignorant son regard outré, il aboya :

– Faites tenir les échelles en place ! Ne laissez pas les soldats les repousser !

Avec un hochement de tête, elle entonna un chant en ancien langage, accompagnée par les autres elfes.

Sans attendre, il se précipita vers la muraille. L'un de ses hommes entamait l'escalade. Il l'empoigna par la ceinture pour le tirer en arrière :

– Je monte le premier !

– Bien, Puissant Marteau.

Roran balança son bouclier dans son dos et commença à grimper, le marteau à la ceinture. Il n'avait jamais aimé l'altitude, et plus ses compagnons rapetissaient au-dessous de lui, plus il se sentait mal. Ce fut pire quand il atteignit la section d'échelle aplatie contre le mur, car il ne pouvait plus refermer les mains autour des barreaux ni trouver un bon appui pour ses pieds. Seul le bout de ses bottes tenait sur les branches encore recouvertes d'écorce, et il devait prendre grand soin de ne pas glisser.

Une lance siffla à son oreille, si près qu'il en sentit le souffle sur sa joue.

Il jura et poursuivit son ascension.

Il n'était plus qu'à un mètre du sommet quand son regard rencontra celui d'un soldat aux yeux bleus, penché par-dessus le parapet.

– Bouh ! cria-t-il.

Le soldat tressaillit et recula. Sans lui laisser le temps de se reprendre, Roran gravit les derniers échelons, bondit par-dessus le rempart et atterrit sur le chemin de ronde.

L'homme qu'il avait effrayé se tenait devant lui, une courte épée d'archer à la main. La tête tournée de côté, il appelait à la rescousse un groupe posté un peu plus loin.

Le bouclier de Roran était encore dans son dos ; il tira donc son marteau et le balança contre le poignet du soldat. Sans bouclier, il savait qu'il lui serait difficile de repousser un bretteur entraîné ; il devait désarmer son adversaire au plus vite.

Celui-ci vit venir le coup et para. Puis il frappa. Ou plutôt il essaya. Les sorts de protection d'Eragon arrêtèrent la pointe de l'arme à un quart de pouce du ventre de Roran. Surpris, celui-ci grogna ; puis, en trois rapides mouvements de marteau, il fit sauter la lame et défonça le crâne du soldat.

Il lâcha un juron. Ça commençait mal.

D'autres Vardens tentaient d'escalader les remparts ; peu y parvenaient. Des grappes de soldats les attendaient en haut de chaque échelle, et des renforts affluaient sur le chemin de ronde par les escaliers.

Baldor le rejoignit, arrivé par la même échelle que lui. Ils coururent ensemble vers une baliste manœuvrée par huit soldats. L'engin était dressé au bas d'une des nombreuses tours bâties sur les murs tous les deux cents pieds. Derrière, Roran vit l'avatar de Saphira créé par les elfes survoler la muraille en l'arrosant de flammes.

Les servants de la baliste n'étaient pas stupides ; ils tinrent les assaillants à distance du bout de leurs lances. Roran tenta d'en agripper une, mais le soldat fut trop rapide ; il faillit se faire de nouveau embrocher. Il comprit qu'à deux, ils n'y arriveraient pas.

À cet instant, un Urgal se hissa par-dessus le mur, derrière les soldats. Il chargea, tête baissée, avec un mugissement furieux, sa massue cerclée de fer au poing. Il en frappa un en pleine poitrine, lui brisant les côtes ; un autre à la hanche, lui fracassant le bassin. De telles blessures auraient dû les mettre hors d'état de nuire. Or, alors que l'Urgal fonçait droit devant lui, les deux hommes se relevèrent comme si de rien n'était et s'apprêtèrent à le frapper dans le dos.

Un sentiment d'accablement s'empara de Roran.   657

— Il faut leur briser le crâne ou les décapiter si on veut les arrêter, grommela-t-il entre ses dents.

Sans quitter les soldats des yeux, il cria aux Vardens qui arrivaient :

— Ils ne sentent pas la douleur !

Au-dessus de la ville, la fausse Saphira s'écrasa contre une tour. Tous marquèrent une pause pour regarder, sauf Roran ; il savait ce que les elfes avaient en tête.

Il bondit, tua un soldat d'un coup à la tempe, utilisa son bouclier pour en repousser un autre. Il était à présent trop près d'eux pour qu'ils pussent user de leurs lances contre lui. Il eut vite fait de les expédier avec son marteau.

Quand tous les servants de la baliste furent éliminés, Baldor lui jeta un regard désespéré :

— Tu as vu ? Saphira...

— Elle n'a rien.

— Mais...

— Ne t'inquiète pas. Elle n'a rien.

Baldor n'hésita qu'un bref instant avant de le croire sur parole et de se jeter à ses côtés sur un nouveau groupe de soldats.

Peu après, Saphira – la vraie – apparut au-dessus de la section sud des murs, volant vers la citadelle, et une immense clameur monta des Vardens.

Roran fronça les sourcils : elle aurait dû rester invisible pendant toute la durée de son vol.

— Frethya, frethya, souffla-t-il rapidement.

Il ne disparut pas. Il jura intérieurement et se tourna vers Baldor :

— Aux échelles ! Vite !

— Pourquoi ? demanda le jeune homme, aux prises avec un autre adversaire.

Avec un mugissement furieux, il précipita le soldat dans le vide.

— Ne pose pas de questions ! Bouge-toi !

Côte à côte, ils se frayèrent un passage entre les lignes ennemies qui les séparaient des échelles. Le trajet fut pénible et sanglant. Baldor reçut une entaille au mollet gauche, derrière sa jambière, et un coup sévère à l'épaule, où une lance faillit percer sa cotte de mailles.

À cause de l'insensibilité des soldats à la douleur, le seul moyen de les stopper était de les tuer, et les tuer n'était pas facile. Roran s'interdisait donc toute clémence. Régulièrement, un homme qu'il croyait avoir abattu se relevait pendant qu'il affrontait un autre adversaire. Et ils étaient à présent si nombreux sur le chemin de ronde qu'il commençait à craindre d'être piégé.

Quand ils furent arrivés à l'échelle la plus proche, il dit à Baldor :

— Reste ici !

Si cet ordre rendit Baldor perplexe, il n'en montra rien. Ils tinrent tous deux les assaillants à distance le temps que deux autres Vardens aient escaladé l'échelle pour les rejoindre, puis un troisième. Roran osa enfin penser qu'ils avaient une chance de s'emparer de cette section du mur.

Bien que l'assaut n'eût été donné que pour créer une diversion, Roran ne voyait aucune raison de ne pas en tirer profit. Tant qu'à risquer leurs vies, autant exploiter la situation. De toute façon, ils devaient nettoyer le chemin de ronde.

Ils entendirent alors le rugissement furieux de Thorn, et le dragon rouge apparut au-dessus des toits, fonçant à grands battements d'ailes vers la citadelle. Il portait sur son dos un cavalier que Roran supposa être Murtagh, qui brandissait une épée écarlate.

– Qu'est-ce que ça veut dire ? cria Baldor entre deux coups d'épée.

– Ça veut dire que les dés sont jetés, répondit Roran. Tiens-toi prêt ! Ces salopards vont avoir une surprise.

Il finissait à peine sa phrase que les voix des elfes, chantant en ancien langage avec des intonations aussi belles qu'étranges, couvrirent le vacarme des combats.

Roran s'accroupit pour éviter une lance et enfonça son marteau dans le ventre d'un soldat, qui expulsa tout l'air de ses poumons. S'il ne sentait pas la douleur, il avait besoin de respirer. Le temps qu'il reprenne son souffle, Roran lui avait écrasé la gorge avec le rebord de son bouclier.

Il allait attaquer le suivant quand le sol trembla sous ses pieds. Il recula et s'adossa au mur, jambes écartées pour conserver son équilibre.

Un des soldats eut la bêtise de se jeter sur lui juste à cet instant. Les secousses redoublèrent, le haut du mur ondula comme une couverture qu'on secoue. L'homme qui courait et la plupart de ses compagnons furent précipités au sol, incapables de se relever tant tout vibrait autour d'eux.

Depuis l'arrière de la tour qui les séparait de la porte principale d'Urû'baen leur parvint un grondement d'avalanche. Des jets d'eau jaillirent et se déployèrent en éventail. Puis le mur surplombant la porte s'ébranla, commença à s'effriter vers l'intérieur.

Et les elfes chantaient toujours.

Quand le tremblement se calma sous ses pieds, Roran bondit. Il tua encore trois soldats avant qu'ils aient eu le temps de se relever. Les autres tournèrent les talons et dévalèrent les escaliers.

Roran aida Baldor à se redresser.

– Poursuivons-les ! s'écria-t-il.

Il souriait, l'ivresse de la bataille montait en lui. Ça ne commençait peut-être pas si mal, après tout.

64
CE QUI NE TUE PAS...

— **S**top! lança Elva.

Eragon se figea, un pied en l'air. La fillette lui fit signe de reculer, et il obéit.

— Saute jusqu'ici, dit-elle. Près du motif en spirale.

Elle désignait un point à un mètre devant lui.

Il se ramassa sur lui-même, hésita, attendant qu'elle lui confirme que l'endroit était sûr.

Elle soupira, exaspérée :

— Il faut que tu joues le jeu, sinon ça ne marchera pas. Je ne peux pas te dire si quelque chose risque de te blesser tant que tu ne te mets pas effectivement en danger.

Le sourire qu'elle lui adressa n'avait rien de rassurant :

— N'aie pas peur, il ne t'arrivera rien ; j'y veillerai.

Pas très convaincu, il plia les jambes et s'apprêta à sauter.

— Stop !

Il jura, agita les bras pour ne pas tomber sur une portion de sol qui déclencherait le piège : des piques prêtes à surgir d'en haut et d'en bas.

Les piques étaient le troisième obstacle qu'Eragon et ses compagnons rencontraient le long du corridor menant à la double porte d'or. Le premier avait été une série de fosses habilement dissimulées ; le deuxième, des chutes de pierres qui les auraient écrasés. Et maintenant ces piques, semblables à celles qui avaient tué Wyrden dans les souterrains de Dras-Leona.

Ils avaient vu Murtagh entrer dans le corridor par la poterne ouverte, mais il n'avait fait aucune tentative pour les poursuivre sans Thorn. Après les avoir observés quelques secondes, il avait disparu dans une des salles latérales où Arya et Lupusänghren avaient brisé la machinerie d'ouverture du grand portail.

Faudrait-il à Murtagh une heure ou dix minutes pour la réparer ? De toute façon, mieux valait ne pas s'attarder.

– Essaie un peu plus de côté, dit Elva.

Eragon grimaça, mais obtempéra.

– Stop !

Cette fois, il serait tombé si la fillette ne l'avait retenu par sa tunique.

– Plus loin, reprit-elle. Stop ! Encore plus loin !

– Je ne peux pas, grommela-t-il, agacé. Pas sans élan.

Mais, s'il prenait de l'élan, il ne s'arrêterait pas avant qu'Elva puisse déterminer si le saut était dangereux ou pas.

– Qu'est-ce qu'on fait, maintenant ? S'il y a des piques tout le long du corridor, on n'atteindra jamais les portes.

Ils avaient envisagé d'utiliser la magie pour voler au-dessus des pièges, mais le plus petit sort risquait de les déclencher, du moins Elva le prétendait ; et ils n'avaient d'autre choix que de se fier à elle.

– Le système est peut-être conçu pour un dragon, suggéra Arya. S'il ne fait qu'un mètre ou deux de long, Saphira ou Thorn passeraient dessus sans s'en apercevoir. Mais, s'il mesure cent pieds, ils seraient pris à coup sûr.

« Pas si je saute, dit Saphira. Cent pieds, ce n'est rien. »

Eragon échangea des regards inquiets avec Arya et Elva.

– Prends soin que ta queue ne balaie pas le sol, dit-il. Et ne saute pas trop loin, tu risquerais de tomber dans un autre piège.

« Oui, petit homme. »

La dragonne se ramassa sur elle-même, la tête baissée. Puis elle s'ancra sur ses griffes et bondit à travers le corridor, ouvrant les ailes juste assez pour prendre un peu de hauteur.

Au grand soulagement d'Eragon, Elva resta muette.

Quand Saphira eut franchi une distance équivalant à deux fois sa longueur, elle referma les ailes et retomba bruyamment.

« Tout va bien », dit-elle.

Elle se retourna, et ses griffes crissèrent sur le sol. D'un autre bond, elle rejoignit son point de départ, et ils s'écartèrent pour lui laisser la place de se poser.

« Alors ? Qui passe en premier ? »

Elle fit quatre allers et retours pour les transporter tous en dehors du piège des piques. Puis ils continuèrent à un trot régulier, Arya et Elva toujours en tête. Ils ne rencontrèrent pas d'autres chausse-trapes jusqu'aux trois quarts du chemin vers les portes d'or. Là, Elva frémit et leva sa petite main. Ils s'arrêtèrent.

– Si on continue, dit-elle, quelque chose va nous couper en deux. Je ne sais pas exactement d'où ça surgira... Des murs, il me semble.

Eragon fronça les sourcils. La perspective n'était guère encourageante.

– Si on..., commença-t-il, et il se tut.

Une vingtaine de personnages, hommes et femmes, vêtus de robes noires, émergeaient d'un couloir latéral et s'alignaient devant eux pour leur bloquer le passage.

Le garçon sentit une pensée tranchante comme une lame s'introduire dans son esprit ; en même temps, les magiciens ennemis entamaient une psalmodie en ancien langage. Saphira ouvrit les mâchoires et les arrosa d'un torrent de flammes crépitantes. Il passa sur eux sans leur faire le moindre mal. Seule une des bannières accrochées au mur prit feu, et des lambeaux de tissu consumés tombèrent sur le sol.

Eragon se défendit contre l'incursion mentale, mais ne tenta pas de riposter. Maîtriser les magiciens un à un lui aurait pris trop de temps. De plus, leur incantation l'inquiétait : s'ils s'apprêtaient à lancer des sorts sans attendre d'avoir pris le contrôle de son esprit – et de celui de ses compagnons –, cela signifiait qu'il leur importait peu de vivre ou de mourir ; leur seul but était d'arrêter la progression des intrus.

Il s'agenouilla près d'Elva. Elle s'adressait à l'un des jeteurs de sorts, lui tenant de curieux propos sur sa fille.

– Se tiennent-ils à l'endroit du piège ? demanda-t-il à voix basse.

Elle opina de la tête sans interrompre son discours.

Il tendit le bras et frappa le sol de sa paume.

Il s'était attendu à provoquer quelque chose ; il eut tout de même un mouvement de recul quand une lame horizontale de trente pieds de long et quatre pouces d'épaisseur jaillit de chacun des murs avec un horrible crissement. Les deux langues métalliques saisirent les magiciens entre elles telle une gigantesque paire de cisailles et les coupèrent en deux. Puis elles se retirèrent dans les encoches invisibles aussi vite qu'elles en étaient sorties.

La brutalité du carnage laissa Eragon sous le choc.

« Quelle mort atroce », songea-t-il en détournant les yeux.

Un hoquet secoua Elva, et elle s'évanouit. Arya la rattrapa avant qu'elle eût touché le sol. Tout en la berçant, elle lui parla à l'oreille en ancien langage.

Eragon consulta les autres elfes sur le moyen de franchir le piège. Ils décidèrent que le plus sûr serait de sauter par-dessus, comme ils l'avaient fait pour les piques.

Quatre d'entre eux montèrent sur le dos de Saphira. À l'instant où elle allait s'élancer, Elva s'écria d'une voix faible :

– Non ! Ne faites pas ça !

Saphira battit le sol de sa queue, mais resta où elle était.

Échappant aux bras d'Arya, la fillette fit quelques pas chancelants, se plia en deux et vomit. Elle s'essuya la bouche d'un revers de main, puis observa longuement les corps déchiquetés comme pour les fixer dans sa mémoire.

Sans les quitter des yeux, elle dit :

– Il y a un autre déclencheur, quelque part à mi-hauteur. Si vous sautez...

Elle claqua des mains en grimaçant :

— Des lames semblables sortiront des murs, en haut et en bas, cette fois.

Une pensée perturbait Eragon. Il regarda Elva :

— Pourquoi Galbatorix tenterait-il de nous tuer ? Sans toi, Saphira serait morte, à présent. Or, Galbatorix la veut vivante. Alors, pourquoi tout ceci ?

Il désigna d'un geste le sol sanglant :

— Pourquoi les lames, les piques et les blocs de pierre ?

Invidia, l'une des elfes, supposa :

— Peut-être s'attendait-il à ce que nous tombions dans les fosses avant d'avoir atteint les autres pièges ?

— Ou bien il sait qu'Elva est avec nous ? ajouta Lupusänghren d'une voix lugubre. Il connaît ses pouvoirs ?

La fillette haussa les épaules :

— Et alors ? Il ne m'arrêtera pas.

Un frisson parcourut Eragon :

— Non, mais, s'il sait qui tu es, il a peut-être peur. Et s'il a peur...

« Il pourrait tenter de nous tuer », conclut Saphira.

Arya secoua la tête :

— Ça ne change rien. Nous devons tout de même le trouver.

Ils discutèrent encore plusieurs minutes de la façon de franchir le piège des lames. Sur quoi Eragon proposa :

— Et si j'utilisais la magie pour nous transporter, comme Arya m'a envoyé l'œuf de Saphira dans la Crête ?

« Ça demanderait trop d'énergie », objecta Glaedr.

« Mieux vaut conserver nos forces pour l'heure de l'affrontement avec Galbatorix », enchérit Umaroth.

Eragon se mordilla la lèvre. Un regard par-dessus son épaule lui apprit que Murtagh, loin derrière eux, courait d'un côté du corridor à l'autre.

« On n'a plus beaucoup de temps... »

— On pourrait peut-être coincer les lames dans les murs ?

— Elles sont certainement sous protection magique, fit remarquer Arya. Et les coincer avec quel outil ? Un couteau ?

Une pièce d'armure ? Elles sont trop grandes et trop lourdes. Elles trancheraient tout ce qu'on placerait devant elles.

Le silence retomba.

Puis Lupusänghren se passa la langue sur les crocs :

— Pas nécessairement...

Il déposa son épée sur le sol, aux pieds d'Eragon, et invita les autres elfes à l'imiter. Onze lames en tout.

— Je ne peux pas exiger une telle chose de vous, protesta le garçon. Vos épées...

Lupusänghren leva la main pour l'interrompre, et sa fourrure brilla à la lumière des lanternes :

— Nous combattons avec nos esprits, Tueur d'Ombre, pas seulement avec nos corps. Si nos épées ne sont d'aucune utilité en cette circonstance, ce serait folie de les conserver pour de simples raisons sentimentales.

Eragon inclina la tête :

— Comme vous voudrez.

S'adressant à Arya, Lupusänghren reprit :

— Avec un nombre pair, nous aurions une meilleure chance de succès.

Elle hésita, puis sortit sa fine épée du fourreau et la déposa près des autres.

— Réfléchis bien à ce que tu vas faire, Eragon, dit-elle. Ces armes sont toutes chargées d'histoire. Ce serait grand dommage de les détruire et de n'y rien gagner.

Il acquiesça, puis se concentra, le front plissé, se souvenant des leçons d'Oromis.

« Umaroth, j'ai besoin de votre force. »

« Ce qui est à nous est à toi », répondit le dragon.

L'illusion qui dissimulait les fentes par où glissaient les lames de métal était trop bien conçue pour les yeux du garçon. Il s'y attendait ; Galbatorix n'était pas du genre à négliger un tel détail. En revanche, les enchantements responsables de cette illusion étaient assez faciles à détecter. À travers eux, il pouvait repérer l'emplacement exact et la dimension des ouvertures.

À quelle profondeur l'extrémité des lames se retirait-elle dans le mur ? Il espérait que ce serait au moins un pouce ou deux. Si elles affleuraient, son idée ne fonctionnerait pas, car le roi avait sûrement protégé le métal contre tout choc extérieur.

Il choisit les mots dont il aurait besoin et lança le premier des douze sorts qu'il prévoyait d'utiliser. L'une des épées – celle de Laufin, supposa-t-il – disparut avec un bruissement d'étoffe agitée par le vent. Une demi-seconde plus tard, le mur, sur leur gauche, émit un bruit mat.

Eragon sourit. Ça avait marché. S'il avait tenté d'envoyer l'épée à travers la lame de métal, la réaction aurait été autrement violente.

Il lança les autres sorts à un débit plus rapide, encastrant six épées dans chaque mur, à cinq pieds les unes des autres. Les elfes l'observaient avec intensité. Si la perte de leurs épées les attristait, ils n'en laissaient rien paraître.

Quand ce fut fini, Eragon s'agenouilla près d'Arya et Elva – qui tenaient de nouveau toutes deux la Dauthdaert – et dit :

— Préparez-vous.

Saphira et les elfes se crispèrent. Arya aida la fillette à grimper sur le dos de la dragonne sans lâcher la lance verte, puis elle annonça :

— Prêtes !

Eragon se pencha et frappa de nouveau le sol. Les murs émirent un craquement sonore, des nuages de poussière tombèrent du plafond en tourbillons paresseux.

Dès qu'il vit que les épées tenaient, le garçon se jeta en avant. Il n'avait pas fait trois enjambées qu'Elva criait :

— Plus vite !

Avec un grognement d'effort, il poussa sur ses jambes. Saphira le dépassa sur sa droite, la tête et la queue au ras du sol, ombre bleue en bordure de son champ de vision.

À l'instant où il atteignait l'autre côté du piège, il entendit le claquement sec de l'acier qui se brise, suivi du crissement suraigu du métal frottant sur du métal.

Derrière lui, quelqu'un hurla.

Il pivota et vit que tous avaient traversé à temps, à l'exception de Yaela, l'elfe aux cheveux d'argent, qui restait coincée entre les derniers pouces des langues tranchantes. L'espace autour d'elle s'illumina de jaune et de bleu comme si l'air lui-même flambait, et son visage se tordit de douleur.

– Flauga ! lança Lupusänghren.

Et Yaela échappa aux deux lames, qui se refermèrent avec un claquement sonore. Puis elles se retirèrent dans le mur avec le même crissement insupportable qui avait accompagné leur apparition.

Yaela avait atterri à quatre pattes à deux pas d'Eragon. Il l'aida à se relever. À sa grande surprise, elle ne paraissait pas blessée.

– Ça va ? demanda-t-il.

Elle secoua la tête :

– Ça va, mais... toutes mes protections magiques ont disparu.

Elle examina ses mains avec une expression proche de la stupeur :

– Je ne me suis jamais trouvée sans protection depuis... depuis mon enfance. Les lames ont tout absorbé.

– Vous avez de la chance d'être en vie, dit Eragon.

Elva haussa les épaules.

– Vous seriez tous morts, sauf lui, dit-elle en désignant Lupusänghren, si je ne vous avais pas dit de courir plus vite.

Ils reprirent leur avancée, s'attendant à trouver un nouveau piège à chaque pas. Mais la dernière partie du corridor paraissait dépourvue d'obstacles, et ils atteignirent la double porte sans autre incident.

Eragon contempla la surface d'or miroitante. Un motif en relief représentait un chêne grandeur nature ; son feuillage formait une voûte qui redescendait jusqu'aux racines et inscrivait le tronc dans un grand cercle. À mi-hauteur du tronc jaillissaient de chaque côté deux faisceaux de branches, qui divisaient l'intérieur du cercle en quartiers. En haut à gauche était sculptée une troupe d'elfes armés de lances cheminant dans une épaisse forêt. À droite, des humains bâtissaient des châteaux et forgeaient des épées. Dans le bas à gauche, des Urgals – presque tous des Kulls – brûlaient un village et massacraient ses habitants. À droite, des nains travaillaient dans des grottes pour en extraire des gemmes et du minerai. Parmi les racines et les branches, on voyait des chats-garous et des Ra'zacs, ainsi que d'étranges créatures qu'Eragon ne reconnut pas. Et, au centre, un dragon enroulé autour du tronc se mordait la queue. C'était un travail magnifique. En d'autres circonstances, le garçon aurait aimé passer une journée entière à contempler ces motifs.

Pour l'heure, la porte d'or et ce qui l'attendait de l'autre côté ne lui inspiraient que de la crainte. Si c'était Galbatorix, leurs vies étaient sur le point de changer définitivement, et plus rien ne serait comme avant, ni pour eux ni pour le reste de l'Alagaësia.

« Je ne suis pas prêt », dit-il à Saphira.

« Le serons-nous jamais ? » répliqua la dragonne.

Elle goûta l'air de sa langue, et il perçut son appréhension.

« Galbatorix et Shruikan doivent être tués, et nous seuls avons une chance de réussir. »

« Et si on échoue ? »

« Alors, ce qui doit arriver arrivera. »

Il prit une longue inspiration :

« Je t'aime, Saphira. »

« Je t'aime aussi, petit homme. »

Eragon avança d'un pas, s'efforçant de cacher son angoisse :

– Et maintenant ? On frappe ?

– Voyons d'abord si c'est ouvert, suggéra Arya.

Ils se mirent en formation de combat. Puis Arya, Elva à ses côtés, saisit la poignée du battant de gauche et s'apprêta à tirer.

Au même instant, une colonne d'air ondulante environna Lupusänghren et chacun des dix jeteurs de sorts. Eragon lâcha un cri d'alarme, Saphira feula comme si elle avait posé la patte sur un objet pointu. À l'intérieur de la colonne, les elfes semblaient pétrifiés ; leurs yeux mêmes restaient tournés vers ce qu'ils regardaient avant d'être pris dans le sortilège.

Une porte s'ouvrit dans le mur de gauche, et les elfes se dirigèrent lentement vers elle, telle une procession de statues glissant sur de la glace.

Arya s'élança vers eux, la lance dentelée tendue devant elle pour tenter de briser l'enchantement. Elle ne fut pas assez rapide.

– Letta ! cria Eragon. Stop !

C'était le sort le plus simple qui lui venait à l'esprit. Il ne réussit pas à briser le maléfice ; la magie qui emprisonnait les elfes était trop puissante. Ils disparurent par la sombre ouverture, et le battant se referma bruyamment derrière eux.

Une vague de découragement submergea le jeune Dragonnier. Sans les elfes...

Arya cogna contre la porte du bout de la Dauthdaert ; elle tenta même de trouver l'interstice dans le mur avec la pointe de l'arme – comme elle l'avait fait pour la poterne –, mais la paroi semblait d'un seul bloc.

Elle se retourna, une expression de rage froide sur le visage.

« Umaroth, dit-elle. J'ai besoin de votre aide. »

« Non, répondit le dragon blanc. Galbatorix a sûrement bien caché vos compagnons. Essayer de les retrouver ne serait qu'un gaspillage d'énergie et nous jetterait dans un danger encore plus grand. »

Les sourcils obliques d'Arya se rapprochèrent :

« Cela revient à jouer selon ses règles, Umaroth-elda. Il veut nous diviser pour nous affaiblir. Si nous continuons sans nos compagnons, il lui sera bien plus facile de nous vaincre. »

« C'est vrai, petite. Mais ne crois-tu pas que le Briseur d'Œufs attend justement qu'on parte à leur recherche ? Il espère détourner notre attention en nous laissant dans la colère et l'angoisse, et nous pousse à nous jeter tête baissée dans une autre de ses chausse-trapes. »

« Pourquoi se donnerait-il autant·de mal ? Il aurait pu capturer Eragon, Saphira, vous et tous les Eldunarí, comme il a capturé Lupusänghren et les elfes. Pourtant, il n'a rien tenté de ce genre. »

« Peut-être veut-il nous exténuer avant que nous l'affrontions. »

Arya réfléchit un moment, la tête basse. Quand elle se redressa, toute fureur s'était effacée de son visage – du moins en apparence –, et elle avait retrouvé son sang-froid habituel.

« En ce cas, que devons-nous faire, Ebrithil ? »

« Espérer que Galbatorix ne tue pas Lupusänghren et les autres – pour le moment –, et continuer jusqu'à ce que nous ayons découvert le roi. »

Arya acquiesça, mais Eragon sentit que cette proposition lui déplaisait. Il ne pouvait l'en blâmer, il éprouvait la même chose.

– Pourquoi n'as-tu pas perçu le piège ? demanda-t-il à Elva.

– Parce qu'ils n'ont pas eu mal.

Revenant à grands pas vers la porte d'or, Arya s'empara de nouveau de la poignée. La fillette la rejoignit et referma sa petite main sur la Dauthdaert.

Arya s'arc-bouta, tira de toutes ses forces. Le lourd vantail tourna lentement sur ses gonds. Aucun humain ne serait parvenu à l'ouvrir, Eragon en était sûr. Arya avait à peine l'énergie nécessaire.

Quand le battant toucha le mur, l'elfe le lâcha et revint vers Eragon et Saphira avec Elva.

De l'autre côté de l'arche caverneuse s'étendait une salle immense plongée dans l'ombre. Ses dimensions étaient difficiles à évaluer, car les murs disparaissaient derrière d'épaisses nappes d'obscurité. De chaque côté de l'entrée, une rangée de lanternes sans flamme accrochées à des portants de fer n'éclairait guère que les motifs du sol ; une maigre lueur filtrait à travers des cristaux incrustés dans le haut plafond. La double rangée de lanternes s'arrêtait à cinq cents pieds de là, au bas d'une large estrade surmontée d'un trône. Une silhouette noire s'y tenait assise ; il n'y avait personne d'autre dans la salle. Sur ses genoux reposait une épée nue, longue lame blanche qui luisait faiblement.

Eragon déglutit et resserra sa prise sur Brisingr. Il gratta furtivement la mâchoire de Saphira du bord de son bouclier ; en réponse, elle agita la langue. Puis, d'un accord tacite, ils s'avancèrent tous les quatre.

Dès qu'ils eurent franchi le seuil, la porte d'or se referma derrière eux. Eragon avait beau s'y attendre, le bruit le fit sursauter. Tandis que le silence crépusculaire qui emplissait la grande salle étouffait lentement l'écho, le personnage assis sur le trône s'agita, comme tiré de son sommeil. Et une voix s'éleva, une voix telle que le garçon n'en avait jamais entendu, riche et profonde, plus chargée encore d'autorité que celle d'Ajihad, d'Oromis ou de Hrothgar, une voix qui faisait paraître celle des elfes eux-mêmes âpre et criarde :

– Ah, je vous attendais ! Bienvenue dans ma demeure. Bienvenue à vous deux, Eragon le Tueur d'Ombre et Saphira Écailles Brillantes. J'ai beaucoup désiré cette rencontre. Mais je suis également heureux de t'accueillir, Arya, fille d'Islanzadí, qui as mérité le titre de Tueuse d'Ombre. Ainsi que toi, Elva au front d'argent. Et vous, bien sûr, Glaedr, Umaroth, Valdr et vos compagnons invisibles. Je vous ai longtemps crus morts et me réjouis infiniment qu'il n'en soit rien. Bienvenue à tous ! Il y a tant de choses dont nous devons parler !

65
AU CŒUR DE LA MÊLÉE

Avec les hommes de son bataillon, Roran se tailla un chemin depuis les murailles jusqu'aux rues en contrebas. Là, ils firent une pause, le temps de se regrouper. Puis le jeune capitaine brandit son marteau :

– Aux portes !

Il prit la tête de la troupe avec quelques villageois de Carvahall, dont Horst et Delwin. Au trot, ils longèrent l'intérieur du mur pour rejoindre la brèche que les elfes avaient ouverte par magie. Dans l'espace étroit entre le rempart et les maisons, ils rencontrèrent des dizaines de soldats. La plupart s'enfuyaient, quelques-uns se battaient. Mais ils ne tardaient pas à se replier dans les ruelles latérales.

Dans un premier temps, Roran se laissa aveugler par la sauvagerie du massacre et la fièvre de la victoire. Puis, à force de voir les soldats fuir devant eux, il se sentit gagné par un étrange malaise et commença à regarder plus attentivement autour de lui, à l'affût de toute manifestation anormale.

Quelque chose n'allait pas, c'était clair. Il s'en fit la remarque en grommelant.

– Quoi ? lança Albriech qui courait près de lui.

– Je dis que Galbatorix ne leur permettrait pas d'abandonner si facilement.

Il se retourna pour lancer au reste du bataillon :

– Ouvrez grand les yeux et les oreilles ! Galbatorix nous réserve une ou deux mauvaises surprises, j'en jurerais. Mais on ne se laissera pas prendre de court, pas vrai ?

– Non, Puissant Marteau ! rugirent-ils en chœur.

Et tous cognèrent leurs armes sur leurs boucliers. Sauf les elfes, bien entendu.

Satisfait, Roran accéléra sans cesser de scruter le sommet des toits.

Ils débouchèrent bientôt dans la rue encombrée de gravats menant à ce qui avait été la porte principale de la ville. Il n'en restait qu'un trou béant, large de plusieurs centaines de pieds, bordé d'un amoncellement de pierres brisées. Les Vardens et leurs alliés se déversaient par la brèche ; hommes, nains, Urgals, elfes et chats-garous combattaient côte à côte pour la première fois dans l'histoire de l'Alagaësia.

Une pluie de flèches les accueillait, mais les elfes détournaient les pointes mortelles. Les soldats de Galbatorix n'avaient pas cette chance ; beaucoup tombaient face aux archers des Vardens, même si certains bénéficiaient apparemment de protections. Des favoris du roi, probablement.

Quand son bataillon rejoignit le gros des troupes, Roran repéra Jörmundur, à cheval au milieu de la cohue. Il le salua de loin. Jörmundur désigna de la pointe de l'épée un édifice ouvragé, au milieu d'une cour, à quelques centaines de mètres :

– Dès qu'on aura atteint la fontaine, prenez à droite avec vos hommes. Nettoyez les quartiers sud de la ville, puis rejoignez-nous devant la citadelle !

Roran acquiesça d'un signe de tête appuyé pour que Jörmundur voie qu'il avait compris :

– À vos ordres !

La compagnie des autres guerriers le rassurait un peu, mais son malaise persistait.

« Où sont-ils ? » se demandait-il devant les entrées de rues désertes.

Galbatorix était censé avoir concentré toutes ses forces à Urû'baen, or rien n'évoquait la présence d'une grande armée. Les assaillants n'avaient trouvé sur les remparts que bien peu d'hommes, qui avaient fui plus vite qu'ils n'auraient dû.

Roran comprit soudain :

« Il nous attire vers le centre de la ville. Tout cela n'est qu'une ruse, un moyen de nous piéger. »

Avec un geste du bras pour capter l'attention de Jörmundur, il lui cria :

– Ce n'est pas normal ! Où sont les soldats ?

Perplexe, Jörmundur se tourna vers le roi Orrin et la reine Islanzadí, qui l'avaient rejoint à cheval. Bizarrement, un corbeau blanc était perché sur l'épaule d'Islanzadí, les serres accrochées aux mailles d'or de son corselet.

Et les Vardens continuaient de s'enfoncer vers le cœur d'Urû'baen.

Nar Garzhvog se fraya un passage jusqu'à Roran :

– Que se passe-t-il, Puissant Marteau ?

Le jeune homme leva les yeux vers la tête massive du Kull :

– Je ne sais pas. Galbatorix…

Une trompe qui sonnait soudain, quelque part devant eux, lui fit perdre le fil de sa pensée. Elle retentit de longs instants, et sa sonorité sourde, menaçante, causa un mouvement d'hésitation parmi les Vardens qui jetaient autour d'eux des regards inquiets.

Roran sentit son cœur sombrer dans sa poitrine.

– Ça y est, lâcha-t-il.

Il fit tournoyer son marteau :

– Tous à couvert ! mugit-il. Vite ! Repliez-vous entre les bâtiments !

Son bataillon mit plus de temps à s'extirper de la colonne de guerriers qu'il n'en avait mis à s'y mêler. Exaspéré, Roran les invectivait à grands cris :

– Plus vite, bande d'empotés ! Plus vite !

La trompe retentit de nouveau, et, cette fois, Jörmundur ordonna une halte.

Entre-temps, les hommes de Roran s'étaient abrités dans trois rues et se serraient entre les bâtisses dans l'attente de ses ordres. Collé au mur d'une maison avec Horst et Garzhvog, il passa la tête à l'angle pour voir ce qui se passait.

Une troisième fois, l'appel de la trompe éclata. Et le martèlement d'une multitude de pas résonna dans tout Urû'baen.

Roran se sentit glacé. Des lignes et des lignes de soldats avançaient en un ordre parfait, le pas décidé, le visage impassible, dans les rues venant de la citadelle. À leur tête chevauchait un homme trapu, à la large carrure, monté sur un destrier gris. Son plastron de métal luisant bombait sur un ventre proéminent. De la main gauche, il tenait un bouclier sur lequel était peinte une tour en ruine dressée sur un pic dénudé. Sa main droite balançait avec aisance une masse d'armes dotée de piques que la plupart des hommes auraient été incapables de soulever.

Roran s'humecta les lèvres. Ce ne pouvait être que Lord Barst, et, si la moitié de ce qu'il avait entendu dire à son propos était vrai, cet individu ne marcherait pas droit sur un adversaire sans être certain de l'anéantir.

Le jeune homme en avait assez vu. S'écartant du mur, il décréta :

— On ne va pas rester là à les attendre. Dis aux autres de nous suivre.

— On prend la fuite, Puissant Marteau ? gronda Garzhvog.

— Non. On charge par les flancs. Il faudrait être idiot pour attaquer de front une armée comme celle-ci ! Allez, va !

Il poussa le Kull d'une bourrade et courut par une ruelle de traverse reprendre sa place à la tête de son bataillon.

« Et s'attaquer à l'homme que Galbatorix a choisi pour commander son armée serait encore plus idiot. »

Tandis qu'ils progressaient dans le réseau serré des maisons, les soldats se mirent à marteler :

— Lord Barst ! Lord Barst ! Lord Barst !

Ils frappaient le sol de leurs bottes cloutées et tapaient sur leurs boucliers avec leurs épées.

« De mieux en mieux », pensa Roran.

Il aurait voulu se trouver n'importe où, sauf là.

Puis les Vardens clamèrent à leur tour :

– Pour Eragon ! Pour les Dragonniers !

Et la ville retentit du claquement du métal et des hurlements des blessés.

Quand son bataillon se trouva à la hauteur de ce que Roran estima être le milieu de l'armée, il l'envoya sur l'ennemi.

– Restez groupés ! ordonna-t-il. Formez un mur avec vos boucliers et, quoi que vous fassiez, ne laissez pas nos magiciens sans protection.

Ils repérèrent un groupe de soldats de l'Empire, des lanciers pour la plupart, qui avançaient en rangs serrés vers les premières lignes.

Nar Garzhvog lâcha un rugissement féroce, aussitôt imité par Roran et les autres guerriers. Et ils chargèrent. Les soldats poussèrent des cris d'alarme et reculèrent en désordre, se piétinant les uns les autres, dans le but de gagner assez d'espace pour se battre.

Roran fonça en hurlant sur la première rangée. Il sentit du métal et des os se briser sous son marteau tandis que le sang jaillissait autour de lui. Les soldats étaient si entassés qu'il leur était presque impossible de se défendre. Il en abattit quatre avant qu'un cinquième ait le temps de tirer son épée. Roran para avec son bouclier.

Sur le côté de la rue, Garzhvog assomma six hommes d'un seul coup de massue. Mais les soldats se relevèrent aussitôt, indifférents à des blessures qui les auraient neutralisés s'ils n'avaient été insensibles à la douleur. Alors le Kull frappa encore jusqu'à les réduire en bouillie.

Roran ne percevait rien d'autre que les adversaires en face de lui, le poids du marteau dans sa main et les pavés que le sang rendait glissants sous ses pieds. Il cognait et brisait, esquivait et repoussait, grognait et rugissait, et tuait, tuait, tuait. Jusqu'à ce que, surpris, il ne trouve devant lui que du vide. Son arme rebondit sur le sol, tirant aux pavés une nuée d'étincelles, et une secousse douloureuse lui courut le long du bras.

Il secoua la tête pour évacuer sa rage meurtrière ; il avait entièrement traversé la masse de soldats. En se retournant, il vit que la plupart de ses hommes étaient encore aux prises avec l'ennemi, à sa droite et à sa gauche. Avec un nouveau hurlement, il replongea dans la mêlée.

Trois soldats l'encerclèrent, deux armés d'une lance, l'autre d'une épée. Roran se rua sur celui-ci, mais son pied écrasa quelque chose de mou, il dérapa. Dans sa chute, il balança son marteau dans les chevilles de l'adversaire, qui sauta en arrière, l'épée levée. Il allait l'abattre sur le jeune homme quand une elfe bondit et, en quelques coups rapides, décapita les trois soldats.

Il reconnut celle à qui il avait parlé devant les murs de la cité, sauf qu'à présent, elle était couverte de sang. Il n'eut pas le temps de la remercier ; elle s'était déjà éloignée, et sa lame tourbillonnante abattait d'autres têtes.

À la voir ainsi à l'œuvre, Roran estima que chaque elfe valait au moins cinq hommes, sans compter ses capacités de magicien. Quant aux Urgals, il prenait soin de ne pas trop les approcher. Dans le feu de l'action, ils ne semblaient pas faire grande différence entre les amis et les ennemis. Et les Kulls étaient si énormes qu'ils pouvaient tuer par inadvertance. Il en vit un écraser un soldat contre un mur avec sa jambe sans même s'en apercevoir, un autre décapiter un adversaire d'un simple balancement de bouclier.

Quelques minutes plus tard, il ne restait plus dans cette zone que des soldats morts.

Essuyant son front en sueur, Roran inspecta la rue. Il vit les rescapés de la troupe qu'ils venaient d'anéantir disparaître entre les maisons pour rejoindre d'autres éléments de l'armée de Galbatorix. Il fut tenté de les poursuivre, mais l'essentiel des combats se déroulait dans les faubourgs, et il voulait rompre l'offensive en prenant l'adversaire à revers.

– Par ici ! beugla-t-il.

Il s'élança dans la rue, le marteau brandi.

Une flèche se ficha sur le bord de son bouclier. Il leva les yeux et aperçut une silhouette qui se glissait derrière le faîte d'un toit.

Quand il émergea de la masse serrée des maisons dans l'espace ouvert, devant les décombres de la porte principale, il découvrit une telle confusion qu'il hésita sur le parti à prendre.

Les deux armées étaient si emmêlées qu'il était impossible de discerner les rangs ni même de déterminer où se situait la ligne de front. Les tuniques rouges des soldats étaient disséminées sur toute la place, parfois isolément, parfois en noyaux compacts. L'affrontement débordait dans les rues adjacentes et s'étalait en tache écarlate. Parmi les combattants, Roran repéra des chats – de vrais chats – qui s'attaquaient aux soldats, l'un des spectacles les plus sauvages qu'il eût jamais vus. Il était clair qu'ils se battaient sous le commandement des chats-garous.

Au centre de la place, sur son destrier gris, se tenait Lord Barst. Son énorme plastron renvoyait les lueurs des incendies qui ravageaient les maisons voisines. Il faisait tournoyer sa masse d'armes à une vitesse impossible pour un humain ordinaire, et chaque coup abattait au moins un Varden. Les flèches qui filaient sur lui se volatilisaient, mangées par des flammes d'un jaune sulfureux, les épées et les lances rebondissaient contre lui comme s'il était taillé dans la pierre, et la charge furieuse d'un Kull était impuissante à le désarçonner. Roran le vit même avec stupeur défoncer d'un simple coup de masse le crâne de l'un d'eux, lui brisant les cornes et la tête telle une coquille d'œuf.

« D'où tire-t-il cette force et cette vitesse ? » s'interrogea le jeune homme, perplexe. De la magie, à l'évidence. Mais cette magie devait avoir une source. Aucune pierre précieuse n'était incrustée sur son armure, pas plus que sur sa masse d'armes.

Et il paraissait peu probable qu'elle lui fût fournie à distance par Galbatorix. Roran se rappela la conversation qu'il avait eue avec Eragon devant Helgrind, la nuit où ils se préparaient à délivrer Katrina. Son cousin lui avait expliqué qu'il était impossible de modifier un corps humain – même celui d'un Dragonnier – pour lui donner la puissance et la vélocité d'un elfe, ce qui rendait d'autant plus incroyable le don que les dragons avaient fait à Eragon pendant la cérémonie du Serment du Sang. Il était peu probable que Galbatorix eût opéré une telle transformation sur Barst. La question restait donc entière : quelle était la source de cette énergie surnaturelle ?

Barst tira sur les rênes pour faire virer son cheval, et la lumière qui joua sur le plastron bombé accrocha l'œil de Roran.

Sa bouche se dessécha soudain : Barst n'était pas le genre d'homme à avoir de la bedaine. Et Galbatorix n'aurait pas mis à la tête de son armée un individu qui se laissait aller. Il n'y avait qu'une seule explication : Barst tenait un Eldunarí caché sous cette pièce d'armure anormalement arrondie.

À cet instant, une secousse ébranla la rue, une crevasse noire se forma sous les pattes du destrier. Elle était assez large pour engloutir le cheval et son cavalier ; or ils restèrent suspendus dans les airs, comme si les sabots de la bête étaient encore plantés sur le sol. Des volutes multicolores environnèrent Barst tels des lambeaux d'arc-en-ciel. Des ondes de froid et de chaud sortaient alternativement de la crevasse, et des vrilles de glace rampèrent sur le sol, cherchant à immobiliser les jambes du cheval. Mais la glace ne trouvait pas de prise, et aucun de ces phénomènes magiques ne semblait avoir d'effet ni sur l'homme ni sur la bête.

Barst éperonna sa monture pour la lancer sur un groupe d'elfes, qui chantaient des incantations près d'un bâtiment voisin. C'étaient eux, supposa Roran, qui jetaient ces sorts.

Brandissant sa masse d'armes, Barst chargea. Ils s'éparpillèrent ; trop tard. La masse fendit les boucliers, brisa les épées, broya les elfes comme s'ils n'avaient eu qu'un squelette d'oiseau.

« Pourquoi leurs sortilèges ne les ont-ils pas protégés ? s'effraya le jeune homme. Pourquoi n'ont-ils pas paré l'attaque à la force de leur esprit ? Ce n'est qu'un homme, et il n'a qu'un seul Eldunarí. »

Quelques mètres plus loin, une énorme pierre ronde s'abattit sur la mer de combattants et rebondit, laissant derrière elle une traînée sanglante avant de s'écraser sur une façade, dont elle fit éclater les statues. Roran n'eut que le temps de se baisser. Il vit alors que les soldats de Galbatorix avaient repris les catapultes et les autres machines de guerre montées sur le mur d'enceinte.

« Ils tirent dans leur propre ville, constata-t-il. Ils tirent sur leurs propres hommes. »

Avec un grognement de dégoût, il se tourna vers le centre de la cité.

– On ne peut rien faire, ici, lança-t-il à son bataillon. Laissons-les s'occuper de Barst. Prenez cette rue ! On va gagner le mur et y prendre position.

Il s'élança sans attendre la réponse de ses hommes. Derrière lui, la chute d'une pierre provoqua de nouveaux hurlements de douleur.

La rue qu'il avait choisie était encombrée de soldats ; une poignée d'elfes et de chats-garous, acculée contre une boutique de chapelier, peinait à repousser la pression des ennemis. Les elfes crièrent quelque chose, mais seule une dizaine d'assaillants tomba.

Roran plongea dans la mêlée, de nouveau environné par le brouillard rouge de la bataille. Il sauta par-dessus un corps étendu, abattit son marteau sur le casque d'un homme qui lui tournait le dos. Sûr qu'il était mort, il repoussa le suivant avec son bouclier et lui écrasa la gorge d'un revers de son arme.

Près de lui, Delwin reçut une lance dans l'épaule et tomba à genoux avec un gémissement. Balançant son marteau plus vite que jamais, Roran repoussa le lancier tandis que Delwin arrachait la lame et se relevait.

– Replie-toi ! lui dit Roran.

Le blessé secoua la tête, les lèvres retroussées sur ses dents :

— Non !

— Replie-toi, c'est un ordre !

Delwin jura mais obéit, et Horst prit sa place. Le forgeron saignait de partout ; cela ne semblait pourtant pas l'affecter.

Alors que Roran esquivait un coup d'épée, il crut entendre derrière lui un souffle léger. Puis un fracas de tonnerre l'assourdit ; le sol tangua sous ses pieds, et il sombra dans le noir.

Il reprit conscience avec des élancements dans la tête. Au-dessus de lui, il y avait le ciel, illuminé par le soleil levant, et la sombre saillie rocheuse sillonnée de fissures.

Il s'assit avec difficulté. Il était au pied du mur d'enceinte, près des fragments ensanglantés d'une pierre lancée par une catapulte. Son bouclier avait disparu, de même que son marteau, ce qui l'inquiéta confusément.

Il ne s'était pas encore ressaisi que cinq soldats se jetaient sur lui. L'un d'eux lui projeta sa lance dans la poitrine. La pointe de l'arme le repoussa contre le mur sans lui percer la peau.

— Attrapez-le ! ordonna l'un des soldats.

Roran sentit qu'on lui agrippait les bras et les jambes. Il se débattit, mais il était encore affaibli, désorienté, et ses adversaires étaient trop nombreux.

Ils lui assénaient coup sur coup, et le jeune homme sentait ses forces diminuer à mesure que ses sorts de protection faisaient leur œuvre. Le monde autour de lui perdit ses couleurs ; il était de nouveau au bord de l'évanouissement quand la lame d'une épée jaillit de la bouche d'un des soldats.

Les mains qui tenaient Roran le lâchèrent ; une femme aux longs cheveux noirs virevoltait au milieu des combattants, maniant son arme avec l'aisance d'une guerrière entraînée. En quelques secondes, elle avait tué les cinq assaillants ; seul l'un d'eux était parvenu à lui entailler légèrement la cuisse gauche.

Elle lui tendit la main :

— Puissant Marteau.

En lui attrapant l'avant-bras, il vit que ses poignets – là où ils n'étaient pas couverts par le brassard – étaient couturés de cicatrices, comme si elle avait été brûlée ou fouettée jusqu'à l'os. Derrière elle se tenait une adolescente au teint pâle équipée de pièces d'armure disparates et un garçon qui devait avoir un an ou deux de moins que la jeune fille.

– Qui êtes-vous ? demanda-t-il en se relevant.

Le visage de la femme était remarquable : large, osseux, avec le teint buriné de qui passe sa vie en plein air.

– Une étrangère de passage, répondit-elle.

Ployant les genoux, elle ramassa la lance d'un des soldats et la lui tendit.

– Merci.

Elle le salua d'un signe de tête ; puis, avec ses jeunes compagnons, elle s'éloigna au trot vers le centre de la ville.

Roran les suivit des yeux un bref instant, perplexe, avant de rejoindre en hâte son bataillon.

Ses guerriers l'accueillirent avec des exclamations de surprise et se lancèrent à l'attaque avec une ardeur renouvelée. Cependant, alors que Roran reprenait sa place parmi les hommes de Carvahall, il découvrit que la pierre qui l'avait assommé avait tué Delwin. Sa peine se mua vite en rage, et il se battit avec une férocité renouvelée, déterminé à mettre fin à cette bataille le plus tôt possible.

66
LE NOM
DE TOUS LES NOMS

Eragon s'avança avec Arya, Elva et Saphira vers l'estrade où trônait Galbatorix. Sa résolution était plus forte que sa peur.

La distance à parcourir était assez grande pour lui donner le temps d'envisager diverses stratégies. La plupart étant irréalisables, il les rejeta. La force seule ne suffirait pas à vaincre le roi. Il faudrait employer aussi la ruse, un talent dont il s'estimait pour le moins dépourvu. Ils n'avaient cependant d'autre choix que l'affrontement.

Les deux rangées de lanternes qui menaient jusqu'à l'estrade étaient assez écartées pour leur permettre de marcher de front, ce qui rassurait le garçon. Saphira pourrait se battre à leurs côtés s'il le fallait.

Tout en approchant du trône, Eragon observait les lieux. Si c'était là une salle de réception royale, elle lui paraissait fort étrange. Au-delà du chemin lumineux tracé par les lanternes, l'obscurité y était plus profonde encore que dans les chambres des nains sous Tronjheim et Farthen Dûr. L'air était chargé d'une odeur sèche, musquée, qui lui paraissait familière sans qu'il pût l'identifier.

« Où est Shruikan ? » demanda-t-il à Saphira.

« Je le sens, mais je ne l'entends pas. »

Elva fronça les sourcils :

— Je ne perçois pas sa présence.

Ils firent halte à une trentaine de pieds de l'estrade. Derrière le trône, le mur était tendu, du sol au plafond, d'épais rideaux couleur de nuit. L'ombre enveloppait Galbatorix, masquant ses traits. Quand il se pencha, la lumière révéla son visage.

C'était une longue face émaciée, au front haut, au nez en lame de couteau. Les yeux avaient l'éclat dur de la pierre, avec des iris si larges qu'ils les emplissaient presque entièrement. La bouche aux lèvres minces s'affaissait légèrement aux commissures. Le bouc et la fine moustache étaient aussi noirs que les vêtements du roi. Il semblait âgé d'une quarantaine d'années, à l'apogée de sa force mais au bord du déclin. Des lignes lui creusaient le front et les côtés de la bouche, et sa peau tannée paraissait étrangement fine. Il avait une belle carrure et la taille bien prise.

Il était coiffé d'une couronne d'or rouge incrustée d'un assortiment de pierres. Elle paraissait très ancienne, plus ancienne que la salle elle-même. Eragon se demanda si elle avait appartenu au roi Palancar, de nombreux siècles plus tôt.

Sur les genoux de Galbatorix reposait son épée, à l'évidence une arme de Dragonnier, quoiqu'Eragon n'en eût jamais vu de semblable. Sa lame, sa poignée et sa garde étaient d'un blanc pur, et les gemmes serties dans son pommeau avaient la transparence d'une source. Il en émanait une profonde impression de malaise. Sa couleur – ou plutôt son absence de couleur – évoquait un os blanchi au soleil ; elle sentait la mort et semblait bien plus meurtrière que la plus noire des armes.

Galbatorix observa tour à tour les visiteurs de son œil perçant qui ne cillait pas.

– Ainsi, dit-il, vous êtes venus pour me tuer. Eh bien, commençons !

Il brandit son épée, les bras étendus en un geste d'invite.

Eragon s'affermit sur ses jambes et leva lui aussi son épée et son bouclier. La provocation du roi le désarçonnait.

« Il joue avec nous », pensa-t-il.

Sans lâcher la Dauthdaert, Elva s'avança d'un pas et voulut prendre la parole. Aucun son ne sortit de sa bouche ; elle se tourna vers Eragon avec une expression d'effroi.

Le garçon tenta de la contacter mentalement ; il ne saisit rien de ses pensées, comme si elle avait été absente de la pièce.

Galbatorix rit. Puis, reposant l'épée sur ses genoux, il s'adossa à son trône :

– Croyais-tu vraiment que j'ignorais tes pouvoirs, petite ? Croyais-tu vraiment m'annihiler avec une ruse aussi prévisible qu'insignifiante ? Oh, tes mots sauraient me toucher, je n'en doute pas ! À condition que je les entende.

Ses lèvres blêmes s'étirèrent en un sourire cruel :

– Quelle folie ! Voilà donc tout votre plan ? Une gamine qui ne peut s'exprimer que si je le lui permets, une lance mieux faite pour décorer un mur que pour servir au combat, et une collection d'Eldunarí séniles ? Tss, tss. Je m'attendais à mieux de ta part, Arya. Et de la tienne, Glaedr. Mais je suppose que le chagrin a troublé ta raison depuis que j'ai envoyé Murtagh tuer Oromis.

À Eragon, Arya et Saphira, Glaedr souffla :

« Tuez-le. »

Le dragon d'or conservait un calme parfait, mais ce calme même trahissait une colère qui surpassait toute autre émotion.

Eragon échangea un bref coup d'œil avec Arya et Saphira. Ils s'avancèrent vers l'estrade, tandis que Glaedr, Umaroth et les autres Eldunarí attaquaient l'esprit de Galbatorix.

Eragon n'avait pas fait trois pas que le roi se levait de son siège de velours et criait un Mot. Le Mot résonna dans la conscience du garçon, et chaque fibre de son être vibra, comme s'il était un instrument dont un barde vient de frapper une corde. Or, malgré la violence de sa réaction, il était incapable de se rappeler le Mot, qui se dissipa, ne laissant derrière lui que le souvenir de son existence et de sa puissance.

Galbatorix prononça d'autres mots, dont aucun ne semblait avoir le même pouvoir, mais Eragon était trop hébété pour en saisir le sens. Quand la dernière phrase fut tombée des lèvres du roi, une force s'empara d'Eragon et le cloua sur place. Le choc lui arracha un cri de surprise. Il voulut bouger ; il était emprisonné dans un carcan de pierre. Il ne pouvait plus que respirer, voir et – comme il venait de le découvrir – émettre des sons.

Il ne comprenait pas ; ses sortilèges auraient dû le protéger de la magie du roi. Leur inefficacité lui donnait l'impression de tituber au bord d'un abîme.

Près de lui, Saphira, Arya et Elva étaient pareillement immobilisées.

Furieux de s'être laissé prendre aussi facilement, il joignit son esprit à ceux des Eldunarí qui bataillaient contre la conscience de Galbatorix. Il sentit une multitude d'esprits s'opposer aux leurs, des dragons qui chantonnaient, bredouillaient, criaient. Ils formaient un chœur discordant, si empli de douleur et de chagrin qu'Eragon aurait voulu se retirer pour ne pas être emporté dans leur folie. Et tous étaient puissants, au moins autant que Glaedr.

L'opposition des dragons rendait impossible une attaque frontale de Galbatorix. Chaque fois qu'Eragon croyait toucher les pensées du roi, l'une des créatures asservies se jetait sur son esprit et, sans interrompre son baragouin, l'obligeait à se retirer. Leur incohérence rendait les dragons difficiles à combattre ; en soumettre un seul était comme dominer un loup enragé. Et ils étaient nombreux, bien plus nombreux que ceux cachés par les Dragonniers dans la Crypte des Âmes.

Avant qu'aucun parti eût réussi à prendre l'avantage, Galbatorix, nullement affecté par cette lutte invisible, déclara :
– Venez, chers petits. Venez saluer nos invités.

Un garçon et une fille sortirent de derrière le trône et vinrent se placer à la droite du roi. La fillette devait avoir six ans ; le garçon, huit ou neuf. À leur ressemblance, Eragon supposa qu'ils étaient frère et sœur. Tous deux portaient des vêtements de nuit. La petite fille, accrochée au bras de son compagnon,

687

se cachait à demi derrière lui. Le gamin, cependant, paraissait apeuré, mais déterminé. Tout en continuant de lutter contre les Eldunarí du roi, Eragon pouvait sentir les pensées des enfants, leur terreur et leur confusion, et il sut qu'ils étaient réels.

— N'est-elle pas charmante ? demanda Galbatorix en soulevant de son long doigt le menton de la fillette. Ces grands yeux, ces beaux cheveux. Et lui, n'est-ce pas un bien joli garçon ? Les enfants, dit-on, sont une bénédiction. Je ne partage pas ce point de vue. D'après mon expérience, ils sont aussi cruels et vindicatifs que les adultes. Il leur manque seulement la force de soumettre les autres à leur volonté. Que vous soyez ou non d'accord avec moi, je sais que les Vardens se targuent d'être vertueux. Vous seriez les défenseurs de la justice, les protecteurs des innocents – comme s'il existait des innocents ! – et de nobles guerriers combattant pour redresser d'anciens torts. Eh bien, mettons vos convictions à l'épreuve et voyons si vous êtes bien ce que vous prétendez être. Si vous ne mettez pas fin à vos attaques, je les tue.

Il posa la main sur l'épaule du garçonnet :

— Et je les tuerai si vous recommencez. À vrai dire, je les tuerai si vous me contrariez. Aussi, je vous conseille de vous montrer plus courtois.

Les deux enfants semblaient frappés d'horreur, mais ne firent pas un geste pour s'enfuir.

Eragon regarda Arya, et son propre désespoir se refléta dans les yeux de l'elfe.

Ensemble, ils appelèrent :

« Umaroth ! »

« Non », gronda le dragon blanc, sans cesser de lutter contre l'esprit d'un autre Eldunarí.

« Faites quelque chose ! » le supplia Arya.

« Non. »

« Il va les tuer », insista Eragon.

« Non. Nous ne renoncerons pas. Pas maintenant. »

« Assez ! gronda Glaedr. Des petits sont en danger. »

« Et d'autres petits seront en danger si nous ne détruisons pas le Briseur d'Œufs. »

« Oui, mais ce n'est pas le bon moment, reprit Arya. Attendons un peu, nous trouverons peut-être un moyen de l'attaquer sans risquer la vie des enfants. »

« Et si nous ne trouvons pas ? » demanda Umaroth.

Ni Eragon ni Arya ne surent que répondre.

« Alors nous ferons ce qui doit être fait », déclara Saphira.

Eragon haïssait cette idée, mais il savait qu'elle avait raison. Ils ne pouvaient mettre en balance la vie de deux enfants et le salut de toute l'Alagaësia. Ils les sauveraient, si possible. Sinon, ils attaqueraient quand même ; ils n'avaient pas le choix.

Tandis qu'Umaroth et les Eldunarí au nom desquels il parlait se retiraient, Galbatorix sourit :

– Voilà qui est mieux. Nous pouvons maintenant parler comme des êtres civilisés, sans s'inquiéter de savoir qui doit tuer qui.

Il tapota la tête du garçonnet puis désigna les marches de l'estrade :

– Asseyez-vous.

Docilement, les enfants s'installèrent sur la première marche, le plus loin possible du roi.

Celui-ci agita alors la main en prononçant :

– Kausta.

Eragon se sentit glisser jusqu'au pied de l'estrade, en même temps qu'Arya, Elva et Saphira. Il ne comprenait toujours pas que leurs sorts de protection ne leur fussent d'aucune utilité. Il pensa au Mot – ce mot mystérieux – et un horrible soupçon germa en lui, vite suivi par un profond sentiment d'impuissance. En dépit de leurs plans, de leurs discussions, de leurs inquiétudes et de leurs souffrances, en dépit de leurs sacrifices, Galbatorix les avait capturés aussi facilement qu'une portée de chatons. Et, si le soupçon du Dragonnier se révélait fondé, les pouvoirs du roi étaient bien plus formidables qu'ils ne l'avaient supposé.

689

Cependant, tout n'était pas perdu. Leurs esprits – pour le moment du moins – leur appartenaient. Et ils pouvaient encore, semblait-il, avoir recours à la magie... d'une manière ou d'une autre.

Le regard perçant de Galbatorix se posa sur Eragon :

– Ainsi, c'est toi qui m'as causé tant de soucis, Eragon, fils de Morzan. Voilà longtemps que nous aurions dû nous rencontrer. Si ta mère n'avait pas commis la folie de te cacher à Carvahall, tu aurais grandi ici, à Urû'baen, en enfant de la noblesse, avec les richesses et les responsabilités que cela comporte, au lieu de passer tes journées à gratter la terre. Enfin, te voilà, et tout cela va être à toi. Cela t'appartient de droit, de par ta naissance, et je veillerai à ce que tu reçoives ton héritage.

Il examina le garçon avec une intensité accrue avant de reprendre :

– Tu tiens plus de ta mère que de ton père. Murtagh, c'est le contraire. Mais peu importe la ressemblance. Il est juste que ton frère et toi me serviez, comme l'ont fait vos parents.

– Jamais, lâcha Eragon entre ses dents serrées.

Un mince sourire étira les lèvres du roi :

– Jamais ? Nous verrons.

Son regard se posa sur la dragonne :

– Et toi, Saphira ? De tous mes hôtes d'aujourd'hui, tu es celle que j'accueille avec le plus de joie. Te voilà devenue une belle adulte. Te souviens-tu de cet endroit ? Te souviens-tu du son de ma voix ? J'ai passé bien des nuits à te parler, ainsi qu'aux autres œufs en ma possession, au temps où j'imposais mon pouvoir à l'Empire.

« Je... je n'ai que peu de souvenirs. »

Eragon transmit sa réponse au roi, car elle refusait de communiquer avec lui, et le garçon ne le lui aurait pas permis. Garder leurs esprits séparés était le meilleur moyen de se protéger, tant qu'ils n'étaient pas en conflit ouvert.

Galbatorix hocha la tête :

— Je suis sûr que la mémoire te reviendra à mesure que tu séjourneras dans ces murs. Tu n'en avais sans doute pas pleinement conscience, alors ; pourtant, tu restais la plupart du temps dans une chambre non loin d'ici. Tu es chez toi, Saphira. Cette maison est la tienne. C'est ici que tu bâtiras ton nid pour y pondre tes œufs.

Les yeux de Saphira s'étrécirent, et Eragon sentit brûler en elle un étrange mélange de désir et de haine.

— Arya Dröttningu, poursuivit le roi. Le destin, semble-t-il, a le sens de l'humour, car te voici devant moi alors qu'il y a bien longtemps, j'ai ordonné qu'on t'amène ici. Tu as pris des chemins détournés, mais enfin tu es venue, et de ta propre volonté. N'est-ce pas amusant ?

Arya serra les lèvres, refusant de répondre.

Galbatorix gloussa :

— Je reconnais que tu étais une épine dans ma chair, depuis quelque temps. Sans avoir causé autant de dégâts que ce fouineur de Brom, tu n'es pas restée oisive. On peut même dire que tu es responsable de tout ceci, car c'est toi qui as envoyé à Eragon l'œuf de Saphira. Cependant, je ne te garde pas rancune. Sans toi, l'œuf de Saphira n'aurait peut-être pas éclos, et je n'aurais peut-être pas fait sortir le dernier de mes ennemis de son terrier. De cela, je te remercie.

« Enfin, il y a toi, Elva. Toi qui portes sur le front le signe d'un Dragonnier. Frappée de la marque du Dragon, dotée du pouvoir de percevoir les douleurs de tous, et celles qu'ils devront endurer. Tu as dû beaucoup souffrir, ces derniers mois. Comme tu dois mépriser ceux qui t'entourent pour leur faiblesse, obligée que tu es de partager leurs misères ! Les Vardens se sont bien mal servis de toi. Aujourd'hui, je vais mettre fin aux batailles qui t'ont causé tant de tourments ; tu n'auras plus jamais à supporter les erreurs et les malheurs des autres. Je t'en fais la promesse. Je pourrai avoir besoin de ton talent à l'occasion, mais, pour l'essentiel, tu vivras à ta guise et tu connaîtras la paix.

Elva se crispa, bien qu'il parût évident que l'offre du roi la tentait. Écouter Galbatorix, comprit Eragon, était aussi dangereux qu'écouter Elva elle-même.

Le roi les observa sous ses paupières mi-closes tout en jouant avec la garde de son épée. Puis il leva les yeux vers le point où les Eldunarí flottaient, invisibles, et il se rembrunit :

– Transmettez mes paroles à Umaroth, dit-il. Umaroth ! Il est malheureux que nous nous rencontrions de nouveau. Je pensais t'avoir tué sur Vroengard.

Umaroth répondit, et Eragon commença :

– Il dit que...

– ... vous n'avez tué que son corps, termina Arya.

– Voilà qui semble évident. Où les Dragonniers t'ont-ils caché, toi et tes compagnons ? Sur Vroengard ? Ou ailleurs ? Mes serviteurs et moi avons fouillé l'île avec le plus grand soin.

Eragon hésita à répéter la réponse du dragon, car elle allait contrarier le roi :

– Il dit... qu'il ne vous le révélera jamais de son plein gré.

Les sourcils de Galbatorix se rejoignirent :

– Vraiment ? Il ne tardera pourtant pas à le faire, qu'il le veuille ou non.

Il tapota le pommeau de son épée à la blancheur éblouissante :

– Vois-tu, j'ai pris cette lame à un Dragonnier après l'avoir tué – après avoir tué Vrael dans la tour de guet qui domine la vallée de Palancar. Vrael lui avait donné un nom ; il l'appelait Islingr, Donneur de Lumière. J'ai pensé que Vrangr lui conviendrait mieux.

Eragon en convint. Ce mot signifiait « Perfide ».

Un grondement sourd résonna derrière eux, et Galbatorix sourit :

– Ah ! Murtagh et Thorn ne vont pas tarder à nous rejoindre, nous pourrons vraiment commencer.

Un autre bruit emplit la salle, telle une rafale de vent qui semblait souffler de tous les côtés à la fois. Galbatorix jeta un regard par-dessus son épaule et dit :

— C'était imprudent d'attaquer si tôt ce matin. J'étais déjà debout – je me lève bien avant l'aube –, mais vous avez réveillé Shruikan. Il se montre irritable quand il est fatigué. Et, quand il est irrité, il a tendance à dévorer n'importe qui. Mes gardes ont appris depuis longtemps à respecter son repos. Vous auriez été avisés de suivre leur exemple.

Tandis que le roi parlait, les rideaux noirs tendus derrière le trône s'agitèrent et s'élevèrent vers le plafond.

Eragon comprit alors avec effroi que c'étaient les ailes de Shruikan.

Le dragon noir était enroulé sur lui-même, la tête près du trône, son corps monolithique formant un mur trop haut, trop abrupt pour être escaladé sans l'aide de la magie. Ses écailles n'avaient pas l'éclat de celles de Thorn ou de Saphira, mais luisaient à la manière d'un liquide sombre. Leur couleur d'encre leur donnait un aspect opaque, une apparence de solidité telle qu'Eragon n'en avait jamais vu chez un dragon. Shruikan semblait recouvert de pierre ou de métal, et non de gemmes précieuses.

Le dragon était gigantesque. Il était difficile de croire à première vue qu'une telle masse n'était qu'une seule et unique créature. Voyant le cou noueux de Shruikan, Eragon le prit d'abord pour son corps ; une griffe lui parut être un tibia ; un repli de son aile était dans son esprit l'aile entière. Ce ne fut qu'en découvrant les piques surmontant sa colonne vertébrale que le garçon prit la pleine mesure de sa taille. Chacune était aussi large qu'un chêne centenaire ; les écailles qui les entouraient devaient avoir un pied d'épaisseur, voire plus.

Puis Shruikan ouvrit un œil et les observa. Son iris d'un blanc bleuté, couleur de glacier, tranchait de façon frappante sur le noir de ses écailles.

L'œil en amande bougea de droite à gauche, examinant leurs visages. Il n'exprimait que fureur et folie ; Eragon eut la certitude que le dragon les tuerait à l'instant si Galbatorix le lui permettait.

Sous le regard de cet œil géant, chargé d'autant de malignité, le garçon n'avait qu'une envie : courir se cacher dans un trou, au plus profond de la terre. Tels devaient être les sentiments d'un lapin devant les dents acérées d'un prédateur.

Près de lui, Saphira gronda, et ses écailles se hérissèrent sur son dos.

En réponse, des flammes apparurent dans les narines dilatées de Shruikan ; il gronda à son tour, et la salle s'emplit d'un ronflement de rochers dévalant une montagne.

Sur la marche de l'estrade, les deux enfants se recroquevillèrent avec de petits cris, la tête dans les genoux.

— Paix, Shruikan, dit Galbatorix.

Le dragon noir se tut. Sa paupière s'abaissa ; mais il continua de fixer les visiteurs par une mince fente, comme s'il attendait le moment de bondir.

— Il ne vous aime pas, constata Galbatorix. Mais il n'aime personne, n'est-ce pas, Shruikan ?

Le dragon renâcla, et l'air se chargea d'une odeur de fumée.

Une nouvelle vague de désespoir déferla sur Eragon. Shruikan pouvait tuer Saphira d'un revers de patte. Aussi vaste que fût la salle, elle ne lui permettrait pas d'échapper longtemps au dragon noir.

Son sentiment d'impuissance se mua en rage ; il tira sur ses liens invisibles.

— Comment faites-vous ça ? cria-t-il, tous ses muscles tendus.

— J'aimerais aussi le savoir, dit Arya.

Les yeux de Galbatorix flambèrent sous l'arc sombre de ses sourcils :

— Tu ne devines donc pas, jeune elfe ?

— Je préfère une réponse à une supposition.

— Très bien. Mais vous devrez vérifier que je ne mens pas. Essayez de lancer un sort, tous les deux. Et je vous répondrai.

Comme ni Eragon ni Arya ne disaient rien, il agita la main :

— Faites ! Je promets de ne pas vous punir. Allez, essayez ! J'insiste.

Arya se risqua la première :

– Thrautha, prononça-t-elle d'une voix sèche et lente.

Eragon devina qu'elle tentait d'envoyer la Dauthdaert sur Galbatorix. L'arme, cependant, ne quitta pas sa main.

– Brisingr ! lança à son tour Eragon, dans l'espoir que son lien avec son épée lui permettrait d'activer la magie là où Arya avait échoué.

À sa grande déception, l'arme continua de luire vaguement dans la faible lumière des lanternes.

Le regard de Galbatorix se fit plus intense :

– La réponse n'est-elle pas évidente, jeune elfe ? Il m'a fallu presque un siècle pour trouver enfin ce que je cherchais : un moyen de maîtriser les jeteurs de sorts d'Alagaësia. La tâche n'a pas été facile ; à ma place, beaucoup auraient renoncé, découragés ou – s'ils avaient eu la patience de persévérer – effrayés. Pas moi. J'ai persisté. Et, au cours de mes études, j'ai découvert ce que je désirais posséder depuis longtemps : une tablette écrite à une autre époque dans un autre pays par des mains qui n'étaient ni d'homme, ni de nain, ni d'elfe, ni d'Urgal. Et sur cette tablette était gravé un Mot, un nom que les magiciens ont cherché à travers les âges sans autre récompense qu'une amère déception.

Galbatorix leva un doigt :

– Le nom de tous les noms. Le nom de l'ancien langage.

Eragon ravala un juron. Il ne s'était pas trompé.

« C'était donc ça le secret que le Ra'zac a voulu me confier à Helgrind », pensa-t-il, se rappelant les paroles de l'un des monstres à allure d'insecte : « Il a pressssque trouvé le *nom*... Le *vrai* nom. »

Aussi décourageante que fût la révélation de Galbatorix, Eragon se raccrocha à l'idée que le nom ne les empêcherait pas, lui ou Arya – et encore moins Saphira –, de se servir de la magie *sans* utiliser l'ancien langage. Ça ne les mènerait sans doute pas loin. Les protections du roi les mettaient à l'abri, lui et Shruikan, de tout sortilège qu'ils pourraient lancer. Cependant, si le roi ignorait qu'il était possible d'user de magie sans l'ancien langage – ou s'il le savait sans savoir qu'*eux* le savaient –, ils réussiraient peut-être à le surprendre et à détourner un instant son attention, bien qu'Eragon ne vît pas très bien en quoi cela les aiderait.

Galbatorix poursuivit :

– Avec ce Mot, je modifie les sorts aussi aisément qu'un magicien commande aux éléments. Tous les sorts me sont désormais soumis, et je ne suis soumis à aucun, sinon à ceux que je choisis.

« Il se peut qu'il l'ignore », pensa Eragon, et une étincelle de détermination s'alluma en lui.

– Je me servirai du nom des noms pour mettre à ma botte tous les magiciens d'Alagaësia, et personne – pas même les elfes – ne lancera plus aucun sort sans mon autorisation. À cette heure, les magiciens de votre armée en font l'amère découverte. Passées les portes de la cité, leurs sorts ont cessé de fonctionner correctement. Certains de leurs enchantements échouent, d'autres se retournent contre vos propres troupes.

Galbatorix pencha la tête de côté, et son regard se perdit au loin, comme s'il écoutait quelqu'un lui murmurer quelque chose à l'oreille :

– Oui, cela crée une grande confusion dans vos rangs...

Eragon réprima l'envie de lui cracher à la figure.

– Peu importe, gronda-t-il. Nous trouverons un moyen de vous arrêter.

Le roi eut un sourire sinistre :

– Vraiment ? Comment ? Et pourquoi ? Réfléchis à ce que tu dis. Tu refuserais la première chance offerte à l'Alagaësia de connaître enfin la paix rien que pour assouvir ta soif de vengeance ? Tu laisserais les magiciens libres d'imposer leur loi, en dépit du mal qu'ils causent ? Cela me paraît bien pire que tout ce que j'ai pu faire. Mais trêve de bavardage ! Les meilleurs guerriers parmi les Dragonniers n'ont su me vaincre, et tu es loin d'être leur égal. Tu ne me renverseras pas. Ni toi ni personne.

– J'ai tué Durza, j'ai tué les Ra'zacs. Pourquoi pas vous ?

– Je n'ai pas les faiblesses de ceux qui me servent. Tu ne pourrais même pas rosser Murtagh, et il n'est que l'ombre d'une ombre. Votre père, Morzan, était bien plus puissant que vous, et il n'a pu me résister.

Une expression cruelle plissa le visage du roi :

– D'ailleurs, tu te trompes en croyant avoir éliminé les Ra'zacs. Les œufs de Dras-Leona n'étaient pas les seuls que j'aie pris aux Lethrblaka. J'en possède d'autres, bien cachés. Ils ne vont pas tarder à éclore, et les Ra'zacs sillonneront bientôt le pays pour y exécuter mes ordres. Il en est de même pour Durza. Rien n'est plus facile que de créer un Ombre, et ils causent souvent plus de soucis qu'autre chose. Donc, tu vois, tu n'as rien gagné, mon garçon ; tu n'as remporté que de fausses victoires.

Eragon haïssait plus que tout le ton satisfait de Galbatorix, son air d'écrasante supériorité. Il aurait voulu lui lancer les pires malédictions, mais, pour la sécurité des enfants, il se contint.

« Vous avez une idée ? » demanda-t-il à Saphira, Arya et Glaedr.

« Non », répondit Saphira.

Les autres gardèrent le silence.

« Umaroth ? »

« Seulement qu'on devrait attaquer tant qu'on le peut encore. »

Une minute s'écoula sans que personne parlât. Galbatorix les observait, appuyé sur un coude, le menton sur son poing. À ses pieds, la fillette et le garçonnet pleuraient sans bruit. L'œil de Shruikan était fixé sur eux telle une énorme lanterne couleur de glace.

Puis ils entendirent les portes de la salle s'ouvrir et se refermer, des pas approcher, ceux d'un homme et d'un dragon.

Murtagh et Thorn entrèrent bientôt dans leur champ de vision. Ils s'arrêtèrent à la hauteur de Saphira, et Murtagh s'inclina :

– Sire.

Sur un signe du roi, le jeune homme et le dragon rouge vinrent se placer à sa droite.

Murtagh jeta à Eragon un coup d'œil dégoûté ; puis il croisa les mains dans son dos, fixa les profondeurs de la salle et l'ignora.

— Vous avez mis plus de temps que prévu, dit Galbatorix d'un ton doucereux.

Murtagh répondit sans le regarder :

— Le portail était plus endommagé que je le pensais, Monsieur. Et les sorts dont vous l'avez protégé l'ont rendu difficile à réparer.

— Insinuerais-tu que je suis responsable de ton retard ?

Les mâchoires de Murtagh se crispèrent :

— Non, Monsieur. J'explique seulement ce qui s'est passé. De plus, une partie du corridor était... en grand désordre, ce qui nous a ralentis.

— Je vois. Nous en reparlerons plus tard. Pour le moment, d'autres sujets méritent notre attention. D'une part, il est temps que nos invités rencontrent le dernier membre de notre équipe. Et, surtout, il est grand temps que nous disposions d'un éclairage acceptable.

Galbatorix frappa du plat de l'épée contre le bras de son fauteuil et lança de sa voix profonde :

— Naina !

À ce mot, des centaines de lanternes s'allumèrent le long des murs, baignant la salle d'une chaude lumière. Si certains coins restaient dans l'ombre, Eragon découvrait le véritable aspect des lieux. Des dizaines de portes et de colonnes s'alignaient le long des murs, décorés de statues, de peintures et de volutes. L'or et l'argent avaient été utilisés en abondance, ainsi que les pierres précieuses. C'était un étalage de richesses sidérant, même comparé aux splendeurs de Tronjheim ou d'Ellesméra.

Au bout d'un moment, Eragon remarqua autre chose : un bloc de pierre grise – sans doute du granite – de huit pieds de haut, dressé à leur droite, dans une zone que la lumière n'avait pas atteinte jusque-là. Et, debout, enchaînée sur cette pierre, se tenait Nasuada, vêtue d'une simple tunique blanche.

Elle les regardait, les yeux écarquillés, sans pouvoir parler, car un bâillon lui fermait la bouche. Elle semblait épuisée, affaiblie, mais elle était sauve.

Un intense soulagement envahit Eragon. Il n'avait pas osé espérer la revoir vivante.

– Nasuada ! s'écria-t-il. Ça va ?

Elle fit oui de la tête.

– T'a-t-il forcée à lui jurer fidélité ?

Elle fit signe que non.

– Crois-tu que je la laisserais te le dire si tel était le cas ? railla Galbatorix.

En se tournant vers le roi, Eragon surprit un coup d'œil inquiet de Murtagh vers Nasuada. Il ne sut comment l'interpréter.

– Et l'avez-vous fait ? demanda-t-il d'un ton de défi.

– À vrai dire, non. J'ai préféré attendre que vous soyez tous réunis. À présent, aucun de vous ne sortira de cette salle avant d'avoir prêté serment de me servir ; aucun de vous ne s'en ira avant de m'avoir révélé son vrai nom. Voilà pourquoi vous êtes ici. Non pour me tuer, mais pour vous incliner devant moi et mettre enfin un terme à cette déplorable rébellion.

Saphira gronda de nouveau, et Eragon déclara :

– Nous ne céderons pas.

Mais, même à ses propres oreilles, les mots n'avaient aucun mordant.

– Alors, ils mourront, conclut Galbatorix en désignant les deux enfants. Et, au bout du compte, ton entêtement ne changera rien. Tu n'as pas l'air de comprendre : vous avez déjà perdu. Au-dehors, les choses tournent mal pour vos amis. Mes hommes les contraindront bientôt à se rendre, et cette guerre arrivera à son terme, c'est inéluctable. Bats-toi, si tu veux. Mais ton destin et celui de l'Alagaësia sont scellés.

Eragon refusait l'idée d'être soumis pour toujours à Galbatorix. Et la colère de Saphira se joignant à la sienne consuma en lui tout reste de peur et de prudence.

– Vae weohnata ono vergarí, eka thaët otherú, lâcha-t-il. Nous vous tuerons, je le jure.

Galbatorix eut une expression exaspérée. Puis il prononça de nouveau le Mot, suivi d'autres en ancien langage, et le serment d'Eragon parut soudain vide de sens. Les termes qu'il avait employés retombaient dans son esprit telle une poignée de feuilles mortes, dépourvus de tout pouvoir.

Un rictus retroussa la lèvre du roi :

— Tu peux prêter tous les serments que tu voudras, ils ne te lieront pas tant que je ne le permettrai pas.

— Je vous tuerai tout de même, marmonna Eragon.

Il savait que sa résistance mettait en danger la vie des enfants. Mais il *fallait* que Galbatorix meure. Et, si le prix de cette mort était celles de la fillette et du garçonnet, il était prêt à l'accepter. Il savait qu'il se haïrait pour cela ; que le visage des enfants hanterait ses rêves jusqu'à la fin de ses jours. Mais, s'il ne défiait pas Galbatorix, tout était perdu.

« N'hésite pas, lui dit Umaroth. C'est le moment de frapper. »

Eragon éleva la voix :

— Pourquoi refusez-vous de vous battre ? Seriez-vous lâche ? Ou trop faible pour vous mesurer à moi ? Est-ce pour ça que vous vous réfugiez derrière ces enfants comme une vieille femme craintive ?

« Eragon... », le mit en garde Arya.

Le visage du roi se crispa :

— Je ne suis pas le seul à avoir amené un enfant ici, aujourd'hui.

— Il y a une différence : Elva est venue de son plein gré. Mais vous ne répondez pas à ma question : pourquoi refusez-vous de vous battre ? Êtes-vous resté si longtemps assis sur votre trône à manger des sucreries que vous ne savez plus manier une épée ?

— Tu n'es pas de force contre moi, petit, gronda le roi.

— Eh bien, prouvez-le ! Relâchez-moi et affrontez-moi en combat loyal. Montrez que vous êtes toujours un guerrier. Ou vivez avec l'idée que vous n'êtes qu'un couard rampant, incapable d'affronter un seul adversaire sans l'aide de vos Eldunarí. Vous avez tué Vrael en personne ! Pourquoi auriez-vous peur de moi ? Pourquoi...

— Assez ! tonna Galbatorix.

Une rougeur avait envahi ses joues creuses. Puis, avec la réactivité du vif-argent, son humeur changea, et une grimace qui se voulait un sourire lui découvrit les dents. Ses doigts tambourinèrent sur l'accoudoir :

— Je n'ai pas conquis ce trône en acceptant les défis, ni ne l'ai conservé en rencontrant mes ennemis dans un « combat loyal ». Il te reste encore à apprendre, petit, que l'important est d'être victorieux, pas la façon dont on remporte la victoire.

— Vous vous trompez. C'est important.

— Je te le rappellerai quand tu m'auras juré fidélité. Cependant...

Il tapota le pommeau de son épée :

— Puisque tu tiens tant à te battre, je vais accéder à ta requête.

Le garçon eut une lueur d'espoir, aussitôt éteinte quand le roi ajouta :

— Mais pas contre moi ; contre Murtagh.

À ces mots, Murtagh lança à Eragon un regard furieux.

Galbatorix se caressa la barbiche :

— J'aimerais savoir une bonne fois lequel d'entre vous est le meilleur. Vous combattrez sans magie et sans Eldunarí, jusqu'à ce que l'un des deux n'en puisse plus. Je vous interdis de vous tuer ; hormis cela, presque tous les coups seront permis. Ce sera fort divertissant, je pense, de voir des frères s'affronter.

— Pas des frères, rectifia Eragon. Des demi-frères. Mon père était Brom, pas Morzan.

Pour la première fois, Galbatorix parut surpris. Puis les coins de sa bouche se relevèrent :

— Bien sûr. J'aurais dû le deviner ; la vérité se lit sur ton visage, pour qui sait regarder. Ce duel est d'autant plus pertinent. Le fils de Brom contre le fils de Morzan. Le destin a décidément le sens de l'humour.

Murtagh marqua lui aussi son étonnement. Mais il contrôlait trop bien ses expressions pour qu'Eragon pût déterminer si cette révélation le réjouissait ou le contrariait. En tout cas, elle l'avait déstabilisé ; c'était le but. Si Murtagh était perturbé, il serait plus facile de le vaincre. Et Eragon avait bien l'intention de le vaincre, liens du sang ou pas.

– Letta, dit Galbatorix avec un geste de la main.

Eragon tituba quand le sort qui l'immobilisait se relâcha.

Puis le roi prononça :

– Gánga aptr !

Arya, Elva et Saphira reculèrent en glissant sur le sol, ce qui dégagea un vaste espace entre elles et le trône. Le roi marmonna d'autres mots, et la lumière d'une partie des lanternes diminua, de sorte que cette zone fut la mieux éclairée.

– Approche, Murtagh, ordonna alors Galbatorix. Et voyons lequel de vous est le plus habile.

La mine sombre, Murtagh vint se placer à quelques mètres d'Eragon. Il tira Zar'roc – dont la lame écarlate semblait déjà teintée de sang –, puis il leva son bouclier et fléchit les jambes.

Après un bref regard vers Arya et Saphira, Eragon fit de même.

– Maintenant, battez-vous ! ordonna Galbatorix en frappant dans ses mains.

Les paumes moites, Eragon s'avança vers Murtagh, et Murtagh vers lui.

67

LES MUSCLES
CONTRE LE MÉTAL

Roran bondit de côté avec un glapissement : une cheminée s'écrasait à deux pas de lui, accompagnée dans sa chute par un archer de l'Empire.

Il essuya la sueur qui lui coulait dans les yeux, contourna le corps et les débris de briques, sautant d'un espace dégagé à un autre comme il bondissait jadis de pierre en pierre pour traverser l'Anora.

La bataille tournait mal, inutile de le nier. Avec ses hommes, il était resté près du mur d'enceinte pendant un bon quart d'heure, à repousser les vagues successives de soldats. Mais ils s'étaient laissé acculer entre les maisons. Ce qui était une erreur. Se battre dans les rues se révélait éprouvant, meurtrier et déconcertant. Son bataillon avait été dispersé, et seuls quelques-uns de ses guerriers restaient encore à ses côtés : des gens de Carvahall, pour la plupart, ainsi que quatre elfes et plusieurs Urgals. Les autres, disséminés dans les rues voisines, se battaient seuls, sans directives.

Et ce n'était pas le pire. Pour une raison que les elfes et les magiciens ne s'expliquaient pas, la magie ne fonctionnait plus normalement. Ils s'en étaient aperçus quand, au lieu d'un soldat, un Varden était tombé, dévoré par la horde d'insectes invoquée par l'un des elfes. Cette mort horrible avait soulevé le cœur de Roran ; elle aurait pu frapper n'importe lequel d'entre eux.

À leur droite, près de la porte principale, Lord Barst poursuivait ses ravages dans l'armée des Vardens. Roran l'apercevait de loin en loin : à pied, maintenant, il faisait voler comme des quilles humains, elfes et nains sous les coups de son énorme masse. Personne n'était capable d'arrêter ce colosse, encore moins de le blesser ; tous, autour de lui, fuyaient devant son arme redoutable.

Roran avait vu aussi Orik et plusieurs nains se frayer un chemin à coups de hache à travers un groupe de soldats. Le roi balançait Volund, son marteau de guerre, et les pierres précieuses serties dans son casque lançaient des éclairs.

– Vor Orikz korda ! rugissaient ses guerriers.

À cinquante pas d'Orik, la reine Islanzadí virevoltait, sa cape rouge claquant autour d'elle, et l'or de son armure brillait telle une étoile au milieu de la masse sombre des combattants. Son corbeau blanc voletait au-dessus de sa tête. Islanzadí impressionnait Roran par son adresse, sa férocité, sa bravoure. Elle lui rappelait Arya, mais la reine était encore meilleure guerrière.

Un groupe de cinq soldats débeula d'une ruelle et manqua de le heurter. Ils levèrent leurs lances avec de grands cris, prêts à l'embrocher comme un poulet. Il plongea pour esquiver et, de sa propre lance, frappa l'un d'eux à la gorge. L'homme resta d'abord debout ; puis, incapable de respirer, il finit par s'affaler dans les jambes de ses compagnons.

Roran en profita pour taper à tout-va. Un soldat le visa à l'épaule, et le jeune homme sentit une fois de plus ses forces faiblir lorsque ses sorts de protection repoussèrent la lame.

Il s'étonna que ses défenses fussent encore efficaces. Quelques instants plus tôt, elles n'avaient pas empêché le bord d'un bouclier de lui entamer la joue. Si seulement ces anomalies qui affectaient la magie pouvaient cesser ! Par prudence, il n'osait plus s'exposer au moindre coup.

Il s'avançait vers les deux soldats restants quand, dans un éclair d'acier, leurs têtes roulèrent entre les pavés, une expression de surprise sur le visage. Les corps s'effondrèrent, et Roran découvrit derrière lui Angela, l'herboriste, dans son armure verte et noire, armée de son épée-massue. À ses côtés se tenait un couple de chats-garous, l'un sous sa forme animale – probablement Solembum –, l'autre sous les traits d'une adolescente à la chevelure ocellée, aux dents pointues tachées de sang, un long poignard à la main.

– Roran ! Quel plaisir de te voir ! s'écria l'herboriste avec un sourire étonnamment enjoué en de telles circonstances. Si je m'attendais à te trouver ici !

– Mieux vaut ici que dans la tombe, lança-t-il en ramassant une lance pour la projeter sur un adversaire à quelques pas de là.

– Comme tu dis !

– Je te croyais avec Eragon.

Elle secoua la tête :

– Il ne m'a pas demandé de l'accompagner, et, s'il l'avait fait, j'aurais refusé. Je ne suis pas de taille à affronter Galbatorix. D'ailleurs, ton cousin a les Eldunarí pour l'aider.

– Comment sais-tu ça ? fit-il, stupéfait.

Elle lui adressa un clin d'œil sous le rebord de son casque :

– Je sais des tas de choses.

Avec un grognement, il recala son bouclier sur son épaule et se prépara à charger un autre groupe de soldats. L'herboriste et les chats-garous se joignirent à lui, ainsi que Horst, Mandel et quelques autres.

– Où est ton marteau ? cria Angela, frappant et taillant en même temps de son arme singulière.

– Perdu ! Je l'ai laissé tomber.

Derrière lui, quelqu'un poussa un hurlement de douleur. Il se retourna et vit Baldor se presser le poignet droit. Sa main tressautait encore sur le sol.

Roran enjamba des cadavres pour courir vers lui. Horst était déjà près de son fils et repoussait le soldat qui lui avait tranché la main.

Tirant son poignard, Roran coupa un morceau de tunique à un homme à terre et le noua serré autour du bras de Baldor pour arrêter l'hémorragie.

À l'herboriste qui s'agenouillait près d'eux, Roran demanda :

– Tu peux faire quelque chose ?

Elle secoua la tête :

– Si j'utilise la magie ici, je risque de le tuer. Il faudrait l'emmener hors de la ville, les elfes sauraient sans doute sauver sa main.

Roran hésita à se priver d'un guerrier pour escorter Baldor et le mettre en sûreté à l'extérieur d'Urû'baen. Cependant, la vie lui serait difficile avec une main en moins ; Roran ne voulait pas le condamner à un tel handicap.

– Si personne n'y va, moi j'irai, tonna Horst.

Roran se baissa pour éviter une pierre de la taille d'une barrique ; elle lui frôla le crâne avant de rebondir sur la façade d'une maison, envoyant en tous sens des débris de maçonnerie. Dans le bâtiment, quelqu'un hurla.

– Non, on a besoin de toi.

D'un coup de sifflet, Roran fit approcher deux guerriers, Lorring, le vieux cordonnier, et un Urgal.

– Conduisez-le aux guérisseurs des elfes aussi vite que vous pourrez, dit-il en poussant Baldor vers eux.

Au passage, le blessé ramassa sa main et la glissa dans sa cotte de mailles.

L'Urgal émit un reniflement contrarié et rétorqua avec ce fort accent que Roran avait du mal à comprendre :

– Non ! Je reste ! Je me bats !

Il souligna ses paroles d'un coup d'épée contre son bouclier.

Roran l'empoigna par une corne et lui tordit le cou :

– Tu fais ce que je te dis de faire. De plus, la mission n'est pas sans risque : protège-le, et tu te couvriras de gloire, toi et ta tribu.

Une lueur flamba dans les yeux de l'Urgal.

– De gloire ? gronda-t-il entre ses énormes dents.

– De gloire ! affirma Roran.

— À tes ordres, Puissant Marteau !

Soulagé, le jeune homme les regarda s'éloigner tous les trois vers la muraille pour éviter le gros des combats. Il vit avec satisfaction la jeune fille chat-garou humer l'air en agitant sa chevelure ocellée et leur emboîter le pas.

Puis il fut occupé par une nouvelle attaque, qui chassa Baldor de ses pensées. Il détestait devoir se battre avec une lance à la place de son marteau. Il dut pourtant s'en contenter. Quelque temps plus tard, la rue avait retrouvé un semblant de tranquillité, un répit qui serait sans doute de courte durée.

Roran en profita pour reprendre haleine, assis sur le seuil d'une maison. Les soldats semblaient plus frais que jamais, alors qu'il sentait l'épuisement peser sur ses membres. Il craignait que ce rythme infernal finisse par lui faire commettre une erreur fatale.

Alors qu'il était là, haletant, il écouta les appels et les cris en provenance de la porte détruite d'Urû'baen. Il était difficile d'interpréter ces clameurs ; il supposa cependant que les Vardens étaient repoussés, car le bruit paraissait s'éloigner. Dans le vacarme, il percevait le choc sinistre et régulier de la masse d'armes de Barst, accompagné à chaque impact par de nouveaux hurlements.

Le jeune homme se releva. S'il restait immobile plus longtemps, ses muscles raidis refuseraient de bouger. À l'instant où il s'éloignait, le contenu d'un pot de chambre se déversa à l'endroit qu'il venait de quitter.

— Assassins ! piailla une voix féminine.

Et des volets claquèrent.

Se frayant un chemin entre les cadavres, Roran entraîna ses guerriers vers un croisement de rues.

Il s'arrêta pour laisser passer un soldat paniqué poursuivi par une meute de chats qui feulaient, le museau barbouillé de sang. La scène lui tira un sourire.

Il fit une deuxième halte quand un groupe de nains aux barbes rousses jaillit du centre de la ville.

— Préparez-vous ! rugit l'un d'eux. On a une troupe de soldats à nos trousses. Au moins cent !

Roran fouilla des yeux la rue vide.

— Je crois que vous les avez semés..., commença-t-il.

Au même instant, une ligne de tuniques écarlates apparut au tournant, à quelques centaines de mètres. Une marée d'hommes se déversa dans la rue telle une colonie de fourmis rouges.

- Arrière ! gueula Roran. On se replie !

« Il nous faut une position défensive », pensa-t-il.

Le mur d'enceinte était trop éloigné, et aucune maison n'était assez importante pour disposer d'une cour intérieure.

Tandis qu'il galopait avec ses guerriers, des flèches sifflèrent autour d'eux. Roran trébucha et roula à terre en se tortillant : une douleur fulgurante avait explosé en bas de son dos comme si on l'avait frappé avec une barre de fer. Une seconde plus tard, l'herboriste était à ses côtés. Elle fit un geste vif, et il hurla. Puis la douleur s'atténua et il retrouva ses esprits.

Angela lui montra une flèche à la pointe rougie avant de la jeter :

— Ta cotte de mailles l'a presque entièrement bloquée, lui dit-elle en l'aidant à se relever.

Il serra les dents, et tous deux rejoignirent leur groupe. À présent, chaque pas était un supplice ; s'il se penchait, un spasme lui secouait le dos.

Il ne voyait pas un seul endroit où se poster, et les soldats approchaient. Il se résolut à lancer :

— Stop ! En formation ! Les elfes sur les flancs ! Les Urgals devant et au centre !

Lui-même prit place en première ligne avec Darmmen, Albriech, quelques Urgals et un des nains à barbe rousse.

— Alors, c'est toi qu'on appelle Puissant Marteau ? demanda le nain tout en surveillant l'avance des ennemis. J'ai combattu aux côtés de ton frère de sang, à Farthen Dûr. C'est un honneur de me battre aujourd'hui avec toi.

Roran remercia d'un grognement. Pour le moment, il espérait seulement tenir sur ses jambes.

Puis les soldats les percutèrent de plein fouet, les obligeant à reculer sous le seul effet de leur élan. Roran cala son épaule derrière son bouclier et poussa de toutes ses forces. Des épées et des lances se glissaient dans les interstices du mur de boucliers ; quelque chose lui racla les côtes, mais son haubert le protégea.

L'aide des elfes et des Urgals se révéla inestimable. Ils brisèrent la ligne de soldats, offrant à Roran et à ses compagnons un espace suffisant pour manier leurs armes. Du coin de l'œil, le jeune homme voyait le nain frapper leurs adversaires aux jambes, aux pieds, à l'aine, et en jeter un grand nombre à terre.

Cependant, le flux de soldats semblait ne jamais devoir se tarir. Roran reculait pas à pas. Les elfes eux-mêmes n'arrivaient pas à endiguer cette marée écarlate. Othíara, à qui Roran avait parlé avant de pénétrer dans la ville, fut tuée d'une flèche au travers du cou, et beaucoup de ses compagnons étaient blessés.

Roran reçut une entaille au mollet droit, qui, un peu plus haut, lui aurait tranché le jarret ; une lame s'introduisit sous sa cotte de mailles et lui entama la cuisse ; il se fit une vilaine estafilade au cou avec son propre bouclier ; un poignard manqua par chance l'artère de sa jambe gauche ; et il était couvert de trop de contusions pour les compter. Il avait l'impression d'être roué de coups et pris pour cible par des lanceurs de couteaux maladroits.

Il se retirait parfois vers l'arrière le temps de reprendre son souffle avant de revenir en première ligne.

Puis l'espace s'ouvrit autour d'eux : les soldats les avaient repoussés jusqu'à la place, près de la porte abattue, si bien qu'ils avaient à présent des ennemis devant et derrière eux. Un regard par-dessus son épaule apprit à Roran que les elfes et les Vardens reculaient sous la pression de Barst et de ses hommes.

— À droite ! hurla-t-il en pointant sa lance ensanglantée. À droite ! Appuyez-vous aux bâtiments !

Avec difficulté, les guerriers massés derrière lui se déportèrent sur le côté et atteignirent les marches d'une énorme bâtisse à la façade bordée d'une double rangée de colonnes aussi hautes que les arbres de la Crête. Entre les colonnes, Roran distinguait une sombre ouverture voûtée, assez large pour laisser passer Saphira et peut-être même Shruikan.

– Montez ! Montez !

Hommes, nains, elfes et Urgals s'élancèrent dans les escaliers. Là, disposés entre les colonnes, ils repoussèrent la charge des soldats. Depuis cette position, à une trentaine de pieds au-dessus de la place, Roran vit que l'Empire avait presque réussi à chasser les Vardens et les elfes à l'extérieur de la ville. Le découragement l'envahit :

« On va perdre. »

Les soldats lancèrent un nouvel assaut. Roran esquiva une lance et frappa au ventre celui qui la tenait, l'envoyant rouler avec deux autres en bas des marches.

D'une baliste dressée en haut d'une tour, un javelot fila vers Lord Barst. À quelques mètres de sa cible, l'arme s'enflamma et tomba en cendres, comme toutes les flèches qui visaient ses soldats.

« Il faut qu'on le tue », pensa Roran.

Si Barst tombait, ses hommes perdraient confiance et se disperseraient. Mais ni les Kulls ni les elfes ne réussissaient à l'arrêter ; qui le pourrait, sinon Eragon ?

Tout en continuant à se battre, le jeune homme surveillait du coin de l'œil la massive silhouette en armure, dans l'espoir de repérer un détail quelconque qui permettrait de le vaincre. Il remarqua dans sa démarche une infime claudication, comme s'il souffrait d'une ancienne blessure au genou ou à la hanche. Et ses mouvements paraissaient très légèrement ralentis.

« Il a donc ses limites. Ou, plutôt, son Eldunarí en a. »

Avec un grand cri, il para un coup d'épée. D'une brusque poussée de son bouclier, il frappa son adversaire sous le menton, le tuant net.

Hors d'haleine, affaibli par ses blessures, il recula à l'abri d'une colonne pour s'y appuyer. Il toussa et cracha. Sa salive était teintée de sang, sans doute parce qu'il s'était mordu l'intérieur de la joue, pas à cause d'un poumon perforé. Du moins il l'espéra. Il avait si mal aux côtes que l'une d'elles était sans doute cassée.

Une clameur monta des Vardens. La reine Islanzadí et onze autres elfes chevauchaient vers Barst, fendant la masse des combattants. Le corbeau blanc, posé sur l'épaule de la reine, croassait et battait des ailes pour garder l'équilibre sur son perchoir mouvant. Islanzadí était armée de son épée, tandis que ses compagnons portaient des lances où flottaient des bannières, fixées sous leurs lames en forme de feuilles.

Roran s'adossa de nouveau à la colonne ; l'espoir renaissait en lui.

« Tuez-le ! » grommela-t-il.

Barst ne fit pas un mouvement pour esquiver l'approche des elfes. Il les attendit, bien campé sur ses jambes, la masse d'armes et le bouclier à ses côtés comme s'il n'avait nul besoin de se défendre.

Alentour, les combats se ralentirent ; tous les yeux s'étaient tournés vers la scène qui se préparait.

Les deux elfes de tête abaissèrent leurs lances et poussèrent leurs montures au galop. Les chevaux franchirent la courte distance qui les séparait de l'ennemi, leurs muscles jouant sous leur robe luisante. Roran crut un instant que Barst allait tomber ; personne n'aurait pu résister à une telle charge.

Les lances n'atteignirent jamais leur cible. Les sorts de protection de Barst les arrêtèrent à une longueur de bras de son corps, et les hampes se brisèrent, ne laissant entre les mains des elfes que des tronçons de bois inutiles. Barst leva alors sa masse et son bouclier, frappa les chevaux sur les côtés de la tête. Les bêtes tombèrent, le cou brisé.

Les elfes sautèrent de leurs selles en pirouettant dans les airs. Les deux suivants n'eurent pas le temps de modifier leur trajectoire. Comme les premiers, ils brisèrent leurs lances contre

711

les sorts de Barst et durent eux aussi bondir à terre quand leurs montures furent abattues.

Les sept autres ainsi qu'Islanzadí réussirent à retenir leurs chevaux. Ils décrivirent un cercle autour de Barst, au petit trot, leurs armes pointées vers lui, tandis que les quatre elfes à pied tiraient leurs épées et avançaient prudemment.

L'homme rit et souleva son bouclier, prêt à l'attaque. La lumière tomba sur son visage ; même d'où il se tenait, Roran put observer son haut front bombé, ses pommettes saillantes. D'une certaine façon, ses traits rappelaient ceux d'un Urgal.

Les quatre elfes coururent vers Barst, chacun d'une direction différente, et se fendirent en même temps. L'homme bloqua une épée avec son bouclier, en écarta une autre de sa masse d'armes et laissa ses protections arrêter les deux qui le frappaient par-derrière. Il rit de nouveau et fit tournoyer sa masse.

Un elfe aux cheveux d'argent se jeta de côté, et la masse vola au-dessus de lui sans l'atteindre.

Barst frappa encore à deux reprises ; à chaque fois, les elfes l'évitèrent. L'homme ne donnait aucun signe d'agacement ; il attendait, derrière son bouclier, tel un ours des cavernes guettant le chasseur assez fou pour s'aventurer dans sa tanière.

À l'extérieur du cercle des elfes, une troupe de soldats armés de hallebardes prirent l'initiative de se jeter avec des cris de guerre sur la reine Islanzadí et ses compagnons. La reine leva son épée au-dessus de sa tête. À son signal, une nuée de flèches fila en bourdonnant depuis les rangs des Vardens. Les soldats tombèrent.

Le hurlement excité de Roran se mêla à celui des Vardens. Barst se glissa entre les cadavres des chevaux qu'il avait abattus, de sorte qu'ils formaient une barrière autour de lui. Les elfes à sa droite et à sa gauche seraient obligés de sauter par-dessus les corps des bêtes s'ils voulaient attaquer.

« Malin », pensa Roran, la mine sombre.

L'elfe qui se trouvait de face bondit, lançant quelque chose en ancien langage. Barst parut hésiter, ce qui encouragea l'assaillant à s'approcher. Alors, la masse d'armes tournoya, et l'elfe tomba, fracassé.

Ses compagnons émirent une longue plainte. Les trois autres à pied se montrèrent plus circonspects. Ils continuèrent d'encercler Barst, attaquant à l'occasion, mais gardant le plus souvent leurs distances.

– Rendez-vous ! s'exclama Islanzadí, d'une voix qu'on entendit dans toutes les rues avoisinantes. Nous sommes plus nombreux que vous. Quelles que soient vos forces, vous vous fatiguerez, et vos sorts de protection vous abandonneront. Vous ne gagnerez pas, humain !

– Non ? fit Barst.

Il carra les épaules et lâcha son bouclier, qui rebondit sur les pavés.

Un pressentiment saisit Roran : « Fuyez ! »

– Fuyez ! cria-t-il une seconde plus tard.

Une seconde *trop* tard.

Barst plia les genoux, attrapa par le cou l'un des chevaux morts et, de son seul bras gauche, le lança sur Islanzadí.

Parla-t-elle en ancien langage ? Roran ne l'entendit pas. En tout cas, elle leva la main, et le cadavre du cheval resta suspendu dans les airs avant de s'écraser au sol avec un bruit déplaisant. Sur l'épaule de la reine, le corbeau croassa.

Mais Barst ne regardait plus. À peine avait-il lancé la carcasse qu'il ramassa son bouclier et courut vers le plus proche des elfes à cheval. Une des elfes à pied, une femme avec un foulard rouge noué autour du bras, s'élança derrière lui et le frappa dans le dos. Barst l'ignora.

En terrain plat, les coursiers des elfes l'auraient facilement distancé. Dans cet espace limité, entre les bâtiments et les groupes compacts de combattants, Barst était plus rapide et plus agile. Il renversa un cheval d'une poussée d'épaule, désarçonna un elfe d'un coup de masse. Un cheval affolé hennit.

Le cercle des elfes se rompit, chacun prit une direction différente pour tenter d'apaiser sa monture et de réagir à la menace.

Six d'entre eux s'extirpèrent de la masse des guerriers et encerclèrent Barst, fouettant l'air de leurs lames à un rythme frénétique. L'homme disparut un moment derrière eux. Puis sa masse d'armes tournoya de nouveau, et trois elfes vidèrent les étriers, puis deux autres encore. Barst bondit, les piques de son arme noire couvertes de sang.

– Maintenant ! rugit-il.

Et, de tous les côtés de la place, des centaines de soldats s'élancèrent sur les elfes.

– Non ! gronda Roran, atterré.

Il aurait voulu courir à leur secours avec ses hommes, mais trop de corps étendus – des vivants et des morts – le séparaient de la scène du combat. Il chercha du regard l'herboriste, aussi accablée que lui :

– Tu peux faire quelque chose ?

– Je pourrais, mais ça me coûterait la vie et celle de tous ceux qui sont ici.

– Et celle de Galbatorix ?

– Il est trop bien protégé. Mais notre armée serait anéantie avec tout ce qui vit à Urû'baen. Nos alliés eux-mêmes mourraient. Tu veux que je le fasse ?

Roran fit non de la tête.

– C'est bien ce que je pensais...

Barst se déplaçait à une vitesse surhumaine, abattait les elfes les uns après les autres. Un de ces coups atteignit l'elfe au foulard rouge. Elle tomba à plat dos. Elle pointa le doigt sur Barst, cria quelque chose en ancien langage ; le sort fut détourné, car un autre elfe dégringola de sa selle, le corps fendu en deux sur toute sa longueur.

Barst tua la femme d'un revers de masse et reprit sa course de cavalier en cavalier jusqu'à rejoindre Islanzadí sur sa jument blanche.

La reine n'attendit pas qu'il tue sa monture. Elle sauta à terre, sa cape rouge virevoltant derrière elle, et son compagnon le corbeau blanc décolla de son épaule à grands coups d'ailes.

Avant même d'avoir touché le sol, Islanzadí avait levé son épée. Sa lame lança un éclair d'acier et tinta en heurtant les défenses de l'adversaire.

Barst riposta, Islanzadí para d'un habile revers du poignet, qui envoya la masse d'armes rebondir sur les pavés. Autour des combattants, un cercle s'était formé; amis et ennemis marquaient une pause pour observer le duel. Le corbeau blanc planait au-dessus des têtes et poussait les cris âpres communs à son espèce.

Jamais Roran n'avait assisté à pareil spectacle. Les coups échangés étaient si rapides qu'ils en devenaient flous, et le son des armes qui se heurtaient dominait tous les autres bruits.

Barst tentait encore et encore d'écraser Islanzadí à coups de masse comme il l'avait fait avec les autres elfes. Mais elle était trop vive; et, si elle n'était peut-être pas d'une force égale à la sienne, elle repoussait les attaques sans difficulté. Les elfes, pensa Roran, l'aidaient sans doute, car elle ne montrait aucune fatigue en dépit de l'énergie qu'elle déployait.

Un Kull et deux elfes rejoignirent la reine. Barst ne sembla pas s'en soucier, sinon le temps de les tuer un par un quand ils firent l'erreur de s'aventurer à sa portée.

Roran s'agrippait si fort à la colonne qu'il en avait des crampes dans les mains.

Les minutes s'écoulaient, et le combat singulier se poursuivait. Dans chacun de ses mouvements, la reine était éblouissante, tout en rapidité, souplesse et puissance. Contrairement à Barst, elle ne pouvait se permettre la moindre erreur – et ne se la permit pas –, car ses sorts ne la protégeaient pas. À chaque instant, Roran sentait grandir son admiration pour elle. Il savait être témoin d'un combat qu'on chanterait partout dans les siècles à venir.

Le corbeau piquait souvent sur Barst, cherchant à détourner son attention. Après ses premières tentatives, Barst l'ignora, car l'oiseau furieux ne pouvait le toucher et restait à distance de son arme.

Le corbeau s'énervait ; il croassait plus fort, s'enhardissait à chaque nouvelle attaque, s'approchait un peu plus de la tête et du cou de l'homme.

Alors qu'il fondait une fois de plus sur Barst, celui-ci balança sa masse, modifia la trajectoire de l'arme à mi-parcours d'une torsion du poignet et atteignit l'oiseau à l'aile droite. Avec un piaillement de douleur, le corbeau s'abattit sur le sol quelques pieds plus loin avant de reprendre son vol.

Barst tenta encore de le frapper, mais Islanzadí bloqua la masse de son épée. Les deux adversaires restèrent face à face, leurs armes emmêlées l'une à l'autre.

L'elfe et l'humain oscillèrent, se repoussant sans qu'aucun d'eux ne prît l'avantage. Puis la reine cria un mot en ancien langage. Une lumière crue, aveuglante, jaillit au point de contact des armes.

Roran dut détourner le regard et se couvrir les yeux de sa main.

Pendant une minute, on n'entendit plus que les gémissements des blessés et une sorte de tintement de cloche, qui monta à la limite du supportable. Près de lui, Roran vit le chat-garou qui accompagnait Angela rentrer le cou dans les épaules et presser les pattes contre ses oreilles.

Quand le son eut atteint son intensité maximale, la lame d'Islanzadí se rompit ; la lumière s'éteignit et le tintement se tut.

La reine elfe frappa alors Barst au visage avec le tronçon de son épée et cracha :

— Par ce geste, je te maudis, Barst, fils de Berengar !

Il laissa l'épée toucher ses défenses, puis il balança sa masse, qui frappa Islanzadí à la base du cou. Elle s'effondra, et l'or de sa cotte de mailles se teignit de rouge.

Pendant un instant, tout sembla s'arrêter.

Le corbeau blanc décrivit un cercle au-dessus de la reine avec un cri plaintif ; puis il vola vers la brèche, les plumes de son aile blessée toutes poissées de sang.

Une immense lamentation monta parmi les Vardens. Beaucoup d'hommes lâchèrent leur épée et s'enfuirent en désordre dans les rues. Les elfes poussèrent des cris effroyables, mélange de fureur et de chagrin. Tous ceux qui tenaient un arc criblèrent Barst de flèches. Mais les traits s'enflammaient avant de le toucher. Une dizaine d'autres chargèrent; il les repoussa comme il l'aurait fait d'une bande de gamins. Pendant ce temps, cinq elfes soulevaient le corps d'Islanzadí et l'emportaient sur leurs boucliers en forme de feuilles.

Roran n'arrivait pas à y croire. Islanzadí était celle qu'il s'attendait le moins à voir mourir. Il jeta un regard noir aux hommes qui s'enfuyaient et les maudit intérieurement : tous des traîtres et des lâches ! Puis il reporta son attention sur Barst, qui ralliait ses troupes dans l'intention de bouter les Vardens et leurs alliés hors d'Urû'baen.

Roran sentit le nœud se resserrer sur son estomac. Les elfes continueraient sans doute à se battre, mais chez les hommes, les nains et les Urgals, le cœur n'y était plus. Il le lisait sur leurs visages. Ils allaient rompre les rangs et battre en retraite. Barst les massacrerait par centaines. Et il ne s'arrêterait pas aux murs de la cité, il les poursuivrait à travers champs jusque dans leur campement, et en tuerait le plus possible.

C'est ce que lui, Roran, ferait à sa place.

Et, si Barst atteignait le camp, Katrina serait en danger. Roran ne se faisait aucune illusion sur le sort qui l'attendait si les soldats s'emparaient d'elle.

Il abaissa les yeux sur ses mains couvertes de sang. Il devait arrêter Barst. Mais comment ? Le jeune homme réfléchit, se remémorant tout ce qu'il savait de la magie. Jusqu'à ce qu'il se souvînt de ce qu'il avait ressenti quand les soldats s'étaient acharnés sur lui.

Il prit une longue inspiration.

Il y avait un moyen. Dangereux. Incroyablement dangereux. S'il allait au bout de ce qu'il envisageait, il ne reverrait sans doute jamais Katrina, il ne connaîtrait pas leur enfant. Pourtant, son idée lui apportait un certain apaisement. Sa vie contre la leur, le marché lui paraissait honnête, et, si cela sauvait du même coup les Vardens, il ferait ce sacrifice avec joie.

« Katrina... »

Sa décision était prise.

Se redressant, il marcha à grands pas vers l'herboriste. Elle paraissait aussi choquée et effondrée que les elfes. Il lui toucha l'épaule du coin de son bouclier :

– J'ai besoin de ton aide.

Elle leva vers lui des yeux rougis :

– Qu'as-tu encore imaginé ?

– Je vais tuer Barst.

Ces mots attirèrent l'attention de tous les hommes alentour.

– Roran ! Non ! protesta Horst.

L'herboriste hocha la tête :

– Je t'aiderai de mon mieux.

– Bien. Je voudrais que tu rassembles Jörmundur, Garzhvog, Orik, Grimrr et un elfe qui ait encore quelque autorité.

– Où veux-tu les rencontrer ?

– Ici. Et fais vite, avant que tous les hommes aient fui.

Angela renifla et s'essuya les yeux. Puis elle partit au trot, accompagnée du chat-garou, rasant les murs par sécurité.

Horst agrippa le jeune homme par le bras :

– Roran, qu'as-tu en tête ?

– Je ne vais pas le provoquer en duel, si c'est ce que tu crains, répondit-il en désignant Barst d'un mouvement de menton.

Horst parut quelque peu soulagé :

– Alors, qu'est-ce que tu vas faire ?

– Tu verras.

Plusieurs soldats armés de piques gravissaient en courant les marches de l'édifice. Mais les nains à barbe rousse qui avaient rejoint la troupe de Roran les tinrent à distance sans difficulté, la hauteur leur donnant pour une fois l'avantage sur leurs assaillants.

Tandis que les nains se battaient, Roran s'approcha d'un elfe aux cheveux noirs qui, un rictus haineux sur le visage, vidait son carquois à une vitesse prodigieuse. Ses flèches filaient vers Barst; aucune, bien sûr, n'atteignait sa cible.

– Assez, dit Roran.

Comme l'elfe continuait, Roran lui attrapa le bras :

– J'ai dit « assez » ! Économise tes flèches.

Un grognement retentit, et deux mains lui emprisonnèrent la gorge :

– Ne me touche pas, humain !

– Écoute-moi ! Je peux t'aider à tuer Barst. Mais, s'il te plaît... lâche-moi !

La pression des doigts se desserra :

– Comment, Puissant Marteau ?

La férocité de sa voix contrastait avec les larmes qui inondaient les joues de l'elfe.

– Tu le sauras dans une minute. J'ai d'abord une question à te poser : pourquoi ne pouvez-vous pas tuer Barst par votre force mentale ? Ce n'est qu'un humain, et vous êtes nombreux.

Une expression d'angoisse crispa le visage de l'elfe :

– Parce que son esprit nous est caché.

– Comment ?

– Je ne sais pas. On ne perçoit rien de ses pensées. Comme s'il était enfermé dans une sphère. On ne peut ni la percer ni voir à l'intérieur.

Roran s'attendait à une réponse de ce genre.

– Merci, dit-il.

L'elfe eut un léger mouvement de tête.

Garzhvog fut le premier à atteindre l'édifice ; il émergea d'une rue voisine et escalada les marches en trois enjambées. Puis il se retourna et lança un rugissement à la trentaine de soldats qui le poursuivaient. Voyant le Kull sain et sauf au milieu de ses amis, les soldats optèrent pour une retraite prudente.

– Puissant Marteau ! s'écria Garzhvog. Tu m'as demandé, je suis là.

Quelques minutes plus tard, les autres arrivèrent à leur tour. L'elfe aux cheveux argentés qui se présenta était l'un de ceux que Roran avait vus à plusieurs occasions dans l'entourage d'Islanzadí : Däthedr. Tous les six, éreintés, maculés de sang, se tenaient en groupe serré entre les hautes colonnes cannelées.

— J'ai un plan pour tuer Barst, annonça Roran. Mais j'ai besoin de votre aide et nous avons peu de temps. Je peux compter sur vous ?

— Ça dépend du plan, dit Orik. Explique-nous d'abord.

Roran leur en fit part en termes aussi concis que possible. Quand il eut terminé, il demanda à Orik :

— Tes ingénieurs sauront-ils se servir des balistes et des catapultes avec la précision voulue ?

Le nain émit un curieux bruit de gorge :

— Vu la façon dont les humains bâtissent leurs machines, il faut compter avec une marge d'erreur de vingt pieds. Faire mieux ne serait qu'un coup de chance.

Roran se tourna vers Däthedr :

— Les vôtres seront-ils prêts à nous suivre ?

— Ils obéiront à mes ordres, Puissant Marteau, n'en doute pas.

— Alors, pourrez-vous envoyer quelques-uns de vos magiciens auprès des nains et les aider à guider les pierres ?

— Je ne peux garantir le succès. Les sorts pourront être aisément repoussés ou détournés.

— Nous devons prendre ce risque.

Roran balaya le groupe du regard :

— Encore une fois, je peux compter sur vous ?

Du côté des remparts, de nouveaux cris montèrent : Barst écrasait une troupe d'hommes sur son passage.

Garzhvog surprit Roran en répondant le premier :

— La bataille te rend fou, Puissant Marteau. Mais je te suivrai.

Il émit un curieux son rauque qui était sans doute un rire :

— Ce sera une grande gloire de tuer Barst.

Jörmundur déclara à son tour :

— Je te suivrai aussi, Roran. D'ailleurs, nous n'avons pas le choix.

— Je suis d'accord, dit Orik.

Une sorte de ronronnement sortit de la gorge de Grimrr, roi des chats-garous :

– D'accorrrrrd.

– D'accord, ajouta Däthedr.

– Bien. Chacun sait ce qu'il a à faire, conclut Roran. On y va.

Tandis que tous s'éloignaient, Roran rassembla ses hommes et leur fit part de son plan. Puis ils se dissimulèrent derrière les colonnes et attendirent.

Deux ou trois minutes s'écoulèrent – un temps précieux que Barst et ses soldats mirent à profit pour repousser plus encore les Vardens vers la brèche –, puis des nains et des elfes coururent vers les douze balistes et catapultes les plus proches, en haut des remparts, pour en chasser les soldats.

D'autres minutes passèrent, tendues. Enfin, Orik escalada au pas de course les marches du bâtiment, suivi d'une trentaine de nains, et lança :

– Ils sont prêts.

Roran ordonna aussitôt :

– En place !

Les rescapés de son bataillon s'assemblèrent en un groupe dense dont il prit la tête, les elfes et les Urgals juste derrière lui, Orik et ses nains à l'arrière.

– En avant ! lança Roran.

Il dévala l'escalier et s'enfonça au milieu des ennemis, sachant que le reste du groupe le suivait de près. La charge prit les soldats par surprise ; ils s'écartèrent devant les assaillants telle une eau fendue par la proue d'un bateau.

L'un d'eux tenta de barrer le passage à Roran ; il le poignarda entre les deux yeux sans même ralentir.

Quand ils ne furent plus qu'à cent pieds de Barst, qui se tenait de dos, Roran s'arrêta, et sa troupe derrière lui. Il dit à l'un des elfes :

– Je voudrais que tous, sur la place, puissent m'entendre.

L'elfe murmura une phrase en ancien langage :

– C'est fait.

– Barst ! rugit alors le jeune homme.

Il fut soulagé de constater que sa voix couvrait le vacarme de la bataille. À part quelques escarmouches ici ou là, les combats cessèrent.

Malgré la sueur qui lui mouillait le front et les battements désordonnés de son cœur, Roran refusa de céder à la peur.

– Barst ! lança-t-il de nouveau en frappant son bouclier de sa lance. Retourne-toi, espèce de chien galeux !

Un soldat courut vers lui. Roran bloqua son épée sans effort, le déséquilibra et l'expédia en deux coups de lance. Dégageant son arme, il répéta :

– Barst !

Le massif personnage pivota lentement vers lui. De près, on voyait luire dans ses yeux l'intelligence et la ruse. Un sourire sarcastique lui retroussait les coins de la bouche. Il avait un cou aussi épais que la cuisse du jeune homme, et les muscles de ses bras saillaient sous la cotte de mailles. Les reflets qui jouaient sur son plastron bombé attiraient le regard de Roran, malgré ses efforts pour les ignorer.

– Barst ! Je suis Roran Puissant Marteau, cousin d'Eragon le Tueur d'Ombre. Affronte-moi si tu l'oses ou sois reconnu par tous comme un lâche !

– Je ne crains aucun homme, Puissant Marteau. Ou plutôt Sans Marteau, car je ne vois rien de tel dans ta main.

Roran carra les épaules :

– Je n'ai pas besoin de marteau pour t'abattre, lèche-bottes imberbe !

Le sourire de Barst s'élargit :

– Vraiment ?

Avec un grand geste de sa masse, il gronda :

– Écartez-vous !

Dans le martèlement sourd de milliers de bottes sur les pavés, soldats et Vardens reculèrent, dégageant un vaste espace circulaire.

Barst pointa son arme vers son adversaire :

– Galbatorix m'a parlé de toi, Puissant Marteau. Il m'a demandé de briser chacun de tes os avant de te tuer.

– Si nous brisions plutôt les tiens ?

« Maintenant ! » lança-t-il de toute la force de sa pensée à travers l'obscurité qui lui enveloppait l'esprit. Il espéra que les elfes et les autres magiciens l'écoutaient comme ils l'avaient promis.

Barst fronça les sourcils et ouvrit la bouche. Il n'eut pas le temps de parler. Un sifflement grave résonna au-dessus de la ville, et six pierres de la taille d'une barrique, lancées depuis les remparts, survolèrent les toits proches, accompagnées d'une dizaine de javelots.

Cinq des pierres tombèrent droit sur Barst. La sixième le manqua et rebondit sur la place comme un caillou ricochant sur l'eau.

Les pierres explosèrent au contact des protections de Barst, et des éclats volèrent en tous sens. Roran s'accroupit derrière son bouclier et faillit tomber à la renverse quand un morceau gros comme son poing lui heurta le bras. Les javelots s'enflammèrent, et une lumière spectrale illumina les nuages de poussière qui flottaient alentour.

723

Barst fut projeté sur le dos au milieu des débris, sa masse au sol près de lui.

Une fois sûr que le danger était passé, Roran regarda par-dessus son bouclier.

– Emparez-vous de lui ! hurla-t-il en s'élançant.

De nombreux Vardens se précipitèrent, mais les soldats s'interposèrent. Une fois de plus, les deux armées se jetèrent l'une contre l'autre avec des cris de guerre, dans une furie désespérée.

Jörmundur jaillit alors d'une rue latérale à la tête d'une centaine d'hommes qu'il avait réussi à rassembler. Ils devaient contenir la mêlée des combattants pendant que Roran et les autres s'occupaient de Barst.

À l'extrémité de la place, Garzhvog et six autres Kulls surgirent de l'arrière des maisons où ils s'étaient abrités. Le sol trembla sous leurs pieds, et les soldats de l'Empire tout comme les Vardens s'écartèrent sur leur passage.

Des centaines de chats-garous, la plupart sous leur forme animale, les crocs dénudés, se déversèrent alors sur les pavés et convergèrent vers Barst.

Celui-ci commençait à se relever quand Roran arriva sur lui. Serrant sa lance à deux mains, il l'abattit sur le cou de l'homme à terre.

La lame fut stoppée à un pouce de la chair, sa pointe plia et se rompit comme si elle avait heurté un bloc de granite.

Roran lâcha un juron et continua de frapper à coups rapides, dans l'espoir d'empêcher l'Eldunarí protégé par le plastron de reprendre des forces.

Barst grogna.

— Vite ! mugit Roran à l'adresse des Urgals.

Dès qu'ils furent assez près, il bondit de côté pour leur laisser la place. L'un après l'autre, les gigantesques Kulls frappèrent Barst de leur arme. Ses sorts de protection bloquaient les coups, mais les Kulls continuaient de cogner dans un fracas assourdissant.

Les chats-garous et les elfes s'étaient rassemblés autour de Roran. Il percevait confusément, derrière lui, la présence de ses guerriers et des hommes de Jörmundur, occupés à contenir les soldats.

Au moment où Roran désespérait de voir les protections de Barst céder enfin, un des Kulls poussa un rugissement triomphal : sa hache venait de cabosser l'armure de Barst.

— Encore ! l'encouragea Roran. Tue-le !

Le Kull écarta sa hache, et Garzhvog abattit sa massue cloutée sur la tête de Barst.

Roran ne distingua qu'un mouvement confus ; la massue heurta bruyamment le bouclier que Barst avait rabattu sur lui.

« Maudit chien ! »

Sans laisser aux attaquants le temps de revenir à la charge, Barst roula sur lui-même, agrippa la jambe d'un Kull, et sa main se referma sur l'arrière de son genou. Le Kull hurla et sauta en arrière, entraînant Barst avec lui.

Les Urgals, ainsi que deux elfes, refermèrent de nouveau le cercle et, le temps de quelques battements de cœur, ils semblèrent sur le point de l'emporter.

Un des elfes fut alors projeté dans les airs, le cou tordu à un angle insolite. Un Kull tomba sur le flanc en hurlant dans sa langue gutturale : l'os perçait la peau de son avant-bras. Garzhvog recula avec un rugissement ; le sang jaillissait d'un trou dans son côté.

Roran se sentit glacé :

« Non ! Pas question que ça finisse comme ça. »

Il s'élança, se glissa entre deux Urgals. Il eut à peine le temps de voir Barst – ensanglanté, furibond, le bouclier dans une main et l'épée dans l'autre – que déjà celui-ci lui balançait son bouclier en pleine poitrine.

Ses poumons se vidèrent d'un coup. Il vit le ciel et la terre tourner autour de lui ; sa tête casquée heurta durement les pavés.

Il resta allongé, le souffle coupé. Quand il réussit enfin à inspirer, il crut n'avoir jamais été aussi reconnaissant à la vie que pour cette bouffée d'air. Puis il gémit, tout le corps douloureux. À part son bras gauche insensible, chacun de ses muscles et de ses nerfs le brûlait.

Il tenta de se redresser et retomba, trop étourdi et mal en point pour se remettre debout. Il vit devant lui un fragment de pierre ocre veinée de fines volutes d'agate rouge. Il le fixa un moment, haletant, l'esprit occupé par une unique pensée : « Me relever. Je dois me relever, me relever... »

Quand il se sentit prêt, il fit une nouvelle tentative. Son bras gauche lui refusa son aide, il s'appuya donc sur le droit. Au prix d'un terrible effort, il ramena ses jambes sous lui, se redressa lentement. Tout son corps tremblait, et il ne respirait que par à-coups.

Un élancement à l'épaule gauche lui arracha un cri silencieux. Il lui sembla qu'un fer chauffé à blanc pénétrait son articulation. Il avait le bras déboîté. De son bouclier, il ne restait qu'une planche éclatée encore fixée par la lanière autour de son avant-bras.

Il chercha Barst des yeux. Il était aux prises avec une horde de chats-garous, à vingt pieds de là.

Rassuré de le voir occupé au moins encore quelques secondes, il reporta son attention sur son bras hors d'usage. Il eut du mal à se rappeler ce que sa mère lui avait enseigné, autrefois. Puis les mots lui revinrent, brouillés par le passage du temps. Il se débarrassa des débris de son bouclier.

— Serre le poing, marmonna-t-il.

Et il referma sa main gauche.

— Plie le bras, le poing en avant.

Il le fit, en dépit de la douleur.

— Tourne le bras vers l'extérieur en l'éloignant de...

Son épaule craqua, lui arrachant un juron; les muscles et les tendons étaient tirés dans des directions anormales. Il continua de tourner le bras, le poing serré. Au bout de quelques secondes, l'os se replaça dans son logement.

Le soulagement fut immédiat. Il souffrait encore de partout — surtout des côtes et du bas du dos —, mais il avait retrouvé l'usage de son bras.

Il chercha Barst des yeux.

Ce qu'il découvrit lui donna la nausée.

Les joues labourées de coups de griffes, l'homme était debout au centre d'un cercle de chats-garous morts. Des rigoles de sang zébraient son plastron cabossé, des lambeaux de fourrure pendaient aux piques de sa masse. La manche droite de sa cotte de mailles était arrachée. Mais il était indemne. Les quelques chats-garous survivants gardaient prudemment leurs distances, prêts à prendre la fuite. Derrière Barst gisaient les corps des elfes et des Urgals qui l'avaient assailli. Tous les guerriers de Roran semblaient avoir disparu, car il ne voyait autour de lui que des soldats de l'Empire, masse mouvante de tuniques écarlates remuée par les courants de la bataille.

– Tuez-le ! hurla Roran.

Personne ne parut l'entendre, sinon Barst, qui se dirigea vers lui d'un pas lourd.

– Sans Marteau, gronda-t-il. Tu vas me payer ça !

Roran aperçut une lance sur le sol. Il la ramassa. Ce simple mouvement suffit à lui donner le tournis.

– Essaie ! rétorqua-t-il.

Mais le mot sonna creux. Il tourna ses pensées vers Katrina et leur enfant à naître.

C'est alors qu'un chat-garou – sous l'apparence d'une femme aux cheveux blancs qui lui arrivait à peine à la taille – bondit et taillada la cuisse gauche de Barst.

Il pivota avec un rugissement. Le chat-garou s'esquivait déjà en feulant. Barst s'assura qu'il ne reviendrait pas à la charge avant de reprendre sa marche vers Roran. Sa claudication s'était accentuée, sans doute à cause de cette nouvelle blessure. Le sang coulait le long de sa jambe.

Roran s'humecta les lèvres, le regard fixé sur l'ennemi qui approchait. Il n'avait qu'une lance, et plus de bouclier. Il ne pouvait ni fuir ni espérer égaler la force et la vitesse surnaturelles de cet homme hors normes. Et il n'avait plus personne à ses côtés pour l'aider.

C'était une situation impossible ; pourtant, il refusait encore de s'avouer vaincu. Il avait renoncé une fois et s'était juré de ne jamais recommencer, même si la raison lui disait qu'il allait mourir.

Puis Barst fut sur lui, et Roran le frappa au genou droit, dans l'espoir insensé de le déstabiliser. Barst détourna le coup d'un revers de sa masse et la balança sur lui.

Roran avait anticipé la contre-attaque ; il avait déjà reculé aussi vite que ses jambes le lui permettaient. La tête de l'arme passa à un pouce de son nez, il en sentit le souffle sur sa peau.

Un sourire sinistre découvrit les dents de Barst. Il s'apprêtait à frapper de nouveau quand une ombre fondit du ciel. Il leva les yeux.

Le corbeau blanc d'Islanzadí piquait sur lui. L'oiseau s'accrocha au visage de l'ennemi et l'attaqua rageusement, à coups de bec et de griffes. Et Roran, stupéfait, l'entendit croasser :

– Meurs ! Meurs ! Meurs !

Barst lâcha son bouclier. De sa main libre, il tentait de chasser le corbeau, brisant son aile déjà blessée. Des lambeaux de chair se détachaient de son front ; le sang lui barbouillait les joues et le menton.

Roran se fendit et frappa de sa lance l'autre poignet de Barst, l'obligeant à laisser tomber sa masse.

Alors, le jeune homme saisit sa chance et visa la poitrine exposée. Barst attrapa la lance d'une seule main, l'arracha à Roran et la brisa entre ses doigts telle une brindille sèche.

Crachant une salive sanglante, il rugit :

– Maintenant, meurs !

Il avait les lèvres déchiquetées, l'œil droit crevé, mais l'autre voyait encore.

Il se jeta sur Roran pour l'envelopper dans une étreinte mortelle. Le jeune homme n'aurait pu y échapper. Or, tandis que les bras de Barst se refermaient autour de lui, il saisit l'homme par la taille et poussa pour l'obliger à basculer tout son poids sur sa jambe blessée.

Barst résista un moment ; puis son genou lâcha. Avec un cri de douleur, il tomba et dut se rattraper de la main gauche. Roran se tortilla pour se faufiler sous l'autre bras. Le sang qui rendait le plastron glissant lui facilita la tâche.

Il tenta de serrer son adversaire à la gorge par-derrière. Mais l'homme rentra le menton, ne laissant aucune prise. Alors Roran lui enveloppa le torse de ses bras, espérant le retenir le temps que quelqu'un l'aide à le tuer.

Barst se projeta sur le côté, ce qui secoua l'épaule blessée du jeune homme et lui arracha un cri de douleur. Ils roulèrent, enlacés sur les pavés. Lorsque tout le poids de son adversaire pesa sur lui, Roran crut étouffer. Il ne lâcha pas prise pour autant. Un des coudes de Barst lui rentra dans les côtes, et il en sentit une se briser.

Les dents crispées, il contracta encore les bras.

« Katrina », pensa-t-il.

Le coude de Barst le frappa une fois de plus. Roran serra plus fort, des éclairs passèrent devant ses yeux.

Encore ce coude, telle une enclume lui martelant le flanc.

– Tu... ne... l'emporteras pas... Sans Marteau, grommela Barst.

Il se redressa en chancelant. Roran, toujours agrippé à lui, durcit encore son étreinte, au point qu'il crut sentir ses muscles s'arracher de ses os. Il hurla, sans entendre le son de sa propre voix. Ses veines claquaient, ses tendons sautaient.

Puis le plastron de Barst céda, là où le Kull l'avait entamé ; il y eut un tintement de cristal qui se brise.

– Non ! hurla Barst.

Une lumière d'un blanc pur jaillit des côtés de son armure. Tout son corps se raidit comme si des chaînes le tiraient par les quatre membres et fut secoué de tremblements incontrôlables.

Aveuglé par l'intense luminosité qui lui brûlait le visage et les mains, Roran lâcha son adversaire et s'écroula, se couvrant les yeux de son avant-bras.

La lumière continuait de couler de sous le plastron, ses bords de métal commencèrent à luire. Puis tout s'éteignit, plongeant le monde dans l'obscurité, et ce qui restait de Lord Barst tomba en fumant sur les pavés.

Roran regarda le ciel vide et cligna des paupières. Il aurait dû se relever, car il y avait des soldats autour de lui. Mais le contact des pavés lui semblait si doux ; il ne désirait que se reposer, fermer les yeux...

Quand il les rouvrit, il vit Orik, Horst et de nombreux elfes rassemblés autour de lui.

– Roran, appela le forgeron, la mine inquiète, tu m'entends ?

Le jeune homme voulut répondre, mais sa gorge n'émit aucun son.

– Tu m'entends ? Écoute-moi ! Réveille-toi, Roran ! Roran !

De nouveau, il se sentit sombrer dans l'inconscience. C'était une sensation agréable, comme de s'enrouler dans une couverture de laine. Une douce chaleur envahit ses membres, et la dernière chose dont il se souvint fut Orik penché sur lui et récitant en langue naine quelque chose qui ressemblait à une prière.

68
LE DON
DE LA CONNAISSANCE

Sans se quitter des yeux, Eragon et Murtagh décrivaient un cercle, chacun tâchant d'anticiper l'attaque de l'autre. Il émanait de Murtagh la même impression de force physique qu'à l'ordinaire, mais des cernes sombres soulignaient son regard fiévreux. Il semblait soumis à une tension énorme. S'ils portaient tous deux des pièces d'armure identiques – cotte de mailles, gantelets, brassards et jambières –, le bouclier de Murtagh était plus haut et plus étroit que celui d'Eragon. Quant à leurs épées, Brisingr, dont la garde mesurait une main et demie, avait l'avantage de la longueur, tandis que Zar'roc, avec sa large lame, avait celui du poids.

Peu à peu, ils se rapprochaient ; lorsqu'ils ne furent plus qu'à dix pieds d'écart, Murtagh – qui tournait le dos à Galbatorix – lâcha d'une voix basse et vibrante de colère :

– À quoi tu joues ?

– Je gagne du temps, marmonna Eragon sans presque remuer les lèvres.

– Tu es fou. Il va nous regarder nous étriper, et qu'est-ce que ça changera ? Rien !

En guise de réponse, Eragon se fendit, obligeant Murtagh à reculer.

– Imbécile ! gronda Murtagh. Tu aurais attendu une journée de plus, j'aurais pu libérer Nasuada.

Eragon marqua son étonnement :

– Pourquoi te croirais-je ?

La question augmenta l'irritation de son adversaire, car sa lèvre se retroussa et il se déplaça plus vite, ce qui obligea Eragon à suivre son rythme. D'une voix plus forte, Murtagh lança :

– Alors, tu as fini par te trouver une épée. Ce sont les elfes qui l'ont forgée, non ?

– Tu sais qu'ils...

Zar'roc siffla vers son ventre ; il recula, évitant la lame rouge de justesse.

Il répliqua d'un revers, la main basse sur le pommeau de Brisingr pour allonger sa portée, et Murtagh s'écarta d'un bond.

Ils marquèrent une pause, chacun attendant que l'autre repasse à l'offensive. Aucun d'eux ne se décida, alors ils reprirent leur déplacement circulaire, Eragon plus circonspect que jamais.

Ces quelques échanges suffisaient à prouver que Murtagh était aussi fort et rapide que lui – ou qu'un elfe. Quant à l'interdiction de Galbatorix d'utiliser la magie, elle ne s'étendait visiblement pas aux sorts qui renforçaient les muscles du jeune homme. Pour des raisons purement égoïstes, Eragon désapprouvait le décret du roi tout en comprenant sa logique ; en d'autres circonstances le combat n'aurait pas été loyal.

Mais il ne voulait pas d'un combat loyal. Il voulait en contrôler le déroulement pour décider quand et comment y mettre fin. Étant donné la dextérité de Murtagh, il doutait malheureusement d'en avoir l'occasion. Et, si elle se présentait, il n'était pas certain de savoir utiliser la victoire contre Galbatorix. Il n'avait d'ailleurs pas le temps d'y réfléchir, même s'il comptait sur Saphira, Arya et les dragons pour lui proposer une solution.

Murtagh feinta de l'épaule gauche, et Eragon s'abrita derrière son bouclier. La seconde d'après, il comprit que c'était une ruse et que son adversaire le contournait par la droite dans l'espoir de tromper sa garde.

Il vira et vit le fil étincelant de Zar'roc filer vers son cou. Il le repoussa d'un revers maladroit, riposta en visant de biais le bras de Murtagh. À sa sombre satisfaction, il atteignit son adversaire au poignet. Brisingr ne réussit pas à entamer le gantelet, mais l'impact repoussa le bras du jeune homme, ce qui laissa sa poitrine exposée.

Eragon frappa ; Murtagh para avec son bouclier. Eragon frappa encore à trois reprises ; Murtagh para à chaque fois. Alors qu'Eragon s'apprêtait à frapper de nouveau, Murtagh contra d'un revers au genou, qui aurait estropié le garçon s'il l'avait atteint. Mais celui-ci avait compris l'intention de son adversaire et modifié la trajectoire de sa lame ; il arrêta Zar'roc à un pouce de sa jambe avant de riposter.

Pendant plusieurs minutes, ils rivalisèrent d'assauts dans l'espoir de déstabiliser l'autre, sans résultat. Ils se connaissaient trop bien. Murtagh déjouait chaque tentative d'Eragon, et inversement. C'était comme un jeu où ils devaient prévoir plusieurs coups à l'avance, ce qui développait entre eux un curieux sentiment de proximité. Eragon s'efforçait de deviner les rouages internes de la pensée de Murtagh pour en déduire son comportement.

Dès le début, le garçon avait noté un changement, par rapport à leurs rencontres précédentes, dans la façon de combattre de Murtagh. Ses attaques avaient une brutalité inattendue ; pour la première fois, il voulait vaincre, et vite. De plus, après son déchaînement initial, sa colère avait paru s'apaiser et laisser place à une froide et implacable détermination.

Eragon était contraint de lutter à la limite de ses capacités. Tout en tenant l'adversaire en respect, il devait rester sur la défensive plus qu'il ne l'eût souhaité.

Au bout d'un moment, Murtagh abaissa son épée et se tourna vers Galbatorix.

Eragon demeura en garde, indécis, se demandant s'il était opportun d'attaquer.

Murtagh profita de ce bref instant d'hésitation pour bondir sur lui. Sans céder un pouce de terrain, Eragon fit siffler Brisingr. Murtagh bloqua le coup. Puis, au lieu de contre-attaquer comme le garçon s'y attendait, il abattit son bouclier contre celui de son adversaire.

Eragon émit un grognement. Il chercha à frapper Murtagh aux jambes par le côté, mais la poussée était trop forte pour qu'il s'y risque. Murtagh était plus grand que lui, et cette légère supériorité obligeait Eragon à résister pour ne pas glisser sur le sol de pierre poli.

Enfin, avec un rugissement, Murtagh le força à reculer de plusieurs pas. Il vacilla, battit des bras pour conserver son équilibre, et Zar'roc le frappa au cou.

– Letta ! lança Galbatorix.

La pointe de l'épée s'immobilisa à moins d'un pouce de la peau du garçon. Il se figea, haletant, sans trop comprendre ce qui venait de se passer.

– Maîtrise-toi, Murtagh, dit le roi. Je n'aime pas avoir à me répéter. Vous n'êtes pas censés vous entretuer. Reprenez, maintenant.

Ainsi, Murtagh avait tenté de le tuer et il y aurait réussi sans l'intervention de Galbatorix ! Eragon en resta sonné. Il chercha une explication sur le visage du jeune homme ; celui-ci conservait une expression obstinément neutre, comme si son adversaire ne signifiait rien pour lui.

Eragon ne comprenait pas. Il était clair que Murtagh ne respectait pas les règles du jeu. Quelque chose avait changé en lui. Quoi ?

En outre, sa défaite – et la certitude qu'en toute logique il aurait dû être tué – minait la confiance d'Eragon. Il avait affronté la mort plus d'une fois, mais jamais d'aussi près. Impossible de le nier ; Murtagh l'avait vaincu, et seule la clémence de Galbatorix – quelle qu'en fût la raison – l'avait sauvé.

« Cesse de ruminer, Eragon, intervint Arya. Tu ne pouvais pas te douter qu'il tenterait de te tuer. Et si, toi, tu avais tenté de le tuer, le cours du combat aurait été tout autre ; Murtagh n'aurait jamais eu l'occasion de t'attaquer comme il l'a fait. »

Dubitatif, le garçon jeta un coup d'œil dans sa direction, au bord de la flaque de lumière où elle se tenait avec Elva et Saphira.

« S'il essaie de te couper la gorge, tranche-lui les jarrets ; il ne pourra plus recommencer », lui conseilla Saphira.

Il acquiesça d'un signe de tête.

Les deux adversaires reprirent position sous le regard approbateur de Galbatorix.

Cette fois, Eragon attaqua le premier.

Le combat dura, sembla-t-il, des heures. Murtagh ne tenta plus de coup mortel, tandis qu'Eragon – à sa grande satisfaction – le toucha à la clavicule. Il arrêta cependant son geste avant que Galbatorix ne juge nécessaire de le faire. Murtagh parut déstabilisé, ce qui tira un bref sourire à Eragon.

Ni l'un ni l'autre ne réussissait à parer tous les coups. En dépit de leur adresse et de leur rapidité, ils n'étaient pas infaillibles. Et, si rien ne mettait un terme à leur affrontement, ils commettraient inévitablement des fautes, lesquelles entraîneraient des blessures.

La première fut infligée à Eragon : une entaille à la cuisse droite, dans l'interstice entre sa jambière et sa cotte de mailles. La plaie était superficielle, mais très douloureuse, et saignait chaque fois que le garçon s'appuyait sur cette jambe. Ce fut encore lui qui reçut la deuxième, une coupure au-dessus des sourcils, quand un coup porté sur sa tête lui enfonça la bordure du casque dans le front. Des deux, celle-ci était la plus handicapante, car le sang qui lui coulait dans les yeux gênait sa vision.

Eragon toucha ensuite Murtagh au poignet ; cette fois, le coup traversa le gantelet, la manche en dessous et la fine couche de peau jusqu'à l'os. Il n'abîma aucun muscle, mais la blessure parut douloureuse, et le sang qui inondait le gantelet obligea Murtagh à desserrer plusieurs fois sa prise sur son épée.

Eragon écopa d'une estafilade au mollet droit, puis – alors que Murtagh reprenait son équilibre après une attaque manquée –

il contourna le bouclier de son adversaire et abattit Brisingr de toutes ses forces sur sa jambière gauche, qu'il cabossa.

Le jeune homme glapit et sauta en arrière à cloche-pied. Eragon le suivit, faisant siffler Brisingr dans l'intention de le jeter à terre. Murtagh parvint à se défendre et, la seconde d'après, ce fut Eragon qui dut lutter pour rester sur ses pieds.

Pendant un moment, les boucliers résistèrent au martèlement incessant. Galbatorix – Eragon le constata avec satisfaction – avait laissé intacts les enchantements placés sur leurs armures et leurs lames. Mais ceux qui protégeaient les boucliers finirent par céder, et des éclats se mirent à voler à chaque coup d'épée. Peu après, Eragon fracassa le bouclier de Murtagh d'une frappe particulièrement brutale. Sa victoire fut de courte durée, car Murtagh, saisissant Zar'roc à deux mains, l'abattit à plusieurs reprises sur celui d'Eragon, qui se brisa à son tour, laissant une fois de plus les combattants à égalité.

Plus l'affrontement durait, plus la pierre maculée de sang devenait glissante sous leurs pieds. L'immense salle renvoyait les échos du tintement de leurs armes, tels les sons de quelque bataille oubliée. Il leur semblait être le centre de tout, car ils étaient seuls dans le cercle de lumière.

Et pendant ce temps Galbatorix et Shruikan les regardaient, à la lisière de l'ombre.

Sans bouclier, Eragon trouva plus facile de porter des coups à Murtagh, principalement aux bras et aux jambes, même si la réciproque était vraie. Leurs armures les protégeaient de la plupart des entailles, mais non des contusions, qui se multipliaient.

En dépit des blessures qu'il infligeait à Murtagh, Eragon commençait à penser que, des deux, son demi-frère était la meilleure lame. Pas de beaucoup, mais assez pour que lui-même n'arrive jamais à prendre le dessus. Si leur duel se poursuivait ainsi, Murtagh finirait par l'épuiser, jusqu'à ce qu'il soit incapable de résister davantage, et ce moment lui semblait approcher rapidement. Eragon sentait à chaque pas le sang jaillir de sa coupure à la cuisse, et chaque minute qui passait lui rendait la résistance plus difficile.

Il devait mettre un terme à ce combat, sinon il serait incapable de se mesurer ensuite à Galbatorix. Bien qu'il doutât de représenter un réel défi pour le roi, il devait essayer. Essayer, il ne pouvait pas faire moins.

Le cœur du problème était que les raisons de combattre de Murtagh restaient un mystère. Tant qu'il ne les aurait pas comprises, son adversaire continuerait de le surprendre.

Eragon se remémora l'enseignement de Glaedr à Dras-Leona : « Apprends à voir ce que tu regardes. » Et aussi : « La voie du guerrier est celle de la connaissance. »

Alors, il regarda Murtagh, intensément ; du même œil avec lequel il avait observé Arya au cours de leur duel d'entraînement, avec lequel il s'était étudié lui-même pendant sa longue nuit d'introspection à Vroengard. Ce faisant, il s'efforça de déchiffrer le langage caché du corps de Murtagh.

Il obtint quelques résultats ; il était clair que le jeune homme était épuisé, tendu. Ses épaules contractées trahissaient une colère rentrée, ou peut-être de la peur. Il y avait aussi sa résolution implacable, qui n'était pas nouvelle, mais qu'il n'avait jamais tournée contre Eragon. Le garçon discerna tout cela, ainsi que d'autres détails plus subtils. Il s'efforça ensuite de concilier ses découvertes avec ce qu'il avait appris de Murtagh dans le passé, leur amitié, sa loyauté et son ressentiment contre Galbatorix.

Il fallut encore plusieurs secondes – emplies de halètements et pendant lesquelles un coup maladroit lui valut un nouvel hématome au coude – pour que la vérité se fasse jour dans son esprit. Tout lui apparut alors avec évidence. Il y avait, dans la vie de Murtagh, quelque chose que leur affrontement affecterait ; quelque chose de si important qu'il lui fallait vaincre à tout prix, même au risque de tuer son demi-frère. Quoi que ce fût – Eragon avait quelques hypothèses, certaines plus perturbantes que d'autres –, cela signifiait que Murtagh ne renoncerait pas.

Il se battrait jusqu'à son dernier souffle, tel un animal traqué. Eragon ne le vaincrait jamais par les méthodes conventionnelles, car ce duel n'avait pas la même signification pour lui que pour Murtagh. Pour Eragon, ce n'était qu'un moyen d'occuper l'attention de Galbatorix ; il se souciait peu de gagner ou de perdre tant qu'il resterait capable d'affronter ensuite le roi. Pour Murtagh, l'enjeu était tout autre ; Eragon savait d'expérience qu'il serait difficile sinon impossible de venir à bout, par la force seule, d'une telle résistance.

Mais comment arrêter un homme décidé à vaincre à tout prix, quels que fussent les obstacles ? Le problème paraissait insoluble, jusqu'à ce qu'Eragon eût compris que le seul moyen de dominer Murtagh était de lui donner ce qu'il voulait. Pour obtenir ce qu'il désirait lui-même, Eragon devait accepter la défaite.

Pas totalement, cependant. Il ne pouvait laisser Murtagh libre de satisfaire les attentes de Galbatorix. Il accorderait la victoire à Murtagh pour mieux assurer ensuite la sienne.

Saphira, qui suivait avec angoisse le déroulement de ses pensées, protesta :

« Non, Eragon. Il doit y avoir un autre moyen. »

« Alors, dis-moi lequel, car je n'en vois pas. »

Elle gronda, et Thorn gronda en écho de l'autre côté du cercle de lumière.

« Choisis avec sagesse », conseilla Arya.

Et Eragon comprit ce que cela signifiait.

Murtagh se rua sur lui, et leurs lames se heurtèrent avec fracas. Puis ils se séparèrent et firent une pause, le temps de reprendre leur souffle. Quand ils se jetèrent de nouveau l'un sur l'autre, Eragon se déporta sur la gauche en laissant sa main droite s'écarter de son flanc, comme par lassitude ou par inadvertance. Ce n'était qu'un geste infime, il savait cependant que son adversaire exploiterait cette ouverture.

À cet instant, Eragon ne ressentait rien. Il avait encore conscience de ses blessures, mais comme si la douleur n'était pas vraiment la sienne. Son esprit était un lac d'eau profonde par un jour sans vent, étale et cependant habité par les reflets alentour. Ce qu'il voyait s'imprimait en lui sans qu'il fît intervenir sa volonté ; ce n'était plus nécessaire. Il comprenait tout, et y réfléchir n'aurait fait que le gêner.

Ainsi qu'il s'y attendait, Murtagh se fendit pour le frapper au ventre.

Au moment voulu, Eragon pivota, ni trop vite ni trop lentement, d'un mouvement bien réglé qui semblait le seul possible. Au lieu du ventre, la lame lui piqua le flanc droit, juste sous les côtes. Eragon crut recevoir un coup de marteau. Zar'roc émit un crissement métallique quand elle traversa les mailles du haubert pour entrer dans la chair, et la pointe de l'épée heurta le haubert en ressortant dans le dos du garçon.

Le froid de l'acier, plus que la douleur elle-même, lui coupa le souffle.

Murtagh eut l'air stupéfait. Avant qu'il soit revenu de sa surprise, Eragon lui enfonça Brisingr dans le ventre à la hauteur du nombril, lui infligeant une blessure bien pire que celle qu'il avait reçue.

Le visage du jeune homme se décomposa. Il tomba à genoux, la bouche ouverte, la main toujours serrée sur Zar'roc.

Thorn rugit.

Eragon dégagea Brisingr, recula d'un pas et grimaça un cri silencieux quand Zar'roc ressortit de son corps.

Murtagh lâcha son épée, qui rebondit bruyamment sur le sol. Puis, les bras serrés contre sa taille, il se plia en deux et posa le front contre la pierre.

Ce fut à Eragon de marquer sa stupeur.

Du haut de son trône, Galbatorix ordonna :

– Naina !

Des dizaines de lanternes se rallumèrent, éclairant de nouveau les colonnes, les statues et le bloc de granite auquel Nasuada était enchaînée.

Eragon s'approcha de Murtagh en titubant et s'agenouilla près de lui.

— La victoire va à Eragon, proclama le roi.

Et sa voix sonore résonna dans toute la salle.

Murtagh leva vers le garçon un visage couvert de sueur et crispé de douleur.

— Tu ne pouvais pas me laisser gagner, hein ? grommela-t-il entre ses dents. Tu es incapable de vaincre Galbatorix, mais tu voulais tout de même lui prouver que tu es meilleur que moi... Ah !

Pris d'un long frisson, il se mit à se balancer d'avant en arrière.

Eragon lui posa une main sur l'épaule.

— Pourquoi ? demanda-t-il, sachant que le jeune homme saisirait le sens de sa question.

La réponse lui parvint en un chuchotement à peine audible :

— Parce que j'espérais gagner ses faveurs et avoir une chance de *la* sauver.

Il se détourna, des larmes plein les yeux.

Eragon comprit alors que Murtagh lui avait dit la vérité, au début de leur duel. Il se tut, désemparé, conscient du regard intrigué que Galbatorix posait sur eux.

Murtagh dit alors :

— Tu m'as eu par ruse.

— C'était le seul moyen.

— Telle a toujours été la différence entre toi et moi, grogna le jeune homme.

Il plongea les yeux dans ceux d'Eragon :

— Tu étais prêt à te sacrifier, pas moi. Pas à l'époque.

— Maintenant, tu y es prêt.

— Je ne suis plus le même. J'ai Thorn, et...

Il hésita, esquissa un haussement d'épaules :

— Je ne me bats plus pour moi... ça change tout.

Il inspira douloureusement :

— Je te trouvais fou de risquer ta vie ainsi. À présent, je vois les choses autrement. Je comprends... pourquoi. Je comprends...

Ses traits se détendirent comme s'il avait oublié la douleur, et il parut illuminé d'une lumière intérieure :

— Je comprends... nous comprenons, chuchota-t-il.

Et Thorn émit un son étrange, mi-plainte, mi-grondement.

Galbatorix s'agita sur son trône et déclara d'un ton sec :

— Assez bavardé ! Le duel est terminé, Eragon l'a emporté. Il est temps que nos hôtes mettent un genou à terre et prononcent leur serment de fidélité. D'abord, approchez, vous deux, que je guérisse vos blessures.

Eragon allait se relever quand Murtagh le retint par la manche :

— Tout de suite, gronda Galbatorix, les sourcils froncés. Ou je vous laisse souffrir jusqu'à ce que nous en ayons terminé.

« Prépare-toi », articula silencieusement Murtagh.

Eragon eut une seconde d'hésitation ; puis il acquiesça d'un hochement de tête imperceptible et avertit Arya, Saphira, Glaedr et les autres Eldunarí.

Murtagh poussa alors son demi-frère de côté et se redressa sur les genoux, les bras toujours pressés autour de son ventre. Il fixa Galbatorix. Et il lança le Mot.

Le roi eut un mouvement de recul et leva une main comme pour se protéger.

À voix haute, Murtagh prononça d'autres mots en ancien langage, trop vite pour qu'Eragon puisse saisir le but du sort.

Un éclair rouge et noir jaillit autour de Galbatorix, et pendant un instant il parut environné de flammes. Il y eut un bruit semblable au souffle du vent à travers les pins, suivi d'une série de cris aigus tandis que douze sphères lumineuses apparaissaient autour du roi. Elles s'éloignèrent et traversèrent les murs de la salle avant de disparaître. Sans doute étaient-ce des esprits, mais Eragon les avait vus trop brièvement pour en être sûr.

Thorn se retourna avec la vivacité d'un chat à qui on a marché sur la queue et bondit sur le gigantesque cou de Shruikan. Le dragon noir mugit, secoua la tête pour se débarrasser de Thorn. La salle résonna de rugissements assourdissants, le sol trembla sous le poids des deux dragons.

741

Sur les marches de l'estrade, les enfants criaient en se bouchant les oreilles.

Arya, Elva et Saphira vacillèrent, délivrées de leurs liens magiques. Brandissant la Dauthdaert, Arya marcha vers le trône tandis que Saphira bondissait aux côtés de Thorn. Elva porta une main devant sa bouche et parut se dire quelque chose à elle-même, mais Eragon n'entendit rien, dans le vacarme.

Des gouttes de sang de la taille d'un poing pleuvaient autour d'eux et fumaient sur le sol.

Eragon s'élança alors pour rejoindre Arya.

Soudain, Galbatorix prononça le nom de l'ancien langage, suivi du mot « letta ». Des liens invisibles entravèrent le garçon, et le silence retomba dans la salle : la magie du roi les immobilisait tous, même Shruikan.

Eragon bouillait de rage et de frustration. Alors qu'ils étaient à deux doigts de frapper le roi, ses sortilèges les neutralisaient de nouveau.

— Saisissez-le ! cria-t-il.

Maintenant qu'ils avaient porté une attaque contre Galbatorix et Shruikan, le roi tuerait les enfants. La seule voie qui leur restait — leur ultime espoir de l'emporter — était de briser les barrières mentales de Galbatorix et de prendre le contrôle de ses pensées.

Avec le soutien de Saphira, d'Arya et des Eldunarí, Eragon projeta sa conscience telle une lame vers le roi, dirigeant en un unique rayon brûlant sa haine, sa colère et sa douleur au cœur même de son être.

Pendant un bref instant, il toucha l'esprit du roi : paysage effrayant strié d'ombres, balayé par un froid mordant et une chaleur torride, quadrillé de rigides barreaux de fer qui divisaient les diverses sections de son âme.

Puis, sur l'ordre de Galbatorix, les dragons fous, hurlants, rongés par la souffrance attaquèrent l'esprit du garçon, l'obligèrent à se retirer en lui-même pour éviter d'être mis en pièces.

Derrière lui, il entendit Elva entamer une phrase. À peine avait-elle émis un son que Galbatorix lançait :

— Theyna !

La fillette s'étrangla et se tut.

— Je lui ai arraché ses défenses, cria Murtagh. Il est...

Quoi qu'il eût dit, Galbatorix avait parlé trop vite et trop bas pour qu'Eragon en saisît la signification. Murtagh cessa de parler et s'écroula. Sa cotte de mailles et son casque tintèrent sur les pierres du sol.

— Je possède une infinité de défenses, gronda le roi, sa face d'oiseau de proie assombrie par la fureur. Vous ne m'atteindrez pas.

Il se leva de son trône, descendit les marches de l'estrade et marcha vers Eragon, sa cape bruissant autour de lui, et Vrangr, son épée d'une blancheur mortelle, à la main.

Dans les brèves secondes qui lui restaient, le garçon tenta de saisir l'esprit d'au moins un des dragons qui bataillaient contre sa conscience, mais ils étaient trop nombreux. Il ne put que repousser à grand-peine la horde des Eldunarí avant d'être totalement dominé.

Galbatorix s'arrêta à un pied de lui et le toisa, les mâchoires contractées. Une grosse veine fourchue battait à son front.

— Te crois-tu de force à me défier, gamin ? écuma-t-il. Te prends-tu pour mon égal ? Capable de me renverser et de me voler mon trône ?

Les tendons de son cou saillaient telles des cordes. Il tira sur les bords de sa cape :

— J'ai taillé ce manteau dans les ailes de Belgabad lui-même, ainsi que mes gants.

Élevant Vrangr, il maintint sa pointe blême devant les yeux d'Eragon :

— J'ai arraché cette épée aux mains de Vrael, et pris cette couronne sur la tête du pleutre pleurnichard qui la portait avant moi. Et tu prétends me défier ? *Moi* ? Tu t'introduis dans mon château, tu massacres mes hommes, tu te comportes comme si tu étais *meilleur* que moi. Comme si tu étais plus *noble* ou plus *vertueux* ?

Galbatorix le frappa à la joue avec le pommeau de Vrangr, lui éraflant la peau. Une constellation de points rouges tourbillonna devant les yeux d'Eragon.

– Tu mérites une leçon d'humilité, petit, reprit Galbatorix en s'approchant encore, jusqu'à ce que son regard flamboyant ne soit plus qu'à un pouce de celui du garçon.

Il le frappa à l'autre joue, et pendant une seconde, Eragon ne vit plus qu'une immensité noire parsemée d'éclairs.

– Je vais me réjouir de t'avoir à mon service.

D'une voix sourde, il lança :

– Gánga !

Eragon sentit la pression des Eldunarí contre son esprit se relâcher, le laissant de nouveau libre de réfléchir, mais pas ses compagnons, comme l'indiquaient leurs visages tendus.

Puis une lame mentale d'une finesse infinitésimale transperça sa conscience et pénétra la moelle de son être. La lame remua et, telle une graine de bardane, s'accrocha au tissu de son esprit, cherchant à détruire sa volonté, son identité, la connaissance qu'il avait de lui-même.

Eragon n'avait jamais subi une telle attaque. Il se rétracta, concentré sur une unique idée : la vengeance. À travers ce contact, il percevait les émotions qui traversaient Galbatorix : la colère, surtout, mais aussi une joie sauvage à l'idée de blesser sa victime, de la regarder se tordre d'impuissance. Il comprit alors ce qui donnait à Galbatorix une telle habileté : la jouissance perverse qu'il prenait à briser l'esprit de ses ennemis.

La lame s'enfonça plus profondément, et il hurla.

Galbatorix sourit, dévoilant ses dents de porcelaine translucide.

La seule défense ne permettait pas de gagner un combat. Malgré la douleur invalidante, Eragon s'obligea à contre-attaquer. Il plongea dans la conscience du roi, saisit ses pensées, aussi tranchantes que des lames de rasoir, s'efforça de les bloquer, d'empêcher le roi de réagir sans son accord.

Galbatorix ne fit aucune tentative pour se protéger. Son sourire cruel s'élargit, il fouailla plus profondément l'esprit du garçon. Celui-ci crut qu'un nœud de ronces le déchirait de l'intérieur. Un cri rauque lui arracha la gorge, et il s'affala, inerte, dans l'étreinte magique.

– Soumets-toi, dit le roi.

Il saisit le menton du garçon entre ses doigts d'acier :

– Soumets-toi.

La lame vrilla de nouveau, et Eragon hurla jusqu'à ce que la voix lui manque.

Les pensées inquisitrices se resserrèrent sur sa conscience, l'acculèrent dans le recoin le plus étroit de son esprit, ne lui laissant qu'un minuscule noyau lumineux sur lequel pesait l'ombre de la présence royale.

– Soumets-toi, murmura le roi, presque avec tendresse. Tu n'as nulle part où aller, nulle part où te cacher... La vie qui était la tienne arrive à son terme, Tueur d'Ombre ; une nouvelle t'attend. Soumets-toi, et tout sera pardonné.

Sa vision brouillée par les larmes, Eragon plongea dans les abysses des pupilles de Galbatorix.

Ils avaient perdu... *Il* avait perdu.

Cette idée était plus douloureuse que toutes ses blessures. Un siècle de luttes réduit à néant. Saphira, Elva, Arya, les Eldunarí : aucun d'eux n'était de force à vaincre Galbatorix. Il était trop puissant, il en savait trop. Garrow, Brom, Oromis, tous étaient morts pour rien, ainsi que les innombrables guerriers de tous les peuples qui avaient donné leur vie en se battant contre l'Empire.

Les larmes débordaient de ses yeux.

– Soumets-toi, chuchota le roi, et sa prise se resserra encore.

Plus que tout, c'était l'injustice de cette situation qui révoltait Eragon. Il lui semblait inacceptable que tant de gens eussent souffert et péri dans une quête sans espoir, que Galbatorix fût à lui seul la cause de tant de misères et qu'il reste impuni.

« Pourquoi ? » se demanda le garçon.

Il se rappela alors la vision que le plus vieil Eldunarí, Valdr, leur avait montrée, à lui et à Saphira, où les rêves des jeunes étoiles étaient aussi importants que les préoccupations d'un roi.

745

– Soumets-toi ! cria Galbatorix.

Son esprit pesa avec plus de force encore sur celui du garçon, tandis que des éclats de glace et de feu le traversaient en tous sens.

Eragon hurla et, dans son désespoir, rejoignit mentalement Saphira et les Eldunarí, dont les esprits étaient assiégés par les dragons fous contrôlés par Galbatorix ; sans le vouloir, il puisa dans leur réserve d'énergie.

Et, grâce à cette énergie, il lança un sort.

C'était un sort sans mot, car la magie du roi ne lui permettait pas d'agir autrement, et aucun mot n'aurait pu décrire ce qu'Eragon désirait ou ressentait. Une bibliothèque entière n'y aurait pas suffi. C'était un sort né de l'instinct et de l'émotion, hors de tout langage.

Ce qu'il demandait était à la fois simple et infiniment complexe : il voulait que Galbatorix *comprenne*... Qu'il comprenne la malignité de ses actes. Ce n'était pas une attaque, rien qu'une tentative pour communiquer. Si Eragon devait passer le reste de sa vie comme esclave de Galbatorix, il voulait au moins que celui-ci comprenne pleinement ce qu'il avait fait.

Tandis que la magie opérait, Eragon sentit Umaroth et les Eldunarí résister aux dragons pour se concentrer sur le sort qu'il avait lancé. Un siècle de chagrin et de colère déferla sur eux, et ils mêlèrent leurs esprits à celui d'Eragon, travaillèrent à élargir le sort, à l'approfondir, à le développer jusqu'à ce qu'il englobe bien plus qu'il n'était prévu.

Il montrerait à Galbatorix toute sa malfaisance et l'obligerait à éprouver chaque sentiment, bon ou mauvais, qu'il avait inspiré aux autres depuis sa naissance. Le sort surpassait en puissance tout ce qu'Eragon aurait pu inventer, car ce qu'il contenait débordait ce qu'une seule personne, un seul dragon était capable de concevoir. Chaque Eldunarí participait à l'enchantement, et la somme de leurs contributions recouvrait non seulement l'Alagaësia, mais aussi chaque instant vécu depuis la naissance de Galbatorix.

C'était sans nul doute, songea Eragon, le plus grand exploit de magie jamais accompli par les dragons, et il était leur instrument, il était leur arme.

Le pouvoir des Eldunarí s'engouffra en lui, fleuve aussi large qu'un océan, et il était comme un fragile vaisseau dont la coque menaçait de se déchirer sous la force du courant. Sans Saphira et les autres dragons, il serait mort en quelques instants, vidé de ses énergies par les exigences voraces de la magie.

Autour de lui, la lumière des lanternes faiblit, et il lui semblait entendre l'écho de milliers de voix, insupportable cacophonie de joies et de peines innombrables, venues à la fois du présent et du passé.

Les rides se creusaient sur le visage de Galbatorix, les yeux lui sortaient des orbites.

– Que fais-tu ? demanda-t-il d'une voix caverneuse.

Il recula, porta les mains à ses tempes :

– Que fais-tu ?

Eragon répondit avec effort :

– Je vous fais comprendre.

Le roi le fixa avec une expression d'horreur. Les muscles de son visage tressautaient, un tremblement lui secoua le corps. Il montra les dents :

– Tu ne m'auras pas, petit ! Tu... ne... m'auras...

Il grogna, chancela, et, d'un coup, le sort qui retenait Eragon se relâcha. Le garçon s'écroula, tandis qu'Arya, Elva, Saphira, Thorn, Shruikan et les deux enfants retrouvaient leur liberté de mouvement.

Un rugissement assourdissant de Shruikan emplit toute la salle ; l'énorme dragon noir se débarrassa de Thorn, qu'il projeta à plusieurs mètres de là. Le dragon rouge s'affala sur le flanc, et son aile se brisa avec un craquement sec.

– Je... ne... céderai... pas, haleta Galbatorix.

Derrière le roi, Eragon vit Arya, qui était plus proche que lui du trône, leur jeter un regard incertain. Puis elle s'élança vers l'estrade, suivie de Saphira, et courut vers Shruikan.

Thorn se remit sur ses pattes pour les rejoindre.

Le visage tordu comme celui d'un dément, Galbatorix bondit sur Eragon, Vrangr pointée en avant.

Le garçon roula sur le côté, et la lame heurta le sol à un pouce de sa tête. Il continua de rouler et se servit de son élan pour se remettre sur ses pieds. Seule l'énergie émanant des Eldunarí lui permit de rester debout.

Galbatorix chargea en hurlant ; Eragon esquiva le coup. Leurs épées sonnèrent comme des cloches, lançant un son clair parmi les rugissements des dragons vivants et les chuchotements des morts.

Saphira s'éleva dans les airs et martela jusqu'au sang l'énorme museau de Shruikan avant de se reposer. Il lui lança un coup de patte, griffes étendues, et elle sauta en arrière, les ailes un peu écartées.

Eragon abattit sauvagement sa lame, visant l'aisselle de Galbatorix. À sa grande surprise, il le toucha, et la pointe de Brisingr se teinta du sang du roi.

Un spasme secoua le bras de Galbatorix et lui fit manquer sa riposte. Les combattants se retrouvèrent avec leurs épées coincées garde contre garde, chacun d'eux poussant pour déséquilibrer l'autre. Le visage du roi se tordait au point d'en être méconnaissable ; des larmes roulaient sur ses joues.

Une langue de flamme passa au-dessus de leurs têtes, et l'air autour d'eux devint brûlant.

Quelque part, les enfants crièrent.

La jambe blessée d'Eragon se déroba, il tomba à quatre pattes, s'écorchant les doigts qui tenaient Brisingr. Il s'attendit à voir le roi bondir sur lui, mais Galbatorix resta où il était, chancelant.

– Non, cria-t-il encore. Non, je ne...

Les yeux fixés sur Eragon, il ordonna :

– Arrête ça !

Le garçon se releva péniblement et secoua la tête. Son avant-bras lui faisait mal ; il regarda Saphira et vit qu'elle portait une plaie sanglante à la patte avant correspondante. À l'autre bout de la salle, Thorn enfonça les dents dans la queue de Shruikan, qui pivota en grognant. Profitant de ce que l'attention du dragon noir était détournée, Saphira bondit et se plaqua sur son cou, à la base de son crâne. Elle enfonça ses griffes sous les écailles et le mordit entre les piques qui lui hérissaient la colonne vertébrale.

Le rugissement de Shruikan résonna comme un roulement de tonnerre ; il se débattit de plus belle.

Galbatorix se jeta de nouveau sur Eragon, qui para un coup, un autre, jusqu'à ce qu'un troisième l'atteigne dans les côtes. Il manqua de s'évanouir.

– Arrête ça ! répéta Galbatorix, sur un ton plus suppliant que menaçant. La douleur...

Shruikan émit un nouveau rugissement, plus désespéré que le précédent. Eragon vit Thorn et Saphira accrochés au cou du dragon noir, chacun d'un côté. Le poids combiné des deux dragons lui rapprochait la tête du sol. Mais le dragon noir était trop puissant, et sa nuque si épaisse que les morsures de Thorn et de Saphira ne pouvaient pas lui faire grand mal.

Puis, telle une ombre entre les arbres d'une forêt, Arya surgit de derrière une colonne et courut vers les dragons. Dans sa main gauche, la Dauthdaert verte luisait d'un éclat inhabituel.

Shruikan la vit venir. D'une secousse, il tenta de se débarrasser de ses deux agresseurs. Comme ils ne lâchaient pas prise, il rugit et cracha un torrent de flammes.

Arya plongea et, l'espace d'un instant, disparut derrière un rideau de feu. Puis Eragon la vit de nouveau, près de la tête de Shruikan. Le bout de ses cheveux brûlait, mais elle ne semblait pas s'en préoccuper.

En trois enjambées, elle escalada la patte avant du dragon noir et se jeta sur le côté de sa tête, laissant derrière elle un sillage lumineux de comète. Avec un cri qui retentit dans toute la salle, elle planta la Dauthdaert dans l'œil bleu glacier, enfonçant toute la longueur de la lance dans le cerveau de Shruikan.

Le dragon noir rugit, tressauta ; puis il s'affala lentement sur le côté, tandis qu'un feu liquide s'écoulait de sa gueule. Saphira et Thorn n'eurent que le temps de sauter à l'écart.

Les colonnes craquèrent ; des débris de pierre tombèrent du plafond et rebondirent avec fracas. Des lanternes éclatèrent avec des éclaboussures de substance fondue.

Le sol trembla, et Eragon faillit perdre l'équilibre. Il n'avait pas pu voir ce qui était arrivé à Arya et craignait que la masse énorme de Shruikan ne l'eût écrasée.

– Eragon, cria Elva. Baisse-toi !

Il obéit, et la lame blanche de Galbatorix siffla au ras de son dos.

Il se releva, se fendit...

... et atteignit Galbatorix au milieu du ventre, comme il avait frappé Murtagh.

Le roi recula avec un grognement, se dégagea de la lame de son adversaire. Il toucha la blessure de sa main libre et fixa ses doigts poissés de sang. Se tournant vers le garçon, il balbutia :

– Ces voix... Elles sont terribles... Je ne supporte pas ces voix...

Il ferma les yeux, et les larmes ruisselèrent sur ses joues.

– De la douleur... Tant de douleur... Tant de souffrances... Fais-les taire ! *Fais-les taire !*

– Non, dit Eragon.

Elva le rejoignit, ainsi que Saphira et Thorn. Le garçon fut soulagé de voir avec eux Arya, brûlée et ensanglantée mais sauve.

Galbatorix rouvrit brusquement les yeux – deux pupilles rondes perdues dans une curieuse masse de blanc – et son regard s'égara au loin, comme si Eragon et les autres n'existaient plus. Saisi de tremblements, il ouvrit la bouche ; aucun son n'en sortit.

Puis deux choses se produisirent simultanément. Elva s'évanouit avec un cri aigu, et Galbatorix lança :

– Waíse néiat ! Ne soyez pas !

Eragon n'avait pas de temps pour trouver des mots. Puisant de nouveau dans l'énergie des Eldunarí, il lança un sort pour les déplacer tous, Saphira, Arya, Elva, Thorn, Murtagh, les deux enfants et lui, autour de la dalle de granite à laquelle Nasuada était enchaînée. D'un autre sort, il bloqua ou repoussa tout ce qui serait susceptible de leur nuire.

Ils étaient à mi-chemin de la dalle quand Galbatorix se volatilisa dans un éclair plus éblouissant qu'un soleil. Puis, le sort de protection d'Eragon prenant effet, tout ne fut que silence et obscurité.

69
LES AFFRES DE LA MORT

Roran, assis sur une litière que les elfes avaient placée au sommet d'un bloc de pierre, au pied de la porte d'Urû'baen en ruine, lançait des ordres à ses hommes.

Quatre elfes l'avaient transporté hors de la ville, là où ils pouvaient user de magie sans crainte de la voir altérée par les enchantements de Galbatorix. Ils avaient soigné son bras disloqué, ses côtes brisées et toutes les autres blessures que Barst lui avait infligées. Ils l'avaient cependant averti que ses os ne retrouveraient pas leur solidité initiale avant des semaines et lui avaient interdit de remettre le pied par terre avant la fin de la journée.

Malgré tout, il avait insisté pour regagner le champ de bataille. Les elfes avaient tenté de l'en dissuader, mais il avait déclaré :

– Ou vous m'y portez ou j'y vais seul.

Ils avaient obtempéré à contrecœur, et à présent il était là, dominant la place du regard.

Comme il l'avait espéré, la mort de leur chef avait ôté aux soldats la volonté de se battre, et les Vardens les avaient repoussés dans les ruelles. Quand Roran revint, les trois quarts de la cité étaient déjà nettoyés, et l'armée alliée approchait de la citadelle.

Les pertes étaient lourdes – morts et agonisants jonchaient les rues, et le sang rougissait les caniveaux –, mais, grâce à ces dernières avancées, l'espoir de la victoire était revenu. Roran le lisait sur le visage des hommes, des nains et des Urgals, pas sur celui des elfes, que la mort de leur reine avait plongés dans une rage froide.

Les elfes inquiétaient Roran. Il en avait vu tuer sans le moindre état d'âme des hommes prêts à se rendre. Leur soif de sang, une fois libérée, ne semblait connaître aucune limite.

Peu après la chute de Barst, le roi Orrin avait reçu un carreau d'arbalète dans la poitrine en prenant d'assaut un corps de garde à l'intérieur de la ville. La blessure était sérieuse, de celles que les elfes eux-mêmes n'étaient pas certains de savoir guérir. Ses hommes avaient ramené Orrin au camp ; depuis, Roran n'avait aucune nouvelle de lui.

S'il n'était plus en mesure de se battre, le jeune homme pouvait encore donner des ordres. De sa propre initiative, il avait réorganisé l'armée en commençant par l'arrière. Il avait rassemblé les guerriers isolés pour les envoyer en mission à travers Urû'baen, avec pour tâche première de prendre les dernières catapultes le long des remparts. Dès qu'il obtenait une information qui pouvait être utile à Jörmundur, Orik, Martland Barbe Rouge ou quelque autre capitaine, ses messagers couraient la leur porter.

— ... Et si tu vois des soldats près du grand dôme de la place du marché, signale-le à Jörmundur, commanda-t-il à un grand maigre aux épaules saillantes.

— Oui, Monsieur, dit l'homme en avalant sa salive, ce qui fit bouger sa pomme d'Adam.

Roran leva la main :

— Va !

Tandis que l'autre s'éloignait au trot, Roran tourna son regard vers la citadelle, au-delà des toits, sous le surplomb rocheux.

« Où êtes-vous ? » se demanda-t-il.

Ni Eragon ni ses compagnons n'avaient donné signe de vie depuis leur entrée dans la place forte, et cette longue absence inquiétait le jeune homme. Il avait beau trouver de multiples explications à ce retard, aucune ne le rassurait. La moins alarmante était que Galbatorix se cachait et qu'ils devaient le chercher. Mais, après avoir mesuré la puissance de Shruikan, la nuit précédente, Roran n'imaginait pas le roi prêt à fuir ses ennemis.

Si ses pires craintes se confirmaient, la victoire des Vardens serait de courte durée, et ni lui ni aucun de ses hommes ne survivrait à cette journée.

Un de ses messagers – un archer aux cheveux filasse et aux joues cramoisies – surgit d'une ruelle. Il s'arrêta devant le bloc de pierre, courbé et pantelant.

– Tu as trouvé Martland ? s'enquit Roran.

L'archer hocha la tête, les cheveux collés sur son front luisant.

– Tu lui as délivré mon message ?

– Oui, Monsieur. Martland m'a chargé de vous dire...

Il s'interrompit le temps de reprendre haleine :

– ... que les soldats se sont retirés des bains. Ils se sont barricadés dans un bâtiment proche du mur sud.

Roran s'agita sur la litière, et un élancement parcourut son bras nouvellement soigné.

– Et les tours entre les bains et les greniers à blé ? Où en est-on ?

– Deux d'entre elles sont à nous ; on se bat encore pour prendre les autres. Martland a convaincu quelques elfes de l'aider. Il a aussi...

Un rugissement étouffé en provenance de la colline de pierre l'interrompit.

L'archer blêmit, ce qui fit paraître la rougeur de ses joues plus vive encore :

– Monsieur, est-ce que... ?

– Chut !

Roran tendit l'oreille. Seul Shruikan pouvait rugir aussi fort.

Pendant quelques instants, ils n'entendirent plus rien de notable. Puis un autre rugissement s'éleva de l'intérieur de la citadelle, et Roran crut percevoir d'autres bruits plus atténués, sans être sûr de les identifier.

Un troisième rugissement retentit, plus fort encore que le précédent.

Roran se raidit, les mains crispées sur le bord de la litière.

– Tuez-le, grommela-t-il. Tuez-le, ce salopard !

Une vibration, faible mais distincte, traversa la ville, comme si un poids énorme avait heurté le sol, suivi du fracas de quelque chose qui se brise. Le silence retomba, et chaque seconde qui passait semblait plus longue que la précédente.

– Vous croyez qu'ils ont besoin d'aide ? demanda l'archer à voix basse.

– On ne peut rien faire pour eux, répondit Roran, le regard fixe.

– Et si les elfes...

Le sol gronda et trembla ; puis la façade de la citadelle explosa en une déflagration de flammes jaunes et blanches, si éblouissantes que Roran distingua par transparence les os dans le cou de l'archer.

Il agrippa l'homme, roula avec lui sur le côté du bloc de pierre, tandis qu'un vacarme assourdissant leur vrillait les tympans. Il hurla, mais n'entendit pas son propre cri ; d'ailleurs, il n'entendait plus rien. Les pavés tressautèrent sous eux ; un nuage de poussière et de débris les enveloppa, obscurcissant le soleil, et une violente rafale de vent fouetta leurs vêtements.

La poussière obligea Roran à fermer les yeux. Il ne pouvait que s'agripper à son compagnon et attendre la fin du séisme. Il voulut prendre une inspiration ; le vent chaud chassa l'air devant son nez avant qu'il ait empli ses poumons. Quelque chose lui heurta la tête et emporta son casque.

Et les secousses succédaient aux secousses... Quand le sol se stabilisa enfin, Roran ouvrit les yeux avec appréhension.

On n'y voyait pas à cent pieds tant l'air était saturé d'un épais brouillard gris. Du ciel pleuvaient des débris de pierre et de bois mêlés à des flocons de cendre. Une poutre tombée – un morceau d'escalier brisé par les elfes quand ils avaient détruit la porte — achevait de brûler à quelques pas de là. La chaleur produite par l'explosion l'avait déjà à moitié consumée. Les hommes qui s'étaient trouvés à découvert gisaient à terre, certains remuaient encore, d'autres étaient morts.

Roran regarda l'archer. L'homme s'était mordu la lèvre et le sang lui coulait sur le menton.

Ils se relevèrent en s'aidant l'un l'autre. Là où s'était dressée la citadelle, on ne voyait plus qu'une pénombre grisâtre.

« Eragon ! Saphira ! »

Avaient-ils survécu à la déflagration ? Qui aurait pu survivre, au cœur d'un tel enfer ?

Roran déglutit à plusieurs reprises dans l'espoir de soulager ses tympans, qui sonnaient douloureusement, sans succès. Il toucha son oreille droite, ses doigts revinrent couverts de sang.

— Tu m'entends ? cria-t-il à l'archer.

Il ne perçut qu'une vibration dans sa trachée ; l'homme eut une mimique d'incompréhension.

Un violent vertige obligea Roran à s'adosser au bloc de pierre. Il pensa alors au surplomb de rocher, et il lui apparut soudain que toute la cité était en danger.

« Il faut qu'on parte d'ici avant que ça nous tombe dessus. »

Il cracha sur les pavés une salive sanglante mêlée de poussière et regarda de nouveau vers la citadelle. Elle était toujours cachée par un nuage de cendre. Le chagrin lui serra la gorge.

« Eragon. »

70
UNE MER D'ORTIES

L'obscurité, et dans cette obscurité le silence.

Eragon sentit sa glissade s'interrompre, puis... plus rien. Il respirait un air vicié, mort. Et, quand il voulut bouger, la pression sur le sort qu'il avait lancé s'intensifia.

Il chercha les esprits de ses compagnons pour s'assurer qu'il les avait sauvés. Elva était évanouie, Murtagh au bord de l'inconscience, mais tous étaient en vie.

Ce fut son premier contact mental avec Thorn. Le dragon rouge eut une sorte de tressaillement. Si ses pensées étaient plus sombres, plus tortueuses que celles de Saphira, leur puissance et leur noblesse impressionnèrent le garçon.

« Nous ne maintiendrons pas ce sortilège très longtemps », l'avertit Umaroth.

« Il le faut, sinon, nous mourrons », insista Eragon.

Plusieurs secondes s'écoulèrent.

Puis, sans aucun signe avant-coureur, la lumière lui inonda les yeux, des sons lui agressèrent les oreilles. Il grimaça et cligna des paupières.

À travers l'atmosphère saturée de fumée, un gigantesque cratère rougeoyait là où Galbatorix s'était tenu. Les pierres incandescentes palpitaient telle une chair vivante. Le plafond lui-même paraissait embrasé, et cette vision fit frémir Eragon : il lui semblait être au cœur d'un creuset géant.

Un goût de fer lui dessécha la bouche.

Les murs de la salle étaient fissurés ; les colonnes, les statues, les lanternes, pulvérisées. Au fond gisait le corps de Shruikan, à demi calciné. Du côté de l'entrée, l'explosion avait fracassé toutes les parois sur une grande profondeur, dévoilant un véritable labyrinthe de galeries et de corridors. Les vantaux de la splendide porte d'or pendaient, à demi arrachés de leurs gonds, et on distinguait la clarté du jour à l'extrémité du passage, à un quart de mile de là.

En se relevant, Eragon remarqua que le sort qu'il avait lancé continuait de puiser dans l'énergie des dragons, bien qu'à un rythme ralenti.

Un morceau de pierre de la taille d'une maison se détacha du plafond et s'écrasa près du crâne de Shruikan, où il explosa en dizaines de morceaux. Sous l'impact, de nouvelles fissures se mirent à courir sur les murs avec des craquements sinistres.

Arya s'approcha des enfants, souleva le garçonnet et monta avec lui sur le dos de Saphira.

— Envoie-moi la petite, dit-elle à Eragon.

Celui-ci prit le temps de rengainer Brisingr. Puis il empoigna la fillette et la lança à Arya, qui la reçut dans ses bras. Il courut ensuite vers Nasuada.

— Jierda ! prononça-t-il, la main sur les entraves qui la retenaient au bloc de granite.

La magie n'eut aucun effet. Il mit aussitôt fin au sort pour ne pas consumer trop d'énergie.

Nasuada émit un son étouffé, et il lui ôta son bâillon.

— Il faut trouver la clé, dit-elle. Le geôlier de Galbatorix la porte sur lui.

— On ne le trouvera jamais à temps !

Eragon tira de nouveau Brisingr et l'abattit sur la chaîne reliée à la menotte de gauche. Il y eut un éclair aveuglant ; l'épée rebondit sans même entamer le métal. Il fit une autre tentative. Rien à faire, la chaîne était protégée contre sa lame.

Un autre bloc de pierre tombé du plafond rebondit sur le sol avec fracas.

Eragon sentit une main se poser sur son épaule ; il se retourna. Murtagh se tenait derrière lui, un bras toujours pressé contre le ventre.

– Pousse-toi, grommela-t-il.

Le garçon obéit ; son demi-frère prononça alors le nom de tous les noms, comme il l'avait fait plus tôt, et ajouta :

– Jierda !

Les bracelets de fer se détachèrent.

Murtagh prit la jeune femme par le poignet pour l'entraîner vers Thorn. En voyant qu'elle lui passait un bras autour de la taille pour qu'il s'appuie sur elle, Eragon ouvrit la bouche, puis la referma. Il poserait ses questions plus tard.

– Attendez ! appela Arya.

Sautant à terre, elle se précipita vers Murtagh :

– Où est l'œuf ? Où sont les Eldunarí ? On ne peut pas les abandonner.

Murtagh plissa le front, et Eragon sentit le flot d'informations qui passait entre eux.

Arya pivota aussitôt pour courir vers une ouverture, à l'autre bout de la salle, ses cheveux brûlés voltigeant derrière elle.

– C'est trop dangereux ! s'exclama Eragon. Arya, reviens ! Tout va s'écrouler.

« Pars ! lui ordonna-t-elle mentalement. Mets les enfants à l'abri. Vite ! Tu n'as pas beaucoup de temps. »

Le garçon lâcha un juron. Elle n'avait même pas emmené Glaedr ! Il remit Brisingr au fourreau, alla relever Elva qui reprenait conscience.

– Qu'est-ce qu'il se passe ? s'enquit-elle tandis qu'il l'installait sur le dos de Saphira, derrière la fillette et le garçonnet.

– On s'en va. Tiens-toi bien !

Saphira s'était déjà ébranlée. Claudiquant à cause de sa patte blessée, elle contourna le cratère. Thorn la suivit, chevauché par Murtagh et Nasuada.

– Attention ! hurla Eragon quand un morceau de plafond rougeoyant se détacha juste au-dessus de leurs têtes.

Saphira fit un écart, le bloc de pierre la manqua de peu. Des éclats incandescents rebondirent en tous sens. L'un d'eux frappa Eragon et se ficha dans sa cotte de mailles. Il s'en débarrassa. De la fumée monta aussitôt de son gant, ainsi qu'une odeur de cuir brûlé. La chute de pierres s'intensifiait.

Quand Saphira arriva devant la porte d'or dégondée, Eragon se retourna vers Murtagh :

– Et les pièges ?

Le jeune homme secoua la tête et lui fit signe d'avancer.

La majeure partie du passage était jonchée de débris, ce qui ralentissait les dragons. De chaque côté, on voyait des salles et des galeries éventrées par l'explosion. À l'intérieur, tables, chaises et diverses pièces de mobilier brûlaient. Des corps pliés à des angles anormaux émergeaient des décombres, on apercevait parfois un visage ou un crâne noircis.

Eragon chercha des yeux Lupusänghren et ses jeteurs de sorts ; il ne vit aucune trace des elfes.

Plus loin, un flot de soldats et de serviteurs jaillissait des portes latérales et se précipitait vers l'entrée béante. Beaucoup de ces survivants souffraient de fractures, de brûlures, de multiples écorchures. Ils s'écartaient devant Saphira et Thorn, sans leur prêter vraiment attention.

Saphira atteignait presque l'extrémité du corridor quand un fracas d'avalanche retentit derrière eux : le plafond de la salle du trône s'était effondré.

« Arya ! » pensa Eragon.

Il chercha à la contacter mentalement, sans succès. Trop de matériaux les séparaient. Ou bien les sorts qui imprégnaient la roche faisaient obstacle. Ou bien – cette idée le glaça – elle était morte. Elle avait quitté la salle avant l'éboulement ; ça, il en était sûr. Mais comment retrouverait-elle son chemin, à présent que l'accès à la salle du trône était bloqué ?

Au sortir de la citadelle, l'air s'éclaircit, révélant les destructions provoquées par l'explosion. Sous les ardoises arrachées, les charpentes des toits brûlaient. Des incendies s'étaient allumés un peu partout. Des volutes sombres montaient vers le surplomb rocheux ; là, elles tourbillonnaient sous la surface de la pierre, tels des remous dans une rivière. Au sud-est de la ville, la fumée absorbait la lumière du soleil matinal, prenant des teintes d'opale orangée.

Les habitants d'Urû'baen qui fuyaient leurs maisons se déversaient dans les rues et couraient vers la brèche ouverte dans le mur d'enceinte. Les soldats et les serviteurs sortis de la citadelle venaient grossir leurs rangs. Eragon ne s'inquiétait guère d'eux ; tant qu'ils restaient pacifiques, ils pouvaient bien aller où ils voulaient.

Quand Saphira s'arrêta au milieu de la place carrée, Eragon fit descendre à terre Elva et les deux enfants. Il s'agenouilla devant ceux-ci :

– Savez-vous où sont vos parents ?

Avec un hochement de tête, le garçonnet désigna une grosse maison.

– C'est là que vous habitez ?

Nouveau hochement de tête.

– Eh bien, allez !

Il les poussa gentiment dans le dos.

Sans demander leur reste, le frère et la sœur galopèrent vers le bâtiment. La porte s'ouvrit à la volée. Un homme au crâne dégarni, une épée au côté, apparut sur le seuil et enveloppa les enfants de ses bras. Puis il les fit entrer en hâte, n'accordant qu'un bref regard à Eragon.

« Eh bien, fit remarquer celui-ci, ce n'était pas difficile. »

« Galbatorix a dû envoyer ses hommes capturer les premiers petits qu'ils trouveraient, commenta Saphira. On ne lui a pas laissé le temps de s'y prendre autrement. »

« Sans doute. »

Thorn s'accroupit à une dizaine de pas de Saphira. Nasuada aida Murtagh à mettre pied à terre, et le jeune homme s'affala contre le ventre de son dragon. Eragon l'entendit réciter une formule de guérison.

Le garçon examina alors les blessures de Saphira, plus sérieuses que les siennes. L'entaille à sa cuisse gauche mesurait deux largeurs de main, et une flaque de sang se formait déjà autour de sa patte.

« Croc ou griffe ? » demanda-t-il.

« Griffe. »

Il puisa dans ses forces et dans celles de Glaedr pour fermer la plaie.

Il s'occupa ensuite de ses propres plaies, à commencer par celle qui lui brûlait le flanc, là où Murtagh l'avait transpercé.

En même temps, il observait ce dernier du coin de l'œil, veillant à ce qu'il soigne correctement la blessure de son ventre, l'aile brisée de Thorn et ses autres lésions. Nasuada demeura aux côtés du jeune homme, une main posée sur son épaule. Eragon s'aperçut que Murtagh avait récupéré Zar'roc avant de quitter la salle du trône.

Il se tourna alors vers Elva, qui attendait près de là. Elle paraissait souffrir, bien qu'il ne vît pas de sang sur elle.

– Tu es blessée ?

Elle secoua la tête, le visage crispé :

– Non, mais beaucoup le sont.

Elle désignait le flot des fuyards se déversant de la citadelle.

– Mmh...

Eragon reporta son attention sur Murtagh, qui s'était redressé et discutait avec Nasuada. Celle-ci paraissait contrariée.

D'un geste vif, Murtagh la saisit soudain par le col de sa tunique et déchira le tissu.

Eragon avait déjà à demi sorti Brisingr de son fourreau quand il vit les zébrures cramoisies sous les clavicules de la jeune femme. Il sursauta comme s'il avait reçu une gifle. Cela lui rappelait les balafres sur le dos d'Arya après que Murtagh et lui l'avaient délivrée à Gil'ead.

Nasuada baissa la tête.

Murtagh se remit à lui parler, employant cette fois – Eragon en était sûr – l'ancien langage. D'un geste doux, presque hésitant, il posa les mains sur diverses parties de son corps ; à l'expression de soulagement qu'elle eut alors, Eragon prit la mesure des souffrances qu'elle avait endurées.

Tandis qu'il observait la scène, le garçon fut soudain submergé par une violente vague d'émotion. Ses genoux se dérobèrent, il dut s'asseoir sur la patte de Saphira. Elle fourra son museau dans le creux de son épaule, et il appuya sa joue contre elle.

« On a réussi », dit-elle à voix basse.

« On a réussi. »

Il n'arrivait pas à y croire.

Il sentit qu'elle pensait à la mort de Shruikan. Aussi malfaisant qu'eût été le grand dragon noir, elle pleurait la disparition d'un des derniers représentants de leur espèce.

Eragon s'accrocha à ses écailles. Il se sentait léger, presque étourdi, comme s'il flottait à la surface de la Terre.

« Et maintenant... ? »

« Maintenant, nous allons rebâtir », dit Glaedr.

Ses propres émotions étaient un curieux mélange de satisfaction, de chagrin et d'inquiétude.

« Tu peux être fier, Eragon. Personne d'autre que toi n'aurait imaginé attaquer Galbatorix de cette manière. »

– Je voulais seulement lui faire comprendre..., murmura le garçon avec lassitude.

Si Glaedr l'entendit, il préféra ne rien ajouter.

« Enfin, le Briseur d'Œufs est mort », se réjouit Umaroth.

Il semblait impossible à Eragon que Galbatorix n'existât plus. Quelque chose se libéra alors dans son esprit, et il se souvint – aussi clairement que s'il l'avait toujours su – de tout ce qu'ils avaient découvert dans la Crypte des Âmes.

Une décharge le traversa :

« Saphira... »

« Je sais, dit-elle, aussi excitée que lui. Les œufs ! »

Il sourit. Les œufs ! Des œufs de dragons ! Leur espèce ne s'éteindrait pas. Les dragons survivraient, prospéreraient et retrouveraient leur gloire passée, celle qui était la leur avant la chute des Dragonniers.

Puis un affreux soupçon le saisit :

« Umaroth, demanda-t-il, avez-vous effacé autre chose de nos mémoires ? »

« Si c'était le cas, répliqua le dragon blanc, comment le saurions-nous ? »

À cet instant, Elva pointa le doigt :

– Regardez !

Arya sortait de la bouche noire de la citadelle. Derrière elle venaient Lupusänghren et ses jeteurs de sorts, écorchés, contusionnés, mais sains et saufs. Arya portait dans ses bras un coffret en bois muni de fermoirs dorés. Une longue rangée de boîtes métalliques – chacune de la taille d'un chariot – flottait derrière les elfes, à quelques pouces au-dessus du sol.

Fou de joie, Eragon courut à leur rencontre :

– Vous êtes vivants !

Il étreignit l'elfe à la fourrure de loup, qui parut fort décontenancé.

Posant sur le garçon ses yeux jaunes, Lupusänghren sourit de toutes ses dents :

– Nous sommes vivants, Tueur d'Ombre.

– Et ce sont les... Eldunarí ?

Il prononça le mot à voix basse.

Arya hocha la tête :

– Ils étaient dans la salle du trésor de Galbatorix. Nous devrons y retourner ; il y tenait cachés bien d'autres objets précieux.

– Les Eldunarí, comment vont-ils ?

– Ils sont très perturbés. Il leur faudra des années pour se remettre, s'ils se remettent un jour.

– Et c'est... ?

Il désigna le coffret.

Arya jeta un coup d'œil autour d'elle pour s'assurer que personne n'était à proximité. Puis elle souleva le couvercle de la largeur d'un doigt. Dans le coffret, sur un coussin de velours, reposait un magnifique œuf vert veiné de blanc.

Devant la joie qui illuminait le visage d'Arya, le garçon sentit son cœur se dilater. Avec un sourire, il fit signe aux autres elfes d'approcher. Quand ils furent réunis autour de lui, il se mit à chuchoter en ancien langage et leur révéla l'existence des œufs sur Vroengard.

Il n'y eut ni rires ni exclamations, mais tous les yeux brillaient, et une vibration excitée parcourut leur assemblée. Eragon sautillait sur place, ravi de leur réaction.

Saphira s'exclama alors :

« Eragon ! »

Au même instant, Arya se rembrunit :

– Où sont Thorn et Murtagh ?

Le garçon se retourna. Nasuada était seule. Près d'elle étaient posés deux sacs de selle qu'il ne se rappelait pas avoir vus sur le dos du dragon rouge. Un coup de vent balaya la place, accompagné d'un battement d'ailes. Pourtant, ni Thorn ni Murtagh n'étaient visibles.

Eragon projeta ses pensées dans la direction que – pensait-il – ils avaient prise. Il sentit leur présence, car ils ne dissimulaient pas leurs esprits, mais ils refusèrent le contact.

– Bon sang, grommela-t-il.

Il courut vers Nasuada qui, les joues ruisselant de larmes, ravalait ses sanglots.

– Où sont-ils partis ?

– Loin.

Son menton se mit à trembler. Puis elle prit une profonde inspiration et se redressa.

Eragon lâcha un juron. Il se pencha pour ouvrir les sacs de selle. Ils contenaient quelques petits Eldunarí dans des boîtes matelassées.

– Arya ! Lupusänghren ! appela-t-il en leur montrant les sacoches.

Les deux elfes opinèrent.

Il revint en courant vers Saphira. Il n'eut pas besoin de s'expliquer, elle avait compris. Il n'était pas encore sur son dos qu'elle déployait déjà ses ailes. Dès qu'il fut en selle, elle décolla.

Des acclamations montèrent de la ville quand les Vardens la virent s'envoler.

Saphira s'élança à la poursuite de l'odeur musquée que Thorn laissait sur son passage. Elle la mena vers le sud, hors de l'ombre du surplomb rocheux, avant de lui faire contourner la grande saillie pour remonter vers le Ramr.

Sur plusieurs miles, la piste continua tout droit jusqu'au large fleuve bordé d'arbres. Là, elle virait à angle droit.

Eragon aperçut bientôt un éclair rouge au pied d'une petite butte, sur l'autre rive :

« Par là ! »

Saphira avait repéré Thorn. Elle descendit en décrivant un large cercle et se posa sans bruit au sommet de la colline pour avoir l'avantage de la hauteur. L'air qui montait du fleuve, humide et frais, charriait des odeurs de mousse, de boue et de sève. Entre la colline et le fleuve s'étendait un champ d'orties, si dense qu'il aurait fallu s'y frayer un chemin à la faux. Le bruissement de leurs sombres feuilles dentelées se mêlait aux bruits du courant. Thorn était accroupi en bordure du champ, et Murtagh ajustait les sangles de sa selle.

Tirant Brisingr du fourreau, Eragon s'approcha prudemment. Sans se retourner, Murtagh dit :

– Tu veux m'empêcher de partir ?

– Ça dépend. Où vas-tu ?

– Je ne sais pas. Vers le nord, peut-être... loin de tous les autres peuples.

– Tu pourrais rester.

Murtagh eut un rire sans joie :

– Tu sais très bien que non. Je ne ferais que causer des problèmes à Nasuada. D'ailleurs, les nains n'accepteraient jamais. J'ai tué Hrothgar.

Il jeta un regard à Eragon par-dessus son épaule :

– Galbatorix m'appelait « Tueur de Roi ». Toi aussi, tu es un Tueur de Roi, désormais.

– Ça doit être un trait de famille.

– Tiens Roran à l'œil, alors... Et Arya est une tueuse de dragon. Ça ne doit pas être facile, pour un elfe, d'avoir tué un dragon. Tu devrais aller lui parler, t'assurer qu'elle va bien.

Cette sollicitude surprit Eragon :

– Je le ferai.

– Voilà, dit Murtagh en tirant une dernière fois sur la sangle.

Il se tourna vers le garçon, et celui-ci vit qu'il tenait Zar'roc, prêt à s'en servir.

– Je te le demande à nouveau : tu veux m'empêcher de partir ?

– Non.

Avec un léger sourire, Murtagh rengaina son épée :

– Bon. J'aurais détesté devoir me battre encore une fois avec toi.

– Comment as-tu réussi à te libérer de l'emprise de Galbatorix ? Grâce à ton vrai nom, c'est ça ?

Murtagh acquiesça :

– Comme je te l'ai dit, je ne suis plus... – il tapota le flanc de Thorn – nous ne sommes plus ce que nous étions. J'ai fini par le comprendre.

– Et Nasuada ?

Murtagh se rembrunit, et son regard se perdit dans la mer d'orties. Puis il répondit à voix basse :

– Te souviens-tu de notre dernière rencontre près de ce fleuve ?

– Ce serait difficile de l'oublier. J'entends encore les hennissements des chevaux.

– Toi, Saphira, Arya et moi, tous ensemble et sûrs que rien ne nous arrêterait...

Au fond de son esprit, Eragon sentait que Saphira et Thorn conversaient. Elle lui raconterait sûrement plus tard ce qu'ils s'étaient dit.

— Que vas-tu faire ? demanda-t-il à Murtagh.

— M'asseoir et réfléchir. Je pourrais bâtir un château. Rien ne presse.

— Et rien ne t'oblige à partir. Je sais que ce serait... difficile. Mais tu as de la famille, ici. Il y a moi, et Roran. Il est aussi ton cousin, et tu ne l'as jamais rencontré. Tu appartiens autant à Carvahall et à la vallée de Palancar qu'à Urû'baen, peut-être même plus.

Murtagh secoua la tête sans cesser de contempler les orties :

— Ça ne marcherait pas. Thorn et moi avons besoin d'être seuls. Nous avons besoin de temps pour guérir. Si nous restions, nous serions trop occupés, nous n'arriverions pas à mettre les choses au point.

— De bonnes occupations en bonne compagnie sont souvent le meilleur remède aux maladies de l'âme.

— Pas après ce que Galbatorix a fait de nous... Et puis, vivre près de Nasuada serait trop douloureux, pour elle comme pour moi. Non, nous devons partir.

— Tu penses être absent longtemps ?

— Jusqu'à ce que le monde ne paraisse plus aussi rempli de haine, qu'on ne se croie plus obligés de déchiqueter les montagnes et de rougir la mer de sang.

Contre ça, Eragon n'avait pas d'argument. Ils restèrent un moment à contempler le fleuve, par-delà la ligne des saules. Le bruissement des orties, agitées par le vent, monta plus fort.

Puis Eragon déclara :

— Quand tu en auras assez de la solitude, viens nous retrouver. Tu seras toujours le bienvenu près de notre foyer, où qu'il soit.

— Je le ferai, promis.

L'espace d'une seconde, Eragon vit s'embuer les yeux de Murtagh.

— Tu sais, reprit celui-ci, je ne te croyais pas capable de le faire... mais je suis heureux que tu l'aies fait.

— J'ai eu de la chance. Et rien n'aurait été possible sans ton aide.

Le jeune homme acquiesça, songeur, avant de reprendre :

– Tu as trouvé les Eldunarí dans les sacoches ?

Eragon fit signe que oui.

– Bien.

« Je le lui dis ? » demanda le garçon à Saphira.

Elle réfléchit quelques secondes :

« Oui, mais ne révèle pas l'emplacement. Parle-lui, je vais parler à Thorn. »

« Comme tu voudras. »

– Il y a une chose que tu dois savoir, Murtagh, dit-il.

Le jeune homme lui lança un regard oblique.

– L'œuf que Galbatorix possédait, ce n'est pas le dernier en Alagaësia. Il y en a d'autres, cachés à l'endroit où nous avons trouvé les Eldunarí qui nous accompagnaient.

Murtagh le dévisagea avec incrédulité. Au même instant, Thorn arqua le cou et émit un rugissement semblable à une sonnerie de trompette, qui fit s'envoler une nuée d'hirondelles.

– Combien ?

– Des centaines.

Murtagh en resta sans voix. Puis il reprit :

– Que vas-tu en faire ?

– Moi ? Il me semble que Saphira et les Eldunarí auront leur mot à dire. Sans doute chercherons-nous un lieu sûr pour qu'ils puissent éclore. Et nous rebâtirons la caste des Dragonniers.

– Vous les entraînerez, Saphira et toi ?

Eragon haussa les épaules :

– Avec l'aide des elfes. Et avec la tienne, si tu nous rejoins.

Le jeune homme rejeta la tête en arrière et expira longuement :

– L'ère des dragons et des Dragonniers revivra.

Il rit doucement :

– Le monde va changer.

– Il a déjà changé.

– Oui. Saphira et toi allez devenir les nouveaux chefs des Dragonniers, tandis que Thorn et moi vivrons dans la solitude du désert.

Eragon voulut lui adresser une parole de réconfort, mais Murtagh l'arrêta d'un regard :

– Non, tout est bien ainsi. Vous ferez de meilleurs instructeurs que nous.

– Je n'en suis pas sûr.

– Mmh... Promets-moi cependant une chose.

– Laquelle ?

– Apprends à ceux que tu formeras à ne pas vivre dans la peur. À petites doses, la peur est stimulante ; quand elle t'accompagne constamment, pesamment, elle ronge ton identité et t'empêche d'accomplir ce que tu sais devoir accomplir.

– J'essayerai.

Eragon s'aperçut alors que Saphira et Thorn avaient achevé leur conversation. Le dragon rouge s'avança de façon à s'adresser à lui :

« Merci de n'avoir pas tué mon Dragonnier, Eragon-frère-de-Murtagh. »

– Oui, merci, ajouta Murtagh d'un ton sec.

Eragon plongea le regard dans l'œil rouge sang de Thorn :

– Je suis heureux de ne pas avoir eu à le faire.

Le dragon renifla et ploya le cou pour lui toucher la tête ; ses écailles cliquetèrent contre le casque d'Eragon :

« Que le vent et le soleil soient toujours dans ton dos. »

– Et dans le tien.

Eragon sentit peser sur son esprit la conscience de Glaedr, lourde de colère, de chagrin et de sentiments ambivalents. Thorn et Murtagh la perçurent aussi, car ils se raidirent comme dans l'attente d'une attaque. Eragon avait oublié la présence de Glaedr ainsi que des autres Eldunarí qui écoutaient, dans leur poche d'espace invisible.

« J'aimerais pouvoir t'adresser les mêmes remerciements, dit Glaedr, et ses mots avaient l'amertume du fiel. Tu as détruit mon corps et tué mon Dragonnier. »

C'était une simple constatation, elle n'en était que plus terrible.

Murtagh répondit en pensée, s'adressant à Glaedr, et Eragon n'eut droit qu'à la réaction du dragon d'or :

« Non, je ne peux pas. Toutefois, je comprends que tu étais soumis à Galbatorix, et que c'était lui qui dirigeait ton bras... Je ne peux pardonner, mais Galbatorix est mort, et avec lui mon désir de vengeance. Depuis votre naissance, Thorn et toi, vous avez connu des jours difficiles. Aujourd'hui, vous avez prouvé que le malheur ne vous avait pas brisés. Vous vous êtes retournés contre Galbatorix au risque de n'en tirer que de la douleur ; ce faisant, vous avez permis à Eragon de le tuer. Aujourd'hui, vous méritez pleinement tous deux le titre de Shur'tugal, bien que vous n'ayez été ni guidés ni formés. C'est... admirable. »

Murtagh inclina légèrement la tête, tandis que Thorn disait – et Eragon l'entendit :

« Merci, Ebrithil. »

Que Thorn ait utilisé ce mot honorifique parut étonner son Dragonnier, car il regarda son dragon, la bouche ouverte.

Puis Umaroth prit la parole :

« Nous connaissons les épreuves que vous avez traversées, Thorn et Murtagh, pour vous avoir observés de loin, comme nous observions Eragon et Saphira. Il y a bien des choses que nous pourrons vous enseigner le jour où vous y serez prêts. En attendant, sachez ceci : au cours de votre errance, évitez le tumulus d'Anghelm, où règne le dernier roi urgal, Kulkarek. Évitez aussi les ruines de Vroengard et d'El-Harím. Craignez les profondeurs, et ne vous aventurez pas sur les sols noirs et friables, là où l'air sent le soufre, car ils sont imprégnés de maléfices. Suivez ces conseils, et, à moins d'une grande malchance, vous ne rencontrerez pas de dangers dont vous ne soyez capables de triompher. »

Le dragon rouge et son Dragonnier remercièrent Umaroth ; puis, jetant un dernier regard vers Urû'baen, le jeune homme murmura :

– Nous devons partir.

S'adressant de nouveau à Eragon, il demanda :

771

– Te rappelles-tu le nom de l'ancien langage, ou la magie de Galbatorix obscurcit-elle encore ta mémoire ?

– Je m'en souviens... presque, mais...

Le garçon secoua la tête avec irritation.

Alors, Murtagh prononça le nom des noms à deux reprises : d'abord pour délivrer Eragon du sort d'oubli lancé sur lui par le roi ; puis pour l'inscrire dans la mémoire d'Eragon et de Saphira.

– Je ne le partagerai avec personne d'autre, ajouta-t-il. Si tous les magiciens connaissaient le nom de l'ancien langage, celui-ci perdrait ses pouvoirs.

Eragon opina.

Murtagh lui tendit alors la main, et le garçon l'agrippa par l'avant-bras. Ils restèrent ainsi un moment, les yeux dans les yeux.

– Sois prudent, dit Eragon.

– Toi aussi... mon frère.

Eragon hésita une brève seconde avant de hocher la tête :

– Mon frère.

Murtagh vérifia une dernière fois les harnais de Thorn avant de se mettre en selle. Alors que le dragon rouge ouvrait ses ailes, le jeune homme lança :

– Assure-toi que Nasuada bénéficie d'une bonne protection. Galbatorix avait beaucoup de serviteurs, bien plus qu'il me l'a jamais laissé entendre, et beaucoup d'entre eux n'étaient pas liés à lui par la seule magie. Ils chercheront à venger la mort de leur maître. Sois sans cesse sur tes gardes. Il y a parmi eux des créatures encore plus redoutables que les Ra'zacs.

Murtagh leva la main en signe d'adieu ; Eragon l'imita. Thorn bondit pour s'écarter du champ d'orties, laissant de profonds sillons dans la terre meuble, avant de s'élever dans le ciel.

Le dragon rouge décrivit trois cercles au-dessus d'eux, puis il vira vers le nord à lents battements d'ailes.

Eragon rejoignit Saphira au sommet de la butte ; ensemble, ils regardèrent Thorn et Murtagh s'éloigner. Lorsqu'ils ne furent plus qu'une étoile scintillante à l'horizon, le garçon se remit en selle et, emplis de tristesse, ils repartirent vers Urû'baen.

71

HÉRITIER DE L'EMPIRE

Eragon escaladait lentement les marches usées de la tour verte. Le soleil se couchait ; par les fenêtres qui perçaient le mur incurvé, à sa droite, il voyait les ombres s'étendre sur les bâtiments d'Urû'baen et, plus loin, la brume du soir recouvrir les champs. La masse sombre du surplomb rocheux dominant la cité apparaissait par intervalles.

La tour était haute, le garçon fatigué. Il aurait aimé voler jusqu'au sommet à dos de dragon. La journée avait été longue, il ne désirait que s'asseoir près de Saphira et boire une tasse de thé bien chaud en regardant la lumière s'éteindre peu à peu dans le ciel. Mais la tâche n'était pas encore achevée.

Après avoir quitté Murtagh et Thorn, il n'avait vu Saphira que deux fois depuis leur retour à la citadelle. Elle avait passé presque tout l'après-midi avec les Vardens, à pourchasser les derniers soldats rescapés, puis à rassembler dans des campements les familles qui avaient fui leurs maisons et s'étaient dispersées à travers la campagne, dans la crainte que le surplomb, en se brisant, n'écrase la cité.

Si la saillie avait tenu bon, c'était – avaient expliqué les elfes – grâce aux sorts qu'ils avaient jadis incrustés dans le rocher – au temps où Urû'baen s'appelait Ilirea –, et aussi parce que son épaisseur lui avait permis de résister à la déflagration presque sans dommage.

La colline elle-même avait absorbé les dangereuses émanations provoquées par l'explosion, bien qu'une grande partie se fût échappée par l'entrée de la citadelle, et presque tous ceux qui s'étaient tenus aux environs devraient recevoir des soins magiques pour ne pas mourir d'infection. Beaucoup étaient déjà malades. Avec les elfes, Eragon en avait sauvé le plus possible ; la force des Eldunarí lui avait permis de guérir une grande partie des Vardens ainsi que de nombreux habitants.

À cette heure, les elfes et les nains muraient la façade de la citadelle pour empêcher l'extension de la contamination. Cela après avoir fouillé le bâtiment à la recherche des survivants, qui s'étaient révélés nombreux : des soldats, des serviteurs, et des prisonniers entassés par centaines dans les cachots souterrains. L'immense quantité de trésors accumulés dans la citadelle, y compris l'importante bibliothèque de Galbatorix, devrait être récupérée plus tard. Ce ne serait pas une tâche facile. Beaucoup de salles s'étaient effondrées. D'autres, bien qu'encore debout, étaient si endommagées qu'elles représenteraient un danger pour quiconque s'y introduirait. De plus, il faudrait utiliser la magie pour éradiquer le poison qui imprégnait l'atmosphère, les pierres des murs et tous les objets contenus dans l'immense dédale de la forteresse. Et pour purifier tout ce qui en sortirait.

Une fois la citadelle scellée, les elfes purgeraient la cité et les terres environnantes des miasmes délétères, afin que la vie y redevienne possible. Eragon savait qu'il devrait aider aussi à cela.

Avant de joindre ses efforts à ceux des elfes pour soigner et placer des sorts de protection autour de tout le monde, dans Urû'baen et aux environs, il avait passé plus d'une heure à chercher, grâce au nom de l'ancien langage, les nombreux sortilèges dont Galbatorix avait bardé la ville et ses habitants. Il fallait à présent les éradiquer. Certains enchantements paraissaient bénins, voire utiles, comme celui qui empêchait les portes de grincer et tirait son pouvoir d'un cristal incrusté dans le battant. Mais Eragon n'osait en laisser un seul intact, aussi inoffensif qu'il parût, surtout ceux liés aux hommes et aux femmes qui avaient été sous les ordres de Galbatorix. Les serments de fidélité étaient les plus courants, mais on trouvait aussi des sorts destinés à augmenter tel ou tel talent ; d'autres encore dont le but restait mystérieux.

Alors qu'Eragon délivrait les nobles aussi bien que les roturiers de leur lien, il percevait parfois un cri d'angoisse, comme s'il venait de leur retirer un bien précieux.

Le pire moment fut celui où il libéra les Eldunarí que le roi avait entravés. Ils se mirent aussitôt à assaillir les esprits des gens, attaquant sans chercher à savoir qui était ami ou ennemi. Une vague de terreur courut alors dans Urû'baen, et chacun, même les elfes, chercha un endroit où se tapir, le visage blême d'effroi.

Puis Lupusänghren et les dix jeteurs de sorts qui lui restaient avaient attelé le convoi de coffrets métalliques contenant les Eldunarí à une paire de chevaux de trait pour les conduire loin de la ville, là où les pensées des dragons perdraient de leur pouvoir. Glaedr ainsi que plusieurs Eldunarí de Vroengard insistèrent pour accompagner les dragons fous.

Ce fut à cette occasion qu'Eragon vit Saphira pour la deuxième fois, quand il modifia le sort qui dissimulait Umaroth et les autres, de façon que cinq des Eldunarí puissent se joindre au convoi. Glaedr et ses cinq compagnons s'estimaient capables de calmer les dragons, si longtemps tourmentés par Galbatorix, et de communiquer avec eux. Eragon en était moins convaincu, tout en espérant qu'ils réussiraient.

Tandis que les elfes et les Eldunarí quittaient la cité, Arya posa à Eragon une question mentale depuis la porte en ruine où elle était en conférence avec les capitaines de l'armée d'Islanzadí. Pendant le bref instant où leurs esprits se touchèrent, il perçut la douleur que lui causait la mort de sa mère, et la colère au-delà du chagrin. Il vit la lutte qu'elle menait pour empêcher ses émotions de dominer sa raison. Tout le réconfort qu'il tenta de lui adresser lui parut bien dérisoire face à la perte dont elle souffrait.

De temps à autre, et surtout depuis le départ de Murtagh, Eragon éprouvait une pénible sensation de vide. Il s'était attendu à jubiler s'il réussissait à tuer Galbatorix. Or, bien qu'il en fût satisfait – car il *était* satisfait –, il ne savait plus quoi faire. Il avait atteint son but. Il avait escaladé la montagne impossible à gravir. À présent, sans objectif pour le guider, il se sentait perdu. Qu'allaient-ils faire de leur vie, désormais, Saphira et lui ? Quel sens lui donneraient-ils ? Certes, le moment venu, ils formeraient une nouvelle génération de dragons et de Dragonniers. Mais cette perspective n'avait guère de réalité tant elle lui paraissait lointaine.

Ces réflexions le rendaient malade. Il avait beau s'efforcer de penser à autre chose, les questions continuaient de le ronger, et son impression de vide persistait.

« Murtagh et Thorn ont peut-être fait le bon choix. »

L'escalier de la tour verte semblait une spirale sans fin. Le garçon montait péniblement, marche après marche ; les gens dans les rues avaient maintenant la taille de fourmis, ses mollets et ses chevilles lui brûlaient. Il vit des nids d'hirondelles sous l'arc des étroites fenêtres et, sur le rebord de l'une d'elles, un petit tas d'ossements, déjections d'une chouette ou d'un aigle.

Quand l'extrémité de l'escalier apparut enfin – une haute porte en ogive, noircie par le temps –, il s'arrêta pour remettre ses idées en ordre et reprendre son souffle. Puis il franchit les derniers degrés, souleva le loquet et pénétra dans une vaste salle ronde, au sommet de la tour elfique.

Ils étaient six à l'attendre, auprès de Saphira : Arya et Däthedr, l'elfe aux cheveux d'argent, le roi Orrin, Nasuada, le roi Orik et le roi des chats-garous, Grimrr Demi-Patte. À part Orrin, qui s'était assis, tous étaient debout, disposés en un large cercle. Saphira faisait face à l'escalier, devant l'ouverture qui lui avait permis de se poser dans la tour. Les derniers rayons du soleil traversaient la pièce, illuminant les gravures elfiques qui ornaient les murs et les motifs compliqués des mosaïques sur le sol ébréché.

Hormis Saphira et Grimrr, tous paraissaient tendus et mal à l'aise. Les yeux cernés d'Arya, ses mâchoires contractées trahissaient son chagrin. Eragon se désola de ne pouvoir alléger sa douleur. Orrin était installé dans un profond fauteuil, la main gauche appuyée sur le bandage qui lui enserrait la poitrine, la droite tenant une coupe de vin. Quand il remuait, c'était avec des précautions exagérées, comme s'il craignait de se faire mal ; Eragon supposa que cette mine compassée était due à sa blessure et non à la boisson. Däthedr tapotait d'un doigt le pommeau de son épée tandis qu'Orik s'appuyait sur le manche de Volund – son marteau, posé verticalement sur le sol à côté de lui –, le menton dans sa barbe. Nasuada croisait les bras comme si elle avait froid. À sa droite, Grimrr Demi-Patte regardait par une fenêtre d'un air indifférent.

Lorsqu'Eragon poussa la porte, tous les yeux se tournèrent vers lui. Un large sourire plissa le visage d'Orik :

– Eragon !

Il balança Volund sur son épaule, courut vers le garçon et lui saisit le bras :

– Je savais que tu le tuerais ! Beau travail ! Ce soir, on fait la fête, hein ? Que nos feux flambent bien haut et que nos voix s'élèvent jusqu'à ce que les cieux eux-mêmes renvoient l'écho de nos réjouissances !

Après une nouvelle claque sur le bras du garçon, Orik retourna à sa place et Eragon traversa la salle pour rejoindre Saphira.

« Petit homme », dit-elle en lui caressant l'épaule de son museau.

Il posa la main sur sa joue écailleuse, puisant du réconfort dans ce contact. Puis il projeta un fil de pensée vers les Eldunarí encore auprès d'elle. Ils l'accueillirent en silence. Comme lui, ils étaient exténués, et il comprit qu'ils préféraient assister sans intervenir à la discussion qui allait avoir lieu.

Seul Umaroth prononça :

« Eragon. »

Ce fut tout.

Personne, dans l'assistance, ne semblait décidé à prendre la parole. En bas de la tour, un cheval hennit. De la citadelle parvenait le bruit des piques et des burins. Le roi Orrin s'agita sur son siège et but une gorgée de vin. Grimrr renifla, se gratta une oreille.

Enfin, Däthedr brisa le silence :

— Il nous faut prendre une décision.

— Ça, on le sait, elfe, grommela Orik.

— Laissez-le parler, dit Orrin avec un geste de sa coupe sertie de pierres précieuses. J'aimerais avoir son avis sur la façon de procéder.

Un sourire un brin moqueur sur les lèvres, il adressa un petit signe de tête à Däthedr, comme s'il lui donnait l'autorisation de parler.

Däthedr s'inclina en retour. Si le ton du roi l'avait irrité, il n'en montra rien :

— Personne ne peut douter de la mort du tyran. Déjà la nouvelle de notre victoire vole à travers le pays. À la fin de la semaine, la défaite de Galbatorix sera connue dans la majeure partie de l'Alagaësia.

— Comme il se doit, dit Nasuada.

Elle avait échangé la tunique fournie par ses geôliers contre une robe d'un rouge sombre qui lui glissait des épaules et flottait autour de sa taille amaigrie, rendant d'autant plus criantes les séquelles de sa captivité. Pourtant, en dépit de cette apparence fragile, elle semblait avoir retrouvé son énergie. Au sortir de la citadelle, elle avait paru au bord de l'évanouissement, aussi vidée physiquement que mentalement. Quand Jörmundur l'avait vue dans cet état, il l'avait fait transporter dans une tente du camp, et elle avait passé le reste de la journée au calme. Eragon n'avait pu la consulter avant la réunion, il n'était donc pas sûr de son opinion sur l'affaire qui les rassemblait. S'il le fallait, il la contacterait en pensée, mais il espérait l'éviter, car il ne voulait pas violer son intimité. Pas maintenant. Pas après ce qu'elle avait enduré.

— Comme il se doit, répéta Däthedr d'une voix forte et claire qui résonna sous le haut plafond voûté. Cependant, lorsque les gens apprendront la chute de Galbatorix, la première question qu'ils poseront sera de savoir qui va prendre sa place.

Il les dévisagea l'un après l'autre avant de poursuivre :

— Il faut leur fournir une réponse dès à présent, avant que l'agitation ne se répande. Notre reine est morte. Roi Orrin, vous êtes blessé. Les rumeurs iront bientôt bon train. Nous devons les faire taire. Laisser traîner les choses serait désastreux. Chaque seigneur possédant une petite armée voudrait prendre la tête de son insignifiante monarchie. Si cela arrivait, l'Empire serait vite désintégré en une multitude de royaumes. Aucun de nous ne le souhaite. Il faut choisir un successeur, le choisir et le nommer, si difficile que ce soit.

Sans se retourner, Grimrr déclara :

— Ce n'est pas au plus faible de diriger la meute.

La bouche du roi Orrin s'étira sans que ses yeux sourient :

— Et quel rôle pensez-vous jouer dans tout cela, Arya, Däthedr ? Vous, roi Orik ? Et vous, roi Demi-Patte ? Nous vous sommes reconnaissants de nous avoir apporté votre aide et votre amitié, mais c'est aux humains de prendre cette décision, pas à vous. Nous nous gouvernons nous-mêmes et ne laissons personne choisir nos rois.

Nasuada se frotta les bras et, à la surprise d'Eragon, déclara :

— Je suis d'accord. Cette affaire nous regarde.

Elle chercha des yeux Arya et Däthedr :

— Je suis sûre que vous comprenez. Vous ne nous permettriez pas de désigner votre nouveau souverain.

Elle se tourna vers Orik :

— Pas plus que les clans ne nous auraient laissés désigner le successeur de Hrothgar.

— Non, admit Orik, ils ne l'auraient pas fait.

— Bien entendu, la décision vous appartient, reprit Däthedr. Loin de nous l'idée de vous dicter vos choix. Cependant, en tant qu'alliés et amis, n'avons-nous pas gagné le droit de vous offrir nos conseils sur un sujet d'une telle importance, d'autant qu'il nous concerne tous ? Quoi que vous décidiez, cela entraînera de multiples implications ; comprenez-le bien avant de vous déterminer.

Eragon comprenait parfaitement : c'était une menace. Si les elfes désapprouvaient leur choix, les conséquences seraient déplorables. Le garçon se retint de riposter vertement. La position des elfes était prévisible. Avec des enjeux aussi élevés, une erreur risquait d'entraîner des décennies, voire davantage, de mésentente.

— Ça me paraît... raisonnable, dit Nasuada.

Elle jeta un coup d'œil au roi Orrin. Celui-ci fixait sa coupe tout en faisant tourner le vin à l'intérieur :

— Et quel conseil souhaitez-vous nous donner, seigneur Däthedr ? Parlez, votre réponse m'intéresse.

L'elfe marqua une pause. Dans la chaude lumière du couchant, ses cheveux d'argent formaient un halo autour de sa tête :

— Celui ou celle qui portera la couronne devra posséder les talents et l'expérience indispensables à l'exercice du pouvoir. Le temps nous manque pour instruire qui que ce soit, et nous ne pouvons nous permettre d'essuyer les erreurs d'un débutant. De plus, cette personne devra offrir les garanties morales qu'exige une position aussi élevée. Il ou elle devra incarner un choix acceptable pour les guerriers des Vardens comme pour les habitants de l'Empire. Et si possible pour nous et vos autres alliés.

— Vos conditions sont extrêmement limitatives, fit remarquer Orrin.

— Elles sont essentielles au choix d'un bon chef d'État. N'est-ce pas votre avis ?

— Je vois plusieurs options que vous avez oubliées ou négligées, peut-être parce qu'elles vous déplaisent. Mais peu importe, continuez !

Les yeux de Däthedr s'étrécirent quoique sa voix restât égale :

— Le choix le plus évident – celui que tous, dans l'Empire, attendent – se porte sur celui qui a tué Galbatorix : Eragon.

L'air, dans la salle, devint cassant comme du verre.

Tous les yeux, même ceux de Saphira et du chat-garou, convergèrent sur le garçon, et il sentit Umaroth et les autres Eldunarí l'observer avec attention. Il les fixa à son tour, sans s'effrayer ni se formaliser de ces regards scrutateurs. Il chercha une réaction sur le visage de Nasuada ; à part une extrême gravité, il ne devina rien de ses pensées.

Troublé, il comprit soudain que le raisonnement de Däthedr était juste : il pourrait devenir roi.

Eragon s'accorda un moment pour envisager cette possibilité. Personne n'était en droit de lui refuser le trône, sauf Elva et peut-être Murtagh. Cependant, il savait à présent comment contrer les pouvoirs d'Elva, et son demi-frère n'était plus là pour le défier. Saphira – il le sentait mentalement – ne contesterait pas son choix. Et, bien qu'il ne pût déchiffrer l'expression de Nasuada, il avait l'étrange certitude que, pour la première fois, elle était disposée à lui céder le pas et à lui laisser le commandement.

« Quel est ton désir ? » demanda Saphira.

Il réfléchit encore avant de répondre :

« Mon désir... est de me rendre utile. Mais le pouvoir et la domination – que Galbatorix prisait tant – ne m'attirent en rien. Et puis, nous avons d'autres responsabilités. »

Reportant son attention sur l'assemblée, il déclara :

– Non. Ce ne serait pas souhaitable.

Le roi Orrin émit un grognement et but une gorgée de vin ; Arya, Däthedr et Nasuada se détendirent légèrement. Les Eldunarí, de leur côté, semblèrent satisfaits de cette réponse, même s'ils ne firent aucun commentaire.

– Je suis heureux de te l'entendre dire, reprit Däthedr. Tu serais un excellent dirigeant, je n'en doute pas. Ce ne serait cependant pas une bonne chose pour ceux de ta race, pas plus que pour les autres peuples d'Alagaësia, qu'un nouveau Dragonnier reçoive la couronne.

L'elfe aux cheveux d'argent recula légèrement quand Arya avança d'un pas et dit :

– Roran serait un autre choix.

– Roran ? s'écria Eragon, stupéfait.

Arya posa sur lui un regard solennel et farouche, aussi flamboyant qu'une émeraude dans le rayon de lumière oblique :

– C'est grâce à lui si les Vardens ont pris Urû'baen. Il est le héros d'Aroughs et de bien d'autres batailles. Les Vardens et tous les peuples de l'Empire le suivraient sans hésitation.

– Il est grossier, beaucoup trop sûr de lui, et n'a aucune expérience du pouvoir, objecta Orrin.

Avec un coup d'œil en coin vers Eragon, il s'empressa d'ajouter, légèrement confus :

– C'est toutefois un bon combattant.

Arya cligna lentement des paupières telle une chouette :

– Vous conviendrez que sa grossièreté dépend des personnes auxquelles il s'adresse, Votre Majesté. Cependant, vous avez raison, Roran manque d'expérience. Cela ne nous laisse que deux possibilités : vous, Nasuada ; et vous, roi Orrin.

Orrin s'agita de nouveau sur son siège, et les plis de son front se creusèrent, alors que Nasuada restait impassible.

– Je suppose, lui dit Orrin, que vous comptez faire valoir vos droits au trône.

Elle leva le menton :

– En effet.

Sa voix était aussi calme qu'une eau dormante.

– Alors, nous voilà dans une impasse, car je les proclame également. Et je ne céderai pas.

Il fit pivoter entre ses doigts le pied de sa coupe :

– Je ne vois qu'une façon de résoudre ce dilemme sans effusion de sang : que vous renonciez. Si vous restez sur votre position, vous détruirez tout ce que nous avons gagné aujourd'hui, et vous serez seule à porter le blâme du désastre que cela entraînera.

– Vous vous retourneriez contre vos propres alliés rien que pour refuser le trône à Nasuada ? l'interrogea Arya.

Le roi Orrin ne l'avait peut-être pas perçu, mais Eragon reconnut ce que ce ton froid et dur signifiait : elle était prête à frapper et à tuer sur-le-champ s'il le fallait.

– Non, répondit Orrin. Je me retournerais contre les Vardens pour *conquérir* le trône, c'est différent.

– Pourquoi ? demanda Nasuada.

– Pourquoi ? répéta Orrin, l'air outré. Mon peuple a hébergé, nourri, équipé les Vardens. Mes hommes ont combattu et sont morts aux côtés de vos guerriers, et notre pays a pris de plus grands risques que vous. Les Vardens n'ont pas de terre ; si Galbatorix avait vaincu Eragon et les dragons, ils auraient pu se disperser. Mais nous n'aurions eu nul endroit où aller, sinon au Surda. Galbatorix nous aurait frappés comme l'éclair, ne laissant derrière lui que ruines et désolation. Nous avons tout misé – nos familles, nos maisons, nos richesses et notre liberté – et, après tous ces sacrifices, croyez-vous que nous nous satisferons de retourner à nos champs sans autre remerciement qu'une petite tape sur la tête et votre royale reconnaissance ? Bah ! Autant ramper ! Depuis la bataille des Plaines Brûlantes, nous avons abreuvé la terre de notre sang, nous attendons notre récompense.

Il serra le poing :

– Nous exigeons à présent notre juste part du butin.

Les paroles d'Orrin ne semblèrent pas troubler Nasuada. Elle parut même pensive, presque compréhensive.

« Ne me dis pas qu'elle va donner ce qu'il demande à ce roquet », grommela Saphira.

« Patience, répondit Eragon. Elle n'a pas fini de nous étonner. »

– Espérons que vous parviendrez à un accord amiable, intervint Arya. Et...

– Naturellement, l'interrompit Orrin. Je l'espère aussi.

Son regard voleta de nouveau vers Nasuada :

– Mais je crains que son entêtement n'empêche cette jeune femme de comprendre que, sur ce point, il lui faudra céder.

– Et comme le disait Däthedr, poursuivit Arya, nous n'avons pas l'intention de nous mêler du choix de votre souverain.

Orrin eut un petit sourire satisfait :

— Je m'en souviens.

— Toutefois, en tant qu'alliés par serment aux Vardens, je dois vous rappeler que toute attaque contre eux équivaudrait à une attaque contre nous, et que nous agirions en conséquence.

Le visage d'Orrin prit l'expression pincée de qui vient de mordre dans un fruit aigre.

— Il en va de même pour les nains, ajouta Orik, dont la voix gronda tel un éboulement de pierres dans une galerie souterraine.

Levant sa patte mutilée, Grimrr Demi-Patte inspecta les ongles griffus de ses trois doigts restants :

— Peu nous importe qui deviendra roi ou reine, tant qu'on nous accordera, comme promis, un coussin à la droite du trône. Cependant, c'est avec Nasuada que nous avons passé cet accord ; et c'est Nasuada que nous continuerons de soutenir, tant qu'elle sera chef de meute des Vardens.

— Ah, ah ! s'exclama Orrin.

Il se pencha en avant, un coude appuyé sur le genou :

— Mais ce n'est plus elle qui commande les Vardens, c'est Eragon.

De nouveau, tous les regards convergèrent vers le garçon.

Avec une légère grimace, il répliqua :

— Il me semblait clair que je rendrais son autorité à Nasuada à la minute où elle serait libérée. Qu'il n'y ait donc aucun malentendu : Nasuada est le chef des Vardens, pas moi. Et j'estime que le trône lui revient de droit.

— Ben voyons ! ricana Orrin. Vous lui avez prêté serment. Bien sûr, vous estimez que le trône lui revient ! Vous n'êtes qu'un fidèle vassal aux ordres de son maître, et votre opinion n'a pas plus de valeur que celle de mes serviteurs.

— Non ! protesta Eragon. Vous vous trompez. Si je pensais que vous-même ou n'importe qui d'autre ferait un meilleur souverain, je le dirais ! Certes, j'ai prêté serment à Nasuada ; cela ne m'empêche pas de parler librement.

– Admettons. Mais votre loyauté envers elle trouble votre jugement.

– Comme votre loyauté envers le Surda trouble le vôtre, observa Orik.

Le roi Orrin se renfrogna. Il regarda tour à tour Eragon, Arya et Orik :

– Pourquoi vous liguez-vous toujours contre moi ? Pourquoi, dans chaque contestation, prenez-vous toujours son parti ?

Il désigna Nasuada d'un geste nerveux, et le vin déborda de la coupe :

– Pourquoi est-ce toujours elle qui vous inspire du respect, et non moi ou le peuple du Surda ? Vous privilégiez toujours Nasuada et les Vardens. Si mon père était encore en vie...

– Si votre père était en vie, le coupa Arya, il ne serait pas assis là à se lamenter sur la façon dont il est considéré. Il agirait en conséquence.

– Du calme, intervint Nasuada sans laisser à Orrin le temps de rétorquer. Les insultes ne nous mèneront à rien. Orrin, vos préoccupations sont légitimes. Vous avez raison ; les Surdans ont largement contribué à défendre notre cause. Je reconnais volontiers que, sans votre aide, nous n'aurions jamais pu attaquer l'Empire comme nous l'avons fait, et vous méritez une récompense à la mesure des risques encourus, des dépenses consenties et des pertes subies au cours de cette guerre.

Le roi Orrin eut un hochement de tête satisfait :

– Donc, vous céderez ?

– Non, dit Nasuada, plus calme que jamais. Je ne céderai pas. Mais j'ai une contre-proposition qui pourrait satisfaire les intérêts de tous.

Orrin émit un grognement impatienté.

– Ma proposition est la suivante, continua Nasuada. Une grande partie des régions que nous avons conquises doit être rattachée au Surda. Aroughs, Feinster et Melian vous appartiendront, ainsi que les îles du Sud dès qu'elles seront placées sous notre autorité. Par ces acquisitions, le Surda doublera sa superficie.

— Et en retour ? demanda Orrin en levant un sourcil.

— En retour, vous prêterez allégeance au trône d'Urû'baen, et à celui ou celle qui l'occupera.

La bouche d'Orrin se tordit :

— Et vous seriez la souveraine absolue de tous les territoires ?

— Ces deux royaumes – l'Empire et le Surda – doivent être réunis si nous voulons éviter de futures hostilités. Le Surda restera sous votre commandement, à une exception près : les magiciens des deux pays seront soumis à certaines restrictions, dont la nature exacte sera fixée plus tard. En outre, le Surda devra contribuer à la défense de nos deux territoires. Si l'un est attaqué, l'autre lui fournira une aide en hommes et en matériel.

Le roi Orrin posa sa coupe en équilibre sur ses genoux :

— Je repose ma question : pourquoi le trône devrait-il vous revenir, à vous plutôt qu'à moi ? Ma famille règne sur le Surda depuis que Dame Marelda a remporté la bataille de Cithrì, établissant à la fois le Surda et la Maison de Langfeld. Nous sommes les descendants directs de Thanebrand, Celui qui Donne l'Anneau. Nous avons combattu l'Empire pendant un siècle. Notre or, nos armes et nos armures ont permis aux Vardens de s'équiper et les ont soutenus au cours de ces dernières années. Sans nous, vous n'auriez pas résisté à Galbatorix. Les nains n'auraient pu subvenir à tous vos besoins, pas plus que les elfes, trop éloignés. Alors, encore une fois, pourquoi cette récompense vous reviendrait-elle, à vous, Nasuada, et non à moi ?

— Parce que, répondit la jeune femme, je serai une bonne reine. Et parce que j'ai la conviction – à la mesure de tout ce que j'ai fait en tant que chef des Vardens – que ce sera le mieux pour notre peuple et pour l'Alagaësia.

— Vous avez une haute opinion de vous-même.

— La fausse modestie n'est pas une qualité, moins encore chez ceux qui sont appelés à commander. N'ai-je pas amplement démontré mes capacités de chef ? Sans moi, les Vardens seraient encore terrés à Farthen Dûr, à attendre qu'un signe d'en haut leur indique le moment de marcher contre Galbatorix. J'ai conduit les Vardens de Farthen Dûr au Surda, j'ai fait d'eux une grande armée. Avec votre aide, oui, mais c'est moi qui les ai menés, moi qui ai obtenu l'alliance des nains, des elfes et des Urgals. Pourriez-vous en dire autant ? Celui ou celle qui trônera à Urû'baen devra traiter avec tous les peuples de ce pays, pas seulement le nôtre. Voilà ce que j'ai accompli, voilà ce que je veux accomplir.

Puis la voix de Nasuada s'adoucit, bien que son expression demeurât tout aussi résolue :

– Pourquoi désirez-vous tant la couronne, Orrin ? Pour être plus heureux ?

– Ce n'est pas une question de bonheur, marmonna-t-il.

– Ça l'est en partie. Voulez-vous vraiment gouverner l'Empire *et* le Surda ? Ce sera une tâche titanesque. Il y a un pays entier à reconstruire, des traités à négocier, des cités encore à prendre, des nobles et des magiciens à soumettre. Il faudra une vie entière rien que pour réparer les dommages causés par Galbatorix. Êtesvous vraiment désireux de vous lancer dans une telle entreprise ? Il me semble que vous préférerez reprendre vos occupations d'avant.

Le regard de Nasuada glissa de la coupe de vin, sur les genoux du roi, à son visage renfrogné :

– Si vous acceptez mon offre, vous pourrez retourner à Aberon et à vos expériences en philosophie naturelle. Le Surda sera plus grand, plus riche, et vous aurez toute liberté de vous consacrer à votre passion. N'en seriez-vous pas satisfait ?

– Il ne faut pas seulement faire ce qu'on veut, il faut faire ce qui est juste, répliqua Orrin.

– Certainement. Pourtant...

– De plus, si j'étais roi à Urû'baen, je poursuivrais les recherches qui m'intéressent aussi bien qu'à Aberon.

Nasuada fronça les sourcils, mais Orrin ne lui laissa pas le temps d'intervenir :

– Vous ne comprenez pas...

Il se renfrogna, but une gorgée de vin.

« Alors, expliquez-nous », grommela Saphira, et la couleur de ses pensées révélait son exaspération.

Orrin émit un petit ricanement, vida sa coupe et la jeta contre la porte. Plusieurs pierres sautèrent de leur logement et ricochèrent sur le sol.

– Je ne peux pas. Et je ne prendrai pas la peine d'essayer, dit-il en balayant la salle du regard. Vous êtes trop imbus de votre propre importance, tous autant que vous êtes ; vous ne comprendriez pas. Comment le pourriez-vous ? Vous ne savez pas ce que j'ai vécu.

Sous la barre sombre des sourcils, ses yeux étaient deux charbons d'un noir profond. Il se renversa sur son siège et s'adressa à Nasuada :

– Votre décision est prise ? Vous ne renoncerez pas à vos prétentions ?

Elle secoua la tête.

– Et si je maintiens les miennes ?

– Alors, nous serons en conflit.

Il regarda tour à tour Arya, Orik et Grimrr :

– Et vous la soutiendrez tous les trois ?

– Si les Vardens sont attaqués, les nains seront à leurs côtés, répondit Orik.

– Ainsi que les elfes, déclara Arya.

Orrin grimaça un sourire qui lui découvrit les dents :

– Mais loin de vous l'idée de nous dicter le choix de notre souverain, c'est bien ça ?

– Cela va de soi, confirma Orik, dont les dents jetèrent à leur tour un éclat menaçant dans le buisson de sa barbe.

– Cela va de soi...

Orrin reporta son attention sur Nasuada :

– Je veux Belatona, en plus des autres cités déjà mentionnées.

La jeune femme prit le temps de réfléchir :

— Vous gagnez déjà deux villes portuaires, Feinster et Aroughs, trois si on compte Eoam, sur l'île de Beirland. Je vous donne Furnost à la place, ainsi vous posséderez tout le lac Tüdosten, tandis que j'aurai le Leona.

— Leona est plus intéressant que Tüdosten, objecta Orrin. Il donne accès aux montagnes et à la côte nord.

— Certes. Mais vous avez déjà une ouverture sur le lac Leona depuis Dauth et la Jiet.

Le roi Orrin fixa le sol en silence. Le soleil qui disparaissait à l'horizon illuminait les nuages de ses derniers feux. Le ciel s'assombrit, les premières étoiles apparurent, minuscules têtes d'épingle trouant l'immensité crépusculaire. Une brise légère se leva, et son souffle qui caressait la tour porta aux oreilles d'Eragon le bruissement lointain de la mer d'orties.

Plus l'attente se prolongeait, plus il paraissait évident au garçon qu'Orrin allait rejeter la proposition de Nasuada. À moins qu'il ne reste assis là, muet, jusqu'au bout de la nuit.

Enfin, le roi s'agita sur son siège et releva la tête.

— Très bien, fit-il à voix basse. Tant que vous respecterez les termes de cet accord, je ne vous contesterai pas le trône de Galbatorix... Votre Majesté.

Un long frisson parcourut Eragon.

La mine grave, Nasuada vint se placer au milieu de la salle. Frappant alors le sol du manche de Volund, Orik proclama :

— Le roi est mort. Vive la reine !

— Le roi est mort. Vive la reine ! reprirent d'une seule voix Eragon, Arya, Däthedr et Grimrr.

Un sourire découvrit les crocs du chat-garou, et Saphira poussa un beuglement triomphal qui résonna sous le plafond voûté et courut au-dessus de la cité ténébreuse. Les Eldunarí projetèrent une onde d'approbation.

Nasuada se tint droite et fière, les yeux brillants de larmes dans la lumière grisâtre.

— Merci, dit-elle en posant un instant le regard sur chacun d'eux.

Ses pensées, cependant, semblaient dirigées ailleurs ; il émanait d'elle une tristesse profonde qu'Eragon fut sans doute le seul à remarquer.

L'obscurité tomba sur le pays ; le sommet de la tour verte demeura l'unique signal lumineux, très haut au-dessus de la ville.

72
UNE JUSTE ÉPITAPHE

Après leur victoire à Urû'baen, les semaines passèrent à la fois trop vite et trop lentement au gré d'Eragon. Trop vite parce qu'il y avait beaucoup à faire, pour lui et Saphira, et rares étaient les jours qui ne les trouvaient pas exténués au coucher du soleil. Trop lentement parce qu'il continuait de se sentir sans but, en dépit des nombreuses tâches dont Nasuada le chargeait. Il lui semblait être un bateau immobilisé en eau calme, attendant qu'un souffle de vent le pousse à nouveau vers sa destination.

Il resta encore quatre jours à Urû'baen avec Saphira après que Nasuada eut été choisie pour reine. Ils passèrent le plus clair de leur temps à apaiser les habitants, à contenir des foules irritées par la présence des Vardens et à poursuivre des groupes de soldats qui, ayant fui la ville, rançonnaient les voyageurs, les paysans et les domaines environnants pour subsister.

Ils participèrent également à la reconstruction de la porte principale. À la demande de Nasuada, Eragon y intégra plusieurs sorts pour empêcher les derniers fidèles de Galbatorix de s'y attaquer. Ces sorts n'avaient d'effet que sur les gens vivant dans la cité ou sur les terres voisines, mais les savoir en place rassurait les Vardens.

Eragon remarqua que tous, même les elfes, les traitaient différemment, Saphira et lui, depuis la mort de Galbatorix. Ils se montraient plus déférents, plus respectueux, surtout les humains, et les considéraient avec une sorte de crainte. Il s'en réjouit d'abord – Saphira, elle, s'en moquait –, puis s'en inquiéta quand il comprit que beaucoup de nains et de Vardens, dans leur désir de lui plaire, lui disaient ce que – selon eux – il avait envie d'entendre plutôt que la vérité. Cette découverte le perturba. Il ne faisait plus confiance qu'à Roran, Arya, Nasuada, Orik, et bien sûr Saphira.

Il ne vit Arya que très peu, ces jours-là. Au cours de leurs rares rencontres, elle lui parut repliée sur elle-même, sa façon à elle – devina-t-il – de dominer son chagrin. N'ayant jamais l'occasion de lui parler en privé, il ne lui offrit que de brèves et maladroites condoléances. Il lui sembla cependant qu'elle y était sensible, sans qu'il en fût tout à fait sûr.

Quant à Nasuada, une nuit de sommeil avait suffi à lui rendre toute son énergie, ce qui stupéfia le garçon. Le récit qu'elle fit de ses épreuves dans la Salle de Parle-Vrai décupla l'admiration qu'il lui portait, ainsi que sa considération envers Murtagh, dont par la suite elle ne fit plus mention. Elle complimenta Eragon sur la façon dont il avait dirigé les Vardens en son absence – bien qu'il eût souligné qu'il avait été au loin la majeure partie du temps – et le remercia de l'avoir secourue aussi vite, car, admit-elle, Galbatorix était sur le point de la briser.

Le troisième jour, Nasuada fut couronnée sur la place principale de la ville, devant une énorme foule d'humains, de nains, d'elfes, de chats-garous et d'Urgals. L'explosion qui avait mis un terme à la vie de Galbatorix avait détruit l'ancienne couronne des Broddring. Les nains en avaient donc forgé une nouvelle avec de l'or trouvé dans la ville et des pierres précieuses que les elfes avaient retirées de leurs casques et du pommeau de leurs épées.

La cérémonie fut simple et d'autant plus émouvante. Nasuada s'avança, à pied, depuis la citadelle en ruine. Elle avait revêtu une robe pourpre, couleur de la royauté, dont les manches coupées aux coudes dévoilaient les cicatrices de ses bras. Elva soutenait sa traîne bordée de vison, car Eragon, au souvenir des mises en garde de Murtagh, avait insisté pour que l'enfant-sorcière reste aussi près que possible de la nouvelle souveraine.

Un lent roulement de tambours accompagna la montée de Nasuada sur l'estrade érigée au centre de la place. Là, près du fauteuil sculpté qui lui tiendrait lieu de trône, l'attendaient Eragon et, juste derrière lui, Saphira. Devant la plate-forme se tenaient les rois Orrin, Orik et Grimrr, ainsi qu'Arya, Däthedr et Nar Garzhvog.

Arrivée sur l'estrade, Nasuada s'agenouilla devant Eragon et Saphira. Un nain du clan d'Orik présenta la couronne au jeune Dragonnier, et celui-ci la plaça sur la tête de Nasuada. Alors, arquant le cou, Saphira lui toucha le front de son museau, et déclara en même temps qu'Eragon :

« Lève-toi, reine Nasuada, fille d'Ajihad et de Nadara ! »

Les trompettes sonnèrent, et la foule, qui avait gardé jusque-là un silence de mort, lança une immense acclamation. Ce fut une cacophonie des plus étranges, car les rugissements des Urgals se mêlaient aux voix rauques des nains et aux timbres mélodieux des elfes.

Puis Nasuada prit place sur son trône. Le roi Orrin s'avança pour lui faire allégeance, suivi d'Arya, du roi Orik, de Grimrr Demi-Patte et de Nar Garzhvog, qui tous lui promirent solennellement l'amitié de leurs peuples respectifs.

Cette cérémonie remua profondément Eragon. En voyant Nasuada assise sur le siège royal, il eut du mal à retenir ses larmes. Avec ce couronnement, le spectre de l'oppression imposée par Galbatorix s'éloignait enfin.

Après quoi, ils festoyèrent ; les Vardens et leurs alliés firent la fête toute la nuit et toute la journée du lendemain. Eragon ne garda que peu de souvenirs de ces festivités, hormis la danse des elfes, les battements des tambours des nains et l'ascension d'une des tours par quatre Urgals qui, arrivés au sommet, soufflèrent dans des trompes taillées dans les cornes de leurs ancêtres. Les habitants se mêlèrent aux célébrations ; Eragon mesura leur joie et leur soulagement de n'être plus sous la coupe de Galbatorix.

Par-delà leur émotion, tous avaient conscience de vivre un moment unique, d'assister à la fin d'un âge et à l'avènement d'une ère nouvelle.

Le cinquième jour, alors que la porte était rebâtie et la ville à peu près sûre, Nasuada ordonna à Eragon et Saphira de voler jusqu'à Dras-Leona, et de là à Belatona, Feinster et Aroughs. Dans chaque cité, ils devraient utiliser l'ancien langage pour libérer tous ceux qui avaient juré fidélité à Galbatorix. Elle demanda aussi à Eragon de lier les soldats et les nobles avec des sorts qui les empêcheraient de saper les bases de la paix enfin rétablie, comme il avait lié les habitants d'Urû'baen. Ce qu'Eragon refusa, trouvant la méthode trop semblable à celle employée par Galbatorix pour contrôler ceux qui le servaient. La mesure se justifiait à Urû'baen, où des tueurs et d'anciens fidèles du tyran pouvaient se tenir embusqués, pas ailleurs. Après réflexion, Nasuada se rangea à son avis ; il en fut grandement soulagé.

Ils emmenèrent avec eux la moitié des Eldunarí de Vroengard ; les autres restèrent avec les cœurs des cœurs sauvés de la salle du trésor de Galbatorix. Lupusänghren et ses jeteurs de sorts – qui n'étaient plus assignés à la protection d'Eragon et de Saphira – transportèrent ces Eldunarí dans un château à plusieurs miles au nord-est d'Urû'baen, où il serait facile de les protéger contre quiconque tenterait de les voler, et où les pensées des dragons fous n'affecteraient pas d'autres esprits que ceux de leurs gardiens.

Eragon et Saphira ne se mirent en route qu'après s'être assurés que les Eldunarí étaient en sécurité.

Dès leur arrivée à Dras-Leona, Eragon fut stupéfait de la quantité de sorts tissés à travers la cité, ainsi que dans la tour noire de Helgrind. La plupart d'entre eux, des enchantements oubliés des temps anciens, dataient de plusieurs siècles. Il négligea ceux qui paraissaient inoffensifs, supprima les autres. Mais il avait souvent du mal à trancher et n'avait aucune envie de toucher à des sorts dont il ne comprenait pas l'objet.

Sur ce point, les Eldunarí se révélèrent fort utiles ; dans plusieurs cas, ils se rappelèrent qui avait lancé tel sort et pourquoi, ou purent en déterminer l'usage grâce à des informations sans signification pour le garçon.

Quand il arriva à Helgrind et aux diverses demeures des prêtres – qui avaient fui en apprenant la chute de Galbatorix –, Eragon ne prit pas la peine d'analyser la dangerosité des sorts ; il les éradiqua tous. Il se servit du nom des noms pour chercher la ceinture de Beloth le Sage parmi les ruines, sans succès.

Ils passèrent trois jours à Dras-Leona avant de se rendre à Belatona. Là aussi, Eragon détruisit les enchantements de Galbatorix, ainsi qu'à Feinster et à Aroughs. À Feinster, quelqu'un tenta de le tuer avec une boisson empoisonnée. Ses sorts le protégèrent, mais l'incident mit Saphira de fort mauvaise humeur.

« Si je coince la face de rat qui a fait ça, gronda-t-elle, je le mange tout vif en commençant par les orteils. »

Alors qu'ils revenaient vers Urû'baen, Eragon suggéra un léger détour. Saphira modifia sa trajectoire et vira, de sorte que la ligne d'horizon, brusquement verticale, partagea le monde en deux parties égales, le ciel d'un bleu sombre et la terre verte et brune.

Au bout d'une demi-journée de recherche, Saphira retrouva le groupe de collines de grès et, parmi elles, un haut mont escarpé aux flancs rougeâtres, percé d'une grotte à mi-pente. À son sommet étincelait un tombeau de diamant.

Eragon sentit sa poitrine se serrer : l'endroit était tel que dans son souvenir.

Saphira se posa près de la tombe, et ses griffes arrachèrent des éclats à la roche grêlée.

Eragon défit lentement les lanières qui lui retenaient les jambes, se laissa glisser à terre. En respirant l'odeur de la pierre tiède, il fut pris de vertige. L'espace d'un instant, il se sentit projeté dans le passé.

Il se secoua pour reprendre ses esprits, s'approcha de la tombe, plongea son regard dans les profondeurs du diamant. Et il vit Brom.

Son père.

Son aspect était resté inchangé; le diamant qui enserrait son corps l'ayant protégé des ravages du temps, sa chair ne montrait aucun signe de corruption. Son visage ridé avait gardé sa fermeté et même une légère teinte rosée, comme si le sang courait encore sous la peau. Brom semblait prêt à ouvrir les yeux et à se lever pour reprendre leur voyage inachevé. En un sens, il était devenu immortel, car il échappait au vieillissement et demeurerait à jamais le même, enfoncé dans son sommeil sans rêves.

Il reposait là, sa longue barbe blanche étalée sur sa poitrine, les mains refermées autour de la garde de son épée, comme Eragon les avait disposées. Près de lui était placé son bâton noueux, gravé – le garçon le voyait à présent – de glyphes en ancien langage.

Eragon sentit son regard se brouiller. Tombant à genoux, il laissa couler ses larmes en silence. Il entendit Saphira s'approcher, toucha son esprit et sut qu'elle aussi pleurait la perte de Brom.

Enfin, il se releva et s'appuya sur le bord de la tombe pour étudier le visage du mort. Maintenant qu'il savait la vérité, il découvrait des similitudes entre leurs traits, altérées par l'âge et dissimulées par la barbe, mais indiscutables. L'angle des pommettes, le pli entre les sourcils, la courbe de la lèvre supérieure, tout cela, le garçon le reconnaissait. Toutefois, il n'avait pas hérité du nez en bec d'aigle de son père; son nez, il le tenait de sa mère.

De nouveau, les larmes l'aveuglèrent. Le souffle court, il dit à mi-voix :

– Je l'ai fait... *Nous* l'avons fait. Galbatorix est mort, Nasuada est montée sur le trône, et nous sommes sains et saufs. Tu serais content, hein, vieux renard ?

Il s'essuya les yeux avec un petit rire :

— Et nous avons trouvé des œufs de dragons à Vroengard. Des œufs ! Les dragons ne s'éteindront pas. Saphira et moi, nous les élèverons. Aurais-tu imaginé ça ?

Il rit de nouveau ; il se sentait à la fois ridicule et alourdi de chagrin :

— Qu'aurais-tu pensé de tous ces évènements, je me le demande ? Tu es resté le même ; pas nous. Me reconnaîtrais-tu seulement ?

« Quelle question ! intervint Saphira. Tu es son fils. Comment pourrait-il te prendre pour quelqu'un d'autre ? »

Elle le frôla de son museau :

« D'ailleurs, ton visage n'a pas changé à ce point ; seule ton odeur est différente. »

— Ah ?

« Oui, tu sens l'elfe, maintenant... Et il ne me prendrait pas pour Glaedr ou Shruikan, que je sache ! »

— Non.

Eragon renifla et s'écarta de la tombe. Brom semblait si vivant, à travers le diamant, qu'il lui vint une idée ; une idée insensée, chimérique, qu'il voulut d'abord repousser mais que son émotion lui interdisait de rejeter. Il pensa à Umaroth et aux Eldunarí — à leur savoir accumulé et à ce qu'ils avaient accompli à travers son sort à Urû'baen — et un espoir fou s'alluma dans son cœur.

S'adressant à Saphira en même temps qu'à Umaroth, il dit :

« Brom venait juste d'expirer quand nous l'avons enterré. Saphira n'a changé le grès en diamant que le lendemain, mais il a été enfermé dans la pierre, à l'abri de l'air, toute la nuit. Umaroth, avec votre force et votre science, peut-être... peut-être sauriez-vous le soigner ? »

Il frissonna, comme pris d'un accès de fièvre :

« À cette époque, je n'étais pas en mesure de guérir sa blessure. Maintenant... je crois que je le pourrais. »

« Ce serait plus difficile que tu ne le crois », dit Umaroth.

« Sans doute, mais vous pourriez le faire. Je vous ai vus, vous et Saphira, accomplir des choses stupéfiantes grâce à la magie. Vous en seriez capables, j'en suis sûr. »

« Tu sais bien qu'on ne peut pas recourir à la magie sur commande », objecta Saphira.

« Et, à supposer que nous réussissions, reprit Umaroth, nous aurions peu de chances de restaurer l'esprit de Brom tel qu'il était. Les esprits sont choses délicates. Il risquerait de se retrouver avec des idées embrouillées ou une personnalité altérée. Voudrais-tu qu'il vive ainsi ? Et lui, le voudrait-il ? Non, Eragon ; laissons-le en paix. Rendons-lui hommage par nos pensées et par nos actes, comme tu l'as fait. Tu aimerais qu'il en soit autrement ; nous le désirons tous à la perte d'un être cher. Mais c'est dans l'ordre des choses. Brom continue de vivre dans ta mémoire et, s'il était bien tel que tu me l'as montré, il s'en satisfera ; tu dois toi aussi t'en satisfaire. »

« Pourtant... »

798

Ce ne fut pas Umaroth qui l'interrompit, mais Valdr, le plus vieux des Eldunarí. À la surprise d'Eragon, il s'exprima non pas en images ou en émotions, mais en ancien langage, avec raideur et hésitation, comme s'il parlait une langue étrangère :

« Laisse les morts à la terre. Ils ne nous appartiennent pas. »

Puis il se tut. Il émanait de lui une grande tristesse mêlée de compassion.

Eragon soupira longuement et ferma les yeux. Tout au fond de son cœur, il fit taire ses espoirs impossibles pour accepter que Brom ne fût plus.

« Ah, dit-il alors à Saphira ; je n'aurais pas cru que ce serait si douloureux. »

« Le contraire serait étonnant. »

Elle lui toucha le dos de son museau, et le garçon sentit son souffle chaud dans ses cheveux. Avec un sourire incertain, il rassembla son courage et se pencha de nouveau sur Brom.

— Père, murmura-t-il.

Le mot sonnait étrangement dans sa bouche ; il n'avait jamais eu l'occasion de le prononcer jusqu'à ce jour. Son regard alla aux runes gravées à la tête de la tombe. Il lut :

Ci-gît Brom
Dragonnier
Qui fut comme un père
Pour moi.
Que son nom soit toujours glorifié !

Il eut un sourire attristé à l'idée d'être passé si près de la vérité. Il parla alors en ancien langage, observant les ondulations et les chatoiements du diamant, tandis qu'un nouveau motif de runes se formait à sa surface. Quand il eut terminé, l'inscription était ainsi modifiée :

Ci-gît Brom
Qui fut un Dragonnier
Lié à la dragonne Saphira
Fils de Holcomb et de Nelda
Bien-aimé de Selena
Père d'Eragon le Tueur d'Ombre
Fondateur des Vardens
Et Fléau des Parjures.
Que son nom soit toujours glorifié.
Studja unin mor'ranr.

C'était une épitaphe moins personnelle, trop solennelle peut-être, mais Eragon la trouvait plus juste. Il jeta ensuite différents sorts pour protéger le diamant des voleurs et des vandales.

Puis il resta debout près de la tombe, sans pouvoir se résoudre à s'en éloigner, pris du sentiment qu'il y avait *autre chose* – un geste, une émotion, une parole – qui l'aiderait à dire adieu à son père et à partir.

Il posa enfin la main sur la pierre froide, regrettant de ne pouvoir la traverser pour toucher Brom une dernière fois. Et il murmura :

– Merci pour tout ce que tu m'as appris.

Saphira souffla et inclina la tête jusqu'à heurter le diamant de son museau.

Alors, Eragon s'écarta et se remit lentement en selle, avec le sentiment de tourner une page.

Tandis que Saphira s'envolait vers le nord-est en direction d'Urû'baen, il resta absorbé dans de sombres pensées. Quand le groupe de collines ocre ne fut plus qu'une masse indistincte à l'horizon, il expira longuement et leva son visage vers le ciel d'azur.

Et il sourit.

« Qu'est-ce qui t'amuse ? » demanda Saphira en balançant la queue.

« L'écaille de ton museau est en train de repousser. »

Avec un reniflement détaché, elle déclara :

« Évidemment. Pourquoi n'aurait-elle pas repoussé ? »

Il sentit cependant ses flancs vibrer contre ses talons parce qu'elle ronronnait de satisfaction. Il lui donna une petite tape affectueuse et, appuyant la poitrine contre son cou, se laissa pénétrer par la chaleur de son corps.

73
DES PIONS
SUR UN ÉCHIQUIER

À son retour à Urû'baen, Eragon découvrit avec étonnement que Nasuada avait redonné à la ville son ancien nom d'Ilirea, par respect pour son histoire et son héritage. Et il fut profondément déçu en apprenant qu'Arya était repartie pour Ellesméra avec Däthedr et beaucoup des grands seigneurs des elfes, emportant l'œuf de dragon vert trouvé dans la citadelle.

Elle avait confié à Nasuada une lettre dans laquelle elle expliquait au garçon son désir de ramener le corps de sa mère au Du Weldenvarden pour y célébrer ses funérailles. Au sujet de l'œuf, elle écrivait :

801

… et puisque Saphira t'a choisi, toi, un humain, pour être son Dragonnier, il est juste qu'un elfe soit le prochain Dragonnier, si le dragon qui va éclore l'accepte. Je souhaite lui donner cette chance sans tarder ; il a déjà passé trop de temps dans sa coquille. Puisqu'il existe d'autres œufs de dragons — je ne nommerai pas l'endroit —, j'espère que tu ne me jugeras pas présomptueuse ou partiale de privilégier mon peuple. J'ai consulté les Eldunarí, ils ont approuvé ma décision.

Quoi qu'il en soit, Galbatorix et ma mère étant l'un et l'autre passés dans le néant, je ne souhaite plus rester ambassadrice auprès des Vardens. Je préfère reprendre la tâche de conduire l'œuf à travers le pays, comme au temps où je transportais celui de Saphira. Bien sûr, un ambassadeur entre nos deux peuples reste nécessaire. C'est pourquoi Däthedr et moi avons nommé à cette fonction un jeune elfe du nom de Vanir, que tu as rencontré lors de ton séjour à Ellesméra. Il a exprimé le désir de mieux connaître les humains, et cela m'a paru une raison aussi valable qu'une autre de lui offrir le poste, à condition qu'il ne se montre pas incompétent, évidemment.

Arya poursuivait encore sur quelques lignes, sans indiquer quand elle reviendrait dans l'ouest de l'Alagaësia, ni si elle comptait revenir un jour. Eragon fut content qu'elle eût pris la peine de lui écrire, tout en regrettant qu'elle n'eût pas attendu son retour pour se mettre en route. Cette absence creusait un trou dans sa vie, et, malgré les moments qu'il passait avec Roran et Katrina, ainsi qu'auprès de Nasuada, ce vide douloureux refusait de se combler. Cette sensation, ajoutée à l'impression persistante que Saphira et lui ne faisaient qu'attendre il ne savait quoi, le plongeait dans une sorte de détachement. Il lui semblait souvent s'observer de l'extérieur, porter sur lui-même le regard qu'on pose sur un étranger. Il connaissait la cause de son trouble sans y voir d'autre remède que le temps.

Au cours de son dernier voyage, une certitude lui était apparue : il pourrait – grâce à la maîtrise de l'ancien langage que lui donnait le nom des noms – délivrer Elva des effets de sa bénédiction, qui s'était révélée être une malédiction. Il alla donc trouver la fillette là où elle demeurait, près des appartements de Nasuada. Il lui fit part de ses réflexions et lui demanda ce qu'elle en pensait.

Elle ne montra pas la joie qu'il espérait ; elle resta assise à fixer le bout de ses chaussures, son petit visage pâle plissé par la réflexion. Elle demeura silencieuse près d'une heure, pendant laquelle il attendit patiemment.

Puis elle le regarda et dit :

– Non. Je préfère continuer d'être ce que je suis... Je te remercie de ta proposition, mais ce don fait trop partie de moi, il m'est impossible d'y renoncer. Sans ma capacité de sentir les souffrances des autres, je ne serais plus qu'une bête curieuse, une aberration, tout juste bonne à satisfaire la curiosité malsaine de ceux qui m'entourent, ou qui me *tolèrent* auprès d'eux. Avec elle, je suis toujours une bête curieuse, mais je me rends utile. Elle me donne une autorité qui me fait craindre des autres et un contrôle sur ma propre existence que peu de personnes de mon sexe possèdent.

Elle balaya d'un geste la pièce richement ornée qu'elle habitait :

– Ici, je vis dans le confort – et en paix – tout en servant Nasuada. Si tu m'ôtes ce don, que me reste-t-il ? Qui suis-je ? Que puis-je faire ? Annuler ton sort ne serait pas une bénédiction, Eragon. Non, je veux demeurer telle que je suis, et porter de mon plein gré le fardeau lié à mes pouvoirs. Néanmoins, je te remercie.

Deux jours après leur retour dans ce qui était désormais Ilirea, Nasuada envoya Eragon et Saphira à Gil'ead puis à Ceunon – les deux villes prises par les elfes – pour que le Dragonnier, à l'aide du nom des noms, en éradique les sortilèges laissés par Galbatorix.

Tous deux trouvèrent pénible leur séjour à Gil'ead. L'endroit leur rappelait trop la capture d'Eragon par les Urgals, sur l'ordre de Durza, et la mort d'Oromis.

Ils dormirent trois nuits à Ceunon. La ville ne ressemblait en rien à celles qu'ils connaissaient. Les bâtiments étaient presque tous en bois, avec des toits pentus couverts de bardeaux, au faîte décoré de têtes de dragon stylisées, et des portes peintes ou gravées de motifs compliqués.

Quand ils repartirent, ce fut Saphira qui suggéra un détour. Elle n'eut pas grand mal à convaincre Eragon ; il accepta avec joie dès qu'elle lui eut expliqué que cela ne les retarderait qu'à peine.

De Ceunon, Saphira se dirigea vers l'ouest, survolant la baie de Fundor, vaste étendue d'eau striée d'écume blanche. Les dos gris des grandes créatures marines émergeaient parfois des vagues tels des îlots de cuir parcheminé. Elles soufflaient de hauts jets d'eau par leurs évents et fouettaient l'air de leurs ailerons avant de replonger dans le silence des profondeurs. Ils franchirent la baie de Fundor, affrontant des vents glacés, puis les montagnes de la Crête, qu'Eragon pouvait désigner chacune par son nom. Ils revirent enfin la vallée de Palancar pour la première fois depuis qu'ils s'étaient lancés à la poursuite des Ra'zacs avec Brom. Une vie entière, leur sembla-t-il, s'était écoulée depuis.

Dans la vallée où flottait le parfum des pins, des saules et des bouleaux, Eragon retrouva les odeurs de son enfance ; dans la morsure de l'air, il décelait l'approche de l'hiver.

Ils se posèrent dans les ruines calcinées de Carvahall, et Eragon erra par les rues mangées d'herbes folles.

Une meute de chiens sauvages surgit d'un bosquet. Les bêtes s'arrêtèrent net à la vue de Saphira, montrèrent les dents et s'enfuirent en jappant. Saphira émit un grondement accompagné

d'un jet de fumée, sans toutefois daigner les poursuivre.

Un morceau de poutre brûlée craqua sous les semelles d'Eragon quand il heurta du pied un tas de cendres. Toute cette désolation l'emplissait de tristesse ; heureusement, la plupart des habitants qui s'étaient échappés à temps étaient encore en vie. S'ils revenaient, ils rebâtiraient leur village, plus beau qu'avant. Mais les maisons qu'il avait connues avaient disparu pour toujours. Leur absence exacerbait son sentiment de ne plus appartenir à la vallée de Palancar ; les vides laissés par les bâtiments détruits lui donnaient l'impression de marcher en rêve dans un lieu étrange qui n'aurait pas dû exister.

– Le monde a perdu ses repères, murmura-t-il.

Il alluma un petit feu près de ce qui avait été la taverne de Morn et se cuisina un ragoût. Tandis qu'il mangeait, Saphira rôda aux environs, reniflant tout ce qui lui paraissait digne d'intérêt.

Quand il eut achevé son repas, Eragon transporta la marmite, son bol et sa cuillère jusqu'à l'Anora pour les laver dans le courant glacé. Accroupi sur la rive rocheuse, il contempla les hautes vapeurs blanches, à l'autre bout de la vallée : les chutes de l'Igualda, qui tombaient d'un demi-mile de hauteur avant de disparaître derrière un contrefort du mont Narmmor. Ce paysage lui rappelait le soir où il était revenu de la Crête avec l'œuf de Saphira dans son sac, sans se douter de ce qui les attendait tous deux, ni même qu'ils seraient deux, désormais.

– Allons-y, dit-il à Saphira en la rejoignant près du puits effondré, au centre du village.

« Veux-tu aller voir ta ferme ? » demanda-t-elle tandis qu'il se remettait en selle.

Il secoua la tête :

– Non, je préfère la garder telle qu'elle était dans mon souvenir.

Elle acquiesça. Néanmoins, avec l'accord tacite du garçon, elle vola vers le sud, suivant le chemin qu'ils avaient pris quand ils avaient quitté la vallée de Palancar. Eragon aperçut d'en haut la clairière où il avait vécu, mais assez éloignée, assez envahie d'ombre pour qu'il pût imaginer la maison et la grange encore intactes.

À l'extrémité sud de la vallée, Saphira profita d'un courant ascendant pour dépasser le sommet d'une haute montagne aride, l'Utgard, où se dressait la tour en ruine bâtie autrefois par les Dragonniers pour surveiller Palancar, le roi fou. La tour s'était appelée Edoc'sil, mais portait désormais le nom de Ristvak'baen, le Lieu des Pleurs, car c'était là que Galbatorix avait tué Vrael.

Dans les décombres, Eragon, Saphira et les Eldunarí rendirent hommage à la mémoire de Vrael. De tous, Umaroth se montra le plus attristé. Néanmoins, il déclara :

« Merci, Saphira, de m'avoir conduit jusqu'ici. Je n'avais jamais espéré voir un jour l'endroit où mon Dragonnier est tombé. »

Puis Saphira déploya ses ailes et s'éloigna en survolant les plaines verdoyantes.

À mi-chemin d'Ilirea, Nasuada les contacta par l'intermédiaire d'un magicien des Vardens et leur enjoignit de rejoindre un bataillon qui, sur son ordre, avait quitté la capitale pour rejoindre Teirm.

Eragon fut heureux d'apprendre que Roran en avait pris le commandement, et qu'il comptait dans ses rangs Jeod, Baldor – qui avait retrouvé l'usage de sa main grâce aux soins des elfes – ainsi que plusieurs hommes de Carvahall.

Au grand étonnement du garçon, le peuple de Teirm refusa de se rendre, même après qu'il les eut délivrés des serments prêtés à Galbatorix, et bien qu'il fût évident que les Vardens – soutenus par Saphira et son Dragonnier – n'auraient aucun mal à prendre la ville. Or, le gouverneur, Lord Risthart, exigeait que Teirm devienne une cité indépendante, libre de choisir ses gouverneurs et d'établir ses lois.

Au bout de plusieurs jours de négociation, Nasuada accepta les termes de cet accord en exigeant que Lord Risthart lui fasse allégeance, comme le roi Orrin avant lui, et consente à appliquer les règles de l'Empire concernant les magiciens.

Depuis Teirm, la troupe marcha vers le sud, le long de la mince bande de côte, jusqu'à la ville de Kuasta. Là, contrairement à Risthart, le gouverneur accepta la souveraineté de Nasuada.

Après quoi, Eragon et Saphira se rendirent seuls à Narda, loin au nord, où ils reçurent la même promesse, avant de reprendre enfin la route d'Ilirea, où ils demeurèrent plusieurs semaines, logeant dans une demeure proche de celle de Nasuada.

Lorsqu'ils en trouvaient le temps, ils se rendaient au château où Lupusänghren et ses jeteurs de sorts gardaient les Eldunarí repris à Galbatorix. Là, Eragon et Saphira joignaient leurs efforts à ceux des elfes pour guérir les esprits des dragons. Ils progressaient, bien qu'avec lenteur, et certains Eldunarí réagissaient mieux que d'autres. La plupart d'entre eux, déplorait Eragon, semblaient avoir perdu l'envie de vivre. Ou bien ils étaient si égarés dans le labyrinthe de leur esprit qu'il était presque impossible, même aux plus vieux dragons comme Valdr, de communiquer avec eux. Pour empêcher ces centaines de dragons fous de submerger les consciences de ceux qui tentaient de les soigner, les elfes en avaient plongé un grand nombre dans un état de transe et les traitaient par petits groupes.

Eragon travailla également avec les magiciens du Du Vrangr Gata à vider la citadelle de ses trésors. La majeure partie de la tâche lui revint, car aucun des jeteurs de sorts ne possédait le savoir et l'expérience nécessaires pour gérer les multiples enchantements laissés par Galbatorix. Peu lui importait, car il avait plaisir à explorer la forteresse en ruine, à découvrir les secrets qu'elle renfermait. Galbatorix avait rassemblé quantité de merveilles au cours du siècle écoulé, certaines plus nocives que d'autres, mais toutes intéressantes. L'objet préféré du garçon était un astrolabe qui, lorsqu'on le portait à son œil, permettait de voir les étoiles en plein jour.

Il ne partagea le secret des pièces les plus inquiétantes qu'avec Saphira et Nasuada ; révéler leur existence aurait été trop dangereux.

Nasuada employa aussitôt les richesses récupérées pour nourrir et vêtir ses hommes, ainsi que pour rebâtir les défenses des villes prises au cours de leur conquête de l'Empire. De plus, elle fit don à chacun de ses sujets de cinq couronnes d'or, une somme minime pour les nobles, une véritable fortune pour les fermiers les plus pauvres. Galbatorix n'aurait jamais compris ce geste, propre à gagner à la reine le respect et la fidélité de tous.

Ils retrouvèrent aussi par centaines des épées de Dragonniers, aux formes et aux couleurs multiples, conçues pour des elfes ou pour des humains. Cette découverte leur coupa le souffle. Eragon et Saphira emportèrent personnellement les épées au château où se trouvaient les Eldunarí, dans l'attente du jour où elles armeraient de nouveaux Dragonniers. Rhunön, pensa le garçon, serait heureuse d'apprendre que tant de pièces qu'elle avait forgées avaient été préservées.

Et puis il y avait les milliers de livres et de parchemins entassés par Galbatorix, que Jeod et les elfes s'employèrent à cataloguer, mettant de côté ceux qui contenaient des secrets sur les Dragonniers et sur le fonctionnement de la magie.

Tandis qu'ils classaient tous ces impressionnants trésors de connaissances, Eragon espérait toujours découvrir une indication sur l'endroit où le roi avait caché les derniers œufs des Lethrblaka. Il ne trouva mention des Ra'zacs ou des Lethrblaka que dans des ouvrages rédigés par des elfes et des Dragonniers des temps passés, où ils discutaient des noires menaces de la nuit et des moyens de faire face à un ennemi impossible à détecter par magie.

À présent qu'il pouvait parler librement à Jeod, Eragon conférait régulièrement avec lui. Il lui confia tout ce qui était arrivé aux Eldunarí et aux œufs, allant jusqu'à lui révéler de quelle manière il avait découvert son vrai nom sur Vroengard. Ces conversations lui étaient d'un grand réconfort, d'autant que Jeod était l'un des rares à avoir connu Brom assez intimement pour le considérer comme un ami.

Eragon observa avec intérêt la reconstruction du royaume que Nasuada entreprenait à partir des restes de l'Empire. La quantité d'efforts à fournir pour gouverner un territoire aussi vaste et offrant autant de diversité était énorme ; la tâche ne semblait jamais terminée. Eragon aurait détesté porter de telles responsabilités. Nasuada, au contraire, semblait s'épanouir. Son énergie ne marquait aucun signe de fléchissement, à chaque problème elle trouvait une solution. Jour après jour, sa stature de chef d'État s'imposait devant les émissaires, fonctionnaires, nobles et gens du peuple avec qui elle traitait. Elle semblait en tous points taillée pour son nouveau rôle, bien qu'Eragon doutât qu'elle fût vraiment heureuse, et cela le tourmentait.

Il l'écouta statuer sur le sort des nobles qui – de leur plein gré ou non – avaient servi Galbatorix, et approuva son équité et sa clémence, ainsi que sa sévérité quand celle-ci paraissait nécessaire. Si elle dépouilla la plupart d'entre eux de leurs terres, de leurs titres et de la majeure partie de leurs richesses mal acquises, elle n'en fit exécuter aucun, ce que le garçon apprécia.

Il se tenait à ses côtés quand elle accorda à Nar Garzhvog et à son peuple un vaste territoire le long de la côte nord-ouest de la Crête ainsi que les plaines, fertiles mais inhabitées, situées au sud du lac Fläm. Cela aussi, il l'approuva.

Comme le roi Orrin et Lord Risthart, Nar Garzhvog avait reconnu Nasuada pour sa souveraine. Cependant, le grand Kull déclara :

– Mon peuple accepte tes décisions, Dame Qui-Marche-La-Nuit. Mais il a le sang lourd et la mémoire courte, des mots ne le lieront pas pour toujours.

Nasuada répliqua froidement :

– Veux-tu dire que ton peuple ne respectera pas la paix ? Dois-je comprendre que nous serons de nouveau ennemis ?

Garzhvog secoua son énorme tête :

– Non. Nous ne t'attaquerons pas. Épée de Feu nous tuerait. Mais... quand nos jeunes auront grandi, ils voudront prouver leur valeur au combat. Et comment se battront-ils s'il n'y a plus de guerre ? Pardonne-moi, Dame Qui-Marche-La-Nuit, nous ne changerons pas notre nature.

Cette conversation troubla Eragon – et Nasuada plus encore – et il passa plusieurs nuits à tenter de résoudre le problème que soulevaient les Urgals.

Au cours des semaines suivantes, Nasuada continua de l'envoyer avec Saphira en différents lieux du royaume et du Surda, pour la représenter auprès du roi Orrin, de Lord Risthart et des autres nobles à travers le pays.

Partout où ils se rendaient, ils cherchaient un endroit où abriter les Eldunarí au cours des siècles à venir et où accueillir les œufs cachés sur Vroengard. Certaines régions de la Crête paraissaient propices, mais la plupart étaient trop proches des humains ou des Urgals, ou situées très au nord, là où le climat serait trop rigoureux pour qu'Eragon eût envie d'y vivre. De plus, c'était vers le nord que Murtagh et Thorn étaient partis ; Eragon et Saphira préféraient les laisser tranquilles.

Les Montagnes des Beors auraient pu convenir, mais la perspective de voir éclore sur leur territoire des centaines de dragons affamés ne serait pas pour plaire aux nains. En n'importe quel point des Beors, les jeunes dragons ne seraient qu'à quelques battements d'ailes d'une cité naine, et ils feraient des ravages dans les troupeaux de Feldûnost.

Les elfes n'auraient sans doute pas d'objection à abriter des dragons dans l'une des montagnes du Du Weldenvarden, mais ils seraient proches des cités elfiques, ce qui inquiétait Eragon. D'ailleurs, il n'aimait pas l'idée de réunir les Eldunarí et les œufs chez un seul peuple. Cela laisserait penser qu'ils devaient apporter leur soutien à ce peuple en particulier. Les Dragonniers de jadis n'avaient pas agi ainsi, ceux du futur ne le devraient pas non plus.

Le seul territoire assez éloigné de toute ville et n'appartenant à personne était la terre ancestrale des dragons : le cœur du désert du Hadarac, où se dressaient les Du Fells Nángoröth, les Montagnes foudroyées. Ce serait sans nul doute le meilleur endroit où élever des dragonneaux. Il présentait cependant trois inconvénients. D'abord, les petits ne trouveraient pas assez de nourriture. Saphira devrait passer son temps à leur apporter des daims et autres pièces de gibier. Dès qu'ils deviendraient assez grands pour voler de leurs propres ailes, ils se rapprocheraient des terres habitées par les humains, les elfes et les nains. Ensuite, toute personne ayant un peu voyagé connaissait ces montagnes. Enfin, il n'était guère difficile de s'y rendre, surtout en hiver. Ces deux derniers points inquiétaient particulièrement Eragon ; il se demandait par quel moyen protéger les œufs, les dragonneaux et les Eldunarí.

« Mieux vaudrait s'installer sur l'un des plus hauts pics des Beors, auxquels seul un dragon soit capable d'accéder, dit-il à Saphira. Là, personne ne nous tomberait dessus par surprise, sauf Thorn, Murtagh ou quelque magicien. »

« Tous les elfes sont magiciens. Et puis, là-haut, il ferait froid. »

« Je croyais que tu ne craignais pas le froid. »

« Non. Mais je n'ai pas envie de vivre à longueur d'année dans la neige. Le sable est meilleur pour les écailles, c'est Glaedr qui me l'a dit. Ça les polit et les fait briller. »

« Mmh... »

La température baissait de jour en jour. Les arbres perdirent leurs feuilles, des vols d'oiseaux migrateurs s'enfuirent vers le sud, et l'hiver s'abattit sur le pays. Ce fut un hiver rigoureux, et pendant de longs mois l'Alagaësia parut endormie. Aux premières chutes de neige, Orik et son armée prirent la route des Montagnes des Beors. Tous les elfes encore à Ilirea – à l'exception de Vanir, Lupusänghren et ses dix jeteurs de sorts – s'en retournèrent aussi au Du Weldenvarden. Les Urgals étaient partis depuis des semaines. Les derniers à quitter les lieux furent les chats-garous. Ils disparurent purement et simplement. Personne ne les vit s'en aller. Un beau jour, on découvrit qu'ils n'étaient plus là, sauf un chat replet appelé Yeux Jaunes, qui avait élu domicile sur un coussin près de Nasuada, où il sommeillait en ronronnant, à l'écoute de tout ce qui se passait dans la salle du trône.

Sans les elfes, sans les nains, la ville paraissait triste et vide à Eragon quand il marchait dans les rues, où les flocons tombaient obliquement sous le surplomb rocheux.

Et Nasuada continuait de l'envoyer en mission avec Saphira, mais jamais dans le seul endroit où il aurait voulu se rendre, le Du Weldenvarden. Ils n'avaient aucune nouvelle des elfes, ignoraient qui avait été choisi pour succéder à Islanzadí. S'ils interrogeaient Vanir, celui-ci répondait :

– Nous ne prenons pas nos décisions à la hâte. Chez nous, l'élection d'un nouveau monarque est un processus long et compliqué. Dès que je connaîtrai la décision du Conseil, je vous la transmettrai.

Il y avait si longtemps qu'Eragon n'avait pas vu Arya qu'il envisagea d'utiliser le nom de l'ancien langage pour contourner les sorts qui protégeaient le Du Weldenvarden et communiquer avec elle ou au moins la voir dans un miroir. Mais il savait que les elfes s'offusqueraient de cette intrusion, et il craignait qu'Arya n'apprécie guère qu'il la contacte sans une absolue nécessité.

Au lieu de quoi, il lui écrivit une courte lettre, lui demandant de ses nouvelles et lui résumant ses activités avec Saphira. Il confia sa missive à Vanir, qui promit de la faire porter sur-le-champ. Eragon était sûr que le jeune elfe avait tenu parole, car ils avaient conversé en ancien langage, mais il ne reçut aucune réponse. Et, tandis que la lune croissait et décroissait, il en vint à penser que – pour une raison inconnue – Arya avait décidé de mettre un terme à leur relation. Cette pensée le blessa douloureusement ; il se concentra plus que jamais sur les tâches que lui confiait Nasuada, dans l'espoir d'oublier ainsi son chagrin.

Au plus profond de l'hiver, alors que de longues stalactites pendaient du surplomb au-dessus d'Ilirea telles des épées de glace et que d'épaisses congères recouvraient la campagne, que les routes étaient devenues presque impraticables et que la nourriture se faisait rare, on attenta par trois fois à la vie de Nasuada, ainsi que Murtagh l'avait redouté.

Les tentatives avaient été habilement conçues, et la troisième – la chute d'un filet rempli de pierres – faillit réussir. Nasuada ne survécut que grâce aux sorts d'Eragon et à la protection d'Elva, bien que ce guet-apens lui eût valu plusieurs fractures.

Cette fois, Eragon et les Faucons de la Nuit réussirent à tuer deux des agresseurs, dont le nombre exact demeura un mystère. Les autres leur échappèrent.

Après cela, Eragon et Jörmundur prirent des mesures drastiques pour assurer la sécurité de la souveraine. Ils augmentèrent encore le nombre de ses gardes et, où qu'elle allât, elle fut désormais escortée de trois jeteurs de sorts. Nasuada elle-même se montra plus circonspecte et fit preuve d'une dureté qu'Eragon ne lui connaissait pas.

Elle ne subit pas d'autre agression, mais au début du printemps, quand les routes furent enfin dégagées, un comte exilé du nom de Hamlin, qui avait rassemblé plusieurs centaines d'anciens soldats de l'Empire, lança des raids contre Gil'ead et multiplia les attaques de voyageurs sur les voies alentour.

À la même époque, une autre rébellion, plus importante, se fomenta dans le Sud, menée par Tharos le Vif, comte d'Aroughs.

Ces soulèvements étaient ennuyeux, sans plus. Il fallut cependant plusieurs semaines pour les réprimer, et ils entraînèrent des combats d'une férocité inattendue, en dépit des efforts d'Eragon et de Saphira pour régler les choses le plus pacifiquement possible. Après toutes les batailles auxquelles ils avaient participé, ils répugnaient à de nouvelles effusions de sang.

C'est alors que Katrina donna le jour à une vigoureuse petite fille aussi rousse que sa mère. Elle braillait plus fort qu'aucun nouveau-né et serrait le poing avec une tonicité peu commune. Roran et Katrina la prénommèrent Ismira, du nom de sa grand-mère maternelle. Et, quand ils se penchaient sur elle, leur visage irradiait un tel bonheur qu'Eragon souriait malgré lui.

Le lendemain, Nasuada convoqua Roran et, à la grande surprise du jeune homme, l'éleva au rang de comte, lui attribuant pour domaine toute la vallée de Palancar.

— Aussi longtemps que toi et tes descendants se montreront dignes de la gouverner, la vallée leur appartiendra, déclara-t-elle.

Roran s'inclina :

— Merci, Votre Majesté.

Eragon vit que ce présent comptait presque autant pour son cousin que la naissance de sa fille car, après sa famille, ce que Roran avait de plus précieux était sa terre.

Nasuada voulut aussi donner à Eragon des titres de noblesse et des terres, mais il refusa :

— Le titre de Dragonnier me suffit ; je n'en désire pas d'autre.

Quelques jours plus tard, Eragon était avec Nasuada dans son bureau, à discuter des affaires du pays devant une carte de l'Alagaësia, quand elle déclara :

— À présent que les choses sont à peu près en place, je crois qu'il est temps que je définisse le rôle des magiciens au Surda, à Teirm et dans mon propre royaume.

— Ah ?

— Oui. J'y ai longuement réfléchi, et ma décision est prise. Je vais former une caste, un peu comme celle des Dragonniers, mais réservée aux magiciens.

— Et quelles seront ses attributions ?

Nasuada fit rouler sa plume d'oie entre ses doigts :

— Elles seront semblables à celles des Dragonniers : voyager à travers le pays, maintenir la paix, résoudre les litiges et, surtout, s'assurer que les autres jeteurs de sorts ne se servent pas de leurs dons à de mauvaises fins.

Eragon eut un léger froncement de sourcils :

— Pourquoi ne pas laisser ces tâches aux seuls Dragonniers ?

— Parce que nous n'en aurons pas de nouveaux avant plusieurs années, et ils ne seront pas assez nombreux pour tenir à l'œil chaque petit magicien et sorcière de village... À ce propos, as-tu trouvé un endroit où élever les jeunes dragons ?

Le garçon fit signe que non. Saphira et lui s'impatientaient, mais ils n'avaient pu se mettre d'accord avec les Eldunarí. C'était devenu un sujet sensible, car les œufs avaient besoin d'éclore.

— C'est ce que je pensais. Nous devons régler ce problème, Eragon, et sans tarder. Regarde les ravages causés par Galbatorix.

Les magiciens sont les créatures les plus dangereuses au monde, pires encore que les dragons. S'ils ne nous rendent pas de comptes, c'est nous qui serons à leur merci.

— Crois-tu vraiment possible de recruter assez de magiciens pour surveiller tous les jeteurs de sorts ici et au Surda ?

— Oui, si *tu* le leur demandes. C'est une des raisons pour lesquelles je souhaite que tu prennes la direction de ce groupe.

— Moi ?

Elle confirma d'un signe de tête :

— Qui d'autre ? Trianna ? Je ne lui fais pas entièrement confiance, et elle n'a pas l'autorité nécessaire. Un elfe ? Non, ce doit être l'un des nôtres. Tu connais le nom de l'ancien langage, tu es Dragonnier, la sagesse et la puissance des dragons te soutiennent. Personne n'est mieux fait que toi pour cette responsabilité. J'en ai parlé à Orrin, il est d'accord.

— Je doute que l'idée lui plaise.

— Non, mais il en comprend la nécessité.

— Vraiment ?

Eragon tapota le bord du bureau, préoccupé :

— Comment comptes-tu surveiller les magiciens qui n'appartiendront pas à cette caste ?

— J'attends tes suggestions. Avec des sorts, peut-être ? Ou en les observant avec des miroirs ? On pourrait les repérer et vérifier s'ils n'utilisent pas la magie à leurs propres fins et au détriment des autres.

— Et s'ils le font ?

— Alors nous veillerons à ce qu'ils réparent les dégâts, et les obligerons à jurer en ancien langage d'abandonner la pratique de la magie.

— Un serment en ancien langage ne suffira pas à les en empêcher.

— J'en suis consciente, mais c'est le mieux qu'on puisse faire.

Il acquiesça :

— Et si l'un d'eux refuse cette surveillance ? À mon avis, ils ne seront pas nombreux à l'accepter !

Nasuada reposa sa plume d'oie en soupirant :

— C'est bien le problème. Que ferais-tu à ma place ?

Le garçon réfléchit. Aucune des solutions qui lui vinrent à l'esprit ne lui parut acceptable.

— Je ne sais pas...

— Moi non plus, reconnut-elle d'un air sombre. C'est un problème des plus délicats. Quoi que je décide, quelqu'un en pâtira. Si je ne fais rien, les magiciens resteront libres de manipuler qui ils voudront avec leurs sorts. Si je les soumets à un contrôle, ils me haïront. Tu conviendras tout de même qu'il vaut mieux protéger la majorité de mes sujets au détriment de quelques-uns.

— Ça ne me plaît pas, marmonna-t-il.

— À moi non plus.

— Tu envisages de plier tous les magiciens humains, quels qu'ils soient, à ta volonté ?

Elle ne cilla pas :

— Oui. Pour le bien du plus grand nombre.

— Et ceux dont le seul talent est de lire dans les pensées ? C'est aussi une forme de magie.

— Je les inclus. Ils possèdent un pouvoir dont il est trop facile d'abuser.

Elle soupira de nouveau :

— Je sais combien c'est difficile, Eragon. Mais, difficile ou pas, il faut résoudre cette question. Galbatorix avait beau être fou et malfaisant, il avait raison sur un point : les magiciens doivent être maintenus sous surveillance. Pas comme il l'entendait ; néanmoins, il faut faire quelque chose, et ma solution me paraît la moins mauvaise. Si tu en as une meilleure à proposer, j'en serai ravie. Dans le cas contraire, c'est la seule voie possible, et il me faut ton aide pour m'y engager. Alors, acceptes-tu la direction de ce groupe, pour le bien du pays et celui de tout le peuple ?

La réponse d'Eragon fut lente à venir. Enfin, il dit :

— Si ça ne t'ennuie pas, j'aimerais y réfléchir. Et consulter Saphira.

– Bien entendu. Mais ne réfléchis pas trop longtemps. Les travaux préparatoires sont en cours, et j'aurai vite besoin de toi.

Après cette conversation, Eragon erra un moment dans les rues, indifférent aux salutations et aux courbettes des gens qui le croisaient. Il se sentait... gêné aux entournures, tant par la proposition de Nasuada que par la vie en général. Avec Saphira, ils étaient sans but depuis trop longtemps. Ils devaient prendre une décision, les circonstances ne leur permettaient plus d'attendre. Et le choix qu'ils feraient, quel qu'il soit, affecterait le reste de leur existence.

Il marcha plusieurs heures, au rythme de ses méditations, réfléchissant à ses attaches et à ses obligations. Il ne rejoignit Saphira que tard dans l'après-midi et, sans un mot, grimpa sur son dos.

Elle prit son envol et s'éleva assez haut pour voir à des centaines de miles dans toutes les directions. Là, elle décrivit de lents cercles au-dessus d'Ilirea.

Ils conversèrent mentalement, échangeant leurs états d'âme. Saphira lui fit part de ses inquiétudes, mais elle ne se souciait pas autant que lui de ce qui les liait aux uns et aux autres. Son principal souci était de protéger les œufs et les Eldunarí, et d'assumer leurs responsabilités à tous deux. Néanmoins, Eragon ne pouvait ignorer les conséquences de leur choix, tant sur le plan personnel que politique.

« Qu'est-ce qu'on va faire ? » demanda-t-il enfin.

Le vent faiblit sous les ailes de Saphira, et elle perdit de l'altitude :

« Ce qu'on doit faire, comme toujours. »

Elle n'en dit pas plus, se contentant d'entamer sa descente vers la ville.

Eragon apprécia son silence. La décision était plus difficile à prendre pour lui que pour elle, et il devait la prendre seul.

Quand ils se posèrent, Saphira tourna la tête pour lui donner un coup de museau :

« Si tu as besoin d'en parler, je serai là. »

Il lui frotta gentiment le cou, puis regagna ses appartements d'un pas lent, les yeux au sol.

Cette nuit-là, alors que la lune montante venait d'apparaître en bordure de la falaise qui dominait Ilirea, Eragon était assis sur son lit, plongé dans un ouvrage sur les techniques de sellerie des premiers Dragonniers. Il perçut soudain, du coin de l'œil, un mouvement furtif, tel un battement d'étoffe.

Sautant sur ses pieds, il tira Brisingr du fourreau.

Il vit alors entrer, par la fenêtre ouverte, un minuscule voilier, en brins d'herbe tissés. Avec un sourire, il rengaina l'épée et tendit la main; le bateau traversa la pièce pour venir se poser sur sa paume, où il s'inclina sur le flanc.

Ce n'était pas celui qu'Arya avait fabriqué lors de leur voyage à travers l'Empire, après que Roran et lui avaient délivré Katrina de Helgrind. Ce navire-ci avait trois mâts et des voiles; les brins d'herbe dont il était fait étaient défraîchis, mais pas tout à fait desséchés. Le garçon en conclut qu'ils avaient été cueillis la veille ou l'avant-veille.

Un petit carré de papier plié était fixé sur le pont. Eragon l'ôta avec précaution; le cœur battant, il le défroissa. Il y lut, en glyphes d'ancien langage:

Eragon,
Nous avons enfin choisi notre souverain, et je suis en route pour Ilirea en vue d'organiser une rencontre officielle avec Nasuada. Je voudrais d'abord parler avec toi et Saphira. Ce message te parviendra quatre jours avant la demi-lune. Si cela te convient, retrouve-moi le lendemain, au point le plus à l'est du Ramr. Venez seuls, et n'en parlez à personne.

Le sourire du garçon s'élargit. Les prévisions d'Arya étaient parfaites, le bateau était arrivé exactement à la date annoncée. Puis il relut plusieurs fois la lettre et retrouva sa gravité. Arya dissimulait quelque chose, c'était évident. Mais quoi ? Pourquoi une rencontre secrète ?

« Peut-être n'approuve-t-elle pas le choix du nouveau roi ? » pensa-t-il. Et, malgré son désir de la revoir, il ne pouvait oublier la manière dont elle les avait ignorés, Saphira et lui, depuis son départ. Il supposait que, du point de vue de l'elfe, les mois écoulés ne représentaient qu'un bref instant ; malgré tout, il en était blessé.

Il patienta jusqu'aux premières lueurs de l'aube, puis il courut réveiller Saphira pour lui annoncer la nouvelle. Elle se montra aussi intriguée que lui, quoique nettement moins excitée.

Il la sella, et ils quittèrent la ville en direction du nord-est sans avoir averti personne, pas même Glaedr ni les autres Eldunarí.

74
FÍRNEN

Ils n'arrivèrent qu'en début d'après-midi à l'endroit indiqué : une courbe du Ramr, là où il s'enfonçait le plus à l'est.

Les yeux plissés, Eragon chercha à distinguer une présence en contrebas. À part un troupeau de buffles, la plaine paraissait vide. Quand les bêtes virent Saphira, elles s'enfuirent au galop en soulevant des nuages de poussière. Hormis d'autres animaux plus petits, disséminés dans le paysage, Eragon ne sentit aucune créature vivante.

Déçu, il promena son regard jusqu'à l'horizon. Il ne vit pas trace d'Arya.

Saphira se posa sur un monticule, à cinquante mètres de la rive, où elle s'accroupit, et Eragon s'assit, le dos appuyé à son flanc.

En haut du monticule affleurait une pierre friable comme de l'ardoise. Pour tromper son attente, Eragon tailla un éclat gros comme le pouce en pointe de flèche. La pierre était trop fragile pour que l'objet pût avoir un usage autre que décoratif, mais cela lui occupait l'esprit. Quand il fut satisfait de son travail, il posa le triangle près de lui et se mit à polir une pierre plus grosse pour en faire une dague à la lame en forme de feuille, semblable à celles des elfes.

Ils n'eurent pas à patienter trop longtemps.

Une heure après leur arrivée, Saphira leva la tête et scruta la plaine en direction du désert du Hadarac, pas si éloigné.

Eragon sentit qu'elle se contractait, et qu'une étrange émotion s'emparait d'elle : un sentiment d'imminence, de révélation capitale.

« Regarde ! » souffla-t-elle.

Sans lâcher sa dague inachevée, Eragon sauta sur ses pieds et se tourna vers l'est.

Il ne vit que de l'herbe et de la poussière, et quelques arbres solitaires malmenés par le vent. Il élargit son champ de recherche ; il ne repéra rien d'intéressant.

« Qu'est-ce que... », commença-t-il.

Et il se tut.

Haut vers l'orient, un point vert scintillait telle une émeraude au soleil. Il dessina un arc de cercle dans le manteau bleu du ciel, approchant à grande vitesse, aussi lumineux qu'une étoile au cœur de la nuit.

Eragon laissa tomber la dague de pierre et, sans quitter des yeux l'éblouissante étincelle, remonta sur le dos de Saphira, passa les jambes dans les lanières de selle. Il voulait lui demander ce qu'était cette apparition, l'obliger à mettre des mots sur ce que lui-même devinait. Mais ni lui ni elle n'était capable de parler.

Saphira déplia à demi les ailes, prête à décoller.

En grandissant, l'étincelle se démultipliait en dizaines, en centaines d'éclats lumineux. Puis sa forme se révéla, et ils virent que c'était un dragon.

Saphira ne put attendre plus longtemps. Avec un rugissement semblable à une sonnerie de trompette, elle s'élança depuis le sommet du monticule.

Dans sa hâte de rejoindre l'autre dragon, elle s'éleva presque à la verticale, obligeant Eragon à se cramponner à une pique de son cou. Tous deux passaient alternativement d'une joie folle à une méfiance née de trop de combats, et se félicitaient d'avoir le soleil dans le dos.

Saphira monta encore, jusqu'à se trouver légèrement plus haut que le dragon vert. Après quoi, elle se remit à l'horizontale et accéléra.

De plus près, Eragon nota que le dragon, quoique bien bâti, avait encore l'allure dégingandée de la jeunesse. Ses membres n'avaient pas la puissance de ceux de Thorn ou de Glaedr, et il était moins grand que Saphira.

Sur son dos et ses flancs, les écailles avaient le vert sombre des forêts, alors que, sur son ventre et à l'intérieur de ses pattes, elles étaient plus claires, les petites paraissant même presque blanches. Repliées, ses ailes prenaient la teinte du houx, et, dans la lumière, par transparence, le vert pâle des feuilles au printemps.

À la jointure de son dos et de son cou, le dragon était équipé d'une selle, sur laquelle se tenait une silhouette qui semblait être Arya, ses cheveux noirs au vent. Le cœur d'Eragon se gonfla de joie, et la sensation de vide qui l'oppressait depuis si longtemps se dissipa comme les ombres de la nuit au lever du jour.

Les dragons se mirent à décrire des cercles. Saphira rugit, le jeune dragon lui répondit. Ils semblaient jouer à se poursuivre comme si chacun voulait attraper la queue de l'autre. Saphira volait légèrement au-dessus du dragon vert, qui ne faisait aucune tentative pour la dépasser, montrant ainsi qu'il n'avait pas d'intention belliqueuse.

Eragon lança un grand cri dans le vent. Arya cria en retour, le bras levé. Alors, Eragon toucha son esprit, pour être tout à fait sûr, et il sut à l'instant que c'était bien Arya, que ni elle ni le dragon ne leur voulait de mal. Il se retira aussitôt, car il aurait été grossier de prolonger ce contact mental sans qu'elle y consente. Elle répondrait à ses questions quand ils auraient regagné le sol.

Les dragons poussèrent un autre rugissement, et le dragon vert fouetta l'air de sa queue. Puis ils se poursuivirent dans le ciel jusqu'au-dessus du Ramr. Là, Saphira entama une descente en spirale vers le monticule où elle avait attendu avec Eragon.

Le jeune dragon se posa une centaine de pieds plus loin et s'accroupit le temps qu'Arya se dégage de sa selle.

Eragon ôta vivement les courroies qui lui maintenaient les jambes pour sauter à terre, et le fourreau de Brisingr battit contre sa cuisse. Il s'élança vers Arya, et elle vers lui. Ils se rencontrèrent à mi-chemin entre les deux dragons, qui les suivaient d'un pas plus tranquille, faisant vibrer le sol sous leurs pattes.

Alors qu'il s'approchait, le garçon remarqua qu'à la place du lacet de cuir qui retenait habituellement ses cheveux, Arya portait autour du front un bandeau d'or. Au centre, un diamant en forme de larme jetait des éclats qui ne venaient pas du soleil, mais de ses propres profondeurs. À la taille de l'elfe pendait une épée au pommeau vert, glissée dans un fourreau vert. Eragon reconnut Támerlein, l'épée que l'elfe Fiolr lui avait offerte pour remplacer Zar'roc, et qui avait jadis appartenu au Dragonnier Arva. Le pommeau, cependant, lui paraissait autre que dans son souvenir, plus léger, plus élégant, et le fourreau était plus étroit.

Il fallut quelques instants à Eragon pour comprendre ce que signifiait le diadème. Il écarquilla les yeux :

– Toi !

– Moi, dit-elle en inclinant la tête. Atra esterni ono thelduin, Eragon.

– Atra du evarínya ono varda, Arya... Dröttning ?

Il ne lui avait pas échappé qu'elle l'avait salué la première.

– Dröttning, confirma-t-elle. Mon peuple a choisi de me donner le titre de ma mère, et j'ai choisi de l'accepter.

Derrière eux, les deux dragons se reniflaient. Saphira était plus grande ; le jeune dragon devait étirer le cou pour se mettre à sa hauteur.

Malgré son désir de parler avec Arya, le garçon ne put s'empêcher de le désigner :

– Et lui ?

Avec un sourire, Arya le tira par la main. Le dragon vert baissa la tête vers eux. De la fumée mêlée de vapeur sortait de ses narines écarlates.

– Eragon, dit l'elfe en plaçant la paume du garçon sur le museau tiède du dragon, voici Fírnen. Fírnen, voici Eragon.

Eragon plongea son regard dans les yeux étincelants du dragon ; ils avaient la couleur de l'herbe : un vert pâle strié de jaune.

« Je suis heureux de te connaître, Eragon-ami-Tueur d'Ombre », dit Fírnen.

Sa voix mentale était plus grave que le garçon ne s'y attendait, plus grave même que celle de Thorn, de Glaedr ou d'aucun Eldunarí de Vroengard.

« Mon Dragonnier m'a beaucoup parlé de toi. »

Le dragon cligna des paupières, et cela fit un petit bruit sec de coquillage tombant sur un caillou.

Dans le vaste esprit lumineux de Fírnen, comme traversé d'ombres transparentes, Eragon lisait l'excitation du jeune dragon.

L'émerveillement s'empara du garçon à l'idée qu'une telle chose fût arrivée.

— Moi aussi, je suis heureux de te rencontrer, Fírnen-finiarel. Je n'aurais jamais cru vivre assez longtemps pour te voir éclore, libéré des sortilèges de Galbatorix.

Le dragon vert s'ébroua, fier et bouillant d'énergie tel un cerf en automne. Puis il se tourna vers Saphira. À travers elle, Eragon perçut le flux de pensées, d'émotions, d'impressions, qui coulait de l'un à l'autre, d'abord lent, puis aussi tumultueux qu'un torrent.

Arya esquissa un sourire :

— On dirait qu'ils se plaisent.

— Oui.

D'un commun accord, Arya et Eragon s'éloignèrent pour laisser les dragons entre eux. Saphira se tenait ramassée sur elle-même, comme prête à bondir sur un daim. Fírnen l'imita. Le bout de leur queue battait le sol.

Arya semblait aller bien, mieux — pensa le garçon — qu'elle l'avait jamais été depuis qu'ils avaient séjourné ensemble à Ellesméra. Faute d'un mot plus subtil, il aurait dit qu'elle paraissait heureuse.

824

Ils restèrent un moment silencieux, à observer les dragons. Puis Arya se tourna vers Eragon :

– Je te prie de m'excuser de ne pas t'avoir contacté plus tôt. Tu dois avoir mauvaise opinion de moi, pour vous avoir laissés dans l'ignorance, Saphira et toi, pendant si longtemps et vous avoir caché un secret comme Fírnen.

– As-tu reçu ma lettre ?

– Je l'ai reçue.

Elle glissa la main dans sa tunique et en sortit un carré de parchemin qu'il reconnut.

– J'aurais aimé te répondre, mais Fírnen venait d'éclore, et je ne voulais pas te mentir, même par omission.

– Pourquoi avoir gardé le secret ?

– Il y a encore tant de serviteurs de Galbatorix un peu partout, et si peu de dragons ! Je ne voulais pas qu'on découvre Fírnen avant qu'il soit capable de se défendre.

– Crois-tu vraiment qu'un humain aurait pu s'introduire dans le Du Weldenvarden pour le tuer ?

– On a vu des choses plus étranges. Les dragons sont toujours menacés d'extinction, je n'avais pas le droit de courir ce risque. S'il ne tenait qu'à moi, je garderais Fírnen caché au Du Weldenvarden pendant les dix prochaines années, jusqu'à ce qu'il ait atteint une taille propre à décourager les agresseurs. Mais il a souhaité partir, je ne pouvais pas le lui refuser. D'ailleurs, le temps est venu pour moi de me présenter à Nasuada et à Orik dans mon nouveau rôle.

Eragon percevait le récit mental que Fírnen faisait à Saphira de sa première chasse dans la forêt des elfes. Il savait qu'Arya suivait elle aussi cet échange, car il la vit esquisser un sourire à l'image de Fírnen bondissant à la poursuite d'une biche alertée par le craquement d'une branche.

– Depuis combien de temps es-tu reine ?

– J'ai été désignée un mois après mon retour. Vanir l'ignorait. J'avais ordonné que ni lui ni notre ambassadeur auprès des nains ne soient informés, pour m'occuper de Fírnen sans avoir à me soucier des tâches officielles qui, sinon, m'auraient incombé... Tu seras sans doute content de l'apprendre : je l'ai élevé à l'À-pic de Tel'naeír, là où Oromis vivait avec Glaedr. Ça m'a paru l'endroit idéal.

Il y eut un silence. Puis Eragon engloba d'un geste le dragon vert et le diadème d'Arya :

– Comment est-ce arrivé ?

Elle sourit :

– Pendant mon retour à Ellesméra, j'ai remarqué que Fírnen commençait à s'agiter dans son œuf. Je n'y ai pas prêté grande attention : Saphira faisait souvent de même. Or, dès notre arrivée au Du Weldenvarden, une fois franchies les barrières de protection, il a éclos. Le soir tombait, je portais l'œuf contre moi, comme j'avais porté Saphira, et je lui parlais. Je lui décrivais le monde, je le rassurais. Je l'ai senti remuer, et...

Elle rejeta ses cheveux en arrière, les yeux embués de larmes :

– Le lien entre nous est exactement comme je l'avais imaginé. Dès que je l'ai touché... J'ai toujours désiré être Dragonnier, Eragon, pour protéger mon peuple et venger la mort de mon père, tué à cause de Galbatorix et des Parjures. Mais, avant de voir la première fissure sur la coquille, je ne m'étais jamais permis d'espérer qu'une telle chose adviendrait.

– Quand tu l'as touché, est-ce que... ?

– Oui.

Elle leva sa main gauche pour lui montrer la marque argentée sur sa paume, la gedwëy ignasia, semblable à celle du garçon.

– C'était comme...

Elle s'interrompit, à la recherche des mots justes.

– Comme la morsure d'une eau glacée, suggéra-t-il.

– C'est ça.

D'un geste instinctif, elle croisa les bras avec un frisson.

– Alors, tu es retournée à Ellesméra ?

Saphira racontait à présent à Fírnen le bain qu'elle avait pris avec Eragon dans le lac Leona, quand ils se rendaient à Dras-Leona avec Brom.

– Oui, j'y suis retournée.

– Et vous êtes partis vivre à l'À-pic de Tel'naeír. Mais pourquoi devenir reine, alors que tu étais déjà Dragonnier?

– Ce n'était pas mon intention. Däthedr et les autres anciens m'ont rendu visite à l'À-pic, et m'ont demandé de reprendre le manteau de ma mère. J'ai refusé. Ils sont revenus le lendemain, et le surlendemain, et tous les jours pendant une semaine, chaque fois avec de nouveaux arguments. Ils ont fini par me convaincre que ce choix était le meilleur pour mon peuple.

– Mais pourquoi toi? Parce que tu es la fille d'Islanzadí ou parce que tu étais devenue Dragonnier?

– Qu'Islanzadí soit ma mère n'était qu'une des raisons, que je sois Dragonnier aussi. Notre politique est beaucoup plus compliquée que celle des humains et des nains; choisir un monarque n'est pas chose aisée. Cela implique d'obtenir le consentement de dizaines de maisons et de familles, ainsi que des anciens, et c'est un jeu subtil auquel nous jouons depuis des milliers d'années... Ils désiraient me voir porter la couronne pour de multiples raisons, pas toutes évidentes.

Eragon se balança d'un pied sur l'autre; il avait du mal à accepter la décision d'Arya:

– Comment pourras-tu être à la fois reine et Dragonnier? Les Dragonniers ne sont pas supposés privilégier un peuple au détriment d'un autre. Sinon, comment les différentes populations d'Alagaësia nous accorderaient-elles leur confiance? Et comment aideras-tu à rebâtir notre caste et à former une nouvelle génération de dragons, occupée que tu seras par tes responsabilités à Ellesméra?

– Notre monde a changé, répondit Arya. Et les Dragonniers ne peuvent plus se tenir à l'écart. Nous sommes trop peu pour rester isolés, et il faudra encore bien du temps avant que nous soyons assez nombreux pour retrouver notre ancienne place. D'ailleurs, tu as prêté serment à Nasuada, à Orik et au Dûrgrimst Ingeitum, mais pas à nous, pas à l'Älfakyn. Il est donc juste que les elfes aient leur couple de dragon et Dragonnier.

— Saphira et moi, nous sommes prêts à combattre pour les elfes aussi bien que pour les nains et les humains, objecta-t-il. Tu le sais.

— Moi, oui ; d'autres ne le savent pas. Les apparences comptent, Eragon. Tu as fait allégeance à Nasuada et tu dois fidélité au clan d'Orik, c'est ainsi. Les miens ont grandement souffert au cours des siècles passés. Même si cela ne te paraît pas évident, nous ne sommes plus ce que nous étions. Notre prospérité a décliné en même temps que celle des dragons. Nous n'avons eu que peu de naissances, notre force a faibli. Certains disent que nos esprits ne sont plus aussi aiguisés que par le passé, bien que ce soit difficile à prouver.

— Il en est de même des humains, s'il faut en croire Glaedr, objecta Eragon.

Elle approuva de la tête :

— Il a raison. Nos deux peuples mettront du temps à se remettre, et beaucoup dépendra du retour des dragons. Tes semblables doivent être guidés par Nasuada pour se rétablir ; mon peuple a besoin d'un chef. La mort d'Islanzadí m'oblige à endosser ce rôle.

Elle se toucha l'épaule, là où était caché son tatouage du glyphe de yawë :

— Quand je me suis consacrée au service des miens, je n'étais pas plus âgée que toi. Je ne peux les abandonner maintenant.

— Ils auront toujours besoin de toi.

— Et je répondrai toujours à leur demande. Ne te fais pas de souci ; Fírnen et moi n'oublierons pas nos devoirs de dragon et Dragonnier. Nous patrouillerons dans le pays avec vous, nous vous aiderons à régler les conflits. Et, lorsqu'il faudra privilégier l'éducation des dragons, nous vous prêterons assistance aussi souvent que nécessaire, même si cela doit nous mener aux confins de la Crête.

Eragon fit de son mieux pour lui dissimuler combien ces paroles le perturbaient. Ce qu'Arya promettait n'était pas conciliable avec ce que Saphira et lui avaient prévu en venant à ce rendez-vous. Si les déclarations d'Arya lui confirmaient la justesse de son choix, il craignait que Fírnen et elle ne puissent les suivre sur cette voie.

Il accepta d'une inclinaison de tête :

— Je sais que tu endosseras tes responsabilités. Tu l'as toujours fait.

Il n'y avait dans ses mots aucune arrière-pensée ; c'était une simple constatation, un témoignage de son respect.

— Et je comprends pourquoi tu nous as laissés si longtemps sans nouvelles, poursuivit-il. À ta place, j'aurais agi de même.

Elle le remercia d'un sourire, et il désigna l'épée :

— Je suppose que Rhunön a refaçonné Támerlein à ta convenance ?

— En effet, et sans cesser de ronchonner. Selon elle, la lame était parfaite telle qu'elle était. Mais je suis contente des modifications qu'elle y a apportées. L'arme trouve le juste équilibre dans ma main, et elle n'est pas plus lourde qu'une badine.

Tout en regardant les dragons, Eragon chercha comment lui annoncer leurs projets. Avant qu'il eût ouvert la bouche, l'elfe demanda :

— Saphira et toi, vous allez bien ?

— Ça va.

— Que s'est-il passé d'intéressant depuis que tu m'as écrit ?

Après un instant de réflexion, il lui résuma les attentats contre Nasuada, les révoltes réprimées, la naissance de la fille de Roran et Katrina, l'anoblissement de son cousin, la découverte des trésors dans la citadelle. Il lui raconta enfin leur passage à Carvahall et leur visite au tombeau de Brom.

Tandis qu'il parlait, Saphira et Fírnen s'étaient mis à tourner l'un autour de l'autre ; le bout de leur queue battait plus fort que jamais. Leurs mâchoires entrouvertes laissaient voir leurs longues dents blanches ; ils respiraient bruyamment, émettant des grognements sourds et plaintifs comme Eragon n'en avait jamais entendu. Inquiet, il crut qu'ils allaient se sauter dessus.

Mais ce qui émanait de Saphira n'était ni de la colère ni de la peur. C'était...

« Ce n'est qu'un test », dit-elle.

Elle frappa le sol de sa queue, et Fírnen s'immobilisa.

« Un test ? Pourquoi ? »

« Je vérifie s'il a assez de fer dans les os et de feu dans le ventre pour être mon égal. »

« Tu es sûre ? » insista-t-il, devinant son intention.

En guise de réponse, elle frappa de nouveau le sol de sa queue, façon de marquer sa résolution et la puissance de son désir.

« Je sais tout de lui, tout sauf ça. D'ailleurs... »

Elle laissa échapper un éclair d'amusement :

« ... Les dragons ne se mettent pas en couple pour la vie. »

« Très bien. Mais sois prudente. »

Il avait à peine fini de parler que Saphira bondissait pour mordre Fírnen au flanc. Le sang jaillit ; le dragon vert sauta en arrière avec un rugissement. Puis il se mit à grogner, apparemment peu sûr de lui, et à reculer devant Saphira qui rampait vers lui.

« Saphira ! »

Gêné, il se tourna vers Arya dans l'intention de lui faire des excuses.

L'elfe ne semblait nullement contrariée. S'adressant au dragon de sorte qu'Eragon l'entendît, elle déclara :

« Si tu veux gagner son respect, mords-la à ton tour. »

Elle considéra le garçon, un sourcil levé. D'un sourire complice, il indiqua qu'il avait compris.

Fírnen regarda Arya, perplexe. Il recula encore devant un nouvel assaut de Saphira. Puis il rugit, déploya ses ailes comme pour paraître plus imposant, chargea et planta profondément ses dents dans une patte arrière de la dragonne.

Ce qu'elle ressentit ne fut pas qu'une simple douleur.

Les dragons reprirent leur manège, rugissant de plus belle. Fírnen bondit de nouveau. Il s'abattit sur le cou de Saphira, lui fit ployer la tête, la maintint clouée au sol et lui mordilla la nuque.

Saphira ne mit pas à se débattre la férocité à laquelle Eragon s'attendait. Il devina qu'elle avait laissé Fírnen la dominer, ce qu'elle n'aurait jamais permis à Thorn.

– Les dragons ont une façon plutôt brutale de se courtiser, fit remarquer Eragon.

– Tu imaginais des mots doux et de tendres caresses ?

– Non...

D'une secousse, Saphira se débarrassa de Fírnen et rampa à reculons. Elle rugit, laboura la terre de ses griffes. Alors, Fírnen rejeta la tête en arrière et lança vers le ciel une colonne de flammes vertes, deux fois longues comme lui.

– Oh ! s'exclama Arya, l'air ravi.

– Quoi ?

– C'est la première fois qu'il crache le feu !

Saphira en fit autant – Eragon sentit la chaleur à cinquante pas. Puis elle se ramassa sur elle-même, décolla et monta dans les airs presque à la verticale. Fírnen la suivit.

Eragon et Arya contemplèrent le ballet étincelant des dragons qui décrivaient des spirales, tandis que des torrents de flammes jaillissaient entre leurs mâchoires ouvertes. C'était un spectacle grandiose, d'une beauté sauvage et effrayante. Eragon comprit qu'il assistait à un rituel séculaire, qui procédait du tissu même de la nature, sans lequel la terre se flétrirait et mourrait.

Son lien avec Saphira s'atténuait avec la distance, mais il sentait monter en elle l'instinct puissant auquel toutes les créatures sont soumises, y compris les elfes.

Les dragons filèrent jusqu'à n'être plus que deux étoiles scintillantes, en orbite l'une autour de l'autre dans l'immensité du firmament. Même de si loin, Eragon recevait encore des éclairs de pensées et de sensations. Et, bien qu'il eût connu des moments semblables quand les Eldunarí partageaient leurs souvenirs avec lui, il s'empourpra jusqu'à la pointe des oreilles et n'osa plus regarder Arya.

Elle semblait affectée elle aussi par les émotions des dragons, quoique d'une autre manière. Elle fixait le ciel avec un léger sourire, et ses yeux brillaient d'un éclat inhabituel, comme si ce spectacle l'emplissait d'autant de bonheur que de fierté.

Eragon s'accroupit en soupirant et se mit à dessiner dans la poussière avec une brindille.

– Eh bien, fit-il remarquer, ça n'a pas été long.

– Non.

Ils restèrent ainsi un moment, elle debout, lui accroupi, et seul le bruissement du vent occupait le silence.

Enfin Eragon leva les yeux. Arya lui parut plus belle que jamais. Mais il vit aussi en elle l'amie et l'alliée, la femme qui l'avait sauvé de Durza, qui avait combattu à ses côtés des ennemis sans nombre, qui avait été emprisonnée avec lui dans les souterrains de Dras-Leona et qui, enfin, avait tué Shruikan avec la Dauthdaert. Il se rappela ce qu'elle lui avait confié de son enfance à Ellesméra, de ses relations difficiles avec sa mère, et des multiples raisons qui l'avaient poussée à quitter le Du Weldenvarden pour devenir ambassadeur des elfes. Il pensa à toutes les blessures dont elle avait souffert : certaines dues à sa mère, d'autres à la solitude qu'elle avait connue parmi les humains et les nains, et plus encore quand elle avait perdu Faolin et subi les tortures de Durza à Gil'ead.

Toutes ces considérations réveillèrent sa tristesse, en même temps que le lien profond qui l'attachait à l'elfe. Le désir le prit soudain de conserver une image de ces instants.

Tandis qu'Arya contemplait le ciel, songeuse, Eragon chercha autour de lui. Il repéra une plaque d'ardoise qui dépassait du sol. Sans bruit, il la déterra avec les doigts et l'époussseta soigneusement.

Il lui fallut un moment pour se rappeler les sorts qu'il avait un jour utilisés et les modifier de façon à extraire de la terre autour de lui les couleurs dont il aurait besoin. Puis il psalmodia la formule en silence.

Un frémissement parcourut la surface de la plaque, puis des couleurs – du rouge, du bleu, du jaune – s'épanouirent et se mirent à former des lignes, des formes, tout en se mêlant pour créer des teintes plus subtiles. Un portrait d'Arya apparut.

Dès qu'il fut achevé, le garçon mit fin au sort et examina le fairth.

Ce qu'il vit lui plut. L'image lui paraissait une juste et fidèle représentation d'Arya, contrairement au fairth qu'il avait fait d'elle à Ellesméra. Celui qu'il tenait à la main avait une profondeur qui manquait au précédent. La composition n'était pas parfaite, mais Eragon était fier d'avoir aussi bien exprimé la personnalité de son modèle. Il était parvenu à rassembler tout ce qu'il savait d'elle, sa part d'ombre comme sa part de lumière.

Il s'accorda quelques instants pour savourer sa réussite avant de jeter la pierre dans l'intention de la briser.

– Kausta, dit Arya.

Et la plaque vola jusqu'à sa main.

Eragon s'apprêta à s'expliquer ou à s'excuser. Puis il se ravisa et se tut.

Arya examina le fairth avec une grande attention. Eragon l'observait, inquiet de sa réaction.

Une longue minute s'écoula, tendue.

Enfin, Arya abaissa le fairth.

Eragon tendit la main, mais l'elfe ne manifestait aucune intention de le lui rendre. Elle paraissait contrariée, ce qui le consterna.

Le fixant dans les yeux, elle déclara en ancien langage :

– Eragon, si tu le désires, j'aimerais te révéler mon vrai nom.

Cette offre le laissa abasourdi. Il hocha la tête, submergé par l'émotion, et articula à grand-peine :

– Je serai honoré de l'entendre.

Arya s'avança et, les lèvres contre l'oreille du garçon, elle prononça son nom dans un murmure à peine audible. Le nom résonna en lui, lui apportant une soudaine compréhension. S'il reconnaissait des éléments, d'autres l'étonnaient, des composantes qu'il avait dû être difficile à l'elfe de partager.

Puis elle recula, dans l'attente de sa réaction, gardant délibérément une expression neutre.

Son nom soulevait de nombreuses questions dans l'esprit d'Eragon, mais le moment était mal choisi pour interroger Arya. Il devait plutôt la rassurer, lui dire que ce qu'il venait d'apprendre ne diminuait en rien la haute estime qu'il avait pour elle. D'une certaine manière, son respect en était même augmenté, car il voyait à présent l'ampleur de son abnégation et de son sens du devoir. Il savait qu'une réaction inappropriée ou une remarque maladroite pouvaient anéantir leur amitié.

Il la regarda droit dans les yeux et dit en ancien langage :

— Ton nom... est un beau nom. Je te remercie de l'avoir partagé avec moi. Tu peux être fière d'être celle que tu es, et je suis heureux de t'appeler mon amie. Je te promets de toujours garder ton nom secret... Désires-tu, maintenant, entendre le mien ?

Elle accepta d'un signe de tête avant d'ajouter :

— Je te promets de le conserver dans ma mémoire et de le protéger aussi longtemps qu'il sera le tien.

Un sentiment d'extrême gravité envahit le garçon. À présent, il ne pouvait plus reculer, ce qui l'effrayait et l'exaltait à la fois. Comme Arya l'avait fait pour lui, il plaça ses lèvres contre l'oreille de l'elfe et chuchota son vrai nom aussi doucement qu'il put. Au son de ces mots, il vibra tout entier.

Puis il recula, saisi d'appréhension. Comment allait-elle le juger ? Car elle le jugerait ; elle ne pourrait faire autrement.

Arya poussa un long soupir et leva les yeux vers le ciel. Quand elle le regarda de nouveau, ce fut avec une grande douceur.

— Tu portes aussi un beau nom, Eragon, dit-elle à voix basse. Cependant, je ne pense pas que c'était celui que tu avais quand tu as quitté la vallée de Palancar.

— Non.

— Ni pendant ton séjour à Ellesméra. Tu as mûri depuis notre première rencontre.

— Il a bien fallu.

Elle acquiesça :

– Tu es encore jeune, mais tu n'es plus un enfant.

– Non, je ne le suis plus.

Son attirance pour elle était plus violente que jamais. L'échange de leurs noms avait tissé entre eux un lien nouveau, mais de quelle nature, il l'ignorait. Cette incertitude le rendait vulnérable. Elle l'avait vu avec tous ses défauts et l'avait accepté tel qu'il était, sans aucune réticence, comme il l'avait acceptée. De plus, elle avait vu dans ce nom la profondeur des sentiments qu'il lui portait, et cela non plus ne l'avait pas rebutée.

Il hésita à aborder le sujet et ne put s'y résoudre. Il rassembla son courage pour demander :

– Arya, qu'allons-nous devenir ?

Elle marqua un temps avant de réagir, mais il vit qu'elle avait compris. Choisissant ses mots avec soin, elle dit :

– Je ne sais pas... Autrefois, j'aurais répondu : rien. À présent... Je le répète, tu es encore jeune ; les humains sont inconstants. Dans dix ans, ou même dans cinq, tes sentiments ne seront peut-être plus ceux d'aujourd'hui.

– Mes sentiments ne changeront pas, déclara-t-il sur un ton de certitude absolue.

Elle le dévisagea longuement, l'air tendu. Puis il vit quelque chose changer dans son regard :

– Alors... plus tard, peut-être...

Elle posa la main sur sa joue :

– Ne m'en demande pas davantage aujourd'hui. Je ne veux pas me tromper avec toi, Eragon. Tu es trop important, pour moi et pour toute l'Alagaësia.

Il tenta de sourire et ne put que grimacer.

– Mais... on n'a pas le temps, dit-il d'une voix étranglée.

Il se sentait nauséeux.

Arya retira sa main, les sourcils froncés :

– Que veux-tu dire ?

Il fixa le sol, cherchant comment s'exprimer. Il parla enfin, le plus simplement possible. Il raconta le mal qu'ils avaient eu, Saphira et lui, à trouver un lieu sûr pour les œufs et les Eldunarí ;

il exposa l'intention de Nasuada de créer une caste de magiciens chargée de contrôler tous les jeteurs de sorts humains.

Enfin, il conclut :

— Saphira et moi avons donc décidé que la seule chose à faire était de quitter l'Alagaësia et d'élever les dragons ailleurs, à l'écart des populations. Ce sera mieux pour nous, pour les dragons, pour les Dragonniers et pour tous les peuples d'Alagaësia.

Arya parut choquée :

— Mais les Eldunarí...

— Les Eldunarí ne peuvent pas rester non plus. Ils ne seraient nulle part en sécurité, pas même à Ellesméra. Tant qu'ils demeureront dans le pays, il y aura des gens pour tenter de les voler ou de les utiliser à leurs propres fins. Non, il nous faut un endroit aussi isolé que Vroengard, où personne ne fera de mal aux dragons, où jeunes dragons et dragons sauvages ne feront de mal à personne.

Eragon tenta un autre sourire et y renonça :

— Voilà pourquoi on n'a pas le temps. Saphira et moi avons l'intention de partir le plus tôt possible, et si tu ne viens pas avec nous... Je ne sais pas si nous nous reverrons un jour.

Arya contempla le fairth qu'elle tenait toujours à la main, troublée.

— Renoncerais-tu à la couronne pour venir avec nous ? demanda-t-il, bien qu'il connût déjà la réponse.

Elle releva les yeux :

— Et toi, abandonnerais-tu les œufs ?

Il secoua la tête :

— Non.

Ils se tinrent un moment silencieux, à écouter le vent.

— Comment sélectionneras-tu de nouveaux Dragonniers ? reprit-elle.

— Nous laisserons quelques œufs – sans doute à tes soins – et, quand ils auront éclos, les dragons et leurs Dragonniers nous rejoindront. Nous t'enverrons alors de nouveaux œufs.

— Il y a sûrement une autre solution qui vous éviterait, à Saphira, aux Eldunarí et à toi, de quitter l'Alagaësia.

— Si c'était le cas, nous l'aurions choisie. Malheureusement, il n'y en a pas.

— Et les Eldunarí ? Glaedr et Umaroth ? Vous leur en avez parlé ? Ils sont d'accord ?

— Nous ne leur en avons pas encore parlé, mais ils seront d'accord, je le sais.

— Tu en es sûr, Eragon ? C'est vraiment le seul moyen ? Abandonner tout ce que tu connais, les êtres et les choses ?

— C'est nécessaire, et notre départ était écrit depuis toujours. Angela me l'a prédit quand elle a lu mon avenir, à Teirm ; j'ai eu le temps de me faire à cette idée.

Il tendit la main et toucha la joue d'Arya :

— Aussi, je te le demande encore une fois : veux-tu venir avec nous ?

Les yeux de l'elfe s'embuèrent ; elle serra le fairth contre sa poitrine :

— Je ne peux pas.

Il acquiesça et retira sa main :

— Alors... nos chemins se séparent.

Sentant les larmes lui brouiller la vue, il s'efforça de faire bonne figure.

— Nous avons encore un peu de temps, murmura-t-elle. Vous ne partez pas tout de suite.

— Non, pas tout de suite.

Ils restèrent là, côte à côte, fouillant le ciel du regard, guettant le retour de Fírnen et de Saphira. La main d'Arya frôla celle d'Eragon ; il s'en empara et la pressa dans la sienne, et ce minuscule réconfort apaisa un peu la peine qui lui broyait le cœur.

75
UN HOMME
DE CONSCIENCE

Les flots de lumière qui se déversaient par les fenêtres du corridor découpaient des rectangles clairs sur le mur opposé, décoré de bannières, de tableaux, d'épées, de boucliers et de têtes de cerfs, et percé à intervalles réguliers de portes noires en bois sculpté.

Tout en se dirigeant vers le bureau de Nasuada, Eragon regardait la ville à travers les ouvertures. Il entendait encore les bardes et les musiciens jouer autour des tables du banquet donné en l'honneur d'Arya. Les festivités – qui avaient commencé dès son arrivée à Ilirea avec Fírnen, la veille – se terminaient, et le garçon avait enfin pu obtenir un rendez-vous avec Nasuada.

Il salua les gardes postés devant la porte et entra.

Nasuada, allongée sur un sofa, écoutait un chanteur interpréter une complainte aussi triste que belle en s'accompagnant d'un luth. À l'extrémité du siège, Elva, l'enfant-sorcière, était absorbée dans un ouvrage de broderie. Assise sur une chaise proche, Farica, la suivante de Nasuada, caressait Yeux Jaunes. Le chat-garou sommeillait, roulé en boule sur ses genoux. Mais sans doute ne dormait-il que d'un œil.

Eragon attendit sur le seuil la fin de la chanson.

– Merci, dit Nasuada au musicien. Tu peux t'en aller. Ah, Eragon ! Bienvenue !

Il s'inclina, puis salua la fillette :

– Elva.

Elle lui jeta un regard par en dessous :

– Eragon.

Le chat-garou agita la queue.

– Qu'est-ce qui t'amène ? demanda Nasuada.

Elle but une gorgée à une coupe posée sur une petite table.

Eragon désigna de la tête le balcon, qui dominait un jardin intérieur orné d'une fontaine :

– Pourrions-nous discuter en privé ?

Haussant un sourcil intrigué, Nasuada se leva et se dirigea vers le balcon, la traîne de sa robe pourpre balayant le sol derrière elle.

Eragon la suivit. Côte à côte, ils observèrent la danse fraîche de l'eau, dans l'ombre du bâtiment.

La jeune femme respira profondément :

– Quel bel après-midi !

Elle paraissait plus calme que lors de leur rencontre précédente, quelques heures plus tôt.

– La musique t'a mise de bonne humeur, fit-il remarquer.

– Pas la musique, Elva.

Il pencha la tête de côté :

– Comment ça ?

Un drôle de petit sourire éclaira le visage de Nasuada :

– Après ma captivité à Urû'baen – après ce que j'ai enduré... et perdu – et après les récents attentats contre moi, le monde me paraissait dépourvu de couleurs. Je ne savais plus qui j'étais, et rien ne me tirait de ma tristesse.

– C'est ce qu'il me semblait, mais je ne savais pas quoi faire pour t'aider.

– Rien. Tu ne pouvais rien faire. Sans Elva, j'aurais pu rester dans cet état pendant des années. Elle m'a dit... Elle m'a dit ce que j'avais besoin d'entendre, je suppose. C'était l'accomplissement d'une promesse qu'elle m'avait faite il y a longtemps, au château d'Aberon.

Eragon jeta un coup d'œil dans la pièce, où Elva tirait sur le fil de sa broderie. Malgré tout ce qu'ils avaient vécu ensemble, il n'était pas encore certain de pouvoir faire confiance à la fillette ; il craignait qu'elle ne manipulât Nasuada à ses propres fins.

La main de Nasuada se posa sur son bras :

– Ne te fais pas de souci pour moi, Eragon. Galbatorix n'a pas réussi à me briser ; crois-tu qu'Elva saurait me déstabiliser ?

Il la regarda d'un air sombre :

– Oui.

Elle sourit de nouveau :

– Ton inquiétude me touche. Mais, en l'occurrence, elle n'est pas fondée. Laisse-moi profiter de ma tranquillité. Tu me feras part de tes soupçons une autre fois.

– Très bien.

Il se détendit un peu :

– Je suis heureux que tu te sentes mieux.

– Merci. Moi aussi. Saphira et Fírnen sont-ils encore en train de batifoler ? Je ne les entends plus.

– Ils volent au-dessus du surplomb.

Il effleura l'esprit de Saphira et s'empourpra une fois de plus.

Nasuada posa les mains sur la balustrade en pierre, dont les pilastres étaient en forme d'iris :

– Maintenant, de quoi voulais-tu me parler ? As-tu réfléchi à ma proposition ?

– Oui.

– Parfait. Alors, nous pouvons passer à l'action. J'ai déjà...

– J'ai décidé de ne pas accepter.

– Quoi ?

Nasuada le dévisagea avec incrédulité :

– Pourquoi ? À qui d'autre confierais-tu cette fonction ?

– Je ne sais pas, dit-il doucement. C'est une chose qu'Orrin et toi devrez déterminer seuls.

– Tu ne nous aideras même pas à choisir la bonne personne ? Et tu me demandes de croire que tu ne recevrais d'ordre de personne d'autre que moi ?

— Tu ne m'as pas compris. Je ne veux ni diriger la caste des magiciens, ni même en faire partie.

Elle le fixa un moment, puis alla fermer la baie vitrée donnant sur le balcon pour que personne n'entende leur conversation.

— Eragon ! reprit-elle. À quoi penses-tu ? Il faut que tu y participes. Tous les magiciens qui me servent le doivent. Il ne peut y avoir d'exception. En aucun cas ! Les gens s'imagineraient que j'ai des favoris. Cela sèmerait la dissension parmi les jeteurs de sorts, ce que je veux éviter à tout prix. Tant que tu seras un sujet de mon royaume, tu seras tenu d'en respecter les lois, ou mon autorité ne signifierait plus rien. Je ne devrais pas avoir à le souligner, Eragon.

— C'est inutile, j'en suis conscient. C'est pourquoi Saphira et moi avons décidé de quitter l'Alagaësia.

De surprise, Nasuada dut se retenir à la balustrade. Pendant quelques instants, seul le clapotis du jet d'eau troubla le silence.

— Je ne comprends pas.

Alors, comme il l'avait fait avec Arya, il exposa ses raisons. Quand il eut terminé, il conclut :

— Je n'aurais jamais pu prendre en charge les magiciens. Saphira et moi aurons les dragons à élever et les Dragonniers à former. Cette tâche doit passer en premier. Même si j'en avais le temps, je ne pourrais pas diriger les Dragonniers et être à ton service. Les autres populations ne le supporteraient pas. Bien qu'Arya ait accepté de devenir reine, les Dragonniers devront rester aussi impartiaux que possible. Si nous commençons à faire du favoritisme, nous détruirons l'Alagaësia. Le seul cas de figure qui me permettrait d'accepter ce poste serait que la caste réunisse les magiciens de tous les peuples — même les Urgals —, ce qui paraît fort improbable. Et la question des œufs et des Eldunarí resterait entière.

Nasuada se rembrunit :

— Tu ne me feras pas croire qu'avec tout ton pouvoir, tu ne saurais pas protéger les œufs ici, en Alagaësia !

– Peut-être le saurais-je. Mais la sécurité des dragons ne peut dépendre de la seule magie. Il faut des barrières matérielles : des douves trop profondes, des falaises trop hautes pour que des humains, des nains ou des Urgals puissent les franchir. Et, surtout, il faut la sécurité que seule la distance garantit. Il faut rendre l'approche si difficile que les plus déterminés de nos ennemis en seront découragés. Et ce n'est pas tout. En supposant que la protection des dragons soit assurée, qu'en serait-il du bétail, le nôtre comme celui des nains et des Urgals ? Tu te vois expliquer à Orik pourquoi ses troupeaux de Feldûnost sont décimés, apaiser les fermiers furieux d'avoir perdu leurs bêtes ? Non, l'éloignement est la seule solution.

Eragon se pencha pour regarder la fontaine :

– Même si je trouvais un endroit où garder les œufs et les Eldunarí en Alagaësia, ce ne serait pas une bonne chose que je reste.

– Pourquoi ?

Il secoua la tête :

– Tu connais la réponse aussi bien que moi : je suis devenu *trop* puissant. Tant que je demeurerai ici, ton autorité – comme celle d'Arya, d'Orik et d'Orrin – sera toujours mise en doute. Si je le leur demandais, presque tous les hommes du Surda, de Teirm et de ton propre royaume me suivraient. Et, avec les Eldunarí pour me soutenir, plus personne ne peut se dresser contre moi, pas même Murtagh ou Arya.

– Tu ne te retournerais jamais contre nous ; tu n'es pas comme ça.

– Non ? Au cours de toutes les années que j'ai encore à vivre – et je devrais vivre très longtemps –, crois-tu honnêtement que je n'interviendrai jamais dans vos affaires ?

– Si tu le fais, ce sera pour une bonne raison, et nous accepterons ton aide avec gratitude.

– Vraiment ? Je serai sûrement persuadé d'avoir raison, c'est bien ça le piège : croire que mon savoir me met au-dessus des autres, et que mon pouvoir me confère le droit d'agir.

Se souvenant des paroles de Nasuada, il les lui rappela :

— Pour le bien du plus grand nombre, disais-tu. Pourtant, si je me trompais, qui m'arrêterait ? Je finirais peut-être comme Galbatorix, en dépit de mes bonnes intentions. Mon autorité pousse les gens à tomber d'accord avec moi. Je l'ai constaté au cours de mes voyages à travers l'Empire... Si tu étais dans ma position, résisterais-tu à la tentation d'intervenir, juste un peu, pour améliorer les choses ? Ma présence ici crée un déséquilibre, Nasuada. Si je veux éviter de devenir ce que je hais, je dois partir.

La jeune femme leva le menton :

— Et si je t'ordonne de rester ?

— J'espère que tu ne le feras pas. Je préfère te quitter en toute amitié, pas dans la colère.

— Donc, tu ne rendras de comptes à personne d'autre qu'à toi-même ?

— Je rendrai des comptes à Saphira et à ma conscience, comme je l'ai toujours fait.

Nasuada eut un petit sourire :

— Un homme de conscience, l'espèce la plus dangereuse.

De nouveau le murmure de la fontaine s'éleva.

Puis la jeune femme reprit :

— Crois-tu aux dieux, Eragon ?

— Quels dieux ? Il y en a tant.

— N'importe lesquels. Tous les dieux. Crois-tu en une puissance plus haute que nous ?

— Autre que Saphira ?

Voyant que Nasuada fronçait les sourcils, il s'excusa :

— Pardon !

Il réfléchit une minute avant de déclarer :

— Peut-être existent-ils ; je ne sais pas. J'ai vu... Je n'en suis pas sûr, mais je crois avoir vu le dieu nain Gûntera à Tronjheim, quand Orik a été couronné. Mais, s'il y a des dieux, je ne les félicite pas d'avoir laissé Galbatorix sur le trône aussi longtemps.

– Et si tu avais été l'instrument des dieux pour le détrôner ?
As-tu envisagé cette possibilité ?

– Moi ?

Il rit :

– C'est possible. En tout cas, que nous vivions ou que nous mourions, ils ne semblent guère s'en soucier.

– Pourquoi s'en soucieraient-ils ? Ce sont des dieux... En vénères-tu certains ?

Elle semblait attacher beaucoup d'importance à cette question.

De nouveau, Eragon prit le temps de réfléchir. Puis il haussa les épaules :

– Ils sont si nombreux, comment saurais-je lesquels choisir ?

– Pourquoi pas le créateur de tous, Unulukuna, qui offre la vie éternelle ?

Eragon ne put retenir un gloussement :

– Tant que je ne tombe pas malade et que personne ne me tue, je peux vivre mille ans, voire davantage. Et, si je vis aussi longtemps, je ne m'imagine pas avoir envie de vivre encore après ma mort. Qu'est-ce qu'un dieu peut m'offrir de plus ? Avec les Eldunarí, mes forces sont presque sans limite.

– Les dieux nous donnent aussi la chance de revoir ceux qu'on aime. Ne le désires-tu pas ?

Il eut un temps d'hésitation :

– Si. Mais je ne voudrais pas *souffrir* pour l'éternité. Ça me paraît plus effrayant que de disparaître dans le néant, selon les croyances des elfes.

Nasuada parut troublée :

– C'est bien cela, tu ne réponds de tes actes que devant toi-même et Saphira.

– Nasuada, suis-je un être mauvais ?

Elle eut un signe de dénégation.

– Alors, aie confiance, laisse-moi agir selon ma conscience. Je réponds de mes actes devant Saphira, les Eldunarí et tous les Dragonniers à venir, ainsi que toi, Arya, Orik et les peuples d'Alagaësia. Je n'ai pas besoin d'un maître, avec ses punitions, pour me dicter mon comportement. Si c'était le cas, je ne serais qu'un enfant qui obéit à son père par peur du fouet, non par désir de bien faire.

Elle le fixa quelques instants :

– Alors, tu as ma confiance.

Le clapotis de la fontaine monta de nouveau. La lumière du soleil couchant accrochait les reliefs de la saillie rocheuse, au-dessus de leurs têtes.

– Et s'il nous faut ton aide ? reprit-elle.

– Je vous aiderai. Je ne t'abandonne pas, Nasuada. Je relierai un miroir de ton bureau à l'un des miens, de sorte que tu puisses toujours me contacter ; de même pour Roran et Katrina. Si des problèmes surviennent, je trouverai le moyen de vous prêter assistance. Je ne viendrai peut-être pas en personne, mais j'agirai.

Elle acquiesça :

– Je sais que tu le feras.

Puis elle soupira, l'air malheureux.

– Qu'y a-t-il, Nasuada ?

– Tout allait si bien. Galbatorix est mort. Les derniers combats ont cessé. Nous étions sur le point de régler la question des magiciens. Saphira et toi alliez diriger leur caste ainsi que celle des Dragonniers. Et maintenant... Je ne sais pas ce que nous allons faire.

– Ça va s'arranger, tu verras. Tu trouveras une solution.

– Ce serait tellement plus facile si tu restais ici ! Accepteras-tu au moins de révéler le nom de l'ancien langage à la personne que nous choisirons pour prendre la tête des magiciens ?

Eragon avait déjà envisagé cette possibilité. Il prit simplement le temps de choisir ses mots :

– Je le pourrais. Cependant, on finirait par le regretter.

– Donc, tu refuses ?

Il confirma d'un signe de tête.

Le visage de Nasuada se crispa de contrariété :

– Et pourquoi ? Quelles sont tes raisons, cette fois ?

— On ne peut laisser circuler ce nom sans précautions, Nasuada. C'est trop dangereux. Qu'un magicien ambitieux et sans scrupule s'en empare, il causerait des dégâts inimaginables. Avec ce nom, on peut détruire l'ancien langage. Galbatorix lui-même n'a pas été assez fou pour s'y risquer. Mais un magicien mal entraîné et avide de pouvoir ? Qui sait alors ce qui arriverait ? Pour le moment, à part moi, Arya, Murtagh et les dragons sont les seuls à le connaître. Mieux vaut qu'il en soit ainsi.

— Quand tu seras parti, nous dépendrons donc d'Arya en cas de nécessité.

— Tu sais qu'elle vous apportera toujours son soutien. Si quelqu'un doit m'inquiéter, c'est plutôt Murtagh.

Nasuada parut se rétracter :

— Il n'est plus une menace pour nous. Plus maintenant.

— Je veux bien le croire. Toutefois, j'insiste : si ton objectif est de garder le contrôle sur les magiciens, le nom de l'ancien langage doit rester secret.

846

— Je comprends.

— Merci. Mais il y a autre chose.

— Ah ? fit-elle, l'air soupçonneux.

Il lui exposa l'idée qui lui était venue récemment au sujet des Urgals. Quand il eut fini, Nasuada médita quelques instants. Puis elle déclara :

— Tu prends une lourde responsabilité.

— Il le faut bien. Qui d'autre le pourrait ? M'approuves-tu ? Cela me paraît l'unique moyen de garantir la paix à long terme.

— Est-ce vraiment sage ?

— Non. Ça vaut tout de même le coup d'essayer.

— Les nains aussi ? C'est nécessaire ?

— Oui. Ce n'est que justice. Et ça aidera à maintenir l'équilibre entre les peuples.

— Et s'ils refusent ?

— Ils accepteront.

— Alors, fais comme bon te semble. Tu n'as pas besoin de mon accord — tu as été assez clair sur ce point —, mais cela me paraît en effet indiqué. Sinon, dans vingt ou trente ans, nous risquons de voir resurgir les problèmes que nos ancêtres ont dû affronter en s'installant en Alagaësia.

Il inclina légèrement la tête :

– Je vais donc agir en conséquence.

– Quand as-tu prévu de partir ?

– En même temps qu'Arya. Je n'ai pas de raison de m'attarder.

Nasuada se pencha par-dessus la balustrade, les yeux rivés sur la fontaine :

– Tu reviendras nous voir ?

– Je ne pense pas. Quand Angela m'a prédit mon avenir, elle a dit que je ne reviendrais jamais.

– Ah..., fit Nasuada d'une voix enrouée.

Elle se retourna pour le regarder en face :

– Tu vas me manquer.

– Tu me manqueras aussi.

Elle crispa les lèvres comme pour ne pas pleurer. Puis elle s'avança d'un pas et prit le garçon dans ses bras. Il la pressa contre lui, et ils demeurèrent ainsi quelques instants.

Quand ils s'écartèrent l'un de l'autre, Eragon dit :

– Nasuada, si tu te lasses un jour d'être reine, ou si tu cherches un lieu où vivre en paix, rejoins-nous. Tu seras toujours la bienvenue. Je ne saurais te rendre immortelle, mais je peux prolonger tes années bien au-delà de la durée de vie des humains, et tu jouirais d'une parfaite santé.

– Merci. J'apprécie ton offre, je ne l'oublierai pas.

Il eut cependant le sentiment qu'elle ne se résoudrait jamais à quitter l'Alagaësia, même devenue très vieille. Son sens du devoir était trop puissant.

Puis il demanda :

– Nous donneras-tu ta bénédiction ?

– Bien sûr.

Elle lui prit la tête entre ses mains, l'embrassa sur le front et déclara :

– Que ma bénédiction soit sur toi et sur Saphira. Que paix et bonheur vous accompagnent, où que vous alliez.

– Qu'ils t'accompagnent aussi.

Elle le tint ainsi un instant ; puis elle le lâcha, ouvrit la baie vitrée et retourna dans son bureau, le laissant seul sur le balcon.

76
LE PRIX DU SANG

Alors qu'Eragon descendait une volée d'escaliers pour regagner l'entrée du bâtiment, il tomba sur Angela, l'herboriste, assise en tailleur dans l'encadrement d'une porte. Elle tricotait un bonnet bleu et blanc à la bordure décorée de runes dont la signification échappa au garçon. Solembum était couché près d'elle, la tête sur ses genoux, une de ses lourdes pattes posée sur sa cuisse.

Eragon s'arrêta, étonné. Il ne les avait pas revus ni l'un ni l'autre depuis... – il fit un effort de mémoire – depuis la fin de la bataille d'Urû'baen, et encore très brièvement. Après quoi, ils avaient disparu.

– Salut ! lança Angela, sans lever les yeux.

– Salut ! Qu'est-ce que tu fais ici ?

– Je tricote un bonnet.

– Je vois ça ; mais pourquoi ici ?

– Parce que je voulais te voir.

Ses aiguilles cliquetaient avec régularité, dans un mouvement aussi hypnotisant que la danse des flammes.

– Il paraît que Saphira, les œufs, les Eldunarí et toi, vous quittez l'Alagaësia.

– Comme tu l'avais prédit, répliqua-t-il, agacé qu'elle ait découvert ce qui devait rester un secret bien gardé.

Elle n'avait pu épier sa conversation avec Nasuada, il en aurait été averti par ses sorts de protection. Et, à sa connaissance, personne n'avait pu leur révéler, à elle ou à Solembum, l'existence des œufs et des Eldunarí.

— C'est exact, reconnut-elle. Mais je n'avais pas prévu d'assister à ton départ.

— Comment l'as-tu appris ? Par Arya ?

— Elle ? Ah, tu veux rire ! Non, j'ai ma façon à moi de m'informer.

Suspendant un instant le mouvement de ses aiguilles, elle le regarda, l'œil brillant :

— Ne me demande pas de t'en dire plus. Je peux avoir mes petits secrets, non ?

— Pfffff...

— Pffff toi-même ! Si tu le prends comme ça, j'aurais mieux fait de ne pas me déplacer.

— Excuse-moi. Je ne me sens pas... dans mon assiette. Pourquoi voulais-tu me voir ?

— Pour te dire au revoir et te souhaiter bon voyage.

— Merci.

— Mmh... Où que tu t'installes, tâche de ne pas trop t'enfermer dans ta tête. Sors au soleil de temps en temps.

— J'y penserai. Et toi ? Tu vas rester ici avec Solembum pour veiller sur Elva ? C'est ce que tu envisageais.

L'herboriste renifla fort peu élégamment :

— Rester ? Quand Nasuada a l'intention de contrôler tous les magiciens du pays ?

— Tu sais ça aussi ?

Elle lui jeta un regard en coin :

— Je désapprouve. Je désapprouve absolument. Je ne me laisserai pas traiter comme une gamine qui a fait une bêtise. Non, le moment est venu pour Solembum et moi de rejoindre des cieux plus cléments : les Montagnes des Beors, peut-être, ou le Du Weldenvarden.

Après une brève hésitation, Eragon proposa :

— Et si vous veniez avec nous ?

Solembum ouvrit un œil et observa le garçon une seconde avant de le refermer.

– C'est très gentil, dit Angela. Nous allons cependant décliner ta proposition. Du moins, pour le moment. Garder des Eldunarí et faire la leçon à des Dragonniers, quel ennui! Élever des jeunes dragons, en revanche, est un projet assez excitant. Mais non; Solembum et moi, nous restons en Alagaësia. D'ailleurs, je veux tenir Elva à l'œil pendant quelques années, même si je ne peux pas la surveiller en personne.

– Tu n'as donc pas eu ton compte de rebondissements?

– Jamais! C'est ce qui donne du piquant à la vie.

Elle brandit son couvre-chef inachevé:

– Comment le trouves-tu?

– Très joli. J'aime bien ce bleu. Mais que signifient les runes?

– Raxacori... Bah, peu importe! Ça ne t'évoquerait rien, de toute façon. Bon voyage à toi et à Saphira! Et méfie-toi des perce-oreilles ainsi que des hamsters sauvages. Des créatures particulièrement féroces, les hamsters sauvages!

Il ne put retenir un sourire:

– Bon vent à toi, et à toi aussi, Solembum.

Le chat-garou entrouvrit de nouveau un œil:

« Bon vent, Tueur de Roi. »

Eragon quitta le bâtiment et parcourut la cité jusqu'à la maison où Jeod et sa femme, Helen, s'étaient installés. C'était un manoir imposant, entouré de hauts murs et d'un vaste jardin, avec des serviteurs déférents postés à l'entrée. Helen avait su mener ses affaires. En devenant fournisseur des Vardens – puis du royaume de Nasuada –, elle avait rapidement mis sur pied un commerce florissant, plus important que celui dirigé autrefois par Jeod à Teirm.

Eragon trouva l'érudit en pleins préparatifs de leur repas du soir. Après avoir refusé une invitation à dîner, le garçon fit part à Jeod de ses intentions. Celui-ci se montra d'abord surpris et peiné. Il finit par admettre la nécessité pour Eragon et Saphira de partir avec les dragons. Comme il l'avait proposé à Nasuada et à l'herboriste, le garçon l'invita à les accompagner.

– Tu me tentes beaucoup, dit Jeod. Mais ma place est ici. J'ai mon travail et, pour la première fois depuis bien longtemps, Helen est heureuse. Nous nous sentons chez nous, à Ilirea. Nous ne désirons plus en bouger.

Eragon hocha la tête ; il comprenait.

– Mais toi... Tu vas te rendre en un lieu où personne n'est allé, sinon des dragons et des Dragonniers. Et tout à fait à l'est, dis-moi, sais-tu ce qu'il y a ? Une autre mer ?

– Oui, si tu vas assez loin.

– Et avant ?

Le garçon haussa les épaules :

– Des terres désertes, pour l'essentiel ; c'est ce que décrivent les Eldunarí, et je n'ai aucune raison de croire que ça ait changé en un siècle.

Jeod s'approcha et baissa la voix :

– Puisque tu vas t'en aller... je veux te dire quelque chose. Tu te souviens, je t'ai parlé de cette secte, l'Arcaena, dont les membres étaient voués à rassembler les connaissances à travers l'Alagaësia ?

Eragon s'en souvenait :

– Tu m'as dit que Heslant le Moine en faisait partie.

– Et moi aussi.

Devant l'expression étonnée du garçon, Jeod se passa la main dans les cheveux d'un air embarrassé :

– J'y suis entré il y a bien longtemps ; j'étais jeune et désireux de servir une juste cause. Au cours des années, je leur ai fourni des informations, des manuscrits. En retour, ils m'ont apporté leur aide. Bref, j'ai pensé que tu avais le droit de savoir. Je n'en avais parlé qu'à Brom.

– Pas même à Helen ?

– Non, pas même à elle... Donc, quand j'aurai achevé mon récit sur toi, Saphira et le soulèvement des Vardens, je l'enverrai à notre monastère, sur la Crête, et il sera ajouté, sous forme de plusieurs chapitres, au *Domia abr Wyrda*. Ton histoire ne tombera pas dans l'oubli, Eragon ; ça, au moins, je peux te le promettre.

Cette nouvelle le toucha profondément.

— Merci, dit-il en serrant le bras de l'érudit.

— Merci à toi, Eragon le Tueur d'Ombre.

Après quoi, le garçon regagna la maison où il vivait avec Saphira, Roran et Katrina, qui l'attendaient pour souper.

Pendant tout le repas, la conversation tourna autour d'Arya et de Fírnen. Eragon ne dit rien de ses projets de départ jusqu'au moment où la table fut débarrassée. Tous trois – et le bébé – se retirèrent alors dans une pièce dominant la cour, où Saphira somnolait auprès du dragon vert. Ils restèrent assis là, à boire du vin ou du thé, tandis que le soleil descendait à l'horizon.

Ayant laissé s'écouler un temps raisonnable, Eragon aborda le sujet. Comme il s'y attendait, Roran et Katrina furent consternés et mirent tout en œuvre pour le faire changer d'avis. Il lui fallut presque une heure pour leur exposer ses raisons, car ils discutaient chaque point jusqu'à ce qu'il eût répondu à toutes leurs objections.

Roran finit par s'écrier :

— Bon sang ! Tu es notre seule famille. Tu ne peux pas partir.

— Je le dois. Tu le sais aussi bien que moi, même si tu refuses de l'admettre.

Roran abattit son poing sur la table et gagna la fenêtre, les mâchoires contractées. Le bébé se mit à brailler et Katrina l'apaisa en lui tapotant le dos.

Eragon rejoignit son cousin :

— Ce n'est pas ce que tu aurais voulu, je le sais. Je ne le désire pas non plus, mais je n'ai pas le choix.

— Allons ! Si quelqu'un a le choix, c'est bien toi.

— Peut-être. C'est cependant la seule option qui soit juste.

Roran croisa les bras en grommelant.

Derrière eux, Katrina objecta :

— Si tu t'en vas, Ismira ne te verra plus. Devra-t-elle grandir sans connaître son oncle ?

Eragon revint vers elle :

— Non. Je pourrai toujours communiquer avec elle et je veillerai à sa protection. Je lui enverrai même des cadeaux de temps en temps.

Il s'agenouilla et tendit un doigt. Le bébé s'en empara et le serra avec une force surprenante.

— Mais tu ne seras pas là...

— Non, je ne serai pas là...

Il libéra doucement son doigt et retourna près de Roran :

— Comme je te le disais, vous pourriez me rejoindre.

— Et abandonner la vallée de Palancar ?

Roran secoua la tête :

— Horst et les autres se préparent déjà au départ. Nous rebâtirons Carvahall, et ce sera le plus beau village de toute la Crête. Si tu participais, ce serait comme autrefois.

— J'aimerais que ce soit possible.

En bas, dans la cour, Saphira émit un gargouillement et frotta son museau contre le cou de Fírnen. Le dragon vert se pressa contre elle.

Roran reprit à voix basse :

— Il n'y a vraiment aucune autre voie ?

— Aucune que Saphira et moi puissions envisager.

— Bon sang, ce n'est pas juste ! Tu ne devrais pas être condamné à vivre seul au milieu de nulle part !

— Je ne serai pas seul. Lupusänghren et quelques elfes nous accompagneront.

Le jeune homme eut un geste d'impatience :

— Tu sais ce que je veux dire.

Mordillant le bout de sa moustache, il s'appuya contre le rebord de la fenêtre. Eragon vit les muscles de ses bras se contracter.

Puis Roran se tourna vers lui :

— Que feras-tu, une fois là-bas ?

– Je chercherai une hauteur ou une falaise au sommet de laquelle bâtir un édifice assez grand pour abriter les dragons. Et toi ? Quand tu auras reconstruit le village, que feras-tu ?

Un léger sourire étira les lèvres de Roran :

– Quelque chose dans le même genre. Avec le tribut que verseront les habitants de la vallée, j'ai idée d'élever un château sur cette colline dont on parlait tout le temps. Pas un grand, hein ; une petite bâtisse en pierre entourée d'un mur, de quoi se protéger des Urgals s'il leur venait l'envie d'attaquer. Ça prendra sans doute plusieurs années, mais ça nous donnera le moyen de nous défendre, pas comme au moment où les Ra'zacs et les soldats faisaient le siège de Carvahall.

Il jeta à Eragon un coup d'œil en coin :

– On prévoira de la place pour un dragon.

– Y en aurait-il pour *deux* dragons ? fit le garçon en désignant la cour.

– Ce n'est pas sûr... Comment Saphira réagit-elle à l'idée de le quitter ?

– Ça ne lui plaît pas, mais elle sait qu'il le faut.

– Mmh...

Les lueurs ambrées du couchant accentuaient les traits de Roran. Eragon s'étonna de voir de fines rides se creuser déjà autour des yeux de son cousin.

« Que la vie passe vite », songea-t-il.

Katrina coucha Ismira dans son berceau. Puis elle les rejoignit devant la fenêtre et posa la main sur l'épaule d'Eragon :

– Tu vas nous manquer.

– Vous me manquerez aussi, dit-il en lui couvrant les doigts des siens. Nous ne nous quitterons pas tout de suite, cependant. J'aimerais que vous veniez avec nous jusqu'à Ellesméra. Je suis sûr que l'endroit vous plairait. Ainsi, nous passerions encore quelques jours ensemble.

– On ne peut pas aller jusqu'au Du Weldenvarden avec Ismira ! s'insurgea Roran. Elle est trop petite. Le voyage jusqu'à la vallée de Palancar sera bien assez éprouvant. Un détour par Ellesméra, c'est hors de question.

— Pas même à dos de dragon ?

Leur mine ahurie fit rire Eragon :

— Arya et Fírnen ont accepté de vous transporter à Ellesméra pendant que Saphira et moi, nous irons chercher les œufs dans leur cachette.

— Le vol durera combien de temps ? s'enquit Roran, les sourcils froncés.

— Une semaine ou deux. Arya a l'intention de s'arrêter chez le roi Orik, à Tronjheim. Vous serez en sécurité et vous n'aurez pas froid ; Ismira ne courra aucun danger.

Roran et Katrina échangèrent un regard.

— Ce serait agréable d'accompagner Eragon, dit la jeune femme. Et j'ai tant entendu vanter la beauté des cités elfiques !

— Tu te sens prête à un tel voyage ?

Elle hocha la tête :

— Du moment que nous serons ensemble.

Roran réfléchit un instant ; puis il déclara :

— Eh bien, je suppose que Horst et les autres peuvent partir de leur côté...

Un sourire étira sa moustache et il gloussa :

— Je n'aurais jamais imaginé voir un jour les Montagnes des Beors ni pénétrer dans une ville des elfes. Mais pourquoi pas ? Autant profiter de l'occasion !

— Alors, c'est décidé ! s'écria Katrina, rayonnante. On va au Du Weldenvarden !

— Et on reviendra comment ? s'inquiéta Roran.

— Sur le dos de Fírnen, dit Eragon. Mais, si vous préférez voyager à cheval, je suis sûr qu'Arya vous fournira une escorte.

Roran fit la grimace :

— Non, non, pas à cheval ! Pas question que je remonte en selle de sitôt !

— Ah ? Alors, tu ne veux plus de Feu de Neige ?

Eragon avait levé un sourcil en nommant l'étalon qu'il avait offert à son cousin.

– Tu m'as très bien compris ! Je suis heureux de posséder Feu de Neige, même si je n'ai pas l'intention de le monter pendant quelque temps.

– Mmh...

Ils restèrent encore près d'une heure devant la fenêtre, tandis que le ciel virait au pourpre puis au noir, et que les étoiles s'allumaient une à une. Ils discutèrent de leur prochain voyage, de ce qu'Eragon et Saphira devraient emporter quand ils quitteraient le Du Weldenvarden pour les terres au-delà. Ismira dormait paisiblement dans son berceau, ses petits poings serrés sous son menton.

Le lendemain matin, aux premières lueurs du jour, Eragon se servit de son miroir en argent poli pour contacter Orik à Tronjheim. Il dut patienter quelques minutes avant de voir apparaître le visage du roi nain, qui démêlait sa longue barbe avec un peigne d'ivoire.

– Eragon ! s'écria Orik, visiblement ravi. Comment vas-tu ? Voilà trop longtemps qu'on n'a pas bavardé !

Le garçon acquiesça, un peu honteux. Puis il fit part à Orik de sa décision et lui expliqua ses raisons. Le nain posa son peigne et l'écouta sans l'interrompre, la mine grave.

À la fin, Orik déclara :

– Je serai triste de te voir partir, mais je te comprends, c'est ce qu'il faut faire. J'y ai réfléchi de mon côté – je me suis inquiété d'un endroit pour les dragons –, mais j'ai gardé ces préoccupations pour moi, car les dragons ont autant que nous le droit de vivre dans ce pays, même si nous n'aimerions pas qu'ils mangent nos Feldûnost et brûlent nos villages. Cependant, les élever ailleurs serait la meilleure solution.

– Je suis content que tu m'approuves.

Eragon exposa alors son projet concernant les nains et les Urgals. Cette fois, Orik posa beaucoup de questions. La proposition, visiblement, le laissait dubitatif.

Après un long silence où il resta le nez dans sa barbe, Orik déclara :

— Si tu avais demandé ça à n'importe lequel des Grimstborithn qui m'ont précédé, il aurait dit non. Si tu me l'avais demandé avant qu'on envahisse l'Empire, j'aurais dit non. Maintenant, après avoir combattu auprès des Urgals, après avoir vu de mes yeux à quel point nous étions vulnérables devant Murtagh, Thorn, Galbatorix et ce monstre de Shruikan, mon regard a changé.

Il fixa Eragon sous ses sourcils broussailleux :

— Ça me coûtera peut-être ma couronne, mais, au nom de tous les knurlan, j'accepte. Pour leur bien, qu'ils s'en rendent compte ou non.

Une fois de plus, Eragon se sentit fier d'avoir Orik pour frère adoptif.

— Merci, dit-il.

Orik grommela :

— Mon peuple n'a jamais souhaité ça ; cependant, je t'en suis reconnaissant. Quand saurons-nous ?

— Dans quatre ou cinq jours. Une semaine tout au plus.

— Ressentirons-nous quelque chose ?

— Peut-être. Je poserai la question à Arya. Quoi qu'il en soit, je te recontacterai dès que ce sera fait.

— Bien. Alors, à bientôt ! Bon vent, et que la pierre soit solide sous tes pas !

— Que Helzvog veille sur toi !

*

* *

Le lendemain, ils quittaient Ilirea.

Les choses se passèrent discrètement, sans discours ni sonneries de trompettes, ce dont Eragon se réjouit. Nasuada, Jörmundur, Jeod et Elva les rejoignirent à l'extérieur de la ville, devant la porte sud, où Saphira et Fírnen accroupis côte à côte, tête contre tête, attendaient qu'Arya et Eragon aient vérifié les sangles des selles. Roran arriva peu après avec Katrina, qui portait Ismira enveloppée dans un châle de laine. Roran charriait sur ses épaules deux gros paquets contenant des couvertures, des provisions et autres affaires. Arya fixa le tout par-dessus les sacs de selle de Fírnen.

Puis Eragon et Saphira firent leurs ultimes adieux, ce qui fut plus difficile pour le garçon que pour la dragonne. Il n'était d'ailleurs pas le seul à avoir les yeux embués ; Nasuada et Jeod versèrent quelques larmes en l'embrassant. Nasuada salua aussi Roran et le remercia de nouveau pour l'aide qu'il lui avait apportée contre l'Empire.

Or, alors que les voyageurs s'apprêtaient à monter sur le dos des dragons, une voix de femme les interpella :

– Attendez !

Eragon, le pied sur la patte de Saphira, se retourna et vit Birgit qui venait vers eux à grands pas, ses jupes grises ballonnées par le vent. Derrière elle trottait son jeune fils, Nolfavrell, l'air désemparé. Birgit, un bouclier rond au bras, brandissait une épée nue.

Eragon sentit son estomac se nouer.

Les gardes de Nasuada voulurent s'interposer, mais Roran cria :

– Laissez-les passer !

Sur un geste de la reine, les gardes s'écartèrent. Arya observait la scène sans ciller, la main sur le pommeau de Támerlein.

Sans ralentir, Birgit marcha droit sur Roran.

– Birgit, s'il te plaît, non ! supplia Katrina à voix basse.

La femme l'ignora.

– Puissant Marteau, dit-elle, je t'avais prévenu que j'exigerais réparation pour la mort de mon mari. Je viens la réclamer, comme c'est mon droit. Te battras-tu ou paieras-tu ta dette ?

Eragon s'approcha :

– Birgit, pourquoi fais-tu ça ? Pourquoi maintenant ? Ne peux-tu pardonner et laisser s'apaiser les chagrins du passé ?

« Je la dévore ? » proposa Saphira.

« Attends un peu. »

Birgit ne répondit pas ; elle fixait Roran.

– Mère, intervint Nolfavrell en la tirant par la jupe.

Elle fit comme si elle n'avait pas entendu.

Nasuada s'avança à son tour :

– Je vous connais. Vous avez combattu aux côtés des hommes.

– Oui, Votre Majesté.

– Quelle querelle vous oppose à Roran ? Il s'est montré un guerrier de grande valeur en de multiples occasions ; je serais extrêmement contrariée de le perdre.

– C'est à cause de lui et de sa famille que les soldats ont tué mon mari.

Elle fixa Nasuada avant d'ajouter :

– Les Ra'zacs l'ont *mangé*, Votre Majesté. Ils l'ont mangé et ont sucé la moelle de ses os. Je ne pardonnerai jamais, et j'exige une compensation.

– Roran n'a rien à voir avec ce malheur, objecta Nasuada. Votre demande est irrecevable, je m'y oppose.

– Non, sa demande est légitime, affirma Eragon, bien qu'il détestât tenir ce rôle. Selon nos coutumes, elle est en droit de faire payer le prix du sang à qui est responsable de la mort de Quimby.

– Mais ce n'était pas la faute de Roran ! s'écria Katrina.

– Si, reconnut Roran d'une voix rauque. J'aurais pu affronter les soldats seul ; j'aurais pu les repousser. Ou j'aurais pu attaquer sans attendre. Je ne l'ai pas fait, j'ai choisi de me cacher. C'est pourquoi Quimby est mort.

Il regarda Nasuada :

– C'est une question que nous devons régler entre nous, Votre Majesté. Une affaire d'honneur, comme le fut pour vous l'Épreuve des Longs Couteaux.

Les sourcils froncés, Nasuada quêta du regard l'assentiment d'Eragon. Devant son signe affirmatif, elle recula à contrecœur.

– Comment me paieras-tu, Puissant Marteau ? demanda Birgit.

— Eragon et moi avons tué les Ra'zacs à Helgrind, lui rappela Roran. N'est-ce pas suffisant ?

Birgit secoua la tête, l'air plus déterminé que jamais :

— Non.

Roran se raidit :

— C'est vraiment ce que tu veux, Birgit ?

— Oui.

— En ce cas, je paierai ma dette.

À ces mots, Katrina poussa un petit cri et se jeta entre eux, son bébé dans les bras :

— Je ne te le laisserai pas ! Tu ne l'auras pas ! Pas maintenant ! Pas après tout ce qu'on a traversé !

Birgit, le visage de marbre, n'esquissa pas le moindre mouvement de retrait. Roran ne trahit pas davantage d'émotion ; il prit Katrina par la taille et, sans effort apparent, la souleva pour la déposer à l'écart.

— Retiens-la, s'il te plaît, demanda-t-il à Eragon d'une voix neutre.

— Roran...

Son cousin lui adressa un regard sans expression avant de se retourner vers Birgit.

Eragon saisit Katrina par les épaules pour l'empêcher de courir vers Roran, tout en échangeant avec Arya un coup d'œil inquiet. L'elfe désigna son épée, Eragon la dissuada d'un signe de tête.

— Lâche-moi ! Lâche-moi ! hurlait Katrina.

Dans ses bras, le bébé se mit à pleurer.

Sans quitter des yeux la femme qui lui faisait face, Roran détacha sa ceinture et la laissa tomber sur le sol, avec son poignard et son marteau, qu'un des Vardens avait retrouvé dans une rue d'Ilirea après la mort de Galbatorix. Puis il déboutonna sa tunique et découvrit sa poitrine velue.

— Eragon, demanda-t-il, annule mes sorts de protection.

— Je...

— Annule-les !

861

– Roran ! Non ! cria Katrina. Défends-toi !

« Il est fou », pensa Eragon, sans cependant oser s'interposer. S'il le faisait, il déshonorerait son cousin. Et Roran, il le savait, aimerait mieux mourir que de perdre l'estime des gens de Palancar.

Néanmoins, Eragon n'avait nullement l'intention de laisser Birgit tuer Roran. Il lui permettrait d'obtenir réparation, rien de plus. Tout bas, afin que personne n'entende les mots qu'il prononçait, il utilisa l'ancien langage pour annuler les sorts, mais en plaça trois autres sur son cousin : un premier pour que sa colonne vertébrale ne soit pas touchée, un deuxième pour que son crâne ne soit pas brisé, un troisième pour préserver ses organes vitaux. Les autres blessures, il saurait les soigner si nécessaire, tant que Birgit ne lui trancherait pas un membre.

– C'est fait, dit-il.

Roran le remercia d'un signe de tête et s'adressa à la femme :

– Prends ton dû, et finissons-en avec cette querelle.

– Tu ne vas pas te battre ?

– Non.

Birgit le dévisagea un moment ; puis elle lâcha son bouclier, parcourut les derniers mètres qui la séparaient de Roran et plaça la pointe de son épée sur la poitrine du jeune homme. D'une voix assourdie, de façon à n'être comprise que de Roran – bien qu'Eragon et Arya, avec leur ouïe de chat, pussent saisir aussi –, elle déclara :

– J'aimais Quimby. Il était toute ma vie. Il est mort à cause de toi.

– Je te demande pardon, murmura Roran.

– Birgit, supplia Katrina, s'il te plaît...

Personne ne bougeait, pas même les dragons. Eragon s'aperçut qu'il retenait son souffle. Seuls les cris du bébé occupaient le silence.

Birgit retira alors l'épée de la poitrine de Roran. Elle lui saisit la main droite et lui passa le tranchant de la lame sur la paume. Le jeune homme grimaça, mais n'ôta pas sa main.

Une ligne écarlate apparut sur sa peau. Le sang jaillit et dégoutta sur le sol, formant une flaque sombre dans la poussière.

Birgit arrêta son geste et garda un instant la lame appuyée sur la paume de Roran. Puis elle recula d'un pas et laissa pendre l'arme rougie au bout de son bras. Roran ferma le poing, les doigts poisseux de sang, et pressa la main contre sa hanche.

— Je suis payée, dit Birgit. Notre querelle a pris fin.

Elle pivota, ramassa son bouclier et repartit à grands pas vers la cité, Nolfavrell sur ses talons.

Eragon lâcha Katrina, qui s'élança vers son mari :

— Espèce de fou ! lâcha-t-elle d'une voix emplie d'amertume. Tu n'es qu'un sale cabochard, une tête de mule ! Montre-moi ça !

— Je ne pouvais pas faire autrement, dit Roran, l'air ailleurs.

Katrina pinça les lèvres quand elle vit la coupure :

— Eragon, tu peux guérir ça ?

— Non, refusa Roran avec brusquerie, refermant de nouveau le poing. Non, cette cicatrice, je veux la garder.

Il regarda autour de lui :

863

— Quelqu'un a-t-il un morceau de tissu pour me servir de bandage ?

Après un instant de confusion, Nasuada ordonna à l'un des gardes :

— Découpez le bas de votre tunique !

Tandis que Roran enroulait autour de sa main le pansement improvisé, Eragon intervint :

— Attends ! Je ne vais pas fermer la plaie, mais permets-moi au moins d'empêcher qu'elle s'infecte.

Le jeune homme marqua un temps d'hésitation avant d'acquiescer.

Il ne fallut que quelques secondes à Eragon pour prononcer le sort.

— Voilà, dit-il. Au moins, ça ne va pas virer au violacé ni enfler comme une vessie de porc.

Roran émit un grognement et Katrina souffla :

— Merci, Eragon.

— Pouvons-nous partir, à présent ? demanda Arya.

Tous les cinq montèrent à dos de dragon. Arya aida Roran et Katrina à s'installer sur la selle de Fírnen, à laquelle des lanières avaient été ajoutées pour assurer la sécurité des passagers supplémentaires. Dès qu'ils furent bien assis sur le dragon vert, Arya leva la main :

— Adieu, Nasuada ! Au revoir, Eragon et Saphira ! On vous attend à Ellesméra.

« Adieu », dit Fírnen de sa voix profonde.

Il déploya ses ailes et bondit vers le ciel, gagnant rapidement de l'altitude malgré la charge inhabituelle, soutenu par les deux Eldunarí qu'Arya avait emportés.

Saphira rugit, et Fírnen lui répondit avec un beuglement de trompe avant de virer vers le sud-est et les lointaines Montagnes des Beors.

Eragon se mit en selle à son tour. Il salua d'un geste Nasuada, Elva, Jörmundur et Jeod, qui agitèrent la main en retour.

— Bonne chance à vous deux ! lança Jörmundur.

— Adieu, cria Elva.

— Adieu, reprit Nasuada. Prenez soin de vous !

Eragon les salua une dernière fois ; puis, incapable de les regarder plus longtemps, il leur tourna le dos. Saphira se ramassa sur elle-même et décolla pour entamer la première étape d'un long, très long voyage.

Elle décrivit un cercle tout en prenant de la hauteur. En bas, Nasuada et les autres s'étaient regroupés près du rempart de la cité. Elva agitait un mouchoir blanc qui volait dans le vent soulevé par l'envol de Saphira.

77
PROMESSES ANCIENNES ET NOUVELLES

D'Ilirea, Saphira vola vers le domaine proche où Lupusänghren et les elfes placés sous son commandement emballaient les Eldunarí en prévision du transport. Les elfes partiraient à cheval avec leur précieux chargement pour gagner le Du Weldenvarden. Puis, à travers l'épaisse forêt elfique, ils prendraient la route de Sílthrim, sur les rives du lac Ardwen. Là, ils attendraient qu'Eragon et Saphira reviennent de Vroengard. Ils entameraient alors ensemble leur voyage au-delà des frontières de l'Alagaësia, en suivant le cours de la Gaena, vers l'est. Tous sauf Laufin et Uthinarë, qui avaient choisi de rester au Du Weldenvarden.

La décision des elfes de les accompagner avait surpris Eragon, mais il leur en était profondément reconnaissant. Comme l'avait dit Lupusänghren : « Nous ne pouvons pas abandonner les Eldunarí. Ils auront besoin de nous, de même que les dragonneaux quand ils auront éclos. »

Eragon, Saphira et Lupusänghren discutèrent un moment du moyen le plus sûr de transporter les œufs. Après quoi, Eragon réunit les Eldunarí de Glaedr, d'Umaroth et de plusieurs vieux dragons ; leurs forces leur seraient utiles, à Saphira et à lui, sur Vroengard.

Après avoir fait leurs adieux aux elfes, ils partirent vers le nord-ouest à un rythme modéré, contrairement à leur premier voyage vers l'ancienne île des Dragonniers.

Pendant le vol, Eragon se sentit soudain accablé. Saphira elle aussi était triste d'être séparée de Fírnen. Mais c'était une belle journée, les vents étaient favorables ; ils reprirent bientôt courage. Néanmoins, aux yeux du garçon, tout prenait la teinte mélancolique des choses perdues. Il contemplait d'un œil neuf le paysage qui défilait au-dessous de lui, sachant qu'il ne le reverrait sans doute jamais.

Saphira survola des miles et des miles de terres verdoyantes, et son ombre effrayait les bêtes et les oiseaux. Quand la nuit tomba, ils campèrent près d'un ruisseau, au fond d'une ravine, et restèrent longtemps à regarder au-dessus d'eux le lent mouvement des étoiles, parlant de tout ce qui avait été et de tout ce qui serait peut-être.

Le lendemain en fin de journée, ils atteignirent le village urgal qui s'élevait près du lac Fläm, où Eragon savait rencontrer Nar Garzhvog et le Herndall, le conseil des mères, qui gouvernait leur peuple.

En dépit des protestations d'Eragon, les Urgals insistèrent pour donner une énorme fête en leur honneur. Il passa donc la soirée à boire avec Garzhvog et ses béliers. Les Urgals fabriquaient un breuvage à base de baies et d'écorces que le garçon jugea plus fort que le plus fort des hydromels des nains. Il en but pour ne pas vexer leurs hôtes, bien qu'il lui trouvât un goût de cerises gâtées. Saphira, en revanche, parut beaucoup l'apprécier.

De nombreuses femmes s'approchèrent et les examinèrent avec curiosité, car peu d'entre elles avaient participé à la guerre contre l'Empire. Si elles étaient plus fines que leurs compagnons, elles étaient aussi grandes, et leurs cornes, bien que plus courtes et plus délicates, paraissaient tout aussi redoutables. Des enfants vinrent avec elles, les petits encore dépourvus de cornes, les plus grands arborant sur le front des bosses écailleuses de un à cinq pouces de long. Sans cornes, ils semblaient étonnamment humains, malgré la couleur de leur peau et de leurs yeux. Certains enfants étaient d'évidence des Kulls, car ils dépassaient les autres et parfois même leurs parents. Pour autant qu'Eragon pût l'observer, rien ne déterminait quels couples engendreraient des Kulls. Tous pouvaient aussi bien, semblait-il, mettre au monde des enfants de taille normale que des géants.

Toute la soirée, Eragon et Saphira festoyèrent avec Garzhvog, et le garçon s'enfonça dans ses rêves éveillés en écoutant un Urgal chanter la victoire de Nar Tulkhqa à Stavarosk, à ce que lui dit Garzhvog, car il ne comprenait pas leur langue, qui faisait paraître celle des nains aussi douce que du vin au miel.

Au matin, il s'éveilla couvert de bleus, résultat des tapes amicales reçues au cours de la fête. La tête douloureuse et le corps rompu, il partit avec Saphira et Garzhvog parler avec le Herndall. Les douze mères siégeaient dans une hutte circulaire au plafond bas, emplie de la fumée du bois de cèdre et de genévrier qui brûlait au centre. La porte en osier était juste assez large pour laisser passer la tête de Saphira, dont les écailles projetèrent à l'intérieur des éclairs bleutés.

Les mères paraissaient extrêmement âgées, plusieurs étaient aveugles et édentées. Elles portaient de longues robes ornées de motifs en forme de nœuds, comme les lanières tressées qui pendaient devant chaque construction et portaient les armoiries des différents clans. Chaque membre du Herndall tenait un bâton gravé de dessins qui n'évoquaient rien à Eragon, mais sûrement chargés de signification.

Avec Garzhvog pour interprète, il leur exposa la première partie de son plan pour prévenir tout conflit entre les Urgals et les autres peuples. Il s'agissait d'organiser à intervalles réguliers des jeux de force, de vitesse et d'adresse. Les jeunes Urgals y gagneraient la gloire nécessaire pour trouver une compagne et se faire une place au sein de leur communauté. Eragon proposait que ces compétitions soient ouvertes à tous les peuples, ce qui permettrait aux Urgals de se mesurer avec leurs ennemis ancestraux.

— Le roi Orik et la reine Nasuada ont déjà accepté, précisa-t-il. Et Arya, qui règne désormais sur les elfes, y réfléchit. Je pense qu'elle aussi donnera son accord.

Les membres du Herndall délibérèrent un moment. Puis la plus vieille, une mère aux cheveux blancs et aux cornes presque entièrement usées, prit la parole. Garzhvog traduisit :

– Ton idée est bonne, Épée de Feu. Nous devons en parler avec nos clans pour décider de la meilleure date pour ces compétitions, mais nous le ferons.

Satisfait, Eragon s'inclina pour les remercier.

Une autre mère intervint alors :

– Ta proposition nous plaît, Épée de Feu. Mais, à notre avis, elle ne saurait empêcher les guerres. Notre sang est trop chaud pour que des jeux suffisent à le tiédir.

« Et pas celui des dragons ? » demanda Saphira.

Une autre mère toucha les piques de la dragonne :

– Nous ne mettons pas en doute la férocité de ton espèce, Langue de Flamme.

– Je sais combien vous avez le sang chaud, bien plus qu'aucun autre peuple, reprit Eragon. C'est pourquoi j'ai une autre idée.

Le Herndall écouta ses explications sans l'interrompre, même si Garzhvog s'agitait en traduisant, l'air mal à l'aise. Après quoi, le silence se prolongea. Eragon commença à se sentir gêné sous le regard fixe de celles qui voyaient encore.

Puis la mère assise à sa droite secoua son bâton, et deux anneaux de pierre attachés à l'extrémité tintèrent bruyamment sous la hutte enfumée. D'une voix lente, empâtée, comme si sa langue était enflée, elle dit :

– Tu ferais ça pour nous, Épée de Feu ?

Eragon s'inclina de nouveau :

– Je le ferai.

– Si vous faites ça, Épée de Feu et Langue de Flamme, vous serez les plus grands amis que les Urgralgra aient jamais eus, et vos noms seront chantés jusqu'à la fin des âges. Ils seront tissés dans chacun de nos thulqna, gravés sur chacun de nos piliers, et enseignés à nos petits dès que leurs cornes bourgeonneront.

– Alors, votre réponse est oui ?

— Elle l'est.

Garzhvog marqua une pause. Puis, parlant – pensa Eragon –
pour lui-même, il ajouta :

— Épée de Feu, tu n'imagines pas ce que cela représente pour
mon peuple. Nous te serons toujours redevables.

— Vous ne me devez rien, protesta le garçon. Je veux
seulement épargner à tous de repartir en guerre.

Il parla encore un moment avec le Herndall, discutant des
détails et des arrangements. Puis Saphira et lui firent leurs
adieux et reprirent la route de Vroengard.

Tandis que les huttes grossières du village rapetissaient
derrière eux, Saphira commenta :

— Ils feront de bons Dragonniers.

— Je l'espère...

La fin du voyage vers Vroengard fut tranquille, sans tempête
au-dessus de la mer. Seuls les goélands partageaient avec eux le
ciel, où flottaient de fins nuages effilochés.

Saphira se posa devant l'ancien bâtiment de nidification à
demi effondré qu'ils avaient occupé lors de leur premier séjour.
Elle attendit là pendant qu'Eragon s'enfonçait dans la forêt,
parmi les arbres noirs aux troncs mangés de lichens, jusqu'à
ce qu'il trouve quelques ombres-oiseaux, puis une plaque de
mousse infestée de ces vermines bondissantes que Galbatorix
– lui avait dit Nasuada – appelait « vers fouisseurs ». En se servant du nom des noms, le garçon attribua à ces deux espèces
une désignation adaptée en ancien langage. Il nomma les
oiseaux *sundavrbnlaka* et les vers *illgrathr*. Il eut un sourire ironique, car ce mot signifiait « mauvaise faim ».

Satisfait, il rejoignit Saphira, et ils passèrent la nuit à se
reposer en devisant avec Glaedr et les autres Eldunarí.

À l'aube, ils retournèrent au Rocher de Kuthian. Ils prononcèrent leur vrai nom, et les vantaux de pierre s'ouvrirent.
Ils descendirent dans la profonde caverne. À la lueur du lac
de lave qui s'étendait sous le mont Erolas, le gardien des œufs,

Cuaroc, les aida à déposer chaque œuf dans un coffret. Ils empilèrent les coffrets au centre de la salle, avec les cinq Eldunarí restés là pour assurer la protection des œufs.

Soutenu par Umaroth, Eragon prononça le même sort que la première fois pour placer les œufs et les cœurs dans une poche d'espace suspendue derrière Saphira, où ni lui ni elle ne pouvait les toucher.

Cuaroc sortit de la crypte avec eux. Les pieds de métal de l'homme à tête de dragon sonnaient bruyamment sur le sol du tunnel tandis qu'ils remontaient ensemble vers la surface.

Une fois dehors, Saphira saisit Cuaroc entre ses serres – car il était trop massif pour s'asseoir sur son dos – et elle décolla. Elle s'éleva au-dessus de la vallée qui occupait le cœur de Vroengard.

Elle survola la mer, tour à tour sombre et brillante, puis la Crête aux pics semblables à des épées de glace, séparés par des crevasses qui dessinaient entre eux de profondes rivières d'ombre. Elle obliqua vers le nord, au-dessus de la vallée de Palancar – afin d'accorder à tous deux un dernier regard sur le pays de leur enfance, même de très haut –, franchit la baie de Fundor, festonnée de vagues telles des montagnes d'écume sans cesse en mouvement. Ceunon, avec ses toits pentus aux faîtes ornés de têtes de dragon, fut leur étape suivante. Peu après apparurent les hauts pins aux troncs puissants qui marquaient la lisière du Du Weldenvarden.

La nuit, ils campaient au bord de mares ou de ruisseaux, environnés par le chant des grenouilles et des grillons, tandis que les lueurs du feu se reflétaient sur le corps de métal de Cuaroc. Ils entendaient souvent, au loin, les hurlements de loups en chasse.

Une fois au Du Weldenvarden, Saphira vola pendant une heure vers le centre de la grande forêt avant d'être arrêtée par les sorts de protection des elfes. Elle se posa donc et franchit à pied, Cuaroc à ses côtés, l'invisible frontière magique. Après quoi, elle reprit son vol.

Lieue après lieue, ils planèrent au-dessus du même paysage de pins, rompu parfois par des bosquets d'arbres à feuilles caduques : chênes, ormes, bouleaux, trembles et saules pleureurs qui bordaient les cours d'eau. Ils dépassèrent une montagne dont Eragon avait oublié le nom, puis la ville elfique d'Osilon, et de nouveau les arpents uniformes de pins, dont chacun, bien qu'identique à ses innombrables frères, était unique.

Enfin, tard dans la soirée, alors que la lune et le soleil, à l'opposé l'un de l'autre, étaient bas à l'horizon, Saphira arriva à Ellesméra et descendit parmi les maisons vivantes de la plus grande, la plus fière cité des elfes.

Arya et Fírnen attendaient les voyageurs, avec Roran et Katrina. Fírnen rua et déploya ses ailes avec un rugissement de joie qui effraya les oiseaux à une lieue à la ronde. Saphira lui répondit tout en s'appuyant sur ses pattes arrière pour déposer doucement Cuaroc au sol.

Eragon libéra ses jambes des lanières de selle et se laissa glisser à terre.

Roran s'élança et l'accueillit avec une claque dans le dos tandis que Katrina lui jetait les bras autour du cou.

– Hé, fit le garçon en riant, laissez-moi respirer ! Alors, que pensez-vous d'Ellesméra ?

– C'est magnifique, répondit Katrina, tout sourire.

– Je te soupçonnais d'exagération, ajouta Roran. Mais tout est aussi impressionnant que tu l'avais décrit. L'endroit où nous habitons...

– Tialdarí Hall, précisa Katrina.

– Oui. Ça me donne des idées sur la façon de rebâtir Carvahall. Et puis, on a vu Tronjheim et Farthen Dûr...

Il secoua la tête en lâchant un sifflement admiratif.

Eragon rit encore et les suivit sur le chemin menant à la partie ouest de la cité. Arya les accompagnait, d'une démarche aussi royale que sa mère avant elle.

– Je suis heureuse de te revoir par ce beau clair de lune, Eragon, dit-elle. Bienvenue chez nous.

Il la regarda :

– Je suis heureux aussi, Tueuse d'Ombre.

Elle sourit en l'entendant employer ce titre, et le crépuscule, sous les branches balancées par la brise, parut s'illuminer.

Quand Eragon l'eut débarrassée de sa selle, Saphira s'envola avec Fírnen – oubliant les fatigues du voyage – et ils disparurent tous les deux vers l'À-pic de Tel'naeír. Comme ils s'éloignaient, Eragon entendit Fírnen déclarer :

« J'ai attrapé trois daims pour toi, ce matin. Ils t'attendent devant la cabane d'Oromis. »

Cuaroc se précipita au pas de course à la poursuite de Saphira, car les œufs étaient toujours derrière elle, et il avait le devoir de les protéger.

Roran et Katrina menèrent Eragon entre les grands arbres jusqu'à une clairière bordée de cornouillers et de roses trémières, où des tables avaient été dressées et garnies d'un assortiment de plats. De nombreux elfes, vêtus de leurs plus belles tuniques, accueillirent Eragon avec des rires mélodieux, des exclamations chantantes et des accords de musique.

Arya prit place à la tête du banquet, et Blagden, le corbeau blanc, se posa près d'elle, sur un perchoir sculpté, croassant et débitant à l'occasion des bribes de poésie. Eragon s'assit à la droite d'Arya, et ils mangèrent, burent et plaisantèrent jusque tard dans la nuit.

Alors que la fête touchait à sa fin, Eragon s'éclipsa quelques instants pour courir par les chemins ténébreux jusqu'à l'arbre Menoa, guidé plus par son ouïe et son odorat que par la vue.

Les étoiles lui apparurent quand il émergea de dessous la voûte des grands pins. Alors, il s'arrêta, le temps de reprendre son souffle et de se recueillir avant de s'aventurer entre les racines noueuses qui entouraient l'arbre Menoa.

Il s'immobilisa au pied de l'immense tronc, posa la paume contre l'écorce crevassée. Projetant son esprit vers la conscience de l'arbre qui avait été jadis une elfe, il murmura mentalement :

« Linnëa... Linnëa... Réveille-toi ! J'ai à te parler. »

Il attendit, mais aucune réponse ne lui parvint ; il aurait aussi bien pu tenter de communiquer avec la mer, l'air ou la terre elle-même.

« Linnëa, il faut que je te parle. »

Un souffle de vent parut traverser son esprit, et il perçut – faible, lointaine – une pensée qui disait :

« Que veux-tu, ô Dragonnier... ? »

« Linnëa, la dernière fois que je me suis tenu ici, je t'ai promis de te donner ce que tu désirerais en échange du vif-acier caché sous tes racines. Je vais quitter l'Alagaësia, je suis donc venu honorer ma promesse avant mon départ. Que veux-tu de moi, Linnëa ? »

L'arbre Menoa ne répondit pas, mais ses branches s'agitèrent doucement et sa conscience émit une onde amusée, tandis que des aiguilles tombaient avec un cliquetis soyeux sur les racines alentour.

« Va... », murmura la voix.

Et l'arbre se retira de l'esprit d'Eragon.

873

Il resta là encore un moment, à l'appeler par son nom. Mais l'arbre refusa de se manifester. Enfin, le garçon s'éloigna, avec le sentiment que rien n'était réglé, bien que l'arbre Menoa fût apparemment d'un avis différent.

Eragon passa les trois journées suivantes à lire des livres et des rouleaux dont beaucoup, tirés de la bibliothèque de Galbatorix, avaient été envoyés à Ellesméra à la demande du garçon. Le soir, il dînait avec Roran et Katrina. Le reste du temps, il était seul et ne voyait même pas Saphira, car elle restait avec Fírnen sur l'À-pic de Tel'naeír, et ne s'intéressait à rien d'autre. La nuit, les rugissements des dragons résonnaient au-dessus de la forêt, distrayant Eragon de ses études et lui tirant parfois un sourire quand il touchait les pensées de la dragonne. Sa compagnie lui manquait, mais il savait qu'il ne lui restait que peu de temps à passer avec Fírnen ; il ne voulait pas troubler son bonheur.

Le quatrième jour, quand il eut tiré tout ce qu'il pouvait de ses lectures, il alla trouver Arya et ses conseillers pour leur présenter son projet. Il passa une bonne partie de la journée à les convaincre de sa nécessité, et plus encore de son efficacité.

Quand il y fut parvenu, ils firent une pause pour le repas. Tandis que le crépuscule tombait sur la forêt, ils se rassemblèrent dans la clairière, autour de l'arbre Menoa. Il y avait Eragon, Saphira et Fírnen, Arya, trente elfes magiciens choisis parmi les plus vieux et les plus talentueux, Glaedr et les autres Eldunarí qu'Eragon et Saphira avaient amenés avec eux, et les Gardiennes, Iduna et Nëya, les deux incarnations du pacte entre les dragons et les Dragonniers.

Les Gardiennes se dévêtirent et – selon l'ancien rituel – Eragon et les autres se mirent à chanter. Iduna et Nëya entamèrent une danse, bougeant de telle sorte que le dragon tatoué sur leur corps apparût dans son intégralité.

À l'apogée du chant, le dragon scintilla, ouvrit les mâchoires, déploya ses ailes et bondit ; il se libéra de la peau des elfes et s'éleva au-dessus de la clairière, seul le bout de sa queue restant en contact avec les Gardiennes enlacées.

Eragon appela l'être étincelant, et, quand il eut capté son attention, il lui expliqua ce qu'il désirait et lui demanda si les dragons y consentiraient.

« Agis selon ton désir, Tueur de Roi, répondit la créature spectrale. Si cela peut assurer la paix en Alagaësia, nous ne nous y opposerons pas. »

Eragon lut alors un passage d'un des livres des Dragonniers, et prononça mentalement le nom de l'ancien langage. Les elfes et les dragons présents lui prêtèrent la force de leurs corps, et leur énergie se déversa en lui avec la violence d'un ouragan. Avec cette énergie, Eragon lança le sort qu'il perfectionnait depuis des jours, un sort comme il n'en avait pas été conçu depuis des centaines d'années, un enchantement lié à la magie séculaire qui courait dans les veines de la terre et dans les os des montagnes. Il osa faire ce qui n'avait été fait qu'une fois auparavant.

Avec cette énergie, il forgea une nouvelle entente entre les dragons et les Dragonniers.

Il lia aux dragons non seulement les elfes et les humains, mais aussi les nains et les Urgals, de sorte que chacun d'eux puisse devenir Dragonnier.

Quand il prononça le dernier mot de ce puissant enchantement pour le sceller définitivement, un tremblement secoua l'air et la terre. Il lui sembla que tout, autour de lui – et peut-être dans le monde entier –, s'était légèrement déplacé. Le sort les avait épuisés, lui, Saphira et les dragons, mais, à l'instant de sa conclusion, le garçon se sentit envahi par une joie profonde, et il sut qu'il avait accompli une grande et belle chose, sans doute la plus grande de sa vie.

Arya insista pour célébrer dignement l'évènement par une nouvelle fête. Malgré sa fatigue, Eragon y participa de bon cœur, heureux de profiter de sa compagnie, ainsi que de celle de Roran, de Katrina et de la petite Ismira.

Au milieu du festin, cependant, il quitta la table en s'excusant. C'était trop pour lui, trop de nourriture, trop de musique.

Du bout de la clairière où elle se tenait avec Fírnen, Saphira s'inquiéta :

« Ça ne va pas ? »

Il lui sourit :

« J'ai seulement besoin d'un peu de calme. Je reviens tout de suite. »

Il s'éloigna à pas lents sous les pins, inspirant profondément l'air frais de la nuit.

À une centaine de pas, il vit un elfe aux larges épaules assis contre une énorme racine, le dos tourné aux festivités. Eragon obliqua pour ne pas le déranger et, ce faisant, aperçut le profil du solitaire.

Ce n'était pas un elfe, c'était Sloan, le boucher.

De surprise, il s'arrêta. Avec tout ce qui s'était passé, il avait oublié que Sloan, le père de Katrina, était à Ellesméra. Il hésita un moment avant de s'avancer en silence.

Comme la dernière fois qu'il l'avait vu, le boucher portait autour de la tête un bandeau de tissu noir qui cachait ses orbites vides. Des larmes coulaient sous l'étoffe. Le front barré d'un pli profond, il pressait l'une contre l'autre ses mains amaigries.

Sloan entendit Eragon approcher, car il se tourna dans sa direction et lança :

— Qui est là ? C'est toi, Adarë ? Je n'ai pas besoin d'aide, combien de fois faut-il te le répéter ?

Il y avait dans ses mots de l'amertume et de la colère, mais aussi un chagrin qu'Eragon n'avait jamais perçu chez lui.

— C'est moi, Eragon, dit-il.

Sloan tressaillit comme s'il avait touché un tison.

— Toi ? Tu viens te repaître de mon malheur, c'est ça ?

— Non, bien sûr que non ! soupira le garçon, désolé.

Il s'accroupit à quelques pas du boucher.

— Ne m'en veux pas de ne pas te croire. Il est souvent difficile de déterminer si tu veux aider ou nuire.

— C'est une question de point de vue.

Sloan eut un rictus :

— Voilà bien une réponse d'elfe, équivoque à souhait.

Derrière eux, les elfes entonnaient un nouveau chant, au son des luths et des flûtes ; des éclats de rire flottèrent jusqu'à eux.

Le boucher fit un geste du menton :

— Je l'entends.

De nouvelles larmes roulèrent sous le bandeau.

— Je l'entends, mais je ne peux pas la voir. Et ton maudit sort m'empêche de lui parler.

Eragon garda le silence, ne sachant que dire.

Sloan appuya la tête contre la racine, ce qui fit saillir sa pomme d'Adam :

— Les elfes m'ont appris que l'enfant, Ismira, est vigoureuse et pleine de santé.

— Oui. C'est le bébé le plus braillard et le plus vigoureux que je connaisse. Elle deviendra une très belle femme.

— Tant mieux.

— À quoi passez-vous vos journées ? Continuez-vous à sculpter ?

— Les elfes te tiennent informé de mes activités, non ?

Alors qu'Eragon hésitait sur la réponse à donner – il ne voulait pas révéler à Sloan qu'il était déjà venu le voir une fois –, le boucher poursuivit :

— Comment crois-tu que je les passe, mes journées ? Dans le noir, jour après jour depuis Helgrind, à me tourner les pouces pendant que les elfes me harcèlent à propos de tout et de rien sans me laisser une minute de répit.

Des rires montèrent de nouveau, et Eragon reconnut la voix de Katrina.

Un rictus féroce déforma le visage de Sloan :

— Et il a fallu que tu l'amènes ici, à Ellesméra ! M'exiler, ça ne te suffisait pas, hein ? Non, il faut encore que tu me tortures par la présence de ma fille et de ma petite-fille, en sachant que je ne pourrai pas les voir, encore moins leur parler.

Il découvrit les dents et parut sur le point de se jeter sur son interlocuteur :

— Un salopard sans cœur, voilà ce que tu es.

— J'ai trop de cœurs, au contraire, murmura Eragon, tout en sachant que Sloan ne comprendrait pas.

— Bah !

Le garçon hésita. Laisser le boucher croire qu'il était venu pour le blesser lui paraissait moins méchant que de lui avouer qu'il l'avait oublié.

Sloan détourna la tête, les joues trempées de larmes :

— Va-t'en ! Laisse-moi. Et ne viens plus jamais me narguer, Eragon, ou l'un de nous n'en sortira pas vivant.

Eragon remua du doigt les aiguilles tombées à terre, puis il se releva, le regard fixé sur le boucher. Il ne voulait pas le quitter comme ça. La souffrance qu'il lui causait en ayant amené Katrina à Ellesméra était injuste et cruelle. Mû par un sentiment de culpabilité croissant, il prit une décision qui ramena le calme dans son esprit.

En chuchotant, il se servit du nom de l'ancien langage pour modifier les sorts qu'il avait placés sur Sloan. Quand il arriva à la fin de ses incantations, le boucher grommela entre ses dents :

– Arrête tes maudits marmonnements, Eragon, et va-t'en ! Laisse-moi, bon sang ! Laisse-moi !

Sans l'écouter, le garçon entama un nouveau sort. Puisant dans les connaissances des Eldunarí et des Dragonniers qui avaient été associés avec les plus vieux dragons, il psalmodia une formule nourricière et réparatrice. La tâche était difficile, mais les talents d'Eragon étaient plus grands que jamais ; il réussit à accomplir ce qu'il désirait.

Tandis qu'il chantait, le boucher se tortillait, jurait, se grattait le visage de ses ongles comme si la peau le démangeait :

– Ah ! Qu'est-ce que tu me fais, maudit ?

Eragon se tut. Il s'accroupit et, doucement, retira le bandeau qui entourait la tête de Sloan. Celui-ci siffla de colère et chercha à l'arrêter ; mais il ne fut pas assez vif, ses mains se refermèrent sur le vide.

D'une voix chargée de haine, il gronda :

– Tu veux aussi me prendre ma dignité ?

– Non, je veux te la rendre. Ouvre les yeux !

Le boucher se rétracta :

– Non. Je ne peux pas. C'est un piège.

– Ai-je jamais essayé de te piéger ? Ouvre les yeux, Sloan ; vois ta fille et ta petite-fille !

L'homme se mit à trembler. Puis lentement, lentement, il souleva les paupières, révélant non plus des orbites vides, mais des yeux brillants. Ces nouveaux yeux, différents de ceux avec lesquels il était né, étaient d'un bleu lumineux de ciel en plein midi.

Sloan cligna des paupières, ses pupilles se dilatèrent pour s'ajuster à la pénombre de la forêt. Puis il se leva d'un bond et se retourna vers les festivités, un peu plus loin entre les arbres. La lueur des lanternes sans flamme des elfes baigna son visage d'une chaude lumière, l'illuminant de vie et de joie.

La transformation était stupéfiante ; Eragon en eut les larmes aux yeux.

Sloan fixait la fête avec l'expression extatique d'un voyageur mourant de soif qui aperçoit une rivière. D'une voix rauque, il dit :

– Elle est belle. Elles sont si belles toutes les deux !

Un autre éclat de rire s'éleva.

– Ah ! Elle a l'air heureuse. Et Roran aussi.

– Désormais, tu pourras les regarder si tu le désires. Mais les sorts que j'ai placés sur toi ne te permettront ni de leur parler, ni de te montrer à eux, ni de les contacter d'aucune façon. Si tu essaies, je le saurai.

– Je comprends..., murmura Sloan.

Il posa ses yeux neufs sur Eragon avec une intensité presque inquiétante. Ses mâchoires remuèrent comme s'il mâchait quelque chose. Enfin il lâcha :

– Merci.

Avec un signe de tête, Eragon se releva :

– Adieu, Sloan. Tu ne me reverras plus, je te le promets.

– Adieu, Eragon.

Et le boucher se tourna de nouveau vers les lumières de la fête.

78
LES ADIEUX

Une semaine s'écoula, une semaine de rires, de musique, de longues promenades parmi les merveilles d'Ellesméra. Eragon emmena Roran et Katrina, avec la petite Ismira, visiter la cabane d'Oromis sur l'À-pic de Tel'naeír ; Saphira leur montra la sculpture qu'elle avait réalisée à coups de langue pour la célébration du Serment du Sang. Arya passa une journée à les guider dans les nombreux jardins de la cité ; ils admirèrent les plantes les plus extraordinaires que les elfes avaient réunies et créées au cours des siècles.

Eragon et Saphira auraient volontiers prolongé leur séjour quelques semaines de plus, mais Lupusänghren les fit informer qu'avec les Eldunarí dont il avait la charge, il était arrivé au lac Ardwen. Et, bien que ni l'un ni l'autre n'en eût envie, ils durent admettre qu'il était temps de partir.

La décision d'Arya et de Fírnen de voyager avec eux jusqu'à la lisière du Du Weldenvarden, et peut-être même un peu plus loin, leur fut d'un certain réconfort. Katrina préféra rester sur place avec la petite Ismira, mais Roran demanda à les accompagner pour la première partie du trajet, car, déclara-t-il :

– J'aimerais voir à quoi ressemble la frontière de l'Alagaësia, et j'irai plus vite avec vous qu'à cheval.

Le lendemain à l'aube, Eragon fit ses adieux à Katrina, qui pleura à chaudes larmes, et au bébé, qui le fixait sans comprendre en suçant son pouce.

Puis ils partirent vers l'est, Saphira et Fírnen volant côte à côte au-dessus de la forêt. Roran, assis derrière Eragon, s'accrochait à la taille de son cousin, tandis que Cuaroc, suspendu aux serres de la dragonne, miroitait dans le soleil levant.

Au bout de deux jours et demi de vol, ils aperçurent le lac Ardwen, pâle étendue d'eau plus large que la vallée de Palancar. Sur la rive ouest se dressait Sílthrim, qu'Eragon et Saphira n'avaient jamais visitée. Ancré non loin des quais, un grand bateau blanc à un seul mât se balançait sur les flots.

Eragon le reconnut : il l'avait vu en rêve. Le sentiment de l'inexorable le saisit ; il n'échapperait pas à son destin.

« Il devait en être ainsi », songea-t-il.

Ils passèrent la nuit à Sílthrim, qui ressemblait beaucoup à Ellesméra, bien que plus petite et plus dense. Pendant qu'ils se reposaient, les elfes transportèrent les Eldunarí sur le bateau, ainsi que des vivres, des outils, des vêtements et autres matériaux. L'équipage se composait de vingt elfes, tous désireux d'aider au nouvel avènement des dragons et à la formation des futurs Dragonniers, comme Lupusänghren et ses magiciens, à l'exception de Laufin et d'Uthinarë, qui retournaient à Ellesméra.

Au matin, Eragon modifia le sort qui dissimulait les œufs au-dessus de Saphira. Il en retira deux, qu'il confia aux elfes désignés par Arya pour les protéger. Un des œufs irait chez les nains, l'autre chez les Urgals. Restait à espérer que les dragons qu'ils contenaient se choisiraient un Dragonnier chez l'un et l'autre de ces peuples. Sinon, ils seraient échangés ; et s'ils ne se trouvaient aucun Dragonnier... eh bien, Eragon ne savait pas trop quel parti il prendrait, mais il comptait sur Arya pour trouver une solution. Une fois les œufs éclos, les jeunes dragons et leurs Dragonniers seraient placés sous l'autorité d'Arya et de Fírnen jusqu'à ce qu'ils soient prêts à rejoindre Eragon, Saphira et leurs semblables à l'est.

Puis Eragon, Arya, Roran, Cuaroc, Lupusänghren et les autres elfes montèrent à bord, et le bateau appareilla, survolé de très haut par Saphira et Fírnen.

Le bâtiment s'appelait *La Talíta*, du nom d'une étoile rouge du levant. Étroit, léger, il n'avait qu'un faible tirant d'eau. Il avançait sans bruit et semblait n'avoir nul besoin d'être dirigé, comme s'il connaissait la destination choisie par son timonier.

Ils firent voile pendant des jours à travers la forêt, d'abord sur le lac Ardwen, puis sur la Gaena, grossie par la fonte des neiges. Sous le tunnel vert des feuillages voletaient et chantaient des quantités d'oiseaux; des écureuils – des roux et des noirs – les invectivaient du haut des arbres.

Eragon passait le plus clair de son temps en compagnie d'Arya ou de Roran, ne volant avec Saphira que de temps à autre. Saphira, elle, restait auprès de Fírnen. On les voyait souvent allongés sur la rive, tête contre tête, les pattes entremêlées.

Pendant la journée, une lumière nébuleuse et dorée filtrait entre les branches. La nuit, le scintillement des étoiles et la clarté de la lune montante accompagnaient leur navigation. La tiédeur de l'air, la brume et le constant balancement de *La Talíta* plongeaient Eragon dans une sorte de demi-sommeil, où il lui semblait revivre quelque rêve heureux.

Puis la forêt prit fin, et ils voguèrent à travers champs. La Gaena, en obliquant vers le sud, les emmena jusqu'au lac Eldor, plus vaste encore que l'Ardwen.

Là, le temps se gâta, une tempête se leva. De hautes vagues bousculèrent leur embarcation, et pendant toute une journée ils subirent les assauts d'une pluie glacée poussée par de violentes rafales. Par chance, ils avaient le vent dans le dos, ce qui accrut considérablement leur vitesse.

Au bout du lac Eldor, ils entrèrent dans l'Edda et continuèrent vers le sud en dépassant l'avant-poste elfique de Ceris. Ensuite, ils laissèrent définitivement la forêt derrière eux, et *La Talíta* glissa sur la rivière comme de sa propre initiative.

Depuis qu'ils étaient sortis du couvert des arbres, Eragon s'attendait à voir Arya et Fírnen les quitter. Or, ils ne parlaient pas de s'en aller, et le garçon préférait ne pas les interroger.

Ils s'enfoncèrent loin au sud en traversant des terres désertes.

– C'est plutôt désolé, par ici, fit remarquer Roran.

Eragon ne put qu'acquiescer.

Ils atteignirent enfin le comptoir le plus à l'est de l'Alagaësia, un assemblage isolé de bâtisses en bois appelé Hedarth. Les nains l'avaient construit dans le seul but de commercer avec les elfes, car il n'y avait rien d'exploitable dans les environs, à part des troupeaux de daims et de buffles qu'on apercevait au loin. Le village se dressait à la jonction de deux cours d'eau, là où l'Âz Ragni se jetait dans l'Edda, dont il doublait la taille.

Eragon, Arya et Saphira avaient traversé Hedarth une fois, en allant de Farthen Dûr à Ellesméra après la bataille contre les Urgals. Eragon savait donc à quoi s'attendre quand les cabanes apparurent.

Il fut d'autant plus abasourdi de découvrir les centaines de nains qui les guettaient au bout du ponton de fortune bâti sur le fleuve. Son ahurissement tourna à la joie quand la troupe s'écarta pour laisser passer Orik.

Levant Volund au-dessus de sa tête, Orik rugit :

– Tu croyais peut-être que j'allais laisser mon frère adoptif s'en aller sans lui dire au revoir ?

Avec un large sourire, Eragon mit les mains en porte-voix pour lui lancer :

– Moi ? Sûrement pas !

Les elfes amarrèrent *La Talíta* le temps de débarquer les passagers, à l'exception de Cuaroc, Lupusänghren et deux autres elfes, assignés à la garde des Eldunarí. Au confluent des deux rivières, les eaux était trop tumultueuses pour que le bateau restât en place sans racler le ponton. Les elfes repartirent donc sur l'Edda, en quête d'un endroit plus calme où jeter l'ancre.

Eragon découvrit avec stupéfaction que les nains avaient transporté jusqu'à Hedarth quatre sangliers géants des Montagnes des Beors. Les Nagran étaient embrochés sur des troncs aussi épais que la cuisse du garçon et rôtissaient au-dessus d'un lit de braise.

— J'ai tué celui-ci de ma main, révéla fièrement Orik en désignant le plus gros.

Outre les provisions pour le festin, il avait aussi fait venir trois chariots du meilleur hydromel des nains à l'intention de Saphira. La dragonne ronronna de plaisir en voyant les barriques.

« Il faut que tu goûtes ça », dit-elle à Fírnen, qui allongea le cou pour renifler les futailles avec curiosité.

Quand le soir tomba, que les mets furent cuisinés, ils s'assirent autour de tables grossières que les nains avaient dressées pour l'occasion. Orik fit sonner son marteau contre son bouclier afin d'obtenir le silence. Puis il prit une bouchée de viande, la porta à sa bouche, la mâcha et l'avala.

— Ilf gauhnith ! proclama-t-il.

Les nains lancèrent des acclamations, et le festin commença.

À la fin de la soirée, quand tous eurent mangé leur content – même les dragons –, Orik frappa dans ses mains. Un serviteur s'avança, portant un coffret rempli d'or et de pierres précieuses.

Orik le tendit à Eragon :

— En témoignage de notre amitié.

Eragon s'inclina pour le remercier.

Puis Orik s'approcha de Saphira et, l'œil pétillant, lui présenta un anneau d'or et d'argent qu'elle pourrait passer à l'une ou l'autre de ses griffes :

— C'est un anneau particulier : il ne se raye ni ne se ternit, et, aussi longtemps que tu le porteras, tes proies ne t'entendront pas approcher.

Ce cadeau plut énormément à la dragonne. Elle laissa Orik passer l'anneau à la griffe du milieu de sa patte droite, et, tout le reste de la soirée, elle ne cessa d'admirer le cercle de métal étincelant.

Sur les instances d'Orik, ils restèrent à Hedarth pour la nuit. Eragon espérait partir le lendemain très tôt, mais, dès les premières lueurs du jour, Orik l'invita, ainsi qu'Arya et Roran, pour le petit-déjeuner. Après quoi, ils se mirent à bavarder ; puis ils allèrent voir les radeaux sur lesquels les nains avaient transporté les Nagran des Montagnes des Beors jusqu'à Hedarth. C'est ainsi que, de fil en aiguille, l'heure du dîner arriva. Orik n'eut guère de mal à les convaincre de partager avec lui un dernier repas.

Comme lors de la fête du soir précédent, ils écoutèrent les nains chanter et jouer de divers instruments. Puis, captivés par les récits d'un barde particulièrement talentueux, ils retardèrent encore leur départ.

— Restez donc une nuit de plus, les pressa Orik. Il fait noir, ce n'est pas une heure pour voyager.

Eragon jeta un regard à la pleine lune et sourit :

— Tu oublies qu'il ne fait pas si noir pour moi. Non, nous devons partir. Si nous attendons plus longtemps, je crains que nous ne nous mettions jamais en route.

— Alors, va, avec ma bénédiction, frère de mon cœur.

Ils s'étreignirent ; Orik fit amener des chevaux, que les nains gardaient à l'écurie à Hedarth pour les elfes qui venaient commercer.

Eragon le salua d'un geste du bras. Puis il éperonna son étalon et galopa, avec Roran, Arya et les elfes, le long du sentier tracé par le passage des bêtes sur la rive sud de l'Edda. L'air était doux, empli du parfum des saules et des peupliers. Au-dessus d'eux, les dragons s'amusaient à décrire des pirouettes audacieuses.

À quelque distance de Hedarth, ils firent ralentir leurs montures et chevauchèrent à une allure plus confortable tout en discutant à mi-voix. Ils n'abordèrent aucun sujet important, car ce n'étaient pas tant les mots qui comptaient que la proximité qui les réunissait au cœur de la nuit. Le lien entre eux leur semblait précieux et fragile ; ils se parlaient avec plus de délicatesse qu'à l'ordinaire, car ils savaient que le temps qu'ils avaient à passer ensemble était compté, et aucun d'eux ne voulait le gâcher avec une parole maladroite.

Ils parvinrent bientôt au sommet d'une petite colline. De là, ils virent apparaître *La Talíta*, qui attendait ses passagers, comme Eragon savait que cela serait. Comme cela devait être.

Dans la pâle clarté de la lune, le bateau lui semblait un cygne prêt à prendre son envol pour l'emporter vers de vastes espaces inconnus. Les elfes avaient abaissé les voiles, dont la toile luisait doucement. Hormis une silhouette solitaire, debout à la proue, le pont était vide.

Au-delà de *La Talíta*, une immense plaine obscure s'étendait jusqu'à l'horizon, vaste étendue inquiétante seulement coupée par le ruban métallique de la rivière.

Sentant sa gorge se nouer, Eragon tira sa capuche sur sa tête comme pour s'épargner cette vue.

Ils chevauchèrent lentement vers le bas de la colline, dans le frémissement des hautes herbes, jusqu'à la berge caillouteuse, qui sonna sous les sabots des chevaux.

Là, ils mirent pied à terre. Spontanément, les elfes se disposèrent face à face, la lance plantée dans le sol, aussi rigides que des statues, pour former une haie d'honneur jusqu'au bateau.

Le nœud, dans la gorge d'Eragon, était si serré qu'il pouvait à peine respirer.

« Le moment est venu », dit Saphira.

Il détacha de sa selle le coffret empli d'or et de pierreries et s'approcha de Roran.

— Alors, dit celui-ci, c'est ici qu'on se sépare ?

Eragon acquiesça.

— Prends-le, dit-il à son cousin en lui tendant le coffret. Tu en auras meilleur usage que moi. Sers-t'en pour bâtir ton château.

— Je le ferai, dit Roran d'une voix enrouée.

Il coinça le coffret sous son bras gauche et enveloppa son cousin du droit. Ils restèrent un long moment embrassés. Puis Roran déclara :

– Sois prudent, mon frère.

– Toi aussi, mon frère. Prends soin de Katrina et d'Ismira.

– Compte sur moi.

Incapable d'émettre un mot de plus, Eragon pressa une dernière fois l'épaule de Roran. Puis il se détourna et rejoignit Arya, qui l'attendait près des deux rangées d'elfes.

Ils se dévisagèrent le temps de quelques battements de cœur. Enfin, Arya dit :

– Eragon.

Elle avait rabattu elle aussi sa capuche, et il ne distinguait qu'à peine ses traits.

– Arya.

Son regard glissa sur la rivière argentée, revint à l'elfe, et sa main se crispa sur le pommeau de Brisingr. Son émotion était si forte qu'il en tremblait. Tout en lui refusait de partir, mais il le devait.

– Reste avec moi...

Elle détourna les yeux :

– Je ne peux pas.

– ... Reste avec moi jusqu'au premier coude de la rivière.

Après une seconde d'hésitation, elle acquiesça. Il lui tendit le bras, elle y glissa le sien ; ils marchèrent ensemble jusqu'au bateau et vinrent se placer à la proue.

Les elfes les suivirent et, quand ils furent tous à bord, ils tirèrent la passerelle. Sans vent ni rames, le navire s'éloigna lentement de la rive pour s'engager dans le courant.

Roran resta seul sur la berge, à les regarder s'éloigner. Puis, renversant la tête, il poussa un long cri de douleur, dont l'écho résonna jusqu'au fond de la nuit.

Pendant plusieurs instants, Eragon demeura silencieux, debout près d'Arya, tandis qu'ils regardaient approcher la courbe de la rivière. Enfin, il se tourna vers elle et repoussa sa capuche pour voir ses yeux.

— Arya, dit-il, avant de murmurer son vrai nom.

Un frémissement la parcourut. À son tour, elle appela Eragon par son vrai nom, et lui aussi frissonna en entendant les mots qui le décrivaient tout entier.

Il ouvrit la bouche, mais Arya l'empêcha de parler en plaçant trois doigts sur ses lèvres. Elle recula, leva un bras :

— Adieu, Eragon le Tueur d'Ombre !

Fírnen fondit alors sur elle du haut du ciel et l'arracha au pont du navire. Les rafales de vent soulevées par ses ailes soufletèrent le garçon.

— Adieu, murmura-t-il en les regardant voler tous deux jusqu'à la rive où Roran attendait.

Et il laissa enfin libre cours à ses larmes. Agrippé au bastingage, il pleura de laisser derrière lui tout ce qu'il avait connu. Au-dessus de sa tête, Saphira lança une plainte, et leurs chagrins se mêlèrent tandis qu'ils déploraient la perte de ce qui aurait pu être et qui ne serait jamais.

Peu à peu, cependant, le cœur d'Eragon se calma, ses larmes tarirent, et il retrouva un sentiment de paix en contemplant la plaine vide. Il se demanda quelles choses étranges ils rencontreraient dans ces lieux sauvages, il s'interrogea sur la vie qu'ils mèneraient, Saphira et lui, sur l'avenir qui les attendait, un avenir de dragons et de Dragonniers.

« Nous ne sommes pas seuls, petit homme », dit Saphira.

Il sourit.

Et le bateau poursuivit sa route, glissant sereinement sur la rivière argentée par la lune vers les terres noires qui s'étendaient devant eux, là-bas.

FIN

Répertoire
de l'ancien langage

Agaetí Sänghren : Le Serment du Sang (célébré tous les cent ans en mémoire du pacte passé entre les elfes et les dragons).

Älfa : Elfe (au pluriel : älfya).

Älfakyn : Le peuple des elfes.

Atra du evarínya ono varda : Que les étoiles veillent sur toi.

Atra esterní ono thelduin, Eragon : Que la chance règne sur toi, Eragon.

Audr : Debout !

Böllr : Un objet rond, un globe.

Brisingr : Feu. (Voir aussi **Istalrí.**)

Dauthdaert : La Lance de la mort (nom donné aux lances que les elfes avaient fabriquées pour tuer les dragons).

Deloi sharjalví : Terre, bouge !

Domia abr Wyrda : *La Domination du destin* (livre).

Draumr kópa : Par le regard du rêve.

Dröttning : Reine.

Dröttningu : Princesse (traduction approximative).

Du : Le, la, les.

Du Fells Nángoröth : Les Montagnes foudroyées.

Du Vrangr Gata : Le Sentier vagabond.

Du Weldenvarden : La Forêt gardienne.

Ebrithil : Maître (au pluriel : **Ebritihilar**).

Eka aí fricai un Shur'tugal : Je suis un ami et un Dragonnier.

Eka elrun ono, älfya, wiol förn thornessa : Je vous remercie, elfes, pour ce présent.

Elda : Titre honorifique très élogieux, employé indifféremment pour les hommes et pour les femmes.

Elrun ono : Merci.

Erisdar : Lanternes sans flammes inventées par les elfes, utilisées aussi par les nains.

Fairth : Image créée par des moyens magiques sur une plaque d'ardoise.

Fell : Montagne.

Finiarel : Titre honorifique donné à un jeune homme à l'avenir prometteur.

Flauga : Voler.

Frethya : Se cacher.

Gánga : Aller.

Gánga aptr : Avancer.

Gánga fram : Reculer.

Gánga raetha : Aller à droite.

Gedwëy ignasia : Paume brillante.

Guliä waíse medh ono, Argetlam : Que la chance soit avec toi, Main d'Argent.

Helgrind : Les Portes de la mort.

Hvitr : Blanc.

Íllgrathr : Mauvaise faim.

Islingr : Illuminateur, qui donne la lumière.

Istalrí : Feu. (Voir aussi **Brisingr**.)

Jierda : (Se) briser.

Kausta : Venir.

Kverst : Couper.

Kverst malmr du huildrs edtha, mar fröma né thön eka threyja ! : Coupe le métal qui me retient, mais pas plus que je ne le veux !

Ládrin : S'ouvrir.

Letta : Stop.

Liduen Kvaedhí : Texte poétique.

Mäe… : Le début d'un mot qu'Eragon n'a jamais prononcé en entier.

Naina : Faire briller.

Naina hvitr un böllr : Faire briller une lumière ronde et blanche.

Nam iet er Eragon Sundavar-Vergandí, sönr abr Brom : Je m'appelle Eragon Tueur d'Ombre, fils de Brom.

Nïdhwal : Créature marine proche des dragons, de la famille des Fanghurs.

Niernen : Orchidée.

Ono ach *néiat* threyja eom verrunsma edtha, ô snalglí : Tu *ne* veux *pas* te battre contre moi, ô snargol.

Sé ono waíse ilia : Puisses-tu être heureuse.

Sé onr sverdar sitja hvass : Que vos épées restent acérées !

Shur'tugal : Dragonnier.

Slytha : Dormir.

Snargol : Escargot géant.

Stenr rïsa : Pierre, élève-toi !

Stenr slauta ! : Pierre, craque ! (*Slauta* est difficile à traduire ; c'est un bruit sec évoquant une fissure. Il peut signifier le fait de provoquer ce bruit.)

Stydja unin mor'ranr : Repose en paix.

Sundavrblaka : Ombres volantes.

Svit-kona : Titre honorifique protocolaire donné à une femme d'une grande sagesse.

Thelduin : Régner sur.

Theyna : Se taire.

Thrautha : Lancer.

Thrysta vindr : Comprimer l'air.

Thurra : Sécher.

Un : Et.

Vae weohnata ono vergarí, eka thäet otherúm : Nous te tuerons, je le jure.

Vaer Ethilnadras : Une algue brune flottant librement sur l'eau, portant des vésicules remplies de gaz.

Vaetna : Se disperser, se dissiper.

Valdr : Dirigeant.

Vëoht : Lent.

Verma : Chauffer.

Vrangr : De travers ; vagabond.

Waíse néiat ! : Ne soyez pas !

Yawë : Lien de vérité.

Cet ouvrage a été mis en pages
par DV Arts Graphiques à La Rochelle

Impression réalisée par

CPi
BRODARD & TAUPIN

La Flèche

pour le compte des Éditions Bayard
en mars 2012

Imprimé en France
Dépôt légal mars 2012
N° d'impression : 67293

TABLE DES MATIÈRES

en scène subtile et émouvante ; Orli Moscowitz pour sa super-
vision ; et Amanda D'Acierno, éditrice de la Bibliothèque
Sonore.

Je remercie également mon confrère écrivain Tad Williams
(si vous ne l'avez pas encore fait, dépêchez-vous de lire sa
trilogie de *L'arcane des épées*, vous ne le regretterez pas) pour
m'avoir donné d'idée d'intégrer une mine d'ardoise dans les
chapitres sur Aroughs. Et l'écrivain Jerry Brooks, à la fois ami
et mentor (je recommande vivement sa série du Royaume
magique de Landover.)

Merci à Mike Macauley, qui a monté et géré l'un des meilleurs
sites de fans (shurtugal.com) et qui, avec Mark Cotta Vaz, a écrit
L'almanach de l'Héritage. Sans ses efforts, la communauté des lec-
teurs ne serait sûrement pas aussi vaste. Merci, Mike !

Une mention spéciale à Reina Sato, une fan qui m'a donné
l'idée de créer les snargols de Vroengard. Reina, ils sont pour toi.

Comme toujours, mes derniers remerciements vont à toi,
lecteur. Merci de m'avoir accompagné tout au long de cette
histoire ; que les étoiles brillent sur toi jusqu'à la fin de tes jours.
Et... voilà. Je n'ai plus de mots à ajouter à cette série. J'ai dit
tout ce qu'il y avait à dire. Le reste est silence.

Sé onr sverdar sitja hvass.

Christopher Paolini
Le 8 novembre 2011

Chez Knopf : mon éditrice Michelle Frey, pour sa confiance renouvelée et pour avoir rendu possible toute cette aventure. Sincèrement, sans elle, vous n'auriez pas ce livre entre les mains. Son assistante Kelly Delaney, pour rendre la vie de Michelle plus facile et pour avoir aidé à la réalisation du synopsis des trois premiers livres. L'éditrice Michele Burke pour son œil de lynx sur l'histoire et, là aussi, pour avoir aidé à faire publier ce livre. La directrice de la communication et du marketing Judith Haut, sans qui peu de gens auraient entendu parler de cette série. Toujours dans la publicité, Dominique Cimina et Noreen Herits, d'un grand soutien avant, pendant et après mes diverses tournées. La directrice artistique Isabel Warren-Lynch et son équipe pour leur superbe conception de couverture et d'intérieur (et pour leur travail sur les éditions de poche). L'illustrateur John Jude Palencar pour sa série de magnifiques couvertures, sa dernière finit la série en beauté. Le correcteur Artie Bennett pour sa compétence dans le domaine de la ponctuation et des mots, les petits comme les hippopotomonstruesquippedaliques, les abscons comme les inventés. Chip Gibson, directeur du Département jeunesse de Random House. Nancy Hinkel, directrice éditoriale de Knopf, pour son infinie patience. Joan DeMayo, directrice des ventes, et son équipe (hourra et un grand merci!). Le directeur du marketing John Adamo, dont l'équipe n'a cessé de m'impressionner par sa créativité. Linda Leonard et son équipe dédiée aux nouveaux médias ; Linda Palladino et Tim Terhune à la fabrication ; Shasta Jean-Mary, directeur éditorial adjoint, Pam White, Jocelyn Lange et son équipe de droits étrangers, qui a permis au cycle de l'Héritage de prendre une ampleur internationale ; Janet Frick, Janet Renard et Jennifer Healy au secrétariat d'édition ; et tous les autres qui m'ont soutenu chez Knopf.

À la Bibliothèque Sonore : Gerard Doyle, pour le talent avec lequel il a donné une voix à mon histoire (désolé que Firnen lui ait donné du fil à retordre), et à Taro Meyer pour sa mise

Cependant, je n'ai pas l'intention d'abandonner l'Alagaësia.
La construction de ce monde m'a demandé trop de temps
et de trop d'efforts pour que je n'y revienne pas un jour. Dans
quelques années ? Le mois prochain ? Pour l'instant, je l'ignore.
Mais quand j'y reviendrai, j'espère aborder quelques-uns des
mystères que j'ai laissés irrésolus.

À ce propos, je suis désolé d'avoir déçu certains d'entre vous
qui espéraient en apprendre plus sur Angela, l'herboriste ; mais
elle serait bien moins intéressante si on savait tout d'elle. En
revanche, si un jour vous rencontrez ma sœur, vous pourrez
toujours la questionner sur son personnage. Si elle est dans
de bonnes dispositions, elle vous racontera peut-être quelque
chose d'intéressant. Sinon... bah, elle s'en tirera sans doute
avec une boutade.

Bien. Passons aux remerciements.

* *
*

À la maison : mon père et ma mère pour leur soutien
constant, leurs conseils, et pour s'être lancés à l'origine dans
l'aventure d'Eragon. Ma sœur Angela – qui a une fois de plus
accepté de servir de modèle et a été une merveilleuse caisse de
résonance face à mes idées –, pour m'avoir assisté dans les cor-
rections et apporté une aide précieuse dans le dernier quart du
manuscrit. Je te dois une fière chandelle, sœurette ; mais je ne
t'apprends rien. Et aussi à Immanuela Mejer pour m'avoir tenu
compagnie alors que j'étais aux prises avec un passage particulièrement difficile.

À la Maison des écrivains : Simon Lipskar, mon agent, pour
son amitié et tout ce qu'il a fait pour la série au cours des années
(je lui promets de me mettre à écrire des livres un peu plus vite,
maintenant !), et son assistante Katie Zanecchia.

Remerciements

Kvetha Fricäya.

Je vous salue, amis.

Quelle longue route j'aurai parcourue... J'ai du mal à croire que c'est fini. Plus d'une fois, j'ai douté de venir à bout de la série. Je n'y serais pas parvenu sans l'aide et le soutien d'un grand nombre de personnes.

Je n'exagère pas en disant que l'écriture de *L'héritage* est la chose la plus difficile que j'aie jamais eue à accomplir. Pour diverses raisons – personnelles, professionnelles et artistiques –, ce livre a soulevé davantage de défis que les précédents. Je suis fier de l'avoir achevé, et plus fier encore du livre lui-même.

En regardant en arrière et en considérant la série dans son ensemble, je suis incapable d'exprimer ce que je ressens. Le cycle de l'Héritage a occupé douze ans de ma vie – presque la moitié, à ce jour. Il nous a transformés, ma famille et moi, et les expériences qui en ont résulté pourraient remplir quatre autres volumes. Le lâcher aujourd'hui, dire au revoir à Eragon, à Saphira, Arya, Nasuada et Roran pour passer à de nouveaux personnages et à de nouvelles histoires... voilà une perspective effrayante.

Répertoire du langage des nomades

No : Suffixe honorifique relié par un trait d'union au nom d'une personne que l'on respecte.

Répertoire du langage des Urgals

Drajl : Fils d'asticot !

Nar : Titre honorifique marquant un grand respect, accordé aux hommes ou aux femmes.

Thulqna : Courroies tissées sur lesquelles les Urgals arborent les armoiries de leur clan.

Uluthrek : Mange Lune.

Urgralgra : Mot employé par les Urgals pour se désigner eux-mêmes (littéralement : « ceux qui portent des cornes »).

Knurla : Nain (littéralement : celui qui est de pierre ; au pluriel : *knurlan*).

Nagra : Sanglier géant des Montagnes des Beors ; au pluriel : nagran

Thardsvergûndnzmal : Quelque chose dont l'apparence est trompeuse, un faux, un simulacre.

Tronjheim : Casque de géant.

Vor Orik korda ! : Par le marteau d'Orik !

Répertoire du langage des nains

Âz Ragni : La rivière.

Âz Sweldn rak Anhûin : Les Larmes d'Anhûin.

Barzûl : Maudire, jeter une malédiction.

Beor : Ours des cavernes (terme elfique).

Derûndânn : Salutations.

Dûr : Notre.

Dûrgrimst : Clan.

Erôthknurl : Pierre en terre (au pluriel : *erôthknurln.*)

Fanghur : Créatures des Montagnes des Beors ressemblant à des dragons, mais plus petites et moins intelligentes.

Farthen Dûr : Notre Père.

Feldûnost : Barbiche des Glaces, variété de chèvre vivant dans les Montagnes des Beors.

Grimstborith : Chef de clan (au pluriel : *grimstborithn*).

Grimstcarvlorss : Maîtresse de maison.

Grimstnzborith : Dirigeant des nains, roi ou reine.

Ilf gauhnith ! : C'est bon et sans danger. (Expression typiquement naine, généralement lancée par l'hôte au début d'un repas. Cette tradition remonte à l'époque où l'empoisonnement était monnaie courante entre clans.)

Ingeitum : Travailleurs du feu, forgerons.